金 學 叢 書
第二輯 11

吳 敢
胡衍南 霍現俊
主編

黃霖《金瓶梅》研究精選集

黃霖 著

臺灣 學生書局 印行

金學叢書第二輯序

2013 年 5 月第九屆（五蓮）國際《金瓶梅》學術討論會期間，胡衍南、霍現俊忙裏偷閒，時而小聚，漢書下酒，就中便有本叢書編輯出版一事。當時即擬與吳敢商談，以期盡快成議。只是吳敢當時會務繁多，此議終未提及。2013 年 7 月 3 日，胡衍南到徐州公幹，當晚至吳敢舍下小酌，此事即進入操作程序。此後電郵往來，徐州、臺北、石家莊三方輾轉，叢書編撰框架日漸明朗。2013 年 11 月 23 日，胡衍南再度到徐州公幹，代表臺灣學生書局與吳敢詳盡商談編輯出版事宜，本叢書遂成定案。

此「金學叢書」之由來也。

中國古代小說研究，重大課題眾多。近代以降，紅學捷足先登。20 世紀 80 年代，金學亦成顯學。明代長篇白話小說《金瓶梅》是中國文學史上一部里程碑式的重要作品，其橫空出世，破天荒打破以帝王將相、英雄豪傑、妖魔神怪為主體的敘事內容，以家庭為社會單元，以百姓為描摹對象，極盡渲染之能事，從平常中見真奇，被譽為明代社會的眾生相、世情圖與百科全書。幾乎在其出現同時，即被馮夢龍連同《三國演義》《水滸傳》《西遊記》一起稱為「四大奇書」。不久，又被張竹坡譽為「第一奇書」。《紅樓夢》庚辰本第十三回脂評：「深得《金瓶》壼奧」。魯迅《中國小說史略》認為「同時說部，無以上之」。

自有《金瓶梅》小說，便有《金瓶梅》研究。明清兩代的筆記叢談，便已帶有研究《金瓶梅》的意味。如明代關於《金瓶梅》抄本的記載，雖然大多是隻言片語的傳聞、實錄或點評，但已經涉及到《金瓶梅》研究課題的思想、藝術、成書、版本、作者、傳播等諸多方向，並頗有真知灼見。在《金瓶梅》古代評點史上，繡像本評點者、張竹坡、文龍，前後紹繼，彼此觀照，相互依連，貫穿有清一朝，形成筆架式三座高峰。繡像本評點拈出世情，規理路數，為《金瓶梅》評點高格立標；文龍評點引申發揚，撥亂反正，為《金瓶梅》評點補訂收結；而尤其是張竹坡評點，踵武金聖歎、毛宗崗，承前啟後，成為中國古代小說評點最具成效的代表，開啟了近代小說理論的先聲。明清時期的《金瓶梅》研究，具有發凡起例、啟導引進之功。

20 世紀是人類歷史上可足稱道的一個百年。對中國人來說，世紀伊始，產生了驚天動地的兩件大事：1911 年封建王朝的終結，1919 年「五四」新文化運動的興起。中國人

心裏承接有豐富的傳統，中國人肩上也負荷著厚重的擔當。揚棄傳統文化，呼喚當代文明，這一除舊佈新的文化使命，在中國用了大半個世紀的時間。觀念形態的更新、研究方法的轉變、思維體式的超越、科學格局的營設一旦萌發生成，便產生無量的影響，具有劃時代的意義。《金瓶梅》研究即為其中一例。

以 1924 年魯迅《中國小說史略》出版，標誌著《金瓶梅》研究古典階段的結束和現代階段的開始；以 1933 年北京古佚小說刊行會影印發行《金瓶梅詞話》，預示著《金瓶梅》研究現代階段的全面推進；以 30 年代鄭振鐸、吳晗等系列論文的發表，開拓著《金瓶梅》研究的學術層面；以中國大陸、臺港、日韓、歐美（美蘇法英）四大研究圈的形成，顯現著《金瓶梅》研究的強大陣容；以版本、寫作年代、成書過程、作者、思想內容、藝術特色、人物形象、語言風格、文學地位、理論批評、資料彙編、翻譯出版、藝術製作、文化傳播等課題的形成與展開，揭示著《金瓶梅》的研究方向。一門新的顯學——金學，已經赫然出現在世界文壇。

20 世紀 70 年代以來的當代金學，中國的吳曉鈴、王利器、魏子雲、朱星、徐朔方、梅節、孫述宇、蔡國梁、甯宗一、陳詔、盧興基、傅憎享、杜維沫、葉朗、陳遼、劉輝、黃霖、王汝梅、周中明、王啟忠、張遠芬、周鈞韜、孫遜、吳敢、石昌渝、白維國、陳昌恆、葉桂桐、張鴻魁、鮑延毅、馮子禮、田秉鍔、羅德榮、李申、魯歌、馬征、鄭慶山、鄭培凱、卜鍵、李時人、陳東有、徐志平、陳益源、趙興勤、王平、石鐘揚、孟昭連、何香久、許建平、張進德、霍現俊、陳維昭、孫秋克、曾慶雨、胡衍南、李志宏、潘承玉、洪濤、楊國玉、譚楚子等老中青三代，辨章學術，考鏡源流，營造了一座輝煌的金學寶塔。其考證、新證、考論、新探、探索、揭秘、解讀、探秘、溯源、解析、解說、評析、評注、匯釋、新解、索引、發微、解詁、論要、話說、新論等，蘊含宏富，立論精深，使得金學園林花團錦簇，美不勝收，可謂源淵流長，方興未艾。中國的《金瓶梅》研究，經過 80 年漫長的歷程，終於在 20 世紀的最後 20 年登堂入室，當仁不讓也當之無愧地走在了國際金學的前列。

此「金學叢書」之要義也。

本叢書暫分兩輯，第一輯為臺灣學人的金學著述，由魏子雲領銜，包括胡衍南、李志宏、李梁淑、鄭媛元、林偉淑、傅想容、林玉惠、曾鈺婷、李欣倫、李曉萍、張金蘭、沈心潔、鄭淑梅，可說是以老帶青；第二輯為中國大陸 20 世紀 80 年代以來學人的《金瓶梅》研究精選集，計由徐朔方、甯宗一、傅憎享、周中明、王汝梅、劉輝、張遠芬、周鈞韜、魯歌、馮子禮、黃霖、吳敢、葉桂桐、張鴻魁、陳昌恆、石鐘揚、王平、李時人、趙興勤、孟昭連、陳東有、孫秋克、卜鍵、何香久、許建平、張進德、霍現俊、曾慶雨、楊國玉、潘承玉、洪濤諸位先生的大作組成，凡 31 人 30 冊（其中徐朔方、孫秋克，

傅憎享、楊國玉，王平、趙興勤，因字數兩人合裝一冊），每冊 25 萬字左右。

天津師範學院（今天津師範大學）朱星是中國大陸金學新時期名符其實的一顆啟明星，他在 1979 年、1980 年連續發表多篇論文，並於 1980 年 10 月由百花文藝出版社結集出版了中國大陸新時期《金瓶梅》研究的第一部專著《金瓶梅考證》。朱星的研究結論不一定都能經得住學術的檢驗，但朱星繼魯迅、吳晗、鄭振鐸、李長之等人之後，重新點燃並高舉起這一支學術火炬，結束了沉寂 15 年之久的局面，這一歷史功績，應載入金學史冊。遺憾的是，朱星先生 1982 年逝世，後人查訪困難，只能闕如。

香港夢梅館主梅節可謂《金瓶梅》校注出版的大家，1988 年由香港星海文化出版有限公司出版《全校本金瓶梅詞話》；1993 年由梅節校訂，陳詔、黃霖注釋，香港夢梅館出版《重校本金瓶梅詞話》（該本後由臺灣里仁書局 2007 年 11 月初版，2009 年 2 月修訂一版，2013 年 2 月修訂一版八刷）；1998 年梅節再為校訂，陳少卿抄寫，香港夢梅館出版《夢梅館校定本金瓶梅詞話》。前後三次合共校正詞話原本訛錯衍奪七千多處，成為可讀性較好的一個本子。梅節由校書而研究，關於《金瓶梅》作者、傳播、成書、故事發生地等問題的認識，亦時有新見。可惜的是，梅節先生的論文集《瓶梅閒筆硯——梅節金學文存》2008 年 2 月由北京圖書館出版社出版，版權協商匪易，未能入選。

上海音樂學院蔡國梁 20 世紀 50 年代末即開始研習《金瓶梅》，寫下不少筆記，1980 年前後即依據筆記整理成文，1981 年開始發表金學論文，1984 年出版第一部專著[1]，累計出版金學專著 3 部[2]、編著 1 部[3]，發表論文多篇，內容涉及《金瓶梅》的思想、源流、人物、作者、評點、文化等諸多研究方向，是早期《金瓶梅》研究的主力成員。無奈聯繫不上，不得已而割愛。

國人研究《金瓶梅》的論著，最早是闞鐸的《紅樓夢抉微》[4]，但其只是一個讀書筆記。天津書局 1940 年 8 月出版之姚靈犀《瓶外卮言》，嚴格說也只是一個資料彙編。香港大源書局 1961 年出版之南宮生著《金瓶梅》簡說，算得上是一個原著導讀。臺北時報文化出版公司 1978 年 2 月出版之孫述宇著《金瓶梅的藝術》，可說是第一部文本研究的學術著作。該書全文收入石昌渝、尹恭弘編選的《臺港金瓶梅研究論文選》[5]。2011 年 3 月上海古籍出版社再版，增加了一篇作者自序，更名為《金瓶梅：平凡人的宗教劇》。

1　《金瓶梅考證與研究》，西安：陝西人民出版社，1984 年。
2　另兩部為：《明清小說探幽——明人、清人、今人評金瓶梅》，杭州：浙江文藝出版社，1985 年；《金瓶梅社會風俗》，天津：百花文藝出版社，2002 年。
3　《金瓶梅評注》，桂林：灘江出版社，1986 年。
4　天津大公報館 1925 年 4 月鉛印。
5　南京：江蘇古籍出版社，1986 年。

孫述宇先生本已與上海古籍出版社洽商同意編入金學叢書，並授權主編代理，忽中途撤稿，原因還是版權問題。

還有其他一些因故未能入選的師友：或已作仙遊[6]，或礙於本輯叢書的體例[7]，或因為版權期限，或失去聯繫等。凡此種種，均為缺憾。

儘管如此，第二輯連同第一輯 14 人 16 冊總計所入選的此 45 人 46 冊，已經是中國當代金學隊伍的主力陣容，反映著當代金學的全面風貌，涵蓋了金學的所有課題方向，代表了當代金學的最高水準。

此「金學叢書」之大略也。

臺灣學生書局高瞻遠矚，運籌帷幄，以戰略家的大眼光，以謀略家的大手筆，決計編撰出版「金學叢書」，實金學之幸，學術之福。主編同仁視本叢書為金學史長編，精心策劃，傾心編審。各位入選師友打造精品，共襄盛舉。《金瓶梅》研究關聯到中國小說批評史、中國小說史、中國文學史、中國文學評點史、中國文學批評史等諸多學科，是一個應該也已經做出大學問的領域。為彌補本叢書因為容量所限有很多師友未能入選的不足，特附設一冊《金學索引》[8]，廣輯金學專著、編著、單篇論文與博碩士論文，臚列學會、學刊與所舉辦之金學會議，立此存照，用供備覽。本叢書的編選，既是對過往的總結，也是對未來的期盼。本叢書諸體皆備，雅俗共賞，可以預測，將為金學做出新的貢獻。

此「金學叢書」之宗旨也。

金學已經不是一座象牙塔，而是一處公眾遊樂的園林。三百多部論著，四千多篇學術論文，二百多篇博碩士論文，既有挺拔的大樹，也有似錦的繁花，吸引著越來越多的研究者與愛好者探幽尋奇。不容置疑，傳統的金學，加上以文化與傳播為標誌的、以經典現代解讀為旗幟的新金學，必然展示著甯宗一先生的經典命題：說不盡的《金瓶梅》。

此「金學叢書」之感言也。

吳敢、胡衍南、霍現俊（吳敢執筆）

2014 年元旦

6　如王啟忠、鮑延毅、孔繁華、許志強諸先生等，駕鶴西去的徐朔方先生的精選集由其高足孫秋克代為編選，劉輝先生的精選集由其摯友吳敢代為編選。

7　本輯叢書乃論文精選集，字典、詞典與小塊文章結集便未能入選，《金瓶梅》語言研究的幾位專家如白維國、李申、張惠英、許仰民等因此失選。

8　吳敢編著，分上下兩編。

黃霖《金瓶梅》研究精選集

目　次

金學叢書第二輯序 ……………………………………………………………… I

壹、《金瓶梅》是姓「金」

我國暴露文學的傑構《金瓶梅》………………………………………………… 1

將《金瓶梅》當作反腐經典來讀——從陳獨秀到毛澤東………………………… 25

「人」在《金瓶梅》中 …………………………………………………………… 33

中國小說藝術發展的里程碑 ……………………………………………………… 43

貳、《金瓶梅》的成書與問世

《金瓶梅》的問世與初刊 ………………………………………………………… 79

關於《金瓶梅》傳世的第一個信息 ……………………………………………… 87

《金瓶梅》原本無穢語說質疑——與朱星先生商榷 …………………………… 91

《忠義水滸傳》與《金瓶梅詞話》 ……………………………………………… 95

《金瓶梅》成書問題三考 ……………………………………………………… 107

參、《金瓶梅》存世各本我見

毛利本《金瓶梅詞話》讀後 …………………………………………………… 127

臺北故宮博物院藏《金瓶梅詞話》讀後 ……………………………………… 141

關於《金瓶梅》崇禎本的若干問題 …………………………………………… 147

再論《金瓶梅》崇禎本系統各本之間的關係 ………………………………… 165

《金瓶梅》詞話本與崇禎本刊印的幾個問題 …………………………………… 177

張評本、「真本」及其他 ……………………………………………………… 193

《金瓶梅》續書三種 …………………………………………………………… 203

肆、「屠隆考」與「笑學」

《金瓶梅》作者屠隆考 ………………………………………………………… 217

《金瓶梅》作者屠隆考續 ……………………………………………………… 229

〈金瓶梅作者屠隆考〉答疑 …………………………………………………… 239

〈金瓶梅作者屠隆考〉答疑之二 ……………………………………………… 245

再論笑笑生是屠隆 ……………………………………………………………… 249

「笑學」可笑嗎?——關於《金瓶梅》作者研究問題的看法 ……………… 259

伍、《金瓶梅》與小說論及其研究史

《金瓶梅》與古代世情小說論 ………………………………………………… 267

《金瓶梅》研究小史 …………………………………………………………… 279

附　錄

一、黃霖小傳 …………………………………………………………………… 315

二、黃霖《金瓶梅》研究專著、編譯、校注、論文目錄 …………………… 316

後　記 …………………………………………………………………………… 321

壹、《金瓶梅》是姓「金」

我國暴露文學的傑構《金瓶梅》

一

在我國文學史上，《金瓶梅詞話》的最大特色是什麼？曰：暴露。它第一次全心全意地致力於撕破籠罩在現實世界上的種種真美善的紗幕，把上上下下、內內外外的人間醜惡，相當集中、全面、深刻地暴露於光天化日之下，因而不但能使當時的讀者感到震驚，起來咀咒和希望改變這樣的現實，而且在相當長的歷史時期內，它仍不失為人們認識社會的一面鏡子。直到本世紀的三十年代，鄭振鐸先生還一再強調：「《金瓶梅》的社會是並不曾僵死的，《金瓶梅》的人物們是至今還活躍於人間的」，「要在文學裡看出中國社會的潛伏的黑暗面來，《金瓶梅》是一部最可靠的研究資料。」（〈談金瓶梅詞話〉）這正說明了暴露乃是《金瓶梅》的主要價值所在。

本來，文學的使命就在於形象地再現生活，評判現實。生活雖然並不都是假醜惡，但在漫長的存在著剝削和壓迫的社會裡，的確到處散發著令人窒息的腐爛氣息。這誠如契訶夫在〈寫給瑪·符·基塞列娃〉信中說的：「講到這世界上『充斥著壞男子和壞女人』，這話是不錯的。人性並不完美，因此如果在人世間只看見正人君子，那倒奇怪了。然而認為文學的職責就在於從壞人堆裡挖出『珍珠』來，那就等於否定文學本身。文學所以叫藝術，就是因為它按生活的本來面目描寫生活。它的任務是無條件的、直率的真實。」因而，暴露社會的黑暗，特別是暴露統治集團的醜惡靈魂及其嘴臉，一開始就自然而然地同文學結下了不解之緣，而且能經久不息地顫動著善良人們的心靈。有人說：「如果你表現不出一代人的所有卑鄙齷齪的全部深度，那時你就不能把社會以及整個一代人引向美。」（果戈里，見《果戈里及其諷刺藝術》）這話是有道理的。作家致力於暴露醜，

正是要把人們引向美。然而,作為單獨的一件藝術品,從《詩經》的〈碩鼠〉到關漢卿的《竇娥冤》,由於受到文學樣式的局限,往往只能集中火力暴露社會黑暗的某一點或某一方面,而不大可能在廣闊的背景上把整個社會和盤托出,使人們比較全面和細緻地看清其真相。長篇小說的出現,為廣泛地暴露現實開闢了途徑,但人們一開始並沒有運用這一武器來無情地解剖世界,卑劣奸險的統治集團也總是千方百計地阻撓和破壞自己在文學作品中現形。於是,有人就宣揚小說是一種「太平樂事」,欣賞像宋仁宗那樣「日欲進一奇怪之事以娛之」(郎瑛《七修類稿》),也有人鼓吹編載「英君名將忠臣義士凡有關風化者」,讓「愚夫愚婦」頂禮膜拜(林瀚〈隋唐志傳通俗演義序〉)。這種統治階級的思想,不能不對長篇小說的創作帶來或多或少的影響。在這裡,我無意將《金瓶梅》同《三國演義》《水滸傳》《西遊記》以及後來的《儒林外史》《紅樓夢》分一高下。它們出現在不同的歷史階段,各有特色,各有成就。但就暴露我國封建末世這一點來看,《金瓶梅》並不如前於它的長篇那樣有意去歌頌君明臣良,去描繪對被壓迫者說來不太現實的理想世界,乃至最後塗上一絲光明的色彩,拖上一條圓美的尾巴。至於與後於它的一些暴露名篇相較,從其暴露範圍之廣,其批判鋒芒之銳,特別是敢於連曹雪芹都不敢的「訕謗君相」「傷時罵世」來看,仍然能顯示出它的煥發光彩和撼人力量。這就難怪魯迅先生給《金瓶梅》的暴露藝術以極高的評價,說:「作者之於世情,蓋誠洞達,凡所形容,或條暢,或曲折,或刻露而盡相,或幽伏而含譏,或一時並寫兩面,使之相形,變幻之情,隨在顯見,同時說部,無以上之。」《金瓶梅》的確是一部我國暴露文學史上一時間「無以上之」的傑作。

《金瓶梅》暴露現實之所以傑出,首先就在廣度上顯示出來。這部小說在著重剖析西門慶及其一家的同時,把那把冰冷、犀利的解剖刀多層次、多角度地觸向了整個世界。上至朝廷,下及奴婢,雅如士林,俗若市井,無不使之眾相畢露;其社會政治之黑暗,經濟之腐敗,人心之險惡,道德之淪喪,一一使人洞若觀火。這真是達到了魯迅所說的「著此一家,即罵盡諸色」的境地。

我們先就解剖西門慶這一角色來看一看那個鬼蜮世界吧。西門慶原是個開生藥鋪的浮浪子弟。小說開始時,說他由於「近來發跡有錢,專在縣裡管些公事,與人把攬說事過錢,交通官吏,因此滿縣人都懼怕他」。這裡點出「發跡有錢」和「交通官吏」兩點,可以說就是這個十惡不赦的西門慶不但沒有受到社會懲罰,反而能稱霸一方、步步高升的兩大法寶。他就是靠勾結衙門來拚命斂財,財越積越多;又憑藉錢財來賄賂官場,官越攀越高。於是乎,他肆無忌憚地淫人妻女,貪贓枉法,殺人害命,無惡不作,最後因縱欲過度,暴病身亡。西門慶一生暴發暴亡的歷史,的確相當集中地暴露了當時社會的罪惡。

當時這個罪惡社會的首要特點，就是朝廷無道，政治黑暗，「賣官鬻獄，賄賂公行」。西門慶一生的行徑就充分地暴露了這一點。他一上場，就圖謀姦占潘金蓮，從而毒殺武大郎；接著又勾引李瓶兒，氣死義弟花子虛；後又憑藉權勢，把李瓶兒的第二個丈夫蔣竹山打得皮開肉綻，必欲置之死地而後快。他霸占宋惠蓮，又要陷害其夫來旺橫遭監禁、遞解之罪，迫使惠蓮自縊身死；而當惠蓮的父親宋仁「叫起冤屈來」，又被西門慶活活地殘害了一條老命：

> 這西門慶不聽萬事皆休，聽了心中大怒，罵道：「這少死光棍，這等可惡。」即令小廝：「請你姐夫來寫帖兒。」就差來興兒送與正堂李知縣，隨即差了兩個公人，一條索子把宋仁拿到縣裡，反問他打網詐財，倚屍圖賴，當廳一夾二十大板，打的鮮血順腿淋漓。寫了一紙供案，再不許到西門慶家纏擾，並責令地方火甲，跟同西門慶家人，即將屍燒化訖來回話。那宋仁打的兩腿棒瘡，歸家著了重氣，害了一場時疫，不上幾日，嗚呼哀哉死了。正是：……有詩為證：
>
> 縣官貪污更堪嗟　得人金帛售奸邪。
> 宋仁為女歸陰路　致死冤魂塞滿衙。

一部《金瓶梅》裡，正是「冤魂塞滿衙」！單單一個西門慶，就害死了好幾條人命。然而，這個劊子手不但逍遙法外，而且仍官運亨通，並頗有諷刺意味地當上了一個執掌刑獄的理刑官。「子係中山狼，得志便倡狂」。他一旦權在手，也就更貪婪地以權謀私，貪贓枉法，去包庇別人謀財害命。苗青殺主，罪該論死，而西門慶受賄後，一手包天，竟讓他順當地回家進一步侵奪主人的家產，霸占主人的妻妾。這樣，「贓跡顯著」，何人不曉，被巡按山東監察御史曾孝序奏了一本，但結果西門慶用「金鑲玉寶石鬧妝一條，三百兩銀子」打點了蔡京，受到懲罰的反而是個曾孝序：被罷官流放，「竄於嶺表」。在這世界上，還有什麼王法，有什麼天理？有的只是奸險之徒的世上樂園，有的只是善良人們的人間地獄，以及保護這一切的腐爛透頂的官僚機器！

官僚機器何以如此腐敗？這是由於組成這架機器的成員都是由私利聯繫起來的。西門慶原是「一介鄉民」，怎麼會被太師蔡京一眼看中，平地選拔為「山東理刑副千戶」呢？原來只是金錢打動了蔡京的心靈。一手交錢，一手賣官，這筆生意就在第三十回西門慶派來保、吳主管給蔡京送禮時做成的：

> 翟謙先把壽禮揭帖呈遞與太師觀看。來保、吳主管各捧獻禮物。但見：黃烘烘金壺玉盞，白晃晃減銀仙人，良工製造費工夫，巧匠鑽鑿人罕見；錦繡蟒衣，五彩奪目；南京紵緞，金碧交輝；湯羊美酒，盡貼封皮；異果時新，高堆盤槅。如何

不喜？……太師因向來保說道：「禮物我故收了，累次承你主人費心，無物可伸，如何是好？你主人身上可有甚官役？」來保道：「小的主人一介鄉民，有何官役？」太師道：「既無官役，昨日朝廷欽賜了我兒張空名告身劄付，我安你主人在你那山東提刑所做個理刑副千戶，……」

再看西門慶與蔡蘊的勾結也十分典型。蔡蘊乘著宋代無休無止的黨派之爭的空子，僥倖地得到了論才學本不該得到的「狀元」的桂冠。於是一頭倒在蔡京的腳下，「做了假子」。他回家省親，路經山東時，又得到了太師管家翟謙的特別關照。於是乎，西門慶熱情地接待了這位新科狀元，臨走又送了他「金緞一端，欽絹二端，合香五百，白金一百兩」，使得這位蔡狀元連聲說：「此情此景，何日忘之」，「倘得寸進，自當圖報。」（第三十六回）這可以說是兩人間的初步勾搭。不久，蔡蘊點了兩淮鹽御史，又經山東，得到了西門慶更為隆重的接待和奢豪的饋贈。這樣，蔡御史就說：「四泉（西門慶號）有甚事，只顧分付，學生無不領命。」一口氣答應給西門慶早支鹽引一個月，讓他輕易地獲得巨額利潤。接著，西門慶又請蔡御史為苗青之事，在替換曾孝序的宋御史面上「借重一言」。果然，蔡御史對宋御史說了一句「管他怎的」，就將苗青之罪一筆勾消，「放回去了」。寫到這裡，《金瓶梅詞話》的作者感慨道：

正是：人事如此如此，天理未然未然。有詩單表人情之有虧人處，詩曰：

公道人情兩是非，人情公道最難為。

若依公道人情失，順了人情公道虧。

這裡的「人情」就是「私情」，就是完全用一己之私利溝通起來的人與人之間的感情。當時的官僚機器就是靠這種私利維繫的。這正如小說中說的：「功名全仗鄧通成。」有了錢，就可以做官，就有了一切；為了錢，就可以賣官，就可以出賣一切。在這世界上，根本沒有什麼「公道」。那怕是最終為了維護統治集團根本利益的「公道」，也被氾濫的私欲沖得一精二光了。這樣的官僚機器，還有什麼政治可言？還有什麼卑鄙、無恥、凶狠、毒辣的事情幹不出來！

「功名全仗鄧通成」，那麼，這鄧通般的富有是從哪裡來的呢？是靠正當勞動掙來的嗎？不，小說的作者在這裡補充了一句話，叫做：「富貴必因奸巧得。」西門慶就是靠「奸巧」斂財而暴發起來的。他原是個「破落戶財主」，只是靠一爿生藥鋪賺錢。小說開始，他接連騙娶姦拐了富有的孟玉樓和李瓶兒為妾，得到了兩筆頗為可觀的財產。富孀孟玉樓帶來的是「南京拔步床也有兩張。四季衣服，妝花袍兒，插不下手去，也有四五隻箱子。珠子箍兒，胡珠環子，金寶石頭面，金鐲銀釧不消說，手裡現銀子也有上千兩，

好三梭布也有三二百篇。」不過，這比起李瓶兒來還是小巫見大巫。李瓶兒原是蔡太師女婿梁中書的妾，被李逵殺散時，曾帶走「一百顆西洋大珠，二兩重一對鴉青寶石」，後嫁了花子虛為妻，繼承了花太監的一份財產。當花子虛未死時，她就交給了西門慶三千兩大元寶，還說有「四口描金箱櫃，蟒衣玉帶，帽頂條環，提繫條脫，值錢珍寶好玩之物」。結果這些「軟細金銀寶物」，都在夜晚從牆頭上偷偷地運進了西門慶的家中。看來，西門慶謀婦，固然是由於好色，但同時也在於謀財。這是他騙錢的第一種奸巧手段。第二種，就是明目張膽地吞沒親戚的家財。他女婿避難投靠他家時，曾帶來「許多箱籠」，還另外送了他五百兩銀子，都被他「收拾月娘上房來」（第十七回）。其價值可能比李瓶兒的還要多，因這裡實際上包括陳家及「楊戩應沒官的贓物」，「許多金銀箱籠」（第八十六回）。第三是受賄。苗青一案，就一下子受賄一千七百兩。此外如鹽商王四峰被監在獄中，也「許銀二千兩，央西門慶對蔡太師人情釋放」（第二十五回）。第四是放高利貸。西門慶幾次借錢給李三、黃四做黑生意，都是「每月五分行利」。第一次借給他們一千五百兩銀子，黃四後來有一次拿出「四錠金鐲兒來，重三十兩，算一百五十之數」作利息（第四十三回）。他們之間的交易斷斷續續一直做到西門慶死。歷代對重利盤剝，久有法禁。如元代至元年間，「定民間貸錢取息之法，以三分為率」（〈元世祖本紀〉），這也重於漢代之什二。而西門慶竟以五分為息，可見其剝削之重。第五是不法經商。西門慶「開四五處鋪面，緞子鋪、生藥鋪、紬絹鋪、絨線鋪。外邊江湖又走標船，揚州興販鹽引，東平府上納香蠟。夥計主管，約有數十」（第六十九回）。他通過長途販運、賤買貴賣，牟取暴利。如那個絨線鋪，就是用四百五十兩賤買了一批當值五百兩的絨線開張的，後來「一日也賣數十兩銀子」。特別是他開的當鋪，賺錢更是昏天黑地。有一次有人拿了「一座大螺鈿大理石屏風，兩架銅鑼、銅鼓、連鐺兒」來當，只兌了三十兩銀子與他，但據說，「這屏風買的巧也得一百兩銀子與他，少了不肯」，更不要說再加兩架「彩畫生妝，雕刻雲頭，十分整齊」，「吹打起來，端的聲震雲霄，韻驚魚鳥」的銅鼓、銅鑼等了（第五十四回）。西門慶搞的長途販運，更是想方設法買通官吏，偷逃稅銀。第五十九回寫韓道國運貨回家時與西門慶的一段對話云：

> 西門慶因問：「錢老爹書下了？也見些分上不曾？」韓道國道：「全是錢老爹這封書，十車貨少使了許多稅錢。小人把緞箱，兩箱併一箱，三停只報了兩停，都當茶葉、馬牙香櫃，上稅過來了。通共十大車貨，只納了三十兩五錢鈔銀子。老爹接了報單，也沒差巡攔下來查點，就把車喝過來了。」西門慶聽言，滿心歡喜，因說：「到明日，少不的重重買一分禮，謝那錢老爹。」

西門慶的富，就是靠這些「奸巧」手段富起來的。據第七十九回他臨死前向吳月娘

的交代，他家幾處商鋪和少量外借的銀子合起來就有九萬一千七百四十兩。這當然不包括他家裡的大宗積貨和藏銀。這些橫財就在不到五年的時間內暴發起來的。這種「富」正如古人所說的是「奸富」。這種「奸富」只能是極少數人的富。這種少數人的富，完全是建築在大多數從事正當勞動者被剝削、被拐騙基礎上的富。它根本無益於社會財富的創造和積累，而只能將社會的財富蛀空，使大多數人貧窮。但社會竟縱容這批蛀蟲，因為就是這批只知個人私利的蛀蟲主宰著社會。因而，《金瓶梅》的作者盡力地描繪了西門慶之流以奸巧得富貴，正有力地反映了當時的經濟是多麼混亂，社會是多麼黑暗！

富起來了，西門慶一方面用大量的金錢來上通權要，鑽刺買官，下結地痞，籠絡人心，以鞏固和擴大自己的黑勢力；另一方面則用來過窮奢極欲的糜爛生活。他家擁妻妾六位，日日淫欲無度，還要姦污使女，霸占僕婦，嫖玩妓女，乃至私通上等人家的太太。在這裡，有好友的老婆，義子的母親，妻妾的侄女，真是人倫毫無，道德喪盡。當時，一般人們的生活相當貧困。一個使女，只值銀子六兩（秋菊）、五兩（小玉），乃至四兩（錦兒）。主管一爿商鋪的夥計的月薪也只有二兩。而西門慶梳籠妓女李桂姐，一次就化了五十兩，還外加四套衣服；招待宋、蔡兩位御史，一席間費了「千兩金銀」。這就是《金瓶梅》讓我們看到的一個暴發戶的生活。

西門慶是書中的主角，他一生的所作所為，足以暴露當時社會政治的黑暗、官場的腐敗、經濟的混亂和道德的淪喪。而西門慶的所作所為，是在與各色人等發生關係中完成的。各種各樣的人與他一起組成了一個真實如畫的鬼蜮世界。這裡有昏庸的皇帝、貪婪的權奸、墮落的儒林、無恥的幫閒、齷齪的僧尼、淫邪的妻妾、欺詐的奴僕，乃至幾個稱得上「極是清廉的官」，如開封府楊時、東平府陳文昭等，也是看「當道時臣」的眼色，偏於「人情」，執法不公。有人說，《紅樓夢》中除了一對獅子外，再也沒有清潔的了。這話說得未免過分。大觀園中的主人公們還在為取得自以為清潔的東西在掙扎著。而一部《金瓶梅》，除了如武松、曾孝序、王杏庵等毫不重要的配角身上還閃爍著一星正義的火光之外，整個世界是漆黑漆黑的。小說的作者就是把西門慶放在最普遍的聯繫中來展示，這個世界從整體上來說是黑暗透頂、腐朽不堪的。

文學暴露社會的黑暗的廣度本身就體現著一定的深度。從普遍聯繫中來暴露黑暗，就有力地證明了這些弊病不是偶然的、個別的。但是，文學暴露的深刻性畢竟還應當從多方面來加以考察。作品是否真實地反映了當時社會中為最大多數人所關心的尖銳問題和本質矛盾，就是衡量暴露深度的重要界尺。明代中後期，作為最高統治者的皇帝，個個好色貪財，昏庸凶殘，以致政事日非，矛盾重重。明神宗年幼時由張居正當道，政治雖略有起色，但於萬曆十年居正死後，政局大變。這個暴君，「酒色財氣」，四病俱重，不可藥治。他「每夕必飲，每飲必醉，每醉必怒，左右一言稍違，輒斃杖下」（《明實錄》）。

其「好貨成癖」（《明實錄》），真可謂「斂財之事無奇不有」（孟森《明清史講義》）。至於嗜色，更屬荒唐。不但使整個社會風氣日趨淫靡，而且「忠謀擯斥」，直接衝擊了朝政。特別因寵幸鄭貴妃而欲廢長立幼，釀成了十幾年爭建儲的政治漩渦，後果嚴重。他幾十年深居宮中，不接朝臣，以致佞幸擅權，內閣紛爭，上為結黨營私，下競貪緣鑽刺，吏治敗壞，貪污成風。統治集團過著越來越荒淫無恥的生活，廣大人民則日益貧困。於是，柔者轉死於溝壑，強者揭竿以起義，全國發生了「民變」數十起。面對著這樣的現實，憂國愛民的屠隆感到十分痛苦。他在〈奉楊太宰書〉中說：

> 隆竊思此時，國本（按：指建儲之爭）未定，朝議多端，宗室失所，邊防懈弛，吏治粉飾，官守貪污，人情傾仄，俗尚浮誇，費用太繁，徵求頗急，閭閻空虛，黔首痼瘵。又如以災情事，大有可虞！夫天下仳離，則治平繼之；治平之後，所繼非復治平矣！

屠隆之所慮，不是和《金瓶梅》所鋪敘的畫面如同一轍嗎？那麼，造成這樣局面的責任屬誰呢？屠隆又說：

> ……今日水旱逕仍，疫癘繼作，去年元元大被其毒，今歲益甚。吳越之間，赤地千里，喪車四出，巷哭不絕。隆竊念主上英明，總攬大臣，寬仁愛人，明良在朝，政刑修舉，不應致昔而宵眚若此，此或前人鷙猛束濕之餘也。

這些話，不是語含譏諷，直指所謂「英明」的主上、在朝的「明良」嗎？所謂「此或前人」云云顯然是一句託辭而已。假如這段話嫌不夠清楚的話，再看其為「告當世，貽後來」而寫的〈荒政考〉云：

> 夫歲胡以災也？非王事不修，時有闕政，皇天示譴，降此大眚，則或小民淫侈，崇慝積蠹，醞釀沴氣，仰干天蘇雨暘，恒若水旱為災。歲以不登，四境蕭條，百室枵餒，子婦行乞，老稚哀號，甚而斫草根，剝樹皮，析骸易子，人互相食，積骨若陵，漂屍填河，百姓之災傷困厄至此，為民父母奈何束手坐視而不為之所哉！

這段話，實際上也指出了百姓生活之慘狀，完全是由於「王事不修，時有闕政」及「小民淫侈，崇慝積蠹」所造成的，歸根到底應該由「為民父母」的統治者負責的。《金瓶梅詞話》的創作，就是與這思想一脈相承的。它在廣泛地暴露那樣一個黑暗的社會時，是把矛頭指向當時的統治集團乃至最高統治者的，且在客觀上把其暴露放在兩個階級對立的背景上的。

請看小說正文開頭，作者就特地安排了這麼一段話：

> 話說宋徽宗皇帝政和年間，朝中寵信高楊童蔡四個奸臣，以致天下大亂，黎民失
> 業，百姓倒懸，四方盜賊蜂起，……皆轟州劫縣，放火殺人，僭稱王號。惟有宋
> 江，替天行道，專報不平，殺天下贓官汙吏、豪惡刁民。

這段話，可以說與正文故事並不搭界，但作者就是要用它來開頭，這不能不說是頗有深
意的。與此相似的，在第三十一回中還有這樣一段評論：

> 看官聽說，那時徽宗天下失政，奸臣當道，讒佞盈朝，高楊童蔡，四個奸黨在朝
> 中，賣官鬻獄，賄略公行，懸秤升官，指方補價，夤緣鑽刺者驟升美任，賢能廉
> 直者經歲不除，以致風俗頹敗，贓官汙吏，遍滿天下，役煩賦重，民窮盜起，天
> 下騷然：不因奸佞居台輔，合是中原血染人。

這都點明：一、造成「風俗頹敗」「黎民失業」，乃至「天下大亂」的根源是統治集團
的昏庸腐敗，而其罪魁禍首不是別人，正是最高統治者「徽宗皇帝」；二、忍無可忍
的百姓必將鋌而走險，其中雖有「殺人放火，僭稱王號」者，但同時也有起來「替天行
道，專報不平」，為剷除西門慶之流「贓官汙吏，豪惡刁民」，掃平這黑暗世界而奮鬥
者。

《金瓶梅詞話》將暴露社會黑暗的焦點集中到皇帝身上，是抓住了腐朽的封建政治的
要害的。封建政治的最大禍害，就是「朕即國家」，專制獨斷，毫無民主。假如皇帝是
個昏庸無道之主，那政治就不可能有清正光明之日。而且，上行下效，層層污染，必將
毒化整個世界。《金瓶梅詞話》一書，儘管將其主要筆墨來描寫以西門慶為中心的市井
社會，但胸有全域的作者通過巧妙的構思，把聚光鏡最後還是對準了皇帝。西門慶本是
「一介鄉民」，至多只是清河縣的一個土豪而已，而後來他竟官至山東省的「理刑正千戶」，
氣焰熏天，其關鍵就是第三十回中因賄賂蔡太師而買了個理刑副千戶官。但請注意，蔡
太師之所以能在這裡賣個官給西門慶，還是由於「昨日朝廷欽賜了我幾張空名告身劄
付」，正是由皇帝縱容他幹的。後來，也正是在皇帝的主持下，貶謫了彈劾西門慶「夤
緣升職，濫冒武功」「行檢不修」，「贓跡顯著」的曾御史，反而嘉獎西門慶為「在位
不貪，國事克勤，而台工有績，翊神運而分毫不索，司法令而齊民咸仰」（第七十回）。
於此可見《金瓶梅》中的統治機器，正是皇帝通過朝中高楊童蔡「四個奸黨」來層層控
制、培植以組裝起來的。這個社會腐敗的總根子就在皇帝。這個皇帝正與現實中的皇帝
一樣出奇地貪財好色。他為了滿足私欲，營建艮嶽，差人「往江南湖湘採取花石綱」，
搞得「官吏倒懸，民不聊生」（第六十五回），而他依然是「朝歡暮樂，依稀似劍閣孟商
王；愛色貪杯，仿佛如金陵陳後主」（第七十一回）。於此，我們聯繫到整部小說開頭的

入話是用了項羽、劉邦一流帝王的「情色」故事，其劉邦因寵戚夫人而欲廢嫡立庶，就與當時明神宗寵鄭貴妃而欲廢長立幼十分相似；再加上正文之前又特別引了〈四貪詞〉分別詠酒、色、財、氣以作勸誡，並在書中出現「陳四箴」「何其高」之類顯然與萬曆十八年雒于仁上酒、色、財、氣四箴諷諭神宗相關的寓意名字（詳見〈論《金瓶梅詞話》的政治性〉，此不贅）。因此，我認為這部小說寫宋朝的徽宗，就是喻明朝的神宗。《金瓶梅詞話》的確是一部「指斥時事」之作，是一部敢於面對現實中尖銳的政治問題，而將批判的矛頭直指最高統治者以及整個腐朽的統治集團的小說。從這一點來看，它的暴露是極不尋常的，在整個文學史上是少見的。

《金瓶梅詞話》暴露的深刻性，不僅僅表現在敢於正視現實，尖銳潑辣地暴露統治階級的惡，而且也反映在以同情的筆觸去表現被統治、被壓迫人民的苦難和反抗，將它的暴露放在社會對抗的背景中來展現。誠然，這部小說的重點在於暴露社會的陰暗面，因而其批判的筆墨也帶到了那些下層群眾被腐蝕了的心靈和完全墮落了的奴才。但這絕不是說作者眼裡的世界全是污濁，心中根本沒有人民。就上文所引第一回、第三十回兩段直接抨擊宋徽宗及四個奸臣和「天下贓官汙吏、豪惡刁民」時，都為「黎民失業，百姓倒懸」，「役煩賦重，民窮盜起」發出過哀歎之聲，並直接歌頌了宋江一類專打不平的「強盜」。以後，也幾次點到了宋江為首的起義隊伍，小說中難得的正面人物武松最後也上梁山去了。第二十七回，在引用《水滸傳》中同樣引用的「赤日炎炎似火燒」這首鮮明地表現了社會對立的詩歌之前，還多了一段兩類「三等人」的議論。一類是「怕熱」田間農夫、經商客旅、塞上戰士，另一類是「不怕熱」的宮內帝后、羽士禪僧和王侯貴戚、富室名家。這裡且各擇一等，以觀作者的態度：

> ……田舍間農夫，每日耕田邁隴，扶犁把耰，趕王苗二稅，納倉廩餘糧，到了那三伏時節，田中無雨，心中一似火燒。
> ……王侯貴戚、富室名家，每日雪洞涼亭，終朝風軒水閣。蝦鬚編成簾幌，鮫綃織成帳幔，茉莉結成的香毬吊掛。雲母床上，鋪著那水紋涼簟；駕鴦珊枕，四面撓起風車來。那旁邊水盆內，浸著沉李浮瓜、紅菱雪藕、楊梅橄欖、蘋婆白雞頭。又有那如花似朵的佳人，在旁打扇。

當然，我們不能苛求作者有階級觀點，能認識封建社會的基本矛盾。但在這裡，他還是在客觀上揭示了社會的對立，並明顯地站在同情「怕熱」的三等被統治者的立場上。作者的這種思想感情反映在描寫西門慶的家人時，對僕人來旺、宋惠蓮夫婦、丫鬟秋菊，乃至小妾孫雪娥這些人的苦難遭遇也表示了不同程度的同情。且看宋惠蓮，她生活在這樣的環境裡，固然有貪財、輕薄的一面，但她與西門慶苟且多少有點出於無奈。而當她

一旦發現丈夫來旺遭到西門慶的暗算時，就敢於起來當面斥責西門慶：「你原來是個弄人的劊子手，把人活埋了！害死人，還看出殯的！」（第二十六回）堅決擯棄了「第七房」的名位和三間房子、一個丫鬟的利誘，終於以死來表示對西門慶及那個社會的憤慨和反抗。其夫來旺，本來也只是一個普通的比較老實的奴僕。他生活的理想也無非是「往原籍家去，買幾畝地種」而已（第九十回），但在忍無可忍的欺壓下，也激起了反抗的怒火。當他得知主人西門慶「耍了」自己的老婆後，公開大罵西門慶，揚言「我教他白刀子進去，紅刀子出來」，還說「一不做，二不休，到跟前再說話。破著一命剮，便把皇帝打」（第二十六回），鮮明地表現了勞動人民的反抗性。總之，在《金瓶梅》的世界裡，雖然是豺狼當道，虎豹橫行，但作者並沒有忘記受苦受難的廣大勞動人民。他的暴露正是建築在兩種人的矛盾對立的基礎上的。並且，我們可以清楚地感受到作者是同情被壓迫人民的遭遇和反抗的。甚至可以說，這部小說能使人覺得，如武松那樣，「上梁山為盜去」，跟隨宋江，「替天行道，專報不平，殺天下贓官汙吏、豪惡刁民」，正是一條可走的道路，這無疑也是這部暴露小說的一個不同凡響之處。

在用一般的社會政治觀點來考察這部小說暴露的深刻性以後，假如我們還從思想哲學的角度上來看一看這部小說的話，那就會使人立即感到，這部小說同時也把社會的罪惡當作人性的弱點來加以暴露的。人類究竟是人。「人性」問題早為我國先秦的哲學思想家們所注意。人性是善，還是惡，或者無善無不善，可以為善可以不為善呢？哲學家們喋喋不休的論爭自然會影響文學家的頭腦，遲早會反映到文學創作中來。從我國小說發展的歷史來看，其描寫的對象從神到人是一個進步；從超人到凡人又是一個進步；再到側重刻劃人情，探討人性，又是一個進步。當然，這種進步不能與今天的思想認識相提並論，它只是與以前相比而顯示出深了一層，進一步而已。這種進步，在短篇小說的創作中較容易因而也較早地反映出來。例如《清平山堂話本》中，就有一些篇章露出了這方面的苗頭。像〈錯認屍〉一篇，其入話詩就道出了宗旨：「世事紛紛難意陳，知機端不誤終身。若論破國亡家者，盡是貪花戀色人。」這就把一切禍害的根源歸結於人類常犯之病：「貪花戀色」。在正文中，又說「只因酒色財和氣，斷送堂堂六尺軀」，擴大為四病。事實上，酒色財氣在我國古代普遍認為是人性的弱點，是常人易得的病症。早在《戰國策》卷二十三〈梁王魏嬰觴諸侯於范台〉章中，就提到了酒色等四者「足以亡其國」的觀點。至後漢時有人就以「酒色財」作為三戒。到了元明時期，酒色財氣四戒已在詞曲小說中普遍出現。且在這四字中往往特別強調「那色字利害」（〈蔣興哥重會珍珠衫〉）。《金瓶梅詞話》作為一部長篇小說，可以說第一次比較自覺地將整部作品的構思同時立足在暴露人性中的「酒色財氣」「四貪」之病上，特別是「情色」之累上。小說卷首所附的「四貪詞」即畫龍點睛地交代了作者的創作意圖，其入話又特別引用了

因色致禍的故事，進一步強調了這一作者認為的人性的弱點。整部小說就在這基礎上層層展開，暴露了社會的眾相。

這裡，人們往往會引起誤解，認為《金瓶梅詞話》的作者即是「性惡論」者，將人性的本原看作是惡，是酒色財氣。其實不然。假如說他的人性論接近誰的觀點的話，那還是比較接近告子的性無善無不善或可以為善可以為不善的說法。《金瓶梅詞話》的作者並不認為人人都必定有酒色財氣之病，病就病在「貪」字上，即過度上。即以色論。告子曰：「食色性也。」飲食和男女是人性所固有的。屠隆在〈與李觀察〉信中也說情欲「其根固也」，「若頓重兵堅城之下，雲梯地道攻之，百端不破」。這是因為「父母之所以生我者以此，則其根也，根固難去也」。因此，在《金瓶梅詞話》中並不一般地否定男女的情欲，在描寫吳月娘、孟玉樓等性行為時並不流露出多少貶斥之意。相反，對於某些虛偽地壓抑人性的言行加以揶揄和抨擊，例如在第八十九回等處對於和尚尼姑的嘲笑就非常尖銳：「那和尚，光溜溜，一雙賊眼單睃趁施主嬌娘；這禿廝，美甘甘，滿口甜言專說誘喪家少婦。淫情動處，草巷中去覓尼姑；色膽發時，方丈內來尋行者。仰觀神女思同寢，每見嫦娥要講歡。」也正是在這樣認識的基礎上，《金瓶梅詞話》的作者敢於對性行為作直接的、放肆的描寫。甚至可以說，這種描寫本身就是對於「存天理，滅人欲」的禁欲主義的一種衝擊。但是，《金瓶梅詞話》的作者絕不是某些人所認為的鼓吹「性解放」。他只是敢於用文學的描寫來承認封建秩序中正常的人類的性的欲望而已。他還根據傳統的觀點而認為這種欲望是非常容易導致過分的貪求，而這種貪淫必將遭致罪惡。西門慶、潘金蓮可以說是小說中兩個男女貪淫的首惡。他們貪淫的結果，就是敗風紀，毀人倫，乃至謀財害命，作惡多端，最後自己都慘死在這過度的淫欲上。顯然，作者並不讚賞什麼「性解放」。當然，西門慶、潘金蓮都是「惡」的典型，作者對他們貪淫的批判或許還不足以說明問題，那麼我們來看看他對李瓶兒的描寫吧。作者對李瓶兒多少是有點同情的。她善良、柔順，甚至有點懦弱，正如玳安在第六十四回中說的：「說起俺這過世的六娘，性格兒這一家子都不如她，又有謙讓，又和氣，見了人只是一面兒笑，俺們下人，自來也不曾呵俺們一呵，並沒失口罵俺們一句奴才。……這一家子都那個不借他銀使，只有借出來，沒有個還進去的，還也罷，不還也罷。」就是西門慶，也口口聲聲叫她「我的好性兒，有仁義的姐姐！」（第六十二回）但是，作者還是把她當作「淫婦」來批判，因為她確實失之於貪淫。當初，李瓶兒嫁給花子虛後，並沒有過著正常的夫婦生活，這是由於她的叔公花太監似乎占有了她，故李瓶兒與她丈夫「另一間房裡睡著」。花子虛無可奈何，「每日在外邊胡撞，就來家，奴等閒也不和他沾身」（第十七回）。這就養成了花子虛即使在花公公死後也長期在外宿娼，「整三五夜不歸家」，氣的李瓶兒一身病痛。後來嫁給蔣竹山，原想把他「當塊肉兒」，但結果是個

「腰裡無力」的「中看不中吃的蠟槍頭、死王八」，也使她「不稱其意」（第十九回）。相比之下，西門慶的「狂風驟雨」滿足了她渴求的欲望，所以她幾次說到：「你是醫奴的藥一般，一經你手，教奴沒日沒夜只是想你！」（第十九回）李瓶兒就是貪求這「醫奴的藥」，使她違反了正常的封建秩序，狂熱地追求西門慶，以致一時間變得心狠手辣，氣死了花子虛，逼走了蔣竹山，幾乎完全成了兩個人。而其最後，她終於也被這「醫奴的藥」種下了病根，因經期與西門慶交歡而「精沖了血管」（第六十一回），再加上被潘金蓮「氣惱」，就「氣與血相搏則血如崩」而亡，受到了貪淫的懲罰。這正如張竹坡說的：「至於李瓶兒，雖能忍耐，乃自討苦吃，不關人事。而氣死子虛，迎姦轉嫁，亦去金蓮不遠，故亦不妨為之馳張醜態。但瓶兒弱而金蓮狠，故寫瓶兒之淫，略較金蓮可些，而亦早自喪其命於試藥之時，甚言女人貪色，不害人即自害也。吁，可畏哉！」總之，《金瓶梅詞話》的作者要批判的不是人性的本身，而是人性的弱點，即人性中容易導致過分之求的傾向。這裡，酒色財氣，特別是情色，就是作者認為人性中最有誘惑力，因而最有危險性的東西。

　　《金瓶梅詞話》的作者在暴露、批判人性的弱點時，當然不可能用階級論，往往強調「貴賤一般，今古皆然」（第一回）。但在具體描寫中，這種人性的弱點在各人身上又表現得千差萬別。比如貪財，蔡太師的受賄，西門慶的奸取，乃至如王六兒的「借色求財」（張竹坡語），貪財則如一，表現各有別。而且，《金瓶梅詞話》的作者或許受了告子的影響，並不認為人性的弱點之所以成病是先天的，而是認為由後天社會環境薰染而成的。告子說：「性猶杞柳也，義猶桮棬也。」（〈告子〉上）這是說，人性猶如杞柳一樣，可以編成各種不同的器具。或者說，人性好像水，「決諸東方則東流，決諸西方則西流」，引導不同，發展就不同。這種觀點在關於潘金蓮出身的描寫上反映得非常明顯。本來，在《水滸傳》中，關於潘金蓮的出身只寫道：「金蓮係清河縣裡一個大戶人家使女，因為那個大戶要纏她，這使女只是去告主人婆，意下不肯依從，那大戶以此記恨於心，卻倒賠些妝奩，白白地嫁與武大。」這裡寫得十分簡略，而且潘金蓮「意下不肯依從」，與其淫蕩的性格不很合拍。《金瓶梅詞話》於此不僅改成了張大戶輕而易舉地「收用了」她，而且大肆渲染了一個王招宣府和林太太。這是一個很重要的有意義的發展。對此，張竹坡在〈第一奇書金瓶梅讀法〉中作了很好的解釋：

　　……再至林太太，吾不知作者之心，有何千萬憤懣而於潘金蓮發之。不但殺之割之，而並其出身之處，教習之人，皆欲致之死地而方暢也。何則？王招宣府內，因金蓮舊時賣入學歌學舞之處也。今看其一腔機詐，喪廉寡恥，若云本自天性，則良心為不可必，而性善為不可據也。吾知其自二三負歲時，未必便如此淫蕩也。

使當日王招宣家，男敦禮義，女尚貞廉，淫聲不出於口，淫色不見於目，金蓮雖淫蕩，亦必化為貞女。奈何堂堂招宣，不為天子招服遠人，宣揚威德，而一裁縫家九歲女孩至其家，即費許多閒情教其描眉畫眼，弄粉塗朱，且教其做張做致，喬模喬樣，其待小使女如此，則其儀型妻子可知矣。……吾故曰：作者蓋深惡金蓮，而並惡及其出身之處，故寫林太太也。

這很清楚地說明了潘金蓮之所以「如此淫蕩」，並不是天生的，完全是由於她在一個「一腔機詐，喪廉寡恥」的環境中被「教習」而成的。作者在暴露環境對人的惡劣影響時，又十分強調「上行下效」，把惡的源頭歸結於上層，指向統治階級。這也正如張竹坡在〈讀法〉中說的那樣：「西門止知貪濫無厭，不知其左右親隨，且上行下效，已浸淫乎欺主之風。」如第七十八回，寫到其親信玳安剛侍候西門慶從賁四嫂屋裡出來，自己就緊接著進去「睡了一宿」。於此，詞話本的作者就點明：「看官聽說，自古上樑不正則下樑歪。此理之自然也。如人家主子行苟且之事，家中使的奴僕，皆效尤而行。」因此，我們說《金瓶梅詞話》的作者在暴露酒色財氣等人性的弱點時，儘管有把它們當作人類共性的傾向，但同時又把它們表現得各有個性，且還朦朧地感覺到這種人性的弱點具有「上」「下」之分，而其罪惡的源頭正是在「上」而不在「下」。在我國古代文學史上，對於「人性」問題的暴露和認識能有如此程度的，應該說是並不多見的。

《金瓶梅詞話》這樣全心全意地致力於廣泛而深刻地暴露社會黑暗，在我國文學史上確實是少見的，於是使歷來習慣於歌功頌德、粉飾太平的文人們感到難以理解。怎麼全書找不出一個主要的正面人物，看不到足夠的光明呢？作者有沒有原則、理想？甚至對於暴露的人和事有沒有愛憎感情呢？諸如此類不是問題的問題竟莫名其妙地成了一部暴露小說的罪案。事實上，在那樣一個一團糟的社會裡，暴露黑暗為什麼一定要同時歌頌光明呢？比《金瓶梅詞話》還沒有正人君子和光明色彩的諸多作品不也有世界公認的傑作嗎？小說作者能將如此豐富、生動、典型的材料搜集起來，加工成這樣一部完整、統一的作品，怎麼能想像作者沒有是非觀念和愛憎感情呢？看來，問題不在於作者有沒有原則和理想，而在於有的是什麼樣的原則和理想。在我看來，作者暴露現實的武器就是他所認為的「善」。他嚮往的世界就是一個君明臣賢而人人遵守封建道德規範和正常秩序的善的世界。他的創作目的就是要在「指斥時事」的同時，達到「關係世道風化，懲戒善惡，滌慮洗心，無不小補」（欣欣子序），「奉勸世人，勿為西門之後車可也」（東吳弄珠客序）。關於這一點，我們可以從結束西門慶、潘金蓮兩個主要人物的描寫及全書結尾處這樣三個頗為關鍵的地方，看一看作者的態度。在第七十九回西門慶「嗚呼哀哉，斷氣身亡」時，小說引古人格言道：

> 為人多積善，不可多積財。積善成好人，積財惹禍胎。……今日非古比，心地不明白。只說積財好，反笑積善呆。多少有錢者，臨了沒棺材。

這裡將惡之一端「積財」與善對照。於第八十七回武松將殺潘金蓮時，作者則這樣說：「善惡到頭終有報，只爭來早與來遲。」到全書大結束時，作者又再一次強調「西門慶造惡非善」，本當死後受到嚴懲，但由於吳月娘「平日好善看經」，故不但還能留有一個兒子，為「一點善根所種」，而且自己也「壽年七十歲，善終而亡」。最後有詩為證云：

> 閒閱遺書思惘然，誰知天道有循環。
> 西門豪橫難存嗣，經濟顛狂定被殲。
> 樓月善良終有壽，瓶梅淫佚早歸泉。
> 可怪金蓮遭惡報，遺臭萬年作話傳。

這裡除了宣揚天道循環之外，主要就是強調了善惡的對立。《金瓶梅詞話》暴露「惡」，就是為了肯定其對立面「善」。

那麼，《金瓶梅詞話》作者心目中的「善」是什麼呢？這當然是十分複雜的。但主要是指能克服人性中的貪欲而遵守封建的道德規範和正常秩序。這包括從皇帝大臣到凡夫俗子。做皇帝，就要如第七十一回所唱的「趙大郎」：「學禹湯文武，宗堯舜」，「正三綱，謹五常」，「憂的是百姓苦」，「向御榻心勞意攘」，施「仁政」，「用忠良」。做朝臣，就要如趙普式的「賢宰相」：「用《論語》，治朝廷有方」，「能用兵，善為將」；或者也要如曾孝序、宇文虛中、徐對之類的「每懷惻隱之心，常有仁慈之念」，做「清廉剛正」之官。做百姓，也得戒酒色財氣四貪，做個有仁義道德，能知足隨分的人。這種思想，無疑有與人民的願望相聯繫的一面。但生活在那個社會裡的作者，不能不受到統治階級思想的影響，故在他的「善」的概念裡也明顯地打上了封建保守的烙印，根本上還是有利於封建統治的。特別是作者根深蒂固的主人與奴才有別的等級觀念和女人是禍水的觀點，有時候就導致了模糊善惡的界限，從而影響了小說暴露的廣度和深度，乃至有時候陷入了混淆是非的境地。當然，影響《金瓶梅詞話》暴露成就的不僅僅是作者的善惡觀念問題，還有如禍福天定、四大皆空、及時行樂、輪回報應等消極思想或多或少地損害了作品的暴露性。但這些灰色畢竟是有限的，它們塗抹不掉《金瓶梅詞話》在暴露文學史上的熠熠光輝。

二

《金瓶梅詞話》之所以成為暴露文學史上的一部傑構，不僅是由於作者能審察世情，關心國事，同情人民，而且也由於他相當嫻熟地掌握了從藝術方面來打開暴露大門的鑰匙。

暴露，作為一種手段，其目的是為了使人們認識社會的假醜惡；而它作為一種藝術，其基點就應該是通過描繪具體形象來感染人。這裡，成功的關鍵在於冷靜、客觀，而不在於生硬說教，面命耳提。這正如深受《金瓶梅》暴露藝術影響的《儒林外史》臥本回評者所指出的，暴露文學的「繪風繪水手段」就在於「直書其事，不加斷語，其是非自見也」；假如一加斷語，「文字便索然無味矣」。稍後的俄國暴露文學大師果戈理也說：「說教並不是我的職責。我的職責是用生動的形象，而不是用議論來說明事物。」（〈致茹科夫斯基〉）《金瓶梅詞話》作為我國文學史上第一部長篇暴露小說，雖然還沒有徹底擺脫傳統話本藝術的影響，特別在回前回末的詩詞中，在行文中間「看官聽說」的文字中，還有時擺出一副「講論只憑三寸舌，秤評天下淺和深」（羅燁《醉翁談錄》）的架勢，直接表示作者的態度，評判社會之種種。但好在這些文字與整個小說故事的流動是若即若離的，多數是存之也可，去之無妨（《新刻繡像批評金瓶梅》本就對此作了大幅度的刪改），而從小說的正文來看，幾乎都是客觀的描摹，冷靜的暴露。《金瓶梅》的評點家們就指出這種特點是「筆蓄鋒芒而不露」，是「春秋筆法」，是讓讀者通過自己的審美活動來加入其主觀成分，以得到正確的結論。一般說來，讀者根據自己的生活經驗和認識水準，能對小說中暴露出來的怪現狀作出評判，感到厭惡。例如，第五十五回寫到蔡京飲請西門慶的一幅場景：

> （蔡京）見說請到了新乾子西門慶，忙走出軒下相迎。西門慶再四謙遜：「爺爺先行」。自家屈著背，輕輕跨入檻內。蔡太師道：「遠勞駕從，又損隆儀，今日略坐，少表微忱。」西門慶道：「孩兒戴天履地，全賴爺爺洪福，些小敬意，何足掛懷。」兩個喁喁笑語，真似父子一般。二十個美女一齊奏樂，府幹當直的斟上酒來。蔡太師要與西門慶把盞，西門慶力辭不敢，只領的一盞，立飲而盡，隨即坐了筵席。西門慶教金童，取過一隻黃金桃杯斟上滿滿一杯，走到蔡太師席前，雙膝跪下道：「願爺爺千歲。」蔡太師滿面歡喜道：「孩兒起來。」接過便飲個完。

作者在這裡描繪了「一種親愛情景」（崇禎本眉批），一無論斷。正直善良的讀者一讀至此，都不會誤解成作者在歌頌蔡京的禮賢下士，或者西門慶的尊重長者，而只能感

受到這兩個醜類一貪財，一附勢，相互勾結，狼狽為奸，猶如自己把他們痛罵了一頓似的從心底裡覺得無比痛快。這就是藝術暴露醜的魅力所在。因而，越是把假醜惡暴露得淋漓盡致，就越是使人嚮往真美善。這正如崇禎本評點者指出的：「《金瓶梅》一書，凡西門慶壞事必盛為皤揚者，以其作書懲創之大意矣。」

但是，作者不露聲色的「春秋筆法」，往往有不易被讀者理解的地方。當讀者對於作品前後的聯繫稍有疏忽，或受到文化修養、生活經驗等認識能力的限制，就有時窺不破作者筆底的波瀾、綿裡的針刺。例如第六十回寫「西門慶立緞鋪開張」時，「穿大紅冠帶」，小優兒在席前唱了一套《南呂紅衲襖》（混元初生太極）。一般讀者看過，也許不會留下什麼印象。然不知作者正在這裡用衣著來譏刺西門慶「市井氣可笑」和用特定小曲來點出他的「功名富貴全從財出」（崇禎本語）。正因為作者冷靜的暴露有不易被人完全理解之處，所以有時竟會使人懷疑這種暴露究竟是抱著批判的態度還是帶著欣賞的口吻。特別是關於性的描寫上，有人因此而覺得它是以大量的篇幅來盡情發洩，極力渲染，只能說明作者的思想庸俗，趣味低級。其實，作者對於傳統道德所不允許的性的描寫，也並非是不分場合的肆意發洩，而是有所選擇和考慮的。在這裡，雖然不能說作者與庸俗情趣絕然無關，但主要傾向確是以此來暴露西門，並通過暴露西門來指斥時事，憂慮人生。張竹坡在〈批評第一奇書金瓶梅讀法〉中說：

> 《金瓶梅》說淫話，止是金蓮與王六兒處多，其次則瓶兒，他如月娘、玉樓止一見，而春梅則惟於點染處描寫之。何也？寫月娘，惟掃雪前一夜，所以醜月娘，醜西門也。寫玉樓，惟於含酸一夜，所以表玉樓之屈，而亦以醜西門也。是皆非寫淫蕩之本意也。至於春梅，欲留之為炎涼翻案，故不得不留其身分，而止用影寫也。至於百般無恥，十分不堪，有桂姐、月兒不能出之於口者，皆自金蓮、六兒口中出之。其難堪為何如此？作者深罪西門，見得如此狗彘，乃偏喜之，真不是人也。故王六兒、潘金蓮有日一齊動手，西門死矣。此作者之深意也。

張竹坡的看法是有一定道理的。我們讀《金瓶梅》不能用「淫」的觀點來看其淫處，而當有全域的觀點，在聯繫中看其「起伏層次，貫通氣脈」，深察其暴露醜惡，批判現實的本意。

毫無疑問，《金瓶梅詞話》在暴露時基本上用的是白描手法。然而，顯示作者筆力的不僅僅是一般的形容條暢、刻露細緻而已。為了加強暴露的強度、廣度、深度及其真實性、娛樂性，作者還採用了多種技巧，使作品的暴露在藝術上臻於完美。

一、對照映襯。這種本領，就如魯迅說的「一時並寫兩面，使之相形」，乃致黑白分明，是非立見，增強了暴露的強度和批判的力量。而這種相形，又不是千篇一律，有

一公式可循，而是隨物賦形，變化多端。這裡有言行不一，口是心非，有人與人之間的對比，也有人與景之間的映襯，乃至有事與事之間的對照……。下面就略舉數例，以見其一斑。

《金瓶梅詞話》第四十九回寫蔡御史在西門慶家酒醉飯飽之後，到掌燈時分，進留宿的翡翠軒時，只見「兩個唱的，盛妝打扮」，等待著他。這時，他一邊嘴裡說著「恐使不得」，裝得很正經，一邊攜著西門慶為之安排的這兩個妓女的手，「不啻恍若劉阮之入天台」。這段描寫為魯迅所欣賞，曾一再予以指出。在這裡確實是「無一貶詞，而情偽畢露」在風雅的言辭的掩飾下面，把一個口是心非的贓官和一個工於心計的惡霸的醜惡嘴臉暴露無遺。再如第三十三回韓道國出場後不久，有一番表演也十分精彩：

> 那韓道國坐在凳上，把臉兒揚著，手中搖著扇兒，說道：「學生不才，仗賴列位餘光，在我恩主西門大官人做夥計，三七分錢，掌巨萬之財，督數處之鋪，甚蒙敬重，比他人不同。」

看著他這種小人得志，趾高氣揚的樣子，有個名為謝（揭）汝謊者，當場就刺了他一下說：「聞老兄在他門下做，只做線鋪生意。」假如這個韓道國稍知廉恥的話，就該收場了。可是他竟牛皮越吹越大，接著說：

> 二兄不知，線鋪生意只是名而已，今他府上大小買賣，出入資本，那些兒不是學生算帳，言聽計從，禍福共和。……彼此通家，再無忌憚，不可對兄說，就是背地房中話兒，也常和學生計較。學生先一個行止端莊，立心不苟，與財主興利除害，拯溺救焚，……大官人正喜我一件兒。

這裡所言，沒有一點與前後事實相符。而最妙的是，小說接著寫：「剛說在鬧熱處，忽見一人慌慌張張，走向前」來告訴他的老婆與弟弟通姦，被人當場抓住，拴到鋪裡要解官了。看到這裡，怎不叫人拍案叫絕！這個自吹「行止端莊，立心不苟」的傢伙，原來老婆是這類貨色！不但如此，後來他還公開把老婆讓給西門慶，自己搬到鋪子裡去睡，再關照老婆「休要怠慢了他，凡事奉他些兒」（第三十八回），真是到了「彼此通家，再無忌憚」的地步。這種手法，正如後來《儒林外史》中的嚴貢生一樣，「才說不占人寸絲半粟便宜」云云，一個蓬頭赤足的小廝進來對他說早上關了人家的一口豬，那人來討了！這都是讓事實來將他們的謊言當場戮破，並直將骯髒的靈魂抖了出來。

再看景與人相形。第六十九回寫那個潘金蓮出身之地王招宣府及其淫蕩的女主人林太太是一個極好的例子。西門慶在文嫂的帶領下，由後門而入，穿過夾道，轉過群房，曲曲折折地到了林太太住的五間正房。他們再通過一道便門，於是才進了後堂。這時：

> 文嫂導引西門慶到後堂，掀開簾櫳而入，只見裡面燈燭熒煌，正面供養著他祖爺太原節度、邠陽郡王王景崇的影身圖，穿著大紅團就（袖）蟒衣玉帶，虎皮校椅，坐著觀看兵書，有若關王之像，只是髯鬚短些。旁邊列著槍刀弓矢。迎門朱紅區上（書）「節義堂」三字，兩壁書畫丹青，琴書瀟灑，左右泥金隸書一聯：傳家節操同松竹，報國勳功並斗山。

這是多麼幽深、堂皇、正氣的人家啊！「節操」兩字在這裡又是那樣地顯眼。然而，在這環境中生活的主人如何呢？接下去寫的是：「不想林氏悄悄從房門簾裡望外觀看西門慶：身材凜凜，語話非俗，一表人物，軒昂出眾」，就「滿心歡喜」。特別是聽到文嫂介紹說西門慶是「出籠兒的鷯鶉，也是個快鬥的」時，「越發滿心歡喜」，就裝著羞羞答答說：「請他進來吧！」不一會，就與西門慶在這「節義堂」後演出了比妓女還不如的醜劇。如此環境，如此人物，一經對照，正是加倍地暴露了這個「綺閣中好色的嬌娘」——一無節義廉恥的真面目！

《金瓶梅詞話》在暴露種種醜惡嘴臉時，還常常描寫不同的人對待同一件事物的不同態度，使他們相互映襯，以達到一箭雙雕的藝術效果。這裡且以第六十七回西門慶與應伯爵吃牛奶這一瑣事來略加說明：

> 只見王經掀簾子，畫童兒用彩漆方盒，銀廂雕漆茶鐘，拿了兩盞酥油白糖熬的牛奶子。伯爵取過一盞，拿在手內，見白激激鵝脂一般，酥油漂浮於盞內，說道：「好東西。」滾熱呷在口裡，香甜美味，那消費力，幾口就喝沒了。西門慶直待篦了頭，又教小周兒替他取耳，把奶子放在桌上，只顧不吃。伯爵道：「哥且吃些不是，可惜放冷了。相你清辰吃恁一盞兒，倒也滋補身子。」西門慶道：「我且不吃，你吃了，停會我吃粥罷。」那伯爵得不的一聲，拿在手中一吸而盡。

在同一盞牛奶面前，一個是吃得厭了，感到膩了；另一個是多麼貪饞，何等奉承！一時間，把一個窮奢極欲的豪富和另一個趨炎附勢的幫閒都寫得入木三分。

以上所論的兩相對照，都是屬於「一時並寫兩面」，故能立竿見影，容易被人窺破。然而，深受我國傳統《易經》中陰陽兩極對抗轉化理論影響的《金瓶梅詞話》作者，並不滿足一時間的對比。他為了達到充分暴露的目的，可以說在整個藝術構思、故事發展、氣氛變化、人物設計等方面都注意運用了對比藝術。整部書從熱到冷，冷熱相對，就是為了暴露。第九十一回寫到孟玉樓改嫁時有一段「街談巷議」說道：「此是西門慶家第三個小老婆，如今嫁人了。當初這廝在日，專一違天害理，貪才好色，奸騙人家妻子。今日死了，老婆帶的東西，嫁人的嫁人，拐帶的拐帶，養漢的養漢，做賊的做賊，都野

雞毛兒零撏了！」這段話將「飄零敗落」的「今日」與氣炎熏天的「當初」相比，就如崇禎本評點所指出的那樣：「是作書大意。」而在整部書的情節發展中，也是熱中有冷，冷中有熱，冷熱交替，相得益彰。其中有些回目即可看出其故事發展的對比意義，如在第二十回之前的第四、七、九、十、十一、十二、十四、十五、十六、十七、十九、二十等回就非常明顯。當然，這類對比的意義不僅僅在於暴露，但暴露無疑也是一個方面。例如，第二十七回寫潘金蓮醉鬧葡萄架，鋪敘其白日宣淫的荒唐生活之後，就是秋菊遭打，還要她頂著塊大石頭跪著，令人嗅到了一股壓迫奴隸的血腥氣味；然後又穿插了潘金蓮與女婿陳經濟的調情，氣氛又變了樣；再接著卻是奴僕之子小鐵棍被西門慶「拳打腳踢」，「死了半日」，又是一幅慘酷的景象。在這裡，壓迫者的荒淫無恥，奴隸們的血淚生涯，交互聯環，相互襯托，把這個腐朽、專制的社會暴露得怵目驚心。由此可見，兩相對比，不論是一時間的，還是全域性的，都是強化暴露效果的一種重要技法。

二、由小及大。清末夏曾佑曾在〈小說原理〉中說：「寫小事易，寫大事難。小事如吃酒、旅行、奸盜之類，大事如廢立、打仗之類。大抵吾人於小事之經歷多，而於大事之經歷少。《金瓶梅》《紅樓夢》均不寫大事，《水滸》後半部寫之，惟三打祝家莊事，能使數十百人一時並見於紙上，幾非《左傳》《史記》所能及，餘無足觀。《三國演義》《列國演義》專寫大事，遂令不可向邇矣。」這段話有一定道理。寫普通人親見親聞的小事，對作者來說容易落筆，對讀者來說便於接受，一般容易在藝術上取得成功。《金瓶梅》《紅樓夢》並不是「不寫大事」。特別是《金瓶梅》，它比《紅樓夢》寫的家庭更普通，事情更細小，但它意在暴露，指斥時事，所以更注意寫大事，寫國家朝政、興廢爭戰。這種由小及大，大小相聯的藝術手法，確實對《金瓶梅詞話》擴大暴露面，增加批判性起了重要作用。

關於這一點，張竹坡已相當注意。他在〈讀法〉中指出，「《金瓶梅》因西門慶一份人家，寫好幾份人家，……凡這幾家，大約清河縣官員大戶屈指已遍，而因一人寫及全縣。」不僅如此，他還認為《金瓶梅》實際上由「一家」而寫及了「天下國家」。其七十回總評曰：

> 夫作書者必大不得於時勢，方作寓言以重世。今止言一家，不及天下國家，何以見怨之深而不能忘哉？故此回歷敘運艮峰之賞無謂，諸奸臣之貪位慕祿，以一發胸中之恨也。

這是從聯繫之普遍的角度上來指出作者「見怨之深」。與此相補充的是，張竹坡還有個「加一倍寫法」的理論：

> 文章有加一倍寫法。此書則善於加倍寫也。如寫西門之熱，更寫蔡、宋則更寫陳
> 敬濟在冷鋪中，更寫蔡太師充軍，更寫徽、欽北狩，真是加一倍冷。

這實際上也指出了《金瓶梅》由小及大，直指朝廷的暴露特點。

在《金瓶梅》中，由小及大，上下聯繫起來描寫的事例很多，最令人難忘的是苗青一案。謀財害命的苗青闖入西門慶的圈子裡來，是走了姘婦王六兒的門路，而王六兒處又經鄰居樂三嫂的通融，她們都是市井間最起碼的小人物。西門慶得了銀子，買通同僚夏提刑，開放了苗青回揚州。至此，事情似可中止，但作者不甘罷休，使之逐步升級，從山東按察院，一直到蔡太師，再經萬歲爺，致使罪犯終於逍遙法外，贓官受升遷，清官被貶謫，其朝廷之黑暗，皇上之昏庸，暴露無遺。張竹坡曾由此而發感慨說：「見西門之惡，純是太師之惡也。夫太師之下，何止千萬西門，而一西門之惡已如此，其一太師之惡為何惡，實是皇帝之惡也。」《金瓶梅詞話》的暴露就是能這樣小中見大，大小結合，增強了暴露的廣度和深度。

當然，這種結合不是生硬湊合，而是要不露痕跡。《金瓶梅詞話》在這方面是頗見功力的。這裡且舉兩個細小的例子來說明問題。一是第二回，寫縣官派武松送金銀到東京去，原天都外臣序本《水滸傳》只是這樣寫：「卻說本縣知縣自到任已來，卻得二年半多了。撰得好些金銀，欲待要使人送上東京去，與親戚處收貯，恐到京師轉除他處時要使用，卻路上被人劫了去，……」這裡至多揭露了這個縣尊於「二年半」時間內已「撰得好些金銀」而已。而《金瓶梅詞話》於此略加點綴，就將「恐到京師」句改成「三年任滿朝覲，打點上司」，後又對武松說：「我有個親戚，在東京城內做官，姓朱名勔，見做殿前太尉之職，要送一擔禮物捎封書去問好，……」原來如此！他要巴結的乃是殿前太尉朱勔！做官就要在朝廷裡有靠山，要時時不忘孝敬上司！顯然，它比《水滸傳》的暴露更深了一層，而這個改動又是那麼自然，無跡可求。其二，如第六十七回寫蔡京的管家翟爹派來的人向西門慶討回書時，順便加了一段對話：「（西門慶）因問那人：『你怎的昨日不來取？』那人說：『小的又往巡撫侯爺那裡下書，耽擱了兩日。』說畢，領書出門。」若去掉這段對話也完全可以，但加上去卻合情合理，且正暴露了「私門之廣，不獨一提刑也」（崇禎本評語）。這兩例都如順手拈來，毫不費力，但卻自然、巧妙地暴露了從下至上（前例）與從上至下（後例）的相互勾結，充分地顯示了作者的藝術才能。

三、惡非全惡。認為《紅樓夢》「深得《金瓶梅》壼奧」的脂硯齋曾說：「最恨近之野史中，惡則無往不惡，美則無一不美，何不近情理之如是耶？」有的小說搞暴露，就搞徹底暴露，「無往而不惡」，寫壞人則全「用鼠耳鷹腮等語」，外表則加以漫畫，內心則全是獸性，其結果就是「不近情理」之簡單化、概念化，恰恰削弱了暴露的效果。

這應該說是文學暴露中的常見病。《金瓶梅詞話》則並不如此。在這裡，惡的典型往往並不全惡。他們是複雜的，有感情的，活生生的，因而是令人信服的。

我們就以本書中惡的象徵西門慶與主要「淫婦」之一李瓶兒的關係來看吧。西門慶開始姦騙李瓶兒，完全是出於好色和貪財，因此並不把她真正放在心上，連約定行禮的日子也一會兒就忘得一乾二淨。後來把李瓶兒娶來後，怪她招贅蔣竹山，就故意在精神上加以折磨，逼得她上吊自盡。救活後，又毒罵了一頓，再用鞭子抽打，根本沒有什麼情義可言。但另一方「淫婦」李瓶兒卻把他當作「醫奴的藥」，口口聲聲說「沒日沒夜只是想你」，不能不使西門慶在感情上有所觸動。再加上李瓶兒的巨額財富、溫良性情，以及生了個兒子，終於博得了西門慶的寵愛。西門慶最後愛李瓶兒，固然沒有擺脫其獸性，但無論如何也包含著一點人性。他們兩人之間最後確實有一點真誠的愛情。瓶兒病重臨終前與西門慶兩人的許多對答和行為都表現了出自肺腑的依戀哀傷之情。比如，瓶兒將死前，潘道士特地關照西門慶：「今晚官人，卻（切）忌不可往病人房裡去，恐禍及汝身。慎之慎之！」但西門慶出於真情而不顧自己，尋思道：「法官戒我休往房裡去，我怎坐忍得？寧可我死了也罷，須得廝守著，和她說句話兒。」還是進入房中。再看他們的最後一席對話：

> 西門慶聽了兩淚交流，放聲大哭道：「我的姐姐……我實指望和你相伴幾日，誰知你又拋閃了我去了。寗教我西門慶口眼閉了，倒也沒這等割肚牽腸。」那李瓶兒雙手摟抱著西門慶脖子，嗚嗚咽咽，悲哭半日，哭不出聲，說道：「我的哥哥，奴承望和你並頭相守，誰知奴家今日死去也。趁奴不閉眼，我和你說幾句話兒。你家事大，孤身無靠，又沒幫手，凡事斟酌，休要那一沖性兒。大娘等，你也少要虧了他的。他身上不方便，早晚替你生下個根絆兒，庶不散了你家事。你又居著個官，今後也少要往那裡去吃酒，早些兒來家。你家事要緊，比不的有奴在，還早晚勸你，奴若死了，誰肯只顧的苦口說你。」西門慶聽了，如刀剜心肝相似，哭道：「我的姐姐，你所言我知道。你休掛慮我了。我西門慶那世裡絕緣短幸，今世裡與你夫妻不到頭，疼殺我也，天殺我也！」

及至李瓶兒一死，小說又寫道：

> 西門慶聽見李瓶兒死了，和吳月娘兩步做一步奔到前邊，揭起被，……也不顧的身底下血漬，兩隻手抱著他香腮親著，口口聲聲只叫我的沒救的姐姐，有仁義的好性兒的姐姐，你怎的閃了我去了，寧可教我西門慶死了罷，我也不久活於世了，平白活著做甚麼，在房裡離地跳的有三尺高，大放聲號哭。

　　這一天，西門慶「哭了大哭，把聲都哭啞了，口口聲聲叫『我的好性兒、有仁義的姐姐。』」看來，「好性兒」（作者筆下這個被批判的「淫婦」的確有「好性兒」的一面），「有仁義」（當然主要是指無保留地提供了大量的給西門慶用以升官發財的金錢），確是打動了西門慶那顆殘忍、狠毒而又貪財、好色的心。這就是西門慶之所以愛李瓶兒的基礎。顯然，這個基礎並不是純正的。這也就難怪西門慶的心腹說：「為甚麼俺爹心裡疼（瓶兒）？不是疼人，是疼錢！」也不難理解西門慶伴靈還不到「三夜兩夜」，就在瓶兒靈床邊姦污了如意兒。但是這不能完全否定西門慶與李瓶兒之間曾經在他們的基礎上建立過一種不乏真誠的愛情，至少，這並不全是虛假矯飾之情。總之，西門慶是個惡人，並不是惡魔。他是個惡的代表，但他還是個活生生的人。他作為一個人，必然合乎邏輯地產生他應當產生的感情。這正像他為了培植自己的勢力而「仗義疏財」等一樣，儘管在根本上是從屬於其惡，服務於其惡，但畢竟還閃爍著一點善的折光。這不是流露了作者對骯髒人物的欣賞，也不是作者筆下人物性格的矛盾，而恰恰是《金瓶梅詞話》暴露藝術的精湛之處。它使人們相信：這些醜惡的人物是真實的，這個腐朽的社會也是真實的。

　　四、哀而可喜。清初的張潮在《幽夢影》中曾說：「《金瓶梅》則是一部哀書。」的確，從整體來說，《金瓶梅》是一部暴露性的社會悲劇。作者「悲憤嗚唈，而作穢言以泄其憤也」（〈竹坡閒話〉）。然而，這部悲劇既使人感到壓抑和沉重，又能時時讓人透出氣來，笑出聲來，而當笑過之後，得到的回味仍然是人生的悲和憤。它妙就妙在哀而能笑，笑而愈哀，是一部能帶著笑聲來暴露現實的悲劇。

　　《金瓶梅詞話》之所以能逗人發笑，主要是安排了一些喜劇性的人物、情節，乃至片言隻語，所謂「專在插科打諢處討趣」（崇禎本批語）。幫閒應伯爵，可以說是一個插科打諢的專家。他那張伶俐、油滑的嘴，常常會吐出不少笑料。而他在小說中，從第十回（崇禎本為第一回）到九十七回，幾乎貫串始終，這就使整部小說都沾上了一點喜劇色彩。這裡且以西門慶與李桂姐的兩次僵局來看看他從中的表演。第一次，於西門慶梳籠李桂姐後不久，兩人正打得火熱時，潘金蓮送來了一首「黃昏想，白日思」的詞。李桂姐一見就吃醋，一頭倒在床上朝裡邊睡了，慌得西門慶不知怎麼才好。此時，全靠應伯爵、祝日念一幫閒客，「說的說，笑的笑，在席上猜枚行令，頑耍飲酒，把桂姐窩住了」。這位應伯爵就說：「大官人你依我，你也不消家去，桂姐也不必惱，今日說過，那個再恁惱了，每人罰二兩銀子，買酒肉大家吃。」他就帶頭說了一通〈朝天子〉，大家嘻嘻哈哈地說了幾個笑話就了事了。後來，西門慶發現李桂姐接了杭州販細絹的丁二官，大吃其醋，一怒之下把李家的門窗戶壁床帳都打碎了，並發誓再也不去了。此時，也是這個應伯爵死皮賴臉地把他拖了去。到了李桂姐家，他就在旁打諢耍笑，向桂姐說：「還虧我把嘴頭上皮也磨破了半邊去，請了你家漢子來就不用著人兒，連酒兒也不替我遞一

杯兒？」於是一個「怪應花子」，一個「賊小淫婦兒」地調笑起來，再加上一個「螃蟹與田雞」的「笑話兒」，逗得「兩個一齊趕著打，把西門慶笑的要不的」，一腔怒氣全部沖到九霄雲外。應伯爵就是這樣一個引人發笑的丑角。然而，正在這位丑角的出色表演中，不能不使人感到可憐、可悲和可恨。這個小人物，就是當時腐爛社會的畸形兒。

《金瓶梅詞話》在安排插科打諢或戲謔文字時，往往注意在嚴肅緊張的氣氛中加以調節。比如，第二十回西門慶在大打出手時寫虔婆的「滿庭芳」，第三十回瓶兒臨產前嘲謔蔡老娘，第四十二回祝日念改的借契，第六十一回瓶兒病重時的趙太醫，第八十回吊西門慶的一篇祭文等，都有如此效果。這裡且以第五十三回為例，當時官哥發病，「兩隻眼不住反看起來，口裡卷些白沫出來」，慌得一家團團轉，灼龜、獻城隍、謝土，什麼迷信活動都搞上了。可是，就在這緊張的活動中插入了錢痰火燒紙和西門慶拜佛的一段煞是可笑的描寫：「看他口邊涎唾捲進捲出，一個頭得上得下，好似磕頭蟲一般，笑得那些婦人做了一堆。西門慶那裡趕得他拜來：那錢痰火拜一拜，是一個神君；西門慶拜一拜，他又拜過幾個神君了。於是也顧不得他，只管亂拜。那些婦人笑得了不的。」就是裝得一本正經的西門慶也說：「引的我幾次忍不住了。」這，不是對這類活動的有力嘲笑嗎？有時候，氣氛相當沉悶、緊張，作者不能編入大段文字的話，也能巧妙地插上三言兩語，既逗人發笑，也令人深思。例如第二十六回，西門慶改變主意不派來旺去東京，來旺因而大怒，「口中胡說，怒起宋惠蓮來，要殺西門慶。」這是一個山雨欲來風滿樓的嚴重時刻。可是宋惠蓮在埋怨西門慶時還這樣說：「……你乾淨是個毬子心腸，滾下滾上；燈草拐棒兒，原拄不定。把你到明日蓋個廟兒，立起個旗竿來，就是個謊神爺」云云，這正如崇禎本批云：「埋怨中帶戲謔，妙甚。」諸如此類的例子很多，足見作者的藝術匠心。

中國古代小說是非常重視喜劇性、娛樂性的。晚明葉畫在評《水滸傳》第五十三回時曾認為：「天下文章當以趣為第一。」當時小說戲曲界如湯顯祖、馮夢龍等都非常強調趣的。這種文學思想，對於這部悲劇的創作是有影響的。屠隆在〈唐詩品匯選釋斷序〉中說：「然人不獨好和聲，亦好哀聲；哀聲至今不廢也。其所不廢者，可喜也。」這裡雖然論的是詩，但其精神與小說創作是相通的。從中可見，屠隆對於「哀聲」的高度重視和具有獨到的見解。這裡的「可喜」雖然不限於「使人發笑」，還可能主要指有藝術的感染力。但從小說創作來看，其「可喜」的藝術感染力不能不包含著由戲謔文字而引起的「趣味」。在《金瓶梅詞話》中，作者顯然是努力追求這種趣味的。它有時因此而顯得庸俗低下，也有的聯繫不夠緊密，但總的來說，它是我國古代第一部有「趣」可「喜」的長篇暴露小說。以後的《紅樓夢》設計了薛蟠、劉姥姥一流人物，《儒林外史》中更有許多令人發噱的人和事，乃至到晚清的李伯元、吳趼人等強調要「嬉笑怒罵」，皆成

文章，應該說都與這種哀中有喜的創作手法有聯繫。看來，在暴露性的悲劇作品中，巧妙地編入一些戲謔文字，是能活躍空氣，調節情緒而增強娛樂性、趣味性的有效一法。

　　當然，《金瓶梅詞話》作為一部暴露作品，它在藝術上之所以取得成功的原因是多方面的，與人物塑造、佈局結構、語言運用等各方面都有聯繫，以上只是就其較為直接的幾點略作論述。但就此而言，也足以證明《金瓶梅詞話》不愧為我國暴露文學史上的一部傑構。它應當得到公正的評價。

將《金瓶梅》當作反腐經典來讀
——從陳獨秀到毛澤東

　　《金瓶梅》這部小說，從明代剛在社會上流傳起，就被人認定為是一部「黃色小說」。說來很滑稽，第一個認定它是屬於黃色小說的人，自己本是個並不正經的腳色。這個人就是大名鼎鼎的董其昌。當時他官做得不小，又以書畫名世，其實卻是個名聞遐邇的嗜好「采補」「房中術」的好色之徒，又橫行鄉里，因此曾一時激起了民憤，被「不下百萬」的百姓團團圍住了家而進行了所謂「民抄」。大家蜂擁而至，將他的家財搶之一空，又一把火將「數百餘間畫棟雕樑、朱欄曲檻、園亭台榭、密室幽房，盡付之一焰中矣」。事鬧大了，參與其事的十幾名秀才在聯名辯狀中就說董其昌「淫奢如董卓，舉動豪橫如盜蹠流風」，「謀胡憲副之孫女為妾，因其姊而姦其妹」，「淫童女而采陰，干宇宙之大忌」（〈民抄董宦事實〉）。可就是這樣一個官僚，當他第一個覓到《金瓶梅》這部小說抄本後，一方面私底下說它「極佳」，另一方面又一本正經地對人說：「決當焚之！」自此之後，《金瓶梅》一直高懸於官方禁毀書目的榜首，將它視作為「古今第一淫書」。明代的大學問家沈德符好不容易抄得部分給當時的著名小說家馮夢龍看後，馮夢龍「見之驚喜，慫恿書坊以重價購刻」，其他朋友也勸沈德符拿出去出版。可是沈德符就是不敢，怕此書出版後，「壞人心術」，以後閻羅王來找他算帳，會打入十八層地獄。流風所至，有的人到今天尚談《金》色變。可能他從未讀過《金瓶梅》，不知真正的《金瓶梅》是什麼樣子，只是一聽說《金瓶梅》，就只記著一個「黃」字。你要出版有關學術著作嗎？先打個問號。你要重印這部小說嗎？還是不印為好。你要改編成影視作品嗎？那影響可能會更糟。總之，還是多一事不如少一事，離它越遠越好，以免改日誰來找他麻煩，丟掉了烏紗帽。

　　與此相反，從明清以來的一些好色逐利之徒，則拚命地將《金瓶梅》偷印翻刻，乃至胡編亂造，將它打扮成一部「著意所寫，專在性交，又越常情，如有狂疾」（魯迅語）的真正的色情之作，把《金瓶梅》的名聲越搞越糟。特別是近些年來，借《金瓶梅》之名來改編成形形色色的影視、漫畫等招搖撞騙的玩意兒層出不窮，就在筆者作此短文之時，還在網上看到某地要將《金瓶梅》拍成所謂 20 年來「最勁爆情欲片」的消息，其廣

告語就是「大開色戒」！

　　嗚呼！以上兩類人，一正一反，看似南轅北轍，其實是異途同歸，他們的目光都只盯著《金瓶梅》的一個字：淫。這正如清代批評家張竹坡所說的：「止看其淫處也」。

　　不錯，《金瓶梅》是有一些「說淫話」的地方，赤裸裸地描寫了性行為，而且有的地方寫得庸俗下流，也破壞了藝術表現。但同時應該看到，在《金瓶梅》中多數的性描寫是與暴露現實、深化主題、刻劃人物、推進情節大有關係的，它只是一種特殊的表現手段而已。更何況，這些文字充其量也只占了全書文字的 2% 而已。我們如何看待這些性描寫，當然會有不同看法，這裡不想扯開去討論，但有一點應該是認真讀過《金瓶梅》的、真正懂得小說藝術的人的共識，即這部小說在總體上是深刻地描寫了當時的社會，具有極高的認識價值，同時在小說藝術發展史上也具有「里程碑」的意義。正因此，明清以來的有識之士，都給予極高的評價。比如，明代公安派的領袖袁中郎從董其昌那裡借來讀後，就讚賞它說：「雲霞滿紙，勝於枚生〈七發〉多矣。」這前一句話是說它寫得漂亮，後一句話是說它有很強的勸戒性與現實意義。袁中郎又借給朋友謝肇淛讀，謝讀後就更明確地斷定《金瓶梅》是「稗官之上乘，爐錘之妙手也」。後來李漁將《金瓶梅》與《三國》《水滸》《西遊》並提，稱之謂「四大奇書」。張竹坡進一步稱《金瓶梅》為「第一奇書」。他說：「凡人謂《金瓶》是淫書者，想必伊止知看其淫處也。若我看此書，純是一部史公文字！」諸如此類，在明清兩代人中，自有一批有識之士，看到了《金瓶梅》的真正價值。不過，這些都遠了，我們不必一個一個去臚列他們的看法，今天不妨就五四以後一些現代的代表人物的說法，來看一看他們是如何充分地肯定《金瓶梅》的認識價值與美學價值，而且是如何越來越看到它在當代的現實意義，特別是在當代反腐敗中的意義的。

　　先從「五四」新文學運動時說起，當時胡適還是隨傳統的大流，認為《金瓶梅》與「今日中國人所謂男女情愛」，「全是獸性的肉欲」（〈答錢玄同書〉，《胡適文存》卷一），仍是戴著黃色眼鏡來只注意《金瓶梅》的寫「淫」的。但陳獨秀、錢玄同就表示了不同的看法。錢玄同儘管也認為《金瓶梅》有消極作用，但還是認為：「若拋棄一切世俗見解，專用文學的眼光去觀察，則《金瓶梅》之位置，固亦在第一流也。……正如周、秦諸子，希臘諸賢，釋迦牟尼諸人，無論其立說如何如何不合科學，如何如何不合論理學，如何如何悖於進化真理，而其為紀元前四世紀至六世紀之哲人之價值，終不貶損絲毫也。」（見《胡適文存》卷一〈答錢玄同〉所附）而陳獨秀早在他們兩人論爭前，就在 1917 年 6 月 1 日給胡適的信中說：

　　　　足下及玄同盛稱《水滸》《紅樓夢》等為古今說部第一，而均不及《金瓶梅》，

何耶？此書描寫社會真如禹鼎鑄奸，無微不至。《紅樓夢》全脫胎於《金瓶梅》，而文章清健自然，遠不及也。乃以其描寫淫態而棄之耶？則《水滸》《紅樓夢》又焉能免？

陳獨秀在這裡不但指出了《金瓶梅》在小說發展史上的重要地位，對《紅樓夢》產生了直接的影響，藝術表現好；而且首先指出了它的認識價值。所謂「禹鼎鑄奸」，是說夏禹將天下九牧的貢金鑄成一鼎，鼎面上鑄了魑魅魍魎，使百姓認識它們。也有說鼎上鑄的是百物圖像，有好有壞，使民知「神、奸」之辨。不過，陳獨秀在這裡不取鑄「百物」之說而用的是「鑄奸」，就完全切合《金瓶梅》的特點。他稱讚《金瓶梅》「描寫社會真如禹鼎鑄奸，無微不至」，就是說這部小說真實、細緻、深刻地描寫了社會上的種種腐敗現象。這比一般地說《金瓶梅》是「史公文字」就更有針對性了。

繼而魯迅在《中國小說史略》中也給《金瓶梅》以從未有過的最高評價且作了在當時最為詳細而系統的分析。他認為《金瓶梅》是明代「人情小說」的代表作：

作者之於世情，蓋誠極洞達，凡所形容，或條暢，或曲折，或刻露而盡相，或幽伏而含譏，或一時並寫兩面，使之相形，變幻之情，隨在顯見，同時說部，無以上之，故世以為非王世貞不能作。

這「同時說部，無以上之」八字，可能是文學批評史上對《金瓶梅》的最高評價吧。假如說這是側重在高度評價《金瓶梅》的藝術表現才能的話，接著就指出了小說所描寫「世情」、暴露腐敗的廣度：

至謂此書之作，專以寫市井間淫夫蕩婦，則與本文殊不符，緣西門慶故稱世家，為搢紳，不惟交通權貴，即士類亦與周旋，著此一家，即罵盡諸色，蓋非獨描摹下流言行，加以筆伐而已。

所謂「著此一家，即罵盡諸色」，就是說，通過描寫西門慶一家，從市井寫到士類、權貴，批判了當時社會中的各色各樣的醜類。與此同時，魯迅對《金瓶梅》寫淫及其他缺點也作了實事求是的分析，他說：

故就文辭與意象觀《金瓶梅》，則不外描寫世情，盡其情偽，又緣衰世，萬事不綱，爰發苦言，每極峻急，然亦時涉隱曲，猥黷者多。後或略其他文，專注此點，因予惡諡，謂之「淫書」；而在當時，實亦時尚。……然《金瓶梅》作者能文，故雖間雜猥詞，而其他佳處自在。

當然，這是魯迅在寫小說史時提到了《金瓶梅》，偏重在學術上的考量，並不著重探究它的現實意義。當時直接將《金瓶梅》的反腐敗意義與現實社會聯繫起來加以考察的，要以馮叔鸞為代表。馮叔鸞是當時比較活躍的小說戲曲評論家，他在《晶報》上接連發表兩篇論及《金瓶梅》的文章，很有意思。一篇題目即為〈《金瓶梅》與現社會〉[1]，當頭棒喝；另一篇題則為〈《金瓶梅》與近代政局〉[2]，具體解剖。在前一篇小說話中，他指出「現社會受舊小說勢力之支配」，「當推《金瓶梅》第一」。為什麼呢？他說：「蓋今之居高位挾重權者，跡其行為，不為淫婦，必為小人，固皆不失其潘金蓮與西門慶之資格者也。余故認《金瓶梅》為舊小說支配現社會之最有勢力者。」假如說，這還是從一般意義上揭示《金瓶梅》的現實意義，稍顯抽象、籠統的話，那麼他在後一篇文章中更加具體化了，他說：

> 我說近代中國底政局大似《金瓶梅》，袁項城豪奪巧取，卒不免於家破身亡，好似西門慶。
>
> 某巨公老成持家，竟不能防患未然，好似吳月娘。
>
> 王士珍名位俱尊，卻碌碌無所見，似李嬌兒。
>
> 段祺瑞廉介自持，不免於譏議，似孟玉樓。
>
> 馮國璋懷財先亡，大似李瓶兒。
>
> 梁士詒歷仕數朝，聲名狼藉，而习鑽特甚，恰似潘金蓮。
>
> 葉恭綽與梁為伍，而自成一軍，有似春梅。
>
> 江朝宗專為人作粗活，直似孫雪娥。
>
> 宋教仁才調無雙，卒受牢籠以死，則似宋蕙蓮。
>
> 清攝政王弄得家破業亡，有似花子虛。
>
> 梁任公以術餌袁氏，卒致袁氏之死命，有似韓道國。
>
> 洪憲時代籌安會諸公，則不過似應伯爵、謝希大、常峙節一流人也。

馮叔鸞所論，儘管揭示了古今之間在某一點上的共通性，是有一定的合理性的，但這畢竟是一種比附，難免會給人以一種牽強附會之感。

到上世紀 30 年代，鄭振鐸發表了〈談《金瓶梅詞話》〉，《金瓶梅》在現實社會中的反腐敗意義才得到了完整、明確、充分的論述。他明確指出：

1　《晶報》，1924 年 3 月 1 日。

2　《晶報》，1921 年 4 月 3 日。

表現真實的中國社會的形形色色者，捨《金瓶梅》恐怕找不到更重要的一部小說了。

這一認識，雖然是從張竹坡的「純是一部史公文字」，陳獨秀的「禹鼎鑄奸」，魯迅的「罵盡諸色」而來，但其涵義已大大超過了前人。陳獨秀等所論《金瓶梅》描寫了社會上形形色色的醜類，主要是指真實地描寫了當時的社會，而鄭振鐸在這裡的表述，就顯然不只是指當時的社會，而是包括了古與今。他是站在古今一體的角度上肯定了《金瓶梅》表現真實的中國社會的形形色色，而且又說：「捨《金瓶梅》恐怕找不到更重要的一部小說了」，這就高度地肯定了《金瓶梅》暴露腐敗的包容性與經典性。

接著，他反復強調我們當從《金瓶梅》中學會認識社會，對照現實，改造世界。他說：

它是一部很偉大的寫實小說，赤裸裸的毫無忌憚的表現中國社會的病態，表現著「世紀末」的最荒唐的一個墮落的社會的景象，而這個充滿了罪惡的畸形的社會，雖經過了好幾次的血潮的洗蕩，至今還是像陳年的肺病患者似的，在慊慊一息的掙扎著生存在那裡呢。

於不斷記載著拐、騙、奸、淫、擄、殺的日報上的社會新聞裡，誰能不嗅出些《金瓶梅》的氣息來。

鄆哥般的小人物、王婆般的「牽頭」，在大都市裡是不是天天可以見到？

西門慶般的惡霸土豪、武大郎、花子虛般的被侮辱者，應伯爵般的幫閒者，是不是已經絕跡於今日的社會上？

楊姑娘的氣罵張四舅，西門慶的謀財娶婦，吳月娘的聽宣卷，是不是至今還如聞其聲，如見其形？

那西門慶式的黑暗家庭，是不是至今到處都還像春草似的滋生蔓殖著？

當他提出了這一系列的現象後，得出了這樣的結論：

《金瓶梅》的社會是並不曾僵死的，《金瓶梅》的人物們至今還活躍於人間的，《金瓶梅》的時代是至今還頑強的生存著。

這是鄭振鐸在上世紀 30 年代下的結論。1949 年，全國解放，天翻地覆，但這個結論是否已經過時？《金瓶梅》時代的一系列現象，是否還頑強地生存著？西門慶這樣一類腳色，是否沒有完全絕種？我們來看看毛澤東在五、六十年代的思考。

今天，我們在回顧五、六十年代的古代文學研究時，往往歸咎於當時的極左路線，

歸咎於毛澤東。但實際上，在這個年代裡，對《金瓶梅》最有識見的，還是身為中國共產黨中央主席的毛澤東。他屢次對中共中央的高級幹部推薦《金瓶梅》，評論《金瓶梅》，話雖然不多，卻要言不煩，一言中的，而且，作為一個政治家，也是十分注意讀《金瓶梅》與反腐敗聯繫起來的（他論「《金瓶梅》是《紅樓夢》的祖宗，沒有《金瓶梅》就寫不出《紅樓夢》。」等藝術問題，這裡從略）。

比如，毛澤東說：「這本書寫了明朝的真正歷史。」什麼叫「真正歷史」？就是作品具有高度的真實性、客觀性，它抓住了社會的本質問題，具有極高的認識意義。毛澤東在肯定《金瓶梅》是真正歷史時，特別強調它寫了「經濟」。他曾將《金瓶梅》與《東周列國志》比，說「《東周列國志》寫了當時上層建築方面的複雜尖銳的鬥爭，缺點是沒有寫當時的經濟基礎。而《金瓶梅》則不然」；又將它與《水滸傳》比，說「《水滸傳》是反映當時政治情況的，《金瓶梅》是反映當時經濟情況的。這兩本書不可不看」。所以，「真正歷史」說，比之「現實主義」論來更直截了當地抓住了文學作品「寫實」的精髓。比起「純是一部史公文字」說來，更能抓住社會歷史的本質。試問，除了《金瓶梅》外，還有哪一部作品可以稱之為寫了「真正的歷史」？

寫歷史，毛澤東又特別關注「它只暴露黑暗」，「在揭露統治者與被壓迫者的矛盾方面，寫得很細緻的。」這就精確地揭示了這部小說的基本特點：它不是一般意義上的「現實主義」小說，它的最基本的特點不是歌頌，而是「暴露」，暴露了社會上形形色色的腐敗醜惡的現象。

在這樣認識的基礎上，毛澤東說：「各省委書記可以看看」，「你們看過《金瓶梅》沒有？我推薦你們看一看」。毛澤東一再在中共中央，乃至在政治局會議上推薦中國共產黨的高級幹部閱讀《金瓶梅》，其深意何在？據我的理解，就是希望他們將《金瓶梅》作為一部反腐敗的經典來讀，讓他們從中認識社會歷史發展的真諦，懂得經濟與政治，懂得社會的矛盾，不要腐敗，不要當西門慶，當蔡京、童貫式的人物，不要當爛掉了的當權派。在這裡，我們不能不佩服毛澤東他老人家的高瞻遠矚，不能不佩服他有那麼大的氣魄。斯人已去，我們不能忘記歷史上曾經有過這樣一個偉人，能站出來，建議那些可能成為西門慶式的人物，把《金瓶梅》作為鏡子，認認真真地來照一照，能號召大家杜絕腐敗，讓《金瓶梅》的時代永遠成為過去！

我們要感謝毛澤東的還不止於此。正是基於他對《金瓶梅》的深入的理解，在他的宣導下，中華書局於 1957 年影印了《金瓶梅詞話》2000 部，並著手整理普及的排印本。不但如此，他的觀點也有力地影響了「中國文學史」的編寫者。20 世紀六十年代中央組織的「中國文學史」統編教材，乃至到 1978 年出版的北京大學中文系集體編寫的《中國小說史》，都給《金瓶梅》以較高的評價。《金瓶梅》的研究從此踏上了新的征程。

　　如今，歷史已翻開了新的一頁。從陳獨秀到毛澤東，漸漸離我們遠去，但《金瓶梅》時代的幽靈有時還在我們身邊遊蕩著，《金瓶梅》時代的腐敗氣息有時還在我們周圍散發著。這不能不使我們想起鄭振鐸的話：

　　　　到底是中國社會演化得太遲鈍呢？還是《金瓶梅》的作者的描寫，太把這個民族性刻劃得入骨三分，洗滌不去？

　　看來，《金瓶梅》還是有它的社會價值，有它的反腐敗意義。我們閱讀《金瓶梅》，就要借助西門慶等形象去煉就辨識這類幽靈的火眼金睛，去反對腐敗，認識腐敗，剷除腐敗，為建設一個和諧而清明的新天地而努力。

「人」在《金瓶梅》中

　　人是世界的中心和靈魂。文學是語言藝術化的人學，本質上就是在寫人。它當以人生全景為材料，建設人性為崇高目的。一部文學史在研究文學作品如何藝術地表現人的同時，就必須總結它們是如何認識人的。事實上作家對於人的認識和人性徹悟程度如何，也直接決定和影響著他們對於人的藝術表現。《金瓶梅》之所以成為一部不朽名著，不僅僅在於比以前的小說更清醒地寫人，並著眼於普普通通的人，而且，它對人和人性的描寫和思考達到了前所未有的高度。

人性的壓抑

　　人性是什麼？眾說紛紜。或強調其生物性，或強調其社會性，或強調其思維性。但不管怎樣，誰都無法否認「人的需要中最基本、最強烈、最明顯的一種，就是對生存的需求。」[1]為求生存，食欲與性欲就成為人類最基本的機能。這正如古人所云：「飲食男女之欲，人之大共也」。[2]馬克思也說：「吃、喝、性行為等等，固然也是真正的人的機能。」[3]當然，這種機能並不是人類特有，動物也具有，但人的這種生理本能畢竟不是獸性，而是人性。孟子曰：「人之所以異於禽獸者幾希」[4]，此「幾希」所以使人有異於禽獸者，就在於此獸性本身包容、統一著社會性、思維性，而人之有社會，有思維，其基礎無疑是首先有個體，有生命，因此，人的食欲、性欲是最不可壓抑的本性；探究人性的的起點，也只能是「從『我』，從經驗的、肉體的個人出發」[5]。

　　丁耀亢說：「一部《金瓶梅》，說了個色字。」[6]這部小說就是從「情色二字」入手來探究人生，解剖人性。統觀全書，小說作者在思想深處自覺或不自覺地將性欲的滿足

1　〔美〕戈布林《第三思潮：馬思洛心理學》，上海：上海譯文出版社 1987 年版，頁 40。

2　王夫之《詩廣傳》卷二〈陳風四〉。

3　馬克思《1844 年經濟學哲學手稿》，北京：人民出版社 1985 年版，頁 91。

4　《孟子‧離婁下》。

5　《馬克思恩格斯全集》第 27 卷，北京：人民出版社 1972 年版，頁 13。

6　丁耀亢《續金瓶梅》第四十三回。

不僅看作是正當的，而且看作是美好的，也將性欲看作是人類在自身延續規律支配下的自然手段，而且也是個體生命賴以完好生存的必要保證和人生追求的一種超乎肉體的精神上的享受。小說從第四回起寫「交頸鴛鴦戲水，並頭鸞鳳穿花。喜孜孜，連理枝生；美甘甘，同心結起」，以大量的筆墨來直接讚頌性行為的「滋味美」，諸如「樂極情濃」「美快不可言」「十分暢美」「美不可當」「美愛無加」「翁翁然渾身酥麻，暢美不可言」等形容性行為使心理上得到愉悅的文字觸處皆是。這種愉悅感，不僅僅是在以男性為中心的社會中僅為一方所獨有，而且也使女方感到「可奴之意」。達到「彼此歡欣」（第六十九回）、「情興兩和諧」（第八十二回）的境地。作者認為，這種由性欲的滿足所帶來的暢美之味是其他一切所無法代替的，即使是動人的財富也無法與之相比，故他在第十五回回前詩中說：「易老韶華休浪渡，掀天富貴等雲空。不如且討紅裙趣，依翠偎紅院宇中。」正是在這種對於「性」的認識的基礎上，小說歌頌了性與由性帶來情愛和立在情愛基礎上的婚姻。他說：「人生莫惜金縷衣，人生莫負少年時」（第九十三回），以避免最後「誤了我青春年少」（第三十八回）。他讚美的是：「顛鸞倒鳳無窮樂，從此雙雙永不離」（第七十三回）；「堪誇女貌與郎才，天合姻緣禮所該，七二巫山雲雨會，兩情願保百年偕」（第九十一回）。總之，《金瓶梅》作者對於人的性欲並不加以貶抑，而是加以肯定和讚美。「食色，性也。」或許他就是遵循這一古老的命題將性欲認定為人性的基本屬性之一。

然後，在宋明那樣的時代裡，社會的制度、等級的差異、禮儀的規範，以及男女的有別，交結成了一張嚴密而巨大的網，牢牢籠罩在每一個人、特別是女人的頭上，壓抑著人的本性。對於包括性欲在內的人生欲求，究竟是加以抑制，還是加以縱容，或者順其自然？在實踐上、理論上，各派觀點反復在較量著。《金瓶梅》的作者基於肯定人性的立場，對於被壓抑的人性十分關注。在小說中，通過李瓶兒、潘金蓮、孟玉樓、吳月娘、孫雪娥等諸多形象，真實而細緻地暴露這一人生的苦悶，有力地控訴了「滅人欲」的教條對人性的壓抑。在這裡且以李瓶兒為例略作分析。

李瓶兒生來「好風月」，與潘金蓮一樣，是一個性欲亢進的女人。然而，命運安排她的是，先嫁給了「夫人懷甚嫉妒」的梁中書做妾，「只在外邊書房內住」；後來嫁給了花子虛，花又「每日只在外邊胡撞」，兩人也不「在一間房睡著」（第十七回）。這時儘管她與花老公公關係曖昧，但花公公畢竟是個沒有性能的太監，其結果只能給瓶兒的性苦悶火上加油。這樣，長期處於性饑渴和性苦惱中的李瓶兒一旦遇上了西門慶的「狂風驟雨」，自然會感到心歡意暢，真如得到了靈丹妙藥，故她一再對西門慶說：「你是醫奴的藥一般，一經你手，教奴沒日沒夜只是想你。」她滿心希望西門慶這帖「藥」永遠能除卻她的心病，「真心要娶我」，以後能「並頭相守」，百年偕老。誰知她遇到的

是一個薄倖的西門慶。西門慶一去後「朝思暮盼，音信全無」。在人生痛苦的旅途中剛得到的滿足和希望一旦失落，其痛苦倍加萬分！正是在其人性受到嚴重的摧殘之下，她病了。「自此夢境隨邪，夜夜有狐狸假名抵姓，來攝其精髓，漸漸形容黃瘦，飲食不進，臥床不起」（第十七回），得了一種「鬼交之病」。（《醫心方》卷二十八）其實，據現代心理學家的分折，「鬼交之病」就是由於性壓抑而造成的心理障礙引起的。《玉房秘訣》說：「若得此病治之法，但令女與男交。」西方宗教改革的祖師馬丁路德也認為此病「對症發藥的方子就是婚姻」。[7]李瓶兒得到了蔣竹山的補償，總算也暫時化凶為吉。然而蔣竹山性能低下，「腰裡無力」，是個「蠟槍頭，死王八」，「往往幹事不稱其意」，遠不能滿足李瓶兒的性欲。重新陷入性苦悶之中的李瓶兒不得不企求再度投入西門慶的懷抱。但西門慶回報她的是娶過門後故意「一連三夜不進他（她）房來」。這對於罄其所有，一心追求性和諧的李瓶兒說來無疑是最沉重的打擊。正是在一種對於性的絕望之中，她對人生也絕望了。於是她「飽哭了一場，可憐走在床上，用腳帶吊頸，懸樑自縊」了。因此，她的自縊就是人性被壓抑、被摧殘的直接結果。後來，她儘管「情感西門慶」，兩人重歸於好，但生活在那樣一個妻妾矛盾重重的家庭中，特別是面對著一個「霸攔漢子」的潘金蓮，自己在生理上又被西門慶蹂躪後得了「血崩症」，遠不能適應心理上的需要，於是這個原來一心貪圖床笫間「暴風驟雨」的「淫婦」，不得不一次又一次地攛掇漢子到潘金蓮房裡去，那帖「醫奴的藥」實際上並未能醫她的心病。因此在某種意義上可以說，李瓶兒的一生，是性的苦悶的一生。她的病，她的死，莫不與人性被長期的壓抑和摧殘緊密相聯。古人說：「人失交接之道，故有傷殘之期」[8]。李瓶兒這個形象實際上也就是中國古代小說中最成功的「性壓抑」的形象之一。在她的性壓抑中深刻地反映了中國古代一系列的社會與人生的問題，值得重視。

與李瓶兒一樣，潘金蓮雪夜弄琵琶，感歎「苦惱誰人知道，眼淚打肚裡流」，「心裡亂焦，誤了我青春年少」；吳月娘與西門慶合氣，發牢騷說：「我只當沒漢子，守寡在這屋裡」；孟玉樓含酸，衝著西門慶說：「俺每不是你老婆，你疼心愛的去了」，「把俺每這僻時的貨兒，都打到揣了（字）號聽題去了，後十年掛在你那裡」；孫雪娥悲歎自己是「沒時運的人兒」，被西門慶「拘了他頭面衣服，只教他伴著家人媳婦上灶，不許他見人」；乃至二十二歲的小廝平安兒也埋怨「大娘許了替小的娶媳婦兒」而沒有兌現……都從不同方面不同程度上反映了他們的性壓抑。《金瓶梅》是一部著重表現「情色」的書，當然在暴露人性壓抑時，著力於刻劃性壓抑，但不等於它不顧及人性的其他

7　靄理士著，潘光旦譯《性心理學》，北京：北京三聯書店1987年版，頁130。

8　《神仙傳·彭祖》。

方面，諸如人的食欲、財欲、思欲，乃至求生、愛美、自主等方面的欲望及其被壓抑，都或多或少地得到了反映。這部書就是在描寫一部分人極情縱欲的同時，另一部分人的人性倍受壓抑，並在總體上描繪了一個令人窒息的世界。

人性的覺醒

《金瓶梅》寫「人」之所以深刻，不僅僅在於真實細緻地暴露了封建社會中人性的壓抑，而且也捕捉住了在這令人窒息而燥動不安的社會中的人的自我意識的覺醒，人性正在復蘇。馬克思曾經指出：「社會進步可以用女性的社會地位來精確地衡量。」[9]《金瓶梅》中的婦女無疑是處於被蹂躪、被損害、被侮辱的地位，但同時在他們身上也看到了某種朦朧的自我意識。她們在壓抑中開始意識到自己終究是一個有血有肉、有情有欲的「人」，而不是任人擺佈、供人玩弄的「物」。她們在力所能及的範圍內和自己的水平線上，進行了各自的追求乃至反抗。這種追求和反抗往往是出自本能而帶有原始的、盲目的色彩，其結局往往又是悲劇的，甚至本身就是反人道的，但它畢竟在此透露了一絲新的氣息，值得人們去悲歎，去思考。

前文所述的李瓶兒，以及同樣婚姻不和諧的潘金蓮，她們分別作為花子虛和武大郎的活寡婦，背著丈夫狂熱地追求西門慶，從當時的社會秩序和道德標準來看，無疑是不能容忍的，她們所採取的手段確實也是畸形而殘忍的，但這何嘗不是一種性壓抑下的自我反抗？何嘗不是一種對於個人幸福的執著追求？她們作為當時社會中的女人，社會強迫她們遵循「嫁雞隨雞，從一而終」的訓誡，不允許她們獨立自主地去重擇佳偶，改變命運。但是，她們的自我尚在，人性未滅，在與社會的衝突中終於無路可走，不得不走上了心狠手辣，作孽犯罪的道路。此孽此罪，實質上就包含著那個扼殺人性的社會罪惡。再如宋惠蓮，就作為一個人來說，長得美貌風流，聰明能幹，哪一點比別人弱？然而她出身低賤，地位卑微，只是一個奴僕的老婆，社會不承認她具有獨立的價值，不給予她哪怕是個「妾」的地位。一般的僕婦處於這等境地，似乎都意識到自己與主人間有一條不可逾越的鴻溝，心甘情願處於屈辱的地位，如王六兒、如意兒和賁四老婆那樣，即使被主人任意玩弄，希求的也只是得到一些衣料、若干碎銀子而已，像韓道國老婆那樣能得到一處房子、一個奴僕的，簡直是意外的幸運。她們沒有意志，沒有人格，只是主人的工具和玩物而已。而宋惠蓮卻不然。她還有她的追求和嚮往。她儘管生性淫蕩，「漢子有一拿小米數兒」，但她的追求似乎不著眼在性的滿足和財的多少，而似乎更傾向於

9　《馬克思恩格斯選集》，北京：人民出版社 1995 年版，第 3 卷，頁 412。

精神上的平等。她要做主人一樣的人。因此她常常突出自己的美，逞能，好勝，不但喜歡在僕婦之間表現出高人一等，而且甚至要與主婦們比一高下，這就往往給人以一種太無自知之明和追求非分之想的感覺。這正如張竹坡所說的：「宋蕙（惠）蓮是不識高底的人。」看來都有點「出格」。但這種「格」本是從封建社會的正常秩序來衡量的。宋惠蓮的悲劇似乎就在於並沒有認真地注意這種社會的「格」，而只是單純地看到個人的「格」。她只看到自己也是個人，是個美人、能人，而且也是和西門慶有著肉體關係的人，那為什麼要低人一等？直到最後，她還「和他大爹（西門慶）白搽白折的平上」，過高地相信自己的能耐，自以為能救出有恩無辜的來旺兒。但結果社會使她醒悟的是：她畢竟是個奴隸。正像《紅樓夢》中的晴雯一樣，一個奴隸假如「心比天高」，想爭取一點點做人的權利的話，那等待著她的結局只能是「命如紙薄」，死路一條。因此，歸根到底，她的悲劇也就是有意無意地想做一個平等的人的悲劇，是復蘇一點人性的悲劇。

「《金瓶梅》是一部哀書。」凡是稍有一點人性，不是毀滅，就是被扭曲，均無好結果。惟有孟玉樓一人孜孜以求個人的幸福，最後也得到了美滿的結局。她出場時，已經是一個寡婦，身邊又沒有子女。這時放在她面前有兩條路：一條是順「天理」，守貞節，另一條是尊「人欲」，再嫁人。她毅然地選擇了後一條路：「青春年少，守他甚麼！」她一而再再而三地自擇婚配，光明磊落地追求美好的生活。抗爭的結果是掙脫了封建勢力的羈絆而得到了一個「百年知己」的有情人。她是生活的強者，是在人欲與天理抗爭中的勝利者。《金瓶梅》的作者在塑造這一人物時，是把她歸入「樓月善良終有壽」的一類，是把她作為一個「乖人」「高人」「真正美人」（張竹坡語）來加以肯定和頌揚的。這清楚地表明了作者內心深處是肯定人性，反對壓抑的。他塑造和歌頌了這樣一個為個人，為婦女，爭獨立，求幸福的形象，不能不說作者本身的人性也在覺醒。他就為中國文學史上增添了一個新的追求人性完善的女性形象。

人性的扭曲

《金瓶梅》作者在新的思潮的影響下，內心有一股尊重人性的潛流，但他畢竟生活在那樣的一個社會裡，長期接受了傳統的思想灌輸，因此其思想還是相當複雜、矛盾的。他尊重人性，但又強調適性隨分，反對過度的貪求。其過與不及的尺度，除了考慮生理因素外，基本上還是以封建社會觀、倫理觀為標準的。因此，從整部小說來看，其表現人性肯定人性的部分，往往呈不自覺的、朦朧的狀態，而其自覺的醒目的語言，則為重複正統的教條。就人的正常性欲而言，儘管作者有意無意地肯定其為正當的、美好的。但他在習慣上還是認為人性的弱點往往由此而貪色思淫，其害處首先會招致「損身害

命」，所謂「色不迷人人自迷，迷的端的受他虧：精神耗散容顏淺，骨髓焦枯氣力微」；「二八佳人體如酥，腰間仗劍斬愚夫。雖然不見人頭落，暗裡教君骨髓枯。」進而言之，則為「好色無仁」「貪淫無恥壞綱常」「好色全忘義理虧」，最後乃至可造成「酒色多能誤國邦，由來美色喪忠良」的嚴重惡果。從全書的整體構思來看，「樓月善良」與「瓶梅淫佚」相對比，將能順從「天理」、克制人欲的吳月娘和雖然人性未滅，但也符合天理的孟玉樓一起，與瓶兒、金蓮等一批「淫婦」們相對照的，是重在「世戒，非為世勸」（〈東吳弄珠客序〉），不是「導淫宣欲」，而是旨在懲淫警世的。這樣，使作者在具體刻劃人物時就顯得非常複雜。因為作為現實中每個具體的人的人性，確實有受壓抑的一面，也有易放縱的一面；作為社會的倫理道德，既有為維護少數統治集團的利益而殘酷摧殘人性的一面，也有為社會正常運轉而在不同歷史條件下共同確認的道德標準和社會約束的一面。作者要恰如其分地把握住每一個人的分寸是非常困難的，有時不免流露出一些陳腐的觀點，例如罵李瓶兒追求西門慶為「背夫水性女嬌流」，批判西門慶私淫來旺婦只是用「紊亂上下」「失尊卑」的標準等等，但總體上看，作者譴責人性的放縱這一人性的弱點時與評擊人性被壓抑一樣，基本上還是符合情理的。這集中地體現在西門慶這一形象的塑造上。西門慶追求財色，本也出於人的本性。但他對於財色的追求確實到了過「貪」的地步，而且其貪欲完全建築在摧殘他人人性與戕害自身性命的基礎之上的。他對人欲的貪求已異化為人性的毀滅。因此，西門慶就是一個人性異化的形象。在西門慶臨死前作者寫道：「當時只恨歡娛樂少，今日翻為疾病多。玉山自倒非人力，總是盧醫怎奈何！」這種對於人欲「歡娛」過貪最終帶來的只能是災難。對於這種災難，確非「盧醫」的一般方藥所能解決的，根本上還是要對於人性的懲治。因此，《金瓶梅》一書戒淫戒貪不能簡單地與封建社會的倫理道德等同起來。它可以說是立足於對於整個人類本性的懲治和勸戒，自有其較為普遍的意義。

事實上，一個現實生活中的人，社會強加於他的往往是壓抑，個性的弱點又常失之於放縱，因此，常常在壓抑與放縱之間搖盪，完善而健全的人性難得，扭曲而變態的人性常見。一部寫人的小說，一個傑出的作家，要將人性引向真美善，就不僅要暴露人性的壓抑，歌頌自我的覺醒，而且當以適當的筆墨刻露人性的扭曲和變異。況且，人的壓抑與反抗，常離不開扭曲的人性，甚至本身都是從人性的扭曲或扭曲的人性出發的。《金瓶梅》是一部寫「惡」的小說，是側重在暴露假醜惡來將人們的心靈引向真善美的。因此，《金瓶梅》世界中芸芸眾生的人性大都是扭曲的，小說就把這種扭曲的人性表現得淋漓盡致。

潘金蓮，就是一個人性被扭曲了的婦女。她儘管是個美貌風流的女強人，但其實無多過高的生活欲望，比如對於「財」就漫不經心，只是對於性的要求比較注重。假如她

的人生道路比較正常而順利，也不可能刺激她的性欲惡性膨脹，畸形發展。可惜社會安排她的命運是一步一步地促使她「欲火難禁一丈高」，成為一個地地道道的縱欲主義者。這種欲火燒曲了她的人性。為了追求這種生理上的滿足，就變得那麼無恥、陰險、毒辣，演出了一幕幕反人性的活劇。本來，追求性的滿足與和諧是人的天性，但她的貪嗜淫濫、無恥狠毒完全使這種追求變了態也變了質，使她的人性產生了變異。與潘金蓮一樣，《金瓶梅》中眾多女性的心理是變態的，人性是扭曲的，例如，王六兒以色求財，竟與丈夫韓道國串通一氣，對西門慶曲體奉承，無所不至；林太太假裝正經，在「節義堂」下守寡，「只送外賣」，原是個「綺閣中好色的嬌娘」，這些都是很突出的例子。

人性的扭曲不僅是由於色，還由於酒、財、氣、權等諸多人性弱點的誘發和來自社會的因素。就財而言，為了財，苗青殺人奪妻，賄賂官場；為了財，女娘們出賣肉體，輸身求銀。西門慶也為了財立即拋開了熱戀中的潘金蓮而去謀取孟玉樓，勾搭李瓶兒，去貪贓枉法，送禮買官，經商放債，損人利己，無所不用其極。小說第六十五回寫常時節老婆從怨窮吵鬧到「陪著笑臉」，到「吊下淚來」，再到「歡天喜地」的一段小小插曲，生動地描繪了市井細民對於錢財的心態和錢財搖撼人心的力量。作者在刻劃這些人物時，基本上是站在反對貪財的立場的。他認為「積金堆金始稱懷，誰知財寶禍根荄」（第五十六回），「錢帛金珠籠內收，若非公道少貪求」（卷首〈四貪詞〉），貪財的結果是「親朋道義因財失，父子懷情為利休」（同上），有損人性。

在封建社會裡，假如對於女人來說主要面對的是一個「情色」問題的話，那麼對於男子來說，除了財、色之外，還有一個功名富貴的問題。當官欲、權勢欲無疑是一帖強烈的人性腐蝕劑。《金瓶梅》雖然沒有像後來的《儒林外史》那樣致力於暴露人性被功名富貴所扭曲，但也接觸到這一方面。我們且不說西門慶等「貪緣鑽刺，驟升美任」，為了當官，「奸巧」使盡，就以短短的武松故事而言，這裡也勾畫了幾個官迷心竅的人物。首先，這個「清河壯士」武松，一旦被那個「貪圖賄賂」的李知府提拔為巡捕都頭，就感激涕零，跪謝道：「若蒙恩相抬舉，小人終身受賜」。不但為他專心「擒拿盜賊」，而且認為為知縣去東京「打點上司」，送剝削來的「一擔禮物」去見奸臣朱勔也是「恩相抬舉」。至於那個受了西門慶「一副金銀酒器、五十兩雪花銀」的賄賂後翻臉不認人，把平時為他「用力效勞」的武松又打又拶，甚至要絞殺的李知縣，其人情之卑劣更不必論。就是在那個「極是個清廉的官」陳文昭身上，也是典型地反應了功名富貴對這號人的腐蝕。看來，在那樣一個社會裡，一旦做了官，就做不得人。《金瓶梅》在暴露官欲對於人性腐蝕方面的功力，實在也不下於其對於財色的描寫。

人性是獸性和理性的和諧統一

　　文學本來就是人學。作為一部直接寫人的小說，究竟如何認識人、表現人，無疑是個頭等重要的問題。在這裡，批評家們可以用各種不同的觀點和角度來衡量《金瓶梅》的成敗得失，不過，從以上分析中不能不使人窺見，《金瓶梅》作者在考慮人與獸與神三者之間的區別上，也就是在如何理解人性與獸性、理性的關係上，值得我們注意。

　　有人說：人是什麼？一半是野獸，一半是天使。作為一個個體的肉體的客觀存在，與所有的動物一樣，人具有生理上的欲望和物質上的需求。正是在這一點上，擺脫不了原始而又根本的獸欲。屠隆談到自己克制其男女之欲的體會時說：「（某）又三年治欲，若頓重兵堅城之下，雲梯地道攻之，百端不破，……乃知其根固在也。……男女之欲去之為難者何？某曰：道家有言，父母之所以生我者以此，則其根也，根故難去也。」[10]然而，人畢竟不是動物。人是有理智地生活在社會之中，其欲求在受到自然約束之外，無不受到社會約束，這種來自自然與社會制約又通過理智來能動地加以調節。因此，欲與理，利與義，貪求與抑制、獸性與理性往往成為人性的二元。假如這二者能和諧地統一於一身，則能達到人性的善美。反之，假如「存天理，滅人欲」，或者縱人欲，滅理智，均將使人性有所壓抑或偏失。事實上，在等級社會裡，上層的、在朝的統治集團，從維護統治階級的利益出發，總是千方百計又連續不斷地強調對於人欲的抑制，謀求整體的穩定和統一。所謂理性，所謂超脫，都是順應這種需要。相反，在這統治階級思想的強大壓力下，廣大下層的、在野的被統治群眾，則從維護個體生命的利益出發，往往反其道而行之，強調人欲的滿足，追求個性的獨立和自由。儘管這種思想被壓制得往往難以明白、酣暢地表達，且表現得時起時伏，但總體來說還是在不斷發展。這兩種對於人的不同理解和要求，即兩種不同的人學觀，統帥和滲透著整個社會意識形態，形成了兩種不同色彩的文化。就中國封建社會而言，儘管如儒家經典中有過「食色性也」「男女居室，人之大倫」[11]之類的話，甚至《易經》所論的「陰陽」，也可能從性器的崇拜而來，道家的老祖宗也說過「谷神不死，是謂牝；玄牝之門，是謂天地根。」[12]後世的道家又多注重房術，至於佛教中有的宗派也不廢房中「秘密大喜樂禪定」[13]。但儒、道、佛三教又聯合起來宣揚反貪、節欲、清靜、從善、縱欲惡報等思想，故整個社會的統治思想

10　屠隆《白榆集》卷九〈與李觀察〉。
11　《孟子·萬章上》。
12　《老子》六章。
13　《元史記事本末》卷二十三。

和主要導向還是對於人欲的壓抑。「將仲子兮，無逾我里，無折我樹杞。豈敢愛之？畏我父母。仲可懷也，父母之言，亦可畏也。」《詩經》中的這類民歌一開始就表現了青年男女的情欲受到了社會的嚴重壓抑，以後多少帶有一點強調個性、肯定人欲的詩文詞賦都沉重地背著禮教的枷鎖。這是保存下來的中國文學作品的主要傾向。但另一方面也應該看到，秦漢時代廣泛流傳的養生術、神仙術乃至早期道教，都與房中術密切相關。他們的指導思想就是：「天生萬物，唯人最貴。人之所以上，莫過房欲。」[14]可以說，古代連綿不斷的各種派別的房中術思想正是歷代下層文化中強調人欲的重要理論支柱。它與統治階級為整體利益而公開宣揚的倫理道德無疑是衝突的，但統治階級中具體的每一個人對此私下往往是樂此不疲的。故它一方面公開受到禁止，另一方面又始終在暗暗流行。這促使比較大膽、露骨、直接地表現人欲的作品始終如涓涓細流，綿綿不斷，並清晰地留下了中國古代房中術所特有的烙印。不過，總的說來，在明代以前，儘管房中術的著作頗多，但直接將其內容形象化地在文學作品中加以描摹並讚揚的不多，一般都用比較含蓄、象徵的文字來加以表現，且往往作為「禍端」來加以譴責。但到了明代、特別是明代後期則大不然。主要是由於成化至萬曆幾朝皇帝及朝臣本身的淫靡放縱，競談房術，不以為恥，並放鬆了對於社會思想倫理道德的控制，於是思想界、文藝界、出版界乘機一哄而起，演出了一齣鼓吹人欲的交響樂。這是一個禮儀大防的堤岸被衝破而人性解放的時代，同時也是一個人性失控而獸性抬頭的時代。究竟如何把握住人的獸性、人性與理性？這是放在每一個作家面前的不可回避的問題。

《金瓶梅》的作者呼吸著時代的空氣，借鑒了前人的經驗，作出了自己的選擇。統觀全書，作者在描寫人性的壓抑、覺醒和扭曲的時候，一方面針對封建社會對於人性的扼殺而肯定人欲，另一方面又針對人欲的膨脹而強調理性，儘管他所理解的理性中擺脫不了封建的教條，然也包含著自然規律和人類公德，他所肯定的人欲有時也模糊不清，但其試圖將獸性與理性統一的指向還是十分清楚的。我們不能因為它有時統一得不那麼完善而只承認其一面而否認其另一方面，或者乾脆指責它的矛盾而加以全盤否定。《金瓶梅》實在是一部試圖在獸性和理性中把握住人性的一部作品。它正像明代末年黃宗羲、劉宗周、陳確、王夫之等理論家在李贄的理欲觀基礎上，既肯定欲、利「是人心生意，百善皆從此生」，而又反對私欲不受限制，主張「有過不及之分」，「人欲恰好處，即天理也」一樣（陳確《瞽言四·無欲作聖人辨》），都是值得我們重視的關於人性論的一種探討，只不過它是以文學的樣式表現而已。

《金瓶梅》作者在寫人時，把握住獸性、人性、理性之間的關係，對於其藝術表現即

---

14 《洞玄子》。

能塑造出一個活生生的人，也是至關重要的。假如只注重其獸性，就等於寫動物，人不成其為人。明清二代的一些末流的淫藝小說，大致就成為性交的圖解，毫無意義。不過這類作品不論在何時何地都不可能成為主要的傾向。在我國這個禮義之邦的封建社會中，始終強調倫理綱常。歷史的積澱使作家們往往只重理性而輕視、忽視寫人欲獸性。筆下的人物往往成為超凡絕欲的神仙、聖賢或怪物。他們沒有七情六欲，只是某種理念的圖解，某種意志的籌碼。就寫婦女的婚姻而論，如《三國志演義》中的貂蟬，犧牲十八歲的青春年華，去作政治鬥爭的工具，竟心平如鏡，一無感情的波瀾；《水滸傳》中藝高貌美的扈三娘，與梁山好漢當有不共戴天之仇，卻被宋江一席話，竟心甘情願地嫁給了一個矮腳虎。她們既沒有獨立的人格，也缺乏正常的人情，是理性淹沒了人性的人物。《金瓶梅》與此不同。它將人物形象返回到現實生活中來，他們各有個人的欲望和衝動，憂愁和高興。他們都是平凡的人，卻都是真人、活人。《金瓶梅》在寫人的藝術上之所以能取得相當的成績，無疑是與作者對於人的認識有著密切的關係。因此，從《金瓶梅》的藝術經驗來看，要塑造有血有肉、栩栩如生的人物形象，就必須注意到人是獸性和理性的和諧統一。

中國小說藝術發展的里程碑

　　《金瓶梅》作為一部小說，借用現在比較時髦的一句話，就必須「把它當作文學作品」來讀，或者說是用文學的眼光來讀。文學作品要分析它的文學性，這是天經地義的。但文學作品是社會的產品，它描寫了社會，反映了社會，最終還是為社會服務，所以絕對排斥用社會的眼光來讀小說也是片面的。反過來，只用社會的眼光來讀小說，而不用文學的眼光去讀，同樣是片面的。

　　從文學的眼光來看，《金瓶梅》在中國小說發展史上，特別是長篇小說發展史上，是一部相當重要的作品。它在藝術上有一系列的重大的變革，開創了一個嶄新的局面。所以說它是一部「里程碑」式的作品，是毫不誇張的。

　　下面，我們就一些主要的方面來看《金瓶梅》的里程碑意義。

一、創作思維從「依史演義」到「寄意時俗」

　　我國最早的長篇小說是《三國志演義》。這部小說的特點是：「依史以演義」（李漁〈三國志演義序〉）。「依史」，就是基本上認同史實，依據史實，只是稍作選擇和加工；「演義」，則滲透著作者主觀的價值判斷，用一種自認為理想的「義」，涇渭分明地去褒貶人物，重塑歷史，評價是非。《三國志演義》之後的《水滸傳》也從歷史出發。宋江等在《宋史》中有記載。但是，它主要部分已經是游離了歷史，更多的是民間流傳的故事和不斷虛構的內容。它雖然寫的主要是一些超人與非凡的故事，在現實中不可能或者不大可能存在的人和事，但其中也有一些比較接近現實生活的，寫了一些小人物和世間平凡的事，像李小二、王婆等等。再到《西遊記》，也有一點歷史真實。歷史上唐僧取經，確有其事，但整部小說完全是建立在想像、虛構的基礎之上。它寫的是妖魔鬼怪，不是現實生活中的事。

　　現在，小說發展到《金瓶梅》則不同了，現存最早的詞話本前面的欣欣子序就說：「吾友笑笑生為此，爰罄平日所蘊者著斯傳。」「竊謂蘭陵笑笑生作《金瓶梅傳》，寄意於時俗。」這就明確地指出《金瓶梅》基本的藝術風貌就是「寄意於時俗」。這也就是說，《金瓶梅》是一部通過描寫「時俗」來寄託作者思想感情的書。它不同於《三國志

演義》描寫古代的帝王將相、興廢爭戰，也有別於《水滸傳》刻劃超人的英雄豪傑、刀光劍影，更大異於《西遊記》虛設奇幻的牛鬼蛇神、上天入地，而是用細緻的筆觸，描寫了一個當時的而不是歷史的、下層的而不是上層的、日常的而不是超凡的社會，表現的是一些在生活中都可以遇到的瑣瑣屑屑的、油鹽醬醋類的事。在表現這類日常瑣事時，作者特別注意寫一些「小」的事情、「小」的動作、「小」的物件以及用一種「閒筆」。

先看寫「小事」。清末夏曾佑在〈小說原理〉中曾說：「寫小事易，寫大事難。小事如吃酒、旅行、奸盜之類，大事如廢立、打仗之類。大抵吾人於小事之經歷多，而於大事之經歷少。」所以，他認為《金瓶梅》《紅樓夢》之所以寫得好，就在於寫小事，「均不寫大事」。這段話有一定道理。寫平常百姓親見親聞的小事，讀者就容易產生一種親切、真實的感覺，但是，真正要寫好那些小事也並非容易。《金瓶梅》就重視在細微末節的地方捕捉與刻劃，描摹一些小動作、小情景、小物件等，注意於細微處寓神理。這就難怪張竹坡也讚歎《金瓶梅》說：「文字之無微不至，所以為小說之第一也。」（第三十九回夾批）

先看寫小動作。人的一舉一動，一笑一嗔，都是人們心靈深處的感情變化和心理狀態的真實反映，同時也顯示了人物的性格特徵。因此，作家抓住富有特徵性的細微動作或面部表情來加以描摹或稍加點綴，對於凸現典型人物性格特徵和感情狀態，往往有立竿見影、透心剔骨之妙。第十五回「佳人笑賞玩月樓」，月娘與眾人到獅子街李瓶兒新買的樓上賞燈。看了一會，見樓下人亂，吳月娘等歸席吃酒去了。惟有潘金蓮、孟玉樓同兩個唱的，只顧搭伏著樓窗，往下觀看。此時，寫潘金蓮道：

> 那潘金蓮一徑把白綾襖袖子摟著，顯他遍地金掏袖兒，露出那十指春蔥來，帶有六個金馬鐙戒指兒，探著半截身子，口中嗑瓜子兒，把嗑了的瓜子皮兒都吐下來，落在人身上，和玉樓兩個嘻笑不止。

嗑著瓜子兒看燈，真是小事一椿，這在《三國》《水滸》中是不大會寫的，而這裡卻把一個摟著袖子、探著身子、嗑著瓜子、嘻笑不止的金蓮寫得活龍活現。再看第七十二回寫潘金蓮與如意兒吵架：

> 金蓮道：「……你背地幹的那繭兒，你說我不知道！偷就偷出肚子來，我也不怕！」
> 如意道：「正景有孩子還死了哩，俺每到的那些兒！」這金蓮不聽便罷，聽了心頭火起，粉面通紅，走向前一把手把老婆頭髮扯住，只用手摳他腹。……

這裡，潘金蓮儘管口頭上說「偷出肚子來，我也不怕」，實際上她最怕的就是別人有「肚子」，對她的爭寵造成威脅。當初李瓶兒有了官哥，她就覺得漢子「見我如同烏眼雞一

般」，如今西門慶又在李瓶兒的房裡與如意兒幹那齣兒，不能不使她吃醋，使她擔心。而如意兒的一句話正觸痛了她的心病，不由得使她「心頭火起」，衝上前去不由自主地「只用手搣他腹」。這一動作，正把她內心深處最大的擔心活現了出來，把她嫉妒凶殘、多疑猜忌的性格顯露無遺，真如張竹坡批的「寫妒婦真寫至骨」。顯然，這類細微動作的描寫能攝魂追魄，畢肖神情，刻劃出血肉飽滿、栩栩如生的人物形象來。

再看寫小情景。有些生活中的瑣事小景一經點染，也頗能襯托人物的神情與照應前後的情節。例如第十三回寫西門慶晚上坐在花園裡等候隔牆的李瓶兒請他。「良久，只聽的那邊趕狗關門。少頃，只見丫鬟迎春黑影影裡扒著牆，推叫貓。」這類「趕狗叫貓」之事極為瑣碎凡俗，可是放在這裡很有神味，把李瓶兒那邊準備迎奸的精心安排和西門慶這邊等待幽會的急切心情以及當時的氣氛都畫了出來，令人有一石數鳥之歡！說起貓，第五十一回還寫到一隻名叫「白獅子」的貓兒。當時，潘金蓮與西門慶正在胡搞，「不想旁邊蹲踞著一個白獅子貓兒看見動旦（彈），不知當做甚物件兒，撲向前，用爪兒來搣。」這也是點染的一景，一時未見有什麼深意。可是，讀到第五十九回才知道這一細節被潘金蓮看在眼裡，記在心頭，決心訓練這只貓來陷害官哥。可見，這一細節，乃是為害死官哥作伏線，推動了後面情節的開展，又為再次暴露潘金蓮這個無恥淫婦的嫉妒狠毒性格作了必要的鋪墊。此類細節的描繪確實頗見功力，頗具神理。

另看寫小物件。《金瓶梅》中的「小小物件」常常描寫得神完理足，得到張竹坡的高度讚賞，特別如西門慶手中的那把「灑金川扇兒」，官哥玩的「壽星博浪鼓」，以及第二十八回至三十回寫到的八十二處「紅繡鞋」，一經他拈出之後，常為人們所稱道。第二回西門慶出場被潘金蓮叉桿打中時，就「手裡搖著灑金川扇兒」，第三回去勾引潘金蓮時，也「手拿著灑金川扇兒，搖搖擺擺往紫石街來」，一副流氓的嘴臉躍然紙上。到第八回西門慶娶了孟玉樓後去潘金蓮那裡重溫舊情時，怨恨、吃醋的婦人一怒之下將這把扇子折斷了。張竹坡於此讚歎道：「真小小一物，文人用之，遂能作無數文章，而又寫盡浮薄人情，一時高興，便將人弄死奪其妻，不半月又視如敝屣，另尋高興處，真是寫盡人情。」（第八回總評）而實際上，這把扇子同時引發了淫蕩的潘金蓮的妒心的初次發作，真是作者用「異樣心力」寫出來的文字。再看從第二十八回起的寫鞋。潘金蓮與西門慶在葡萄架下白日宣淫昏了頭，丟失了一隻紅繡鞋，秋菊遍尋不著挨了打，結果在藏春塢裡翻出了西門慶悄悄藏著的宋惠蓮的一隻紅繡鞋，觸發了金蓮的醋勁，命春梅拿塊石頭叫秋菊頂在頭上跪著。原來，金蓮的鞋子當初被溜進花園裡玩的小鐵棍拾了去，陳經濟又將它騙到手，用它來挑逗潘金蓮。潘金蓮怪小鐵棍弄髒了鞋子，教唆西門慶把他打得「躺在地下，死了半日」，又當著西門慶的面說，要把宋惠蓮的鞋子「剁做幾截子，掠到毛司裡去，叫賊淫婦陰山背後永世不得超生」！次日金蓮又約瓶兒、玉樓一起

做紅繡鞋，閒談時又引出了吳月娘知道小鐵棍無辜被打而抱怨說：「如今這一家子亂世為王，九條尾狐狸精出世了」，「為了一隻鞋子，又這等驚天動地」……真是「一鞋描寫細緻」，通過失鞋、尋鞋、換鞋、剁鞋、做鞋，把潘金蓮的淫蕩、無恥、嫉妒寫得神情畢肖，同時也把西門慶的淫毒無情、龐春梅的助紂為虐、陳經濟的浮薄、小鐵棍的天真、秋菊的正直、宋惠蓮的癡心、孟玉樓的乖巧、李瓶兒的淺顯、吳月娘的平正，一一活現出來。張竹坡在第二十八回總評中說得好：

> 此回單狀金蓮之惡，故惟以鞋字播弄盡情。直至後三十回，以春梅納鞋，足完鞋子神理。細數凡八十個鞋字，如一線穿去，卻斷斷續續，遮遮掩掩，而瓶兒、玉樓、春梅身分中，莫不各有一金蓮，以襯金蓮之金蓮，且襯蕙（惠）蓮之金蓮，則金蓮至此已爛漫不堪之甚矣。

這裡所說的「鞋子神理」，實際上就是指寫小事情、小物件的「神理」，指它們在貫穿脈絡、刻劃性格、深化主題中的妙用。《金瓶梅》注意了這些「小事」的描繪，故使這部世情小說的藝術整體增強了具體感、立體感、真實感，顯得有血有肉，神情飽滿。正是在這個意義上，我們說可以說：《金瓶梅》就在細微處見神理。

我們再來看用「閒筆」。所謂閒筆，就是指在故事演進中突然插入一些看來不甚相干或無關緊要的筆墨。這種筆法，在那些著重寫大事和傳奇的小說中是不常見到的。這和上面講的寫「小事」相呼應而不是一個層面上的問題。假如說，寫「小事」主要是從內容上看的話，那麼，用「閒筆」主要是從表現形式上看的。《金瓶梅》重在寫實，寫日常小事，就很自然地較多使用「閒筆」。對此，明末崇禎本的批評就非常注意，欣賞它「打閒處入情」，「在沒要緊處畫出」，「問答似閒，然情理鑿鑿，非俗筆可辦」。後來，張竹坡又借鑒了金聖歎批《水滸傳》、毛綸、毛宗崗評《三國》的做法，以更醒目的語言來總結《金瓶梅》的閒筆。其〈批評第一奇書金瓶梅讀法〉云：

> 《金瓶》每於極忙時，偏夾敘他事入內。如：正未娶金蓮，先插娶玉樓；娶玉樓時，即夾敘大姐；生子時，即夾敘吳典恩借債；官哥臨危時，乃有謝希大借銀；瓶兒死時，乃入玉簫受約；擇日出殯，乃有請六黃大尉等事。皆於百忙中故作消閒之筆。非才富一石者，何以能之？

《金瓶梅》中的小小閒筆，何以受到批評家們的高度重視？這是因為閒筆不閒，它具有多方面的藝術功能。

首先，它加強了作品的真實感。生活本來就是搖曳多姿的，並不循著單一的線條發展。小說故事的推進假如過分純化，單線條的發展，往往帶來失真之感。閒筆的穿插，

就使故事演進時添進了其他色素,更為逼真生活。如第六十七回開頭,寫西門慶為李瓶兒辦喪事,念經,一直忙到二更時分,第二天他還要應付翟親家人來討回書,接著又要打發韓道國去松江販布,要到士夫官員家謝禮,加上身體又常時發起酸來,腰背疼痛,正是有點心煩意亂。這時,卻插進以下一段閒筆:

> 話說西門慶歸後邊,辛苦的人,直睡至次日日色高還未起來,有來興兒進來說:「搭彩匠外邊伺候,請問拆棚。」西閧門慶罵了來興兒幾句,說:「拆棚教他拆就是了,只顧問怎的!」搭彩匠一面外邊七手八腳卸下席繩松條,拆了送到對門房子裡堆放不提。

這段筆墨似乎多餘,不寫它完全不影響情節的開展。但加了這段話增加了濃重的生活氣息,把昨日一天的辛苦,當時主人的煩躁,都點綴了出來,真是看來「無一毫要緊,卻妙」(崇禎本批語)。再如第三十二回寫李桂姐、鄭愛香、吳銀兒等妓女在吳月娘房中閒扯,全用院中的行話談些嫖客們的往還。月娘坐在炕上聽著,說:「你每說了這一日,我不懂,不知說的是那家話?」這些人們聽不懂的閒言閒語,簡直令人感到囉嗦,但卻正真實地反映了當時社會的風貌,娼妓們的生活情趣,給人以身臨其境之感。同時也很自然地交代、補充了一些人物和事件。就在吳月娘聽不懂的閒言語中,卻交代了一個重要的人物——張二官。當時:

> 鄭愛香道:「常和應二走的那祝麻子,他前日和張小官兒,到俺那裡。拿著十兩銀子,要請俺家妹子愛月兒。……那張小官兒好不有錢,騎著大白馬,四五個小廝跟隨,坐在俺們堂屋裡只顧不去。……」吳銀兒道:「張小二官兒,先包著董貓兒來。」鄭愛香道:「因把貓兒的虎口內火燒了兩醮,和他丁八著好一向了,這日只散走哩。」

這裡的「丁八」就是黑話。據現在推測,「丁八」就是性交的意思,兩個字的形狀,就像是男女的性器。儘管吳月娘聽不懂,但把張二官的有財、貪淫,應伯爵、祝麻子一批幫閒早就跟著他屁股後面轉的情況自然地交代了。後來一旦西門慶完蛋,他就取而代之。張二官這個西門慶第二,他的所作所為,多數是在閒筆中交代的。閒筆就這樣好似旁敲側擊,實則點出了日常的真實生活,在無形中為故事的發展添出新的波瀾。

同時,這些「閒筆」還可起到調節氣氛、節奏,豐富人物性格,以及巧妙地表達作者的思想等等作用。比如,就調節氣氛、節奏來看,張竹坡說的「正未娶金蓮,先插娶玉樓」就很能說明問題。從第一回至第六回,西門慶費盡心機,刮刺了潘金蓮,毒死了武大郎,充滿著姦淫險惡的氣息,一對狗男女,「似水如魚」了幾個月,卻就是結不成

正當的夫婦。而中間卻插了一回「薛嫂兒說娶孟玉樓」，一拍即合，孟玉樓後來居上，順順當當、正正派派地嫁了過去。此時，潘金蓮尚「每日門兒倚遍，眼兒望穿」，盼著「不得閒」的大官人。一邪一正，一慢一快，兩種氣氛，兩種節奏，互相交織，互相映襯，增強了對比色彩，調節了讀者的情緒，無疑產生了更大的美學效果。再以豐富人物性格而言，《金瓶梅》中有些脫離情節發展的閒筆顯然與豐富、深化人物的性格有關。例如，第八回寫潘金蓮等了西門慶一個月多還不來，盼得急了，經常拿迎兒出氣：

> ……於是不由分說，把這小妮子跣剝去了身上衣服，拿馬鞭子下手打了二三十下。打得妮子殺豬也似叫。……打了一回，穿上小衣，放起他來，分付在旁打扇。打了一回扇，口中說道：「賊淫婦，你舒過臉來，等我掐你這皮臉兩下子。」那迎兒真個舒著臉，被婦人尖指甲掐了兩道血口子，才饒了他。

這段情節在《水滸》中是沒有的，迎兒這個人物也是添加出來的。添加的這個迎兒的主要表演也就在這裡。這齣戲，對以後西門慶姦娶潘金蓮的情節可以說毫無影響，但卻生動有力地展現了潘金蓮當時急切、煩惱的心情和狠毒、暴戾的性格，給讀者留下了深刻的印象。此外，如第五十四回寫應伯爵邀西門慶等諸友與娼妓們遊郊園，第五十七回寫道長老募修永福寺，西門慶施銀五百兩等，都是與情節發展不甚相干的閒筆，但對豐富人物性格都起了應有的作用。再如有些閒筆好像是隨手拈來，似有游離整體之嫌，但涉筆成趣，讀來輕鬆，清楚地表明了作者的某種觀點，而有時正與下面情節的展開在意念上緊相聯繫。例如第三十三回寫眾人捉姦，把王六兒與韓二用一條繩子拴出來，圍了一門口人，轟動了一條街巷。這一個來問，那一個來瞧。這時：

> 內中一老者見男婦二人拴做一處，便問左右站的人：「此是為什麼事的？」旁邊有多口的道：「你老人家不知，此是小叔姦嫂子的。」那老者點了點頭兒，說道：「可傷！原來小叔兒耍嫂子的，到官，叔嫂通姦，兩個都是絞罪。」那旁多口的，認的他有名叫做陶扒灰，一連娶三個媳婦，都吃他扒了，因此插口說道：「你老人家深通條律，相這小叔養嫂子的便是絞罪，若是公公養媳婦的，卻論什麼罪？」那老者見不是話，低著頭，一聲兒不言語走了。

這段陶扒灰的插話未免令人感到多餘，甚至覺得可笑得不真實。然而，作者在這段閒筆下加了兩句成語：「正是：各人自掃門前雪，莫管他家瓦上霜。」這就點明了作者寫這段閒筆的意向：勸君莫管閒事。後來，那批捉姦者反而吃了官司，挨了板子，還要連累父母受氣破財，不也是多管閒事的結果嗎？不也和陶扒灰插嘴性質相同嗎？因此，此段閒筆不閒也。

《金瓶梅》的閒筆不閒。它是作品描寫「時俗」，反映現實的重要手段，也有助於寫人敘事，穿插佈局，是藝術表現趨向成熟的重要標誌之一，絕不能等閒視之。正是在這個意義上，張竹坡甚至說：「子弟會得，便許作繁衍文字」，「千百稗官家不能及之者，總是此等閒筆難學也」。

正因為《金瓶梅》的作者善於寫日常生活中一些瑣瑣碎碎的事，並隨之而來的寫了一些普普通通的境、平平常常的人，用的又是明明白白的話。整部小說就顯得俗：事俗、境俗、人俗、語也俗。這正如滿文本〈金瓶梅序〉所說的：

> 如《三國演義》《水滸》《西遊記》《金瓶梅》四種，固小說中之四大奇也，而《金瓶梅》於此為尤奇焉。凡百回中以為百戒，每回無過結交朋黨、鑽營勾串、流連會飲、淫嫟通姦、貪婪索取、強橫欺凌、巧計誆騙、恣怒行凶、作樂無休、論賴誣害、挑唆離間而已，其於修身齊家、禆益於國家之事一無所有。……將陋習編為萬世之戒，自常人之夫婦，以及僧道尼番、醫巫星相、卜術樂人、歌妓雜耍之徒，自買賣以及水陸諸物，自服用器皿以及謔浪笑談，於僻隅瑣屑毫無遺漏，其周詳備全，如親身眼前熟視歷經之彰也。誠可謂是書於四書之尤奇者矣。

然而，正是這種俗能給人以一種身臨其境、親睹親聞之感，使我國的小說藝術從《三國》的基於史實，到《水滸》的游離歷史與《西遊》的寓言為主，再到《金瓶》的面對現實，使小說藝術的發展終於落腳在現實與人生，進入了一個新的階段。

然而，《金瓶梅》寫時俗並不是僅寫一家之俗，停留在「家常日用，應酬世務」，寫瑣瑣屑屑的柴米油鹽之事（劉廷璣《在園雜誌》）而還要「寄意」，通過寫時俗來暴露社會的黑暗，譴責人性的醜惡，特別是要把矛頭指向最高統治集團，這就使作者並不把眼睛死盯在一處，而是注意左顧右盼，由小及大，在廣泛聯繫中來寫俗。對此，張竹坡已經看出。他在〈第一奇書金瓶梅讀法〉中指出：

> 《金瓶梅》因西門慶一份人家，寫好幾份人家，如武大一家，花子虛一家，喬大戶一家，陳洪一家，吳大舅一家，張大戶一家，王招宣一家，應伯爵一家，周守備一家，何千戶一家，夏提刑一家。……凡這幾家，大約清河縣官員大戶屈指已遍，而因一人寫及全縣。

不僅如此，他還認為《金瓶梅》實際上由「一家」而寫及了「天下國家」。其七十回總評曰：

> 夫作書者必大不得於時勢，方作寓言以垂世。今止言一家，不及天下國家，何以

見怨之深而不能忘哉？故此回歷敘運艮峰之賞無謂，諸奸臣之貪位慕祿，以一發胸中之恨也。

這是從聯繫之普遍的角度上來指出作者「見怨之深」。與此相補充的是，張竹坡還有個「加一倍寫法」的理論：

文章有加一倍寫法。此書則善於加倍寫也。如寫西門之熱，更寫蔡、宋二御史，更寫六黃太尉，更寫蔡太師，更寫朝房，此加一倍熱也。如寫西門之冷，則更寫陳敬濟在冷鋪中，更寫蔡太師充軍，更寫徽、欽北狩，真如加一倍冷。

這實際上也指出了《金瓶梅》由小及大，直指朝廷的暴露特點。

在《金瓶梅》中，由小及大，上下聯繫起來描寫的事例很多，最令人難忘的是苗青一案。謀財害命的苗青闖入西門慶的圈子裡來，是走了姘婦王六兒的門路，而王六兒處又經鄰居樂三嫂的通融，她們都是市井間最起碼的小人物。西門慶得了銀子，買通同僚夏提刑，開放了苗青回揚州。至此，事情似可中止，但作者不甘罷休，使之逐步升級，從山東按察院，一直到蔡太師，再經萬歲爺，致使罪犯終於逍遙法外，贓官受升遷，清官被貶謫，其朝廷之黑暗，皇上之昏庸，暴露無遺。張竹坡曾由此而發感慨說：「見西門慶之惡，純是太師之惡也。夫太師之下，何止千萬西門，而一西門之惡已如此，其一太師之惡為何如也！」（第四十八回批語）其實，西門之惡，豈止太師之惡，實是皇帝之惡也。《金瓶梅》的暴露就是能這樣小中見大，大小結合，增強了暴露的廣度和深度。

這種結合不是生硬湊合，而是不露痕跡的。《金瓶梅》在這方面是頗見功力的。這裡且舉兩個細小的例子來說明問題。一是第二回，寫縣官派武松送金銀到東京去，原天都外臣序本《水滸傳》只是這樣寫：「卻說本縣知縣自到任已來，卻得二年半了。撰得好些金銀，欲待要使人送上東京去，與親戚處收貯，恐到京師轉除他處時要使用，卻怕路上被人劫了去，……」這裡至多揭露了這個縣尊於「二年半」時間已「撰得好些金銀」而已。而《金瓶梅》於此略加點綴，就將「恐到京師」句改成「三年任滿朝覲，打點上司」，後又對武松說：「我有個親戚，在東京城內做官，姓朱名勔，見做殿前太尉之職，要送一擔禮物捎封書去問好，……」原來如此！他要巴結的乃是殿前太尉朱勔！做官就要在朝廷裡有靠山，要時時不忘孝敬上司！顯然，它比《水滸》的暴露更深了一層，而這個改動又是那麼自然，無跡可求。其二，如第六十七回寫蔡京的管家翟爹派來的人向西門慶討回書時，順便加了一段對話：「（西門慶）因問那人：『你怎的昨日不來取？』那人說：『小的又往巡撫侯爺那裡下書，擔閣了兩日。』說畢，領書出門。」若去掉這段對話也完全可以，但加上去卻合情合理，且正暴露了「私門之廣，不獨一提刑

也」（崇禎本評語）。這兩例都是順手拈來，毫不費力，但卻自然、巧妙地暴露了從下至上（前例）與從上至下（後例）的相互勾結，充分地顯示了作者的藝術才能。

總之，《金瓶梅》是一部俗書。這部俗書之所以能產生，雖然與小說藝術發展的本身規律相關，但同時也與當時商業經濟的發展，市民階層的壯大以及王學強調面向日常生活和普通百姓都有關係。在我國古典小說中，它最俗，寫的人物最平凡，寫的家庭最普通，寫的事物最瑣屑，然而它意在暴露，指斥時事，敢於寫曹雪芹所不敢寫的「訕謗君相」「傷時罵世」。它立足於「俗」，心中有「時」，故能從「俗」字出發，由此及彼，由小到大，縱橫交錯，上下相聯，成了一部名副其實的寫「時俗」的小說，使真實性與暴露性同臻妙境。後來的《儒林外史》重視寫「家常日用米鹽瑣屑」（閒齋老人〈儒林外史序〉）與脂硯齋一再讚揚《紅樓夢》的「親睹親聞」，都是從《金瓶梅》這條路子走下去的。

二、創作態度從主觀介入到客觀描寫

中國小說的形成與「說話」的關係密切。說話人在表演時中常常是「講論只憑三寸舌，秤評天下淺和深」（羅燁《醉翁談錄》），鮮明地介入主觀的評判。在這基礎上形成的小說，往往在敘事中插入敘述人的議論文字，乃至常常用「看官聽說」之類的套語加以標出。這說明，《金瓶梅》在小說發展中還沒有完全擺脫說話的影響，也還保留著一些議論文字，直接表達作者的意見。但是，我們應該引起重視的是，《金瓶梅》畢竟開始比較注意客觀的、冷靜的描寫了。它的正文基本上都是採用了「筆蓄鋒芒而不露」的「春秋筆法」。關於這一點，鄭振鐸在 1932 年寫的《插圖本中國文學史》中就明確地指出了。他說：

> 唯《金瓶梅》則是赤裸裸的絕對的人情描寫；不誇張，也不過度的形容，像它這樣的純然以不動感情的客觀描寫，來寫中等社會的男與女的日常生活（也許有點黑暗的，偏於性生活）的，在我們小說界中，也許僅有這一部而已。

《金瓶梅》的這種「不誇張，也不過度形容」，「純然以不動感情的客觀描寫」，與古人說的「白描」手法的意思也比較接近。明末崇禎本的批語曾多次指出《金瓶梅》「純用白描」的特點，清代的批評家也屢屢提及，特別是張竹坡，在他的〈批評第一奇書金瓶梅讀法〉中說：

> 讀《金瓶》，當看其白描處。子弟能看其白描處，必能自做出異樣省力巧妙文字

來也。

張竹坡欣賞《金瓶梅》的白描手法，在第一回的總評中就加以強調，並作了具體分析。
張評本《金瓶梅》的這一回寫幫閒應伯爵和謝希大來看西門慶時道：

> 只見應伯爵頭上戴一頂新盔的玄羅帽兒，身上穿一件半新不舊的天青夾緞紗褶
> 子，腳下絲鞋淨襪，坐在上首；下首坐的，便是姓謝的謝希大。見西門慶出來，
> 一齊立起身來，連忙作揖道：「哥在家，連日少看！」西門慶讓他坐下，一面喚
> 茶來吃，說道：「你們好人兒！這幾日我心裡不耐煩，不出來走跳，你們通不來
> 傍個影兒！」伯爵向希大道：「何如？我說哥要說哩！」因對西門慶道：「哥！
> 你怪的是，連咱自也不知道成日忙些甚麼？自咱們這兩隻腳，還趕不上一張嘴
> 哩！」

不久，十兄弟一起到玉皇廟結拜，當吳道官要他們排列次序時：

> 眾人一齊道：「這自然是西門大官人居長。」西門慶道：「這還是敘齒，應二哥
> 大如我，是應二哥居長。」伯爵伸著舌頭道：「爺可不折殺小人罷了，如今年時，
> 只好敘個財勢，那裡好敘齒，若敘齒，還有大如我的哩！且是我做大哥，有兩件
> 不妥：第一不如大官人有威有德，眾兄弟都服你；第二我原叫應二哥，如今居長，
> 卻又要叫應大哥了。倘或有兩個人來，一個叫應二哥，一個叫應大哥，我還是應
> 應二哥，應應大哥呢？」西門慶笑道：「你這掐斷腸子的，單有這些閒說的！」

這裡，誠如張竹坡指出的：「描寫伯爵處，純是白描追魂攝影之筆。」這個幫閒「半新
不舊」的打扮，就宛如一個綢緞鋪「跌落下來」的幫嫖專家。一番巧言胡謅，油嘴滑舌，
確使一個幫閒附勢的無恥小人「儼然紙上活跳出來」，「如聞其聲，如見其形」。作者
在這裡客觀的寫應伯爵的衣著、行動、言語時都非常簡練，三言兩筆，沒有什麼誇張的
詞語，卻寫得有聲有色，直露他的靈魂，能達到一種「形態既肖，神自滿足」的境界。
後來《儒林外史》就繼承了這一路數，臥閒草堂本的回評就指出這種筆法是：「直書其
事，不加斷語，其是非自見也。」並認為一加斷語，「文字便索然無味矣」。這種「直
書其事，不加斷語」的筆法，就能達到逼真生活的境界，能讓讀者根據自己的生活經驗
和認識水準，通過自己的審美活動來理解、想像與評判，達到欣賞作品與認識社會的雙
重目的。

當然，這樣純客觀的描寫有時候會使讀者不易把握作者的意圖是懲還是勸？是批判
還是讓你去欣賞？假如讀者對於作品前後的聯繫稍有疏忽，或受到思想觀念、文化修養、

生活經驗等認識能力的限制，就有時窺不破作者的筆底波瀾、綿裡針刺了，更有甚者，就會將作者意在批判的筆墨誤認為讚賞了。《金瓶梅》中有大量的假醜惡以及赤裸裸的性描寫，作者也不加批判之詞，所以往往被人誤解，說它是「自然主義」，或者乾脆說他在欣賞庸俗、醜惡的東西了。這實在是有點冤枉。

三、塑造人物：從寫特徵性格到寫個性化的性格

《金瓶梅》寫人的問題想分三個角度來論述：寫什麼人，寫人的什麼，以及怎樣寫。

(一)寫什麼人

關於寫什麼人的問題，《金瓶梅》至少有兩個鮮明的特點，一是著力寫普普通通的人，二是將女性成為小說的主角。

關於小說開始致力於寫普普通通的人，是與前面講的寫瑣瑣碎碎的事相關的。寫國家大事、興廢爭戰，一定要寫大人物；寫傳奇的故事，也一定要寫奇幻的人物；寫日常油鹽醬醋，就當然要寫生活中的平常人了。這從《三國志演義》到《水滸傳》《西遊記》，再到《金瓶梅》，其發展變化的歷程也是十分清楚的。早在 1933 年，鄭振鐸在〈談《金瓶梅詞話》〉一文中就說：「近來有些人，都要在《三國》《水滸》裡找出些中國社會的實況來。但《三國演義》離開現在實在太遠了；那些英雄們實在是傳說中的英雄們，有如荷馬的 Achilles、Odysseus，聖經裡的聖喬治，英國傳說裡的 Round Table 上的英雄們似的帶著充分的神秘性，充分的超人的氣氛。」的確，《三國志演義》中的人物，往往是長相超凡，能力超常，又大都是帝王將相。到《水滸傳》，雖寫了些市井生活與普通人物，但其主要人物的總體傾向還是超常的，大都是「英雄」。而《金瓶梅》中的人物，主要是市井間的普通人物。這一點是比較清楚的。

另外一點也是十分顯著的，即女性開始上升為主角。從某種角度上看，對於女性的關注程度，也是衡量藝術發展的一竿尺規。在《三國志演義》中，女性是道德的化身，政治的籌碼。像貂蟬這樣一個千古美女，只是政治鬥爭中的一個小道具而已。卷三「孫策大戰太史慈」一則寫到呂布攻克徐州，劉備的妻子陷在城中，負責守衛的張飛羞愧得要自殺，劉備勸他說：「古人云：兄弟如手足，妻子如衣服。衣服破，而尚有更換，使手足若廢，安能再續乎？」把妻子只是當作可以任意替換的衣服，遠不能與「手足」相比。從這裡也反映了作者的女性觀。以這樣的女性觀指導，其作品怎麼能重視寫女性呢？《水滸傳》裡的男性好漢，都是英雄、天神；而裡面的女性，則不是淫婦、惡婦，就是醜婦、凶婦。唯一一個一丈青扈三娘，「天生美貌海棠花」，武藝又高強，卻被宋江當作

籠絡人心的工具送給了矮腳虎，一朵鮮花插在牛糞上。正是在這樣的女性意識支配下，女性在整個小說人物的描寫中所占的比重極小、位置低下；寫她們活潑潑的感情與心理活動更少，許多人物只是乾巴巴的政治工具或道德標籤而已。《金瓶梅》則與以往的長篇小說相比，有了突破性的顯著變化，金、瓶、梅三個女性成為小說的主角，且以大量的筆墨寫她們的感情與心理活動，創造了小說史上令人矚目的有血有肉的女性形象。這不能不說是中國小說寫人史上的一大轉折。

(二)寫人的什麼

人是一種非常複雜的動物，可寫的東西實在太多了。但人生活在社會中，從某一個角度看，寫人的什麼可以分兩大類，一類是社會要求人是什麼樣的，另一類是作為人本來要求些什麼。像《三國志演義》《水滸傳》等主要宣揚「仁義」「忠義」一類道德規範，就是代表了社會的意志。當時的社會需要什麼樣的人，它就宣揚什麼，希望人們都能去服從某種規範。而《金瓶梅》不是從這方面入手的，儘管作者的思想深處，也是希望人能節制個人的人欲，去服從社會的規範，但它是入手是寫人的個人的欲望，寫人的本性。詞話本卷首有〈四貪詞〉，提出了酒、色、財、氣這四端人類易貪的東西。換句話說，作者認為這部小說主要寫了人的酒、色、財、氣。在這基礎上，一些論者認為這部小說又著重在講「色」字。張竹坡在《金瓶梅》第一回的回批中說：

> 此書單重財色，故卷首一詩，上解悲財，下解悲色。
> 「二八佳人」一絕，色也。借色說人，則色的利害，比財更甚。……然而酒、氣俱串入財、色內講。

後來，丁耀亢在《續金瓶梅》第四十三回中說得更直截了當：

> 一部《金瓶梅》，說了個色字。

《孟子》說：「食、色，性也。」色，就是人的本性。《金瓶梅》就是想解剖人的本性，這與它以前的小說相比，寫人的出發點是不同的，是換了一個大角度。

《金瓶梅》還比較注重寫人的感情。中國小說寫感情，比較喜歡通過行動來寫。《三國志演義》《水滸傳》《西遊記》寫的是「大事」，就較少注意刻劃人的細膩的感情，甚至不寫。像貂蟬被送到董卓那裡，她是怎麼想的？當時的心理狀態如何？作者是不大注意去關注她的。而《金瓶梅》寫人的感情常常是細緻入微。我們看第八回這樣寫道：

> 話說西門慶自娶了玉樓在家，燕爾新昏，如膠似漆。……三朝九日，足亂了一個

月多，不曾往潘金蓮家去。把那婦人每日門兒倚遍，眼兒望穿，使王婆往他門首去了兩遍。門首小廝常見王婆，知道是潘金蓮使來的，多不理他，只說：「大官人不得閒哩！」婦人盼他急的緊，只見婆子回了婦人，婦人又打罵小女兒街上去尋覓。那小妮子怎敢入他深宅大院裡去？只在門首竚探了一兩遍，不見西門慶，就回來了。來家被婦人喊罵在臉上，打在臉上，怪他沒用，便要教他跪著。餓到晌午，又不與他飯吃。那時正值三伏天道，十分炎熱。婦人在房中害熱，分付迎兒熱下水，伺候澡盆，要洗澡。又做了一籠夸餡肉角兒，等西門慶來吃。身上只著薄縐短衫，坐在小机上，盼不見西門慶來到，嘴谷都的罵了幾句「負心賊」。無情無緒，悶悶不語，用纖手向腳上脫下兩隻紅繡鞋兒來，試打一個相思卦，看西門慶來不來。正是：逢人不敢高聲語，暗卜金錢問遠人。……當下婦人打了一回相思卦，見西門慶不來了，不覺困倦來，就歪在床上眠睡著了。約一個時辰醒來，心中正沒好氣。迎兒問：「熱了水，娘洗澡也不洗？」婦人就問：「角兒蒸熟了？拿來我看。」迎兒連忙拿到房中。婦人用纖手一數，原做下一扇籠三十個角兒，翻來覆去只數了二十九個，少了一個角兒，便問：「往那裡去了？」迎兒道：「我並沒看見，只怕娘錯數了。」婦人道：「我親數了兩遍，三十個角兒，要等你爹來吃。你如何偷吃了一個？好嬌態淫婦奴才，你害饞癆饞痞，心裡要想這個角兒吃！你大碗小碗昧搊不下飯去，我做下的，孝順你來！」於是不由分說，把這小妮子踢剝去了身上衣服，拿馬鞭子下手打了二三十下，打的妮子殺豬也似叫。問著他：「你不承認，我定打下百數！」打的妮子急了，說道：「娘休打。是我害餓的慌，偷吃了一個。」婦人道：「你偷了，如何賴我錯數了？眼看著就是個牢頭禍根淫婦！有那七八在時，輕學重告，今日往那裡去了？還在我跟前弄神弄鬼！我只把你這牢頭淫婦，打下你下截來！」〔崇禎本批：打罵迎兒，已畫出一腔遷怒，又夾七夾八纏到武大身上，愛、想、惱、怒，一時俱見。〕打了一回，穿上小衣，放他起來，分付在旁打扇。打了一回扇，口中說道：「賊淫婦，你舒過臉來，等我掐你這皮臉兩下子。」〔崇禎本批：歇一晌，又重掐兩下作餘怒，何等播弄，何等想頭！〕那迎兒真個舒著臉，被婦人尖指甲掐了兩道血口子，才饒了他。〔張竹坡批：總是淫婦未有不悍者；又是淫婦相思中苦境。〕

這裡一連串的小事，假如刪去，也無礙於故事的進展，而今翻來覆去，細細的描寫，無非是為了寫潘金蓮的感情和當時的心理狀態，寫得潘金蓮相思中的「愛、想、惱、怒，一時俱見」。這類細膩的筆墨，在以前的長篇小說中是不多見的。

《金瓶梅》注意寫人的感情，即使是西門慶這樣一個十惡不赦的人，也沒有放棄寫他

作為一個人的應有的感情。第六十二回寫李瓶兒病危，潘道士告訴西門慶說「定數難逃，難以搭救了」後，拂袖而去。這時：

> 那西門慶獨自一個坐在書房內，掌著一枝蠟燭，心中哀慟，口裡只長吁氣，尋思道：「法官戒我休往房裡去，我怎生忍得？寧可我死了也罷，須得廝守著，和他說句話兒。」於是進入房中，見李瓶兒面朝裡睡。聽見西門慶進來，翻過身來，便道：「我的哥哥，你怎的就不進來了？」因問：「那道士點得燈怎麼說？」西門慶道：「你放心，燈上不妨事。」李瓶兒道：「我的哥哥，你還哄我哩！剛才那廝領著兩個人，又來在我根前鬧了一回，說道：『你請法師來遣我，我已告准在陰司，決不容你。』發恨而去，明日便來拿我也。」西門慶聽了，兩淚交流，放聲大哭道：「我的姐姐，你把心來放正著，休要理他。我實指望和你相伴幾日，誰知你又拋閃了我去了。寧教我西門慶口眼閉了，倒也沒這等割肚牽腸！」那李瓶兒雙手摟抱著西門慶脖子，嗚嗚咽咽悲哭，半日哭不出聲，說道：「我的哥哥，奴承望和你並頭相守，誰知奴今日死去也。趁奴不閉眼，我和你說幾句話兒。你家事大，孤身無靠，又沒幫手，凡事斟酌，休要那一沖性兒。大娘等，你也少要虧了他。他身上不方便，早晚替你生下個根絆兒，庶不散了你家事。你又居著個官，今後也少要往那裡去吃酒，早些兒來家，你家事要緊。比不的有奴在，還早晚勸你。奴若死了，誰肯只顧的苦口說你？」西門慶聽了，如刀剜心肝相似，哭道：「我的姐姐，你所言，我知道，你休掛慮我了。我西門慶那世裡絕緣短幸，今世裡與你做夫妻不到頭。疼殺我也！天殺我也！」……西門慶聽見李瓶兒死了，和吳月娘兩步做一步，奔到前邊。揭起被，但見面容不改，體尚微溫，脫然而逝，身上止著一件紅綾抹胸兒。西門慶也不顧的甚麼身底下血漬，兩隻手捧著他香腮親著，口口聲聲只叫：「我的沒救的姐姐，有仁義好性兒的姐姐！你怎的閃了我去了，寧可教我西門慶死了罷。我也不久活於世了，平白活著做甚麼！」在房裡離地跳的有三尺高，大放聲號哭。

這一天，西門慶「哭了又哭，把聲都呼啞了，口口聲聲叫『我的好性兒、有仁義的姐姐。』」看來，「好性兒」（作者筆下的這個被批判的「淫婦」的確有「好性兒」的一面）、「有仁義」（當然主要是指無保留地提供了大量的給西門慶用以升官發財的金錢），確是打動了西門慶那顆殘忍、狠毒而又貪財、好色的心。這就是西門慶之所以愛瓶兒的基礎。顯然這個基礎並不是純正的。這也就難怪西門慶的心腹說：「為甚麼俺爹心裡疼（瓶兒）？不是疼人，是疼錢！」也不難理解西門慶伴靈還不到「三夜兩夜」，就在瓶兒靈床邊姦污了如意兒。但是這不能完全否定西門慶與李瓶兒之間曾經在他們的基礎上建立過一種不乏真

誠的愛情，至少，這並不全是虛假矯飾之情。總之，西門慶是個惡人，並不是惡魔。他是個惡的代表，但他還是個活生生的人。他作為一個人，必然合乎邏輯地產生他應當產生的感情。《金瓶梅》就把這種應有的、真實的感情寫了出來。

在寫人的什麼問題中，《金瓶梅》很突出的一點是寫了人的性格的多樣性、複雜性，使人物的性格趨向個性化，不像過去的作品，只注意寫人物的特徵性性格，好人好到底，壞人壞到底，有點類型化。魯迅說：「（《三國》）寫好的人，簡直一點壞處都沒有；而寫不好的人，又是一點好處都沒有。」（〈中國小說的歷史的變遷〉）還是有道理的。後來，《西遊記》中的豬八戒，應該說他的性格是多色調的，但他不是小說的主要人物。而《金瓶梅》中的西門慶這個主角，確是個「混帳惡人」，但不是個惡魔。上面我說過，他是個惡的代表，但他還是個活生生的人。他不僅有血有肉有感情，而且他的感情是多樣化的，他的性格也不是單一性的、類型化的。他有惡的一面，但小說也寫了他有善的一面。比如，第三十一回，吳典恩上任前向他借銀一百兩，寫了個「每月利行五分」的借據，西門慶對這個「無點恩」的小兄弟還是講交情的，把「每月利行五分」抹去，對他說：「日後還我一百兩本錢就是了」。比起這個以後忘恩負義、恩將仇報的吳典恩來，更顯得西門慶真是大方，講義氣。特別是第五十六回，寫西門慶周濟常時節，是最為突出的例子。當時常時節欠了房租，房主催得緊，老婆又經常聒絮，先前問西門慶借錢，雖然西門慶滿口答應，但後來一直找不到他，錢沒有到手。這天，終於與應伯爵一起找到了西門慶：

> 應伯爵挨到身邊坐下，乘閑便說：「常二哥那一日在哥席上求的事情，一向哥又沒的空，不曾說的。常二哥被房主催逼慌了，每日被嫂子埋怨，二哥只麻做一團，沒個理會。如今又是秋涼了，身上皮襖兒又當在典鋪裡。哥若有好心，常言道：『救人須救急時無。』省的他嫂子日夜在屋裡絮絮叨叨。況且尋的房子住著了，也只是哥的體面。因此常二哥央小弟，特地來求哥，早些周濟他罷。」西門慶道：「我當先曾許下他來，因為東京去了這番，費的銀子多了。本待等韓夥計到家，和他理會，要房子時，我就替他兌銀子買。如今又怎地要緊？」伯爵道：「不是常二哥要緊，當不的他嫂子聒絮，只得求哥早些便好。」西門慶躊躇了半響，道：「既這等，也不難。且問你，要多少，房子才勾住了？」伯爵道：「他兩口兒，也得一間門面，一間客坐，一間床房，一間廚灶，四間房子是少不得的。論著價銀，也得三四個多銀子。哥只早晚湊些，交他成就了這樁事罷。」西門慶道：「今日先把幾兩碎銀與他拿去，買件衣服，辦些家活，盤攬過來。待尋下房子，我自兌銀與你成交，可好麼？」兩個一齊謝道：「難得哥好心。」西門慶便叫書童：「去

對你大娘說，皮匣內一包碎銀取了出來。」書童應諾。不一時，取了一包銀子出來，遞與西門慶。西門慶對常峙節道：「這一包碎銀子，是那日東京太師府賞封剩下的十二兩，你拿去好雜用。」打開與常峙節看，都是三五錢一塊的零碎紋銀。常峙節接過放在衣袖裡，就作揖謝了。西門慶道：「我這幾日不是要遲你，只等你尋下房子，一攬果和你交易。你又沒曾尋的。如今即忙便尋下，待我有銀，一起兌去便了。」常峙節又稱謝不送。

這十二兩銀子救了常時節的急。他拿回家去買米，買肉，買衣，買家俱，忙作一團，與老婆「歡天喜地過了一日，埋怨的話都吊在東洋大海去了」。後來西門慶進了錢，就主動將五十兩銀子給常時節：

> 西門慶因問伯爵道：「常二哥說，他房子尋下了，前後四間，只要三十五兩銀子就賣了。他來對我說，正值小兒病重了，我心裡正亂著哩，打發他去了。不知他對你說來不曾？」伯爵道：「他對我說來。我說你去的不是了，他乃郎不好，他自亂亂的，有甚麼心緒和你說話。你且休回那房主兒，等我見哥，替你題就是了。」西門慶聽了，便道：「也罷，你吃了飯，拿一封五十兩銀子，今日是個好日子，替他把房子成了來罷。剩下的，教常二哥門面開個小本鋪兒，月間撰的幾錢銀子兒，勾他兩口兒盤攬過來就是了。」（第六十回）

對於西門慶的這一慷慨周濟，作者在寫完這段文字後插入一詩，讚歎：「求人須求大丈夫，濟人須濟急時無。」顯然，他是將西門慶看作是「大丈夫」的。在這一段故事的開頭，作者又有這樣一段議論文字：

> 人生世上，榮華富貴，不能常守。有朝無常到來，恁地堆金積玉，出落空手歸陰。因此西門慶仗義疏財，救人貧難，人人都是讚歎他的。（第五十六回）

的確，在《金瓶梅》中，西門慶不是一個頭頂有膿，腳底生瘡，壞到底的人物，他還有可「讚歎」的一面。

談了性格的多面性後，再談一談《金瓶梅》寫性格的流動性問題。在《三國》《水滸》《西遊》等小說中，往往人物一出場就定型，以後只是重複、再現或強化。個別的如林沖這個人物，大家都熟知，他在外界勢力的逼迫下，從逆來承受，到殺人放火上梁山，有一個發展變化的流程。但這樣的人物在中國古代小說中、特別是在《金瓶梅》以前，是很少見的。在《金瓶梅》中，這樣的人物就不止一個。像宋惠蓮，開始時主要寫她比較輕浮，但不失為天真；後來與西門慶勾搭上了，就想攀高枝，有點忘乎所以；再

後來逐步認識了西門慶的真面目，「辣菜根子」的本性大發，毅然與西門慶決裂，自擇了黃泉路。這在我們前面已講過。在《金瓶梅》中，前後性格變化最大的要數李瓶兒，因此有人認為李瓶兒的性格是前後分裂的。我認為，她的前後性格不是分裂而是有變化與流動。

先前，她作為花子虛的老婆，除了與西門慶偷情而表現得好淫之外，還突出地表現了她對丈夫花子虛的狠毒，沒有絲毫「仁義」的影子。特別是當花子虛打了一場官司出來，把銀兩、房舍、莊田都沒了，兩箱內三千兩大元寶又不見蹤影，心中甚是焦燥。因向李瓶兒查算問請西門慶打點所使用銀兩的下落，今還剩多少，好湊著買房子。這些錢，實際上都被瓶兒與西門慶勾結後，搬到吳月娘房中去了。李瓶兒一聽問此事，不但自覺理虧，反而以攻為守，把丈夫整整「罵了四五日」。你們看，她罵得是那麼刻毒、凶狠，又是那麼的頭頭是道，一套一套的：

> 呸，魍魎混沌！你成日放著正事兒不理，在外邊眠花臥柳，只當被人所算，弄成圈套，拿在牢裡，使將人來對我說，教我尋人情。奴是個女婦人家，大門邊兒也沒走，能走不能飛，曉得甚麼？認得何人？那裡尋人情？渾身是鐵，打得多少釘兒？替你到處求爹爹告奶奶，甫能尋得人情。平昔不種下，急流之中，誰人來管你？多虧了他隔壁西門慶，看日前相交之情，大冷天，刮得那黃風黑風，使了家下人往東京去，替你把事兒幹得停停當當的。你今日了畢官司出來，兩腳踏住平川地，得命思財，瘡好忘痛，來家還問老婆找起後帳兒來了，還說有也沒有你過眼。有你寫來的帖子現在，沒你的手字兒，我擅自拿出你的銀子尋人情，抵盜與人便難了！

當花子虛怯生生地回了一句說：「可知是我的帖子來說。實指望還剩下些，咱湊著買房子過日子。」卻又遭到了瓶兒連珠炮似的連騙帶罵，罵得子虛閉口無言。子虛被氣得病重，瓶兒又「怕使錢」，不好好給他治病，「一日兩，兩日三，挨到三十頭，嗚呼哀哉，斷氣身亡。亡年二十四歲。」（第十四回）

李瓶兒對花子虛是如此，對後一任丈夫蔣竹山也有過之而無不及。第十九回寫到西門慶唆使流氓魯華等來尋釁，誣賴蔣竹山向他借過三十兩銀子；又勾結官府，把蔣竹山狠狠地打了三十大板，打得皮開肉綻，鮮血淋漓。這時，小說是這樣寫的：

> 那蔣竹山，打的兩隻腿剌八著，走到家，哭哭啼啼，哀告李瓶兒，問他要銀子還與魯華。又被婦人嘁在臉上，罵道：「沒羞的忘八！你遞甚麼銀子在我手裡？問我要銀子！我早知你這忘八砍了頭是個債椿，就瞎了眼也不嫁你！這中看不中吃

的忘八！」那四個人聽見屋裡嚷罵，不住催逼，叫道：「蔣文蕙！既沒銀子，不消只管挨遲了，趁早到衙門回話去罷。」竹山一面出來，安撫了公人，又去裡邊哀告婦人。直蹶兒跪在地下，哭哭啼啼說道：「你只當積陰騭，四山五舍齋佛，佈施這三十兩銀子了。不與，這一回去，我這爛屁股上怎禁的拷打？就是死罷了！」婦人不得已，拿三十兩雪花銀子與他，當官交與魯華，扯碎了文書，方才完事。……卻說蔣竹山提刑院交了銀子出來，歸到家中。婦人那裡容他住？說道：「你還是那人家哩！只當奴害了汗病，把這三十兩銀子問你討了藥吃了。你趁早與我搬出去罷！再遲些時，連我這兩間房子，尚且不勾你還人。」這蔣竹山自知存身不住，哭哭啼啼，忍著兩腿疼，自去另尋房兒。但是婦人本錢置的貨物都留下，把他原舊的藥材、藥碾、藥篩、箱籠之物，即時催他搬去。兩個就開交了。臨出門，婦人還使馮媽媽舀了一錫盆水，趕著潑去，說道：「喜得冤家離眼睛！」

這樣一個心狠手辣、無情無義的潑婦，後來到了西門慶家裡，卻成為眾口一詞的性格溫順，又講情義的好人兒。一進門，吳月娘就讚她「好個溫克性兒」。她死後，西門慶一再哭喊著：「有仁義、好性兒的姐姐！」應伯爵等幫閒也跟著說：「有仁義的嫂子！」連小廝們也都說她好性情：

> 玳安道：「說起俺這過世的六娘性格兒，這一家子都不如他，又有謙讓，又和氣，見了人只是一面兒笑。俺每小人，自來也不曾呵俺每一呵，並沒失口罵俺每一句『奴才』，要的誓也沒賭一個。使俺每買東西，只拈塊兒。俺每但說：『娘拿等子，你稱稱。』他便笑道：『拿去罷，稱甚麼。你不圖落，圖甚麼來？只要替我買值著。』這一家子，那個不借他銀使，只有借出來，沒有個還進去的。」（第六十四回）

表面看來，這真有點不可思議，前後判若兩人。因此，有人就抓住這一點，說《金瓶梅》寫人寫得很差。也有人解釋這種現象的產生，是由於「鑲嵌」前人作品的結果，把不同作品中的人物「鑲嵌」成一個李瓶兒了。這或許是有可能的。但「鑲嵌」在這裡並不勉強，不是失敗，而是成功。之所以說它成功，是由於作者通過人物環境的變化，很好地表現了人物心理、性格的變化。李瓶兒之所以對花子虛、蔣竹山態度惡劣，而進了西門慶家後變得好起來，假如用弗洛依德的理論來分析的話，就覺得小說寫得非常真實，非常妙。大家知道，李瓶兒本來是一個性要求非常強的人。可是她開始做梁中書的小妾，因大婦很凶，就住在外面。後來嫁給了花子虛，但實際上被花太監所霸占。再後來嫁給蔣竹山，而蔣竹山是一個性無能的人。因此，她長期是處在一種性饑渴的狀態之

中，心裡就必然十分煩燥。特別是當她遇著「好鬥」的西門慶這個能滿足她性要求的人之後，更加想擺脫與花、蔣之流的關係，一心投入西門慶的懷抱。這正如她對西門慶說的：「誰似冤家這般可奴之意，就是醫奴的藥一般。白日黑夜，教奴只是想你！」於是就不擇手段來對待她名義上的丈夫。請看她在趕走蔣竹山之前的心理狀態：

> 卻說李瓶兒招贅了蔣竹山，約兩月光景。初時蔣竹山圖婦人喜歡，修合了些戲藥部，門前買了些甚麼景東人事、美女想思套之類，實指望打動婦人心。不想婦人曾在西門慶手裡狂風驟雨經過的，往往幹事不稱其意，漸漸頗生憎惡，反被婦人把淫器之物，都用石砸的稀爛，都丟掉了。又說：「你本蝦鱔，腰裡無力，平白買將這行貨子來戲弄老娘家！把你當塊肉兒，原來是個中看不中吃蠟槍頭，死王八！」罵得竹山狗血噴了臉。被婦人半夜三更趕到前邊鋪子裡睡。於是一心只想西門慶，不許他進房中來。每日聒聒著算帳，查算本錢。（第十九回）

所以，李瓶兒對花、蔣兩人那麼狠毒，關鍵還在於性的不滿足，由此而生怨，發狠。她嫁給西門慶後，儘管西門慶出於嫉妒與性的報復，一連三夜不進她房中，還要叫她脫了衣裳跪著，用馬鞭子抽，但她還是對西門慶一往情深，還是念念不忘他的「狂風驟雨」，說：「他拿甚麼來比你！你就是醫奴的藥一般，一經你手，教奴沒日沒夜只是想你。」在崇禎本裡，這裡還帶上了一句花子虛：「莫要說他，就是花子虛在日，若是比得上你時，奴也不恁般貪你了。」這下子，把西門慶的舊情兜起，歡喜無盡，立即丟掉了馬鞭子，用手把瓶兒拉將起來，穿上衣裳，摟在懷裡，說道：「我的兒，你說的是。果然這廝他見甚麼碟兒天來大！」即叫春梅：「快放桌兒，後邊取酒菜兒來！」（第十九回）自此之後，她在西門慶家裡不但得到了她所要的東西，而且受到特別的恩寵，那還會鬧什麼情緒，發什麼脾氣呢？

所以，李瓶兒從凶狠到溫順，再到一味忍讓，並不是無緣無故的，而是由於境遇有了變化，心理也隨之有了變化，一步一步地變成了另外一個人似的。她的性格的發展是合情合理的。在這裡，不是說明了小說中的李瓶兒寫得性格前後有矛盾，而恰恰是證明了作者描寫人物的本領高超。他寫出了一個性格在流動、變化的活生生的人。

(三)怎樣寫人

這個問題比較複雜，牽涉到方方面面，實際上，所有的藝術描寫都與寫人有關，比如，《金瓶梅》通過相面、卜龜等來點出主要人物的性格與命運。很有創造性；通過服飾、飲食等描寫來表現不同人物，也運用得嫻熟，在整個中國小說史上也是顯得比較突出的。

這裡想講一個從眼中、耳中、口中寫人的問題。用現在時髦的敘事學來套的話，叫做「敘事角度」，但我看，也可以說是「寫人角度」，因為有時候主要是在寫人。不過，清代張竹坡把這類描寫都歸之於與「正筆」相對立的「影寫」。他在第十三回回評中提出有「正筆」與「影寫」兩種不同的敘事手法：

> 寫瓶兒春意，一用迎春眼中，再用金蓮口中，再用手卷一影，再用金蓮看手卷效尤一影，總是不用正筆，純用烘雲托月之法。
>
> 人知迎春偷覷，為影寫法，不知其於瓶兒佈置偷情，西門虛心等待，只用「只聽得趕狗關門」數語，而兩邊情事、兩人心事，俱已入化矣，真絕妙史筆也。

張竹坡所說的「正筆」就是正面敘述，庶近乎敘事學中所謂「全知」式的描述。這裡所說的「烘雲托月之法」與「影寫法」，也就是敘述者不直接出現的、有點接近所謂「限制敘事」或「純客觀敘事」。我們先來看他所說的第十三回中的「迎春眼中」寫瓶兒：

> 原來大人家有兩層窗寮，外面為窗，裡面為寮。婦人打發丫鬟出去，關上裡面兩扇窗寮，房中掌著燈燭，外邊通看不見。這迎春丫鬟，今年已十七歲，頗知事體，見他兩個今夜偷期，悄悄向窗下，用頭上簪子挺簽破窗寮上紙，往裡窺覷。〔張竹坡批語：寫瓶兒家，特特與金蓮作貧富對照也。而瓶兒必用迎春眼中照出，固為迎春作地；二者為瓶兒少留身分，不似金蓮之盡情不堪也。〕端的二人怎樣交接？但見：
>
> 燈光影裡，鮫綃帳中，一來一往，一撞一衝。這一個玉臂忙搖，那一個金蓮高舉。這一個鶯聲嚦嚦，那一個燕語喃喃。好似君瑞遇鶯娘，猶若宋玉偷神女。山盟海誓，依稀耳中；蝶戀蜂恣，未肯即罷。戰良久，被番紅浪，靈犀一點透酥胸；鬥多時，帳挽銀鉤，眉黛兩灣垂玉臉。那正是三次親唇情越厚，一酥麻體與人偷。
>
> 〔張竹坡批語：看其名句句是迎春眼中，故妙。〕
>
> 這房中二人雲雨，不料迎春在窗外聽看得了個不亦樂乎。聽見他二人說話，西門慶問婦人：「多少青春？」李瓶兒道：「奴屬羊的，今年二十三歲。」因問：「他大娘貴庚？」西門慶道：「房下屬龍的，二十六歲了。」婦人道：「原來長奴三歲。到明日買份禮物，過去看看大娘，只怕不好親近。」西門慶道：「房下自來好性兒，不然，我房裡怎生容得這許多人兒？」婦人又問：「你頭裡過這邊來，他大娘知道不知？倘或問你時，你怎生回答？」西門慶道：「俺房下都在後邊第四層房子裡，惟有我第五房小妾潘氏，在這前邊花園內，獨自一所樓房居住，他不敢管我。」婦人道：「他五娘貴庚多少？」西門慶道：「他與大房下同年。」婦人道：「又好了，若不嫌奴有玷，奴就拜他五娘做個姐姐罷。到明日，討他大

娘和五娘的鞋樣兒來，奴親自做兩雙鞋兒過去，以表奴情。」婦人便向頭上關頂的金簪兒拔下兩根來遞與西門慶，吩咐：〔張竹坡批語：一說著，一說道，俱是迎春耳中照出也。〕「若在院裡，休要叫花子虛看見。」西門慶道：「這理會得。」當下二人如膠似漆，盤桓到五更時分，窗外雞鳴，東方漸白。

這一段，前面純粹是迎春眼中所見，後面則是耳中所聞。她聽西門慶與李瓶兒一問一答，雖不是作者正面的敘述，卻十分自然而然地交代了李瓶兒與吳月娘的年齡，以及大娘的「好性兒」和潘金蓮房間的位置等等，這些都是在寫人，並對以後情節的開展大有關係。這就叫做「從耳中寫」。至於從「金蓮口中」寫，是緊接著寫西門慶翻牆過去與瓶兒幽會後，金蓮翻來覆去，通一夜不曾睡，等到天明，才見西門慶過來，於是就一頓臭罵道：

> 好負心的賊！你昨日端的那裡去來？把老娘氣了一夜！又說沒曾擄住你，你原來幹的那繭兒！我已是曉的不耐煩了。……嗔道昨日大白日裡，我和孟三姐在花園裡做生活，只見他家那大丫頭，在牆那邊探頭舒腦的，原來是那淫婦使的勾使鬼，來勾你來了。你還哄我老娘！前日他家那忘八，半夜叫了你往院裡去，原來他家就是院裡！

這聲聲罵語，則進一步坐實了西門慶與李瓶兒偷情的聯絡方式等，罵的西門慶「慌得裝矮子」，寫來也十分巧妙。後面，所謂「再用手卷一影，再用金蓮看手卷效尤一影」，是指西門慶從李瓶兒那裡拿來的春宮圖給潘金蓮欣賞與效法，實際上也是從反面來描寫「瓶兒春情」，則是另一種筆法：

> 自此為始，西門慶過去睡了來，就告婦人，說李瓶兒怎的生得白淨，身軟如綿花，好風月，又善飲：「俺兩個帳子裡放著果盒，看牌飲酒，常頑耍半夜不睡。」又向袖中取出一個物件兒來，遞與金蓮瞧，道：「此是他老公公內府畫出來的，俺兩個點著燈，看著上面行事。」金蓮接在手中，展開觀看。……金蓮從前至尾看了一遍，不肯放手，就交與春梅道：「好生收在我箱子內，早晚看著耍子。」……兩個絮聒了一回。晚夕，金蓮在房中香熏鴛被，款設銀燈，豔妝澡牝，與西門慶展開手卷，在錦帳之中，效于飛之樂。

張竹坡在這裡批道：「寫瓶兒，只是在金蓮處寫來，妙。與迎春私窺章法遙對，一筆而兩處皆出也。」這也就是他所謂的「影寫法」。

在《金瓶梅》中，另有一例從「眼中」寫也頗有名。這就是第九回潘金蓮被西門慶娶過門來，到大娘子房裡拜見大小。先是寫「月娘在上，仔細觀看這婦人」：

年紀不上二十五六，生的這樣標緻。但見：眉似初春柳葉，常含著雨恨雲愁；臉如三月桃花，暗帶著風情月意。纖腰嫋娜，拘束的燕懶鶯慵；檀口輕盈，勾引得蜂狂蝶亂。玉貌妖嬈花解語，芳容窈窕玉生香。吳月娘從頭看到腳，風流往下跑；從腳看到頭，風流往上流。論風流，如水晶盤內走明珠；語態度，似紅杏枝頭籠曉月。看了一回，口中不言，心內想道：「小廝每來家，只說武大怎樣一個老婆，不曾看見，不想果然生的標緻，怪不的俺那強人愛他！」

這就從吳月娘的眼中寫出了潘金蓮的美貌與風流，也寫出了吳月娘的驚豔與嫉妒。當金蓮與月娘磕了頭，再拜見了李嬌兒、孟玉樓、孫雪娥之後，作者就寫「這婦人坐在旁邊，不轉睛把眾人偷看」：

見吳月娘約三九年紀，生的面如銀盆，眼如杏子，舉止溫柔，持重寡言。第二個李嬌兒，乃院中唱的，生的肌膚豐肥，身體沉重，雖數名妓者之稱，而風月多不及金蓮也。第三個，就是新娶的孟玉樓，約三十年紀，生得貌若梨花，腰如楊柳，長挑身材，瓜子臉兒，稀稀多幾點微麻，自是天然俏麗，惟裙下雙灣與金蓮無大小之分。第四個孫雪娥，乃房裡出身，五短身材，輕盈體態，能造五鮮湯水，善舞翠盤之妙。這婦人一抹兒都看在心裡。

張竹坡評這段描寫曰：「內將月娘眾人俱在金蓮眼中描出，而金蓮又重新在月娘眼中描出。文字生色之妙，全在兩邊相映。」這種運用兩邊眼中相互掩映的手法，被《紅樓夢》所借鑒。林黛玉初進榮國府時，「從黛玉眼中寫三人（迎春、探春、惜春）」，與「從眾人目中寫黛玉」（甲戌本批語），明顯地沿用了這等筆法，可謂深得《金瓶梅》的神理。

下面，我們再舉一例，是從眾人的對話中描寫人物。第二十一回寫孟玉樓、潘金蓮商量辦一席酒，慶賀西門慶與吳月娘和好，就先到李瓶兒房中來。李瓶兒還睡著，潘金蓮掀開她的被子。這時，就有一段對話：

玉樓道：「五姐，休鬼混他。李大姐，你快起來，俺每有庄事來對你說。如此這般：他爹昨日和大姐姐好了。咱每人五錢銀子，你便多出些兒。當初因為你起事來。今日大雪裡，只當賞雪，咱安排一席酒兒，請他爹和大姐姐坐坐兒。好不好？」李瓶兒道：「隨姐姐教我出多少，奴出便了。」金蓮道：「你將就只出一兩兒罷。你秤出來，俺好往後邊問李嬌兒、孫雪娥要去。」這李瓶兒一面穿衣纏腳，叫迎春開箱子，拿出銀子。拿了一塊，金蓮上等子秤，重一兩二錢五分。

從她們的對話中，可以看出玉樓與金蓮出五分，是居中，假如以此為標準的話，瓶兒出

的就比她們多出一倍半。這裡非常生動地描寫了瓶兒的富有與大方。她表的態是「教我出多少，奴出便了」，沒有絲毫的討價還價，而且，實際上拿出的一塊是超過了一兩許多。小說接著寫玉樓叫金蓮等在這裡伴瓶兒梳頭，自己去問李嬌兒與孫雪娥要銀子去。約一個時辰，玉樓從後邊來，對李、潘兩人作了如下的彙報：

> 只見玉樓從後邊來，說道：「我早知也不幹這個營生。大家的事，像白要他的。小淫婦說：『我是沒時運的人，漢子再不進我屋裡來，我那討銀子？』求了半日，只拿出這根銀簪子來。你秤秤重多少。」金蓮取過等子來秤，只重三錢七分。因問：「李嬌兒怎的？」玉樓道：「李嬌兒初時只說沒有：『雖是錢日逐打我手裡使，都是扣數的，使多少，交多少，那裡有富餘錢？』教我說了半日：『你當家，還說沒錢，俺每那個是有的？六月日頭，沒打你門前過也怎的？大家的事，你不出罷！』教我使性子走了出來。他慌了，使丫頭叫我回去，才拿出這銀子與我。沒來由教我恁惹氣刺刺的。」金蓮拿過李嬌兒銀子來，秤了秤，只四錢八分。因罵道：「好個姦倭的淫婦，隨問怎的，綁著鬼也不與人家足數，好歹短幾分！」玉樓道：「只許他家拿黃桿等子秤人的，人問他要，只像打骨禿出來一般，不知教人罵了多少。」一面連玉樓、金蓮共湊了三兩一錢，一面使繡春叫了玳安來，⋯⋯同來興兒買東西去了。

從玉樓的口中，看到了孫雪娥的哭窮與李嬌兒的奸滑，並照出了她們兩人平時的不同待遇與遭際。

《金瓶梅》中這類從眼中、耳中、口中寫人物的手法，實際上在《三國演義》《水滸傳》等小說中已見端倪，並非都是用一種全知的視角來加以描述的；批評家們也早就看出「正筆」與「影寫」的差別。他們用「眼中」「口中」「耳中」來表述「影寫」法的基本特點，明明白白，形象具體，使人一看就懂。《金瓶梅》的作者也早就窺見其奧妙，並在創作實踐中對《三國》《水滸》的這種表現手法加以繼承和發展，比之前人運用的次數多，變化也多，各種影寫配合得也更好，所以說它比之以前運用得更加嫻熟了。

上面，我們就眼中、耳中、口中寫人方面談得多了些。其他在怎樣寫人方面，《金瓶梅》還有許多創造與發展。比如，關於人物的環境描寫問題，以前的小說注意是不夠的。《金瓶梅》中就有所注意，比如，寫潘金蓮這個人物，她本出身在一個裁縫家庭，後來怎麼會變得如此淫蕩呢？作者就特別寫了一個林太太，一個王招宣府家。潘金蓮只因父親早故，母親不能度日，就將九歲的她賣到這個王招宣府家裡，「習學彈唱，就會描眉畫眼，傅粉施朱」，「做張做勢，喬模喬樣」。特別是女主人林太太，「就是個綺閣中好色的嬌娘」，潛移默化，自然會對金蓮自小產生了影響。所以，張竹坡說得好：

> 王招宣府內，固金蓮舊時賣入學歌舞之處也。今看其一腔機詐，喪廉寡恥，若云本自天生，則良心為不可必，而性善為不可據也。吾知其自二三歲時，未必便知此淫蕩也。使當日王招宣府家，男敦禮義，女尚貞廉，淫聲不出於口，淫色不見於目，金蓮雖淫蕩，亦必化而為貞女。奈何堂堂招宣，不為天子招服遠人，宣揚威德，而一裁縫家九歲女孩至其家，即費許多閑情教其描眉畫眼，弄粉塗朱，且教其做張做致，喬模喬樣。其待小使女如此，則其儀型妻子可知矣。宜乎三官之不肖荒淫，林氏之蕩閑逾矩也。招宣實教之，夫復何尤。然則招宣教一金蓮以遺害無窮。身受其害者，前有武大，後有西門，而林氏為招宣還報，固其宜也。吾故曰：作者蓋深惡金蓮，而並惡及其出身之處，故寫林太太也。

這一段將人物性格的形成與環境之間的關係說得非常透徹。當然，潘金蓮性格的形成，還與後來在張大戶家、武大家的不同遭遇都有關係。張大戶使她「美玉無瑕，一朝損壞」，從此破罐子破摔；武大家使她感到婚姻錯配，「奴心不美」，「好偷漢子」出了名。潘金蓮就是在這樣的環境中，在各種因素的作用下，一步一步地變成一個「淫婦」的。

四、語言變化：從半文半白到「妙在家常口頭語」

小說是語言的藝術。因此，從語言的角度來衡量小說藝術的發展也至關重要。從中國古代小說發展的大勢來看，是一個從文言到白話的過程，是一個越來越文學化、個性化的過程。假如用這一歷史的眼光來考察《金瓶梅》的語言藝術的話，那它在小說語言白話化、口語化、俚俗化方面作出了可貴的嘗試，邁出了重要的一步。而它的口語化、俚俗化，又是在追求語言的準確、生動、有趣的基礎上，使得描述語言更加文學化，人物語言更加個性化，因此，它在中國小說發展史上也具有里程碑意義。1911 年，狄葆賢在《小說時報》上發表的〈小說新語〉一文就這樣高度的評價了《金瓶梅》的語言成就：

> 吾謂《西廂》者，乃文字小說；《水滸》《紅樓》，乃文字兼語言之小說；至《金瓶》則純乎語言之小說，文字積習，蕩除淨盡，讀其文者，如見其人，如聆其語，不知此時為看小說，幾疑身入其中矣。此其故，則在每句中無絲毫文字痕跡也。

狄氏所說的「純乎語言之小說」，就是說是完全口語化的，而將文言的積習「蕩除淨盡」。這的確抓住了問題的要害。

《金瓶梅》在口語化的過程中能大膽地熟練地採用活生生的俚言俗語，給人以一種繪形繪聲、惟妙惟肖，而又淋漓酣暢、汪洋恣肆之感。它「語涉俚俗」，多用「市井之常

談，閨房之碎語」，當然不像林妹妹、寶姐姐之流出口高雅，然可「使三尺童子聞之」「洞洞然而曉」（欣欣子序），對渲染整部小說的俗氣，塑造栩栩如生的俗人，都起了重要的作用。當然，它的描寫語言也還常常夾雜著「有詩為證」，但散文化語言描寫已經大大增多，由粗筆勾勒到細毫羨染。請看第二回寫西門慶與潘金蓮初次相見時的情況：

> 一日，三月春光明媚時分，金蓮打扮光鮮，單等武大出門，就在門前簾下站立。約莫將及他歸來時分便下了簾子，自去房內坐的。一日，也是合當有事，卻有一個人從簾子下走過來。自古沒巧不成話，姻緣合當湊著。婦人正手裡拿著叉竿放簾子，忽被一陣風將叉竿刮倒，婦人手擎不牢，不端不正，卻打在那人頭上。婦人便慌忙陪笑，把眼看那人：也有二十五六年紀，生得十分浮浪。頭上戴著纓子帽兒，金玲瓏簪兒，金井玉欄杆圈兒；長腰身，穿綠羅褶兒；腳下細結底陳橋鞋兒，清水布襪兒；手裡搖著灑金川扇兒，越顯出張生般龐兒，潘安的貌兒，可意的人兒，風風流流從簾子下丟與個眼色兒。

這一段話本自《水滸》，但《水滸》中沒有「一日，三月春光明媚時分，金蓮打扮光鮮，……自去房內坐的」幾句完全散文化的筆墨，也沒有「把眼看那人」以下一大段對西門慶的描寫。兩書相比，完全可見《金瓶梅》比之《水滸傳》文筆更細，更注意描摹。

不過，最能感受到《金瓶梅》語言特點的是一些人物語言，它的口語化、俚俗化、個性化的成熟程度，為前所未有。我們且看潘金蓮與孫雪娥吵架一例。第十一回寫潘金蓮進西門家爭寵之初，就是向最「軟檔」的孫雪娥開刀，唆使漢子把孫打罵了一頓。孫雪娥氣不過，對月娘說：

> 娘，你不知淫婦，說起來比養漢老婆還浪，一夜沒漢子也成不的。背地幹的那繭兒，人幹不出，他幹出來。當初在家把親漢子用毒藥擺死了，跟了來，如今把俺們也吃他活埋了。弄的漢子鳥眼雞一般，見了俺們便不待見。

這段話純是通俗、生動的口語，卻寫出了孫雪娥的怨恨、不平和想拉攏月娘來與金蓮對抗的真實心理，同時也點明了潘金蓮之淫、妒、毒、狠，以及潘進門後爭寵形勢的急劇變化。吳月娘比較正直，還怪孫雪娥先罵春梅：

> 也沒見你，他前邊使了丫頭要餅，你好好打發與他去便了，平白又罵他怎的？

雪娥也是一張利嘴，一邊辯解，一邊不忘在罵金蓮時抬高月娘：

> 我罵他禿也瞎也來？那項這丫頭在娘房裡，著緊不聽手，俺沒曾在灶上把刀背打

他？娘尚且不言語。可哥今日輪他手裡，便驕貴的這等的了！

正說著，在外偷聽的金蓮衝了進來，望著雪娥道：

> 比對我當初擺死親夫，你就不消叫漢子娶我來家，省的我攔攔他，撐了你的窩兒。論起春梅，又不是我房裡丫頭，你氣不憤，還教她伏侍大娘就是了，省的你和他合氣，把我扯在裡頭。那個好意死了漢子嫁人？如今也不難的勾當，等他來家，與我一紙休書，我去就是了。

潘金蓮這個無恥又機靈的傢伙，先將自己的醜事兜底翻，化被動為主動。她雖不放鬆討好月娘，但因已得寵於丈夫，故有恃無恐，一上來就仗漢子之勢壓制、嘲弄失寵的雪娥，真是惡極狠極。面對著潘、孫兩人針鋒相對的吵嚷，善良的月娘無能為力，只是說：「我不曉得你們的事，你每大家省言一句兒便了。」以後就乾脆「由著他兩，你一句，我一句，只不言語」，以致她們差點兒打起來。在這一短短的交鋒中，作者通過俚俗而典型的人物語言，把孫雪娥、潘金蓮、吳月娘乃至春梅的個性特徵及複雜心理一一描摹至盡，令人讚歎。特別是潘金蓮的語言，「嘴似淮洪也一般」，「一路開口一串鈴」，在全書中表現得最為突出。典型的事例如第二十八回秋菊在藏春塢西門慶的匣子裡翻出了一隻宋惠蓮的紅繡鞋，於是金蓮醋性大發，當著西門慶的面令春梅：

> 「你取那隻鞋來與他瞧！──你認的這鞋是誰的鞋？」西門慶道：「我不知道是誰的鞋。」婦人道：「你看他還打張雞兒哩！瞞著我黃貓黑尾，你幹的好繭兒！一行死了來旺兒媳婦子的一隻臭蹄，寶上珠也一般，收藏在山子底下藏春塢雪洞兒裡，拜帖匣子內，攪著些字紙和香兒一處放著。甚麼罕稀物件，也不當家化化的，怪不的那賊淫婦死了墮阿鼻地獄！」

接著，小說寫潘金蓮又將秋菊出氣，罵道：

> 「這奴才當我的鞋，又翻出來，教我打了幾下。」分付春梅：「趁早與我掠出去！」春梅把鞋掠在地下，看著秋菊說道：「賞與你穿了罷！」那秋菊拾在手裡說道：「娘這個鞋，只好盛我一個腳指頭兒罷了。」

潘金蓮乘勢就罵給西門慶聽：

> 「賊奴才，還叫甚麼秘娘哩！他是你家主子前世的娘！不然，怎的把他的鞋這等收藏的嬌貴，到明日好傳代。沒廉恥的貨！」秋菊拿著鞋就往外走，被婦人又叫回來，分付：「取刀來，等我把淫婦剁做幾截子，掠到毛司裡去，叫賊淫婦陰山背

後永世不得超生！」因向西門慶道：「你看著越心疼，我越發偏剝個樣兒你瞧。」

事實上，這時宋惠蓮早已死了，再也無法同她爭寵了，可是她對著這只「臭蹄子」，簡直把它當作宋惠蓮的本身，大發妒性，把它「剁作幾截子」還不解恨，再要「掠到毛司裡去」，「叫賊淫婦陰山背後永世不得超生」，真是語語帶血，舌上有刀，其嫉妒和狠毒，到了無以復加的地步。在這潑辣利嘴的潘金蓮面前，同時映照出西門慶的無恥尷尬，春梅的仗勢欺人，秋菊的心直嘴拙。而這一切，都是通過鮮龍活跳的口語來表現的，難怪崇禎本在此批曰：「只是家常口頭語，說來偏妙。」

《金瓶梅》運用家常口頭語時有一個顯著特點，就是大量地使用了方言、土語、諺語、歇後語、俏皮話、市井罵人語及黑話等，增強了語言的形象性、生動性。如「遊魂撞屍」，「花麗狐哨」，「殺雞扯脖」，「雌牙露嘴」，「自古千里長棚沒有不散的筵席」，「拔了蘿蔔地皮寬」，「拚著一命剮，便把皇帝打」，「十個明星當不的月」，「甜言美語三冬暖，惡語傷人六月寒」，「樹大招風風損樹，人為高名名喪身」，「提傀儡兒上場，還少一口氣哩」，「老鼠尾巴生瘡兒，有膿也不多」，「促織不吃癩蝦蟆肉，都是一鍬土上人」，「淨廁裡的磚頭，又硬又臭」，「銅盆撞了鐵掃帚，硬碰硬」，「見了紙虎也嚇一交」，「狐狸打不成，倒惹了一屁股臊」，「張公吃酒李公醉，桑樹上吃刀柳樹上暴」，「在這寒冰地獄裡來了，口裡銜著條繩子，凍死了往外拉？」「豆芽菜有甚整條捆兒？」這類妙詞佳句一時是摘不完的，完全可以搞一本專門詞典，其中如諺語、歇後語等，從清代的張竹坡到日本鳥居久晴等都已做了不少的收集整理工作，後來的一些「金瓶梅辭典」收羅得更加完備，且作了解釋，有助於我們對作品的理解。

《金瓶梅》語言就是在富有地方色彩的鮮龍活跳的家常口頭語的基礎上提煉出來的文學語言，雖有時並未汰除蕪雜、有生僻之病，但總的風貌是俚俗而不失文采，鋪張而又能摹神。它不但是刻劃「面目各別」的形象的有力武器，而且也給整部作品帶來了濃郁的時俗世情味，具有強烈的生活氣息和時代特徵。這不能不說是中國古典長篇小說的新收穫。以後清代的《紅樓》《儒林》刻意用「京白」來將口語淨化，而《海上花》之類則重在方言上下功夫，似乎都受了《金瓶梅》的影響。

五、情節結構：從結辮子、打鏈條，到搓草繩

《金瓶梅》的藝術結構，在我國長篇小說發展史上，又有新的突破。他在構思這部著作的藝術結構時，有他的思想基礎：外部要表現的是色空，內心所支撐的是明心見性，要修身、齊家、治國、平天下。這是正反兩方面的東西。張竹坡在批這部書時曾指出：

「《金瓶》以空字結，我亦批其以空字起結而已。」「《金瓶》處處體貼人情天理，此是其真能悟徹了，此是其不空處也。」

在這樣的思想基礎上，全書總體表現了一個由盛而衰，由熱到冷的過程。張竹坡：「《金瓶》是兩半截書。上半截熱，下半截冷。上半熱中有冷，下半冷中有熱。」

假如稍具體一些，綜合小說時間的流動與空間的變換，全書約可分三大部分。這部小說，實際描寫的時間是十六年：北宋徽宗政和二年（1112）至南宋高宗建炎元年（1127）。這在小說中作了交代：第一回寫到「話說徽宗皇帝政和年間，朝中寵信高、楊、童、蔡四個奸臣，以致天下大亂，⋯⋯四處反了四大寇」；第一百回又說「且說吳月娘與吳二舅眾人在永福寺住了，那到十日光景，果然大金國立了張邦昌在東京稱帝，⋯⋯康王泥馬渡江，在建康即位，是為高宗皇帝。」以空間而論，大致有三個中心：第一個是武大家，第二個是西門慶家，第三個是春梅家。這樣，我們大致可以將小說分成三大部分：

（一）第一至十回，寫西門慶私通、迎娶潘金蓮，到武二被發配。這十回基本上是借用了《水滸傳》的故事，受到了傳統說話入話的影響。人物與空間，都是以潘金蓮為中心。或許，有人以潘金蓮的故事來分的話，似乎可以一直算到第十二回。但我們認為，第十回以前的潘金蓮是武大家的潘金蓮，以後則是西門家的潘金蓮了。就故事而言，假如以下面部分為全書的重心的話，那麼這部分就可以看作是引子。

（二）第十至七十九回，寫西門慶淫亂、發跡與暴卒，以及妻妾間的矛盾。人物與空間，就以西門慶及其家為中心，就故事而言，這部分是重心，可以看作是正文。

（三）第八十至一百回，寫樹倒猢猻散，走向大結局。這裡約可分成二小段：前十回是眾妻妾各奔前程；後十回是以春梅與陳經濟為中心。整個空間是由西門家向春梅家轉移，就故事而言，可以看作是尾聲。

以上講的是整部小說的大構架。在這個大構架內，具體的情節故事是如何構建的呢？應該說它與「四大奇書」中前於它的三種有很大的不同。《三國志演義》《水滸傳》《西遊記》往往是將幾個能自成體系的傳記故事直線的銜接起來，一個情節完了之後，再展開另一個情節，很少在兩個相對獨立的故事中間預留伏筆，前照後應，相互穿插。假如作個比方的話，《三國志演義》的情節結構是結辮子型的，《水滸傳》《西遊記》的情節結構是打鏈條型，而《金瓶梅》的情節結構就是搓草繩式的了。

關於《三國》的情節結構，毛氏父子在〈讀三國志法〉曾歸結為「六起六結」：

> 《三國》一書，總起總結之中，又有六起六結：其敘獻帝，則為董卓廢立為一起，以曹丕篡奪為一結；其敘西蜀，則以成都稱帝為一起，而以綿竹出降為一結；其敘劉、關、張三人，則以桃園結義為一起，而以白帝托孤為一結；其敘諸葛亮，

則以三顧草廬為一起，而以六出祁山為一結；其敘魏國，則以黃初改元為一起，而以司馬受禪為一結；其敘東吳，則經孫堅匿璽為一起，而以孫皓銜璧為一結。凡此數段文字，聯絡交互於其間，或此方起而且彼已結，或此未結而彼方起，讀之不見其斷續之跡，而按之則自有章法之可知也。

這裡，他們是將蜀國的一方細化了，實際上小說的主體部分，還是（漢）魏、蜀、吳三方的故事絞成一根辮子不斷推進的。我們說《水滸傳》是鏈條型，它在七十一回以前是以人為單元，集中幾回寫一個或一組人，以聚義梁山為線索，將一個個、一批批英雄人物串聯起來；七十一回後是以時為順序，將兩贏童貫、三敗高俅、受招安、征遼國、平方臘，以報效朝廷為主幹，將一個個故事串聯起來。全書就這樣環環相扣，層層推進。《西遊》也是鏈條型的，全書寫了放心（前七回，大鬧天宮）、定心（第七回壓在五行山下「定心猿」）、修心（以後八十一難，循環往復，在掃蕩妖魔的同時，也克服心魔，明心見性）的一個過程。

《金瓶梅》則不然。它的故事雖然也可大致分幾個片段或高潮，但前後脈絡勾連，很難截然拆開，常常是故事中套故事，交互回環式推進。例如，西門慶與潘金蓮相遇這場開鑼戲，作者一口氣從第一回寫到第十回。但這不同於《水滸》的「武十回」之類，中間又插入了「說娶孟玉樓」一大段文字，帶出了另一批重要腳色。李瓶兒是第二女主角，從她被誘姦到病死，前後共花了二十餘回筆墨，但都若斷若續，並未連成一氣。魏子雲先生在《金瓶梅劄記》中曾把這種特點形容為「搓草繩」的方式，是很有見地的。他說：「《金瓶梅詞話》的情節發展，採用搓草繩的方式，新情節的演入，是一邊搓一邊續進去的，而且不時續了些不同質不同色的進來，是以它的情節演進，與其他章回小說大異其趣。」

這種「搓草繩」的特色，首先關係到「新情節的演入」。對此，實際上張竹坡已經窺破了奧妙，把它概括為「入筍」，並作了頗為精彩的總結。他在〈金瓶梅讀法〉中說：

> 讀《金瓶》，須看其入筍處。如玉皇廟講笑話，插入打虎；請子虛，即插入後院緊鄰；六回金蓮才熱，即借嘲罵處插入玉樓；借問伯爵連日那裡，插出桂姐；借蓋捲棚，即插入敬（經）濟；借翟管家，插入王六兒；借翡翠軒，插入瓶兒生子；借梵僧藥，插入瓶兒受病；借碧霞宮，插入普淨；借上墳，插入李衙內；借拿皮襖，插入玳安、小玉；諸如此類，不可勝數。蓋其用筆，不露痕跡處也。其所以不露痕跡處，總之善用曲筆、逆筆，不肯另起頭緒，用直筆、順筆也。夫此書頭緒何限，若一一起之，是必不能之數也。

　　《金瓶梅》「入筍」之妙，就是不「另起頭緒」，而是在故事中穿插「曲筆、逆筆」，「不露痕跡」地引出新的人物和故事，使情節縱橫交錯，前後連環，讀起來既覺真實、自然，逼肖紛繁的生活，又似入山陰道上，有目不暇接之感。比如，第三十三回開頭寫應伯爵來了，西門慶就和吳月娘談起「應二哥認的湖州一個客人何官兒」，手頭有一批絨線，願折價脫手云云，這就非常自然地牽扯出這個何官兒。由這何官兒，引起西門慶在獅子街開絨線鋪；由開絨線鋪，尋夥計再引出應伯爵保舉韓道國；由韓道國引出了一個重要人物王六兒，她從三十四回到九十九回，幾乎貫穿了全書。其中如苗青謀財害主一案，就由她圖財說事，引得西門慶貪贓枉法，逐步升級，一直牽扯到皇帝。這些情節的推進，就如沿著生活邏輯的軌道，一波接著一波前推後擁，既波瀾起伏，又覺得自然。

　　「搓草繩」要隨時將新的原料加進，同時也不斷搓完舊的稻草。《金瓶梅》搓草繩式的情節演進，當然也表現在將人物和故事不斷巧妙地「脫卸」。張竹坡曰：「讀《金瓶》，當看其脫卸處。子弟看其脫卸處，必能自出手眼，作過節文字也。」這種「脫卸」「過節」，並不僅表現在那些次要人物與事俱來，事訖俱去，而且也表現在寫主要人物方面。宋惠蓮、李瓶兒、西門慶、潘金蓮、孫雪娥、陳經濟、龐春梅，一個接著一個地離開了那個世界。他們的命運似乎都無法抗拒，各自在人生的道路上一步一步地走向自己的歸宿，給讀者以各不相同的感受。宋惠蓮之死也令人驚，李瓶兒之死也令人哀，西門慶之死也令人思，潘金蓮之死也令人慘，孫雪娥之死也令人歎，陳經濟之死也令人快，龐春梅之死也令人恥。他們死了，但往往不只是舊的情節的結束，而又隱伏著新的矛盾的開端。例如來旺媳婦宋惠蓮在第二十六回就自縊身亡，她死於西門慶的奸惡，也死於潘金蓮的妒忌。但是，她實際上沒有「死」，她作為潘金蓮爭寵道路上的絆腳石，其陰魂始終在金蓮眼前浮蕩著。直到第七十二回，潘金蓮與如意兒絆嘴，罵道：「你就是來旺兒媳婦子從新又出世來了，我也不怕你！」晚上，她又埋怨漢子道：「你那吃著碗裡看著鍋裡的心兒，你說我不知道？想著你和來旺兒媳婦子蜜調油也似的，把我來就不理了。落後李瓶兒生了孩子，見我如同烏眼雞一般。……你就是那風裡楊花，滾上滾下，如今又興起那如意兒賊歪剌骨來了。」於此可見，潘金蓮與宋惠蓮的矛盾並沒有結束，她與李瓶兒、如意兒的醋海風波都是這場爭寵的繼續。張竹坡說得好：「如耍獅子，必拋一球，射箭必立一的，欲寫金蓮而不寫一與之爭寵之人，將何以寫金蓮？故蕙（惠）蓮、瓶兒、如意，皆欲寫金蓮之球之的也。」（第六十五回總評）「可知蕙（惠）蓮為瓶兒前身，如意為瓶兒之後身，此蓋將前後文氣一齊串入，使看者放如箕眼孔一齊看去，方知作者通身氣脈，不是老婆舌頭而已也。」（第七十二回夾批）這裡所說的「通身氣脈」，就是指前後情節的內在聯繫。前面的情節雖暫「脫」而實未「卸」，猶有一息貫穿於上下，一絲縈繞於其間。這確實是《金瓶梅》「脫卸」的高妙之處。

除了「入筍」「脫卸」之妙外，《金瓶梅》還十分注意伏筆、照應、穿插，用細針密線將各局部連貫，統一成一個藝術整體。例如小說的第三回，王婆向潘金蓮介紹西門慶這位「財主」時，順便說到「他家大娘子，也是我說的媒，是吳千戶家小姐，生得百伶百俐。」接著問道：

> 「大官人怎的連日不過貧家吃茶？」西門慶道：「便是連日家中小女有人家定了，不得閒來。」婆子道：「大姐有誰家定了？怎的不請老身去說媒？」西門慶道：「被東京八十萬禁軍楊提督親家陳宅，合成帖兒。他兒子陳經濟，才十七歲，還上學堂。不是，也請乾娘說媒，他那邊有了個文嫂兒來討帖兒，俺這裡又使常在家中走的賣翠花的薛嫂兒同做保，即說此親事。……」

這是多麼隨便的一段家常話，就在這段話中提到了女兒大姐、女婿陳經濟，以及他們定親的事，為以後第十七回宇給事劾倒楊提督後他們來避難伏下了筆。這個薛嫂，就在第七回出場為西門慶說娶孟玉樓。而文嫂，直到第六十九回西門慶想「通情林太太」時，又叫玳安去請她出馬：「舊時與你姐夫說媒的文嫂兒，在那裡住？你尋了他來。」這些人物由於前面已經提到，所以後來上場時一點也不突兀。與此不同的是，有些人物曾經在先前表演過一番而下場了，想不到他們竟又會在後半部的《金瓶梅》世界裡重現，為新的情節的展開再作「貢獻」。宋惠蓮的丈夫來旺兒不是早被遞解到老家徐州了嗎？想不到後來會當上了銀匠來「盜拐」舊情人孫雪娥。王六兒的女兒韓愛姐不是早就送給東京蔡太尉的翟管家了嗎？想不到後來會愛上了陳經濟，守節而死，還帶及了久已「失蹤」的何官人、韓二再次亮相。這真是「藏針伏線，千里相牽」，令人讚歎不已！與此伏筆照應、前後鉤連相關的是《金瓶梅》在行文中的穿插、點綴，也頗見功力。例如寫西門慶貪欲得病，也不是使人感到突如其來，而是在李瓶兒死後早就影影綽綽點出了這個淫棍已病入膏肓。在第六十七回，就寫他叫「小周兒拿木滾子滾身上，行按摩導引之術」。他對應伯爵說：「不瞞你說，像我晚夕身上常發酸起來，腰背疼痛，不是這般按捏，通了不得。」之後，陸陸續續寫到薛太監請他出去看春，他也懶得去，覺得「這兩日春氣發也怎的，只害這邊腰腿疼」。接著吳親家請他參加年例打醮，也去不動，還自以為「不知酒多了也怎的，只害腰疼」。過幾天又想起教如意兒擠乳，吃任醫官與他的延壽丹，命王經扒在地上替他打腿。但他淫欲不止，病情越來越重，乃至在席間「只是在椅子上打睡」，還強打精神去與林太太等一戰再戰，最後到第七十九回從王六兒家回來下馬時，「腿軟了，被左右扶進」。如此這般，作者就在字裡行間，稍加穿插，使人感到西門慶這個淫棍逐漸「燈盡油乾」了，最後被潘金蓮折騰致死就一點也不奇怪了。

《金瓶梅》為長篇小說的藝術結構闖出了新的路子，又在這洋洋灑灑一百回中細針密

線，巧作安排（當然，也有不少疏漏處），為這座新的藝術大廈的整體落成作了努力。這就難怪清代劉廷璣在《在園雜誌》中發出了這樣的讚歎：「深切人情世務，無如《金瓶梅》，真稱奇書。……結構鋪張，針線縝密，一字不漏，又豈尋常筆墨可到者哉！」

六、藝術追求：從歌頌真善美到暴露假醜惡

在我國小說發展史上，《金瓶梅》又以另一種新的姿態引人注目：它不致力於歌頌真、善、美，不去刻劃帝王將相、神佛仙道等「高大形象」或正人君子，而是著重描寫社會的假、醜、惡，網羅了形形色色的人間惡棍與男女小丑。整個世界充滿著淫邪奸亂，色彩是昏暗的，氣氛是令人窒息的。在這裡幾乎沒有光明，沒有正義。這完全是一種一反常態的藝術嘗試。有一位外國的漢學家就曾經說過，在缺乏「惡」的文學的中國，《金瓶梅》正是一部「惡」的文學的代表作。但這樣一說作品，對於不習慣於接觸「惡」的文學的讀者來說，難免會感到彆扭，擔心是否是「以醜為美」，會「壞人心術」？

其實，藝術描寫的對象本沒有美和醜的界限。美和醜本來就是一對孿生兄弟。作家有興趣歌頌美，也有權利描繪醜。而笑笑生們活動的時代本來就是一個昏天黑地的時代。西門慶、應伯爵之流活躍於市井，蔡太師、宋徽宗之輩充斥於朝廷。「文學所以叫藝術，就是因為它按生活的本來面目描寫生活。它的任務是無條件的，直率的真實。」（契訶夫〈寫給瑪·符·基塞列娃〉）真實地把當時社會中種種醜類集中起來，加以典型化，正是一個有良心的作家的神聖職責。果戈理說得好：「如果你表現不出一代人的所有卑鄙齷齪的全部深度，那時你就不能把社會以及整個一代人引向美。」《金瓶梅》正是一部力圖暴露那個卑鄙齷齪的時代的書。它描寫醜，否定醜，正是創造美，把一代人引向美。

那麼，寫醜，怎麼見美呢？「以醜為美」與「寫醜見美」的區別何在呢？這裡的關鍵是在作家的態度。作家的描繪醜時，是為醜而醜，以醜寫醜呢？還是用一支真善美的筆去暴露醜、鞭撻醜、否定醜？顯然《金瓶梅》是屬於後者。它所描寫的醜是一種被否定的醜，在否定中給人以愉悅和痛快，得到一種美的享受，從而引導和激發人們對於美的追求。這種否定一般可分成兩類，一類是用明確的語言對壞人壞事、醜言醜行加以詛咒，甚至作者通過介入文字直接發表議論。這種手法受的說唱藝術的影響。其優點是比較明朗、強烈，但往往游離了作品的客觀描寫，有節外生枝、強加於人之嫌。另一類是比較深沉的。作者只作冷靜的、客觀的描寫，把褒貶愛憎深藏在人物性格的自身發展之中，潛移默化地起著作用。在《金瓶梅》中這兩類手法都用，而於後者更顯功力。第一類，如在作品中經常可以見到罵西門慶「浪蕩貪淫」，「富而多詐奸邪輩，欺壓善良酒色徒」，「有錢便是主顧，那計綱常禮教」，罵潘金蓮為「潑賤」「淫婦」「九條尾狐

狸精」等等，其憎惡之情溢於言表。特別是在西門慶和潘金蓮這一對狗男女喪命時，作者所引的詩論都是很有針對性的，即都強調「善」來批判這兩個「惡」的典型。第七十九回西門慶嗚呼哀哉時，就引了「為人多積善，不可多積財，積善成好人，積財惹禍胎」的古人格言。第八十七回武松將殺潘金蓮時，作者又引詩曰：「善惡到頭終有報，只爭來早與來遲。」到全書大結束時，作者又再一次強調「西門慶造惡非善」，並有詩為證云：

閑閱遺書思惘然，誰知天道有循環。
西門豪橫難存嗣，經濟顛狂定被殲。
樓月善良終有壽，瓶梅淫佚早歸泉。
可怪金蓮遭惡報，遺臭萬年作話傳。

這裡除了宣揚天道循環、因果報應之外，主要就是強調了善惡的對立，清楚地表明了作者的整個藝術構思就是用「善」來否定「惡」的。他把豪橫的西門慶，顛狂的經濟，淫佚的瓶梅，都當作醜惡的典型，否定的對象。此外如對幫閑、尼姑、娼妓、媒婆一類，他幾乎都加旁白予以嚴厲的譴責。於此可見他是有自己的道德觀念和美學理想的，假、醜、惡在《金瓶梅》裡顯然是處於被批判和否定的位置上的。

　　第二類是《金瓶梅》所用的基本手法。它在更多的地方是不加任何主觀色彩，「純然以不動感情的客觀描寫」（鄭振鐸語），所謂「筆蓄鋒芒而不露」（張竹坡語），只是通過藝術形象本身來給人以啟迪和教育。後來深受《金瓶梅》影響的《儒林外史》臥本回評者就稱讚這種藝術手法為：「直書其事，不加斷語，其是非自見也。」近代的懷綺詞人的〈檮杌萃編序〉對於塑造反面人物有更深一層的認識。他認為寫丑角惡棍不能僅停留在「具鬼之形狀，居鬼之名稱」，而要「能寫貌為人而心為鬼，名為人而實為鬼」，表面上看來「明明一完好之人也，而有識者一見而知其為鬼」：

作者未嘗著一貶詞，而紙上之聲音笑貌，如揭其肺肝，如窺其秘奧，畫皮畫骨，
繪影繪聲，神乎技矣。

　　《金瓶梅》是否臻於這種入神的藝術境地尚可討論，但無疑是作了可貴的嘗試。可惜的是，我們有些批評家習慣於公開說教，面命耳提，誤認為《金瓶梅》作者是以冷漠的態度、厭世的哲學來對待人生，指責他態度曖昧，愛憎不明，以致美醜不分，以醜為美。這實在是令人啼笑皆非的。事實上，作者冷酷地安排他筆下的幾個主要人物一個接著一個地，不可抗拒地落得個悲慘的下場，所謂「金蓮以姦死，瓶兒以孽死，春梅以淫死，較諸婦為更慘耳」（東吳弄珠客〈金瓶梅序〉），就已鮮明地透露了他的審美傾向。至於在

具體描寫中，我們同樣可以感受到隱藏在畫面背後的作者感情脈搏。前面我們已經講過，第五十五回蔡京宴請西門慶的一幅場景，寫得「兩個喁喁笑語，真似父子一般」，表面上看完全是「一種親愛情景」（崇禎本眉批），作者也沒有加任何貶詞。但正直善良的讀者一讀至此，難道會誤解成作者在歌頌蔡京的禮賢下士，或者西門慶的尊重長者嗎？不，只能感受到這兩個醜類，一貪財，一附勢，相互勾結，狼狽為奸，猶如自己把他們痛罵了一頓似的從心底裡覺得無比痛快。我們再來看一例：第三十六回，寫西門慶接到蔡京管家翟雲峰的一封信，除了問他要一個女孩子外，還介紹「新狀元蔡一泉，乃老爺之假子，奉敕回籍省視，道經貴處，仍望留之一飯」，次日，下書人來到，帶來口信說：「小人來時蔡老爹才辭朝，京中起身。翟爹說：只怕蔡老爹回鄉，一時缺少盤纏，煩老爹這裡多少只顧借與他。」西門慶答道：「你多上覆翟爹，隨他要多少，我這裡無不奉命。」說畢，命陳經濟讓去廂房內管待酒飯。臨去交割回書，又與他五兩路費。那人拜謝，歡喜出門去了。後與蔡狀元一起來的還有一個安進士。西門慶早已預備下酒席，並請了四個蘇州戲子來唱戲。原來安進士喜尚男風，見書童兒唱的好，拉著他手兒，兩個一遞一口吃酒。良久，酒闌上來，西門慶陪他復遊花園，向捲棚內下棋。晚上，西門慶請他們住下，打發從人明天來接。只留書童一人，席前遞酒伏侍。看看吃至掌燈，二人出來更衣，蔡狀元拉西門慶說話：「學生此去回鄉省親，路費缺少。」西門慶道：「不勞老先生分咐。雲峰尊命，一定謹領。」直飲至夜分，方才歇息。西門慶藏春塢、翡翠軒兩處俱設床帳，鋪陳繡錦被褥，就派書童、玳安兩個小廝答應。到次日，蔡狀元、安進士跟從人夫轎馬來接。西門慶廳上擺酒伺候，饌飲下飯與腳下人吃。教兩個小廝，方盒捧出禮物。蔡狀元是金緞一端，領絹二端，合香五百，白金一百兩。安進士是色緞一端，領絹一端，合香三百，白金三十兩。蔡狀元固辭再三，說道：「但假十數金足矣，何勞如此太多，又蒙厚貺！」安進士道：「蔡年兄領受，學生不當。」西門慶笑道：「些須微賮，表情而已。老先生榮歸續親，在下少助一茶之需。」於是兩人俱出席謝道：「此情此德，何日忘之！」一面令家人各收下去，入氈包內，與西門慶相別。這段描寫，小說作者也未用一個貶詞，連最後的結尾也只是用了這樣兩句話：「博得錦衣歸故里，功名方信是男兒。」但這段客觀的描寫，把當時官場的假醜惡揭露得十分深刻。這正如清代文龍所說的：

> 此一回概影時事也。宰相與狀元，固世俗以為榮而俗人所共羨者也。然必有其位，兼有其德，始無慚為真宰相；有其才，並有其度，乃不愧為名狀元。然則以大蔡、小蔡當之，天下時事可知矣。蔡京受賄，以職為酬，前已約略言之，舉一以例百也。若再詳述，恐有更僕難盡者，即以其僕之聲勢赫炎代之，此曰雲峰先生，彼

日雲峰先生，雲峰直可奔走天下士，而號令天下財東也。若曰：其奴如此，其主可知。此追一層落筆矣。

蔡蘊告幫，秋風一路。觀其言談舉止，令人欲嘔。或謂姓蔡的狀元，方是如此，諸進士中，自有矯矯者，故又添一安忱陪之。若曰：三百名中，不過爾爾，此加一層著墨也。有識者感然而心憂，西門慶則欣然而色喜，以為我何人斯？

居然宰相門下士，而與狀元周旋，彼此聲價頓增，驕矜更甚，皆宰相、狀元有以飴之也。時事如斯，尚可問乎！

文龍的這些感慨，就是讀了這段客觀文字所得。我想，我們一般讀者讀後，也會有類似的感受，絕不會認為這些醜類是美的，是我們的楷模。這是因為讀者能根據自己的認識水準，通過自己的審美活動，對客觀的形象加入了自己的判斷，辨得清美和醜，產生了愛和憎，在感情上與作者產生了交流，引起了共鳴。這就是純以寫醜而能見美的奧秘所在。因而，越是把假醜惡暴露得淋漓盡致，就越是使人嚮往真善美。這正如評崇禎本批點者指出的：《金瓶梅》一書，「凡西門慶壞事必盛為播揚者，以其作書懲創之大意矣。」它播揚其醜，並不是宣揚其醜，恰恰相反，正是為了懲創其醜。在這懲創否定之中，讀者當然會油然而起嚮往它的反面：真善美。

當然，《金瓶梅》所寫之醜並非都能見美。這是由於作者的道德觀念、美學理想本身存在著缺陷，或者在暴露醜惡時失卻了控制，缺乏了分寸，於是對那些醜言穢行有時就不但不加譴責而反津津樂道起來，使整部小說難免摻入了一些「以醜寫醜」的雜質。但總的說來，這畢竟是一些雜質而已，並不能掩蓋它寫醜見美的整體光輝。不過，它可以告誡以後的作家：創造藝術的醜，必須自己先淨化一顆美的心。

以上，僅僅是就《金瓶梅》在小說發展史上有重大的、突破性的進展方面作一點簡單的介紹，說明了它的「里程碑」意義。它的這些在中國小說發展史上的歷史性貢獻，是誰也抹煞不了的。這也正是這部小說儘管有它的缺點，但還是能立於天地之間的重要原因之一。

正因此，《金瓶梅》是姓「金」，不論從其社會作用來看，還是從其藝術表現來看，它都有極高價值。我們應該珍視它，而不是鄙棄它。

貳、《金瓶梅》的成書與問世

《金瓶梅》的問世與初刊

《金瓶梅》不妨先從「外學」講起。現在，有些人看不起「外學」，過分強調文本本身的闡釋。我看，對於中文系的學生來說，是不行的。我寫書，給一般普通的讀者看，不講這些可以，但對本科學生來說，不講這些不行。你們不懂這些也不行，不懂這些就怎麼可以說是中文系的學生呢？怎麼去進一步作研究呢？做學問還是要瞭解一些最基本的東西，這就叫做打基礎。

要講「外學」，小說的成書過程、版本、作者等等是必須要瞭解的，這些都會影響你對文本的閱讀、理解與闡釋的。

我們這一課，主要講《金瓶梅》的問世問題，而這與版本、成書過程與作者問題都大有關係。

一、《金瓶梅》平空驚現

《金瓶梅》的問世是不是經過了一個所謂「世代累積」的過程呢？要講這個問題，我想先請問大家：你們已經學過「中國文學史」課，不知聽說過在明代萬曆以前有過一種叫「金瓶梅」的書在社會上流傳過沒有？我想你們一定說沒有聽說過。不但沒有聽說過先前有過一本名字叫《金瓶梅》的書，就是「金瓶梅」這樣一個詞，恐怕也沒有聽說過。不要說你們沒有聽說過，就是明代萬曆年間的一些著名文人，他們也沒有聽說過。這就與《三國》《水滸》《西遊》很不相同。關於《三國》的故事，早在陳壽的《三國志》，以及裴松之的注中，就十分豐富。它一直在民間流傳。到宋代，在「說話」藝術中，已有「說三分」的專門科目和專業藝人。蘇軾《志林》卷一〈懷古〉中就寫到，小孩子貪玩，在家中坐不住，就給他點錢，去聽說書。當聽「三國」故事時，「聞劉玄德敗，顰

蹙有出涕者；聞曹操敗，即喜唱快。」可見當時「說三國」的藝術效果很好，可惜這些話本沒有流傳下來，到現在能看到的早期的「三國」講史話本就只有元代至治年間（1321-1323）建安虞氏刊印的《三國志平話》和內容大致相同的《三分事略》。在元代，還有許多「三國」戲。《三國志通俗演義》就在幾代人的不斷加工下，最後有一位作者叫羅貫中的將它寫成一個基本定型的作品。這在某種意義上可以說，《三國志通俗演義》是經過了一個所謂「世代累積」而實際上是一個「世代累作」的過程後，最後還是由一位作家所寫定的作品。《水滸傳》《西遊記》的成書過程大致也相同，它們的原始故事很早就存在，後來長期在民間流傳，不斷的有人加以修改或豐富，後來終於由一位作家將它寫定。這類作品，有人就將它們稱之為「集體創作」，或者說是「世代累積型作品」。這類提法是否妥當？是否抹煞了最後寫定者的功勞？自可討論。在我看來，當稱「世代累作」比較恰當，但不管怎樣，講「累積」的意思還是清楚的，可以說明這類作品的形成是有一個較長的歷史過程。

那麼，《金瓶梅》是否也是這樣的一部作品呢？顯然不是。因為到現在為止，我們找不到一絲一毫材料可以證明，在萬曆以前有什麼「金瓶梅」的故事曾經流傳過，它從什麼地方「積累」起來呢？我們知道的是，《金瓶梅》這部小說是在萬曆年間是平空驚現的。

我們來看，《金瓶梅》第一次在世界上被人提到時的情況。那是在萬曆二十四年（1596）十月間，公安派的領袖人物袁宏道（1568-1610），給大名鼎鼎的董其昌寫的信中，有這樣一段話：

> 《金瓶梅》從何得來？伏枕略觀，雲霞滿紙，勝於枚生〈七發〉多矣。後段在何處，抄竟當於何處倒換？幸一的示。

大家知道，袁宏道是活躍於萬曆年間文壇的著名文人，交際十分廣泛，可是從這裡的第一句話來看，他根本不知道這部小說的來歷，很有新鮮感。而且，從信裡可以看到，董其昌也是剛剛從別處抄來，借給袁宏道時自己還沒有抄完。他曾經對袁宏道的弟弟袁中道也說過：「近有一小說，名《金瓶梅》，極佳。」這說得很清楚，這部小說是「近有」的。袁中道因為也沒有聽說過，就暗暗地記著，直到萬曆二十五（1597）年到二十六年間，在他哥哥那裡才看到了抄到的一部分。袁宏道後來將這半部書也借給他的朋友謝肇淛看。謝肇淛又從山東諸城人丘志充那裡借到了半部書，看了以後，寫了篇跋語，說：「此書向無鏤版，鈔寫流傳。」這說明了《金瓶梅》在此之前從未刊刻過，而且也從來沒有聽說有說唱之類的演出過。謝肇淛說這些話的時間，大概在萬曆三十四年前後，因為這一年，袁宏道曾寫信給他，要他還書，說：「《金瓶梅》料已成誦，何久不見還也？」

稍後，見識很廣的沈德符，看到袁宏道對《金瓶梅》一書以很高的評價，在《觴政》一書中將它與《水滸傳》並稱，作為酒徒的「外典」，但他還「恨未得見」，直到萬曆三十七年（1609），才從袁中道那裡抄得全書回家。到萬曆四十一年（1613），他給著名的通俗文學家馮夢龍看了，馮夢龍「見之驚喜，慫恿書坊以重價購刻」。請注意這個「驚喜」的「驚」字。這個「驚」字，一方面說明這部小說好，另一方面也是表明了他剛剛才讀到，這才會「驚喜」。也正因為此書剛冒出，人們還少見，所以他慫恿書坊出大價錢買來刊印出版。當時的馬之駿（字仲良），正好在蘇州當官，也勸他答應書坊老闆的請求去出版。這時，沈德符回答他說：

> 此等書必遂有人板行，但一刻則家傳戶到，壞人心術，他日閻羅究詰始禍，何辭置對？吾豈以刀錐博泥犁哉！（《萬曆野獲編》）

這段話也清楚地告訴我們，像《金瓶梅》這樣的書，一旦成書面世，一定會有人馬上刊印，刊印後馬上會廣泛流傳，特別是在晚明那樣一個社會，情色作品十分暢銷的情況下，絕不可能會讓這樣的書長期壓在箱底下的，絕不可能有什麼一個「世代累積」的過程。當時，馬之駿聽了這個話，也「大以為然」。事實也正是這樣：沈德符說了這話不久，《金瓶梅》就在蘇州刊行了。用他的話來說，叫做：「未幾時，而吳中懸之國門矣！」這部在蘇州第一次刊行的《金瓶梅》，當是現在我們能看到的《新刻金瓶梅詞話》，刊行的時間是在萬曆丁巳（1617）年。

上面我不厭其煩了地介紹了董其昌、袁宏道、袁中道、謝肇淛、沈德符、馮夢龍、馬之駿這批當時活躍於文壇的名人，對於剛面世的《金瓶梅》的態度，無非想用事實來說明：《金瓶梅》是一部突然驚現於世的作品，而不是什麼「世代累積」成的小說！

說清這一點，十分重要，它至少關係到這樣三個重要的問題：一個是《金瓶梅》的「原本」是什麼樣的？是說唱藝術的底本，還是一部小說？第二個是，在抄本流傳階段的「抄本」是什麼樣的？是「詞話本」系統的樣子，還是如同後來的「崇禎本」的樣子？第三個是關係到小說的作者問題，也就是說小說的作者是個人，還是集體。這個集體，當然包括所謂「世代」的不同歷史階段的眾多作者。而這三個問題，長期糾纏不清，而要解決這些問題的一個基點，就是要辨清這部小說的來歷和現世時的情況。

與問世問題直接聯繫的是關於《金瓶梅》的原本與抄本的問題。

二、原本、抄本與初刻本

關於《金瓶梅》的原本，這裡是指作家最初完成的稿本；所謂抄本，是指萬曆時期

在文人間流傳的抄本。這兩種本子究竟是什麼樣的？我的意見是：

（一）萬曆年間流傳的抄本，即據原本所抄，在傳抄過程中個別地方或許產生點訛誤，但基本保持了原貌；

（二）萬曆丁巳年間序刊的《新刻金瓶梅詞話》即是根據當時流行的抄本刊刻的，換言之，《新刻金瓶梅詞話》即保存了這部小說初創時的原貌；

（三）在萬曆年間流行的詞話本類《金瓶梅》小說之前，既不存在什麼說唱類的原本，也不存在如同後來崇禎本類型的原本。

要說明這樣三個問題，首先要說清在萬曆時期流行的抄本即是原本。這個理由很簡單，因為所有當時談到《金瓶梅》的人都不承認有什麼與此不同的原本的存在。請看他們的話：

袁中道在《遊居柿錄》中說：

> 往晤董太史思白，共說諸小說之佳者，思白曰：「近有一小說，名《金瓶梅》，極佳。」予私識之。後從中郎真州，見此書之半，大約模寫兒女情態具備，乃從《水滸傳》潘金蓮演出一支。所云「金」者，即金蓮也；「瓶」者，李瓶兒也；「梅」者，春梅婢也。舊時京師，有一西門千戶，延一紹興老儒於家。老儒無事，逐日記其家淫蕩風月之事，以門慶影其主人，以餘影其諸姬，瑣碎中有無限煙波，亦非慧人不能。

這段話說得很清楚，這部小說就是傳說中有一紹興老儒，根據他的所見所聞創作出來的。與他說得類似的，還有屠本畯在《山林經濟籍》中說：「相傳嘉靖時，有人為陸都督炳誣奏，朝庭籍其家。其人沉冤，托之《金瓶梅》。」沈德符在《萬曆野獲編》中說：「聞此為嘉靖間大名士手筆，指斥時事，如蔡京父子則指分宜，林靈素則指陶仲文，朱勔則指陸炳，其他各有所屬云」。他們根據傳聞，具體所指雖然各不相同，但有一點是共同的，即是他們看到的這部小說是由某個作者創作出來的，而從來沒有聽說過是根據什麼另外的「原本」或「說唱藝術的底本」改編過來的。我們再看這部小說出版時卷首所附的欣欣子寫的〈金瓶梅詞話序〉，開頭第一句話即是：

> 竊謂蘭陵笑笑生作《金瓶梅傳》，寄意於時俗，蓋有謂也。

這也是說，這部小說是由一個名叫笑笑生的作者創作出來的。

在這裡，有的先生或許會提出這樣一個問題：「這裡說的是《金瓶梅傳》，而不是說《金瓶梅詞話》，是不是有這樣的可能：作者先創作的一部名叫《金瓶梅傳》，後來才改編成《金瓶梅詞話》，所以原本當為《金瓶梅傳》。」的確，在《金瓶梅詞話》的

卷首，還有一篇名叫「廿公」的寫的跋語，也說：「《金瓶梅傳》為世廟時一巨公寓言。」
那麼，《金瓶梅傳》與《金瓶梅詞話》是否是兩部書呢？是不是原本叫《金瓶梅傳》，
後來改寫的反而用了「說唱藝術」的名目「詞話」而叫《金瓶梅詞話》呢？顯然都不是。
我在前面已講過，當時人們對於小說的概念還十分模糊，並不像我們現在這樣分得很清
楚，用「傳」，用「演義」，用「詞話」，用「平話」，有時就比較隨意，正像《三國》
一書，有的稱「演義」，有的叫「志傳」一樣。而更重要的是，欣欣子的序與廿公的跋，
恰恰都是為《金瓶梅詞話》所作，都是附在《金瓶梅詞話》的卷首，而不見於其他地方，
這就證明：欣欣子、廿公所說的《金瓶梅傳》就是這部《金瓶梅詞話》。這本來是十分
清楚的事，我們現在有的先生刻意深求，把本來不是問題的問題弄得複雜化了。

關於《金瓶梅詞話》即是當時流行的抄本，還可以從沈德符在《萬曆野獲編》中所
說的話得以證明。他說：

> 袁中郎《觴政》以《金瓶梅》配《水滸傳》為外典，予恨未得見。丙午，遇中郎
> 京邸，問曾有全帙否？曰：第睹數卷，甚奇快。今惟麻城劉涎白承禧家有全本，
> 蓋從其妻家徐文貞錄得者。又三年，小修上公車，已攜有其書，因與借抄挈歸。
> 吳友馮猶龍見之驚喜，慫恿書坊以重價購刻。馬仲良時榷吳關，亦勸予應梓人之
> 求，可以療饑。予曰：此等書必遂有人板行，但一刻則家傳戶到，壞人心術，他
> 日閻羅究詰始禍，何辭置對，吾豈以刀錐博泥犁哉？仲良大以為然，遂固篋之。
> 未幾時，而吳中懸之國門矣。然原本實少五十三回至五十七回，遍覓不得，有陋
> 儒補以入刻，無論膚淺鄙俚，時作吳語，即前後血脈，亦絕不貫串，一見知其贗
> 作矣。

沈德符在這裡說，他的《金瓶梅》是從袁中道那裡抄來的，也就是董思白、袁宏道、謝
肇淛等看到的《金瓶梅》。他沒有將這部書拿出去刊印，但「未幾時，而吳中懸之國門
矣」。他看了這本刊印本，只是說其中的五十三回至五十七回是「陋儒補以入刻」，因
為這幾回原本就是沒有的，而沒有說刊印出來的這本書與他的抄本、也就是當時流行的
抄本有什麼不同。這就說明了最初的刊本與抄本是一致的。

那麼，沈德符他們看到的初刊本是不是目前這部留下來的《新刻金瓶梅詞話》呢？
有一種意見認為不是。早一點的，比如吳晗在詞話本發現之初，就憑一些筆記而推斷「但
萬曆丁巳本並不是《金瓶梅》的第一次刻本，在這刻本以前，已經有過幾個蘇州或杭州
刻本行世，在刻本以前並且已有抄本行世」（〈《金瓶梅》的著作時代及其社會背景〉，《文
學季刊》，創刊號，1934 年）。至七十年代，韓南在討論萬曆本與崇禎本的關係時說過「乙
系（崇禎本系統）並非源之於甲系本（詞話本系統）」的話。儘管他的這一說法是僅僅就崇

禎本據《水滸傳》等修改問題而發的，但常常被人誇大為他對整個崇禎本並非源之於詞話本的結論（丁婉貞譯〈《金瓶梅》的版本及其他〉，見胡文彬編《金瓶梅的世界》，北方文藝出版社 1987 年版）。八十年代以後，說目前所見之《新刻金瓶梅詞話》並非是初刻，而是二刻（劉輝〈現存《金瓶梅詞話》是《金瓶梅》的最早刻本嗎——與馬泰來先生商榷〉，《金瓶梅論集》，臺灣貫雅文化事業有限公司 1992 年。李時人〈《金瓶梅》的作者、版本與寫作背景〉，《金瓶梅新論》，學林出版社 1991 年版）、三刻（許建平〈《新刻金瓶梅詞話》是初刻抑或是三刻〉，《棗莊師專學報》第 17 卷第 1 期，2000 年 2 月），乃至是清初所刻（葉桂桐〈中國文學史上的大騙局、大鬧劇、大悲劇——《金瓶梅》版本作者研究質疑〉，《煙台師範學院學報》2002 年 3 月）的論文不時可見。這些先生都是專家，他們的推斷也有一定的可能性，但我反復考慮，覺得萬曆丁巳所刻的《新刻金瓶梅詞話》還是初刊本。

要說明《新刻金瓶梅詞話》就是初刊本，首先要說明的是對於「新刻」一詞的理解。我在拙作〈《金瓶梅》詞話本與崇禎本刊印的幾個問題〉中曾對「新刻」的語義作了較細的分析，認為「新刻」可能是指重新翻刻，但也有可能是指初次新刻。此新刻，亦就是初刊。

那麼，《新刻金瓶梅詞話》究竟是重刻還是初刊呢？主「重刻」論者（不管是「二刻」還是「三刻」論者）主要是依據當時一些早期筆記中談到的都是二十卷本的《金瓶梅》，而沒有談到十卷本的《金瓶梅詞話》來加以推斷。實際上，裝訂成幾卷，有時有一定的隨意性。這裡又沒有其他實證。我想重要的還是要讓事實來說明問題。今天我們能看到的當時談到《新刻金瓶梅詞話》的文字與作品本身都清楚地告訴我們，它即刊刻在萬曆末至天啟年間。

當時談到《金瓶梅》刊刻情況的實際上只有三家，即謝肇淛的〈金瓶梅跋〉、沈德符的《萬曆野獲編》與薛岡的《天爵堂筆餘》。謝肇淛的〈金瓶梅跋〉用最清楚的語言說「此書向無鏤版」。沈、薛兩位的說法，也符合小說初刊於天啟年間的結論。這些「外證」材料都交代了與原本、抄本一致的初刊本真正「懸之國門」，是在天啟年間（詳見拙作〈《金瓶梅》詞話本與崇禎本刊印的幾個問題〉）。再從「內證」來看，《新刻金瓶梅詞話》的文本實際也證實了這一點。馬征先生曾經這樣指出過：

> 1986 至 1987 年，筆者和魯歌先生一起進行了一項繁瑣而浩大的工程：把《金瓶梅》的各種版本匯校一遍，發現這個詞話本為避皇帝名諱，改字的情況很突出。我們統計，從第 14 回到 61 回，刁徒潑皮「花子由」這個名字出現了 4 次，但第 62、63、77、80 回中，卻一連 13 次將這一名字改刻成了「花子油」，這是為了避天啟皇帝朱由校的名諱。由此可窺，從第 62 回起，它必刻於朱由校登基的 1620

年夏曆九月初六日以後。（馬征《金瓶梅懸案解讀》，四川人民出版社 2004 年 8 月版）

這一避諱的事實，也可確證這部《金瓶梅詞話》刊印於天啟年間。

這樣，結論當是：這部《新刻金瓶梅詞話》即是初刊本，刊成於天啟年間，其他一些無根的推測都不足據。

關於《金瓶梅》傳世的第一個信息

　　1985 年 6 月徐州召開的國內首屆《金瓶梅》學術討論會上，周鈞韜同志對袁中郎在《錦帆集‧董思白》中透露的《金瓶梅》傳世的第一個信息的時間提出了自己的看法，認為目前國內外學者將此肯定為萬曆二十四年（1595）的結論是錯誤的，當為「萬曆二十三年（1595）的深秋季節」。我因病未能與會，讀了有關報導後確實為他的大膽探索精神所感動，可是後來讀了他在《蘇州大學學報》1985 年第 3 期上發表的〈《金瓶梅》傳世的第一個信息〉一文之後，覺得他的論證頗有問題，以往的結論不能推翻。由於這個問題對於探求《金瓶梅》的成書、作者及思想意義的評價等頗為重要，故決定略陳管見於下，以就教於鈞韜同志與諸位同好。

　　《錦帆集‧董思白》一信的全文如下：

> 一月前，石簣見過，劇譚五日。已乃放舟五湖，觀七十二峰絕勝處。遊竟復返衙齋，摩霄極地，無所不談，病魔為之少卻，獨恨坐無思白兄耳（一本作「獨恨不見李伯時耳」）。《金瓶梅》從何得來？伏枕略觀，雲霞滿紙，勝於枚生〈七發〉多矣。後段在何處，抄竟當於何處倒換幸一的示。

目前，國內外《金瓶梅》研究者和袁中郎研究者一般都認為此信寫於萬曆二十四年十月。其理由正如魏子雲先生在《金瓶梅的問世與演變》中說的：「這年陶望齡（石簣）曾於九月二十四日到蘇州，與袁中郎游談多日。此事，陶望齡在所寫的〈遊洞庭山記〉的序文中，記有年月，是萬曆二十四年十月。可以對證上袁氏的這封信。」關於陶石簣的〈遊洞庭山記〉的序文，是這樣寫的：

> 歲乙未，予再以告歸，道金閶。友人袁中郎為吳令。飲中，語及後會，時方食桔，曰：予俟此熟當來遊洞庭。明年夏秋中，中郎書再至，申前約，而小園中橙桔亦漸黃綠矣。遂以九月之望發山陰，弟君奭、姪爾質、曹生伯通、武林僧真鑒皆從。丁巳抵蘇，上開元寺，中郎方臥疾新愈，談於榻之右者三日。壬戌始渡胥口，絕湖八十里，登西山宿包山寺。癸亥步遊……，甲子取徑……，乙丑遊……，丙寅東北風大作，明日雨，又明日大霧……，明日登……，始涉湖而返，距其往七日

矣……。

袁、陶這兩則記載本來是清楚的，合拍的，可是鈞韜同志認為「魏子雲先生沒看清楚陶石簣所記的這次訪遊，與袁中郎致董思白書所說的游談，完全是兩碼事。」怎麼會是兩碼事呢？鈞韜同志說：

> 從陶氏〈遊洞庭山記〉可知，陶與袁會見有兩次（當時袁中郎任吳縣縣令），一次是萬曆二十三年乙未秋，袁中郎到任的那一年，陶氏路經吳縣，他們是否一起遊了洞庭西山達七天之久，未及中郎一詞，可見中郎並沒有陪陶氏同遊。這樣矛盾就出現了。中郎致董思白書言明，他和陶氏談了五天後同遊洞庭。而從陶氏〈記〉中看出，他們只談了三日，以後中郎並沒有陪他們同遊洞庭。從這個矛盾中，筆者依稀想見，中郎致董書中提到，與陶氏同遊洞庭，是萬曆二十三年秋的事；而陶氏〈記〉所記的是萬曆二十四年九月的事，這一次中郎沒有陪同。筆者查檢了袁氏的詩文，證明這個推測是有根據的。

這裡，鈞韜同志實際上提出了兩個「矛盾」：一、中郎「言明」「和陶氏」「同遊洞庭」，而陶氏卻說「中郎並沒有陪他們同遊洞庭」；二、中郎「言明」「和陶氏談了五天」，而陶氏則說「只談了三日」。從而他認為陶望齡兩次來吳兩次都遊了洞庭：一次是萬曆二十三年秋，中郎與陶氏同遊，中郎〈董思白〉所述的一次；另一次是萬曆二十四年九月，中郎沒有陪同前往，即石簣〈遊洞庭山記〉所述的一次。這樣，兩文所述的遊洞庭「完全是兩碼事」，袁中郎〈董思白〉所述的乃在萬曆二十三年，因此「《金瓶梅》抄本傳世的第一個信息，出現在萬曆二十三年（1595）的深秋季節」。

其實，細察袁氏〈董思白〉與陶氏〈遊洞庭山記〉兩文並不存在著上述矛盾。鈞韜同志之所以認為有矛盾，完全是由於「沒有看清楚」這兩則文字所造成的：

一、袁中郎的〈董思白〉根本沒有說過與陶石簣「同遊」洞庭。此函開頭以「石簣」為主語，一直貫到「無所不談」句，並未夾帶中郎。中郎此時害病在家，先聽陶來吳「劇譚五日」，陶等遊竟後又來「無所不談」，袁乃「病魔為之少卻」。此與袁中郎同時所作〈陶石簣兄弟遠來見訪，詩以別之〉一詩所述「先為五日辭」「歸來為我言」完全相合，與陶石簣〈遊洞庭山記〉沒說中郎陪他們同遊也相合。

二、陶氏〈遊洞庭山記〉與袁氏〈陶石簣兄弟遠來見訪，詩以別之〉中的「三日」，乃虛指多日，這在古漢語中是常見的。袁詩中「元旨窮三日」一句若寫成「窮五日」，與緊接著的「五日辭」一句顯然重復不雅。而陶氏〈遊洞庭山記〉一文更清楚地表明此「三日」實際上是「五日」。請看陶氏說：「丁巳抵蘇，上開元寺，中郎方臥疾新愈，談

於榻之右者三日。壬戌始渡胥口……。」從「丁巳」到「壬戌」幾天呢？中間隔戊午、己未、庚申、辛酉四日，加起來不是正五天嗎？因此，陶氏所說「談於榻之右者三日」，實際上是談了「五日」，與袁氏說「劇譚五日」，並不矛盾，完全一致。

三、陶石簣的〈遊洞庭山記〉只說明他遊過一次洞庭。乙未歲（萬曆二十三年）食桔時節，他與中郎相約明年再會日期時說：「予俟此熟當來遊洞庭」。「當來」而非「再來」，語意甚明此年未嘗遊洞庭。再查及有關陶石簣的記載如《列朝詩集小傳》等，均說他「一登洞庭」，未有兩遊洞庭之說。

四、袁中郎〈西洞庭〉一文也未說與石簣同遊。此文乃萬曆二十四年追憶兩年來宦民之遊的一組遊記文章中的一篇。若中郎與石簣同遊，一般會在文中點明，如〈上方〉篇云：「乙未秋杪曾與小修、江進之登峰看月」，〈陰澄湖〉篇云：「丙申六月，與顧靖甫放舟湖心」等。而〈西洞庭〉明說：「余居山凡兩日」，不及他人。至於文中所述「陶周望（石簣）曰『余登包山』四句，乃為中郎行文時的引用文字，當為萬曆二十四年袁中郎據陶石簣『遊竟復返衙齋」無所不談」和出示〈遊洞庭山記〉後所得。〈西洞庭〉小修編校本在這段文字下還有「因出所著行記以示」云云一段文字，就確切地證明了這點。因此，袁中郎的〈西洞庭〉一文，根本不能證明袁、陶兩人於萬曆二十三年有「一起同遊過洞庭」的事情。

五、袁中郎〈董思白〉所云「病魔為之少卻」，「伏枕略觀」，陶石簣〈遊洞庭山記〉云：「中郎方臥疾新愈」，「談於榻之右者三日」，均說明中郎此時正在害病。熟悉中郎的人都知道，他於萬曆二十四年八月十三日驟得瘧病，十月初稍有好轉，不久即舊病復發，病勢連綿，達五閱月。而萬曆二十三年夏秋間，中郎身體尚健，故這兩篇作品當均作於萬曆二十四年而非二十三年。

總之，袁中郎於萬曆二十三年至二十四年宦吳期間，陶石簣儘管來過兩次，但陶遊洞庭只是萬曆二十四年一次，即袁中郎〈董思白〉與陶石簣〈遊洞庭山記〉共同所述的一次，而根本不存在袁、陶兩人於萬曆二十三年同遊洞庭的事情。因此，袁中郎在〈董思白〉中透露《金瓶梅》傳世抄本的第一個信息，還是在萬曆二十四年十月，而不是在萬曆二十三年深秋。

《金瓶梅》原本無穢語說質疑
——與朱星先生商榷

  《社會科學戰線》1979 年第二期以醒目地地位發表了朱星先生〈《金瓶梅》考證〉的第一部分：「《金瓶梅》的版本問題」。文章的重心似乎是想考證：「《金瓶梅》原稿初刻本無淫穢語」，「到再刻時改名《金瓶梅詞話》就被無恥書賈大加偽撰，因而成為蒙詬的主要口實」。「我們今天把它考證明白，把這些污點洗刷了，也就可以公開閱讀研究了。」對於這一點，我覺得作者的用心是完全可以理解的，但論據顯然是不足的。

  關於《金瓶梅》的所謂「庚戌初刻本」，魯迅在《中國小說史略》裡首先提出：「萬曆庚戌（1610），吳中始有刻本」，並明明白白地交代了他的根據是「《野獲編》二十五」。朱先生雖然也承認「魯迅先生首先提出《金瓶梅》有萬曆庚戌年吳中初刻本」，卻又說魯迅先生還「未說明」只有經過他「遍查有關群書」，化了一番功夫的「悟」和「推斷」之後，才從《野獲編》第二十五卷中「找到根據」，得到了「收穫」。而更令人費解的是朱先生竟進一步從《野獲編》中得出了「初刻本確無淫穢語」的結論來。大家知道，沈德符的《野獲編》第二十五卷中關於《金瓶梅》的一段記載，寫於萬曆己酉（1609）至萬曆己未（1619）之間，雖然稱不上如朱先生所說的是「研究『金瓶梅』最早而又最可靠的寶貴材料」，但確不失為一條較早的有價值的材料。為了說明問題，不妨將這段記載的有關部分抄錄如下：

> 丙午，遇中郎京邸（朱文「邸」誤作「都」），問：「曾有全帙否？」曰：「第睹數卷，甚奇快（朱文據他本「快」作「怪」，誤。）今惟麻城劉涎白承禧（朱文據他本「涎白」作「延白」及「延伯」）。家有全本，蓋從其妻家徐文貞錄得者。」又三年，小修上公車（朱文「公」誤作「共」），已攜有其書，因與借抄挈歸。吳友馮猶龍見之驚喜，慫恿書坊重價購刻。

朱文照錄這段話時，引到這裡就用了個省略號。我覺得被省略的文字很重要，故再抄下去：

> 馬仲良時権吳關，亦勸予應梓人之求，可以療饑。予曰：「此等書必遂有人板行。
> 但一刻則家傳戶到。壞人心術，他日閻羅究詰始禍，何辭置對？吾豈以刀錐博泥
> 犁哉！」仲良大以為然。

接下去，朱文又照引：

> 逐固篋之，未幾時，而吳中懸之國門矣。

下面，朱文又用了省略號。省略部分我再摘幾句補充如下：

> 中郎又云：「尚有名《玉嬌李》者，亦出此名士手，與前書各設報應因果。武大
> 後世化為淫夫，上烝下報；潘金蓮亦作河間婦，終以極刑；西門慶則一馱憨男子，
> 坐視妻妾外遇，以見輪回不爽。」中郎亦耳剽，未之見也。去年抵輦下，從丘工
> 部六區（志充）得寓目焉，僅首卷耳，而穢黷百端，背倫滅理，幾不忍讀。

　　不需多加解釋，朱文省略的兩段話十分清楚地說明了沈德符在萬曆己酉（1609）看到
的《金瓶梅》是有淫穢語的。朱先生說：「沈氏所抄之本乃原稿本。」那麼就可以說這
個所謂「原稿本」就是有淫穢語的了。至於沈德符所說的「未幾時」，是否就到了魯迅
所定的「萬曆庚戌」年，事實上也不一定。不過在沒有確鑿證據之前，姑且就算它是庚
戌年，就算在這年「吳中懸之國門」的就是「初刻本」。那麼，這個「初刻本」與沈德
符的「原稿本」是不會有多大出入的。試想，假如這個「初刻本」是「潔本」，那與沈
德符不敢刻印的本子不就大相徑庭嗎？沈德符看到了這個「潔本」後，怎麼會不表示一
點異議呢？因此結論只有一個：所謂「庚戌初刻本」與沈德符所抄之「原稿本」基本上
是一致的，都是有淫詞穢語的。

　　沈德符的抄本是從袁中郎那裡來的。袁中郎早於沈德符曾有兩次談到過《金瓶梅》。
其中一次是萬曆丙申（1596）年〈與董思白書〉中談到：「《金瓶梅》從何得來？伏枕略
觀，雲霞滿紙，勝於枚生〈七發〉多矣。」所謂「勝於枚生〈七發〉多矣」，就隱約地、
含蓄地告訴我們其中有淫詞穢語的。後來，袁中郎的弟弟袁小修補充說道，萬曆丁酉
（1957）年他在中郎家裡看到《金瓶梅》時，「見此書之半，大約模寫兒女情態俱備，乃
從《水滸傳》潘金蓮演出一支。所云金者，即金蓮也；瓶者，李瓶兒也；梅者，春梅婢
也。舊時京師有一西門千戶，延一紹興老儒於家。老儒無事，逐日記其家淫蕩風月之事，
以西門慶影其主人，以餘影其諸姬。……」他下結論說：「此書誨淫，有名教之思者，
何必務為新奇以驚愚而蠹俗乎？」這段回憶寫於萬曆甲寅（1614），即此目前所見最早的、
朱先生斥為再刻的穢本《金瓶梅詞話》的刻本早三年。假如這時社會上已如朱先生所說

的續刻的「穢本」「風行一時」，「潔本」的「初刻本就消亡」了的話，那早在 1597
年曾經看到原抄本的袁小修又為什麼不發表一點看法呢？很清楚，這是由於袁氏兄弟在
1596、1597 年前後看到的沈德符的所謂「原稿本」的祖本與後來社會上風行的所謂「穢
本」是差不多的，是都有淫詞穢語的。除此之外，還能作什麼解釋呢？

袁氏兄弟的《金瓶梅》是從董思白那裡來的。據袁小修的《遊居柿錄》記載，還在
袁小修他們沒有看到此書時，董思白就談及此書「決當焚之」。董思白之所以認為《金
瓶梅》「決當焚之」，是與袁小修認為「此書誨淫」的精神完全一致的。因此，從目前
可見的記載看來，《金瓶梅》的最早讀者董思白也不認為《金瓶梅》的原本是「潔本」。
董思白、袁中郎、袁小修、沈德符這批《金瓶梅》「原本」讀者對於《金瓶梅》的看法，
都證明了其原本並非乾淨。

那麼，朱先生說「續刻本出，為了投合明末的淫風，大加穢語淫詞」是否可靠呢？

首先從語言來看。《金瓶梅詞話》是用山東方言寫的，這是一般人的看法。假如像
朱先生所說的那樣，《金瓶梅詞話》是蘇州人根據一種已大加淫語的「續刻本」再刻的，
而這個「續刻本」又是蘇州鄰縣的武進人搞的。那這個武進的作偽者在大加淫語時都用
山東方言，就使人難以置信了。記得沈德符《野獲編》在談到所謂「庚戌初刻本」時說
過：「原本實少五十三回至五十七回，遍覓不得，有陋儒補以入刻，無論膚淺鄙俚，時
作吳語，即前後血脈，亦絕不貫串，一見知其贋作矣。」當時幾回補刻中「時作吳語」
就使人「一見知其贋作矣」，那通篇的作偽不就會更不倫不類嗎？但實際上《金瓶梅詞
話》的語言風格前後基本一致，可見淫語並非後來「作偽者」所加。

再從篇幅來看。同時代的屠本畯看過王宇泰（朱文誤作「泰宇」）和王百穀（朱文「百」
誤作「伯」）家藏的較早的抄本後說：「按《金瓶梅》流傳海內甚少，書帙與《水滸傳》
相埒。」（見《山林經濟籍》）《水滸傳》當時流傳的是一百回本，而《金瓶梅詞話》也
一百回，其篇幅與屠說相符。這個抄本，朱先生也認為是早於初刻本的。今天，我們假
如將《金瓶梅詞話》中整段、甚至接近整回的淫穢語去掉的話，那這個乾淨的「原本」
的篇幅就難以想像了。因此，《金瓶梅詞話》至少從篇幅來看也是接近原抄本的，它的
穢語並非後加的。

最後，朱文指出「《野獲編》所記既未提『詞話』，又未提作者笑笑生與欣欣子序
與東吳弄珠客序。」這是否能成為《詞話》本作偽的證據呢？我們認為，沈德符等在提
到《金瓶梅》時未說「詞話」兩字，是由於簡稱。這在當時是一種普遍的現象。遠的不
說，就以眼前的《金瓶梅詞話》來說，明明是一本「詞話」，可是在兩篇序和一篇跋中
都簡稱為《金瓶梅》或《金瓶梅傳》也沒有加「詞話」兩字，是不能就此得出他看到的
《金瓶梅》是非「詞話本」，更不能由此得出當時人在談及《金瓶梅》時不帶「詞話」兩

字的就是「潔本」，帶上「詞話」兩字的就是「穢本」。至於明清筆記提及小說時不及序跋的更是比比皆是，不足為奇。而欣欣子序不少學者認為即是作者笑笑生所為，它談及《金瓶梅》有淫穢語就值得我們重視。退一步說，即使欣欣子序是後人所加，也完全有可能是在忠於原本的基礎上加以提要和說明，而不一定就是為作偽而製造煙幕的。因此，在沒有一點可靠的事實根據之前，朱先生的推測畢竟只是一種推測而已。

總之，《金瓶梅》原本初刻無淫詞穢語說是難以成立的。但是，《金瓶梅》的淫詞穢語不應當成為我們對它進行適當研究的障礙，也不應當因此而全盤否定《金瓶梅》在歷史上的應有地位。《金瓶梅》是一部奇書。歷史證明並將繼續證明它是禁不住、毀不了的。

《忠義水滸傳》與《金瓶梅詞話》

一

當《金瓶梅詞話》在世上流傳不久，袁小修在《遊居柿錄》中即指出：此書「乃從《水滸傳》潘金蓮演出一支」。這也正像《紅樓夢》一出，脂硯齋即點出曹雪芹「深得《金瓶》壺奧」[1]一樣。的確，《金瓶梅》上與《水滸傳》下與《紅樓夢》，關係都很密切。假如說它與《紅樓夢》多暗的聯繫的話，那麼與《水滸傳》則多明的關係。然而，那種暗的聯繫素來使人們感到興趣，而這種明的關係反而不為人們所注重。事實上，探討目前所存的《水滸傳》與《金瓶梅詞話》之間的關係，對研究兩部書都是有一定意義的。

《金瓶梅》從《水滸傳》演出，首先反映在人物形象上。《金瓶梅》中的主要人物西門慶、潘金蓮就同於《水滸傳》。此外，武松、武大、王婆、鄆哥、何九叔、宋江、柴進、燕順、王英、鄭天壽、閻婆惜、殷天錫、劉高、張都監、張團練、蔣門神、施恩、王慶、田虎、方臘、張叔夜、高俅、蔡京、童貫、楊戩等都是同名。還有《水滸傳》中的李嬌嬌，可能與《金瓶梅》中的李嬌兒、李瓶兒都有關係。至於就故事情節來看，一般人只認為《金瓶梅》與《水滸傳》的第二十三回至二十七回有關，其實遠不止此。今將《金瓶梅詞話》與百回本《忠義水滸傳》稍加對勘，就覺得兩書相同或相似的描述有以下幾處：

（一）《水滸傳》第十六回關於六月天大熱的描寫，被《金瓶梅》第二十七回所吸取；

（二）《水滸傳》第二十三至二十六回武松打虎、金蓮偷情到武大被害等故事，被抄入《金瓶梅》第一至六回；

1　見庚辰本《脂硯齋重評石頭記》第十三回眉批。朱星先生的《金瓶梅考證》，一會兒說「《紅樓夢》問題的研究文章」「獨獨未提到它的淵源」；一會兒又說「這個淵源」由何其芳、蘇曼殊談到了，並說最早說「《紅樓夢》是受《金瓶梅》的影響」的「是蘇曼殊居士」。事實上曼殊此說發表於1903 年第 8 號《新小說》上。從脂硯齋到曼殊之間，還有周春、小和山樵、蘭泉居士、諸聯、張新之、哈斯寶、楊懋建、張其信、夢學癡人、天目山樵等論及了兩書的關係。於曼殊之後，關鐸還有專著研究了這個問題。另，此曼殊也恐非蘇曼殊。

（三）《水滸傳》第二十六至二十七回武松鬥殺西門慶至刺配孟州，被《金瓶梅》第九至十回改寫為武松殺死李皂隸而刺配孟州；

（四）《水滸傳》第二十七回武松殺嫂，被抄入《金瓶梅》第八十七回；

（五）《水滸傳》第三十回寫張都監陷害武松的圈套與《金瓶梅》第二十六回中西門慶陷害來旺兒相似；

（六）《水滸傳》第三十三回劉知寨老婆被劫往清風寨事，被移到了《金瓶梅》第八十四回吳月娘身上；

（七）《水滸傳》第三十三、六十六、七十二回等關於元宵燈市的描寫，被揉合移入《金瓶梅》第十五、四十二等回中；

（八）《水滸傳》第四十二回宋江夢見九天玄女娘娘，被《金瓶梅》第八十四回抄為吳月娘夢見神女；

（九）《水滸傳》第四十五回和尚見潘巧雲而神魂顛倒的描寫，移到了《金瓶梅》第八回；

（十）《水滸傳》第五十二回關於殷天錫的描寫，移入了《金瓶梅》第八十四回；

（十一）《水滸傳》第五十九回宿太尉奉旨往西嶽華山降香，移入《金瓶梅》第六十六回黃太尉去泰安州進金鈴吊掛御香；

（十二）《水滸傳》第六十六回關於大名府的描寫，就成了《金瓶梅》第十回李瓶兒家世的來源。

除此之外，《金瓶梅》中生辰綱、參四奸等描寫，也顯然是與《水滸傳》有關。當然，從以上所舉的一些事例看來，有的地方是直接抄寫，也有的經過了改頭換面，還有的進行了移花接木，但都不難看出，《金瓶梅》的這些描述與《水滸傳》有著血緣關係。

在人物、情節方面兩書有許多相同、相似之處外，《金瓶梅》還抄了（或基本上抄了）《水滸傳》的大量韻文。計有：

（一）《水滸傳》第三回「風拂煙籠錦旆揚」，見於《金瓶梅》第八十九回；

（二）《水滸傳》第六回「山門高聳」，見於《金瓶梅》第八十九回；

（三）《水滸傳》第八回「荆山玉損」，見於《金瓶梅》第八十六回；

（四）《水滸傳》第十三回「盆栽綠艾」，見於《金瓶梅》第三十回；

（五）《水滸傳》第十三回「為官清正」，見於《金瓶梅》第十四回；

（六）《水滸傳》第十六回「祝融南來鞭火龍」，見於《金瓶梅》第二十七回；

（七）《水滸傳》第十六回「赤日炎炎似火燒」，見於《金瓶梅》第二十七回；

（八）《水滸傳》第二十一回「銀河耿耿」，見於《金瓶梅》第五十九回；

（九）《水滸傳》第二十三回「無形無影透人懷」，見於《金瓶梅》第一回；

（十）《水滸傳》第二十三回「景陽崗頭風正狂」，見於《金瓶梅》第一回；

（十一）《水滸傳》第二十四回「金蓮容貌更堪題」，見於《金瓶梅》第一回；

（十二）《水滸傳》第二十四回「眉似初春柳葉」，見於《金瓶梅》第九回；

（十三）《水滸傳》第二十四回「叔嫂萍蹤得偶逢」，見於《金瓶梅》第一回；

（十四）《水滸傳》第二十四回「可怪金蓮用意深」，見於《金瓶梅》第一回；

（十五）《水滸傳》第二十四回「武松儀表甚溫柔」，見於《金瓶梅》第一回；

（十六）《水滸傳》第二十四回「萬里彤雲密佈」，見於《金瓶梅》第一回；

（十七）《水滸傳》第二十四回「潑賤操心太不良」，見於《金瓶梅》第一回；

（十八）《水滸傳》第二十四回「雨意雲情不遂謀」，見於《金瓶梅》第一回；

（十九）《水滸傳》第二十四回「苦口良言諫勸多」，見於《金瓶梅》第二回；

（二十）《水滸傳》第二十四回「風日清和漫出遊」，見於《金瓶梅》第二回；

（二十一）《水滸傳》第二十四回「開言欺陸賈」，見於《金瓶梅》第二回；

（二十二）《水滸傳》第二十四回「西門浪子意倡狂」，見於《金瓶梅》第二回；

（二十三）《水滸傳》第二十四回「兩意相交似蜜脾」，見於《金瓶梅》第三回；

（二十四）《水滸傳》第二十四回「阿母牢籠設計深」，見於《金瓶梅》第三回；

（二十五）《水滸傳》第二十四回「水性從來是女流」，見於《金瓶梅》第三回；

（二十六）《水滸傳》第二十四回「從來男女不同筵」，見於《金瓶梅》第三回；

（二十七）《水滸傳》第二十四回「交勁鴛鴦戲水」，見於《金瓶梅》第三回；

（二十八）《水滸傳》第二十四回「好事從來不出門」，見於《金瓶梅》第四回；

（二十九）《水滸傳》第二十五回「可怪狂夫戀野花」，見於《金瓶梅》第六回；

（三十）《水滸傳》第二十五回「虎有倀兮鳥有媒」，見於《金瓶梅》第五回；

（三十一）《水滸傳》第二十五回「雲情雨意兩綢繆」，見於《金瓶梅》第五回；

（三十二）《水滸傳》第二十五回「油煎肺腑」，見於《金瓶梅》第五回；

（三十三）《水滸傳》第二十六回「參透風流二學禪」，見於《金瓶梅》第五回；

（三十四）《水滸傳》第二十六回「色膽如天不自由」，見於《金瓶梅》第六回；

（三十五）《水滸傳》第二十六回「無形無影」，見於《金瓶梅》第九回；

（三十六）《水滸傳》第二十七回「平生正直」，見於《金瓶梅》第十回；

（三十七）《水滸傳》第三十一回「十字街焂煌燈火」，見於《金瓶梅》第一百回及
第八十一回；

（三十八）《水滸傳》第三十二回「八面嵯峨」，見於《金瓶梅》第八十四回；

（三十九）《水滸傳》第三十三回「山石穿雙龍戲水」，見於《金瓶梅》第十五回；

（四十）《水滸傳》第三十三回「花開不擇貧家地」，見於《金瓶梅》第十九回及九

十四回；

  （四十一）《水滸傳》第三十六回「上臨之以天鑒」，見於《金瓶梅》第八十八回；

  （四十二）《水滸傳》第三十九回「雕簷映日」，見於《金瓶梅》第九十三回；

  （四十三）《水滸傳》第四十二回「頭官九龍飛鳳髻」，見於《金瓶梅》第八十四回；

  （四十四）《水滸傳》第四十四回「黑鬒鬒鬢兒」，見於《金瓶梅》第二回；

  （四十五）《水滸傳》第四十五回「朝看楞伽經」，見於《金瓶梅》第十回；

  （四十六）《水滸傳》第四十五回「一個青旋旋光頭新剃」，見於《金瓶梅》第八十

九回；

  （四十七）《水滸傳》第四十五回「班首輕狂」，見於《金瓶梅》第八回；

  （四十八）《水滸傳》第四十五回「色中餓鬼獸中狨」，見於《金瓶梅》第八回；

  （四十九）《水滸傳》第五十一回「羅衣疊雪」，見於《金瓶梅》第十一回；

  （五十）《水滸傳》第五十二回「面如金紙」，見於《金瓶梅》第六十一回；

  （五十一）《水滸傳》第五十三回「堪歎人心毒似蛇」，見於《金瓶梅》第六十八回；

  （五十二）《水滸傳》第五十三回「星冠攢玉葉」，見於《金瓶梅》第六十六回；

  （五十三）《水滸傳》第七十四回「廟居岱嶽」，見於《金瓶梅》第八十四回；

  （五十四）《水滸傳》第八十一回「芳容麗質更妖嬈」，見於《金瓶梅》第六十八回。

二

  《水滸傳》與《金瓶梅》的相同之點有如此之多，那麼究竟誰抄誰呢？陸澹盦先生在《說部卮言》中曾說：「……就事實而論，乃《水滸傳》剽襲《金瓶梅》，非《金瓶梅》剽襲《水滸傳》也。」我認為，《水滸傳》與《金瓶梅》在故事流傳階段，可能是交叉發展、相互影響的，但在寫定《金瓶梅詞話》的時候，晚出的《金瓶梅》肯定是參考了基本定形的《水滸傳》的，這是因為將《金瓶梅詞話》同百回本《忠義水滸傳》相同部分細加對勘，就會發現不少《金瓶梅詞話》抄襲《水滸》的痕跡。這裡且舉四例：

  （一）《水滸》寫老虎一撲、一掀、一剪的條理非常清楚，當寫過「掀」後道：

   大蟲見掀他不著，吼一聲，卻似半天裡起個霹靂，震得那山崗也動。把這鐵棒也
   似的尾倒豎起來，只一剪，武松卻又閃在一邊。原來那大蟲拿人，只是一撲，一
   掀，一剪。三般捉不著時，氣性先自沒了一半。

而《金瓶梅詞話》在這裡寫道：

　　大蟲見掀他不著，吼了一聲，把山崗也振動，武松卻又閃過一邊。原來虎傷人，
　　只是一撲、一掀、一剪。三般捉不著時，氣力已自沒了一半。

《金瓶梅》在一撲、一掀、一剪中明明少了個「一剪」，但還是照說「三般捉不著」，這
不是漏抄的鐵證嗎？

　　（二）武松在《水滸傳》中的籍貫是清河縣，在《金瓶梅》中變成了陽穀縣。《金瓶
梅》的作者對此還比較注意，在行文中一一加以改過，但在第一回《水滸》第二十三回
「景陽崗頭風正狂」一詩時，其中「清河壯士酒未醒」一句仍未改寫。這一疏忽，也明顯
地留下了抄《水滸傳》的破綻。

　　（三）《金瓶梅》第五回寫鄆哥與武大在酒店裡有好幾句對話，其中有一句寫道：

　　　　武大道：卻怎的來有這疙瘩？對你說，我今日將這雪梨去尋西門大官……

讀了這段話，令人有點莫名其妙，明明是「武大道」，卻又怎麼帶雪梨呢？與《水滸傳》
一對照，才知道毛病出在漏了「鄆哥道」三個字。《水滸傳》的原文是這樣的：

　　　　武大道：卻怎地來有這疙瘩？鄆哥道：我對你說，我今日將這一籃雪梨去尋西門
　　　　大郎……

這也是抄時不注意所留下的痕跡。

　　（四）《水滸傳》第二十六回有首〈鷓鴣天〉詞：

　　　　色膽如天不自由，情深意密兩綢繆。只思當日同歡慶，豈想蕭牆有禍憂！貪快樂，
　　　　恣優遊，英雄壯士報冤仇。請看褒姒幽王事，血染龍泉是盡頭。

《金瓶梅詞話》抄到這裡時，也道：

　　　　有〈鷓鴣天〉為證：色膽如天不自由，情深意密兩綢繆。貪歡不管生和死，溺愛
　　　　誰將身體修。只為恩深情鬱鬱，多因愛闊恨悠悠。要將吳越冤仇解，地老天荒難
　　　　歇休。

這首「鷓鴣天」除了開頭兩句與《水滸傳》相同外，後面就變成一首詩了，哪裡還有「鷓
鴣天」的影子！可見作者改了後面的句子而忘記改前面的詞牌名，這也不是露出了抄襲
的馬腳嗎？

　　以上這些，都是《金瓶梅詞話》寫定時參考、抄襲《水滸傳》的有力證據。

三

既然《金瓶梅》是抄《水滸傳》的，那就可以斷定《金瓶梅》的成書不可能早於定形的《水滸傳》了。但問題是，《水滸傳》的版本十分複雜，《金瓶梅》究竟抄哪一種《水滸傳》呢？這是必須辨別清楚的。

現在看到的《金瓶梅詞話》有萬曆丁巳年（四十五年）序。在這一年前所刊的《水滸傳》也很多，不過目前完存而有代表性的是這樣四部：萬曆十七年新安天都外臣序本《忠義水滸傳》、萬曆二十二年建陽余氏雙峰堂《京本增補校正全像忠義水滸志傳評林》、萬曆三十至三十八年間杭州容與堂刊《李卓吾先生批評忠義水滸傳》、萬曆三十九年左右蘇州袁無涯刊《李卓吾評忠義水滸全傳》[2]。首先，我們將《金瓶梅詞話》同簡本系統的《京本增補校正全像忠義水滸傳評林》相校，則知兩本文字出入太大，根本對不上號。這就告訴我們：《金瓶梅詞話》寫定時不是參考評林本一類《水滸傳》簡本。

其次，將它與袁無涯本相勘，則知袁本也非《金瓶梅詞話》所參考的本子。這是因為袁本儘管從百回本變化而來，基本上同於百回本，但也有一些地方作了增刪和修改。而這些增刪，修改之處，在《金瓶梅詞話》中都不見蹤影，毫無反應。這裡稍舉兩例說明：

(一)姚靈犀的《瓶外卮言》曾說：

> 按詞話本自武松打虎起，除將《水滸》所有酒店中三碗不過崗一節刪卻，餘皆照襲《水滸傳》原文。晤兄戲叔挑簾裁衣捉姦陰謀鴆夫賄殮各節，連篇累紙，改易無多，高手為文，閱者不以為疵，裁縫盡針線跡，因全書前後如出一手也。至於王婆貪賄說風情，所言之挨光層次，自潘驢五件事，迄休成十分光，直一字不易。惟《金瓶》為寫潘金蓮之淫蕩，特於「繡花鞋頭只一捏，那婦人便笑將起來，說道，官人休要羅唣」句下，加「你有心奴亦有意」一句即將金蓮性情，不啻回爐另鑄，此實不如《水滸傳》。「官人休要羅唣，你真個要勾搭我」，尚為金蓮稍留身分也。

這段話的意思是說，《金瓶梅詞話》武松打虎以下幾節基本上是抄《水滸》的，且抄得很高明，只有加「你有心奴亦有意」一句不好。實際上，姚靈犀因不注意《水滸傳》

2　刊於萬曆四十年的《樗齋漫錄》已談到袁無涯本，因而袁無涯本《水滸》不會遲於萬曆四十年。同時，袁無涯本《水滸》評語有抄容與堂本的現象，故知它出於容與堂本之後。這樣，就估計袁無涯本約刊於萬曆三十九年左右。

版本而搞錯了。這句話在天都外臣序本及容與堂本中都是有的,就是從袁無涯本起刪掉了。我們把三種本子一對照,就可以清楚地看到《金瓶梅詞話》所依據的不是袁無涯刊本,試看:

天都外臣序本、容與堂本《水滸傳》第二十四回:(西門慶)「便去那婦人繡花鞋兒上捏一把。那婦人便笑將起來,說道:『官人休要羅唣!你有心,奴亦有意,你真要勾搭我?』」

袁無涯刊本《水滸傳》第二十四回:(西門慶)「便去那婦人繡花鞋上捏一把。那婦人便笑將起來,說道:『官人休要羅唣!你真個要勾搭我?』」

從中可見,《金瓶梅詞話》不是從袁無涯本而來。

(二)假如說上一例是說明袁無涯本刪除天都外臣序本的地方沒有在《金瓶梅詞話》中反映出來的話,那麼它增加的部分同樣沒有被《金瓶梅詞話》所吸取,例如《金瓶梅詞話》第三回:「婦人道:『你自陪大官人吃奴卻不當。』那婆子道:……」這與天都外臣序本、容與堂本基本相同,而袁無涯本則在「那婆子道」前面加了一句「依舊原不動身」,變成:「那婦人道:『於娘自便,相待大官人,奴卻不當』。依舊原不動身。那婆子道……」

這樣的例子很多。此外《金瓶梅詞話》所抄《水滸傳》的大量韻文,也為袁無涯本所無或異。這些都有力地證明《金瓶梅詞話》所抄的不是袁無涯本《水滸傳》。

最後,我們將《金瓶梅詞話》的有關部分同天都外臣序本、容與堂本相對照,發現正如姚靈犀所說的許多情節「連篇累紙,改易無多」,有的地方正是「一字不易」,完全相同。這裡的容與堂本是葉晝偽李贄評的本子,故知它當出在萬曆三十年李贄死後。而袁宏道寫給董其昌那封論《金瓶梅》的信,寫在萬曆二十四年十月,可見《金瓶梅》成書在萬曆二十四年以前。這也就是說,《金瓶梅》不可能抄容與堂本,《金瓶梅詞話》的寫定者和葉晝評《水滸傳》都是依據當時流行的萬曆十七年刊的天都外臣序本。這裡讀者或許要問:在天都外臣序本出現前後,《水滸傳》的本子很多,《金瓶梅詞話》寫定者難道一定就是參考天都外臣序本嗎?我認為,在目前缺乏直接證據的情況下,雖然不能完全肯定,但基本上還是可以推定《金瓶梅詞話》所依據的是天都外臣序本。這是因為當時的《水滸傳》本子儘管很多,但是簡本統治了市場,所謂郭勳本及其他繁本在天都外臣序刊印前已為罕見了。周亮工在《因樹屋書影》中回憶當時的情況說:「六十年前,白下、吳門、虎林三地書未盛行,世所傳者,獨建陽本耳」所謂建陽本,即余氏簡本。另外,天都外臣在〈水滸傳序〉中也說得很清楚:

　　嘉靖時,郭武定重刻其書,削去致語,獨存本傳。……自此版者漸多,復為村學

> 究所損益。蓋損其科諢形容之妙，而益以淮西、河北二事。赭豹之文，而畫蛇之
> 足，豈非此書之再厄乎！近有好事者，憾致語不能復收，乃求本傳善本校之，一
> 從其舊，而以付梓。

這都說明了當時流行的是經過「損益」的簡本，而郭勛本或其他「善本」（即天都外
臣序本的祖本），正如嚴敦易在《水滸傳的演變》中說的，「似乎已淪於存佚之間」了。
在這樣的情況下，不要說一般的「紹興老儒」「門客」之類的下層文士，是無法依據這
種當時罕見的本子來寫定《金瓶梅詞話》的，就是所謂「大名士」手中能擁有「善本」
《水滸傳》的可能性也是極小的。而相反，只有當這種《水滸傳》經刊行而重新流行時，
才有被人參考而寫定《金瓶梅詞話》的較大的可能性。因此，我推定《金瓶梅詞話》所
抄的就是萬曆十七年前後刊印的《忠義水滸傳》。由此而知道《金瓶梅詞話》的成書時
間當在萬曆十七年至二十四年之間，換句話說，就在萬曆二十年左右。

四

在肯定《金瓶梅詞話》參考、抄襲天都外臣序本《忠義水滸傳》的基礎上，我們可
以進一步討論朱星先生在《金瓶梅考證》中著重提出的「《金瓶梅》原稿初刻，本無淫
穢語」，「到吳中再刻本大加偽撰，改名為『詞話』成為淫書」的論點。朱先生提出這
個論點，主要是得自臆斷，並沒有多少有材料的「考證」。對此，我曾在〈金瓶梅原本
無穢語說質疑〉一文（見《復旦學報》1979 年第 5 期）中提過不同意見。今就《水滸傳》與
《金瓶梅》相勘，可進一步提供一些證據說明《金瓶梅》「原本」的情況。

（一）朱星先生據袁中郎、沈德符將《金瓶梅詞話》簡稱為《金瓶梅》而得出這樣的
結論：

> （《金瓶梅》）原非說唱的詞話體式。由於加了不少粗俗淫濫的詞（用長短句、白描賦
> 體手法，沒有曲牌名，並不是規範詞曲），才改稱《金瓶梅詞話》。這些都是偽撰，文
> 字極惡劣不通。

關於《金瓶梅》原本是否為詞話體，已有許多同志作了論述。我這裡想補充的是，
《金瓶梅詞話》與《忠義水滸傳》一對照，就可以清楚地看出《金瓶梅詞話》中大量的詞
曲絕非是後人續刻時所加。朱星先生也說過，《金瓶梅》「以《水滸傳》為範本，絕不
會離《水滸傳》筆調太遠。」特別是第一回至第六回，第九回至第十回，在整段抄《水
滸傳》的時候，怎麼可能單單刪去了這些詩詞曲語而由後人再幾乎一首不漏地補進去呢？

事實很清楚，這些詩詞曲語就是寫定者在第一次抄《忠義水滸傳》時就自然而然地照抄進去了。從而證明：《金瓶梅》中的詩詞曲語於成書時就已有了，而不是如朱星先生所說的是後人攙偽。

（二）朱星先生認為，《金瓶梅》初刻於萬曆庚戌（三十八年），是潔本，於「庚戌至丁巳年」間經人攙偽，作偽者是「蘇州書賈」，馮夢龍也有「嫌疑」（的確，有人就懷疑為《金瓶梅》作序的東吳弄珠客即是馮夢龍）。對於這個結論，我們不妨從袁無涯本《水滸傳》出籠的過程來考察一下，就覺得有問題了。

我們知道，庚戌年正是容與堂有序本《水滸》刊行的這一年。在容與堂本《水滸傳》出後不久，蘇州書賈袁無涯又刻了一種《李卓吾評忠義水滸全傳》。這也是一種冒牌李卓吾評的偽本。據《樗齋漫錄》載，參與作偽的就有馮夢龍。因此，假如與從事《水滸傳》作偽的同一批人——馮夢龍及蘇州書賈，在幾乎同一時間將「原本」《金瓶梅》進行「攙偽」的話，肯定會依據這「精書妙刻」「開卷琅然」的袁無涯本《水滸傳》的。但事實並不如此。如前所述，今所見朱先生認為已「攙偽」的詞話本恰恰與袁無涯本《水滸傳》的詩詞大量刪改，而這些詩詞在《金瓶梅詞話》中幾乎原封不動地保存了下來。於此可見，蘇州書賈與馮夢龍等並沒有將《金瓶梅》「攙偽」，而只是一般地翻印而已。

（三）朱先生說，《金瓶梅》第四回「是辨偽的關鍵，我首先在這裡看出破綻，全書的偽撰處就迎刃而解了。」那麼「破綻」是什麼呢？朱先生說：

> 第四回敘西門慶和潘金蓮第一次在王婆家通姦，全按《水滸傳》寫法：「當下兩個就在王婆房裡脫衣解帶，共枕同歡。」輕輕帶過。我認為《金瓶梅》初刻本就是如此。但到再刻加偽時，插入一段描寫「但見……」的二十六句，一百五十四字的「詞」。本來已經夠了，不知到另一刻本，還嫌不足，又加上兩首詠物詩，詠二人生殖器，並應放在前面脫衣解帶時，今放在二人已起床後，顯然是偽撰者畫蛇添足。

我的看法與他相反，認為假如說第四回是「關鍵」的話，那恰恰是證明初刻本就有穢語的關鍵；假如說這裡有「破綻」的話，那正是暴露了朱先生考證的破綻。這是因為《金瓶梅》在這裡確實「全按《水滸傳》寫法」而沒有「輕輕帶過」。「這二十六句，一百五十四字的『詞』」在天都外臣序本、容與堂本、袁無涯本中明明都是有的，而朱先生竟蒙著眼睛硬是說沒有，並就此理直氣壯地說「全按《水滸傳》寫法」的《金瓶梅》初刻本也是如此，而「到再刻加偽時」才「插入」。朱先生的這種將有目共睹的存在硬說為沒有的考證，比起他常常引文時故意刪去一些相礙的話或曲解其意來，更是令人莫名其妙。事實上，《忠義水滸傳》中的淫詞穢語不但這裡有，其他地方也有，而這都被

《金瓶梅》抄來了。例如稍前一點，當《金瓶梅》寫西門慶初見潘金蓮時，那首「黑鬢鬢鬢兒」的淫詞，也是從《忠義水滸傳》第四十四回中抄來的。至於《忠義水滸傳》寫西門慶和潘金蓮初次通姦後，的確只是簡單地寫了一二句「那婦人自當日為始，每日踅過王婆室裡來。和西門慶做一處」云云，輕輕帶過，而《金瓶梅》則加了五頁基本淫穢的描寫，這中間就有朱先生說「兩首詠物詩」等。那麼，這些描寫是否如朱先生說的「不知到另一刻本，還嫌不足，又加上」的呢？我認為，這段描寫儘管是庸俗不堪的，但也是原來就有的。理由是這段描寫中並非都是「畫蛇添足」，而是有的與全書的情節發展有著有機的聯繫，不是可以整段任意增刪的。如在這裡潘金蓮和西門慶對話中就交代了西門慶「屬虎的，二十七歲，七月二十八日子時生」和西門慶「還有三四個身邊人，只是沒有一個中我意的」等等，都是與前後有關聯的。因此我覺得這一段淫穢的描寫正是原本所有的，故《金瓶梅》的原本就是並不乾淨的。

五

《金瓶梅》承襲《水滸傳》的地方固然很多，但也作了若干改動。這改動多數是為了《金瓶梅》自身情節發展的需要和彌補《水滸傳》中個別不合理的描寫，如將殺西門慶改為誤打李皂隸，將「不肯依從」大戶、目不識丁的潘金蓮改成先與「張大戶私通」和識得「詩詞百家曲心」，略去了何九叔暗藏骨殖等描寫，增加了迎兒這個人物等等，在語言上一般也改得更接近口語。這些都是可以理解的。但也有一些細微的改動，卻留下了一些令人值得思考的問題。這裡我想就圍繞著關於《金瓶梅》作者的討論，提供一些旁證。

關於《金瓶梅》的作者，有的認為是「大名士」，有的則認為是小人物；有的認為是山東人，有的認為是南方人；有的能指出具體名姓，有的則不能確指其人；而能指出的作者姓名又有李開先、王世貞、馮惟敏、趙南星、徐渭等十幾家，真是眾說紛紜。我開始也頗信作者為山東某名士，但今將《金瓶梅》同《水滸傳》一對照，也就產生疑問了。

首先從作者所用的方言來看。戴不凡先生在《金瓶梅零劄六題》中說：「改定此書之作者當為一吳儂。此可於小說中多用吳語詞匯一點見之。」可惜的是，他舉的一些例子不少是《金瓶梅》從《水滸傳》那裡抄來的。例如《金瓶梅》第二回「武松便掇杌子打橫」等的「掇杌子」，第九回武松對鄆哥道「待事務畢了」等的「事務」，都是《水滸傳》中原來就有的，故不能以此說明《金瓶梅》作者的用語。由此而想到《金瓶梅》除抄《水滸傳》外，還與許多話本詞曲有牽連，它實際上是依據多種現成材料重新組織

而成的。因而《金瓶梅》中的用語十分混雜，假如隨便摘錄一些句子，是很難說明問題的，因為這完全有可能是從他書中抄來的，根本不是作者自己的習慣用語。在這樣的情況下，我認為當注意作者在抄錄現成作品時所作的改動之處。這種改動，才是較真率地暴露了作者的用語特色。今舉三例於下，說明作者確用吳語：

（一）《水滸傳》第二十三回寫武松打虎時，先一棒沒有打著大蟲，道：「原來慌了，正打在枯樹上，把那條梢棒折做兩截……」而《金瓶梅》在這裡改成：「原來不曾打著大蟲，正打在樹枝上，磕磕把那條棒折做兩截。」這裡所加的「磕磕」兩字，為吳語「恰恰」「正好」的意思，為原來所無。

（二）也在這一回，《水滸傳》寫「武松把左手緊緊地揪住頂花皮，偷出右手來，提起鐵錘般大小拳頭，盡平生之力，只顧打。」《金瓶梅》將「偷出右手來」的「偷」字改成了「騰」字：「騰出右手，提起拳頭……」這「騰」字也是吳語系統所慣用的字。

（三）《水滸傳》第二十四回寫潘金蓮勾引武松說：「武松吃他看不過，只低了頭，不恁麼理會。當日吃了十數杯酒，武松便起身。」這裡的「吃了一歇」，也屬吳語。

因此，我今覺得《金瓶梅》作者可能是生長在吳語地區，或是受吳語影響較深的人。

其次，從作者的地理知識來看。《金瓶梅》的作者對山東的地理知識十分模糊。這主要表現在對陽穀、清河縣的描寫上。陽穀縣宋屬東平府，明屬東平州，在今山東省境內；清河縣在陽穀之北，在明代屬北直隸廣平府，在今河北省內；兩地相隔好幾個縣。《水滸傳》寫武氏兄弟為清河縣人氏，武松醉酒傷人，逃到清河縣以北的滄州柴進處，一年後回「清河縣看望哥哥」，卻先「來到陽穀縣地面」，打虎，做都頭，遇到了從清河縣搬來的哥哥。《水滸傳》這樣描寫，在地理方位上先存在了問題。因為武松從北方的滄州到清河，根本不會先經過清河以南的陽穀。《金瓶梅》作者或許因此而將清河、陽穀兩縣倒換，寫成武松他們原是陽穀縣人，武大是後來才搬至清河的，武松從滄州回來就先到陽穀，後至清河。誰知這樣一換，漏子更多。且看《金瓶梅》寫道：（武松）「在路上行了幾日，來到陽穀地方。那時山東地方，有一座景陽崗」。這裡的景陽崗明明是在山東的陽穀縣，可是打完虎後，武松被獵戶們送去領賞的縣衙門竟一下子變成了河北的清河縣：「知縣見他仁德忠厚，又是一條好漢，有心要抬舉他。便道：雖是陽穀縣人氏，與我這清河縣，只在咫尺，我今日就參你在我這縣裡，做個巡捕的都頭……」這樣，一會兒把山東陽穀的景陽崗移到了河北的清河，一會兒又把不同州郡、並非鄰縣的陽穀、清河兩縣說成「只在咫尺」，真是十分混亂。後來，《金瓶梅》的作者乾脆把清河縣拉到了山東：第二十九回說「大宋國山東清河縣」；又從山東拉入東平府。第六十六回說「大宋國山東東平府清河縣」；乃至把清河、陽穀說成是「東平一府兩縣」，這真可以說一點地理知識也沒有了。試想：王世貞曾任山東青州兵備副使，李開先是山東章丘人，

青州與章丘離陽穀都不十分遠，兩人又都是有學有識之士，怎麼可能將地名錯亂到如此地步呢？顯然，此兩人似不屬於《金瓶梅》作者之列。至於其他山東人，如趙南星、馮惟敏等，也可類推。

《金瓶梅》成書問題三考

　　探討《金瓶梅》的成書問題，是《金瓶梅》研究中的一項基礎性工作。今就目前國內外學術界關心的三個問題談一點看法。

一、《金瓶梅詞話》當成書於萬曆年間

　　關於《金瓶梅》的創作時代，過去長期流傳的是「嘉靖說」。最早提出此說的，當為屠本畯的《山林經濟籍》：「相傳嘉靖時，……其人沉冤，托之《金瓶梅》。」此則約寫於萬曆三十五年[1]，屠本畯與屠隆是同里同宗，但屠本畯於萬曆二十九年罷官歸里時，屠隆的已脫稿多年並早就倉卒送人，且屠隆不久即病死，故本畯未得睹其全本。或許他從屠隆處得知一二，故竟能以肯定的語氣並正確地說出這部他未見全貌的《金瓶梅》「書帙與《水滸傳》相垺」云云，但在作者、成書問題上卻改用「相傳」云云的真假參半的含糊之詞。這或許是由於屠隆向他保密，也或許是他為屠隆保密。於是這種說法輾轉相傳，以後的謝肇淛的〈金瓶梅跋〉語，沈德符的《萬曆野獲編》大致因襲此說，對後世產生了影響。

　　直到 1933 年 10 月，鄭振鐸在〈談金瓶梅詞話〉一文中才提出了成書於嘉靖間還是萬曆間的疑問。他認為「《金瓶梅詞話》產生的時代放在明萬曆年間，當不會是很錯誤的。」緊接著，吳晗於 1934 年 1 月發表的〈金瓶梅的著作時代及其社會背景〉一文將《金瓶梅詞話》中的有關語詞與明代史事相印證，進一步證明「《金瓶梅》的成書年代大約是萬曆十年到三十年」。於是，「萬曆說」占了上風，被廣大研究者所承認。但近年來，也頗有一些學者對「萬曆說」提出異議。例如，龍傳仕先生的〈金瓶梅創作時代考索〉一文[2]，即逐點批駁了吳晗的說法，力主成書於嘉靖。1984 年 1 月日本《東方》雜誌上發表的日下翠女士的〈金瓶梅成立年代考〉，其觀點與論證方法與龍文大致相同。另外，

1　劉輝〈北圖館藏《山林經濟籍》與《金瓶梅》〉，《文獻》，1985 年第 2 期。

2　初發表於 1962 年第 4 期《湖南師院學報》，1984 年 5 月收入湖南古典文學研究會編《古典文學論文選》，易署名為「龍華」，內容也略有改動。

主張《金瓶梅》的寫定者是李開先（主要活動於嘉靖年間）的徐朔方先生，理所當然地也對「萬曆說」作出了全面否定[3]。這樣，《金瓶梅》成書「是嘉靖間還是萬曆間」的問題重新引起了人們的興趣。

現在看來，鄭振鐸、吳晗的論證確有疏漏之處，龍傳仕等先生的看法不無是處。但從總體來看，鄭、吳兩位的論據，並未被完全駁倒。這裡，且就吳晗文章所提到的「太僕寺馬價銀」問題略作分析。《金瓶梅詞話》第七回有如下一段話：

> 婦人（孟玉樓）道：「四舅，你老人家，又差矣！……常言道：世上錢財倘來物，那是長貧久富家？緊著起來，朝廷爺一時沒有錢使，還問太僕寺支馬價銀子來使。……」

吳晗認為，太僕寺之貯馬價銀是從成化四年（1468）開始，但為數極微。到隆慶二年（1568），藏銀始多。但到萬曆初年，朝廷借支太僕銀尚以非例為朝臣所諫諍。只有到了萬曆十年（1582）張居正死後，才「朝政大變，太僕馬價內廷日夜借支，宮監佞幸，為所欲為」。「由此可知詞話中所指『朝廷爺還問太僕寺借馬價銀子來使』，必為萬曆十年以後的事。」龍傳仕、日下翠、徐朔方諸位的駁論，無非是列舉了一些事例來證明早在嘉靖年間借支馬價銀就已開始，或者已有相當數量。其實，吳晗所論詞話本中的「太僕寺馬價銀」，以及「皇莊」「皇木」「番子」等即使在嘉靖時期已經存在，也不能說作品就成立於嘉靖時期。生於嘉靖二十一年而到嘉靖四十五年已 25 歲的屠隆等作家，在萬曆時期創作小說時，就完全有可能將嘉靖時期的情況描寫出來。所以我認為龍傳仕等的論證還不足以說明問題。更何況如鄭振鐸提出的某些證據一時還難以否定，如《金瓶梅詞話》中引用的《韓湘子升仙記》，目前所見最早的是萬曆富春堂刊本，於此的確可以「窺出不是嘉靖作的消息來」。只要《金瓶梅詞話》中存在著萬曆時期的痕跡，就可以斷定它不是嘉靖年間的作品。因為萬曆時期的作家可以描寫先前嘉靖年間的情況，而嘉靖時代的作家絕對不能反映出以後萬曆年間的面貌來。

為了證明《金瓶梅詞話》確實成書於萬曆年間，本文願進一步就幾個問題進行討論。

一、關於「殘紅水上飄」。《金瓶梅詞話》第三十五回書童裝旦時唱的「殘紅水上飄」四段曲子，乃是李日華的作品。這在姚靈犀《瓶外卮言》中已經提到。魏子雲先生

---

[3] 徐先生於 1984 年第三輯《中華文史論叢》上發表的〈金瓶梅成書新探〉一文，對原先主張「《金瓶梅》的寫定者是李開先」的說法作了修正，認為「《金瓶梅》的寫定者是李開先或他的崇信者」。李開先「崇信者」的範圍就相當廣泛了，甚至可以包括屠隆、湯顯祖、沈德符等萬曆時期的作家。至於寫定的年代，徐先生將「下限」也修正為萬曆十七年。但從整篇文章的意思來看，實際上還是堅持嘉靖年間李開先寫定的看法。

曾運用這一材料來證明「李開先死時，李日華纔四歲」，故「李開先不可能寫定《金瓶梅》」[4]。徐朔方先生在〈《金瓶梅》成書新探〉中對此作了如下辯解：

> 本文認為此曲是否李日華的作品未能成為定論。元明曲譜、曲選中署名搞錯的例子不勝枚舉。李日華有《恬致堂集》四十卷傳世，其中不載此曲，此其一；他的《味水軒日記》卷七提到《金瓶梅》而不提此事，此其二。寫作淫書是不名譽的事，但自己的作品被引入《金瓶梅》中，得以和前代名作《西廂記》（第六十一回）、《琵琶記》（第二十七回）並列，這是另一回事。在李日華和他同時代的人看來絕不是有失身分的事，何樂而不提它一筆呢？

事實上《南宮詞紀》並未署錯。此曲並非只見於此，在胡文煥《群類選》、沈璟《南詞韻選》中都有載錄，且均署李日華的大名。不過，此李日華非著《恬致堂集》《味水軒日記》的浙江嘉興李日華，而是改《北西廂》為南的江蘇吳縣李日華。這是因為《南詞韻選》在此曲署名李日華下注有「直隸吳縣人」。此直隸為南直隸，相當於今之江蘇、安徽地區。當然，吳縣李日華的活動時間略早。但當知道，此曲不見於嘉靖時代編成的、《金瓶梅詞話》作者最樂意的引用的《雍熙樂府》《詞林摘豔》中，而見於萬曆時期編成的《群音類選》《南詞韻選》《南宮詞紀》中。可見，此曲流行於萬曆年間，被萬曆時代的作家所引用的可能性最大。

二、關於〈別頭巾文〉。我在〈《金瓶梅》作者屠隆考〉中指出，《金瓶梅詞話》第五十六回抄引了主要活動於萬曆年間的屠隆的〈別頭巾文〉（包含〈哀頭巾詩〉〈祭頭巾文〉）。〈別頭巾文〉見於《開卷一笑》。《開卷一笑》是萬曆年間最初編成的[5]。這有力地證明了《金瓶梅》的作者即使不是屠隆，也至少是屠隆同時代或稍後的人物，絕不可能是嘉靖間的名士。對於這個看法，至今尚有若干異議。一、徐朔方先生認為，〈祭頭巾文〉「和明代傳奇《睟盤記》（一名《登科記》）中一出雷同」[6]，從而否定〈別頭巾文〉的作者是屠隆。但是，徐先生所指出的「《群音類選》第2473頁，北京，中華書局，1981年初版」的《睟盤記》，只有「萬俟傅祭頭巾」一節，其題目可以說與〈別頭巾文〉中的〈祭頭巾文〉稍有雷同。而其實際內容與《金瓶梅詞話》還是抄引了屠隆的〈祭頭巾文〉。二、徐先生還從另一個角度否定屠隆是〈祭頭巾文〉的作者說：「屠隆曾以一

---

4 魏子雲《金瓶梅審探》，臺灣商務印書館，1982年版，頁125。

5 因《開卷一笑》中出現萬曆年號。徐朔方先生認為此書編在康熙以後，見1984年第3期《杭州大學學報》。

6 徐朔方〈《金瓶梅》成書新探〉，《中華文史論叢》，1980年第3輯。

衲道人為號，但以一衲道人為號的並不一定只有他。」[7]但中山大學、北京大學、臺灣大學圖書館所藏三本第三卷均明確地刻著「一衲道人屠隆參閱」，而中山大學藏本扉頁又刻著「屠赤水先生參閱」，所以這個一衲道人毫無疑問是屠隆。三、張遠芬先生引了沈德符《萬曆野獲編》中「原本實少五十三回至五十七回」一段話後說，屠隆的〈別頭巾文〉「正處在這五回『贗作』的範圍之內」，因此，「屠隆充其量也只可能是這五回『贗作』的作偽者，而絕不是《金瓶梅》的原作者。」[8]對此，我曾在〈《金瓶梅》作者屠隆考續〉中著重說明了目前所見《萬曆野獲編》的這段話並不可靠，說明了《金瓶梅詞話》初刻即是全本[9]。此不贅。這裡要補充的是：沈德符最初看到《金瓶梅》時是「小修上公車」的萬曆三十七年，到萬曆四十八年丘志充出守後似乎還認為原本少五回。可是屠隆早於萬曆三十三年已經去世，他怎麼能補這五回「贗作」呢？可見，目前所見含有〈別頭巾文〉的五回都是《金瓶梅詞話》的原作。總之，《開卷一笑》中的〈別頭巾文〉即是屠隆所作，《金瓶梅詞話》引用了這篇作品，則可證小說當作於萬曆年間。

　　三、關於陳四箴。《金瓶梅詞話》中的人名一般可分兩類：一類是真名，即歷史或現實中確有其人，如蔡京、蔡攸、安忱、曾孝序、張叔夜、韓邦奇、凌雲翼等；另一類則為創作時編造的假名，其中許多一望而知是諧音，有寓意的。張竹坡在〈金瓶梅寓意說〉中早就指出：「如車（扯）淡、管世（事）寬、遊守（手）、郝（好）賢（閑），四人共一寓意也。又如李智（枝）、黃四，梅李盡黃，春光已暮，二人共一寓意也。又如帶水戰一回，前云聶（捏）兩湖、尚（上）小塘、汪北彥（沿），三人共一寓意也。又如安忱（枕）、宋（送）喬年，喻色欲傷生，二人共一喻義也。……應伯（白）爵（嚼）字光候（喉）、謝希（攜）大（帶）字子（紫）純（唇）、祝（住）實（十）念（年）、孫天化（話）字伯（不）修（羞）、常峙（時）節（借）、卜（不）志（知）道、吳（無）典恩、雲裡守（手）字非（飛）去、白賴光字光湯、賁（背）第（地）傳、傅（負）自新（心）、甘（乾）出身、韓道（搗）國（鬼）」等，幾乎每一個人物都譜了寓意。這些看法未必全部正確，難免有穿鑿的地方，後人對此也有不同的理解，如魏子雲先生將韓道國理解成「寒到骨」等等，但總的來說，《金瓶梅》中的人名確實多有寓意。因此，《金瓶梅詞話》第六十五回出現的「兩司八府」中的「布政使陳四箴」這個名字就值得注意，因為它與萬曆年間的一大政治事件聯繫在一起。當時的萬曆帝，貪於酒色財氣，特別寵信鄭貴妃，以致在冊立太子問題上遲遲不下決斷，頗有廢長立幼（鄭貴妃子）之意，引起朝廷內外不安，於是從

7　同註 6。

8　張遠芬〈也談《金瓶梅》中的一詩一文〉，《復旦學報》，1984 年第 3 期。

9　黃霖〈《金瓶梅》作者屠隆考續〉，《復旦學報》，1984 年第 4 期。

萬曆十四年起大臣們圍繞著這一問題紛紛諫諍，連年不斷。至萬曆十七年十二月二十一日，大理寺左評事雒于仁上疏規勸皇上戒除酒色財氣，並進陳有關酒色財氣的「四箴」，言詞十分尖銳，如關於色戒，雒于仁指責皇帝「寵十俊（十個小太監，男寵）以啟幸門，溺鄭妃靡言不聽；忠謀擯斥，儲位久懸，此其病在戀色也。」魏子雲先生在《金瓶梅的問世與演變》等著作中力證《金瓶梅》創作與作者諷諭這一政治事件有關，因而《金瓶梅詞話》卷首酒色財氣四貪詞與雒于仁進陳四箴有關。這是魏先生《金瓶梅》研究中的重要創獲。據此，《金瓶梅》成書當然在萬曆十七年之後。但是，徐朔方先生則持完全相反的看法。他似乎以現代政治生活的經驗為依據，斷定：雒于仁進陳酒色財氣四箴之後，皇帝老子發了火，就不可能有人敢在書的開頭寫有四貪詞。他說：「《金瓶梅》卷首有酒色財氣四貪詞，當朱翊鈞在位時，此書完成在這一事件之後是難以想像的。」[10]因此，徐先生把《金瓶梅》成書年代的「下限」斷為「萬曆十七年」，即雒于仁陳四箴之前。事實上作家頭腦中出現的「陳四箴」不會憑空而來，只能是現實的反映。也就是說，只能在社會上先出現了雒于仁陳四箴的事件之後，才可能有「陳四箴」這個概念。那麼，在萬曆十七年之前有沒有另外的「陳四箴」事件呢？沒有！耶魯大學鄭培凱先生在臺灣《中外文學》上首次發表的〈酒色財氣與《金瓶梅詞話》的開頭〉列舉了豐富的有關酒色財氣的種種說法，就是沒有一條與「陳四箴」這樣的概念有所聯繫的。因此，《金瓶梅詞話》的成書只能在萬曆十七年雒于仁上疏之後。而且，我們還應該看到，《金瓶梅詞話》中與「陳四箴」的名字聯在一起的兩位「左右參考」的大名，一個叫「何其高」，一個叫「季侃（廷）」（崇禎本加「廷」字）。這樣三個名字聯在一起，雒于仁等侃侃諫諍於廷的「崇高」形象不是呼之欲出嗎？這就使人更加覺得《金瓶梅詞話》中出現「陳四箴」絕不是偶然的。

四、關於凌雲翼。《金瓶梅詞話》第六十五回山東「兩司八府」的名單中還有一名「兗州府凌雲翼」也值得注意。凌雲翼，乃實有其人，且與劉承禧也有瓜葛（詳後）。《明史》卷二二二本傳云：「凌雲翼，字詳山，太倉州人。嘉靖二十六年進士（按：與王世貞同科），……召為南京工部尚書，就改兵部，以兵部尚書兼右副都御史總督漕運，巡撫淮揚。河臣潘季馴召入，遂兼督河道。加太子少保。召為戎政尚書，以病歸。」《金瓶梅詞話》中出現的這個名字，據我看，不是作者編造時的無意巧合，而是有意的借用真名。這是因為在「兩司八府」中至少緊挨著凌雲翼之後的兩位知府都是用的真人名：「徐州府韓邦奇、濟南府張叔夜」。征剿宋江的張叔夜為大家所熟知。而韓邦奇也是明人，略早於凌雲翼。韓、凌兩人在嘉隆期間，乃至在萬曆初年，大名鼎鼎，作者怎麼可能去

10　同註6。

生造一個為當世人們所熟知的與某大官相同的人名？既是借用凌雲翼這個人名，一般總在他身後，至少應在他從官場匿跡之後。事實上，在這部小說中，恐怕也找不到比凌雲翼更後的真人姓名了。《明史》《明實錄》等記載，凌雲翼先以病歸，於萬曆十五年因「家居驕縱」「坑儒」而被奪官治罪（詳後）。從「詔奪官後卒」的語氣來看，凌雲翼不久即死。因此，我認為《金瓶梅詞話》借用凌雲翼這個真人名，也可證這部小說成於萬曆二十年前後，而如李開先、王世貞、賈三近之類，是很難想像會把同世的大官、甚至同僚、同科進士用真名寫入這樣一部小說的。

五、關於《金瓶梅詞話》中的戲曲演出。誠如徐朔方先生所言：「《金瓶梅》三分之一的回目都有戲曲演出的繁簡不一的記載，包括笑樂院本、雜劇、南戲的演出實況在內。這些資料和明代其它有關戲曲演出的文獻作對照，無論對《金瓶梅》寫定者的時代和籍貫都是最好的驗證。」[11]對於這個問題，章培恒老師曾在〈論《金瓶梅詞話》〉中有一段扼要而中肯的論述：

> 明代顧起元《客座贅語》記載：飲宴時演奏南曲為萬曆以後之事，其前皆用北曲。而《金瓶梅詞話》所寫的盛大酒筵，如西門慶宴請宋巡按（四十九回），安郎中等宴請蔡九知府（七十四回），宋御史等宴請侯巡撫（七十六回），皆用「海鹽子弟」演戲，顯為萬曆時的習俗。所以，此書當寫成於萬曆時期。[12]

徐朔方先生也長於戲曲史研究，為筆者所欽慕。他在〈《金瓶梅》成書新探〉中比較詳細和忠實地指出了嘉萬間弋陽、海鹽、崑山各腔依次代興的情況和《金瓶梅詞話》中有關戲曲演出的描寫。今就根據徐先生引證的情況來看，也恰恰證明了《金瓶梅詞話》成書於萬曆年間，而不是他所斷定的「萬曆元年（1573）之前」。我們先看徐先生論《金瓶梅》曰：

> 據《金瓶梅》的記載，……第五十二、六十、六十一回描寫演唱南詞、南曲，伴奏樂器是箏或琵琶。西門慶家正式宴請高級官員時，如第四十九、七十二、七十四、七十六、六十三、六十四等回，演唱的都是海鹽腔，尤以上面最後兩回的記載比較詳細。全書沒有一次提到崑曲或以笛子為主要伴奏樂器的南戲。即使在第三十六回寫到北方深受歡迎的「蘇州戲子」時，那也不是崑曲演員。

這裡節錄的一段，主要說明了《金瓶梅》中搬演的南戲是海鹽腔，而尚未帶及崑腔。

11　同註6。
12　章培恒〈論《金瓶梅詞話》〉，《復旦學報》1983年第4期。

這與章老師所論相同。那麼，這當為什麼樣的一個時代呢？請再看徐先生的分析：

　　嘉靖三十八年（1559），徐渭作《南詞敘錄》，上距李開先《寶劍記》初刻本十二
　　年。書中說弋陽腔流行最廣，北到京師，南到閩廣，其次為餘姚腔、海鹽腔。崑
　　曲限於當地，像一切事物初起時一樣，還在受人排斥，「或者非之，以為妄作」。
　　徐渭對此憤憤不平。《南詞敘錄》之後大約二十年，松江何良俊《四友齋曲說》
　　云：「近世北曲，雖鄭衛之音，然猶古者總章北里之韻，梨園教坊之調，是可證
　　也。近日多尚海鹽南曲。士夫稟心房之精，從婉孌之習者，風靡如一。甚者北土
　　亦移而耽之。更數世後，北曲亦失傳矣。」湯顯祖〈宜黃縣戲神清源師廟記〉作
　　於萬曆三十年（1602）前後。它說崑山腔當時已經取得對海鹽腔的優勢。我們知道
　　崑山腔在它的發源地蘇州一帶則在 1540 年前後已由梁辰魚的《浣紗記》而勃興。
　　與此同時，沈璟晚年制訂曲譜，雖然名為《南九宮十三調曲譜》，實際上他只為
　　促進南曲中的一種即崑曲的繁榮而努力。他的目的「欲令（戲曲）作者引商刻羽，
　　盡棄其學，而是譜之從」（李鴻序）。這個意圖正好說明在湯顯祖、沈璟的時代，
　　崑曲的統治地位還有待確立，或正在確立之中。同時而略遲，萬曆三十八年
　　（1610），王驥德《曲律》卷二說：「舊凡唱南調者，皆曰海鹽，今海鹽不振，而
　　曰崑山。」

　　從《南詞敘錄》到《曲律》，以上各家年代先後不同，忠實地反映了弋陽、海鹽、
崑山各腔依次代興的情況、簡言之，這個依次代興的情況是：隆萬前是弋陽腔流行的時
代，隆慶及萬曆初是海鹽腔風靡的時代，約於萬曆三十年前後崑曲的地位還有待於確立
或正在確立。那麼，主要描寫「海鹽子弟」的《金瓶梅詞話》不正是於萬曆初至萬曆三
十年間產生有最大的可能嗎？徐先生怎麼同時又說它是「嘉靖二十六年（1547）之後，萬
曆元年（1573）之前」的作品呢？總之，從《金瓶梅詞話》中的戲曲描寫看來，這部小說
作於萬曆二十年前後、出於浙江人屠隆之手是最恰當不過的[13]。

　　至於《金瓶梅詞話》創作於明神宗萬曆二十年的問題，我曾在〈《忠義水滸傳》與
《金瓶梅詞話》〉及〈金瓶梅作者屠隆考〉中有所論證[14]。近閱魏子雲先生注釋《金瓶梅
詞話》第五十三回「四月二十三日壬子日」條云：

13　據《萬曆野獲編》載，屠隆於萬曆五年至十一年為青浦縣令時曾欣賞過崑曲勃興時的初期作品《浣
　　紗記》，但他作為浙江人，最嫻熟的可能還是海鹽腔。
14　我曾在〈《忠義水滸傳》與《金瓶梅詞話》〉及〈金瓶梅作者屠隆考〉中有所論證。見《水滸爭鳴》
　　第 1 輯與《復旦學報》1983 年第 3 期。

查明世宗嘉靖四年（1525）的四月廿三日是壬子，嘉靖四十年又一次，明神宗二十年再過一次，以下到萬曆四十六年又一次。注此以供研究本書問題者參考。

這可以說又給我添加了一條內證。四月二十三日正巧是壬子日，這一天是壬子又正巧在萬曆二十年，這些難道都是偶然巧合嗎？

二、《金瓶梅詞話》當一次成於一人之手

1954 年，潘開沛先生的〈金瓶梅的產生和作者〉一文[15]，提出了「集體創作說」之後，中國及日本等地的學者對這個問題進行了討論，大致傾向反對，認為《金瓶梅》是個人創作。然而，近年來陸續有人提到集體創作說，特別是徐朔方先生的〈《金瓶梅》的寫定者是李開先〉〈《金瓶梅》成書新探〉等文，比較集中地申述了《金瓶梅詞話》「不是個人創作」，「是世代累積型的集體創作」。魏子雲先生更在《金瓶梅的問世與演變》《金瓶梅劄記》《金瓶梅原貌探索》等專著中，反複論證了抄本時期的《金瓶梅》是一部政治諷諭之作，目前所見之《金瓶梅詞話》已經集體修改。換句話說，《金瓶梅詞話》是一部經過了兩次成書後的集體作品。這樣，對這個問題就有重新討論的必要。

徐先生列舉《金瓶梅》是累積型集體創作的理由有十餘條之多，概括起來，主要三點：一、因為它是一部「詞話」；二、行文有粗疏、重複以及顛倒錯亂之處；三、抄引前人作品極多。關於第一點「詞話」問題，實際上明代冠以詞話之名的並非都是「集體創作」的講唱文學。例如，楊慎的《歷代史略十段詞話》就是文人個人創作。萬曆前後，襲用詞話名稱而實質為散文小說的也並非是《金瓶梅詞話》一種。《古今小說》第一卷〈蔣興哥重會珍珠衫〉開頭說：「看官，則今日聽我說〈珍珠衫〉這套詞話。」而全篇可稱為唱詞的只有〈西江月〉兩首和韻語兩段。小說中出現「看官聽說」及韻語代言等現象也可出於作者的模仿，如《三言》《二拍》《醒世姻緣傳》等書中均多次出現「看官聽說」「看官自想」之類的文字，特別是公認為文人創作的《初刻拍案驚奇》中，竟出現了二十三次之多。也有的詞話本《金瓶梅》中原來沒有的「看官聽說」（第五十七回），在以後文人加工的「崇禎本」中加了進去。當然，有些「說唱藝術的痕跡」，也可能是作者在創作時因個別片段需「鑲嵌」前人作品而留下的痕跡。我們完全承認組織在《金瓶梅詞話》中的個別故事曾在民間長期流傳，但它們只是作為獨立的、與《金瓶梅》無關的故事而存在著，根本不能稱之為早期《金瓶梅》。事實上，《金瓶梅》不同於《三

15　潘開沛〈金瓶梅的產生和作者〉，《光明日報》1954 年 8 月 29 日。

國》《水滸》《西遊》等。明人談及《三國》諸累積型小說時，都涉及到它們前有平話
或其他祖本，而《金瓶梅》在董思白、袁中郎、袁小修、沈德符這些交遊廣泛、學識淵
博，並注意小說戲曲的人的感覺中，都是突然冒出來的。董思白說：「近有一小說，名
《金瓶梅》。」袁小修聽說後「私識之」，才記了下來。袁中郎借閱後忙問：「從何得來？」
而沈德符聽袁中郎說後，猶「恨未得見」。這都真實地反映了《金瓶梅詞話》是他們前
所未聞的一時之作。所以葉德鈞先生在專論《宋元明講唱文學》中說得好：「《金瓶梅
詞話》雖有許多詞曲，又用曲和韻語代言，但全書仍以散文為主，和詩贊係詞話迥不相
類。」我們實在沒有充足的理由說它是根據長期流傳的詞話改編而成。至於《萬曆野獲
編》把它列入「詞曲」之下，更不足為據，因為這個歸類並非出於沈德符本人，而是出
於康熙年間的錢枋之手。第二，《金瓶梅詞話》行文之粗疏、重複以致顛倒錯亂之處，
小野忍與千田九一兩先生翻譯《金瓶梅》時，以及魏子雲先生在《金瓶梅劄記》中均指
摘甚多。日本阿部泰記〈論《金瓶梅詞話》敘述之混亂〉[16]，也列舉了大量例子。其文
最後云：

> 由於萬曆本有經過傳抄的過程，因此這些錯誤雖不能斷定出自同一作者之手，但
> 是，這部有錯誤之處的作品經過了一個階段的試行，某些一以貫之的情節構成既
> 成事實，而且人物形象的描繪也沒有見到矛盾之處，因此恐怕不能不認為有一個
> 特定的作者的存在。
> 萬曆本的敘述一與注重推敲的現代小說的敘述相比較，的確可以看到作者任意加
> 減的馬馬虎虎的一些情況。但在創作意識低下的近世，這些稍許矛盾也許不成為
> 什麼問題。例如，這部小說到處將當時盛行的小說戲曲作為素材，特別在開頭就
> 用了《水滸傳》，假如這在現代的話，即使巧妙地活用了那些素材，那作者也不
> 能不受到非難吧！但是，從這部作品受到小說家馮夢龍稱讚來看，在當時盜用其
> 他作品好像是不太被人注意的。關於敘述方面的雜亂補充，同樣也是能被寬容的
> 吧！

　　阿部泰記的這些看法是比較合理的。事實上，即使如《紅樓夢》那樣經過了「披閱
十載，增刪五次」的精心傑構，也難免有矛盾之處。因此，長篇小說中敘述之錯亂，實
在不能作為論證是個人創作還是集體創作的依據，而只能說明構思和創作是否周密。第
三，關於引用前人作品問題，徐先生認為「最重要」。然而〈刎頸鴛鴦會〉〈戒指兒記〉
〈五戒禪師私紅蓮記〉等作品中的個別片段，只是在這些作品中存在著，而不是在一部名

16　日本阿部泰記〈論《金瓶梅詞話》敘述之混亂〉，日本《人文研究》第58輯。引文由筆者譯。

曰《金瓶梅》或者基本具備《金瓶梅》故事的作品中存在著。《金瓶梅詞話》的作者把這些作品中的個別片段汲取過來，作了某些改動，溶化到自己的作品中，這完全是一種個人創作的過程。宋元以來，後世的作家對前代的作品加工有兩類不同的情況，一類如《三國志演義》等，就在《三國志平話》等基礎上，通過幾代人的不斷加工潤飾，使之不斷豐富、完美。這樣的作品庶可稱為「世代積型的集體創作」；而《金瓶梅詞話》等，作家經過獨立的構思之後，在自己設計的情節佈局和人物形象的藍圖上「鑲嵌」前人作品中的某些片段，這理當稱之為個人創作。

與徐先生相近，魏子雲先生認為詞話本乃是在原作基礎上的改寫本。在〈從金瓶梅序跋探全書原貌〉一文中[17]，魏先生強調欣欣子序所言與今存《金瓶梅詞話》不合，似乎有點過分。誠然，此序個別用詞並不十分確切，但就總體來說還是與詞話本內容相一致的。例如，欣欣子說此書是作者「罄平日所蘊」之「憂鬱」，「寄意於時俗，蓋有謂也」，就與全書暴露現實、諷諭政治的主題相合[18]，並非如魏先生認為無關；魏先生認為詞話本中找不到欣欣子所說影射陶仲文的林靈素，也是疏忽，實則林靈素見於詞話本第六十七、七十、七十二回；詞話本中關於「明人倫」的情節，除了西門慶與林太太有姦及同時想染指其媳外，另如陳經濟私通岳母金蓮，王六兒與小叔韓二，西門慶、潘金蓮、龐春梅與僕人的淫亂都有關係，都並不如魏先生所說的「不顯著」，小說在第二十二回還直接斥責西門慶「失尊卑」「亂倫彝」；序稱「取報應輪回之事，如在目前」，也並非在詞話本中沒有內容，第一百回普靜老師點化孝哥時使人看到了西門慶「項帶沉枷，腰繫鐵索」的慘狀，並說「西門慶造惡非善，此子轉身，托化你家，本要蕩散其財本，傾覆其產業，臨死還要身首異處」，如今度脫了他，其代價就是使他的兒子做和尚。至於潘金蓮、李瓶兒等都描寫了應有的報應。如此等等，我覺得欣欣子序與詞話本的內容是相配的。再如，魏先生在〈賈廉、賈慶、西門慶〉一文中認為[19]，詞話第十七回有關於宇文虛中參本的邸報中只有「賈廉」之名，並無「西門慶」姓名在內，何以西門慶見了驚恐萬狀，急忙派人晉京打點？但在第十八回科中開列的名單上有「西門慶」之名而無「賈廉」之名，於是西門慶化了五百兩金銀請禮部尚書塗改成「賈慶」而避免了一場災難。於此，魏先生認為：「邸報上沒有西門慶的名字，到了第十八回方始把西門慶的名字加上去，……應是《金瓶梅詞話》改寫者的手筆，他們忘了改正邸報。」「早斯

---

17 〈從金瓶梅序跋探全書原貌〉，見臺北《書和人》第 494 期。海峽對岸的魏先生的大文均托熱心的薄趙韞慧先生轉贈。

18 筆者受魏先生啟發而認為詞話本有政治諷諭之意。見 1985 年第 1 期《學術月刊》載〈論《金瓶梅詞話》的政治性〉。

19 魏子雲〈賈廉、賈慶、西門慶〉，臺灣《文藝月刊》，第 159 期。

期的《金瓶梅》不是西門慶的故事,以西門慶作為《金瓶梅》故事的主線,可能是《金瓶梅詞話》開始的。」我覺得,「賈廉」或許就是邸報上沒有而在科中名單上有的「王廉」之誤,但更大的可能是小說家的有意安排,因為此邸報已發至全國,西門慶就是叫人連夜從縣中抄得,若上面明列著西門慶的大名,他豈能「大門緊閉」就了事?縣中怎能如此風平浪靜?陳洪也怎敢叫兒子攜帶箱籠投奔他家?至於他看到邸報十分驚慌,也是情理中事,因為他畢竟是楊戩、陳洪親黨一類,心裡有鬼。以後科中把情況調查得實,開列的名單較為正確,加上了西門慶的名字,也完全符合小說發展的邏輯。再從外證來看,見過早期抄本的袁小修、謝肇淛等說《金瓶梅》一書「乃從《水滸傳》潘金蓮演出一支」,「以西門慶影其主人」云云,也不像是故意放的煙幕。所以,推想有不是西門慶故事的原始《金瓶梅》似乎還根據不足。至於魏先生在〈武松、武大、李外傳〉〈王三官、林太太、六黃太尉〉等文[20]中指出的《金瓶梅詞話》情節上的一些「違悖常理的缺失」和「回目的文辭與內容不符」現象,也完全可能是初作者在獨自創作時的疏忽和「鑲嵌」前人作品時帶來的失誤。例如寫潘金蓮與西門慶自「武大已死,家中無人,兩個恣情肆意,停眠整宿」,這裡的「家中無人」確實是個漏洞,因為《金瓶梅》不同於《水滸傳》,添了個武大前妻留下的迎兒。但這個漏洞完全是在整段照搬《水滸傳》時,將「沒人礙眼」變化而來。這樣的漏洞為什麼必定是集體改寫所致而非個人創作的失誤呢?

在判別萬曆四十五年刊本《金瓶梅詞話》是否即是萬曆二十四年袁中郎等傳抄的《金瓶梅》時,薛岡《天爵堂筆餘》中的有關記載是一則相當重要的材料。其卷二云:

> 往在都門,友人關西文吉士以抄本不全《金瓶梅》見示,余略覽數回,謂吉士曰:此雖有為之作,天地間豈容有此一種穢書!當急投秦火。後二十年,友人包岩叟以刻本全書寄敝齋,予得盡覽。初頗鄙嫉,及見荒淫之人皆不得其死,而獨吳月娘以善終,頗得勸懲之法。但西門慶當受顯戮,不應使之病死。簡端序語有云:讀《金瓶梅》而生憐閔心者菩薩也,生畏懼心者君子也,生歡喜心者小人也,生效法心者禽獸耳。序隱姓名,不知何人所作,蓋確論也。所宜焚者,不獨《金瓶梅》,《四書笑》《浪史》當與同作坑灰。李氏諸書存而不論。

這則材料,我初見之於已故王重民先生的《中國善本書提要》,當即草就了一篇有關文章,同時函告了魏子雲先生。不久,讀到了馬泰來先生的〈有關《金瓶梅》早期傳

20　魏子雲在〈武松、武大、李外傳〉〈王三官、林太太、六黃太尉〉,分別見臺灣《文藝月刊》180、181 期及《書目季刊》第 18 卷第 1 期。

播的一條資料〉和魏子雲先生的〈金瓶梅的史料探索〉兩文[21]。兩位先生對這則材料中的有關情況作了查考，都很有意義。然而，在薛岡前後看到的是何種《金瓶梅》這一關鍵問題上，兩位先生的看法大不相同。馬先生從王重民的意見，認為薛岡前後讀到的即是《金瓶梅詞話》本，第一次讀其抄本時間，大抵在萬曆二十五年至三十一年間。魏先生則認為薛岡讀「抄本不全《金瓶梅》」是在萬曆三十八年，前後讀到的均為「崇禎本」，而未見萬曆詞話本。在這裡，假如馬先生的意見能成立，則完全可證薛岡第一次在都門讀到的「抄本不全《金瓶梅》」，與歷史上最早有關《金瓶梅》的記載，即袁中郎輩於萬曆二十四年秋讀到的「此書之半」，在同一時期。此書雖是「一種穢書」，卻是一部「有為之作」。這與詞話本前欣欣子序說「作此傳者，蓋有所謂也」的看法完全一致。此後二十年，正是萬曆四十五年初刻的詞話本剛發行的時間，而包岩叟給薛岡寄來的即是有東吳弄珠客萬曆四十五年序的刻本。這時，薛岡「盡覽」了「刻本全書」，絲毫沒有感到與二十年前所閱之不全抄本有什麼異調。由此可見，袁中郎時代的早期抄本《金瓶梅》與萬曆四十五年初刻的《金瓶梅詞話》並非兩本，不存在改寫的問題。為此有必要論證馬先生論斷之合理性。

在討論這個問題時，首先要追究的是「關西文吉士」究竟是誰？馬先生認為是文在茲，而魏先生認為是文在茲的侄子文翔鳳。這一代人之差，就導致了判斷薛岡讀到《金瓶梅》時間先後的不同。我認為，文吉士當為文在茲。這是因為，據乾隆《三水縣誌》卷十載，文在茲於萬曆辛丑（二十九年）登進士後，「初授翰林院庶吉士，不二載以終養歸卒」，故當時或以後，人們稱他為「文吉士」，都是理所當然的。而文翔鳳未嘗為庶吉士。據其友人錢謙益《列朝詩集小傳》載：「翔鳳，……萬曆庚戌（三十八年）進士，除萊陽知縣，調伊縣，遷南京吏部主事，以副使提學山西，入為光祿少卿，不赴，卒於家。」文翔鳳自己編年的作品，也可證此記載不誤。其〈東極篇〉即於萬曆三十九、四十年作於知萊陽時，〈皇極篇〉即撰於四十至四十四年官伊洛時，〈南極篇〉撰於四十四至四十六年官金陵時。可見，文翔鳳確未選為庶吉士。魏先生於此解釋云：「雖文翔鳳並未嘗選為庶吉士，薛岡在文翔鳳中了進士而尚未派官的時期，稱之為『文吉士』的尊敬詞，自也是行文之常理。」然薛岡此則筆記作於二十年後，時翔鳳或已「入為光祿少卿」了，薛岡於此時怎能稱從未為庶吉士的翔鳳為「文吉士」呢？事實上，薛岡在《天爵堂文集》中留有一封給文翔鳳的信，已題作「與文太清光祿」了。

同時，我們再考察薛岡與文在茲或文翔鳳何時有可能在「都門」相交。薛岡，鄞縣

21　馬泰來〈有關《金瓶梅》早期傳播的一條資料〉，魏子雲先生的〈金瓶梅的史料探索〉，分別見《光明日報》1984 年 8 月 14 日《文學遺產》，臺灣《中華日報》1944 年 10 月 19 日。

人，與屠隆是同鄉。《鄞縣誌》云：

> 岡字千仞。能詩，尤工於古文。以事避地客京師為新進士代作考館文字，得與選，因有盛名。年八十，集其生平元旦除夕詩為一卷，起萬曆庚辰，至崇禎庚辰，身為太平詞客六十年，名重天下，亦盛事也。晚年歸鄞，構居鑒湖東岸，葺閣以攬勝，自號天爵翁。

他生於嘉靖辛酉四十年（1561）[22]，比屠隆小 19 歲，晚一輩。他活了八十餘歲，主要活動於萬曆、崇禎年間。《鄞縣誌》說他「以事避地客京師」在哪一年呢？據〈元旦除夕詩〉可知當於萬曆二十六年至三十年間。因為其中〈丁酉除夕〉詩自注云：「是日立春。以上皆在家。」丁酉，即萬曆二十五年。而下一年的〈戊戌除夕〉及〈辛丑除夕〉皆注云：「時在都下。」直至〈乙巳除夕〉則云：「時在嵩縣。」乙巳，為萬曆三十三年。以下則云輾轉太和、蕪湖、清江浦等地。薛岡在京時，文在茲也在京城考試，做翰林庶吉士，他們確有可能在「都門」相交。至於文翔鳳，據其《竹聖育吟草》中的〈次家夫子與同志論學三十六首〉所言，「自七八歲燕遊」，「其後十二三在廣陵」，「丁未西還」，戊申歲還在老家從夫子學，「涉秋小病」，故可知他只於萬曆三十七年（己酉）、三十八年（庚戌）為應試在京，三十九年又離京去山東萊陽。而薛岡於萬曆三十七年、三十八年的行蹤如何呢？其〈己酉元日〉云：「是日立春，時在太和縣，寓大寺。」接著〈歲朝春序〉又云：「客處太和。」其〈庚戌元旦〉云：「時在蕪湖，寓非台方丈。」〈庚戌除夕〉又云：「時在清江浦，寓靈應祠。」至〈壬子除夕〉則云：「時在濟寧，寓鐵塔寺。」看來，薛岡於萬曆三十七、八年前後主要在都外流寓，不似「往在都門」的樣子。薛岡在天啟七年〈與文太清（翔鳳）光祿〉信中說他們之間的「二十年肝膽」，其時間是舉其成數，其交情當考慮到兩代人的因素在內。根據以上材料分析，他們兩人相交不像在萬曆三十八年之「都門」。因而我認為薛岡所見之「抄本不全《金瓶梅》」不是從文翔鳳那裡來的，而是在萬曆二十六年至三十年間從文在茲那裡所得。20 年後的初刻本，正是詞話本。這兩本之間沒有多大差別。

這裡順便提及的是，薛岡的這則材料對我們探索作者問題也有兩點值得玩味：一、包岩叟見有「刻本全書」後，何以即將這樣一部書異乎尋常地「寄」給薛岡？二、薛岡何以特別提出東吳弄珠客序「隱姓名，不知何人所作」，而對欣欣子序及小說作者反倒不問「何人所作」？為此，我們先有必要對包岩叟其人略作瞭解。據《鄞縣誌》《德縣誌》及《天爵堂文集》中有關文章所載，包岩叟，名士瞻，萬曆末由監生官德州判，曾

22　魏子雲先生曾有考證。另據〈元旦除夕詩〉中的〈己酉元日〉〈歲朝春序〉等也可證其生於是年。

著有《妄譚》一書。他和薛岡都是屠隆的同鄉後學，一避地客京師，一都門當監生，結成友誼之時，屠隆早已罷官。《妄譚》一書，當是《天爵堂筆餘》一類筆記小說。看來，他們都對小說頗感興趣，而且對屠隆十分崇拜的。薛岡在《天爵堂筆餘》卷二中曾這樣說：「汝州公喜談越才，嘗舉嘉則、緯真兩先生與余並稱，余遜謝不如。」在卷一中，甚至這樣說：「長卿儀部之才，如天風乍來，海濤忽湧，難原其始，難要其終，不但今之無雙，漢之文園、唐之青蓮、宋之坡老、明之長卿，蓋一身四現者也。」因此，假如屠隆編撰《金瓶梅》的話，他們可能略有所聞的。這樣，我們也就可以理解他們為什麼對抄本就「隱姓名」的欣欣子、笑笑生不覺得是個問題，而對後來刻本中冒出來的東吳弄珠客序（此序很可能是馮夢龍輩加上去的）「隱姓名」就感到是個問題了。同時可見，他們共同對這部小說是非同一般的關心。聽說有抄本，就設法借閱；一見有刻本，馬上就遠寄。這恐怕正是由於此書是他們欽慕的前輩鄉賢所作的緣故吧？因此，我們玩味薛岡、包士瞻兩人對《金瓶梅》的態度，也可感受到屠隆正是《金瓶梅》作者的合理性。

　　最後，我想在討論有關「原本」問題時，還提出二條尚未引起人們注意的材料供大家討論。這就是《新刻繡像批評金瓶梅》（即所謂「崇禎本」）第四回、第三十回的兩段眉批。第四回於西門慶與潘金蓮在王婆家初次「雲雨才罷，正欲各整衣襟」之後評道：

> 從來首事者能為局外之談，此寫生手也，較原本徑庭矣。讀者詳之。

為了看清批者所謂「原本」是什麼，不妨將這一段的天都外臣序本《水滸傳》《新刻金瓶梅詞話》《新刻繡像批評金瓶梅》三本略作比較。

> 《水滸傳》：只見王婆推開房門入來，……那婆子便道：「好呀，好呀！我請你來做衣裳，不曾叫你來偷漢子。武大得知，須連累我，不若我先去出首。」回身便走。那婦人扯住裙兒道：「乾娘饒恕則個。」

> 詞話本：只見王婆推開房門入來，……那婆子便向婦人道：「好呀，好呀！我請你來做衣裳，不曾交你偷漢子。你家武大郎知，須連累我，不若我先去對武大說去。」回身便走，那婦人慌的扯住他的裙子，便雙膝跪下，說道：「乾娘饒恕。」

> 崇禎本：只見王婆推開房門入來，……那婆子便向婦人道：「好呀，好呀！我請你來做衣裳，不曾叫你偷漢子。你家武大郎知道，須連累我，不若我先去對武大說去。」回身便走。那婦人慌的扯住他的裙子，紅著臉，低了頭，只說得一聲乾娘饒恕。

可見，詞話本是從《水滸傳》來，兩本基本一致。而崇禎本於「那婦人慌的扯住他的裙

子，紅著臉，低了頭」旁加了圈點。這正是它與《水滸傳》、詞話本的不同之點和「寫生」之處。很清楚，詞話本即為眉批者心目中的「原本」。

但《新刻繡像批評金瓶梅》第三十回寫李瓶兒生兒前蔡老娘問吳月娘要草紙時評道：

> 月娘好心，五根（？）燒香一脈來。後五十三回為俗筆改壞，可笑可恨。不得此元本，幾失本來面目。

這裡又自稱此本為「元本」（即原本），顯然與前說矛盾。實際上，這正是評改者故作狡獪，用的是與袁無涯、金聖歎等同樣伎倆，即改了人家的本子又自稱自己的本子是「原本」「古本」。在這裡，評改者從吳月娘是「好心」人出發，覺得不應該把她寫得低劣猥瑣。五更燒香以及「絕不勉強」（夾批語）地給李瓶兒送草紙，都是好心人做好事。而在第五十三回中，詞話本寫吳月娘於壬子日吃藥及晚上與西門慶同房時都有不少醜化吳的筆墨，有損於這個好心人的形象。所以崇禎本將此作了大段刪減淨化，且特別加了眉批：「月娘得子時，得與藥丸不相干。春秋妙筆。」因此，崇禎本第五十三回當為批改者認為詞話本「可笑可恨」而作了改寫，而非詞話本被「俗筆改壞」後再據另外什麼原本來恢復本來面目。這假如將三十回所說的「元本」與第四回所說的「原本」對照起來看的話，那就更清楚了。總之，崇禎本的批改者向我們透露了：詞話本就是《金瓶梅》的原本。

三、劉承禧與《金瓶梅》成書

沈德符《萬曆野獲編》特別提到了「今惟麻城劉涎（延）白承禧家有全本」，故劉承禧確是探討《金瓶梅》成書過程中的一個受人注目的人物。戴望舒先生的〈關於劉延伯〉、孫楷第先生的《也是園古今雜劇考》根據《黃州府志》《麻城縣誌》等材料，勾勒了一個劉承禧其人的概貌。他們雖然並不著眼於探索劉承禧與《金瓶梅》的關係，但畢竟為我們提供了一點有關的基本情況。近年來，朱星先生等提供的〈快雪帖〉跋語，也有助於研究的深入。特別是馬泰來先生撰寫的〈麻城劉家和《金瓶梅》〉一文，挖掘了不少材料，大大地推進了這一問題的研究。我在撰寫〈金瓶梅作者屠隆考〉時，雖然認為屠隆與劉承禧之間關係非同一般，但只憑藉了戴、孫兩位的材料而未曾用力查檢。事後，承馬泰來先生來信，提出了「屠隆〈寄贈大金吾劉公歌〉和〈與劉金吾〉函的『劉金吾』疑為守有」的問題[23]：「劉守有官運亨通，掌錦衣衛，可以稱為『大金吾』；劉

23　馬泰來先生來信，提出了「屠隆〈寄贈大金吾劉公歌〉和〈與劉金吾〉函的『劉金吾』疑為守有」的問題。參見 1984 年第 3 輯《中華文史論叢》上發表的〈諸城丘家與《金瓶梅》〉。

承禧曾否亦居此位，史未明言。（《麻城縣誌》：「孫守有、曾孫承禧、玄孫僑，均以世襲，仕至都督，」疑有誤，眾人皆世襲，或僅守有、僑二人仕至都督。）劉守有於張居正執政時掌錦衣衛，未知何時離職。離職後，劉承禧即繼掌錦衣衛，幾為全無可能之事，蓋所謂世襲，指錦衣千戶言。」故他認為，屠隆罷官在萬曆十二年，屠隆在京結交的「劉金吾」只能是其父劉守有。

劉承禧究竟何時掌衛？何時罷官？到目前為止，雖然尚未查到直接的記載，但我認為馮夢龍的《情史類略》卷六〈情愛類〉中〈丘長孺〉一節為我們提供了信息。這篇文章，實在可以當作「劉承禧傳」來讀。從中不但可以考察到劉承禧執金吾的大致時間，而且可以清楚地窺見其人的作風，從而進一步瞭解他與《金瓶梅》的關係，不妨全文照錄如下：

丘長孺

丘長孺，名坦，楚麻城世家子，性喜豪華，尤工詩字。其姊丈劉金吾，亦崇愷之亞也。先是吳中凌尚書雲翼以坑儒掛彈章，長子延年宦錦衣，都中行金求免，劉以僚誼，貸之數千，已而兩人者皆罷歸。時吳中女優數隊，白姓最著，其行六者善生，號為六生，（眉批：吳妓至今稱某生，自六生始。）聲色冠絕一時，凌與狎焉。聞劉有遊吳之興，度必取償，乃先居六生為奇貨。劉既至，六生以家姬佐酒，請歌一發，四座無聲。劉驚喜欲狂，願須臾獲之，不復計明珠幾斛。凌俟其行有日，雜取玩器輔六生以往，劉為焚券而去。劉本粗豪，第欲誇示鄉人，無意為金屋置也。比歸，日索六生歌娛客。楚人不操吳音，惟長孺能，以故長孺以六生遂以知音成密契，每在席，目授心許，恨開籠之無日也。久之，劉意益惹。長孺乃乘間請償金如凌准數而納六生為側室。劉亦浮慕俠名，即遺贈。長孺大喜過望，自謂快生平所未足，而六生亦曰：吾得所天矣。居無何，客或言此兩人先有私者，劉怒氣勃發，疾呼六生來訊，不服，酖之。長孺適在鄉，聞報馳馬亟歸，哀乞其屍。劉憤然曰：人可贈，屍不可素得也。長孺致五百金贖之以歸。面如生，惟右手握固。長孺親掔之，乃開。掌中有小犀盒，內藏兩人生甲及髮一縷，蓋向與長孺情誓之物也。長孺痛恨如刲斫肺，乃抱屍臥凡三宿，始就殮，殮殯俱極厚。事畢，哀思不已，曰：吾見六生姊娣，猶見六生耳。乃攜千金至吳下，迎白二同棲於張氏之曲水堂。二復進其妹十郎，十學謳於二，故相善。兩姬感丘郎情重，願為娥皇之從。事未成而十郎適以謔語取怒於居停主人。主人漏言於白氏。白氏乃率其黨百人，伺長孺早出，突入其舍，於衾帷中赤體劫兩姬去。長孺恚甚，將訟之長洲江令。令，楚產也。長孺謀之朱生。朱生曰：徐之，且不必然。乃以危言動白

氏，俾以二歸長孺而薄其聘。長孺乃罷。又數年，劉金吾有姻家為雲間司李，乃復為吳下游。而白老適坐盜誣，丐劉為雪。事定，具樓船中，使十郎稱謝，因留宿。中夜，十郎訊及長孺，劉曰：我妹婿也。十郎上道往昔，泣下不止。劉慰曰：無傷，在我而已！乃密戒舟人掛帆。覺而追之，則在京口矣。白夫婦叩頭固請，劉曰：汝女與丘公有語在前，吾當成之。今償汝百金，多則不可。夫婦持金哭而返。劉竟攜十郎歸楚送長孺家，曰：吾以謝六生之過。

子猶氏云：余昔年遊楚，與劉金吾、丘長孺俱有交。劉浮慕豪華，然中懷鱗介，使人不測。長孺文試不偶，乃投筆為遊擊將軍，然雅歌賦詩，實未能執殳前驅也。身軀偉岸，袁中郎呼為丘胖，而恂恂雅飾，如文弱書生，是宜為青樓所歸矣。白二墓在城外之五里墩，而十郎竟從開閫之命。蓋十郎性輕，遇人輒啼，少時屬意洞庭劉生，強使娶已，及度湖，遂淒然長歎，年餘復歸於白，未三月，遂為金吾掠去，依二而居，二死而遂去之，楊花水性，視二固不侔矣。長孺夫人即金吾姊，亦有文，所著有集古詩及花園牌譜，行於世。

這篇文字是比較信實的。馮氏「昔年遊楚，與劉金吾、丘長孺俱有交」，不可能胡言亂語。就中所載事實，也多可證實，如云「長孺夫人即金吾姊，亦有文，所著有集古詩及花園牌譜行於世」段，就可於《午夢堂全集》中得到驗證。此集〈伊人思〉中，選錄丘劉詩兩首。編者在「丘劉」下注云：「湖廣麻城丘長孺夫人，集唐最工，今所錄皆集句也。」而更巧的是，選錄的兩首詩是：一曰〈憶長孺〉，二曰〈亡弟劉金吾延伯歌姬盡散有感賦集〉，後一首共有七言八十句，抒發了「回首舊遊真是夢，起看天地色淒涼」的哀怨之情，顯然，這是作於天啟二年劉承禧故後。再如，〈丘長孺〉中寫到了劉承禧兩次來吳，其第二次與餘清齋主人吳廷〈快雪帖跋〉中所載一拍即合：「余後偕劉司隸至雲間，攜古玩回家時，在當陽還碰到了袁小修。袁小修《遊居柿錄》載此遇曰：「舟中晤劉廷伯，出周昉《楊妃出浴圖》，……又有《浴鶺鴒》一小圖，黃荃筆。」此時是萬曆三十七年，據馮、吳記載，此時劉承禧早已罷官多年。再看，袁中郎在萬曆二十七年寫的〈和丘長孺〉中說：「白家曲子規如珠（丘善歌，白姬所授也）」，在〈丘長孺醉歌，和黃平倩〉中說「白二，丘郎姬也」，都說丘長孺遊北京時已帶了白二。而據〈丘長孺〉所載，丘初遇白二乃在六生死後，離劉承禧罷官後第一次遊吳也有相當時間了。更值得注意的是〈丘長孺〉開頭「吳中凌尚書雲翼」的一段記載，據《明史》卷二二二載：「凌雲翼，……以病歸，家居驕縱，給事、御史連章劾之，詔奪官後卒。」他最後被「奪官」就是「家居驕縱」，「以坑儒事」，今查得凌「以坑儒掛彈章」事發生在萬曆十五年。這一年的《明實錄》十二月載：

> 丁巳，直隸提學御史詹事講疏論吳縣鄉官原任兵部尚書凌雲翼家人韓文毆死生員
> 章士偉，誘辱通學生員張元輔等，上命撫按嚴究具奏，凌雲翼候問明定奪，南京
> 給事中徐植等、御史陳奇謀等連疏劾之。

於此可見，劉承禧在萬曆十五年前已「宦錦衣」，與凌延年有「僚誼」。凌延年即凌元
德，《萬曆野獲編》卷十六云：「吳中一大司馬子授金吾者，則指凌洋山雲翼子元德也。」
這說明凌、劉都為「金吾」，「已而兩人者皆罷歸」，此語氣就說明兩人罷歸的時間相
距不遠，再看《明實錄》萬曆十六年十一月載劉守有罷官事云：

> 壬戌，貴州道御史何出光劾內侍張鯨及其黨鴻臚寺序班邢尚智、錦衣衛都督劉守
> 有相倚為奸，專擅威福，罪當死者八，贓私未易縷指，上命張鯨策勵供事，邢尚
> 智、劉守有等革任，……壬申，刑部覆議張鯨、劉守有、邢尚智贓罪，尚智論死，
> 守有斥。……

劉守有的罪狀既然有「相倚為奸，專擅威福」，怎麼可能其子不屬同黨之列而反襲職？
因此，早已「宦錦衣」的劉承禧也必在同時罷官，這也就與「已而兩人者皆罷歸」相合，
總之，我們用其他材料證之馮夢龍的〈丘長孺〉，就可見劉承禧當在萬曆十六年前已為
錦衣衛指揮，十六年與父同時罷官，此後再未復官，長期閒居在家，其間曾兩次去吳。

那麼，劉承禧何年任錦衣衛指揮使呢？最大的可能是萬曆八年庚辰。本來，明代的
錦衣衛官兵多世襲，但一般襲蔭都在衛指揮以下，如劉承禧的叔叔劉守蒙、劉守孚都襲
錦衣衛千戶。劉家靠祖上軍功，蔭襲錦衣衛的人不少，但官至錦衣衛指揮以上的就只劉
守有、劉承禧、劉僑三人，而劉承禧何以能官指揮使呢？恐怕是由於他在武舉中成績出
色的緣故吧。據《黃州府志》卷十七「武科表」載：「庚辰：劉承禧，會魁，錦衣衛指
揮；癸未：劉守有，錦衣衛指揮，加太傅。」可見劉承禧於萬曆八年庚辰會試第一時比
他已成錦衣衛指揮使的父親中武進士還早一科，這就不能說「父子並為錦衣衛指揮」（孫
楷第語）沒有可能了。

劉承禧約於萬曆八年起至萬曆十六年當錦衣衛指揮，就與屠隆有一段相交的日子，
據〈丘長孺〉一文所載「劉本粗豪」，「浮慕豪華」，「亦崇愷之亞也」，他嗜聲色，
好交遊，多揮霍，性殘忍，很有一點「西門慶」之流的氣度，寫到這裡，不能不使人想
到明代人關於《金瓶梅》作者的一些傳說，往往在種種虛假的外衣下包含著某種合理的
因素，例如袁小修《遊居柿錄》說作者是「紹興老儒」，這和鄞縣人屠隆不能說毫無關
聯，而謝肇淛的〈金瓶梅跋〉說：「……有金吾戚里，憑怙奢汰，淫縱無度，而其門客
病之，采摭日逐行事，匯以成編，而托之西門慶也」，就更使人聯想到這位「憑怙奢汰，

淫縱無度」的「金吾戚里」，很像〈丘長孺〉中的劉金吾承禧，說來也正巧，當時把《金瓶梅》借給這位謝肇淛看的袁中郎之弟小修，在給梅國楨寫傳時也使用了「金吾戚里」的詞彙，而這個「金吾戚里」正是指梅的姻親劉承禧家：（梅）「遊金吾戚里間，歌鐘酒兒，非公不飲，」我們再看《金瓶梅》中的西門慶，雖然並未官至錦衣衛指揮，但也官「金吾副千戶」（第三十回）、「錦衣千戶」（第三十六回），與「金吾」畢竟有著一定的關係，因此，我覺得屠隆在塑造西門慶形象時，與劉承禧這位「金吾戚里」並非沒有一點聯繫！

關於《金瓶梅》的成書問題的討論不僅僅關係到對這部小說本身的研究，而且也涉及到中國小說發展史上的許多問題。筆者不揣愚陋，發表了以上一些淺見，謹請諸位先生及廣大讀者指教。

參、《金瓶梅》存世各本我見

毛利本《金瓶梅詞話》讀後

現存基本完整的《金瓶梅詞話》有三套：一是 1931 年在山西發現的，現藏臺北故宮博物院；二是 1941 年發現的，現藏日本日光山輪王寺慈眼堂；三是 1962 年發現的，原為日本江戶時代德山藩主毛利氏之物，現藏日本周南市美術博物館。這三套書均非藏在圖書館，故長期以來一般讀者都難以翻閱。2012 年 5 月，我在廣島大學助教授川島優子女士的精心安排、熱情導引下，偕同日本的《金瓶梅》研究專家佛教大學的荒木猛教授、山口大學的阿部泰記教授與德島大學的田中智行、廣島大學的陳翀兩位先生一起閱讀了半個世紀以來似乎沒有學者目驗過的毛利本，於是有一些想法與疑問，提出來就教於方家。

一、大安本的成績與疏誤

毛利本發現後不久，日本大安株式會社於 1963 年即將此本與日光本「兩部補配完整」[1]影印出版，人稱「大安本」。大安本在其卷首〈例言〉中說此本「一概據原刊本而不妄加臆改。至於原本文字不鮮明之處，於卷末附一表」。又說原學者普遍所據的「古佚小說刊行會影印本，以北京圖書館所藏本為據[2]，不但隨處見墨改補整，而有缺葉」。由此，學界一般都認為大安本為當前研究《金瓶梅詞話》最全又最為可靠的本子。2012

---

[1] 大安本〈金瓶梅詞話例言〉，《金瓶梅詞話》卷首，東京：大安株式會社，1963 年 8 月版。本文所據本即此五冊精裝，大安株式會社僅印過這一本，其餘市上的「大安本」均係盜版或翻印本。

[2] 此本，即目前臺灣故宮博物院藏本。它於 1931 年在山西省介休縣發現，被當時的北平圖書館購入，1933 年由馬廉發起以古佚小說刊行會的名義首次影印。抗戰時寄存於美國國會圖書館，後還給中國，藏於臺灣故宮博物院。

年，臺灣里仁書局翻印大安本時所寫的〈重印《新刻金瓶梅詞話》大安本說明〉，又在歷數中土各印本的缺失之後強調大安本「為學術界與讀書界所重」。

其實，毛利本與日光本本身也均不完整，且都比中土本缺葉更多。中土本僅缺第五十二回兩頁，而毛利本缺第二十六回第 9 頁、第八十六回第 15 頁，以及第九十四回第 5 頁，共三頁；而「慈眼堂所藏本缺五頁」，更何況受過鼠害[3]。大安本的好處是在確認兩本除第五回末葉異版之外餘皆同版，故可擇善補配成一種完整的本子[4]，這比起古佚小說刊行會用崇禎本的兩頁文字來抄補中土本的缺葉顯然更好。大安本的這一優點顯而易見。

大安本的工作細緻之處還在於卷末附有〈日光本採用表〉與〈修正表〉，分別交代了將毛利本作為底本的基礎上採用日光本的頁碼，以及一些個別修正的文字。今將毛利本與大安本相校，發現其用日光本來取代的頁面基本上是合理的。這些被取代的頁面，主要是由於毛利本的個別頁面有缺損，或者是印刷不良。

就頁面紙張來看，毛利本有的是明顯破損有洞，如第五十五回第 2 頁反面；有的是被蟲蛀壞，如第六十回第 1 頁等；有的是紙面破損修補後仍然模糊或有缺字，如第十三回第 2 頁反面等；有的印紙存有泥邊，不雅觀，如第三十四回第 12 頁第 8 行等；有的紙有汙跡，如第二十回第 15 頁正面等，諸如此類，數量不少。

55/2B 破損　　　　　　　60/1 蟲蛀　　　　　　13/2B 修補後仍糊

3　長澤規矩也〈《金瓶梅詞話》影印經過〉，黃霖等編譯《日本研究金瓶梅論文集》，濟南：齊魯書社，1989 年版，頁 86。

4　第九十四回第 5 頁據古佚小說刊行會影印本補印。

34/12 泥邊　　　　　　　　　　　20/15 汙跡

　　就印刷方面來看，主要是存在著墨色濃淡不均的情況，有的頁面的個別行、個別字印得太淡，特別是邊角等處甚至沒有刷到，如第五十九回第 5 頁第 1 行開頭「半卸」兩字與最後一字「綃」，都印得很淡，幾乎看不清了，而日光本就印得較好。與此相反，有的頁面的個別字、行的墨色太濃，也顯得文字模糊。如第四十二回第 11 行。

59/5 淡而糊　　　　　　　　　　41/11 濃而糊

　　大安本盡力汰去了毛利本在紙張與印刷中有問題的頁面，擇取完整、清晰的頁面來補全，是有功績的。但是，他們的工作看來還是比較匆忙，因而也存在著不少選擇有誤、處理不當的問題，以下就略舉數例並稍作說明。

　　以次換好，補配不當。〈日光本採用表〉所列第一例就有問題。此例是大安本第一

卷第56頁第二回第8葉反面。此頁的毛利本完整、清晰，大安本卻莫名其妙地棄之不用，選了於第2行缺了第1個字「便」的日光本，真是匪夷所思。這就造成了大安本於此頁缺了一個字[5]。

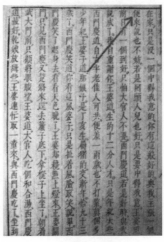 

毛利本 2/8B　　　　　　　　　大安本 2/8B 缺字

〈修正表〉的第一例同樣也存在問題。此例見第1卷第5頁第一回第3葉的正面。此頁第1行的第23字是「著」字，毛利本十分清楚，日光本此字缺，大安本卻選用了漏缺此字的日光本，再作「修正」說明，真是多此一舉。

毛利本此頁第1行第23字不缺　　　　大安本此頁第1行第23字缺

5　本文所據大安本，是1963年8月的初印本，後來的盜印或翻印本多有添補，已背「一概據原刊本而不妄加臆改」的原則（〈例言〉）。

　　同一回第 7 頁正面第 1 行第 23 字，毛利本不缺字，而大安本則缺了一個「中」字，當為錯選了日光本，然後再作「修正」。此類「修正」與「說明」顯然都無必要，而是自找麻煩，故作多情，且直接影響了大安本的正文留下了一些缺字空白，降低了印本的質量。

　　再有一類補配不當的是，儘管日光本沒有缺損漏字，但字跡不清，結果就選用了不清楚的替代了本來清楚的毛利本。如第十八回第 1 葉反面，其第 10 行首兩字為「翟叔」，毛利本、中土本都很清楚，而大安本卻模糊難辨，顯然是誤選了模糊不清的日光本所致。類似的如第二十八回第 8 葉正面第 3 行第 10 字「陞」、第一百回第 8 頁第 2 行的第 11 個字「炕」，也是毛利本清楚而大安本難以辨認，大安本反取了難認的日光本。其他如第八回第 5 頁反面、第三十一回第 15 葉反面、第四十九回第 6 葉正面，都存在著類似的情況。

毛利本第 3 行「陞」字清楚　　　　　　大安本第 3 行「陞」字不清

　　工作粗疏，列表有誤。大安本所附兩表，對於讀者瞭解本書採用兩本頁面的具體情況是有說明的，但其在製作過程中也有一些錯誤。如〈修正表〉第 5 頁最後一行到第 6 頁開頭二行，連續三行分別記錄了第三十七回第 7 行、第 8 行所修正的三個字，實際上這都不是在第三十七回，而是在第三十九回的。看來，這並非是排印時的誤植，而是提供的底稿就已搞錯了。

　　另有，實際上是採用了日光本，而在表上沒有反映出來。如第五十三回第第 11 葉正面最後二行毛利本有多字模糊不清、第 13 葉正面第 4、5、6 行第一字毛利本也未印好，大安本實際用的是日光本，而在表上並未說明。

毛利本後二行漫漶不清　　　　　　大安本實用清楚的日光本

以上這些，都是在匆忙閱讀之中發現的大安本的疏誤不善之處，假如有時間、有條件細細校讀的話，或許會發現更多的問題。

二、毛利本與日光本刷印的先後問題

毛利本與日光本除第五回末頁異版之外，其餘當為同版，因為一些具有特徵性的地方，如斷框、墨釘、魚尾的變化等完全相同，其版式、文字等更是一致，這是上世紀 60 年代的發現者、研究者與整理大安本的編輯們的共識，且在「誰是兄長，誰是弟弟（即哪一本早些）」問題上大致都認為日光本先印，毛利本後刷。在這裡，長澤規矩也教授的意見恐怕起了決定性的影響。長澤教授於 1963 年初次將兩本的照片相校的時候，得出的結論就是：「大概毛利所藏本是稍稍早些印的本子。」[6]可是他後來受了大安本整理者發現第五回末葉異版的影響之後，又去日光匆匆地翻閱了一冊六回，雖然承認未能作出真正的「解決誰是兄長，誰是弟弟」的問題，但仍然下了與以前完全相反的「結論」：

> 作為結論是，慈眼堂所藏本第九頁框郭切去一角，而毛利所藏本完全沒有。這是補刻的第一個證據。第二，如果考慮到回末的形式，因為其它回都整齊劃一，修改得這樣不整齊是不自然的。第三，在部分的不同方面，從詳到略可以認為是自然的。或者，可以認為關於「何九」有一些考慮。就一個字的不同而言，考慮到

6　同註 3。

容易懂，改成了「號」；因為是死人的身體，改成了「屍」，這也是自然的。如果這樣考慮的話，日光山所藏大概是稍稍早印的版本吧。

長澤教授是第一個流覽這兩本詞話本的著名專家，他的意見應予重視，但我覺得，他的第一感覺是正確的，而第二次的分析、推理都受到了其他人的影響後存在著一些問題。由於大家所下的判斷主要是根據異版的第五回末葉所決定的，所以還是從這裡說起吧。

第五回末葉即第五回第 9 葉兩本不同的情況如下：

其正面前半頁有兩字之差：

	日光本	毛利本	天都外臣序本水滸傳
第 1 行	蓋在**身**上	蓋在**屍**上	蓋在**屍**上
第 7 行	乾**嚎**了半夜	乾**號**了半夜	乾**號**了半夜

毛利本 5/9A　　　　　　容本水滸 25/9AB　　　　　　日光本 5/9A

第五回第 9 葉正面的後半頁及反面更有顯著的差別（1、日光本，2、毛利本，3、水滸傳）：

大官人是網巾圈兒打靠後。西門慶道。這個何須你說費心。婦人道。你

　　　　　　西門慶道。這個何須得你說。

　　　我只靠著你做主。西門慶道。這個何須得你說費心。

　　我若負了心怎的說。西門慶道。我若負了心。就是你武大一般。王婆道。

　　　　　　王婆道。

　　　　　　王婆道。

　　大官人且休閒說。如今只有一件事要緊地方。天明就要入殮。只怕被忤
　　　　　　只有一件事要緊。地方上
　　　　　　只有一件事要緊。地方上

作看出破綻來怎了。團頭何九。他也是個精細的人。只怕他不肯殮。西
　　　　團頭何九叔。他是個精細的人。只怕他看出破綻不
　　　　團頭何九叔。他是個精細的人。只怕他綻看出破綻

門慶笑道。這個不妨事。　　　何九我自分付他。他不敢違我的言語。
肯殮。西門慶道。這個不妨。我自分付他便了。他不肯違我的言語。
不肯殮。西門慶道。這個不妨。我自分付他便了。他不肯違我的言語。

王婆道。大官人。快去分付他。不可遲了。西門慶把銀子交付與王婆買
王婆道。大官人。便用去分付他。不可遲誤。
王婆道。大官人。便用去分付他。不可遲誤。西門慶去了。

棺材。他便自去對何說去了。正是三光有影遺誰概。萬事無根只自生。
　　　　　　　　正是青竹蛇兒口。黃蜂尾上針。兩般猶未
畢竟西門慶怎的對何九說。要知後項如何。且聽下回分解。
毒。最毒婦人心。畢竟未知後來如何。且聽下回分解。
雪隱鷺鷥飛始見。柳藏鸚鵡語方知。

從以上的對照中，可以明顯地看到毛利本與《水滸傳》基本一致，於是長期以來學界普遍認同這樣的結論：「毛利本第五回裡，第九頁（正反兩面全部）的內容因原版缺失而據《水滸傳》補刻而成」[7]，也即日光本是原刊，毛利本是後來據《水滸傳》「補刻」的。

　　然而，從今天看來，這個結論似有重新討論的必要。首先，從《金瓶梅詞話》這幾回的情況來看，本來就是從《水滸》而來。就以這第五回來看，其文字基本上與《水滸》相同，除了加了兩段有關迎兒的話之外，只是在一些個別文字上有所改動，所以它與《水滸》的文字相同是順理成章的事，只有不同才是奇怪的，才當懷疑它是否是後來修改補刻的。

　　其次，正因為《金瓶梅詞話》從《水滸》而來，一般並不增添字句，毛利本以下這

7　飯田吉郎〈關於大安本《金瓶梅詞話》的價值〉，原載 1963 年 5 月《大安》第 9 卷第 5 號。引自
　　黃霖等編譯《日本研究金瓶梅論文集》，濟南：齊魯書社，1989 年 10 月版，頁 100。

句話本是十分通順的：「只有一件事要緊。地方上團頭何九叔。他是個精細的人。只怕他看出破綻不肯殮。」而日光本是：「如今只有一件事要緊地方。天明就要入殮。只怕被忤作看出破綻來怎了。團頭何九。他也是個精細的人。只怕他不肯殮。」它或許是為了說明「要緊」，就加了一句「天明就要入殮，只怕被忤作看出破綻來怎了」。豈知這裡上半句話加得還有道理的話，下半句根本就是與下面的文字是重複的，且硬插在中間，將「地方」兩字擱在前面，使整個句子讀不通了。這就是一個明顯後加的證據。

第三，從第五回的結尾與全書每回的結尾的形式比較來看，毛利本與所有結尾是相同的，即在引詩後，將「畢竟未知後事如何且聽下回分解」放在最後。而日光本卻先說「要知後項如何，且聽下回分解」，然後再引兩句詩：「雪隱鷺鷥飛始見，柳藏鸚鵡語方知。」這與全書的格局相異，故不似初刻。

毛利本 5/9B

日光本 59/B

第四，或許是最重要的一點是，從這一葉的個別文字來看，日光本與前文所刻的同一字是不同的，而毛利本與前所刻是相合的。先看一個「說」字。日光本第五回第 9 頁正面的第 5 行第 13 字「看官聽說」中的「說」、第 8 行第 2 字「王婆說了」的「說」、第 9 行第 14 字「和西門慶說道」中的「說」、第 11 行第 3 字「何須你說」的「說」、同葉反面第 1 行第 18 字「且休閒說」的「說」，第 6 行第 6 字「對何說去了」的「說」、第 7 行第 11 字「怎的對何九說」的「說」，共 7 個「說」字，其右邊上部都是刻成「八」字狀。與此不同，毛利本在這兩頁上所刻的「說」字共有 4 個：第 9 頁正面第 5 行第 13 字「看官聽說」中的「說」、第 9 行第 2 字「王婆說了」的「說」、第 9 頁第 14 字「和西門慶說道」中的「說」、第 11 行第 17 字「何須你說」中的「說」。這 4 個「說」字與日光本的不同，其右邊上面不是「八」字狀，而是倒過來的兩點「∨」：

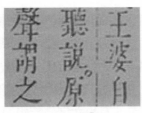 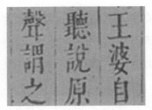

毛利本的「說」　　　　　日光本（大安本）的「說」

　　我們再將這一不同與第五回中的其他「說」字相比，可以發現：毛利本的是與第五回中的其他「說」字是一致的，而日光本是與前文不一致的。

　　這就有理由說明毛利本第五回的末葉與前面所印是同板，而恰恰是日光本存在著「補刻」的嫌疑。在這裡，需要作補充說明的是，從《金瓶梅詞話》的全書來看，「說」字共有三形，除上面所說的兩種之外，另有一「說」右邊中間部分不是「口」，而是「ム」。由於全書是由不同的刻工分工刊刻的，所以會產生不同的「說」字，本來是十分正常的，但一般同一刻工是連續刊刻數塊板子時，當用的是統一的字形，不大可能一會兒這樣寫，一會兒又那樣刻，只有不同的刻工雕板時，才會出現不同的寫法，所以

毛利本 5-8A

我們有理由說毛利本第五回的末葉是與第五回的其他板子是同一刻工同時下刀的，而日光本是另一刻工所刻，其「補刻」的嫌疑顯而易見。

　　再看一個「違」字：在第五回的末葉中，毛利本寫作「違」，而日光本的「違」字於「走」字裡的部分的下面是一個「巾」字，兩者明顯不同。可惜第五回及其前後沒有出現「違」字，無法與鄰近的雕板聯繫起來加以考察。但在全書所用的「違」字中，絕大多數是同毛利本的，共有 18 處，另與日光本相同的只有 5 處。這一統計數字雖然不能作為判斷第五回末葉孰為正版，孰為補版的依據，但也可以作為一個參考。

毛利本第五回之「違」　　　日光本（大安本）第五回之「違」

　　除了從第五回末葉的情況來分析兩本孰先孰後之外，還要看全書的風貌。從大安本整理的情況來看，以毛利本作為底本，僅用少量的日光本來補配，本身就可說明這樣一個事實：即毛利本從總體上比日光本好。事實上，用日光本補配的部分，主要是毛利本的紙張有破損、汙跡之處，這無關乎印刷時所用雕板的先後好壞。當然，也有一些可能關係到雕板的問題，如上文指出的毛利本第五十九回第 5 頁第 1 行開頭「半卸」兩字與最後一字「綃」，都印得很淡，幾乎看不清了。也有的頁面上個別的字、行的墨色太濃，顯得文字模糊。如第四十二回第 11 行。這些地方都顯得日光本比較好。但是，這種情況相對比較少，且這也可能是印刷過程中的馬虎、失當所產生的，不一定就是因為所用雕板先後的問題。從總體上看，應該說還是毛利本印得比較清晰，日光本模糊不清的地方多。除了上文所舉大安本選用日光本的失誤的多例可說明問題之外，還可列出大量的例子來說明毛利本所印優於日光本。至於長澤教授後來的一些其他推理也是可以討論的。第一，長澤教授所說的毛利本第五回末頁「完全沒有」框郭，這似乎與事實不符。我目驗毛利本時拍攝的照片與大安本所印的一樣都是有框郭的，其左上角的框郭只是墨色稍淡而已，與日光本最後一頁的左下角完全沒有是不同的。

日光本（大安本）第五回末頁　　　　　　毛利本第五回末頁

　　退一步說，即使認為毛利本左上角缺框，也與日光本缺左下角框不同，兩者之間的這種不同也不能作為判斷板子先後的依據。第二，第五回結尾的形式不整齊的是日光本，而不是毛利本，毛利本的結尾形式與全書其他各回是一致的。第三，在考慮日光本與毛利本二本文字的詳略不同等問題時，不能一般地認為「從詳到略可以認為是自然的」，應當考慮到在二本之外還有一本與此有密切關係的《水滸傳》。《金瓶梅詞話》的特點

是從《水滸傳》而來的。假如將三者聯繫起來考察的話，當首先看到《水滸傳》與毛利本是基本一致，屬於「略」的，日光本是相對「詳」的，更何況如「屍」與「身」「號」與「嚎」等個別字的不同，也是毛利本都與《水滸傳》相同，這都說明毛利本與《水滸傳》接近，更有可能先刻，相反，與《水滸傳》不同的當為後刻，因而毛利本與日光本第五回末葉產生的次序應該看成是從略到詳才是自然的。總之，根據以上分析，我還是傾向於毛利本比之日光本似乎是先刻先印。

三、中土本與日本兩本的比較

中土本《金瓶梅詞話》與日光本包括第五回末葉在內，完全是同板，因而三本除第五回末葉之外全是同板，這也是學界的共識。現在要比較的是，哪一本最完整與印刷得最清楚。討論這個問題時，我本想 3 月 20 日去臺北故宮博物院看一下中土本的原件後才寫這篇文章，但因故不能先來看原本，就只能據聯經版來加以比較[8]。里仁書局 2012 年出版的〈重印《新刻金瓶梅詞話》大安本說明〉說聯經本印的「正文虛浮湮漶」，但據我看來，即使如此，它比之日光本、毛利本以及由此而來的大安本都清楚而完整。下面，我擇取各類情況來稍加比照：

首先，看字跡。以下是第六十七回第 14 葉正面第 11 行第 1 個字「服」。毛利本與日光本（大安本）同樣模糊缺筆，而聯經本不缺（實際上，這一頁右上角的邊框也是聯經本完整）：

毛利本　　　　　　　　　日光本（大安本）　　　　　　　聯經本

8　聯經本套印的批改部分確有一些問題，但我們比較的是正文，當關係不大。

　　第二，看邊框。第七十六回第 16 葉反面的第 11 行的第 1 字「他」，三本都有點偏，可見是同板，但其左上框，可見毛利本與日光本（大安本）都有缺失，而聯經本完全：

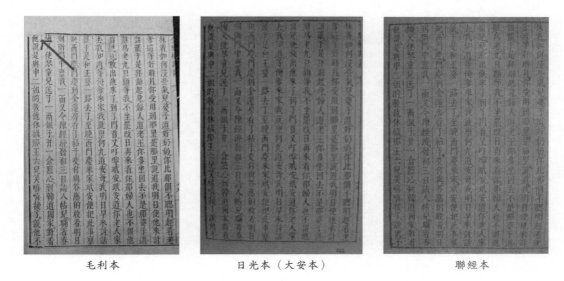

毛利本　　　　　　　　　日光本（大安本）　　　　　　　　聯經本

　　第三，看板裂。第七十八回第 23 葉反面的倒數 4-5 行，毛利本與日光本（大安本）都有一行明顯的裂痕，而聯經本幾乎看不清：

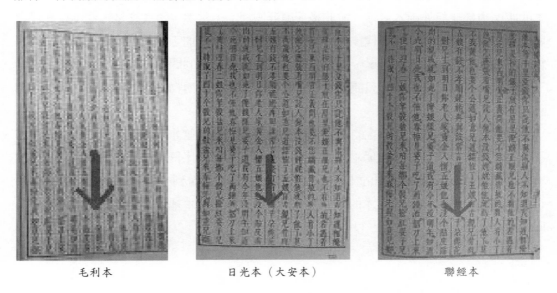

毛利本　　　　　　　　　日光本（大安本）　　　　　　　　聯經本

　　第四，看行線。本書每一行之間原來都有一條細線分隔，板子初印時此線一般都比較清晰，板子用多了，這條細線就會逐漸淡去。今比較三本的中線也可窺見一斑。今舉

一例：第九十二回第 12 葉反面，毛利本還稍留一點淡痕，日光本（大安本）已幾乎全無，聯經本則留有較多的黑線，三者相比，一目了然。

毛利本　　　　　　　　　日光本（大安本）　　　　　　　　　聯經本

　　為了節約篇幅，以上從四個方面僅各舉一例來說明聯經本比之毛利本與日光本（大安本）都比較完整與清晰。假如再拋開這些具體的差異，從總體上看的話，這四頁聯經本的版面也都比另外兩本清晰，並非是「虛浮湮漶」。當然，這或許是古佚小說刊行會與聯經圖書出版公司在用現代技術影印時，經過了一定的加工、修補，中土本原書的面貌並非如此完整而清晰，但是，如上面談到的板裂與行線的問題，恐怕不大可能是經過了修補與加工的。這一切，只能等我另找時間來臺北故宮博物院看過原本後才能再下結論吧！

　　總而言之，這篇文章想說的是三句話：第一是大安本並非是學界普遍認為的理想本子；第二是毛利本第五回末葉並非是補刻，其全書也可能比日光本印得稍早；第三是中土本應該是目前存世的最佳的本子，希望在有生之年能看到一種真實地影印中土本的《金瓶梅詞話》，並附印毛利本的第五回末葉，同時用毛利本補上中土本缺失的第五十二回中的兩頁。

臺北故宮博物院藏《金瓶梅詞話》讀後

　　筆者 2012 年在廣島大學川島優子助教授的幫助下，有幸親睹了德山毛利氏本，寫了〈毛利本《金瓶梅詞話》讀後〉，作為 2013 年 4 月臺灣嘉義大學舉辦的小說戲曲研討會的會議論文。會後，化了一天時間去臺北故宮博物院匆匆忙忙地翻了另一部原刊詞話本，於 10 月再次化了一周的時間重讀，由此而想就這本詞話本及它的主要影印本談一些看法。

一、臺北藏本品相最佳

　　當上世紀六十年代日本發現毛利本並接著影印大安本的時候，一些學者在介紹其優點時，往往自覺或不自覺地將它們與現藏在臺北故宮博物院的中土本的影印本的缺點相比較，這樣就很容易且事實上給學者們造成了某種錯覺，認為毛利本、慈眼堂本及影印的大安本比較好，而藏於中土的本子較差。最有代表性的是大安本的〈例言〉說：

> 一、吾邦所傳明刊本金瓶梅詞話之完全者有兩部。日光山輪王寺慈眼堂所藏本與德山毛利氏棲息堂所藏本者是也。

> 三、古佚小說刊行會影印本。以北京圖書館所藏本為據。[1]不但隨處見墨改補整。而有缺葉。

這裡突出了日本所藏「兩部」均是「完全者」，而中土本則「有缺葉」，還加上「隨處可見墨改補整」。

　　與此相呼應，在專刊宣傳大安本文章的 1963 年 5 月《大安》第 9 卷第 5 號上發表的飯田吉郎教授的〈關於大安本《金瓶梅詞話》的價值〉中說：「北京圖書館本及其影印本都是缺少第五十二回第七、第八兩頁原文，這當然是件美中不足的憾事。然而，現在的大安本由於使用了與北京圖書館同版的日光慈眼堂藏本，所以理所當然地消除了這個

---

[1]　當時提到的「北京圖書館所藏本」，因抗戰時寄存在美國國會圖書館，後美國還到了臺北的故宮博物院，所以即是目前臺北故宮博物院藏本。

缺陷。」同期所刊的鳥居久晴〈《金瓶梅》版本考再補〉一文也說：「順便說一下，在北京本中缺少的第五十二回第 7、8 頁在慈眼堂本中是完整的，……這個版本（按，指慈眼堂本）就成了海內唯一完整無缺的版本，這實在是貴重的東西……。」諸如此類，在學界造成了影響，往往誤認為中土本是缺了兩葉，而日本兩部都是完整的。

其實，日本兩部都不「完全」，且缺頁都比中土本更多。中土本缺 2 頁，而毛利本缺 3 頁：第二十六回第 9 頁、第八十六回第 15 頁，以及第九十四回第 5 頁。慈眼堂本筆者未能獲見，而據當年翻過此書的長澤規矩也說：「慈眼堂所藏本缺五頁」[2]，可知缺頁更多。因此，大安本〈例言〉所說「吾邦所傳明刊本金瓶梅詞話」之「兩部」是「完全者」的說法並不確切，更不能以此虛假的「完全」來與中土本的缺頁相對照，引導人們得出不正確的結論。

更重要的是，我目睹了毛利本與中土本之後，從其紙張、墨色等完整性、清晰性等各方面來看，毛利本的整體品相遠不能與中土本相比。我在臺灣嘉義大學舉辦的小說戲曲研討會上發表〈毛利本《金瓶梅詞話》讀後〉時，僅將毛利本與中土本的影印本「聯經本」相比，就已經有這樣的感覺，會後翻閱了臺北故宮博物院所藏的原書，進一步加深了這一印象，更覺得中土本之美好。因此，當我在臺北故宮博物院翻閱此書時，心裡禁不住驚歎：想不到這部《金瓶梅詞話》竟是這樣的完好！

二、「墨改補整」是利多弊少

中土本常遭詬病的是「隨處見墨改補整」。所謂「墨改補整」，即是在流傳過程中有人或用硃筆，或用黑墨，將正文的文字進行批改。其批，有眉批，有旁批。其改，有正字在原文之旁，也有疊改在原字之上。其色有深濃與淺淡之別，也有陳舊與略新之異。總的看來，可肯定不是成於同一時間，也有可能不是出於一人之手。這些墨改文字，從強調原板的整潔性的版本學家看來，無疑是有礙觀瞻的。但從我比較關注文學批評與實際校字效果的角度看來，這些「墨改」文字不但不全是病，而且自有它的價值所在，應該予以重視。

它的價值主要表現在兩個方面：

一、就批來講，全書留下一百三十條批語，雖然文字不多，但有的也頗精彩，對於理解《金瓶梅》的藝術奧秘是有幫助的。且看以下數例：

2　長澤規矩也〈《金瓶梅詞話》影印經過〉，黃霖等編譯《日本研究金瓶梅論文集》，濟南：齊魯書社，1989 年版，頁 86。

1. 第三十八回第 8 頁反面，寫潘金蓮等西門慶不回，彈了回琵琶後「和衣強睡倒」，這時「猛聽的房檐上鐵馬兒一片聲響，只道西門慶來到，敲的門環兒響」，此處批道：「模擬情境妙甚。」

2. 第三十八回第 11 頁反面，寫潘金蓮當著西門慶、李瓶兒歎苦說：「……比不得你們心寬閒散，我這兩日，只有口游氣兒，黃湯淡水，誰嘗著來，我成日睜著臉兒過日子哩！」此處有旁批道：「說得苦，要打動其夫。」

3. 第六十二回第 24 頁反面，寫李瓶兒死後，西門慶很傷心，吳月娘、李瓶兒、孟玉樓等從不同的角度勸說並流露了不滿之意，此時潘金蓮只是說了句：「他得過好日子，那個偏受用著甚麼哩，都是一個跳板兒上人。」此處眉批曰：「金蓮當此快意之時，話頭都少了。」

4. 第七十六回第 4 頁反面，寫孟玉樓拉著潘金蓮到吳月娘那裡道歉，翻來覆去，八面玲瓏，說了好多話，在第 7 行那裡對吳月娘說：「親家，孩兒年幼不識好歹，衝撞親家，高抬貴手，將就他罷，饒過這一遭兒，到明日再無禮，犯到親家手裡，隨親家打，我老身卻不敢說了。」有眉批曰：「大抵玉樓做事，處處可人。」

5. 第九十一回第 4 頁第 7-8 行寫孟玉樓嫁李衙內，「先辭拜西門慶靈位，然後拜月娘」，「兩個攜手，哭了一場」，上有眉批曰：「瓶兒死的好，玉樓走的好。」

諸如此類的一些批語，在一些影印本中都被刪去，包括後來的聯經本，也大都沒有印上。

二、就改來講，不容諱言，也有一些地方改錯了，但絕大部分是改得對，改得好，糾正了手民傳抄與刊刻過程中的錯誤。特別是一些用硃筆圈改或改在旁邊的文字，即使將原文圈掉了，甚至改錯了，但仍能清楚地看到原文的真面目，讓讀者能判斷孰是孰非。最不可取的無非是用黑色墨筆圈勾或直接塗改，因經此一塗或一改，原來的文字已不可辨認，這就有了「破壞」之嫌了。但好在這類直接用墨筆塗改的地方並不多，所改之處多數是有道理的，比如第八十一回第 7 頁反面第 3 行，將「陳經濟」改成「來保」，第八十二回第 1 頁倒數第 3 行將「有人根前」改成「有人跟前」，第 9 頁反面第 2 行將「才本叫了你吃酒」改成「崔本叫了你吃酒」，第八十六回第 11 頁反面第 8 行，將「也長成一條大溪」改成了「也長成一條大漢」，等等，這些校改都是有道理的。因此，我們對中土本的「墨改補整」應該作實事求是的具體分析。或者說，這些「墨改補整」還是利大於弊的。

三、聯經本並未完整地迻錄批改文字

中土本自上世紀三十年代發現後，即由古佚小說刊行會影印了 104 部。長期以來，中土本的流傳主要據這一本子而加以復印。1978 年，臺灣聯經出版事業公司用傅斯年所藏古佚小說刊行會本為底本影印時，做了兩件令人矚目的事：一是將過去縮印的本子放大至與原刊的大小相同，二是，因原本多數用硃筆批改，過去的影印本都是一律改用墨色，而這次它將一些硃批文字用紅色套印。這樣一來，就自然地給人以一種恢復原貌的感覺，往往誤認為這是一部最為忠實於原刊的印本，甚至認為就是用故宮的本子來加以直接影印的。筆者因此在過去也常常讚譽這一本子，認為它比大安本好。

但後來聽說聯經本確是仍用傅斯年所藏的古佚小說刊行會本影印而並未直接用原刊來影印，其朱批文字，只是據故宮博物院藏本描抄後加以套印，且在套印過程中問題多多。2012 年臺灣里仁書局重印《新刻金瓶梅詞話》大安本時就在卷首的〈說明〉中說聯經本：「朱文屢有移位、變形、錯寫之失。」我於 2013 年 4 月在故宮博物院看原本時，匆忙之中未能將聯經本與之一一細校，只是將據原刊抄錄的批評文字回家後與之對校，竟發現聯經本有大量的缺失。這曾使我懷疑自己所用的 2013 年在大陸銷售的重印聯經本是盜版，但後來我請臺灣陳益源教授、日本荒木猛教授與川島優子助教授等多位朋友幫忙，用初印聯經本校讀我發去的幾則批語，其答覆都是一樣，即聯經本並未忠實、完整地迻錄原刊本的批改文字，而是有不少缺漏。當時我發給各位校讀原刊中有的批評文字是相對集中的以下 11 條：

1. 第二回第 3 頁正面第 6 行：「卻是心不如口。」
2. 第二回第 3 頁反面第 5 行：「仔細不得許多。」
3. 第二回第 4 頁反面第 5 行：「也是姻緣合當。」
4. 第三十八回第 8 頁反面第 5 行：「模擬情景妙甚。」
5. 第三十八回第 9 頁反面第倒第 4 行：「可惱。」
6. 第三十八回第 9 頁反面倒第 3 行：「描得逼真。」
7. 第三十八回第 10 頁正面第 8 行：「情毒。」
8. 第三十八回第 11 頁反面第 8 行：「說得苦，要打動其夫。」
9. 第六十二回第 23 頁反面第 2 行：「金蓮淫婦至此遂心足意了。」
10.第六十二回第 24 頁正面倒 1 行：「金蓮當此快意之時，話頭都少了。」
11.第九十一回第 9 頁正面第 7 行：「瓶兒死的好，玉樓走的好。」

結果得到的回答都是說，在聯經本中只有 2 條：

第二回第 4 頁反面第 5 行：「也是姻緣合當。」

第九十一回第 9 頁正面第 7 行：「瓶兒死的好，玉樓走的好。」

2013 年 10 月，再度去臺北故宮博物院細讀此書時，翻得原書各色批語共有一百三十四條，聯經本僅印了 45 條，只占所有批語的 33%。就此一端，可見聯經本與原刊是有很大的距離。至於正文中的文字與句逗等出入之處，更是問題多多。當大家看不到原本時，會覺得聯經本印得很漂亮，似乎忠實於原刊，但當開放而讓人見到真相之後，聯經本在我心中的價值，簡直是一落千丈。

四、古佚小說刊行會本本身是不可靠的

聯經本在卷首「出版說明」中說：「這一部聯經版的《金瓶梅詞話》就是依據傅斯年先生所藏古佚小說刊行會影印本，並比對故宮博物院珍藏的萬曆丁巳本，整理後影印。」

假如真的依據這兩條原則來辦的話，當會成為一種善本。可惜的是，第一句話「依據傅斯年先生所藏古佚小說刊行會影印本」是真話，後一句「比對故宮博物院珍藏的萬曆丁巳本」云云恐怕是虛的。假如真的「比對」了故宮本，那怕是走馬看花式的流覽一下，怎麼會遺漏了約 67% 的批語呢？就以開頭不遠的第二回來看，原本共有批語八條，而聯經本只錄了四條。所以我不相信在整理影印時是真正「比對」了現藏故宮的原本。聯經本的最明顯的失誤就是由於僅據古佚小說社的影印本而造成的，而從上世紀三十年代起，大家一直認為最可靠的古佚小說刊行會印的本子本身恰恰就是一個不可靠的本子。這是由於影印者當時並不重視那些批點與校改的文字，沒有嚴格遵循忠於原本的意識，再加上當時攝影、影印等技術條件的限制，所攝的照片無法真實地留下原本的細微末節，有些很淡的批校文字在膠捲中已是若有若無，甚至一點痕跡也沒有了，有的模糊不清的，恐怕當時就被處理乾淨了，因而就刊落了大量的批語。現在古佚小說刊行會印本中有的批語，聯經本中也有；若是古佚小說刊行會印本中沒有的，聯經本中也就沒有。再從正文文字來看，有的被原本校改過的字，特別是用墨筆徑改過的字，一經照相，就看不清楚原字的究竟，古佚本就直接印上改過的墨蹟，聯經本基本上也是直接照搬。這些就是造成聯經本錯誤的第一種原因，即由於聯經本僅僅忠於本身就不可靠的古佚本而造成的失誤。

造成聯經本錯誤的第二種原因是由於古佚本只是墨印，並未套印，致使聯經本整理時搞不清楚原本上有的字已經校改，更搞不清楚原本的校改是墨改還是朱改，由此而造成了三類錯誤：1、已校改過的並未認出，只當是原字，該套紅色而卻仍為黑色；2、該黑色的，卻想當然地用了紅色；3、不分辨原書批校文字實用深紅、淡紅、紫色、黑色等

不同顏色。

聯經本第三種錯誤是在整理過程中有時並不忠於古佚本而隨意改動，如原書校改時是直接徑改在原字上的，聯經本恐為了使讀者分清原錯字與改正的字，就常常自作主張地將原字朱點掉後，在旁邊另寫上正字，既與原本不同，也與古佚本有異了。

第四種失誤是套印時位置略有出入，沒有對準。

以上四種失誤中，除最後一種是印刷上的問題之外，其餘三種都很難使人相信聯經本在整理過程中真正如〈出版說明〉中所說的「比對了故宮博物院珍藏的萬曆丁巳本」云云。因而充其量只能說聯經本影印是依據了傅斯年先生所藏古佚小說刊行會影印本而已。而且這種依據也是不徹底的。因而它與臺北故宮博物院所藏的《金瓶梅詞話》原本，實際上是存在著很大的距離的，這不能不使人感到十分遺憾。行文至此，我禁不住又要重複在〈毛利本《金瓶梅詞話》讀後〉的最後一句話：「希望在有生之年能看到一種真實地影印中土本的《金瓶梅詞話》。」但現在看來，這一天的到來還要有相當的時間，因為目前臺北故宮博物院在管理的理念上還是與他們供人閱讀膠捲的閱讀器一樣，比較陳舊。

今天 2014 年 1 月 28 日《光明日報》載文說，《原國立北平圖書館甲庫善本叢書》出版，不知其中有無這部《新刻金瓶梅詞話》？不過，假如僅僅是依據當年的膠捲而不是用原本重新拍照影印的話，恐怕還是一部新印的「古佚小說刊行會」本吧！

關於《金瓶梅》崇禎本的若干問題

在《金瓶梅》的流變史上，崇禎本關係重大[1]。但從目前情況看來，人們對它的研究最為薄弱。其原因主要是今存各崇禎本之間的關係相當複雜，而它們又分散在中國、日本各圖書館的善本室裡，一時難以比勘。筆者今據所見各本及前人著錄、有關書影，對一些主要問題略抒己見，以就正於方家。

一、崇禎本系統各本之間的關係

迄今為止，著錄崇禎本最多的莫過於美國韓南教授的〈《金瓶梅》的版本及其他〉[2]，計有十種十一部。此外，重要的刊本尚有上海圖書館藏兩種、天津市圖書館藏一種。這樣共有十三種十四部。這裡去掉韓南所記兩種殘本（乙版本之六、之七）、一種抄本（乙版本之八）、兩種清刻本（乙版本之九、之十）和另外一些私家藏本因明顯後出或缺乏討論價值外，還存有八種九部：

（一）通州王（孝慈）氏藏本。今下落不明，唯其插圖一百葉兩百幅由古佚小說刊行會曾予影印，附以詞話本前，集中裝訂成冊。世界文庫排印詞話本時，也曾影印若干插圖及第一回一頁書影，並據此本加以校勘。下簡稱王氏本。世界文庫排印本以王氏本所作校記，簡稱世界文庫本。

（二）北京大學圖書館藏本，原為馬廉所藏。下簡稱北大本。

（三）日本天理大學圖書館藏本。下簡稱天理本。

（四）天津市人民圖書館藏本。下簡稱天津本。

1　鄭振鐸〈談金瓶梅詞話〉、孫楷第《中國通俗小說書目》都將《新刻繡像批評金瓶梅》系統的本子通稱為「崇禎本」，為一般學者所接受。後自長澤規矩也起，對此本是否產生於崇禎年間有所懷疑，故陸續有「明代小說本」「改訂本」「說散本」「評像本」「評改本」「廿卷本」等不同說法。又有學者如鳥居久晴、韓南等將崇禎本僅指《新刻繡像批評金瓶梅》中的馬廉（北大）藏本或通州王氏（世界文庫）藏本。今從通行說法，將崇禎本通指《新刻繡像批評金瓶梅》系統的本子。

2　見臺灣《國立編譯館館刊》第 4 卷第 2 期，丁婉貞譯。北方文藝出版社版《金瓶梅的世界》收錄該文。該文所謂的「乙版本」，即本文所指的崇禎本。

（五）上海圖書館藏甲本。下簡稱上圖甲本[3]。

（六）上海圖書館藏乙本。下簡稱上圖乙本。

（七）日本內閣文庫藏本。下簡稱內閣本。另，長澤規矩也教授雙紅堂原藏一部，與內閣本完全相同，今歸東京大學東洋文化研究所資料室。

（八）首都圖書館藏本，原為孔德圖書館所藏。下簡稱為首圖本。

這裡先要說明的是，自從鳥居久晴的〈金瓶梅版本考〉以來，韓南的〈《金瓶梅》的版本及其他〉，乃至最近魏子雲的〈關於崇禎本的問題〉[4]，都將北大本（即馬廉氏舊藏本）與世界文庫所據王氏本混同起來，這是一個疏忽。如鳥居久晴文中將「馬廉氏舊藏本」「略稱崇禎本」，並說「崇禎本（眉批）行二字」，其具體論證時的引述都據世界文庫本。韓南在談及現藏於北大圖書館的原馬廉藏本時也說：「亦即今『崇禎本』。前三十三回鄭振鐸曾於 1935-1936 年所編上海出版之『世界文庫』中與『甲版之一』（按：即詞話本之一）對照。」魏子雲在談及「馬廉」時，也認為其眉評即「兩字一行」的。實際上，眉評兩字一行的世界文庫本影印的是王氏本，馬廉舊藏的北大本眉評是四字一行；又，北大本正文第一回回目「西門慶熱結十弟兄」之「弟兄」兩字，王氏本作「兄弟」；故這是兩種不同的本子，必須首先分辨清楚，再不能將北大本、王氏本，乃至狹義的所謂「崇禎本」混為一談了。

北大本的眉批既然是四字一行，那就與天理本的眉批格式相同。再考察兩本的其他情況，也多有相同之處。據劉輝〈《金瓶梅》主要版本所見錄〉與鳥居久晴〈金瓶梅版本考〉著錄，兩本框高均二十‧八公分；正文每面都是十行，行二十二字；北大本插圖非集中於卷前而分別插入每回之前，天理本也有如此「形跡」。另外，如序文、目錄、章回、回前詩詞部分，乃至卷六前不標「新刻」而題「新鐫」、卷十四前不標「批評」而題「批點」等等，都如韓南所說：兩本相同。因此可以斷定：北大本與天理本即使不是同版，也可歸入一類。

與北大本、天理本相同或接近的還有上圖甲本。

上圖甲本的眉批格式，正文行款、回前詩詞及框高二十‧八公分等，均同北大本、天理本，特別是卷一前題名「親刻繡像批評金瓶梅卷之一」中的「之」字的撇捺轉彎處

3　關於上圖甲、乙兩種，參見拙作〈關於上海圖書館藏兩種《新刻繡像批評金瓶梅》〉見日本《中國古典小說研究動態》第 2 期。

4　鳥居久晴的〈金瓶梅版本考〉，見《天理本大學學報》第 20 輯。韓南〈金瓶梅版的版本及其他〉，見注 2。魏子雲〈關於崇禎本的問題〉，見臺灣學生書局印行《小說金瓶梅》。上文引述這四篇文章時，均不另注出處。

有斷缺，其狀與《大安》第九十號所印天理本圖版極似。然其批語與北大本相較，則互有出入。今以第七回為例，兩本出入情況如下（附以內閣本）：

北大本	上圖甲本	內閣本
房子裡住的孫歪頭		
〔眉評〕：孫歪頭三字寫得活現，恰像真有其人。	同	「活現」作「現貌」。
大官人家裡有的是那囂段子		
〔眉評〕：段子曰囂，……想見立言	「立言」後多「之妙」兩字。	「立言」後多「之妙」兩字。
講了話，然後才敢去門外看。		
〔旁評〕：遞局。	無評。	遞局。
阿呀，保山，你如何不先來說聲？		
〔旁評〕：傳神。	無評。	傳神。
既是姑娘恁般說，又好了。		
〔眉評〕：滿肚皮要嫁，只三字。	「三字」後多「盡出」。	「三字」後多「盡出」。
張四羞慚歸家，與婆子商議。		
〔旁評〕：伏後罵句，細甚。	無評。	伏後罵句細甚。

又，北大本卷七題作「新刻繡像批評金瓶梅卷之七」，不同於保持崇禎本原刻形態的上圖甲乙兩本、天津本等題作「新刻金瓶梅詞話卷之七」（詳見第三部分）。

從以上情況看來，北大本與上圖甲本儘管大致相似，但實不同版，且相互之間不存在著先後關係，似同祖於某四字行眉批刻本。它們究竟與天理本關係如何，目前很難具體分析，但有一點可以肯定：北大本、天理本、上圖甲本三本相近，當歸為一類。

上圖乙本正文行款格式與以上三本相似，但它自有其不同於他本的特殊之處，這主要表現在兩個方面：一、眉批首原頁同王氏本，為兩字行，然其兩字行眉批僅兩葉四面，第三葉起即改為四字行，第十葉起不見眉批。至第二回寫西門慶初見潘金蓮，「賊眼不離這婦人身上，臨去也回頭了七八回」時，又見眉批「在阿」兩字。此當為他本所有的眉批「傳神在阿睹中」殘存的一行兩字。之後，就很難找到眉批了。然而此書的旁批、圈點卻自始至終大體保存，不過有時與他本稍有出入，如第一回寫到「月娘秉性賢能，夫主要上百依百順」時，各本眉批都作：「如此賢婦，世上有幾？」而此本作：「此賢婦，能有幾？」二、正文也有其特點。鳥居久晴在〈金瓶梅版本考〉中，曾列舉第一回中十一條例子，比較了各本之間的異同。我在〈關於上海圖書館藏兩種新刻繡像批評金瓶梅〉中也仍據他的十一條例子來比較了上圖乙本與它本的異同。今移錄於下（由於北大本、天理本、上圖甲本、內閣本的實際情況一致，故將它們歸為一類；張竹坡《第一奇書》本中的本

衙刊本、皋鶴草堂刊本、影松軒本也完全相同，故也並為一類；鳥居所說的「崇禎本」改正為「世界文庫本」；「？」處為原文模糊不清）：

北大、天理、上圖甲、內閣本	上圖乙本	世界文庫本	第一奇書本
1.西門熱結十弟兄	作「兄弟」	作「兄弟」	作「兄弟」
2.權謀術智，一毫也用不著	「？」	作「些」	作「毫」
3.又搭了這等一般無益有損的朋友	「？？」	作「相交」	作「又搭」
4.他嫂子再三向我說，叫我拜上哥	作「娘」	作「娘」	作「娘」
5.咱到日後，敢又有一個酒碗兒	「？」	作「鋪」	作「鋪」
6.他那裡又寬展又幽靜	作「廠」	作「敞」	作「廠」
7.倒好個伶俐標緻娘子兒，說畢	作「方」	作「方」	作「方」
8.哥別了罷，咱好去通知眾兄弟	作「自」	作「自」	作「自」
9.三清聖祖莊嚴寶相	「？」	作「道」	作「聖」
10.西門慶問道，是怎的來	作「問道」	作「問」	作「問道」
11.整整住了五七日，才得過來	作「七」	作「六」	作「七」

可見，上圖乙本與世界文庫本比較接近。它與世界文庫本的出入之處，也可能世界文庫本在排印時本身並未忠實於王氏本。總之，從上圖乙本的正文及眉批接近王氏本，又其插圖，正文的刊刻較為粗劣的情況來看，它當是王氏本的翻刻本。

天津本與上圖乙本的版式內容基本相同。兩者稍異的主要是圖像裝訂不同：天津本圖像如北大本分插於每回之前，而上圖乙本如他本集中於卷首。又天津本稍多幾處眉批。這些差異可能是由於不是同時印刷、裝訂所致，然它們當屬同版、至少是同類。我在〈關於上海圖書館藏兩種《新刻繡像批評金瓶梅》〉中曾據《天津市人民圖書館藏明清小說目錄》而猜測它與北大本同類，誤。

以上將北大本、天理本、上圖甲本歸為一類和將上圖乙本、天津本歸為一類之後，可在鳥居的基礎上，以眉批格式的不同，將崇禎本分為五類。今以第一回第一頁為例，表明情況如下：

1. 以世界文庫影印王氏本一頁為代表的二字行眉批：
   一部　炎涼　景況　盡此　數語　中
2. 以內閣本為代表的三字行眉批：
   一部炎　涼景況　盡此數　語中
3. 以天理本為代表的四字行眉批：
   一部炎涼　景況盡此　數語中
4. 以首圖本為代表的無眉批本。

5. 以上圖乙本為代表的二字行至四字行，至無眉批本。

這五類崇禎本的關係如何呢？長澤規矩也氏最早推定為：首圖本→內閣本→北大本。鳥居久晴則加進了天理本：首圖本→內閣本→天理本→崇禎本（鳥居的「崇禎本」實為世界文庫本和北大本的混合物）。這裡首先引起我們注意的是，他們都認為「首圖本」最早出現。在首圖本的基礎上加評成內閣本。而長澤又據內閣本的字樣推斷為天啟年間南京刻本。這樣，首圖本的刊刻時間就更早。於是，也就有了《新刻繡像批評金瓶梅》為「天啟本」的說法，對「崇禎本」的提法產生了動搖。其實，這個看法是經不起推敲的（關於刊刻時間問題下詳）。

長澤等認為內閣本是在首圖本上加評而成的最重要根據是兩本版式大至相同。這的確可以說明兩者之間有承襲關係。但這種關係既可能是首圖本先出，內閣本加評而成；也可能是內閣本先出，首圖本刪評而成。最近魏子雲先生將首圖本第一頁書影與內閣本相勘後，認為內閣本「印刷清晰」，首圖本「極其漫漶」，「光憑這一點，亦足以判定（首圖本）是後印」。這是正確的。但魏先生在這裡尚稍有疏忽，認為兩書是「同一版式的刻本」，首圖本只是「後印」而已。實際上，首圖本根本是一種將內閣本簡陋化後的後刻本。就以這一頁來比較，還有如下不同：一、首圖本在卷首題「新刻繡像批評金瓶梅卷之一」，與回目之間，少了一條細框線；二、詩詞旁又少了大量圈點；三、正文第三行「大唐國」之「國」字，第四行「同歸於盡，著甚要緊」中的「盡」字、「緊」字，首圖本均作簡化；四、正文第三行「營營逐逐，急急巴巴」，首圖本改成「營匕逐匕，急匕巴匕」。再加上眉批被刪、刊刻粗拙，故此一頁相勘，即可證明首圖本是翻刻內閣本的劣本。此外，還可證明首圖本後出的證據是附圖。韓南對此曾有評論：「一百零一頁插圖，雖仿刻其他版本之插圖。但技巧差之遠矣。圖上未刻任何插圖者之名，尤其八十一回後三幅插圖極為粗俗，顯為次流者所刻。」「某些插圖甚至次序有誤，插圖上面所附目錄（即章回名）亦有錯誤。」近有友人在首都圖書館翻閱此書後來告說，據其版刻，似為道光以後所出，我頗信之。

既然首圖本是內閣本的翻刻本而不是崇禎本系統中的最初刻本，那麼封面題有「原本」字樣的內閣本《新刻繡像批評原本金瓶梅》，是否真的是「原本」呢？按照長澤、鳥居的說法，四字行眉批的天理本出自內閣本，那內閣本就有「原本」的可能。對此，魏子雲表示異議。他「從卷帙與回目起刻看」，「從評語刻字來看」，「從字體來看」三個方面推想了天理本先而內閣本在後。魏先生否認天理本出自內閣本的意見值得重視。我補充兩點意見，可證天理、北大等四字行眉批本不可能從內閣本來：

一、從插圖來看，凡有插圖的本子如王氏本、北大本、天理本、上圖甲乙兩本、天

津本等大都為一百葉兩百幅，唯獨內閣本[5]及承襲內閣本的首圖本是五十葉。今內閣本及相同的東洋文化研究所藏本的插圖雖已遺失，但當年著錄均未提及插圖本身的構圖格局與他本相異，且從首圖本來看，其插圖格局也大致和王氏本相同，故可推知內閣本五十葉插圖也當與王氏本大致相同，只是它少了五十葉。於此表明：少五十葉的本子當為後出本。因為王氏本、北大本等均不可能根據一種僅有五十葉插圖的「原本」去增刊格局風貌相同的插圖五十葉。反之，翻刻時只有刪減原有的插圖，才有可能使刪剩的畫面與「原本」保持一致。

二、從回前詩看：王氏本、北大本、天理本、上圖甲乙兩本第一回開頭於「豪華去後行人絕」之前有「詩曰」兩字，占一行；於「二八佳人體如酥」之前又有「又詩曰」三字，也占一行。內閣本、首圖本均省卻「詩曰」「又詩曰」五字兩行。以一般常理而論，假如北大本、天理本、王氏本出自內閣本的話，是不大可能在翻刻時特地加上這無關緊要的兩行五字，相反，只有後出的本子刪去這五個無關緊要的字才在情理之中。於此也可見內閣本不是「原本」。

內閣本不是「原本」，北大本等不可能出自內閣本，那麼，有可能內閣本出自北大本嗎？我們據上文北大本、上圖甲本、內閣本評語相校的情況看來，內閣本與北大本、上圖甲本之間互有錯誤缺漏，且北大本、上圖甲本的缺失多於內閣本，故北大本、上圖甲本也不可能是內閣本的祖本。它們之間並無從屬關係，當分別來自它本。

那麼，它們來自何本呢？現在看來，三字行眉批的內閣本和四字行眉批的北大本等，都可能來自二字行眉批的王氏本。其理由如下：

1. 從現存影印王氏藏本的一頁書影及所有插圖看來，最為精良，刻工姓名所存最多。

2. 四字行眉批本正文格式與王氏本相同，不同的只是眉批有二字行或四字行的區別。一般說來，若以原四字行改成二字行，則遇兩條相近眉批時，就有排列不下的危險，故可能性小；反之，從二字行改成四字行，不成問題，故可能性大。

3. 內閣本的刊刻，誠如魏子雲所云「沒有天理本鄭重」，不但將眉批改成三字行，且正文行格多有從簡的趨向。但其四十六、四十七、四十八、五十四、五十七、八十三、九十三、九十八等回多次出現了二字行眉批的格式。顯然，這是翻刻二字行本時露出的馬腳。

4. 從上圖乙本、天津本的情況來看，清楚地留下了從二字行眉批本來的痕跡。

5. 從張竹坡《第一奇書》的情況來看，其正文與王氏本、上圖乙本接近（見上文所列

5　孫楷第《中國通俗小說書目》曾著錄內閣本有「圖百葉」，誤。曾藏有該本的長澤規矩也在〈金瓶梅的版本〉中已作糾正。今內閣本、東洋文化研究所藏本均佚圖畫。

表）。張竹坡當時距離崇禎本初刻時間不遠，有可能所據的是較好的本子。

總之，根據以上分析，我目前認為：崇禎本系統中，二字行眉批本當為最先刊出；三字行眉批內閣本、四字行眉批北大本、天理本、上圖甲本及混合型眉批上圖乙本、天津本三類分別從二字行眉批本出；無眉批的首圖本則從內閣本出。至於四字行眉批本中的北大本、天理本、上圖甲本，也非同版，它們之間的關係有待於進一步研究。

二字行眉批本目前僅見於王氏本。王氏本的刊刻精良，刻工列名也最多，故確有可能為崇禎本中的原刻本。然由於此本今不知下落，故無法進一步考察確定，且尚有一點疑問，還須找到正確答案。即其第一回「西門慶熱結十弟兄」插圖中坐於書桌正中之人（吳道官）比之它本缺少鬍鬚，他面前的紙上也少三行名字，令人費解。因為在一般情況下，覆刻本的圖像比之原本減少一點東西的可能居多，增加一點東西的可能較少。不知為什麼後出的本子反而多出了鬍鬚和文字呢？

二、崇禎本的評改者

關於崇禎本的評改者，前人未見論述。我曾在 1983 年〈《新刻繡像批評金瓶梅》評點初探〉一文中推測為馮夢龍。1985 年，友人劉輝在首圖本插圖末頁上發現署名「回道人」的題詩，當即馳書相告，認定「回道人」即是李漁，李漁即是崇禎本的評改者。我則喜疑參半。後陸續讀到他的〈《金瓶梅》版本考〉〈《金瓶梅》主要版本所見錄〉〈論《新刻繡像批評金瓶梅》〉等文章[6]，覺得崇禎本的評改者為李漁的說法頗難成立。

李漁曾用過「回道人」的化名，則毫無疑問。我甚至可以補充人們認為作者是李漁的《肉蒲團》中也有「回道人」的化名。其書第三回寫未央生請仙判與玉香姻緣事時，仙鸞借「回道人」題詩「紅粉叢中第一人，不須疑鬼復疑神，只愁豔冶將淫誨，邪正關頭好問津」等兩首。然而，《肉蒲團》中「回道人」的題詩與首圖本《金瓶梅》中的「回道人」題詩不大一樣。《肉蒲團》及《十二樓》《合錦回文傳》中的「回道人」是刻在原書之中，甚至本身就組織在正文之內，而《金瓶梅》首圖本中的題詩是刻在卷首附圖之後。而首圖本明明是一種至少經過了兩次翻刻（原刻本—內閣本—首圖本）的後刻本，這首詩又不見於首圖本據以翻刻的內閣本及其他崇禎本上，可證是補刻上去的。這就表明：署名「回道人」的這首詩，即使正是李漁所題，那也是題於後出的內閣本或某一同類崇禎本上，首圖本的書賈就據此補以入書，絕非是將詞話本初改為崇禎本的改定者題於初刻本上，故欲以後出的首圖本上的題詩作者回道人來確定崇禎本的評改者，是沒有說服

6　見遼寧人民出版社《金瓶梅成書與版本研究》及《文學遺產》1987 年第 3 期。

力的。

其次，從時間上來看。鄭振鐸在〈談《金瓶梅詞話》〉中以崇禎本插圖上的刻工姓名，推定此書刻於崇禎年間。劉輝評此說曰：「論證不可謂無據，惜無佐證。而僅以刻工名確定此書的刊刻年代，它可以是刻工青年時代所為，亦可以是晚年之作，中間彈性甚大。說刻於天啟亦可，刻於清初亦無不可，故日本學者有謂天啟本者。」此話說得也有理，僅僅根據刻工來推論是脆弱的。但是，時至今日，可作鄭振鐸「佐證」的已有不少。例如，一、劉輝文中引及的《金瓶梅》第十七回宇文虛中奏本中存有「虜」「夷狄」等字眼，即可證此書出於清初的可能性很小。二、1983 年 6 月日本《東方》雜誌上發表的荒木猛的〈關於《新刻繡像批評金瓶梅》〉（內閣文庫的《出版書肆》）一文，據內閣本封面、封底襯紙來證明此書刊於崇禎年間。三、去年，魏子雲又在崇禎本第九十五回找到了因避崇禎皇帝的諱而「凡是寫到吳巡檢的地方，全把檢字改刻成『簡』字」。另外，如詞話本第四十八回中曾孝序參劾夏提型的本文中「行檢不修」，在崇禎本中也改作了「行簡不修」。總之，目前根據以上佐證，鄭振鐸提出的《新刻繡像批評金瓶梅》刊刻在崇禎年間的說法，基本上可以肯定下來。

既然《新刻繡像批評金瓶梅》於明代崇禎年間業已問世，那認為李漁「寫定作評」在清順治十一至十五年左右的說法就難以成立。那麼，李漁有可能於崇禎年間「寫定作評」嗎？也不可能。查李漁生於萬曆三十九年（1611）（此據〈一家言·庚子舉一男時予五十初度〉。《家譜》記萬曆三十八年庚戌八月初七日降生）。崇禎年間（1628-1644），李漁是十八至三十四歲。假如考察其生平和思想，則絕無可能。據〈春及堂詩跋〉〈與許於王直指〉書，可知明崇禎八年前後，李漁在浙江婺州「出赴童子試」。崇禎十年，二十七歲的李漁才「考取入府庠」（《家譜》）。此後，他數應鄉試皆不中。三十歲元日曾作〈鳳凰台上憶吹簫〉詞感歎功名難就。崇禎末年，三十四歲時有〈應試中途聞警歸〉詩，記其再次應試，適逢甲申國變，中途聞警而歸。於此可見，崇禎年間的李漁是熱衷於科舉功名而又仕途蹇塞，屢試不利。以這樣的處境和心態，怎麼能評改《金瓶梅》呢？事實上，李漁把心力傾注於小說戲曲，是要到四十一歲順治八年遷居杭州以後。而此時崇禎本《金瓶梅》早已問世，故將崇禎本的刊刻時間與李漁的生平思想相對照，也不能得出李漁寫定作評《金瓶梅》的結論。

最後，從李漁與張竹坡評本《第一奇書》的關係來看。由於張竹坡評點時所依據的底本是崇禎本，而《第一奇書》的所謂「康熙乙亥本」與「在茲堂」本（兩本實為同版）扉頁右端上題有「李笠翁先生著」六字，又由於竹坡之父親張翱與李漁一度過往甚密，故劉輝認為：「他（竹坡）對先輩的密友李漁的情況，雖不能說瞭若指掌，單靠耳聞，也是相當熟悉的。他的評本《第一奇書》的文字，恰恰來自《新刻繡像批評金瓶梅》，而

不是詞話本。就連《第一奇書》的命名，也是來源於李漁的〈三國志演義序〉。他署為『李笠翁先生著』，斯言當屬可靠無疑。這同時有力地證明了李漁是《新刻繡像批評金瓶梅》的寫定者。」

這裡的問題是，「康熙乙亥本」與「在茲堂」本上所署的「李笠翁先生著」是書商為招徠讀者而搞的把戲，還是「無異於明確告訴人們李漁正是《新刻繡像批評金瓶梅》的作者？」我認為，當是前者而不是後者。首先，在《第一奇書》本系統中，「在茲堂本」及所謂「康熙乙亥本」是否是初刻本就大成問題。筆者曾於〈張竹坡及其《金瓶梅》評本〉一文中表示過懷疑[7]。前年於東京東洋文庫閱得「本衙藏板」一種，此書扉頁右上角題「彭城張竹坡批評金瓶梅」，正中大書「第一奇書」四字，左下角署「本衙藏板，翻刻必究」。當時，將此書與「在茲堂本」、姑蘇原板「皋鶴草堂本」等相校後，覺得此本當為最早。去年回國後，見齊魯出版社排印本出，其校點者所持吉林「本衙藏板」本與東洋文庫藏本似為同版，他們也有類似的看法。因此，假如「在茲堂本」及所謂「康熙乙亥本」並非是《第一奇書》中的初刻本的話，那其「李笠翁先生著」數字就根本不能反映張竹坡的看法。此其一。其二，這裡明明署李笠翁先生「著」，根據當時的習慣，若真是李漁作了修改並加以批評的話，也不會署「著」字，其「著」字正恰恰否定了李漁曾加以評點和修改。其三，《第一奇書》本卷首謝頤序開頭第一句話即說：「《金瓶梅》一書，傳為鳳洲門人之作也，或云即鳳洲手。」後面張竹坡儘管對作者王世貞說有所懷疑，在〈批評第一奇書金瓶梅讀法〉（三十六）中說「傳聞之說，大都穿鑿，不可深信」，「彼既不著名於書，予何多贅哉」。看來張竹坡從未說過此書原是李漁作的，也從不想在作者問題上表示什麼明確的意見。其四，從《第一奇書》的命名來看，也可見與李漁的觀點相悖。李漁的〈三國志演義序〉是把《金瓶梅》列於「四大奇書」的第四而非第一。《小說小話》所云「芥子園四大奇書原刻本」今佚未見。然今所存乾隆丁卯本很可能是芥子園本的翻刻本，其扉頁右上角題「彭城張竹坡原本」中間即大書「奇書第四種」，而今存有李漁序的《三國志演義》都題「四大奇書第一種」。康熙己未李漁序又明確說「第一奇書之目果在《三國》也」，那他怎麼會再稱《金瓶梅》為「第一奇書」呢？顯然，張竹坡的「第一奇書」的命名不但並非來自李漁，而且正與李漁稱《三國》為「第一奇書」的說法針鋒相對。其五，張竹坡的批評對「原評」多有抵牾不敬之詞。特別是他對於吳月娘的批評，學習了金聖歎故意與原評唱反調而打倒宋江的辦法，處處與崇禎本的評點唱對台戲。崇禎本對吳月娘的評價的主調是：「如此賢婦，世上有

7　黃霖〈張竹坡及其《金瓶梅》評本〉，《中國古典文學叢考》第 1 輯，復旦大學出版社，1985 年版，頁 273。

幾?」（第一回）而張竹坡評吳月娘時時針鋒相對地說：「誰謂月娘為賢婦人哉！吾生生世世不願見此人也。」（第七十五回）「此書中月娘為第一惡人罪人，予生生世世不願見此等男女也。」（第八十四回）假如張竹坡果真明知原評為父親的好友李漁所作，且有意在書前署明「李笠翁先生著」的話，怎麼會用這樣的口氣呢？而現在張竹坡用的就是這樣一種大不敬的口氣，這正反映了張竹坡心目中的崇禎本與李漁毫無關係。

總之，說李漁是崇禎本初刻的改定作評者，是難以成立的。但我認為，劉輝發現首圖本上回道人的題詩，還是很有意義的。這也是他研究《金瓶梅》的一個重要收穫。因為他為《金瓶梅》的研究，同時也為李漁的研究提供了一條新的有價值的材料。李漁儘管不是崇禎本最初的改定者，但這位中國古代難得的「全才」型的文學家畢竟閱讀、題評過《金瓶梅》，這不能不引起我們的注意。

現在再來看看崇禎本的評改者是否會是馮夢龍呢？本來，隨著近年來陸續拜讀了魏子雲、陳毓羆、陳昌恆等先後探討馮夢龍與《金瓶梅》關係的論文後，曾增強了我認為馮夢龍是崇禎本評改者的想法。可是，最近由於在《新刻時尚華筵趣樂談笑酒令》（以下簡稱《酒令》）一書中發現了若干材料，又受到了朱傳譽先生〈明清傳播媒介研究——以金瓶梅為例〉一文的啟發，終於使我感到疑惑起來。

《酒令》實際上是一部以笑料為主的通俗類書，共四卷，編者不詳，題「文德堂宇刊」。扉頁中間題「博笑珠璣」，左右分別題「博笑珠璣種種新」「華筵聚樂篇篇錦」，上面題「新興笑談」。四卷卷前題名並不統一：卷一題「新刻時尚化筵趣樂談笑酒令卷之一」，卷二題「新刻華筵趣樂謎笑奇語酒令卷之二」，卷三無題名，卷四題「新刻華筵趣樂謎笑酒令卷之四」。正文分上下欄：上欄主要收謎語、歇後語、笑談、詩歌等，下欄主要收酒令、急口令、笑話等。這部書的編刊時間當在正德十二至十四（1517-1519）年間。這是因為卷四上欄最後部分「皇明詩選」中，至少有兩個人值得注意：一個是「甯王」，另一個是「舒狀元」。正德十四年，甯王朱宸濠反逆，封除。此為下限。在此之前姓舒的狀元只有一個，即舒芬，為正德十二年一甲一名。此為上限。

《酒令》首先引人注目的是有兩首酒令在《金瓶梅詞話》中也出現。

其一，《酒令》卷三「骰子令·古人令」中的「百萬軍中卷白旗」一首在《金瓶梅詞話》第六十回出現：

《酒令》：

　　一　百萬軍中卷白旗；

　　二　天邊豪富少人知；

　　三　秦王斬了余元帥；

四　罵得將軍沒馬騎；

五　唬得吾今無口應；

六　滾滾街前脫去衣；

七　毛女犯刑腰上斬；

八　分屍不得滯刀歸；

九　一丸妙藥無人點；

十　千載終須一撇離。

《金瓶梅詞話》：

一　百萬軍中卷白旗；

二　天邊豪富少人知；

三　秦王斬了余元帥；

四　罵得將軍沒馬騎；

五　唬得吾今無口應；

六　滾滾街前脫去衣；

七　毛女犯刑腰上斬；

八　分屍不得滯刀歸；

九　一丸妙藥無人點；

十　千載終須一撇離。

其二，《酒令》卷三「骰子令·風月令」中的「張生醉倒在西廂」，乃緊接上令，也在《金瓶梅詞話》第三十五回出現。

《酒令》：

一　張生醉倒在西廂。（吃了多少酒？一大壺，兩小壺。）

二　多謝鶯鶯扶上床。（甚麼時候？三更四點。）

三　留下金釵為表記。（有多少重？五錢六分七釐。）

四　夫人詰問打紅娘。（打多少？八九十下。）

《金瓶梅詞話》：

一　張生醉倒在西廂。（吃了多少酒？一大壺，兩小壺。）

二　多謝紅兒扶上床。（什麼時候？三更四點。）

三　留下金釵與表記。（多少重？五六七錢。）

四　夫人將棒打紅娘。（打多少？八九十下。）

其次，《金瓶梅詞話》中有些詩歌在當時比較流行，而在《酒令》中也能找到，如：
《酒令》卷四〈嘲妓女〉：

> 二八佳人巧樣妝，洞房夜夜換新郎。
> 一雙玉手千人枕，半點朱唇萬客嘗。
> 做盡百般嬌態意，妝成一片假心腸。
> 迎新送舊知多少，假作相思淚兩行。

《金瓶梅詞話》第八十回：

> 堪歎煙花不久長，洞房夜夜換新郎。
> 兩隻玉腕千人枕，一點朱唇萬客嘗。
> 造就百般嬌豔態，生成一片假心腸。
> 饒君總有牢籠計，難保臨時思故鄉。

《酒令》卷四〈勉勿貪花〉：

> 色不迷人人自迷，迷他端的受他虧。
> 精神耗散容顏淺，骨髓焦枯氣力微。
> 犯著姦情家易散，染成色病藥難醫。
> 叮嚀警戒無他事，留得殘生吃澀梨。

《金瓶梅詞話》第三回：

> 色不迷人人自迷，迷他端的受他虧。
> 精神耗散容顏淺，骨髓焦枯氣力微。
> 犯著姦情家易散，染成色病藥難醫。
> 古來飽暖生閒事，禍到頭來總不知。

以上兩書的相同部分，很難說《金瓶梅詞話》一定抄自《酒令》，因為當時在社會上流行的這類書還不少。但兩首排在一起的酒令同時被《金瓶梅詞話》所引用，這不能不引起我們的注意。

《酒令》中另有兩則鄰近的笑話，未見詞話本引用，卻被崇禎本第五十四回同時引用在一起；再加上最近魏子雲先生的〈金瓶梅這五回〉和朱傳譽先生的〈明清傳播媒介研

究——以金瓶梅為例〉都論及了這兩則笑話，因此更令人感到興趣。

這兩則笑話在《酒令》中是這樣的：

〈嘲富人為賊〉（卷四）：

> 昔一人出外為商，不識字，船泊於江心寺邊，攜友遊寺，見壁上寫「江心賊」三字，連忙走出，喚船家曰：「此處有江心賊，不可久停。」急忙下船。其友止之曰：「不要忙，此是賦，不是賊。」其人搖頭答曰：「富便是富，有些賊形。」

〈有錢村人〉（卷四）：

> 昔有一巡按到任未久，限獵戶要捕麒麟。遍覓無得回話，只得把水牛來，將銅錢遍身披掛，假作麒麟，獻給巡按。巡按大怒曰：「這畜生身上若無幾個錢，不明明是個村牛。」

它們在崇禎本第五十四回中則被改寫為：

> 伯爵說道：一秀才上京，泊船在揚子江。到晚叫艄公：「泊別處罷，這裡有賊。」艄公道：「怎的便見有賊？」秀才道：「兀那碑上寫的不是江心賊？」艄公笑道：「莫不是江心賦？怎便識差了？」秀才道：「賦便賦，有些賊形。」……又說：孔夫子西狩得麟，不能彀見，在家裡日夜啼哭。弟子恐怕哭壞了，尋個牯牛，滿身掛了銅錢哄他。那孔子一見便識破道：「這分明是有錢的牛，卻怎的做得麟？」

對此，魏子雲先生認為：「應伯爵這天作東道主，請老大郊遊會飲作主人，怎會一連說出兩個罵有錢人的笑話來。小說乃塑造人物的藝術，從這一點來看，也足以說明補寫廿卷本這一回的作者，可真是不懂小說呢？那麼，《萬曆野獲編》說的『即前後血脈亦絕不貫串』的話，此處殆亦明證。若是情形，或是『陋儒補以入刻』的吧！」朱傳譽先生總結魏文說：「魏子雲先生認為沈德符所說『陋儒補以入刻』的情況，可按在崇禎本《金瓶梅》頭上，而不能按在萬曆本和崇禎本的改寫編印，馮夢龍可能參與崇禎本的刪改，重點幾乎都在『這五回』。」朱先生在這基礎上又作了重要補充，說：「值得注意的一點是，馮夢龍編《笑府》卷一收一條笑話，題為〈江心賊〉，原文說：『一暴富人日夜憂賊。一日偕友遊江心市，壁間題江心賊，錯認賦字為賊，驚欲走匿。友問其故，答云：江心賊在此。友曰：賦也，非賊也。曰？賦便賦了，終是有些賊形。』這應是應伯爵所講故事的來源，也是馮夢龍改寫所取資。原文是暴發富自諷，而馮卻改成了秀才諷暴發富。不過，這些已不重要，要緊的是，馮夢龍改寫這條笑話，加進崇禎本《金瓶梅》，可作為他改編萬曆本《金瓶梅》的有力證據。天啟四年所收的《古今笑》沒有這

條資料，可知《笑府》印於天啟末，崇禎初。」

看了朱先生提出的《笑府·江心賊》作為馮夢龍改編萬曆本的證據，反而使我產生了疑問：假如真的是馮夢龍將早在正德年間就流行的、如在《酒令》中刊在一起的兩則笑話改寫進崇禎本的話，那為什麼在《笑府》中只收一則呢？又，為什麼《笑府·江心賊》的主人公及內容與《酒令》較為接近而與《金瓶梅》反而較遠呢？當然，有可能《笑府》編刊於前，崇禎本改寫於後，馮夢龍於後來又發現了新的材料。但一般說來，由於《酒令》與《笑府》，與崇禎本之間相距時間不長，只收一則笑話的《笑府》的編刊者與收了兩則笑話的崇禎本的改寫者不是同一人的可能性為大。

三、崇禎本與詞話本的關係

上面的論證都是建立在崇禎本是詞話本的改定本的基礎上的。崇禎本出自詞話本，自三十年代鄭振鐸提出之後，為多數學者所接受。但近年來陸續有人對兩本的先後關係表示懷疑和發表新見。其中尤以梅節先生在〈全校本《金瓶梅詞話》前言〉中所表明的意見令人注目。他說：

> 《金瓶梅》……在輾轉傳抄過程中，開始出現兩種本子，一為十卷本，一為二十卷本。二十卷本曾有人加以編纂，刪削詞曲，略去細節，改寫楔子、回目和回前詩，以《金瓶梅》為書名刊行，有東吳弄珠客序和廿公跋。現存之《新鐫繡像批評金瓶梅》，可能是這個二十卷本的第二代刻本。二十卷本面世後風行一時，書林人士見有利可圖，乃梓行十卷本《金瓶梅詞話》……十卷本《新刻金瓶梅詞話》雖更接近評話底本，它的刊行卻在二十卷本《金瓶梅》之後。

三月號《明報月刊》上撰文評價梅校本時說得更為明白：

> 說傳抄本就有十卷本和二十卷本兩個系統，這是有一定根據的。謝肇淛的〈金瓶梅序〉就說他的抄本是二十卷。說評像本（按：即崇禎本）並非源自現存詞話本，也有一定根據，因為有校刊材料證明兩者不是父子關係。……據筆者所知，梅節的新說，是有校刊材料支援的。如果梅節能證明現存的詞話曾據評像本校改過，則可證明今崇禎本是第二次刻本了。這將是《金瓶梅》成書過程中的重大發現，希望他能早日寫出文章來，公佈其研究成果。

誠然，梅節在《金瓶梅詞話》本的校勘方面下了大功夫，取得了很大成績。我相信他有豐富的校刊材料證明詞話本與崇禎本兩者「不是父子關係，而是兄弟關係」。但是，據

梅節〈前言〉所說，他所校的崇禎本僅僅是內閣本一種。這樣，他就難以發現其他崇禎本中明顯地留下了來自詞話本的痕跡。其中最明顯的，莫過於卷前題名上露出來的馬腳了。

眾所周知，今存崇禎本都為五回一卷，共二十卷。每卷前一般都題「新刻繡像批評金瓶梅卷之×」。此題名與全書目錄前題名相同。然而，其中有幾卷題名較為特殊。今以上圖甲本為例，情況如下：

卷六題：新鐫繡像批評金瓶梅卷之六；

卷七題：新刻金瓶梅詞話卷之七；

卷八題：新刻繡像評點金瓶梅卷之八；

卷九題：新刻繡像批點金瓶梅詞話卷之九；

卷十題：新刻繡像批評金瓶梅之九；

卷十四題：新刻繡像批點金瓶梅之十四；

卷十五題：新刻繡像批點金瓶梅之十五；

卷十六題：新刻繡像批評金瓶梅之十；

令人吃驚的是，與上圖甲本大有出入的上圖乙本、天津本，除了卷十六題作「新刻繡像批評金瓶梅卷之十五（按：「十五」亦誤）」之外，其他與此全部相同。不但如此，北大本除卷七題「新刻繡像批評金瓶梅卷之七」外，其餘悉同。以此類推，天理本，乃至王氏本估計都是如此。於此，我們可以清楚地看到以下三點：

1. 卷七、卷九兩處多出「詞話」兩字，特別是卷七的題名，竟與詞話本完全相同，這無疑是修改詞話本時不慎留下的痕跡。假如崇禎本與詞話本是平行發展的兩種本子，甚至先有崇禎本，後出詞話本的話，就絕不可能兩處憑空加上這「詞話」兩字。

2. 當卷十處的卷號卻題作「卷之九」，卷十六處上圖甲本缺「六」字，上圖乙本作「十五」。這些紕漏都說明此崇禎本的「二十卷」是據詞話本臨時倉促編排而成，並非來自經過輾轉傳抄的原有的二十卷本。

3. 從一會兒冒出「新鐫」，一會兒又冒出「批點」「評點」來看，也都可以看出臨時修改、添加的混亂情況，不像據原本刊成。

當然，懷疑詞話本與崇禎本之間的「父子關係」並非毫無緣由。最初引起人們懷疑的是發現崇禎本並非只是「刪改」詞話本，而在有的地方與詞話本大有出入，甚至比詞話本表現得更為豐富和完整[8]。這除了表現較為突出的五十三回至五十七回之外，又如第四回開頭西門慶引誘潘金蓮的一段文字，以及第九回、第八十一回等都有較多的文字為

8　參見美國浦安迪〈瑕中之瑜〉，見上海古籍出版社《金瓶梅西方論文集》，頁299。

詞話本所缺。其實,這個問題不難理解。因為崇禎本的改定者並非是等閒之輩,今就其修改的回目、詩詞、楔子等情況看來,當有相當高的文學修養。因此,他在主要從事刪改的同時,有時也適當地添加一些筆墨,這完全在情理之中。就以第四回來看,詞話本寫王婆將西門、金蓮兩人倒關在屋裡後,從西門慶寫起:「卻說西門慶在房裡,把眼看那婦人,雲鬢半軃,酥胸微露,粉面上顯出紅白來。一徑把壺來斟酒,勸那婦人酒。一回推害熱,脫了身上綠紗褶子,……」然後就演出了拂箸落地,順手捏鞋等把戲,特別缺少對潘金蓮的刻劃。崇禎本則改變了敘述的角度,一開始從潘金蓮寫起,且加了一段文字,使故事更加曲折生動,並大大豐富了對潘金蓮的神情心理的描繪:

> 這婦人見王婆子去了,倒把椅兒扯開一邊坐著,卻只偷眼睃看。西門慶坐在對面,一徑地把那雙涎瞪瞪的眼睛看著他,便問道:「卻才到忘了問得娘子尊姓?」婦人便低著頭,帶笑的回道:「姓武」。西門慶故做不聽得,說道:「姓堵?」那婦人卻把頭又別轉著笑著低聲說道:「你耳朵又不聾!」西門慶笑道:「呸!忘了,正是姓武。只是俺清河縣姓武的卻少,只有縣前一個賣炊餅的三寸丁,姓武,叫做武大郎,敢是娘子一族麼?」婦人聽得此言,便把臉通紅了,一面低著頭微笑道:「便是奴的丈夫。」西門慶聽了,半日不做聲,呆了臉,假意失聲道:「屈!」婦人一面笑著,又斜瞅他一眼,低聲說道:「你又沒冤枉事,怎的叫屈?」西門慶道:「我替娘子叫屈哩!」卻說西門慶口裡娘子長,娘子短,只顧白嘈,這婦人一面低著頭弄裙子兒,又一回咬著衫袖口兒,咬得袖口兒格格駁駁的響,要便斜溜他一眼兒:只見這西門慶推害熱,脫了上面綠紗褶子……

這段描寫的確不錯。接下去,添油加醬的地方還不少。而同時,改者又屢屢加評:「媚極。」「寫情處,讀者魂飛,況身親之者乎!」「作者傳神處,宜玩」。……這當然是自吹自誇,以引起對他的妙筆的重視。其中,最值得注意的是,評改者在這裡有這樣一條眉批:

> ……此寫生手也。較原本徑庭,讀者詳之。

評改者在這裡自鳴得意,正是清楚地表明了他對「原本」作了大幅度的潤飾而顯得大相「徑庭」。顯然,這裡的「原本」只能是據以改定而相對簡單的詞話本,而不是內容相同的崇禎本系統的某種先於刻本的「原本」。

然而,崇禎本眉批又在第三十回提及了「元本」:

> 月娘好心,直根(?)燒香一脈來。後五十三回為俗筆改壞,可笑可恨。不得此

元本，幾失本來面目。

我曾在〈金瓶梅成書三考〉一文中將此「元本」與第四回的「原本」混同起來，因而覺得兩條眉批所言「原本」有所矛盾。現在想來，「元本」與「原本」不能相混。「原本」當為據評改的底本，即已刊印的詞話本；而「元本」當為另一種據以參校的全抄本。這種全抄本也只能是詞話本系統的，而絕不是崇禎本系統的。因為評改者將此「元本」（全抄本）與「原本」（已刻詞話本）相校，只提到個別的回目如「五十三回為俗筆改壞」，而未提及全書的面目相異。假如評改者所持的「元本」為梅節所云的傳抄過程中的二十卷本，那評改者一定會發出與「原書」大相徑庭的感慨。那麼，我為什麼認為評改時確有一種略異於已刻詞話本的「元本」呢？因為崇禎本確實留下了一些並非只靠主觀修改而是參考了他本的痕跡。例如，詞話本第六十五回提到布按三司八府官時，於「右布政陳四箴」下為「右參政季侃」，而所有崇禎本的「季侃」均作「季侃廷」。這裡的「廷」字，既非已刊詞話本所有，又無必要任意增加，再聯繫到崇禎本將「陳經濟」改為「陳敬濟」，「宋惠蓮」改成「宋蕙蓮」等，這些人物名字的更改似乎都有根據（例：目前所見詞話本第二十二回曾將「宋惠蓮」作「宋蕙蓮」。而下文均作「惠蓮」，這很可能是此本抄工偷懶而造成的，而其他抄本仍為「惠蓮」）。就「季侃廷」而言，與「陳四箴」一樣，這些名字都有寓意[9]，「季侃廷」之「季侃」顯然合理。因此我現在覺得崇禎本眉批稱得「元本」相較，此言不欺。

根據以上分析，我認為崇禎本當以已刊詞話本（所謂「原本」）為底本，又參照了另一「元本」修改加評而成。這一看法是否妥當，謹請大家批評。

9　詳見拙作〈論《金瓶梅》詞話的政治性〉，《學術月刊》1985 年第 1 期。1987 年《北京師範大學學報》發表了卜鍵同志的〈「陳四箴」辨正〉一文，與我商榷這一問題。這是值得歡迎的。遺憾的是，卜鍵同志與我商討這一問題，卻沒有讀過我初次提出「陳四箴」問題的這篇文章，因此開口第一句話就錯了。就「四箴」而言，我作文時就知道至少在宋代就有，不僅僅在嘉靖、萬曆年間有陳四箴事件。我在文章中所說的「陳四箴」是指為『酒色財氣，作四箴而陳之於朝廷的』，並非指其他各種陳四箴。至於雒于仁、陳四箴與〈四貪詞〉及《金瓶梅詞話》有沒有關係，恐怕要聯繫全局來看，非三言兩語可斷然否定。因此，我目前仍堅持「陳四箴」「季侃廷」等名字有寓意。

再論《金瓶梅》崇禎本系統
各本之間的關係

1990 年，我在拙文〈關於《金瓶梅》崇禎本的若干問題〉[1]中，曾對崇禎本系統各本之間的關係作過探索，得出了如下的結論：

> 崇禎本系統中，二字行眉批本當為最先刊出；三字行眉批內閣本、四字行眉批北大本、天理本、上圖甲本及混合型眉批上圖乙本、天津本三類分別從二字行眉批本出；無眉批的首圖本則從內閣本出。至於四字本中的北大本、天理本、上圖甲本，也非同版，它們之間的關係有待於進一步研究。

至去年十月，在山東五蓮召開的第四屆國際《金瓶梅》學術討論會上，香港的梅節先生提交的論文〈金瓶梅成書再探〉（未定稿）中有一節題為「誰保持崇禎本的原刻形態？」，就拙文提出了四點「逆向思考」，認為崇禎本中的「正頭香主」非二字行眉批本，而是他用以校勘詞話本的內閣本。梅節先生長期從事《金瓶梅》的校勘工作，發明甚多，成績卓著，其論多以其校勘所得作基礎，值得關注，然對先生認為內閣本保持「原刻形態」一說，愚仍多不解，今將在以前拙文所作結論的基礎上進一步補充材料，加以申述，然後再對梅先生提出的四點「逆向思考」加以討論，以就教於梅先生與各位方家。

一、內閣本不似原刻形態

內閣本儘管自己標榜為「新刻繡像批評原本金瓶梅」，但它實非崇禎本系統中的「原本」，主要是因為它不論是與詞話本比，還是與北大本等四字行眉批本校，都有如下三個明顯的特點：(一)有意簡略；(二)時見脫漏；(三)特多錯刻。這都可證明它不是崇禎本中的原刻本，而是一種翻刻本。

1　中國金瓶梅學會編《金瓶梅研究》第一輯，南京：江蘇古籍出版社，1990 年版，頁 60-83。

(一)有意簡略

我在上次論述內閣本不是「原本」時，主要是從這方面著眼，就「插圖」與「回前詩」兩個角度來加以論述的。這裡再稍作補充。

內閣本及與此同版的東洋文化研究所藏本的首卷，早已亡佚，今僅據孫楷第、長澤規矩也、鳥居久晴等著錄，知有圖像五十葉[2]，其畫面的精粗細情，已不得而知，但大致內容當與它的翻刻本首圖本相似。首圖本的五十葉圖，係二字眉批本[3]和四字眉批本一百葉圖的改半，雖三類本子的這五十葉圖的大致輪廓相似，然其精粗之別不可同日而語。王氏藏本刻工甚精，風神宛然，多幅圖上鐫有當時新安刻工名家如劉應祖、劉啟先、洪國良、黃子立、黃汝耀等之名。這些畫與他們同時雕刻的《吳騷合編》等插圖風格一致。因此有理由相信它們是原刻。假如內閣本的插圖今天尚在，只要兩相一對，孰真孰贗，就一目了然，可惜現在已「死無對證」，就只得以理來推斷。這有兩種可能：一是王氏藏本為初刻一百葉，後內閣本翻刻時刪簡了五十葉；二是內閣本為杭州魯重民初刻[4]，後由另一家書肆翻刻時，再請同一批雕版名手來增刻風格相同的五十葉。顯然，後一種可能是極小極小的。假如再結合內閣本其他粗製濫造的情況來看，可以說後一種可能是沒有的。

再看回前詩。上次我說得比較簡單，這次我稍作了統計。崇禎本一百回，共有五十二回正文開頭引的是詩[5]。四字眉批的北大本（上圖甲、乙本略同）除第三十九回回前詩前缺略「詩曰」兩字外，其餘五十一回回目後均有「詩曰」兩字，比較規範。而相反，內閣本除第二十六、二十八兩回有「詩曰」兩字外，其餘 50 回均付闕如。

再看回前的詞。北大本等也比較規範，一般在引詞的正文前有「詞曰」兩字，後下角有「右調寄×××」，只有第八、七十八、九十七 3 回後缺「右調寄×××」，第八

2　1963 年 5 月日本《大安》第 9 卷第 5 號〈《金瓶梅》參考圖版 12 種〉曾載有內閣文庫本的扉頁、序及插圖各一頁，其插圖疑非內閣本原圖而是將它本誤植，因為此插圖為第四十六回〈元夜遊行遇雨雪，妻妾戲笑卜龜兒〉一葉兩圖。據孫楷第、鳥居久晴、長澤規矩也等著錄，內閣本插圖為五十頁，即一回一圖，不可能一回兩圖。又，此插圖版心有「金瓶梅」三字，而內閣本正文版心均無此三字。

3　原為滄州王孝慈所藏，後自古佚小說會影印詞話本時將此附於卷首後，今到處可見，然原本已不知下落。

4　荒木猛〈關於《新刻繡像批評金瓶梅》（內閣文庫藏本）的出版書肆〉，見黃霖、王國安編譯《日本研究金瓶梅論文集》，濟南：齊魯書社，1989 年版，頁 130-138。

5　第 1、3、4、5、7、9、11、12、14、15、16、17、19、24、26、28、31、32、35、36、39、42、47、49、51、52、56、57、59、62、63、64、65、70、74、75、76、80、81、83、84、86、87、88、90、91、92、93、94、95、98、100 回。

十五回僅存「右調」兩字而無具體調名。內閣本共 48 回回前引詞為貪圖方便而相當混亂。有時有「詞曰」兩字，更多的則沒有；有時調名刻在後面，有時移在前面，有時則沒有。具體情況如下：

1. 有「詞曰」並後有調名的是：第二十七、二十九、三十回；

2. 無「詞曰」而前有詞牌名的是：第二、六、十、十八、二十、二十一、二十二、二十三、二十五、三十八、四十、四十一、四十三、四十四、四十五、四十六、四十八、五十、五十三、五十四、五十五、五十八、六十、六十一、六十六、六十七、六十八、六十九、七十一、七十二、七十三、七十七回；

3. 無「詞曰」而後刻詞牌名的是：第十三、三十三、三十四、八十二、八十九、九十六、九十九回；

4. 無「詞曰」也無詞牌名的是：第八、三十七、七十八、七十九、九十七回；

5. 無「詞曰」而後僅存「右調」兩字：第八十五回。

這裡第 4、第 5 兩類中除第三十七、七十九回外的其他四回的缺失與北大本相類，這可證它們共同的祖本的這四回本來就有問題。換言之，北大本在翻刻時比較忠於原刻的面貌，它的缺失是由原本所造成的，而內閣本想省去「詞曰」與「右調寄」等字而搞得亂七八糟。在這裡，或許有人也會「逆向思考」，認為這種現象是由於內閣本「原刻」時比較簡陋，後來其他本翻刻時再加以整飭化。我認為這是不可能的。這是因為一，不但北大本等四字眉批本前有「詩曰」「詞曰」等比較規範，而且精美的王氏藏二字行眉批本也如此；二，像內閣本那樣刊刻粗糙的刻本，翻刻者往往貪利圖便而簡化或漏刻，而不太可能去作認真的校勘，特別是像內閣本沒有詞牌名的情況下，後來者是不可能去推敲、補刻詞牌名的。總之，從回前詩詞的刊刻情況來看，內閣本只能是一種為求利省事而刊刻粗率的後出本。

(二)時見脫漏

最能說明內閣本後出的是多有脫漏。這種脫漏並非僅有意想偷工減料，而且多翻刻時無意失之。我想就正文與批語兩個方面，各擇數例來略作說明。

1.正文

(1)第一回「……都順口叫他月娘。卻說這月娘，秉性賢能，夫主面上百依百順」處，脫了「卻說這月娘」一句；

(2)第六十七回：

詞　話　本	北　大　本	內　閣　本
……見玳安站著等要搭連，玉簫道：「使著手不得閒膽，教他明日來與他就是了。」玳安道：「黃四緊等著，明日早起身東昌府去，不得來了，你膽膽與他罷。」	……見玳安站著等　　搭連，玉簫道：「使著手不得閒膽，教他明日來與他就是了。」玳安道：「黃四等緊著，明日早起身東昌府去，不得來了，你膽膽與他罷。」	……見玳安站著等要搭連，玉簫道：「使著手不得閒膽，教他明日早起身東昌府去，不得來了，你膽膽與他罷。」
金蓮道：「李瓶兒是心上的，奶子是心下的，俺每是心外的人，入不上數。」	金蓮道：「李瓶兒是心上的，奶子是心下的，俺們是心外的人，入不上數。」	金蓮道：「李瓶兒是心上的，俺們是心外的人，入不上數。」

這裡的第一段，北大本與詞話本僅「等緊」與「緊等」之差（上圖甲、乙兩本同詞話本），而內閣本漏刻了一段。這漏刻顯然是由於隔行兩個「明日」而使刻工致誤的。第二段，北大本只是將「俺每」改成通行的「俺們」，內閣本也改成了「俺們」，看來這是他們共同的祖本就改了，而內閣本在翻刻時漏刻了相似的三句中的一句。

(3)第七十七回宋喬年題本上，內閣本獨缺「提學副使陳正匯，操砥礪之行，嚴督率之條」一行，而詞話本、北大本及上圖甲、乙兩本等都不缺，顯然是內閣本翻刻時漏刻一行。

(4)第七十九回開頭，詞話本寫「荊統制娘子、張團練娘子、喬親家母、崔親家母、吳大姨、吳大妗子、段大姐坐了好一回」，北大本等同，而內閣本缺了「吳大姨」一人，顯然也是在眾多人名中漏刻了一人。

這些正文的漏刻還有多處，梅節先生用內閣本校詞話本時，想必也都注意到。這裡有兩種可能：一是假如認為崇禎本系統的本子早於詞話本，那內閣本缺失而崇禎本中其他本子大都不缺，這樣的情況怎麼能說內閣本是「原刻」呢？二是假如一般認為詞話本在先，崇禎本在後，那麼「後出」的北大本等可以在內閣本的基礎上據詞話本校補（事實上當時翻刻這類小說的人是不大可能去作認真校訂的），但就梅先生而言，是不贊成崇禎本比詞話本後出的，那北大本等也就沒有據內閣本校補的可能。儘管如此，因多數人相信先有詞話本，故以正文的比勘不如以批語的比勘更有說服力，因為批語在詞話本中不存在，後出的本子不可能據詞話本校正，內閣本中大量的批語的脫漏也就更能證明它在崇禎本中是一個後出本而不是他本據以刊刻的「原本」。

2.批語

A、眉批：

先舉內閣本整段眉批脫漏的例子，數量頗多，這裡為節約篇幅，僅錄十例：

(1)第五回正文寫「只見武大從外裸起衣裳,大踏步直搶入茶坊裡來」上脫眉批:「變起倉卒。」

(2)第十二回正文寫「西門家來,婦人叫春梅遞茶與他吃,到晚夕與他共枕同床」上眉批脫:「西門慶春梅往往在冷處摹寫。」

(3)第十三回正文寫「那西門慶三不知走進門,兩下(與李瓶兒)撞了個滿懷」上脫眉批:「此一撞,可謂五百年風流業完。」

(4)第十四回正文寫月娘道「他來與那個做生日,就在那個房兒裡歇」上脫眉批:「一腔心事,借月娘口反點出,又韻又醒。」

(5)第十六回正文寫李瓶兒「換了一身豔服,堂中燈火熒煌,預備下一桌齊整酒肴」接待西門慶時,上脫眉批:「打點得十分穩妥,以起下更變之端,如玉樓口娶來,則又作風。」

(6)第三十七回正文寫王六兒說「自從他去了,弄的這屋裡空落落的件件的都看了我,弄的我鼻兒烏,嘴兒黑……」上眉批脫:「似坐,似想,似托怨,口角宛然。」

(7)第五十八回正文寫潘金蓮說「大清早晨,請太醫看他。亂他的,俺每也不管」等等上脫眉批:「說得鑿鑿,即使瓶兒百吻,亦無可辯。」

(8)第六十二回正文寫潘道士「將走到李瓶兒房,穿廊台基下」時「後退訖兩步,似有呵叱之狀」上脫眉批:「有手段人,舉止自異。」

(9)第七十三回正文寫西門慶便立起身來笑道「你每瞧瞧,猜是那裡的」上脫眉批:「賣弄處,鬚眉俱動。」

(10)第七十六回正文寫西門慶說李瓶兒「因著氣惱,不能運轉,滯在胸膈間」上脫眉批:「是誰之過歟?」

再略舉內閣本眉批脫句、脫字的數例:

回次	正　　文	北大本眉批	內閣本眉批
73	看著西門慶進入上房,悄悄走來窗下聽戲……。	欲為稍果子打秋菊線索,偏在忙裡下針,寧與人指之為冗為淡,不與人見其<u>神龍首尾,高文妙法,子長以下所無。</u>	欲為稍果子打秋菊線索,偏在忙裡下針,寧與人指之為冗為淡,不與人見
73	這西門慶趕出去不見他,只見春梅站在上房門首,就一手搭伏春梅肩背往前邊	搶白西門慶一頓,而西門慶又要去尋他,要強好勝之心<u>遂矣。復</u>往後邊來,一者湊	搶白西門慶一頓,而西門慶又要去尋他,要強好勝之心往後邊來,一者湊春梅之

	來。……	春梅之趣，二者要顯出由他自睡，<u>不因搶白而小心周（旋矣）</u>。	趣，二者要顯出由他自睡
74	西門慶道：「他也告我來，你明日替他陪個禮兒便了。……」	西門慶於家可謂無所不淫。然月娘與金蓮合氣，雖愛金蓮，終以月娘為重。金蓮與如意合氣，如意終不敢敵金蓮，然使之陪禮亦可免耳。而西門慶必不免，亦可謂不亂<u>上下之分，今人不如者多</u>。	西門慶於家可謂無所不淫。然月娘與金蓮合氣，雖愛金蓮，終以月娘為重。金蓮與如意合氣，如意終不敢敵金蓮，然使之陪禮亦可免耳。而西門慶必不免，亦可謂不亂
75	（西門慶）誇道：「我的兒，你達達不愛你別的，只愛你到好白淨皮肉兒，與你娘一般樣兒……」	<u>口入</u>提起瓶兒，愛中著想，<u>熱處餘情</u>，當亦情種。	入情，當亦情種。
75	昨日你道他在我屋裡睡來麼？	若非西門慶〔面見〕〔典見〕，未免<u>口硬不得</u>。	若非西門慶〔面見〕〔典見〕，未免
78	都是睹大鐘子	<u>一般大量，豈安得瞰？</u>	般大量，安得瞰？
91	你這媒人們說謊的極多，奴也吃人哄怕了。	<u>玉樓嫁西門慶。殊失其意，然</u>度不可與爭，故厚薄親疏全不介意，所處似窮，而其心實若坦然，觀「吃人哄怕」一語，稀薄裡見矣。	度不可與爭，故厚薄親疏全不介意，所處似高，而其心實非坦然，觀「吃人哄怕」一語，稀薄裡見矣。

3.旁批

B、旁批脫漏的也很多，這裡也舉十例：

(1)第五回正文「在那裡張望」旁脫批：「有心哉！」

(2)第十一回正文「不想就出落得恁般成人了」旁脫批：「便有意。」

(3)第二十三回正文「還在儀門首站立了一回兒」旁脫批：「寫出久慣。」

(4)第二十五回正文「你便沒羞恥」旁脫批：「激得妙。」

(5)第三十一回正文「就是外京外府官吏，哥也不知拔擠了多少」旁脫批：「映前放

官吏債。」

(6)第四十二回正文「只見玳安兒走來報導：『祝爹來了。』眾人者不言語」旁脫批：「偏又來尋，妙，傳神。」

(7)第五十七回正文「潘金蓮在外邊聽見不覺怒從心上起」旁脫批：「芥菜子偏落在繡花針眼裡。」

(8)第五十八回正文「學生不才，府學備數，初學《易經》」旁脫批：「口角妙甚。」

(9)第六十六回正文「又云楊老爺前月二十九日卒於獄」旁脫批：「又完冷案。」

(10)第七十六回正文「你穿青衣，抱黑柱，一句話就把主子弄了」旁脫批：「便伏秋菊案。」

以上內閣本批語脫句、脫字的例子清楚地說明了它不可能是崇禎本的原刻本，特別是眉批中漏脫一句或幾個字的情況最能說明問題。這一情況往往發生在換頁的地方，因內閣本與二字眉批本、四字眉批本每頁正文行與列的字數不一致（二字眉批本與四字眉批本是每頁十行，行二十二字，比較寬鬆；內閣本書商為了節約成本，刻得較擠，每頁十一行，行二十八字），因此在翻刻時往往把換頁處餘下的眉批漏掉了，或因兩段眉批處刻不下而不得不予以刪節。

(三)特多錯刻

除首圖本之外，內閣本的刊刻錯誤是比較多的，今也以正文與批語兩個方面觀之。

1.正文略舉五例為證。

(1)第三回「俺這裡又使常在家中走的賣翠花的薛嫂兒同做保山，說此親事」處，「保山」錯刻成「保正」；

(2)第九回「無形無影，非霧非煙，盤旋似怪風」處，「旋」錯刻成「風」；

(3)第九回「武二毛髮皆豎起來」處，「起」錯刻成「趙」；

(4)第十一回「久聞桂姐善能歌唱南曲」處，「曲」錯刻成「唱」；

(5)第十七回「安排酒飯，管待女兒」處，「酒飯」錯刻成「酒中」。

2.眉批就在最後五回中擇五例為證。

(1)第九十六回正文「安春梅上座，春梅不肯，務必拉大妗子同他一處坐」上眉批：「昔年下婢，今日上賓，為正乎，為僭乎？」內閣本將「下婢」刻成「下妾」；

(2)第九十八回正文「那何官人年約五十餘歲」上眉批云：「有此一段風致，何礙於老，妙，妙！」內閣本將「礙」字錯刻成「得」字，且脫「妙妙」兩字；

(3)第九十八回正文「那何官人被王六兒搬弄得快活，兩個打得一似火炭般熱」上眉批：「我固知其伎倆者。」內閣本「固」字錯刻成「回」字；

(4)第九十九回正文「分付春梅在家與敬濟修齋做七,打發城外永福寺葬埋」上眉批:
「雖不得金蓮同穴,而相去咫尺,敬濟雖死,花星猶照。」內閣本「咫尺」錯刻成
「咫只」;

(5)第一百回正文「月娘道:『師父,你度脫了孩兒去了,甚年何日,我母子再得見
面?』不覺扯住,放聲大哭起來」上眉批:「讀至此,使人哭不得,笑不得。吾
為月娘孤苦伶仃則肝腸欲斷,為西門慶度脫苦海則眉眼欲舒。閱者著眼。」內閣
本將「吾」字錯刻成「君」字。

今綜合內閣本以上三個方面的表現,我們怎麼能相信它是一種「原本」,或「傳存」
了明代崇禎本的「最初面貌」呢?它只能是一種翻刻本,而且是一種不太認真的翻刻本。

以內閣本為代表的三字行眉批本不是原刻本,同樣,以北大本為代表的四字行眉批
本也不可能是原刻本,因為四字行各本也有不同程度的脫漏和錯刻(此不贅)。我還是堅
持過去的意見,即它們都出自二字行眉批本。其主要理由有二:一、從保存二字行眉批
的王孝慈藏本的插圖與正文的一頁書影來看,刊刻精美,乃出自當時的一批名家之手;
二、不論是三字行眉批本,還是四字行眉批本,都還或多或少地保留著二字行眉批的形
式,這是它們翻刻時不慎留下的痕跡;反過來,三字行眉批本中不見四字行的眉批;同
樣,四字行眉批本中也不見有三字行的眉批,可見它們之間沒有承傳的關係,它們承傳
的是二字行眉批本。總之,原王孝慈所藏的二字行眉批本可能是崇禎本的「原本」,可
惜的是現在下落不明。我相信,當有朝一日王氏藏本能重返於世,我的觀點定將能得到
最後的證實。

二、幾個討論的問題

以上是用實證來說明內閣本不可能是「原本」,下面也側重在推理來分析梅先生的
四點「逆向思考」,討論內閣本是否是「正頭香主」的問題。

一、**序跋問題**。梅先生的思路是,「說散本」的重要特徵之一是前有東吳弄珠客序
及廿公跋,而內閣本不同於其他崇禎本的特點正是有這一序一跋,而北大本、天理本等
四字行眉批本僅有東吳弄珠客一序,「山核桃差著一格兒,已落入二、三手」。這裡,
假如我們承認崇禎本的祖本是有一序一跋的話,也不能在邏輯上作逆推理:凡是有一序
一跋的即是祖本。這正像說梅先生是精於《金瓶梅》校勘的,但不能反過來說精於校勘
《金瓶梅》的即是梅先生。內閣本是一序一跋,這充其量只能說明它在翻刻時對於序跋的
態度忠於原刻而已,假如後來內閣本的翻刻本,只要也保持這一序一跋,難道也能說它
們都是原刻本嗎?實際上,二字行眉批本完全可能也是有一序一跋的,內閣本據此翻刻

而來，而四字行眉批本在翻刻時是不太注重序跋，加以省略，這就造成了目前這樣的局面。因此，序跋的情況，不能推翻我原來的結論，即二字行眉批本在先，三字行、四字行眉批本是它的翻刻本。

在這裡順便對各本《金瓶梅》的序跋問題談一點看法，因為它是討論《金瓶梅》初刻本的一個重要的著眼點。梅先生等據薛岡《天爵堂筆餘》中僅提到東吳弄珠客序而認為最初的抄本《金瓶梅》是沒有欣欣子序的「說散本」。其實，這裡有三個因素必須考慮：第一、薛岡提到了東吳弄珠客序，當然說明他看到的抄本有此序，但不等於說他沒有看到其他序。他說的是「有」，並沒有說「無」。因此，只有他說了「有」此序，同時又說「無」他序，才有梅先生等推論的嚴密性。換言之，薛岡提到了東吳弄珠客序，不等於說就沒有其他序與跋，這不但指欣欣子序，而且也包括梅先生認為當有的廿公跋。第二，在抄本流傳階段的小說，其序跋本來就有一定的隨意性，很可能他看到的這一種抄本有此序，別人的抄本又有其他的序，或者有幾種序，或者根本就沒有任何序跋。我想，像謝肇淛所藏的抄本，一定比他人的多一種跋。像袁中郎乃至沈德符等是否見到了全本，本身也是問題。第三，即使抄本階段沒有欣欣子序，也完全有可能在刊刻時請稱作者是「吾友」的欣欣子寫一篇新序，說一說作者問題和一些其他看法，而書還是那一種書。總之，加不加上欣欣子序不是區分詞話本與崇禎本的必要條件。事實上不存在著一種與詞話本不同的且先已存在的「說散本」。所謂「說散本」即崇禎本的祖本，就是在修改詞話本後刊落了欣欣子序的本子。以後的崇禎本的各種翻刻本就在這基礎上再變化發展下去。

二、**圖像問題**。梅先生的意思是，王氏藏本插圖的特點是「極為精美，分裝兩冊」，內閣本、首圖本的插圖也是「單獨成冊」，而北大本等四字行本是是「分散到各回」，且第一回等十幾幅畫是補刻的。由此而得出「北大、天理、上圖系的本子要比內閣文庫本晚得多」的結論。

這裡，梅先生實際上有意無意地與我一樣，將王氏藏本作為原本，或至少作為討論問題的標準。假如以它為原本，以後的翻刻本，或仍將插圖單獨成冊，或將插圖分至各回，都是有可能的（以後的竹坡本系統，也是有這兩種情況）。若以此來論證這些翻刻本的孰先孰後，是無法說明問題的。

在這裡，還有一個關鍵問題，即內閣本的插圖品質如何？是「精美」的，還是粗劣的？現在不得而知。但從首圖本來看，其插圖均為王氏藏本的仿刻，形神均無，粗劣不堪，又減少了一半，這都暴露了書商追求利潤而減少成本的思維。內閣本坊主的思維與首圖本是一脈相通的。他覆刻王氏藏本的一半插圖不可能精工細雕，其水準能達到北大本之類的水準（北大本等的插圖基本上都是覆刻，個別的對圖案作了修改；而不是將王氏藏本的原

版插圖加以重印，首回等十幾頁作了補刻）也是相當不易的了。當然，我這個分析也需得到實物的驗證，在未見到內閣本插圖之前，也與梅先生一樣，只能是一種推測。

關於插圖，梅先生還有兩點意見：一是認為內閣本的插圖與正文未必同時出版：「是不能肯定以插圖形式和書一起出版，還是書出版後再刻圖。」二是認為先刻這內閣本的五十頁一百幅圖，然後再增刻一百幅，理由是北大本「後補的十幾幅插圖」，「真也看不出與王氏本是兩刻」。關於第一點，我孤陋寡聞，沒有掌握晚明那個時代刊刻小說插圖與正文分開來出版的實例。假如內閣本小說確是原刻，那在小說未曾出版之前先刻印這並未完整反映小說的五十頁圖是什麼意思？讀者能搞得懂是什麼樣的一套圖，是怎麼一回事嗎？反過來，小說先已出版銷售，再有必要補印五十幅圖以促銷嗎？關於第二點，如前所述，一批當時的雕板名家，幾乎同時先為一家書肆刻五十葉，再為另一家書鋪增刻五十葉與前五十葉同時付印，這樣的事是難以想像的。至於北大本是拿王氏本的圖覆刻的，故看上去與王氏本大致一樣，實際上不是一樣的，所謂失之毫釐，差以千里。

三、眉批問題。梅先生懷疑二字行眉批本為原刻本的理由是二字行不能被每頁天頭所容納，因為二字行必然行數增多，所占的位置多，相近的眉批就不能相容。這是有道理的。但是，「精美」的王氏藏本的第一頁確實是二字行眉批，而且在三字行本、四字行本眉批中都殘留著二字行眉批的痕跡。這裡就有這樣兩個問題值得思考：第一，二字行眉批本的開本就比內閣本大，正文行數也稀（為十行，非十一行），這就使天頭的空間相對多了；第二，我們所說的二字行本，主要是以正文第一頁而言，當然，在正文其他各回中多數也是用二行眉批，但不排斥有的地方較擠，可能就改成了四字行，如上圖乙本那樣，這也啟發了後來的翻刻者將二字行改成了三字行或四字行。在這裡，梅先生又帶及了第一回回目「熱結十兄弟」與「十弟兄」的問題。正因為梅先生心裡先橫著一個內閣本，就以此來判定不同版本的所謂「位階」的高低。其實，原刻本究竟是「兄弟」還是「弟兄」，恐怕不能這樣簡單地下結論的。

四、內容問題。關於正文及眉批的內容，我在上文已有細述。梅先生舉兩例，說明內閣本與詞話本相同或接近，而與北大本等不同，欲以此來證明內閣本為原本，這實際上是並無說服力的。這樣的例子我還可以舉出很多很多。我從來不認為北大本等四字行眉批本是原本。內閣本等三字行本與四字行本互有不同的錯脫，或互有不同的校正，都很好地證明了它們都不是「原本」，而都是某原本的不同系統的翻刻本。

在這裡，我要感謝梅先生指出的我對「世界文庫本」認識的失誤。在拙文〈關於《金瓶梅》崇禎本的若干問題〉中，曾指出了鳥居久晴、韓南與魏子雲先生等誤將「世界文庫本」與馬廉藏本（即北大本）等同起來，這從現在看來也沒有錯。但我見鄭振鐸在世界文庫本上附印了王氏藏本的插圖與第一頁正文，就簡單地誤認為他是用王氏藏本來作校

的。其實，鄭振鐸的確並未用王氏本作校，而是用了一種晚出的崇禎本、甚至可能是用了某種竹坡本來冒充崇禎本作校的。理由很簡單：詞話本第十七回邸報上有三處寫及「夷狄」兩字：「臣聞夷狄之禍，自古有之」；「然未聞內無夷狄而外萌夷狄之患者」，世界文庫本校記於此分別注曰：「以上二字崇作『邊境』」，「以上二字崇作『蛀蠹』」「以上三字崇作『有腐朽』」。但實際上，不論是北大本、上圖甲乙兩本，還是內閣本仍均作「夷狄」，而竹坡本正是分別改成了「邊境」「蛀蠹」和「有腐朽」。因此，鄭振鐸在世界文庫本中所說的崇禎本實不是崇禎本，更不是崇禎本中的王氏藏本。但是，世界文庫本也不可能是梅先生所相信的日本學者所說的是「據天理本子作了字句非常小的修訂而成」。因為鄭振鐸當年不可能用天理本、甚至還不知道用天理本來作校吧。而且，更重要的是，據我的推測，天理本第十七回，可能也是用「夷狄」，而不會去避諱吧。

最後，梅先生還是否認崇禎本卷題留有「詞話」的字樣是從詞話本演變來的痕跡，而解釋為是刊刻時不慎把「《新刻金瓶梅詞話》的概念」「混進來」了，並以後出的崇禎本《繡像古本八才子詞話》也用「詞話」兩字來作旁證。其實，《繡像古本八才子詞話》有「詞話」兩字，與明刊崇禎本卷題偶然出現「詞話」兩字是完全不同的兩種情況：《八才子詞話》是自覺地用當時認為「古本」的詞話本（而不是如梅先生那樣以「說散本」即崇禎本作為古本）來作為幌子，招徠生意；而明刊崇禎本個別卷題出現「詞話」字樣，是一種不自覺的行為，是一種以詞話本為底本作手腳的自然的流露，是一種露出的「馬腳」，兩者不可同日而語。總之，我還是認為，崇禎本是詞話本的評改本，內閣本是二字行眉批本的翻刻本。說得不妥的地方，請梅先生及各位同仁批評指教。

《金瓶梅》詞話本與
崇禎本刊印的幾個問題

　　自從上世紀三十年代發現《新刻金瓶梅詞話》後，對於《金瓶梅》的版本、成書等問題的研究才正式逐步展開。一般認為，目前所見的十卷本《新刻金瓶梅詞話》，因題名有「詞話」兩字，故稱之為「詞話本」；又因有「萬曆丁巳季冬」東吳弄珠客序，故亦稱「萬曆本」；二十卷本《新刻繡像批評（原本）金瓶梅》是據詞話本修改後刊行於崇禎年間，故簡稱「崇禎本」。詞話本與崇禎本之間的關係是「父子關係」。但也有一些學者持不同意見。如吳晗在詞話本發現之初，就憑一些筆記而推斷「但萬曆丁巳本並不是《金瓶梅》的第一次刻本，在這刻本以前，已經有過幾個蘇州或杭州刻本行世，在刻本以前並且已有抄本行世」[1]。至七十年代，韓南在討論萬曆本與崇禎本的關係時說過「乙系（崇禎本系統）並非源之於甲系本（詞話本系統）」的話。儘管此論只是就崇禎本據《水滸傳》等修改而發，但常常被人誇大為他對整個崇禎本並非源泉之於詞話本的結論[2]。八十年代以後，說目前所見之《新刻金瓶梅詞話》並非是初刻，而是二刻[3]、三刻[4]，乃至是清初所刻[5]的論文不時可見；在萬曆本與崇禎本的關係上，梅節先生等力主「是兄弟關係或叔姪關係，並不是父子關係」[6]。梅先生是一位學殖深、造詣高的令人尊敬的長者。他窮十餘年之力，在認真校勘《金瓶梅詞話》的基礎上所作的結論，自應高度重視。但

---

[1] 吳晗〈《金瓶梅》的著作時代及其社會背景〉，《文學季刊》創刊號，1934 年。

[2] 韓南〈《金瓶梅》的版本及其他〉（丁婉貞譯），見胡文彬編《金瓶梅的世界》，北方文藝出版社 1987 年版，頁 111。

[3] 劉輝〈現存《金瓶梅詞話》是《金瓶梅》的最早刻本嗎——與馬泰來先生商榷〉，《金瓶梅論集》，臺灣貫雅文化事業公司 1992 年，頁 115-120。李時人〈《金瓶梅》的作者、版本與寫作背景〉，《金瓶梅新論》學林出版社 1991 年版，頁 99。

[4] 許建平〈《新刻金瓶梅詞話》是初刻抑或是三刻〉，《棗莊師專學報》，2000 年第 1 期。

[5] 葉桂桐〈中國文學史上的大騙局、大鬧劇、大悲劇——《金瓶梅》版本作者研究質疑〉，《煙台師範學院學報》2002 年第 3 期。

[6] 梅節〈《新刻金瓶梅詞話》後出考〉，《燕京學報》新 15 期。梅先生有關論文較多，此文最後出，最有代表性。

筆者一時還轉不過彎來，想提出一些不同的意見，以就教於梅先生與諸位同好。

一、《新刻金瓶梅詞話》即是初刊本

說《新刻金瓶梅詞話》即是初刻本，首先要說明的是對於「新刻」一詞的理解。「新刻」的確可以理解為在原刻的基礎上重新刊印。葉德輝《書林清話》卷一在述其「刊刻之名義」時曾對「新雕」「新刊」作了這樣的解釋：「刻板盛於趙宋，其名甚繁。今據各書考之，……又曰新雕，乃別於舊板之名。《瞿目》校宋本《管子》二十四卷，每卷末有墨圖記云『瞿源蔡潛道墨寶堂新雕印』是也。……又曰新刊，亦別於舊板之名。《天祿琳琅》三慶元六祀孟春建安魏仲舉家塾刻《新刊五百家注音辨昌黎先生文集》是也。」劉輝先生即據此義而認為詞話本是二刻：「正因為有原刻在前，故特別標明此為『新刻』，列於每卷之首。」[7]

但是，時至明代，特別是在刊刻戲曲、小說時，「新刊」「新刻」的含義往往有所變化，「新刊」「新刻」特指初刻的情況也屢見不鮮，即以葉德輝的《書林清話》來看，也有將「新刊」指為初刊的，如云：

> 匯刻詞集自毛晉汲古閣刻《六十家詞》始，……國初無錫侯氏**新刊**《十家樂府》：南唐二主（中主四首，後主三十三首）、馮延巳《陽春集》（宋嘉祐陳世修序，序謂「二馮遠圖長策不矜不伐」云云）、子野（張先）、東湖、（賀鑄）、信齋（葛剡）、竹洲（吳儆）、虛齋（趙以夫，有淳祐己酉芝山老人自序）、松雪（趙孟頫）、天錫（薩都剌）、古山（張埜，邯鄲人，有至治初元臨川李長翁序），皆在毛氏宋詞六十家之外，載王士禎《居易錄》十三。此刻世不多見，《匯刻書目》既未臚載，《邵注四庫簡明目》亦未及見。（卷七）

這裡提到「新刊」的《十家樂府》顯然是初刻。除此之外，我們不妨再舉數例來證明明清時所說的「新刻」即是初刊。

1. 《水東日記》卷六：

> 古廉李先生在成均時，松江士子**新刊**孫鼎先生《詩義集說》成，請序。先生卻之，請之固，則曰：「解經書自難為文，近時惟東里楊先生可當此。況六經已有傳注，

7　劉輝〈現存《金瓶梅詞話》是《金瓶梅》的最早刻本嗎──與馬泰來先生商榷〉，《金瓶梅論集》，臺灣貫雅文化事業公司 1992 年，頁 119。

學者自當力求。此等書吾平生所不喜，以其專為進取計，能怠學者求道之心故也。」
（卷二）

2. 《弇州四部稿續編》卷十二〈為胡元瑞序〉：

曩余為胡元瑞序《綠蘿軒稿》，僅寓燕還越數編耳。序既成，而元瑞以**新刻**全集
凡十種至，則眾體畢備，彬彬日新富有矣。

3. 〈警世通言敘〉：

隴西君，海內畸士，與余相遇於棲霞山房。傾蓋莫逆，各敘旅況。因出其**新刻**數
卷佐酒，且曰：「尚未成書，子盍先為我命名？」余閱之，大抵如僧家因果說法
度世之語，譬如村醪市脯，所濟者眾。遂名之曰《警世通言》而從臾其成。時天
啟甲子臘月豫章無礙居士題。

4. 《禪真逸史》第二十一回：

每年春秋二社，羊家為首，遍請村中女眷們聚飲，名為群陰會。羊家**新刊**一張十
禁私約刷印了，每一家給與一紙。又於土穀神祠張掛禁約，各家男子，都要循規
蹈矩，遵守內訓，犯禁者責罰不恕。稍違他意，便率領凶徒打罵，因此人人怕他。

5. 《蕩寇志》第一百三十六回：

只見那塊石碣抬到面前，張公與賀、蓋等四人一齊觀看。賀太平道：「此非古跡，
確是**新鐫**。」

假如我們再打開《中國通俗小說書目》，可以看到大量冠以「新刻」「新鐫」「新
刊」的小說大都是初刊本，如《新刊按鑒編纂開闢演繹通俗志傳》《新刊京本春秋五霸
七雄全像列國志傳》《新鐫全像孫龐鬥志演義》《新刻按鑒編集二十四帝通俗演義全漢
志傳》《新刻續編三國志後傳》《新鐫全像通俗演義隋煬帝豔史》《新刻增異說唐後傳》
《新鐫出像小說五更風》《新鐫小說八段錦》《新鐫繡像小說貪歡誤》《新刻小說載花船》
《新刻全像海剛峰先生居官公案傳》等等，它們是不同於《重刻西漢通俗演義》《重刻京
本增評東漢十二帝通俗演義》等標為「重刻」的作品的。

根據以上材料，我想說明的是：僅以「新刻」兩字是難以斷為即是「重刻」的。「新
刻」可能是指重新翻刻，但也有可能是指初次新刻。

那麼，《新刻金瓶梅詞話》究竟是重刻還是初刻呢？主「重刻」論者（不管是「二刻」

還是「三刻」論者）主要是依據當時一些早期筆記中談到的都是二十卷本的《金瓶梅》，而沒有談到十卷本的《金瓶梅詞話》來加以推斷，實無一條實證。關於這些推斷，下文再作分析。這裡，我想重要的還是要依據文本本身的事實來說明問題。而現存的《新刻金瓶梅詞話》的文字即清楚地告訴我們，它即刊刻在萬曆末至天啟年間，其刊刻的時間正合當時各家所說。

當時談到《金瓶梅》刊刻情況的實際上只有三家。

一是謝肇淛的〈金瓶梅跋〉說：「此書向無鏤版。」此跋當寫於萬曆三十四年丙午（1606）或之後，因這一年袁中郎曾寫信給他要書：「《金瓶梅》料已成誦，何久不見還也？」此跋收在謝肇淛的《小草齋集》中。該集卷首葉向高序作於天啟丙寅（1626），故一般說來，謝肇淛到此時尚不知世有《金瓶梅》刊本。

二是沈德符的《萬曆野獲編》曰：「丙午，遇中郎京邸，問曾有全帙否？曰：第睹數卷，甚奇快。……又三年，小修上公車，已攜有其書，因與借抄挈歸。吳友馮猶龍見之驚喜，慫恿書坊以重價購刻。馬仲良時榷吳關，亦勸予應梓人之求，可以療饑。予曰：此等書必遂有人板行，但一刻則家傳戶到，壞人心術，他日閻羅究詰始禍，何辭置對，吾豈以刀錐博泥犁哉？仲良大以為然，遂固篋之。未幾時，而吳中懸之國門矣。」馬仲良「榷吳關」時在萬曆四十一年癸丑（1613），此時由馮夢龍開始慫恿書坊刊印，未果，但「未幾時」，在「吳中懸之國門」。這個「未幾時」是個不確定說法，又我們無法考定沈德符寫這條材料的具體時間，只是知道當在萬曆四十七年（1619）三月丘志充任汝甯知府之後，因為文中提到「丘旋出守去」一語。換句話說，多數是寫在天啟年間。

三是薛岡的《天爵堂筆餘》說到「往在都門，友人關西文吉士以抄本不全《金瓶梅》見示，余略覽數回。……後二十年，友人包岩叟以刻本全書寄敝齋，予得盡覽。」這裡的「往在都門」，當在萬曆二十九、三十年間（1601-1602）[8]；「後二十年」，當在天啟一、二年間（1621-1622）。但這個「後二十年」只是個約數。薛岡在天啟七年給文在茲的侄子文翔鳳寫〈與文太清（翔鳳）光祿〉信時亦稱「二十年肝膽」，說明他與文家兩代人的交情有二十年左右。因此，薛岡收到包岩叟寄來的《金瓶梅》刊本當在天啟年間。

據上所析，《金瓶梅詞話》真正「懸之國門」當在天啟年間。而其文本實際也證實了這一點。在這裡，我們有必要借用馬征先生的一段文字：

> 1986 至 1987 年，筆者和魯歌先生一起進行了一項繁瑣而浩大的工程：把《金瓶梅》的各種版本匯校一遍，發現這個詞話本為避皇帝名諱，改字的情況很突出。

8　黃霖〈《金瓶梅》成書問題三考〉，《復旦學報》1985 年第 4 期。

我們統計，從第 14 回到 61 回，刁徒潑皮「花子由」這個名字出現了 4 次，但第 62、63、77、80 回中，卻一連 13 次將這一名字改刻成了「花子油」，這是為了避天啟皇帝朱由校的名諱。由此可窺，從第 62 回起，它必刻於朱由校登基的 1620 年夏曆九月初六日以後。[9]

這一事實，的確有力而生動地說明了《金瓶梅詞話》刊刻的過程：假如這一百回的大書從萬曆四十五年由東吳弄珠客作序而開雕的話，刻到第五十七回時泰昌帝朱常洛還未登基[10]，而刻到第六十二回時，天啟帝朱由校已經接位，故在以後的各回中均避「由」字諱，而第九十五、九十七回中的「吳巡檢」尚未避崇禎帝朱由檢的諱，故可確證這部《金瓶梅詞話》刊印於天啟年間。

這樣，結論當是：這部《新刻金瓶梅詞話》即是初刊本，刊成於天啟年間。這是因為：

一、刊印於天啟丙寅（1626）的《小草齋集》中的〈金瓶梅跋〉明說「此書向無鏤版」；

二、今存此書避天啟而不避崇禎之諱，即說明它刊於天啟年間；

三、初刊於天啟年間的結論與沈德符、薛岡的說法也相吻合；

四、「花子由」之名的前後不同的情況即反映了一種呈「初刊」狀的原始面貌；反之，假如是「重刻」的話，當一律避諱，且在前面的「花子由」會首先引起注意而改去；

五、目前未見《新刻金瓶梅詞話》之前有原刊（假如有的話）的文本，也未見有相關的紀錄，全憑推測不足據。

二、崇禎本必據《新刻金瓶梅詞話》修改而成

梅先生的一個核心論點，即是不但「崇禎本並非源自十卷詞話」，而且反過來，「《新刻金瓶梅詞話》曾據文人改編的第一代說散本校過，錄入其改文」。而我認為，目前所見的崇禎本必據目前所見的《新刻金瓶梅詞話》修改後成書，故詞話本不可能根據尚未問世的崇禎本來校改。

理由之一，還是從避諱來看。詞話本不避崇禎之諱，而崇禎本在「花子由」的避與不避的問題上全照抄詞話本（只是後半部將「油」換成「繇」），後面又避崇禎之諱。這清楚地說明了崇禎本後出，且留下了修改詞話本而成書的痕跡，而不是源自所謂「第一代」

9　馬征《金瓶梅懸案解讀》，四川人民出版社 2004 年版，頁 266-267。

10　第五十七回「強姦了常娥」之「常」字尚未避諱。

尚未刊印的廿卷抄本。

理由之二，還是我曾經強調過的卷題問題。1988年《金瓶梅研究》第一輯載拙文〈關於《金瓶梅》崇禎本的若干問題〉中的一段話，有必要重新引錄一下：

> 眾所周知，今存崇禎本都為五回一卷，共二十卷。每卷前一般都題「新刻繡像批評金瓶梅卷之×」。此題名與全書目錄前題名相同。然而，其中有幾卷的題名較為特殊。今以上圖甲本為例，情況如下：
>
> 卷六題：新鐫繡像批評金瓶梅卷之六；
>
> 卷七題：新刻金瓶梅詞話卷之七；
>
> 卷八題：新刻繡像評點金瓶梅卷之八；
>
> 卷九題：新刻繡像批點金瓶梅詞話卷之九；
>
> 卷十題：新刻繡像批評金瓶梅之九；
>
> 卷十四題：新刻繡像批點金瓶梅卷之十四；
>
> 卷十五題：新刻繡像批點金瓶梅卷之十五；
>
> 卷十六題：新刻繡像批評金瓶梅卷之十。
>
> 令人吃驚的是，與上圖甲本大有出入的上圖乙本、天津本，除了卷十六題作「新刻繡像批評金瓶梅卷之十五（按：「十五」亦誤）」之外，其他與此全部相同。不但如此，北大本除卷七題「新刻繡像批評金瓶梅卷之七」外，其餘悉同。以此類推，天理本，乃至王氏本估計都是如此。於此，我們可以清楚地看到以下三點：
>
> 1.卷七、卷九兩處多出「詞話」兩字，特別是卷七的題名，竟與詞話本完全相同，這無疑是修改詞話本時不慎留下的痕跡。假如崇禎本與詞話本是平行發展的兩種本子，甚至先有崇禎本，後出詞話本的話，就絕不可能兩處憑空加上這「詞話」兩字。
>
> 2.當為卷十處的卷號卻題作「卷之九」，卷十六處上圖甲本缺「六」字，上圖乙本作「十五」。這些紕漏都說明此崇禎本的「二十卷」是據詞話本臨時倉促編排而成，並非來自經過輾轉傳抄的原有的二十卷本。
>
> 3.從一會兒冒出「新鐫」，一會兒又冒出「批點」「評點」來看，也都可以看出臨時修改、添加的混亂情況，不像據原本刊成。

這些現象，是客觀存在，不是憑臆測所得；從中得出的結論，我還是堅持。特別是第 1 點，這是崇禎本修改詞話本的活化石，絕不能輕易地否定的。因為這完全不是什麼後人的「假冒」。固然，至清初，有「古本八才子詞話」之類的書名，用「詞話」兩字來「假冒」，但這裡是在二十個「卷題」中漏出兩個「詞話」來，是「假冒」的樣子嗎？再說，

上圖甲本、乙本、天津本、北大本等固然不是崇禎本的「原本」，我們目前還無法找到崇禎本的「原本」，但它們共同反映的這一現象，不正是說明了「原本」給它們帶來了這樣的胎記嗎？不正是說明了崇禎本「原本」就是從《新刻金瓶梅詞話》那裡修改而來的嗎？

以上兩點都是從文本的客觀存在來正面肯定崇禎本必從《新刻金瓶梅詞話》而來，下面就目前認為崇禎本早就傳抄，與詞話本是「兄弟關係」的一些主要論據略作分析。

一、二十卷問題。謝肇淛〈金瓶梅跋〉說他看到的抄本《金瓶梅》是「為卷二十」，今見的所有崇禎本均為二十卷本，而現存的《新刻金瓶梅詞話》卻是十卷本。這就成了《金瓶梅》抄本或「原本」是二十卷本而非詞話本的重要論據。其實，一百回大書，在傳抄過程中如何裝訂，本有一定的隨意性，對「卷」的含義也有不同的理解。葉桂桐先生曾據現存的「《新刻金瓶梅詞話》共裝訂成二十冊」，說是「每冊大致相當於傳抄本《金瓶梅》的一卷」[11]。此說儘管被魏子雲先生批評為將「冊」與「卷」混淆了起來[12]，但實際上卻道出了謝肇淛所說「卷」的模糊性，我們為什麼不能說謝肇淛所說的「卷」就是當時裝訂成的「冊」而不是現在《新刻金瓶梅詞話》所標的「卷」呢？再說，即使當時流傳的抄本確實標目為二十卷，但在刊刻《新刻金瓶梅詞話》時為什麼不可能改為十卷本裝呢？葉桂桐先生說，今存《新刻金瓶梅詞話》之所以將「本應為第五卷的開始」的第四十一回處，誤印成了「新刻金瓶梅詞話卷之四」，就是因為將抄本二十卷改為十卷而致誤。這個說法不能說全無道理。總之，以一人所談之抄本的卷數來區分流傳的《金瓶梅》的實際內容還是存在著很大的不確定因素。

二、關於《金瓶梅》的書名問題。論者認為在萬曆、天啟年間文士談及《金瓶梅》時多用「金瓶梅」三字，而未見用「金瓶梅詞話」，今崇禎本的版心即刊「金瓶梅」三字，而詞話本的中縫題「金瓶梅詞話」五字，可見當時流傳的乃是崇禎本系統的本子。其實，文人筆記所記，多用簡稱，這正像《三國志通俗演義》或《三國志傳》，多簡稱為《三國志》，《忠義水滸傳》多簡稱為《水滸傳》一樣，將《金瓶梅詞話》《金瓶梅傳》簡稱為《金瓶梅》也並不奇怪。目前所知最早稱《金瓶梅》為「金瓶梅詞話」的是《幽怪詩譚小引》中的一段話：

> 不觀李溫陵賞《水滸》《西遊》，湯臨川賞《金瓶梅詞話》乎？《水滸傳》，一
> 部《陰符》也；《西遊記》，一部《黃庭》也；《金瓶梅》，一部《世說》也。

11　葉桂桐〈《金瓶梅》卷帙與版本之謎〉，《金瓶梅研究》第 6 輯，知識出版社 1999 年版，頁 117。
12　魏子雲〈關於《金瓶梅詞話》的卷帙〉，《徐州教育學院學報》，2000 年第 1 期。

此引作於崇禎二年己巳（1629），「上距《金瓶梅》傳入文人圈已經 35 年」，所以往往被人視為後出而不予重視。其實，作者在這段文字的後面也用簡稱《金瓶梅》，但在談到湯顯祖欣賞的《金瓶梅》時，特別用了《金瓶梅詞話》。這裡加上「詞話」兩字當有根據，只是我們現在一時難以找到湯顯祖的原話。而且，有研究者早就指出湯顯祖確實深受《金瓶梅》的影響，特別是他的《紫簫記》可能與《金瓶梅》有非常直接的關係[13]。湯顯祖死於萬曆丙辰（1616），且《幽怪詩譚》一書多記萬曆及萬曆以前的故事，這完全可以說明《金瓶梅詞話》在湯顯祖時代早已流傳，或者說，當時一般人簡稱的《金瓶梅》即是《金瓶梅詞話》。

　　三、關於《金瓶梅》的序跋問題。今見崇禎本卷首只有東吳弄珠客序，而詞話本前還有欣欣子序與廿公跋。但當初薛岡談及的僅是東吳弄珠客序，基本看到全書的沈德符談到作者時也未及欣欣子序中提到的笑笑生，這都給人的印象是他們不知有欣欣子的《金瓶梅詞話序》，這似可證明他們看到的抄本只是崇禎本系統的《金瓶梅》而非詞話本系統的《金瓶梅詞話》；今見《新刻金瓶梅詞話》卷首的序跋也不統一，欣欣子序文字訛誤甚多，而東吳弄珠客序及廿公跋卻「正確無誤」，顯得「非常特殊」，而這一序一跋所刊刻的字體與欣欣子序也不同，一用宋體，一用寫體，且東吳弄珠客序稱書名為《金瓶梅》，而不稱「詞話」，與欣欣子序稱「詞話」相扞格；如此等等，無非說明先有東吳弄珠客的序而欣欣子序是後出的。

　　其實，假如換一個思路來考慮這些現象的話，正可窺見《金瓶梅詞話》及其序經輾轉傳抄而錯誤百出。薛岡所見東吳弄珠客序並不是在早年「往在都門」時，而是「後二十年」看到「刻本全書」時。這個序言及跋是在刊印《新刻金瓶梅詞話》時加上去的。寫序的人很可能就是馮夢龍[14]。中國民間歷來有「龍戲珠」或「二龍戲珠」等傳說。出身於蘇州的名夢龍、字猶龍、別署龍子猶的馮夢龍用「東吳弄珠客」為號不是順理成章嗎？沈德符《萬曆野獲編》說馮夢龍見到《金瓶梅》抄本後十分「驚喜」，並「慫恿書坊以重價購刻」。沈德符當時不願將自己的書拿出去付刊，但書坊還是從別處購到了一部抄本《金瓶梅詞話》。在付刊前，請曾經為之「驚喜」並慫恿書坊刊刻的馮夢龍作序，也在情理之中。於是，這篇東吳弄珠客序及同時請人作的廿公跋明顯與欣欣子序有所不同。當《新刻金瓶梅詞話》出版後，書坊主覺得書中問題多多，很可能即商之於馮夢龍，將詞話本進行修改與評點，於是就有了「崇禎本」。這從崇禎本卷首僅收東吳弄珠客序

13　參閱芮效衛〈湯顯祖創作《金瓶梅》考〉，徐朔方編選校閱《金瓶梅西方論文集》，上海古籍出版社 1987 年版，頁 89-136。

14　黃霖〈《新刻繡像批評金瓶梅》評點初探〉，《金瓶梅考論》，遼寧人民出版社 1988 年版，頁 289-290。

與同時所寫的廿公跋而刪去了欣欣子序，以及東吳弄珠客序後刪去已不合時宜的題署時間、地點來看，也清楚地表明了詞話本中的東吳弄珠客序是原序，崇禎本中的東吳弄珠客序是後印的。反之，假如崇禎本中的東吳弄珠客序先有，則詞話本在此序後再增加「萬曆丁巳季冬」「漫書於金閶道中」云云，是不可想像的。因此，從《金瓶梅》的序跋來看，也只能證明崇禎本及東吳弄珠客序是後出的。

四、關於詞話本與崇禎本的異文問題。梅節先生在校訂《金瓶梅詞話》時，花了極大的工夫對校了詞話本與崇禎本的異文，功莫大焉。在這基礎上，他作了一些推論。其〈《新刻金瓶梅詞話》後出考〉一文中的第三節〈崇禎本並非改編自《新刻金瓶梅詞話》〉與第五節〈《新刻金瓶梅詞話》大量校入見諸崇禎本的改文〉兩節比較集中地談了他的觀點。但我覺得，僅憑這些異文是得不出梅先生沿著一種既定的思維定勢所推論出來的結論的。比如，在第三節中他所舉的第一例說：

> 第二回，西門慶看中潘金蓮，無法入腳，托王婆做牽頭。王婆便賣弄自己「雜趁」手段。詞話本原文：
>
> > 老身不瞞大官人說，我家賣茶，叫做鬼打更。三年前十月初三日下大雪那一日，賣了不（一個）泡茶，直到如今不發市，只靠些雜趁養口。
>
> 「十月初三日」，容本《水滸》作「六月初三日」。王婆這裡說的是鬼話：她開茶鋪，卻靠「雜趁」過活。如果閏年，十月初三北方下雪不稀奇，「六月初三日」下大雪則純然是鬼話。崇禎本也作「六月初三日」，同《水滸》。可能藝人本也同《水滸》，十卷本詞話在流傳中「六」誤「十」。但崇禎本的母本卻不誤。

梅先生校出「十月」與「六月」之別，很有意義。以下，梅先生還連舉數例均為《金瓶梅詞話》抄《水滸傳》文字中出現的差錯而崇禎本予以改正的例子。這一問題，實際上韓南早就看出，所以說過「乙系（崇禎本系統）並非源之於甲系本（詞話本系統）」的話。實際上，這種現象的產生十分簡單：詞話本在傳抄過程中出現了錯訛，《新刻金瓶梅詞話》予以照刻；馮夢龍輩將《新刻金瓶梅詞話》修改成崇禎本時，根據熟悉的《水滸傳》進行了校改，如此而已。至於後面並非據《水滸》修改的例子，也是同樣的道理，如梅先生在第三節中所舉的第 6 例：

> 第九十一回，官媒婆陶媽媽與薛嫂兒替李衙內說聚孟玉樓。玉樓比李衙內大六歲，兩個媒婆怕衙內嫌歲數大，想瞞幾歲。路上找了個先生算命看看能不能替他瞞幾歲。算命先生斷言，玉樓「嫁個屬馬的夫主方是貴」，「往後一路功名，直到六十八歲，有一子，壽終」。詞話本原文：

> 兩個媒人，收了命狀，歲罷，問先生，與屬馬的也合的著？先生道：丁火庚
> 金，火逢金煉，定成大器，正好！當下改做三十四歲。

崇禎本原文：

> 兩個媒人說道：「如今嫁的倒果是個屬馬的，只怕大了好幾歲，配不來。求
> 先生改少兩歲才好。」先生道：「既要改，就改做丁卯三十四歲罷。」薛嫂
> 道：「三十四歲與屬馬的也合的著麼？」先生道：「丁火庚金，火逢金煉，
> 定成大器，正合得著！」當下改做三十四歲。

> 對照兩個本子，詞話「歲罷」以上，脫去四十六字。兩本還有一些文字歧異，可
> 以解釋為編纂者的加工，但無論如何，現存說散本根據十卷本詞話，是補不出這
> 樣一大段文字來的。合理的解釋是，崇禎本另有所本。

　　梅先生比較兩本的文字後，實際上是從崇禎本倒看過去的，覺得十卷詞話本脫去了
四十六個字。但假如仔細對照的話，詞話本中「收了命狀」四字未見在崇禎本中，詞話
本中「問先生」與「正好」兩處，也與崇禎本不合，故顯然不是詞話本簡單地脫漏了所
謂崇禎本原本中的四十六個字的問題。最大的可能，還是崇禎本修改者在這裡覺得詞話
本有錯誤與脫漏，於是就進行了修補。另外，還有兩種可能：一是，這種錯誤是刻工手
誤，馮夢龍輩本與書坊主熟悉，在改編成崇禎本時，或許還是參考了《新刻金瓶梅詞話》
的底本；二是，《金瓶梅》鑲嵌了不少當時現成的作品而成，這一段也有可能鑲嵌了如
《水滸》之類的其他現成作品，修改者就據以添加。總之，情況是相當複雜，有多種可能
的存在，未必據此就能一口咬定「崇禎本並非改編自《新刻金瓶梅詞話》」而出自所謂
「共同的祖本」等。

　　梅先生在〈《新刻金瓶梅詞話》後出考〉的第五節中，進一步根據一些異文來論證
「《新刻金瓶梅詞話》大量校入見諸崇禎本的改文」，以此作為「崇禎本並非源自十卷本
詞話」的「最強有力的根據」。其「方法是將十卷本詞話的例句，減去校入見諸崇禎本
的改文」；前面再列所謂「原本」的文字，其「原本我們今天已看不到，是推論出來的」。
假如心中先有一個成見，那麼如梅先生這樣來作推論，似乎也頗合理。但我認為這種推
理也是一廂情願，經不起推敲的。且看梅先生所舉第一例，即「第十五回西門慶在李家
吃花酒」時的文字：

> 桂卿外與桂姐，一個琵琶一個箏，兩個彈著。（原本）
> 桂卿、桂姐一個彈箏，一個琵琶，兩個彈著。（崇禎本）
> 桂卿外與桂姐一個彈箏，一個琵琶一個箏，兩個彈著。（今本詞話）

梅先生舉此例句後作了這樣的推論：

> 今本詞話「一個彈箏」四字校入說散本改文，造成重文。

對此，我頗感奇怪，假如真的是詞話本據崇禎本校入「一個彈箏」四字的話，其校者豈不是太糊塗了嗎？明明下面有「一個箏」三字，且「一個琵琶一個箏」句還算通順，怎麼會再加上一個「一個彈箏」、去疊床架屋、越改越錯呢？合理的推論還當是倒過來思考：崇禎本的改編者看見詞話本此句有重文與不通之處，於是就刪去了「外與」與「一個箏」五字。這是一個頭腦清醒的、即使是一般水準的校改者也會做的事情。因此，梅先生在此節中所舉的這類詞話本有問題而崇禎本改得通順的例子，據我看來，恰恰都是證明了崇禎本據詞話本改編的「最強有力的證據」。

　　五、關於崇禎本的批語。早在 1985 年，我在〈《金瓶梅》成書問題三考〉中即指出，崇禎本第四回、第三十回兩處分別提到了「原本」與「元本」，其結論是：「崇禎本的批改者向我們透露了：詞話本就是《金瓶梅》的原本。」對此，梅先生在〈《新刻金瓶梅詞話》後出考〉中也承認：「這兩條批語都批在崇禎本上，所謂『原本』『元本』，當然不排除是詞話本。」但他舉出第二十九回關於「西門慶的八字，說散本與詞話本不同。詞話本所開列的四柱，不符合八字構成法則」，卻沒有批語指出其四柱不合；而「崇禎本作了修改」，使之正確了，但上面還有眉批：「四柱俱不合，想宋時算命如此耳。」於是梅先生得出了這樣的推論：「既然崇禎本已經改正詞話本原八字的錯誤，四柱皆合，為什麼竟有『四柱不合』的眉批呢？合理的推測是繼承自母本。」筆者認為，這個推理也是經不起推敲的。因為詞話本的抄本與刻本本來都是沒有批語的，但崇禎本改編者是邊改邊評的，所以出現這種既指出其錯誤，又進行了修改的現象是十分正常的。反之，假如此批原自所謂崇禎本的「母本」，倒是十分奇怪了：母本原來就是「四柱皆合」的，為什麼還要批上這句「四柱俱不合」的話呢？所以，正確的推論當是：崇禎本的批語，都是馮夢龍輩在根據新刻的詞話本進行邊改邊評時加上去的。

　　上面就崇禎本源自《新刻金瓶梅詞話》談了幾點看法。毫無疑問，這裡也多推測之詞，但怎麼樣推論才較合理，讀者自可思考。不管怎樣，最重要的根據還是文本存在的實際，假如果真能發現一部《新刻金瓶梅詞話》之前的刻本《金瓶梅詞話》和廿卷本的崇禎本「母本」的話，那我承認這些推論全部錯誤，否則，事實告訴我們的結論只能是《新刻金瓶梅詞話》即是初刻，目前所見的崇禎本即是從此本詞話本改編而來。

三、關於崇禎本的若干問題

關於崇禎本各本之間的關係問題，我曾寫過〈關於《金瓶梅》崇禎本的若干問題〉〈再論《金瓶梅》崇禎本系統各本之間的關係〉兩文[15]，前一文的主要觀點是：

> 崇禎本系統中，二字行眉批本當為最先刊出；三字行眉批內閣本、四字行眉批北大本、天理本、上圖甲本及混合型眉批上圖乙本、天津本三類分別從二字行眉批本出；無眉批的首圖本則從內閣本出。至於四字本中的北大本、天理本、上圖甲本，也非同版，它們之間的關係有待於進一步研究。

後一篇文章針對梅先生認為崇禎本系統中的「正頭香主」是內閣本的觀點，從「有意簡略」「時見脫漏」「特多錯刻」三個角度實證了「內閣本不似原刻形態」，並同時談及了一些其他有關問題。今梅先生〈《新刻金瓶梅詞話》後出考〉一文針對拙見提出了若干新的意見，我覺得有必要在這裡略作辯白。

　　第一，王孝慈藏二字行批本與世界文庫本。王氏二字行批本目前只能見首頁及圖像的照片於「世界文庫」與現代翻印的《新刻金瓶梅詞話》中，鄭振鐸在「世界文庫」中排印《金瓶梅詞話》時，用「崇禎本」加以校勘，並出了校記。故包括我在內的一般人長期都認為鄭振鐸即用王氏本的崇禎本加以校勘的。但我發現世界文庫本的第十七回所用「崇禎本」均將詞話本中的「夷狄」改掉之後，即認為「鄭振鐸的確並未用王氏本作校，而是用了一種晚出的崇禎本、甚至是可能用了某種竹坡本來冒充崇禎本作校的」。這裡就與梅先生產生了分歧。梅先生認為「鄭氏不會也沒有必要掛羊頭賣狗肉，圖版用崇禎本的王氏藏本，卻『用某種竹坡本來冒充』，欺騙讀者」，其實質即要說明王氏藏本實際上是一種後出的劣本。而我認為，鄭氏所用的圖版是從王氏那裡借來的，而實際所用的文字校本並不是王氏藏本。這倒不是要像有的日本學者那樣指摘鄭氏在校勘《水滸全傳》時人格上有問題，而只是說明當時人們對「崇禎本」的認識還沒有現在那樣深入，不知道貌似相同的「崇禎本」實際上也大有出入，更何況真如梅先生所說的，「點校等均假手他人，『這在當時都是如此』」，是很容易出這樣的差錯的。因為從圖版等各種情況看來，王氏本不像是後出的劣本。

　　第二，關於眉批的多寡問題。梅先生為了說明「內閣文庫本許多方面比北大本更接

15　分別見中國金瓶梅學會編《金瓶梅研究》第 1 輯，江蘇古籍出版社 1990 年版，頁 60-83；辜美高、黃霖主編《明代小說面面觀——明代小說國際學術研討會論文集》，學林出版社 2002 年版，頁 270-287。

近崇禎本原刻形態」，除了強調序跋的多少問題之外，又提出了「眉批內閣本也最多」的論點。所據的的證據是：「據劉輝、吳敢《會評會校本》統計，內閣本有北大本無者74條，北大本有內閣本無者27條。」這句話不明確是劉、吳兩人的統計呢，還是梅先生據劉、吳兩人的本子所作的統計。我查了劉、吳兩人的文章，未能發現，這就恐怕是梅先生據劉、吳的《會評會校本》所作的統計了。但是，這種統計是十分不可靠的，因為劉、吳兩人所作的會評未能正確地反映真實的情況處極多，比如，我曾提到過的第三十七回北大本有「似坐，似想，似托怨，口角宛然」的眉批，內閣本闕。但在劉、吳本上只是標了「繡像本評」（此表示各本都有），未能反映出北大本有而內閣本無的真實情況來。反過來，比如第十二回，劉、吳本眉批處有一則「繡丙本評」（意即內閣本評）：「妙在件件皆請客之物，則鸕鷀等項自別。」言下之意即北大本所無，惟內閣本有，而實際上北大本也是有的。眉批是如此，夾批也是如此，如第一回劉、吳本夾批有五十處標「繡乙本評」（即北大本評），實際上多數內閣本也是有的。總之，用劉、吳本作統計，不足為據。此其一。其二，這樣論證本身是沒有多大意義的，因為兩本互有脫漏，這只能證明兩本都不是原刻，多幾條，少幾條是不能說明問題的。

三，插圖問題。北京中國書店2002年春季拍賣會所提供的一種《金瓶梅》圖冊，梅先生認為即是「內閣文庫系統已遺失的百幅圖冊」，並以此推想：「萬曆天啟初刊行的是文人第一代改編本。精明的書商看到這是一條財路，立刻增評、繡圖、改文（包括帝諱），在崇禎初推出新版，這就是第二代說散本，亦即崇禎本的原刻本。內閣文庫本是這一原刻本的簡裝本。但是出版界的競爭古今如一。書林有人見到《金瓶梅》銷路好，於是將之重新包裝，出豪華版。文本仍是第二代說散本（個別文字作改訂）。取消廿公跋，只留弄珠客序。最具特色的是版面加大，行款更大方，如回數、詩曰、詞牌等都單獨占行。聘名匠將內閣文庫本系統的五十頁百幅圖增加為百頁二百幅。」這裡且不論梅先生已將原說是「正頭香主」的內閣文庫本改稱是「第二代」的「原刻本的簡裝本」了，我想只討論問題的實質：究竟是先有刻工粗劣簡陋的五十頁繡圖，然後再有書商「聘名匠」，「將之重新包裝，出豪華版」一百頁的插圖本呢？還是先有認真刊刻精美繡圖一百頁的本子，然後由商人投機取巧、偷工減料、炮製五十幅粗劣的插圖去應付市場呢？假如我們抽象的來「推想」，兩種可能都有，都符合商人的出版心理。但假如我們結合當時出版的背景和實際操作的情況來看，我認為只能是後者。這是因為崇禎本的改編與出版是在不滿詞話本的冗雜錯訛的基礎上進行了認真的校改。這種校改實際上差不多是一種再創作。在這基礎上再作了評點。從大的方面來看，其作風是認真嚴肅的（只是在付印時，原未注意的卷題改得倉促，出了紕漏）。與此相應，其繡圖也是延請了一時名手所刻，且刻得精良，與當時蘇州刊刻的、與馮夢龍有關係的「三言」、袁無涯本《忠義水滸全書》的

插圖的版式、風格都十分接近。因此，其原刻本當是一個比較精良的本子。再從實際操作來看，正如我以前說過的，「不可能根據一種僅有五十葉插圖的『原本』去增刊風貌相同的插圖五十葉。反之，翻刻時只有刪減原有的插圖，才有可能使刪剩的圖面與原本保持一致。」[16]這僅是從大的頁面來看的。這從具體的畫面來看，在〈再論《金瓶梅》崇禎本系統各本之間的關係〉一文中，我又這樣說過：

> 在這裡，還有一個關鍵問題，即內閣本的插圖品質如何？是「精美」的，還是粗劣的？現在不得而知。但從首圖本來看，其插圖均為王氏藏本的仿刻，形神均無，粗劣不堪，又減少了一半，這都暴露了書商追求利潤而減少成本的思維。內閣本坊主的思維與首圖本是一脈相承通的。他復刻王氏藏本的一半不可能精工細雕，其水準能達到北大本之類的水準也是相當不易的了。當然，我這個分析也需得到實物的驗證，在未見到內閣本插圖之前，也與梅先生一樣，只能是一種推測。

現在，從北京 2002 年春季拍賣會上冒出的一本內閣本系統的圖冊，就證實了我原來的推測的正確性。從其影印的第五十二、五十三兩回的插圖來看，明顯比王氏本粗劣，且減狹了畫幅，因而圖像的兩邊均缺少了內容。再如兩圖的右上角，都缺略了樹木或山石之類的圖像。這樣一種粗劣的東西，明顯地暴露了它翻刻他人、粗製濫造的痕跡。試想，假如反過來，如梅先生所想，在原來劣本的基礎上，延請一些名家來豪華包裝，那還有必要和可能去因循這樣的濫圖，去擴大同樣的畫幅，去增加同樣風格的五十幅畫面嗎？很顯然，據一百幅精美的插圖，刪去一半，粗糙地翻刻一下，具有可操作性；反之，據五十幅濫圖，去改造這五十幅、再增加同一風格的五十幅畫，是不可操作的；要「豪華包裝」，也只能另起爐灶。正因此，內閣本絕不可能是崇禎本「原刻本」或最接近「原刻本」的本子。

　　《金瓶梅》詞話本與崇禎本的刊刻問題十分複雜，且能實證的材料較少，本文所論只是一孔之見。梅先生是我尊敬的長者和很好的朋友，我們只是為了學術而相互論難。我衷心希望繼續得到梅先生的教誨和各位同好的批評，以把問題搞得更加清楚些。

16　黃霖〈關於《金瓶梅》崇禎本的若干問題〉，《金瓶梅研究》第 1 輯，江蘇古籍出版社 1990 年版，頁 6。

（上為拍賣之內閣本系統的第五十二、五十三回插圖，下為王氏藏本第五十二、五十三回插圖）

張評本、「眞本」及其他

一、眼花繚亂的張評本

康熙三十四（1695）年張竹坡刊行《第一奇書》是《金瓶梅》演變史和批評史上的一件大事。它正像金聖歎的《第五才子書》和毛宗崗的《三國演義》一樣，使以往的各種版本相形見絀，漸漸匿跡，《金瓶梅》就以「第一奇書」的姿態風行了二百餘年，到清末民初時，人們竟不知道還有什麼崇禎本和詞話本！張竹坡也就憑著這部《第一奇書》聞名至今。

張竹坡其人及其文學批評觀點，以後再談，今天就這部書的版本作一些介紹。

這部書在正文前的全稱是「皋鶴堂批評第一奇書金瓶梅」，多數版本的扉頁在中間大書「第一奇書」四字，其正文的書口，也題這四字，所以人們常常簡稱它為「第一奇書本」。又因為是有張竹坡的評點，所以也叫「張評本」。

目前存世的版本比較多，一時難以梳理清楚，今粗略將各張評本分成三個層次來介紹：

第一，原刻本：「本衙藏板　翻刻必究」本。目前所見，藏於大連圖書館。這一刊本的特點是：

扉頁框內分為三欄，右欄上方「彭城張竹坡批評金瓶梅」，中間大書「第一奇書」四字，左欄下方牌記為「本衙藏板　翻刻必究」。框上無題。卷首謝頤序署「康熙歲次乙亥清明中浣，秦中覺天者謝頤題於皋鶴堂」。後有〈竹坡閒話〉等總評文字。有摹刻崇禎本圖 200 幅，另裝成兩冊。

正文半葉十行，行二十二字。書口題「第一奇書」，無魚尾。正文文字基本上同崇禎本，只是略改回避清諱的字眼，如將「胡僧」改為「梵僧」，「虜患」改為「邊患」等等。

每回正文前有總評。回前總評自行起訖，與正文頁碼不相連續，有的回前評末有「終」字或「尾」字，以示結束。正文內有眉批、旁批、行內夾批。

另外，此書有一重要特徵，這就是在〈寓意說〉的「千秋萬歲，此恨綿綿，悠悠蒼

天，曷其有極，悲哉悲哉」後多出 227 字，為其他各本所無：

> 作者之意，曲如文螺，細如頭髮，不謂後古有一竹坡為之細細點出，作者於九泉
> 下當滴淚以謝竹坡。竹坡又當酹酒以白天下錦繡才子，如我所說，屺非使作者之
> 意，彰明較著也乎。竹坡，彭城人，十五而孤，於今十載，流離風塵，諸苦備歷。
> 遊倦歸來，向日所為密邇知交，今日皆成陌路。細思床頭金盡之語，忽忽不樂。
> 偶睹《金瓶》起首云，親朋白眼，面目含酸，便是凌雲志氣，分外消磨，不禁為
> 之淚落如豆。乃拍案曰：有是哉！冷熱真假，不我欺也！乃發心於乙亥正月人日
> 批起，至本月廿七日告成。其中頗多草草，然予亦信其眼照古人用意處，為傳其
> 金針大意云爾。緣作〈寓意說〉，以弁於前。

從以上簡單的介紹來看，它與其他本子相比，至少有這樣幾個特點：一、各類評點完整，
二、刊印精良，三、正文最接近崇禎本，一般不作修改，四、〈寓意說〉中有一段他本
所無的文字。這都說明張竹坡在崇禎本上匆匆批點後匆匆出版的情況，保持了原刻的風
貌。

第二，在原刻基礎上的修訂本：「本衙藏板翻刻必究」本。這類張評本的基本特點
是扉頁全同原刻本，正文行款、版式也基本相同，粗略一看，認為與上是同板。我在上
世紀八十年代在日本東洋文庫所見一本，即沒有細辨，故不知它究竟是屬於上一種原刻，
還是屬於這一種修訂本。假如仔細辨認，就會發現兩本之間還是有所不同。這主要表現
在：

正文文字略有修正，與崇禎本的差異拉大；夾批、眉批等評點文字也多缺略；〈寓
意說〉中缺上引 227 字。

這種修訂本，又分兩類：一類的顯著特徵是有回前總評，而缺〈第一奇書非淫書論〉
〈冷熱金針〉〈凡例〉；另一類是無回前總評，而存〈第一奇書非淫書論〉〈冷熱金針〉
〈凡例〉。前一類，現在吉林大學圖書館藏；後一類，現在首都圖書館藏。

第三，是在第二層次的「本衙藏板翻刻必究」本的翻刻本的基礎上的再一次的翻刻，
因有兩種源頭，因而也分成了有回前總評與無回前總評的兩種不同系統。主要版本有：

在茲堂本　扉頁框上增「康熙乙亥年」五字，右欄上方改「彭城張竹坡批評金瓶梅」
為「李笠翁先生著」，左下欄改牌記「本衙藏板翻刻必究」為「在茲堂」。無回前總評。

康熙乙亥本　扉頁大致全同在茲堂本，唯將「在茲堂」三字挖掉，因框上也有「康
熙乙亥年」五字，故簡稱為康熙乙亥本。

皋鶴草堂本　扉頁右欄上方題「彭城張竹坡批點」，中間大字書「第一奇書金瓶梅」，
下用小字注「姑蘇原板」，左欄下署「皋鶴草堂梓行」。無回前總評。

影松軒本　此本與「本衙藏板翻刻必究」本最為接近，扉頁唯於左下欄將「本衙藏板翻刻必究」改為「影松軒藏板」外，其餘都相同。有回前總評，而缺〈第一奇書非淫書論〉三篇。

本衙藏板本　此本扉頁上框有「全像金瓶梅」五字，右欄上方題「彭城張竹坡批評」，中間大書「第一奇書」四字，左下方署「本衙藏板」。

奇書第四種本　此本框上有「金聖歎批評」五字，右欄上方題「彭城張竹坡原本」，中間大書「奇書第四種」，左欄上題「乾隆丁卯初刻」，下方署「本衙藏板」。正文開頭是詩詞，然後插入回評，回評結束後用「話說……」開始轉入本題。這一點與各本將回前評與正文分開有異。

玩花書屋藏板本　此本扉頁略同本衙藏板本，上框、右欄、中間的文字相同，惟版式略異，又左下欄署「玩花書屋藏板」。有總評而缺〈第一奇書非淫書論〉等。

以上這些，我都翻過。此外還有一些，如鳥居久晴提到的「目睹堂本」等，我沒有看過。這些本子，五花八門，但有幾點是有共性的：

一是，越是後出的本子，越是想冒充「原本」；而且冒充「原本」的手法多樣。有的直接刻上「原板」的字樣，如皋鶴草堂本注上「姑蘇原板」，到乾隆年間刻的「奇書第四種」本也要刻上「原本」。也有的在框上刻上了「康熙乙亥年」，這是為什麼呢？因為卷首的謝頤序署的是「康熙歲次乙亥清明中浣」云云，標上了「康熙乙亥年」不就說是說這是初刻嗎？後來的「奇書第四種」本的書商，則倒過來，為了與他前面標明的「乾隆丁卯年」相統一，就將謝頤序的題署改為：「時乾隆歲次丁卯清明上浣秦中覺天者題於皋鶴書舍」。再後來，有一種嘉慶丙子刊的濟水太素軒本，又將謝頤序的題署改成「時嘉慶歲次丙子子清明上浣……」。這類把戲，就是為了偽裝成「原本」。它的確也有一定的迷惑性，戴不凡先生就曾經上了這個當。他看到了在茲堂本上有這五個字，於是就在《小說見聞錄》的〈《金瓶梅》零劄六題〉中用「張竹坡評本」的專節作了介紹，說在茲堂本為所見所知的「最早刻本」，並實際上把它當作「原刻本」來看待的。同樣這類手法，皋鶴草堂本也是走這條路。這個本子，不但注明「姑蘇原板」，而且特地用了「皋鶴草堂藏板」的牌記。這是為什麼呢？就因為謝頤序署的是「題於皋鶴草堂」，這也不就裝成了原板的樣子嗎？書商的這類手法，其實是很容易識破的。真正的原板，還要用這些來招徠生意嗎？

二是，招徠生意的另一手法是拉名人來號召。在茲堂本、康熙乙亥本，的扉頁上赫然寫上「李笠翁先生著」六個大字，想騙人，實際上恰恰是使人看不起書商的把戲。你們想想，這個「李笠翁先生」是指「著」《金瓶梅》小說的作者，還是指這本書的評點者？假如是指作者，那此書第一篇謝頤序開頭第一句話就說：「《金瓶》一書傳為鳳洲

門人之作也，或云即鳳洲手。」後面張竹坡儘管對作者王世貞說有所懷疑，在〈批評第一奇書金瓶梅讀法〉（三十六）中說「傳聞之說，大都穿鑿，不可深信」，「彼既不著名於書，予何多贅哉」，但也從未說此書是當代李漁作的。可見張竹坡的原本絕不會把李漁作為「著」《金瓶梅》的作者。那麼這個「著」字是指評點，是張竹坡託名李漁來評點《金瓶梅》嗎？謝頤序又明明說「今經張子竹坡一批」，作了交代；後面又有「竹坡閒話」一篇作了呼應；這也不像批評家自己託名偽造的樣子。因為真正的託名者一般是不會把自己的名字同時亮出來的。再從實際情況看，李笠翁是張竹坡父親的好友，張竹坡果真要以「李笠翁」的牌子來抬高聲價的話，完全可以請他寫序或用其他正當的辦法，大可不必搞這樣一個莫名其妙的什麼「著」之類的招牌。更何況李笠翁於康熙十九年正月已經去世，「其年不永」而到康熙三十四年左右才評點《金瓶梅》的張竹坡，假如和李漁接觸過的話，那也只是在孩提時代，那時也絕不會有評點《金瓶梅》的念頭。因此，這「李笠翁先生著」六個字一看就是書商搞的把戲。至於到乾隆年間在刊刻的「奇書第四種本」，加上早在康熙元年被殺頭的「金聖歎批評」，更不是很荒唐嗎？

總之，在這些後出的張評本那裡，我們看到了書商的生意經。

二、《真本金瓶梅》與王文濡

前面講了詞話本、崇禎本、張評本，這三種本子各有特點，各有價值，是《金瓶梅》研究的主要對象。今天要講的所謂「潔本」「古本」，實際上是民國以後的改寫本，沒有太大的研究價值，但它用「潔本」「古本」來號召，十分動聽，在上世紀 20-30 年代曾風行一時，一些老先生至今還留有深刻的印象，甚至到上世紀 80 年代，有的很著名的老先生還真的把它當作「古本」來宣揚呢！因此，也有必要稍稍講一下。

所謂「潔本」的《金瓶梅》最早是 1916 年由存寶齋鉛印出版的《繪圖真本金瓶梅》，平裝兩冊。到 1926 年，由上海卿雲圖書公司刪削了《真本金瓶梅》的插圖、詩詞、評語後用《古本金瓶梅》名目重新出版，平裝四冊，以後有所重印，一時比較暢銷。

粗看這部《金瓶梅》，似乎與詞話本、崇禎本、張評本確實有異，但究其實質只是張評本的刪改本。它就是在維持張評本百回篇幅和主要線索的基礎上，將所有淫穢之詞汰除乾淨並作了某些改寫。

開首第一回「西門慶熱結十兄弟，武二郎冷遇親哥嫂」，它與張評本是相同的。第二、三、四回則純為憑空結撰，重起爐灶，最為特別。這三回寫西門慶得一奇夢，醒後去訪問高僧。僧留給他一偈云：「一番風信二番花，指著三番信（「姓」字諧音）不差。折取金蓮歸去後，鴛鴦樓上認君家。」應伯爵釋得「三番」為「潘」字，疑有三寸金蓮

之女，應鴛鴦之約。當時有妓女叫小紅的，正姓潘，應與西門慶一起去看後，很不中意。後到道靈子處拆字，指城隍廟之「隍」字解夢（今人姚靈犀曾指出：上海城隍廟有拆字攤，此著者狐尾自現也），由此應伯爵尋到王婆，結識了潘金蓮。接著又寫卓二姐遊地府溫柔鄉，有唱道情的為西門慶、花子虛說法等事。至第五回才寫裁衣、賣梨等與張評本第五回接上。這樣，「古本」自第五回起所演的內容一直與張評本相差一回，直至第八十三回將張評本之「得雙、冷面」，「含根、寄柬」兩回並為「秋菊含恨泄幽情，春梅問訊諧佳偶」一回，才又合為一轍，以百回告終。古本的「目錄」，也如張評本那樣用兩字題像，如第一回「熱結、冷遇」，第二回「評夢、贈言」等等，明顯地留下了承襲張評本的痕跡。然而，由於內容的刪改，回目變動處不少；有的即使回目相同而內容大異。如詞話本、崇禎本、張評本都相同的第二十七回「李瓶兒私語翡翠軒，潘金蓮醉鬧葡萄架」，「古本」第二十八回的回目與此一字不變，而所述內容則大不相同，一無穢語。所謂「醉鬧葡萄架」，只是寫西門慶將茉莉花兒輕輕地向婦人耳朵內攛了一攛之類的情事。因此，《古本金瓶梅》確是一本地道的「潔本」，且對原本中的許多方言俚語，乃至不通之處也作了不少修改，文字顯得潔淨，讀起來容易上口。但它的修改畢竟大大影響了原作的韻趣。如第二十回瓶兒嫁至西門家後，小玉、玉簫戲謔她時故意問了「你家老公公」的一連串事，處處隱喻李瓶兒與花太監關係曖昧，最後畫龍點睛地直接笑道：「說你老人家會叫的好達達。」「古本」的偽作者或許認為「達達」兩字為狎昵之詞，就把此句改成「會使打仗的丟去馬鞭子」。這樣一改，神味全失，把這一段富有生活情趣的戲謔文字搞得稀里糊塗。再如第二十七回，當西門慶說「我等著丫頭取那茉莉花肥皂來我洗臉」時，金蓮因嫉妒西門慶剛對李瓶兒說過「愛你好個白屁股兒」，就說道：「我不好說的，巴巴尋那肥皂洗臉，怪不的你的臉洗的比人家屁股還白！」臉比屁股還白，本身就是一句熟語，用於此時，倍增了金蓮譏誚之味和凸現了金蓮的妒忌之情。可是，「古本」忌諱「屁股」兩字，前面改成了「你這身上好白哩」，後面則改成：「怪不的你的臉洗的比人家身上的肉還白。」這正是失之毫釐，差以千里，還有什麼意味呢？

《真本金瓶梅》是誰搞的鬼呢？我們不妨來看看它的出籠過程。

最早透露《真本金瓶梅》消息的是1915年發行的《香豔雜誌》第九期。此雜誌是王文濡主編的。王文濡，字均卿，別署新舊廢物等，浙江吳興人，曾主進步書局、國學扶輪社輯政多年，後又為中華、文明兩書局編刊各家詩文集及楹聯尺牘甚多，尤以《說庫》《筆記小說大觀》《香豔叢書》費力更大。1914年冬，與鄒翰飛、高太癡、張蕚孫等編刊《香豔雜誌》月刊。在第一期上，他用「新舊廢物」之名發表「小說談」九則，其前言云：「予幼時即喜誦小說，家貧不能具書，嘗從親友借之。庭訓綦嚴，背人私閱，帳中一燈熒然，自宵分以至昧旦不倦。屈指三十年中，流覽所及，新舊不下五千餘種。」

可見他具有相當的小說根底。然其「小說談」於第二期就不見連載，直至第九期，突然又發一篇《金瓶梅》的「小說談」，其前言云：

> 不作「小說談」久矣。客之閱我雜誌者，書來屢以為言，勉應其意，聊貢數則，專說《金瓶梅》事。其書不久當發現於世，愛讀者當不河又我言也。

這裡的最後一句話甚蹊蹺。一部書或發現，或未發現，怎麼說「不久當發現於世」？接著，他對《金瓶梅》一書略作評介後說：

> 今春過某氏（某氏素富藏書，以藏此書故不願宣其姓氏），見有此書原本，則與俗本全異，為乾隆時揚州馬氏小玲瓏山館所藏抄本，以贈大興舒鐵雲，鐵雲轉贈諸秀水王仲瞿者。仲瞿有考證四則，中有評注，則其妻金雲門氏之筆也。簡首有蔣劍人序。計此書經過之歷史，由馬而舒，由舒而王，由王而蔣，由蔣而歸於某氏。近某書局請於某氏，擬借抄以刊行之，以存王本之真，以正俗本之誤，甚盛舉也。

這裡似乎將來龍去脈講得頭頭是道，但究竟此本目下來自何處？原來是一個「不願宣其姓氏」的「某氏」，實際上只是一個謎。然後，他又分析了「原本」與「俗本」的一些不同之處，並全文附錄了所謂王仲瞿的《金瓶梅考證》。

緊接著「小說談」，同年《小說大觀》季刊第二集發了一則〈新刊紹介・原本金瓶梅〉的廣告：

原本金瓶梅　　　　王元美著

> 此與列禁書之俗本全異，係揚州馬氏小玲瓏山館藏本。秀水王仲瞿有考證四則，其妻金雪門有注，簡首有蔣劍人序。以西門慶影射東樓一生，貪欲淫侈，元美目擊，記載極為詳盡，按諸正野各史，事事皆可指實，口誅筆伐，勸善懲惡，於是乎在。得此而後知俗本之偽託，洵無價值可言矣。向列禁書，以俗本之多穢語耳。今馴雅微妙乃爾，斯見元美之本來面目矣。此轉從吳興藏書家借抄付印，以供同好。（是書已在印刷中）

上海存古齋發行　　　各大書坊經售

時過一年，即 1916 年 5 月，社會上就出現了這部由「上海存寶齋」發行的《繪圖真本金瓶梅》。這部書的卷首有「提要」一篇，內容基本與上述「廣告」相同，只是結尾處無「是書已在印刷中」數字及個別文字有出入。這裡至少有這樣四點值得注意的不同：一、書名由《原本金瓶梅》改為《真本金瓶梅》；二、「金雲門」改成了「金雪門」；三、初擬用「存古齋」的名義發行，後用了「存寶齋」的名目；四、初王文濡說從「不

願宣其姓氏」的「某氏」處得到，後則乾脆說「特（「廣告」作「轉」）從吳興（注意：王
文濡即吳興人）藏書家某氏（「廣告」缺「某氏」二字）借抄付印」。這裡前三點不同，可見
此書從「發現」到付印都很匆忙，對書名、發行所名乃至王仲瞿妻的真正姓名金五雲都
未仔細斟酌或搞清，一切只是臨時應付而已。再加上這部小說卷首所附的「蔣敦艮〈金
瓶梅序〉」和「王曇仲瞿的《古本金瓶梅考證》」也是矛盾重重，漏洞百出，一看便知
是贗作。因此這部「真本」並不真，顯然是後人偽造的假古董。偽造者是誰？最大的懷
疑對象當然是吳興人王文濡。他愛好小說，熟悉小說，也熱衷於小說的出版。所謂《真
本金瓶梅》的消息也首先由他透露，且在《小說大觀》及《真本金瓶梅》中露出了來自
「吳興藏書家某氏」的馬腳。因此，《真本金瓶梅》多數是出自王文濡之手，至少他是個
積極參與者。

不過，這部《真本金瓶梅》印數不多，流傳不廣。時間又過了十年，即 1926 年 5
月，上海有所謂「卿雲圖書公司」者冒稱「從藏書家蔣劍人後人以重價得此抄本」，予
以重印，並改名為《古本金瓶梅》。這次，書商又耍了個花招，特請了「穆安素大律師」
到處登報申明此書「一百回七十萬言，內容雅潔，絕無穢褻文字」，表示「當依法盡保
護之責」。於是這部「古本」便能暢行無阻，得以多次重印。直到 1935 年排印的詞話本
問世，「市上公然銷行者，只此一種」。後來，雖然詞話本陸續問世，它仍然占有相當
的市場。

假的畢竟是假的。當我們揭穿「古本」「真本」的廬山真面目後，恐怕不會有人再
從它出發去探求「初刻本」的奧秘了吧！

三、滿文本《金瓶梅》的譯者

《金瓶梅》的滿譯本國內還藏有多部，據我所知，北京圖書館、首都圖書館及中央民
族學院圖書館都有收藏。國外如日本天理圖書館、美國普林斯頓葛思德圖書館等也藏此
書。這部書最近也受到人們的注目。這主要是由於它前面有一篇序言，比較詳細地評價
了《金瓶梅》，且提出了「或曰是書乃明時逸儒盧楠所作，以譏刺嚴嵩、嚴世蕃父子者，
不識然否」的意見。英人維利（Arthur Waley）參考了它的看法寫成了《金瓶梅》英譯本序
言。朱星先生的《金瓶梅考證》有專章對此作了介紹。然而，維利、朱星等在這裡認為
「康熙的弟弟把《金瓶梅詞話》譯為滿文」，顯然是值得研究的。

首先，譯成於康熙四十七年的滿譯本所據的底本是康熙三十四年的張竹坡評本，而
不是詞話本。滿文本序言中提出的作者盧楠說，也就是張評本卷首謝頤序所說的：「風
洲門人」的演繹。其實，滿譯本所據的底本究竟是什麼，只要熟悉滿文的同志翻一下回

目就可其大概，故不必細論。

這裡我想著重討論一下譯者問題。對此，乾嘉年間熟悉滿洲風俗和清初史事的禮親王昭槤在《嘯亭續錄》的「翻書房」一節中曾談到：

> 崇德初，文皇帝患國人不識漢字，罔知治體，乃命達文成公海翻譯《國語》《四書》及《三國志》各一部，頒賜者舊，以為臨政規範。及定鼎後，設翻書房於太和門西廊下，揀擇旗員中諳習清文者充之，……有戶曹郎中和素者，翻譯絕精，其翻《西廂記》《金瓶梅》諸書，疏櫛字句，咸中繁肯，人皆爭誦焉。

後來有個叫鈍室（冒廣生）的在宣統三年正月的《國粹學報》上贊同這種看法道：

> 往年於廠肆見有《金瓶梅》，全用滿文，惟人名則旁注漢字，後為日本人以四十金購去，賈人謂是內府刻本。後閱《嘯亭續錄》，乃知翻譯出戶部郎中和素之手。和素所譯尚有《西廂記》。

但事情並不如此簡單，《批本隨園詩話》的批語有另一種說法：

> 繙譯《金瓶梅》，即出徐蝶園手。其滿漢文為本朝第一。蝶園姓舒穆魯，滿洲正白旗人。然於開國功臣正黃旗之楊古利，雖亦姓舒穆魯，非一族也。

批者沒有署名，但據其第十六卷後跋語，近人冒廣生曾考證為滿人福建總督伍拉納之子。伍拉納因虧空案被誅在乾隆六十年十月，《嘯亭雜錄》曾詳載其臨刑經過，而〈批語〉也談到昭槤其人，故可知〈批語〉作者與昭槤實屬同時代人物。批語作者是封疆大吏之子，對當時官場文壇也當有一定的瞭解，故此說也不可等閒視之。

這樣，關於《金瓶梅》滿文譯者有三種說法：康熙的弟弟、和素與徐蝶園。

關於「康熙的弟弟」說，朱星先生一會兒說是「友人關德棟教授告我」，一會兒又說是維利「他提出」，同時又含糊其辭地給人以滿文本本身提供的印象。今查滿文本序言等絕無此說。其序言落款處只署「康熙四十八年五月穀旦序」，無名號，故所謂「康熙的弟弟說，純屬臆測，實不可信。

次看徐蝶園之說，似也不確，蝶園，名無夢，字善長，康熙十二年進士。《三十三種清代傳記綜合引得》指明其傳記有十種。今細按其傳和《金瓶梅》滿譯的事實，可證其不似《金瓶梅》譯者。

滿文本〈金瓶梅序言〉云：「因其（《金瓶梅》）立意為戒昭明，是以令其譯之，余幾暇參訂焉。」可此書是因「令其譯之」而翻譯的，且不是成於一人之手。那麼是誰「令其譯之」的呢？當是康熙。這是因為：一、清初皇帝素有組織班子翻譯漢籍（包括小說）

的傳統。《清實錄》《嘯亭續錄》《燕下鄉脞錄》《掌故零拾》等對此都有記載。王嵩儒《掌故零拾》卷一〈譯書〉云：

> 天聰九年四月，己巳，上諭文館諸臣曰：朕觀漢文史書，殊多飾詞，雖全覽無益也。今宜於遼、宋、元、金四史內，擇其勤於求治而國祚昌隆，或所行悖道而統緒廢墜，與其用兵行師之方略，以及佐理之忠良，亂國之奸佞，有關緊要者，持實匯譯成書，用備觀覽。至漢文《通鑒》之外，野史所載，如交戰幾合，逞施法術之語，皆係妄誕。此等書籍，傳至國中，恐無知之人，信以為真，當停其翻譯。

這裡所令「當停其翻譯」「野史所載」云云，可反證以前曾經進行過。這還在入關前。但《三國志演義》一書，不久又進行翻譯。陳康祺《燕下鄉脞錄》卷十云：

> 羅貫中《三國演義》多取材於陳壽，習鑿齒之書，不盡子虛烏有也。太宗崇德四年，命大學士達海譯《孟子》《通鑒》《六韜》，兼及是書，未竣。順治七年，《演義》告竣，大學士范文肅公文程等，蒙賞鞍馬銀幣有差。國初滿洲武將不識漢文者，頗多得力於此。

今檢《清實錄》卷四十八順治七年四月載：

> 辛丑，以繙譯《三國志》告成，賞大學士范文程、剛材、祁充格、寧完我、洪承疇、馮銓、宋權、學士查布海、蘇納海、王文奎、伊圖、胡理、劉清泰、來袞、瑪律篤、蔣赫德等鞍馬銀兩有差。

這一方面可證《三國志演義》確如陳康祺所云於順治七年譯成，而另一方面可見參加翻譯《三國》的人數竟達十六人之多。這和昭槤所說「及定鼎後，設翻書房於太和門西廊下，揀擇旗員中諳習清文者充之，無定員」的說法也頗一致。二、不是皇帝下令不可能堂而皇之地組織人翻譯《金瓶梅》這部「淫書」。據王利器先生《元明清三代禁毀小說戲曲史料》。康熙一朝禁毀「淫詞小說」就有十二次之多。但皇帝禁毀小說從來是對下不對上的。他們即使不打著「立意為戒」的招牌同樣可以把一些「淫書」作為玩物的。今存二百幅比崇禎本《金瓶梅》插圖精緻得多的《韴美圖》，就是蓋上「太上皇帝之寶」等大印的「清宮珍寶」。我也曾見一部《續金瓶梅》刊本上蓋有「慈禧太后御玩」的印章，可見他們確是把這類書當作「玩物」的。總之，像《金瓶梅》這樣一部書的翻譯，一定是當朝皇帝下令且組織人力於翻書房進行的。

那麼，徐元夢是否在翻書房任職過呢？今查其人，確被時人稱為善譯。陳兆崙〈太子少保禮部侍郎徐西元夢行狀〉云：「凡繙譯經書，不經公手定，於文義或毫釐千里，

故今稱善譯。」據一些傳記記載，他在晚年也確理譯事。這恐怕就是後人傳說他翻譯《金瓶梅》的原由。然而，徐元夢於康熙四十七年《金瓶梅》譯成之前，兩度革職、下獄、入辛者庫，似未及插手《金瓶梅》譯事。陳兆崙〈行狀〉云：

> 二十六年，命入內廷授皇子書，同官德格勒善言《易》，為言事者所劾，事連公，下獄免死，入辛者庫，三十八年起為內務府員外郎，越四年再革職，尋起為內閣侍讀學士，王辰充會試同考官，再遷內閣學士，出辛者庫，距得罪之始凡二十有六年。

今查「尋起為內閣侍讀學士，王辰充會試同考官」的時間為康熙五十一年。例如《國朝先正事略·徐文定公事略》就這樣說：「五十一年起內閣侍讀學士，充會試副考官」。因此，徐元夢在康熙四十七年前後幾年內正在革職待罪之中，不可能從事《金瓶梅》的翻譯。

再看昭槤的《嘯亭續錄》，公認比較可靠。它所記清初設「翻書房」等故實，與《清實錄》等所錄也吻合。至於和素其人，目前所知不多。據《八旗通志》等記載，和素，字存齋，滿洲鑲黃旗人，累官內閣侍讀學士，曾撰《琴譜合璧》十八卷，「取明揚掄《太古遺音》譯以國書，使明人舊笈轉賴此帙以永傳，是亦操縵家特創之制，為古所未有者矣。」《四庫總目提要》卷一一三也著錄此書。於此看來，和素對音樂頗精通，且也長於翻譯。在當時社會中，精於音樂者一般對小說戲曲也感興趣，故其翻譯《西廂記》《金瓶梅》的可能性較大。同時，昭槤稱其翻譯時，用「疏櫛字句，咸中綮肯」來加以評價，與序言中稱「余幾暇參訂焉」的意思也相通，即他主要是「疏櫛字句」，加以「參訂」，最後加以潤色定稿，而並不是出自他一人之手。這也是比較符合實際的。因此，我們可以說滿譯本《金瓶梅》最後完成於和素之手，或者用和素來作為《金瓶梅》滿譯者的代表人物也未嘗不可。

《金瓶梅》續書三種

　　《續金瓶梅》與《隔簾花影》《金屋夢》是一組《金瓶梅》的續書，而後兩種是前一種的刪改本，故名為三書，實為一流。

　　清代小說批評家劉廷璣早就指出[1]，中國小說的創作有一種續書的傳統。時至康熙年間，其續書之多，已經到了「不勝枚舉」的地步。就「四大奇書」而言，《三國》有《續三國》《後三國志》，《西遊》也有《後西遊記》《續西遊記》，《水滸》有兩種《後水滸》，而「《金瓶梅》亦有續書」。劉廷璣所說的《金瓶梅》續書，就是指這部紫陽道人丁耀亢所撰的《續金瓶梅》。

　　其實，早在《續金瓶梅》之前，就有一部名叫《玉嬌李》的《金瓶梅》續書問世[2]。據袁中郎說，此書亦出自原作者手，「與前書各設報應因果。武大後世化為淫夫，上烝下報；潘金蓮亦作河間婦，終以極刑；西門慶則一呆憨男子，坐視妻妾外遇，以見輪回不爽」。後來，沈德符在工部郎中丘志充那裡親自翻閱了此書後指出，此書「暗寓」明朝史事，甚至「至嘉靖辛丑庶常諸公，則直書其名」。其「穢黷百端，背倫滅理，幾不忍讀」，「然筆鋒恣橫酣暢，似尤勝《金瓶梅》」。可惜於萬曆四十七年（1619）丘志充離京出守，不久被斬後，這部《玉嬌李》就下落不明了。

　　有人認為，現在我們所見的《續金瓶梅》即是《玉嬌李（梨）》：

> 《玉嬌梨》與《金瓶梅》相傳並出弇州門客筆，而弇州集大成者也。《金瓶梅》最
> 先成，故行於世；《玉嬌梨》久而始就，遂因循沉閣，——是以耳名者多，親見
> 者少。客有述其祖，曾從弇州遊，實得其詳，云《玉嬌梨》有二本：一曰續本，
> 是繼《金瓶梅》而作者，男為沈六員外，女為黎氏，其邪淫狂亂，刻劃市井之穢，
> 百倍《瓶梅》，蓋有意醜詆故相，痛詈仇人，故一時肆筆，不覺已甚。弇州怪其
> 過情，不忍付梓，然遞相傳寫者有之。一曰秘本，是懲續本之過而作者，男為蘇
> 友白，女為紅玉，為無嬌，為夢梨，細摹文人才女之好色真心，鍾情妙境，……

1　《在園雜誌》。

2　此段引文均見沈德符《野獲編》。

這段話，筆者客歲見於日本內閣文庫所藏《玉嬌梨》卷首之〈緣起〉。此說鮮為人知，顯然是一種為了抬高後出的《玉嬌梨》的聲價而作的附會。因為這裡所述的所謂「續本」《玉嬌梨》實即《續金瓶梅》的內容，與袁中郎、沈德符所見的《玉嬌李》大相徑庭，難怪這段《緣起》也為以後刊印的《玉嬌梨》所剔除。

那麼，《續金瓶梅》果真與《玉嬌李》一無關係嗎？也不見得。我認為，《續金瓶梅》的創作是直接受到了《玉嬌李》的啟發。這是因為藏有《玉嬌李》的丘志充與丁家同是山東諸城名宦。丁耀亢與志充子丘石常又一生友善，意氣相投，齊名當日。萬曆四十七年，丘石常十四歲，而丁耀亢已二十四歲了。他倆都喜歡小說傳奇。對於這樣一部奇書，即使當日未及寓目，也必當聞之於父老。今雖難以考定兩書情節之異同，但就其因果報應和暗寓政事這兩大基本精神而言，則一脈相承。可見丁耀亢後來以這樣的筆法來續寫《金瓶梅》，是受到了那部當時名聲較大的《玉嬌李》的影響的。

然而，《續金瓶梅》畢竟不是《玉嬌李》。它是作家丁耀亢經歷了明清易代、一生坎坷之後，於晚年創作出來的一部色彩斑斕而容量豐富的力作。

丁耀亢（1599-1671）[3]字西生，號野鶴。父惟甯、從兄自勸，皆成進士，仕宦有聲。弟耀心、從子大穀，崇禎中鄉舉，獨耀亢負逸才而久不第。以諸生走江南，從大畫家、《金瓶梅》藏有者董其昌遊。既歸，鬱鬱不得志，取歷代吉凶諸事，作《天史》十卷。明朝末年，國事腐敗。種種弊政，對丁耀亢刺激良深。後他在傳奇《蚺蛇膽》中，借黃門之口吻，抨擊明代弊政、搢紳陋習，「過於賈生之流涕，有如長孺之直戇」[4]，將長期鬱積，傾瀉而出。清兵至，耀心、大穀出資糾兵守城，城破殉難。侄孓佳「為大兵所傷跛一足」[5]。國仇家難，銘心刻骨。而戰亂所至，滿目瘡痍。正如丁耀亢在〈陸舫詩草·田家〉一詩中所描寫的：

> 亂後有田不得種，蠶後有絲不及用。官家令嚴催軍需，雜差十倍官糧重。縣官皂隸猛如虎，荒田不售鬻兒女。門前空有十行桑，老牛牽車運軍糧，何時望得大麥黃。

為升米計，順治初年他於役淮上，又泛海北遊，有「無聊生理缺，奴僕請逢迎」之句。順治九年（1652），由順天籍拔貢，充鑲白旗教習。其時名公卿多與結交，聲名大噪。順

3　《（乾隆）諸城縣誌》云「年七十二」，葉德均據此定為康熙九年庚戌卒。而丁耀亢實卒於康熙十年，故當為七十三歲。

4　郭棻〈蚺蛇膽序〉。

5　《（乾隆）諸城縣誌·列傳》。

治十一年（1654）為容城教諭，十六年遷惠安知縣。他不願從政，越年即以母老告退[6]。丁耀亢為人倜儻不群，權奇好事。《今世說》說他「襟期曠朗，讀書好奇事，高譚驚坐，目無古人」。曾記有這樣一事，可見其為人一斑：

> 丁野鶴官椒邱廣文，忽念京師舊遊，策長耳驢，冒風雪，日馳三四百里，至華嚴寺陸舫中，召諸貴游山人琴師劍客，雜坐酣飲，笑謔怒罵，筆墨淋漓；興盡，策驢而返。

他一生著述甚多。其詩詞今存有《丁野鶴遺稿》，內含《逍遙遊》《椒邱集》《陸舫詩草》《江乾草》《歸山草》《聽山亭草》。《（乾隆）諸城縣誌》稱其「為詩踔厲風發，少作即饒風韻，晚年語更壯浪，開一邑風雅之始，縣中諸詩人皆推為前輩」。然此集列入《清代禁毀書目》之中，尤以《逍遙遊》一集，指為「中間違礙之語甚多」。其傳奇今存《西湖扇》《化人遊》《蚺蛇膽》《赤松遊》四種，「沈雄清麗，兼而有之」，尤其《蚺蛇膽》一劇，「結構謹嚴，關目生動，詞藻尤清麗遒健，遠勝《鳴鳳記》之拉雜散漫。」[7]然由於當時觸犯時忌，使上官不敢進呈，今也有種種原因，丁耀亢之傳奇未為曲家所重，殊為可歎！

小說《續金瓶梅》，今可考定為丁耀亢在順治十八年（1662）六十三歲時所作。這是因為此書卷首〈太上感應篇陰陽無子解序〉稱：「今見聖天子欽頒《感應篇》，自製御序，諭戒臣工。……亢不敏，臥病西湖，……以不解解之。」西湖釣史〈續金瓶梅集序〉也說：「遵今上聖明頒行《太上感應篇》，以《（續）金瓶梅》為之注腳。」可見此書創作離「天子欽頒《感應篇》」不遠，而作者當在杭州之時。今查，清順治十三年上諭刊行《感應篇》。時丁耀亢在直隸容城，後至福建惠安，至順治十七年六十二歲時告退，其間不可能創作《續金瓶梅》。翻至小說第六十二回，作者根據《搜神後記》中丁令威的故事和自己切身遭際，虛構改編成一個三次轉世的故事：東漢遼東鶴野縣仙人丁令威，五百年後為臨安西湖匠人丁野鶴，至明末又有同名同姓的一個丁野鶴，自稱紫陽道人。這段故事不但較為露骨地寄寓了作者的民族情緒，而且為研究作者本身提供了信息。魯迅先生首先在《中國小說史略》中據此解開了作者之謎，指出紫陽道人即是丁耀亢，此書當成於清初，為以後的研究奠定了基礎。然而，就在這裡，魯迅先生忽略了這樣一段

6　《（乾隆）諸城縣誌》云：「遷惠安知縣，以母老不赴。」後學者多從此說。惠安縣誌亦缺載。實丁曾赴任，丘石常《楚村詩集》有〈送鶴公令惠安〉〈至日送鶴公令惠安〉詩二首，另於〈祝丁太母八秩序〉中有「野鶴先生宰惠安之明年」云云。丁自著《江乾草》即為此時所作。

7　鄭騫〈善本傳奇十種提要〉，見《燕京學報》第24期。

話:

> ……臨安西湖有一匠人,善於鍛鐵,自稱丁野鶴,棄家修行,至六十三歲,向吳
> 山頂上結一草庵,自稱紫陽道人。……留詩曰:「懶散六十三,妙用無人識。順
> 逆兩相忘,虛空鎮常寂。」

這顯然是夫子自道,點明了此書即作於六十三歲之時。揆之丁耀亢的一生經歷,也正相符合。此書即於當年開雕,世稱有順治原刊本者當為此本。然此書一出,禍即天降。康熙四年乙巳(1665)八月,六十七歲的丁耀亢即以此書下獄。其《歸山草》有詩記其事。詩名較長,曰:〈乙巳八月以續書被逮,待罪候旨,至季冬蒙赦得放還山,共計一百二十日。獄司檀子文馨,燕京名士也,耳予名,如故交,率諸吏典各釀酒,三日一集,或至夜半,酣歌達旦,不知身在籠中也。各索詩紀事,予眼昏作粗筆各分去,寄詩志感〉。詩曰:

> 獨坐憐寒夜,圜牆起鼓聲。雪晴光不定,月暗影空明。橡史藏文士,窮交仗友生。
> 莫輕談往事,一醉頌升平。

後又有〈焚書〉一首:

> 帝命焚書未可存,堂前一炬代招魂。心花已化成焦土,口債全消淨業根。奇字恐
> 招山鬼哭,劫灰不滅聖王恩。人間腹笥多藏草,隔代安知悔立言。

這些在鐵幕下面迸發出來的沉痛詩句,隱約地透露了這部書的得禍之由並不在於「誨淫」,而在於「輕談往事」和欲為人間「立言」而已!這和劉廷璣給《續金瓶梅》所加的罪名首先是「背謬妄語,顛倒失倫」,也相一致。另外如龔鼎孳《定山堂詩集》中的〈贈丁野鶴〉其三也透露這部續書遭焚的基本原由:

> 江山如此恨人留,痛哭書焚向古丘。熱血空憐霜草碧,遺民今見竹林遊。垂陽嫋
> 嫋能愁客,彼黍離離又報秋。避世不如忘世逸,逍遙神解失金牛。

後來,康熙帝之所以還是將丁耀亢釋放,恐怕由於他剛下詔表過這樣的態:「如有開載明季時事之書,亦著送來。雖有忌諱之語,亦不治罪。」[8]然而,這一百二十日的鐵窗生活和不得不將一部「奇字」付之一炬,對於一個望七老人的打擊是可想而知的。丁耀亢從此兩眼昏然,喪明逃禪,自署木雞道人。文人之厄,莫此為甚!而一部《續金瓶梅》,

---

8　《清實錄》。

從此也就被打入地獄，難見天日！

現在，我們打開《續金瓶梅》，劈頭就是一篇《太上感應篇》。丁耀亢想把整部小說就當作《感應篇》的「無字解」，即不直接用一般的箋注詮解等方式來解釋，而是別出心裁地用小說故事來加以「參解」。丁耀亢之所以這樣做，不能說他沒有拿著皇上推薦的《感應篇》來作大旗打掩護的用意，然而應當說，主要還是由於生逢「天下無道」之時的他對於《感應篇》的欣賞。《感應篇》一書的內容，多取自晉代葛洪的《抱朴子》，以因果報應為綱，勸人為善遏惡。正如丁耀亢在〈太上感應篇陰陽無字解序〉中所說：「天下有道，聽治於人；天下無道，聽治於神。」在封建社會裡，特別是在那混亂的年代裡，還有什麼比用因果報應更有效力地去鼓動人們為善呢？因此，《感應篇》自《宋史·藝文志》始有著錄以來，一直非常流行。特別是明末清初的許多小說，不但往往以因果報應、勸善懲惡作為其創作的主旨，而且常常直接描寫和引用了《感應篇》以及《文昌君陰騭文》《太微仙君功過格》等「善書」。如《西湖二集》卷三，〈馬神仙騎龍升天〉就有馬自然引用《感應篇》勸人的場面，《紅樓夢》第七十三回也寫到了迎春讀此書[9]。丁耀亢生活在這樣的時代中，難免也受到了影響。今從其卷首所列引用的書目來看，儘管有三教九流五十四種，但《感應篇》無疑是貫穿全書、引用最多的一種。他所引用的《感應篇》的語句大都在每回的開頭，作為故事開展的依據。而在這些語句中，除了「三台北斗神君」一段宣揚迷信和報應純屬糟粕外，其餘多為勸人在道德上自我完善。這固然對穩定封建統治有利，但對整個社會的安定，風俗的淳正，也有益處。換句話說，勸善懲惡，在一定程度上也反映了廣大人民群眾的意志和願望。至於《感應篇》開頭所說的：「禍福無門，唯人自召。善惡之報，如影隨形」四句綱領性的話，富有哲理，耐人尋味，並非以因果報應四字所能包括。因此，對於丁耀亢以《感應篇》來統帥全書，我們一方面應該看到他宣揚因果報應、封建迷信的落後的一面，另一方面也要看到他生在那樣一個亂世之中，對於「矜孤恤寡，尊老懷幼」，「濟人之急，救人之危」等美德的讚揚，對於淫蕩、負義、欺詐、狠毒等邪惡的譴責，自有其積極的一面。其小說最後一回云：「諸惡莫作，眾善奉行。……我今講一部《續金瓶梅》也外不過此八個字，以憑世人聽解，才了得《感應篇》《勸善錄》的教化。」可見，他這部小說「借因果說起」，而歸根結蒂只是勸世人「諸惡莫作，眾善奉行」而已。

本來，在等級社會裡，諸如「諸惡莫作，眾善奉行」這類口號，往往是統治階級用來教訓下等臣民的；不同尋常的《續金瓶梅》卻是用它來首先針對統治集團的。應當說，

9　參見日本小川陽一〈《西湖二集》與善書〉（《東方宗教》第 51 號）、〈三言二拍與善書〉（《日本中國學會報》第 32 集）以及吉岡豐義《道教的研究》、酒井忠夫《中國善書的研究》等。

在這部小說裡，作者寫人則上自帝王將相，下至娼妓奴僕，男女老少，各色人等，色色皆到；寫事則軍國大事，地方吏治，宗教迷信，世道人心，也全面顧及，描繪出了一幅相當廣闊的亂世風俗畫卷。然而，他明確點明其創作宗旨是：「世上風俗貞淫，眾生苦樂，俱要說歸到朝廷士大夫上去，才見做書的一片苦心。」（第五十八回）如何「歸到朝廷士大夫上去」？且看作者在第三十四回中的解釋：

> 做《金瓶梅》因果，只好在閨房中言語，提醒那淫邪的男女，如何說到縉紳君子上去？不知天下的風俗，有這貞女義夫，畢竟是朝廷的紀綱，用那端人正士。有了紀綱，才有了風俗；有了道義，才有了紀綱；有了風俗，才有了治亂。一層層說到根本上去，叫看書的人知道這淫風惡俗從士大夫一點陰邪妒忌中生來，造出這個不陰不陽的劫運，自然把禮義廉恥四字一齊抹倒。沒有廉恥，又說甚麼金、瓶、梅三個婦女？即知西門慶不過一個光棍，幾個娼婦，有何關係風俗？看到蔡太師受賄推升，白日的做了提刑千戶，又有那蔡狀元、宋御史因財納交，全無官體，自然要紀綱凌夷，國家喪滅，以至金人內犯，二帝北遷。善閱《金瓶梅》的，要看到天下士大夫都有了學西門大官人的心，天下婦人都要學金、瓶、梅這樣的，人心那得不壞，天下那得不亡？

這是就總體構思而言，而在具體描寫中，如有關李師師的浮沉、大覺寺的建立等下層社會的描寫，都十分典型又直接地點明了「亂自上作」這樣一種觀點。「小路截來大路拋，烏鴉銜肉遇鵬雕。如今仕路多如此，總替旁人先上腰。」（第八回）螳螂捕蟬，黃雀在後，越是上層，越是可怕。因此作者對上層集團的種種罪惡的抨擊特別嚴厲。誠如在第七回中所說的：「至於身居大位，勢取民財，或是買免人命，殺人奉上，食了朝廷俸祿，不能為民，反行酷暴，比盜賊加一等，那有不犯王法，不遭天刑之理？」丁耀亢這樣異乎尋常的矛盾向上的態度，難怪要被劉廷璣斥為「顛倒失倫」了，而現在看來，正在這裡閃爍著民主性的光華。

　　《續金瓶梅》在描繪這幅亂世畫時，不僅僅一般地把罪孽歸結於上就算了事。而是面對當今現實，胸懷亡國之痛，多方面地探究了明朝亡國的歷史教訓。現在看來，作者之所以要選擇《金瓶梅》來作續書，根本不是由於《金瓶梅》是一部有名的「淫書」而可以招徠讀者，而是由於《金瓶梅》的續書可以順理成章地以宋金征戰的歷史背景，來影射現實的明清易代。在整部小說中，作者留下了許多痕跡來暗示宋猶明，金即清。如第六回、第十九回出現的「廠衛」「錦衣衛」等，均是明代特置的官署名目，而第二十八回、第三十五回提及的「藍旗營」「旗下」等清代所有的八旗制度，並非是金人的軍事建制。又如第五十三回寫金人占據揚州後有〈滿江紅〉一詞曰：「清平三百載，典章文

物,掃地俱休。」這「清平三百載」,以舉其成數而言,正與統治二百七十六年的明王朝相合,而非指僅有一百七十六年的北宋王朝。金人屠戮揚州的描寫,不能不使人聯繫起清初慘酷的「揚州十日」。諸如此類,特別是當時的讀者誰都會清楚地瞭解到作者的真實用意。在行文中,作者又不時流露出自己作為一個遺民對於故國的哀思。朱眉叔先生曾經指出:第六十二回描寫三世丁野鶴的一段文字中,作者「自稱為明人」,「描寫自己『朱頂雪衣』,實即隱喻自己是朱明王朝的人,身著喪服憑弔被滿清統治集團蹂躪的人民和國土」[10]。這是很有眼力的見解。實際上,這裡也揭示了丁耀亢之所以以「野鶴」為號的奧秘:自己就猶如一隻「朱頂雪衣」的野鶴!第十四回,他又竟敢徑書「大明萬曆年間金陵朱之蕃狀元」的故事來。朱之蕃乃實有其人,為萬曆二十三年狀元。今日本天理圖書館所藏孤本小說《三教開迷演義》之敘言即署「金陵朱之蕃」撰。丁耀亢在清朝開國之初竟將故國稱之為「大明」,實在是膽大包天。再如第三十六回開頭,作者引了兩首詩詞後比較集中地抒發了「興亡之感」:

> 單表古人詩詞,多因故國傷心,閒愁惹恨。歎韶華之易盡,則感春風;悲陵谷之
> 多遷,則魂消秋月。粘就駕鴦,寫成江淹離恨譜;飄來蝴蝶,編成杜牧斷腸詩。
> 也只為托興遣懷,方言醒世,真卻是假,假卻是真。自有天地古今,便有這個山
> 川,這個歲月,這個人情世態,這個治亂悲歡,笑也笑不得,哭也哭不得。

陵谷變遷,山河易色,對於丁耀亢來說是十分悲痛的。悲痛之餘,他對於亡國的原因進行了思索,對於昏君、佞臣、弊政、惡習進行了嚴厲的鞭撻。當然,這裡不少筆墨是根據一般的封建綱紀來指責皇帝的荒淫無恥,不恤民隱,佞臣的獻媚求寵,不忠不義,以致搞得民不聊生,邊事廢弛,一旦外敵侵犯,則「再無一個背城一戰的」。但也有不少看法是值得令人深思的。例如第三十四回敘及南宋初年重立黨人碑一事,說奸人們將「凡係講恢復的指為黨人,一切不用」,而自己「不講軍機大事,也不管金人到江北,依舊這個一本,那個一本,某人該封蔭子孫,某人該加贈某官,終日在朝內講修恩怨,各位閉戶起來,彼此拜賀……大家上下胡混」。從而歷論東漢唐宋以來的朋黨之禍,言辭激切,曰:

> 古人說道:一個黨字,貽禍國家,牢不可破!自東漢唐宋以來,皆受這門戶二字
> 之禍,比叛臣閹官、敵國外患更是利害不同!即如一株好樹,就是斧斤水火,還
> 有遺漏苟免的,或是在深山窮谷,散材無用,可以偷生。如若在樹裡生出個蠹蟲

10　《明清小說論叢》第 1 輯,春風文藝出版社,1984 年版,頁 255。

來，那蟲藏在樹心裡，自梢吃到根，根吃到梢，把樹的津液晝夜吃枯，其根不伐自倒，謂之「蠹蟲食樹，樹枯而蠹死；奸臣蠹國，國滅而奸亡」。總因著個黨字，指曲為直，指直為曲，大亂陰陽！

明朝亡國，豈不也與黨爭之禍大有干係！在位者不致力於征服自然，造福於民，而一心於你爭我奪，自相攻伐，此上彼下，輪番不休，一個好端端的國家豈不要每下愈況！假如我們聯繫同時代的夏允彝《倖存錄》中的〈門戶大略〉〈門戶雜誌〉等一起來閱讀的話，不能不感歎丁耀亢的這個結論是有的放矢、大有道理的：「這個黨字，可不是累朝的禍根！」再如第四十六回論及「天下大亂，俱從人心虛詐而起」，也頗具隻眼。丁耀亢指出，當時的社會培養人們自小就詐偽做假，搞得「件件是假，一切妝飾在外面，弄成個虛浮世界」，「到了那紀綱不振的時節，有一法即有弊」。如「富貴家子弟」可以「現成做官，不用費力」，「似此初進門已是做了詐偽，日後豈替朝廷做出真正功業來的」？這樣，社會一片輕薄詐偽，最後必然導致天下大亂。如此等等，丁耀亢的這些議論都是從明朝亡國之後，痛定思痛得出來的血淚之辭。因此，從某種意義上可以說，一部《續金瓶梅》就是明朝亡國的歷史經驗的總結。

作者對於故國沉痛思念的同時，對於清初野蠻統治表現了強烈的仇恨。小說中一幕幕金人燒、殺、淫、擄的殘暴場面令人慘不忍睹。漢族人民則掙扎在流離、屈辱、饑饉、瘟疫的苦海之中。小說開場，即是描寫清河縣「遭金兵屠掠，城郭人民死去大半，家破人亡，妻子流離，……變成一片瓦礫戰場」。以後，特別是寫兵圍汴京，蹂躪山東，血洗揚州，更是弄得「野村盡是蓬蒿，但聞鬼哭；空城全無雞犬，不見煙生」。作者在描寫到漢族的男女百姓被侮辱、被奴役時，其悲憤之情，往往能使人髮指皆裂：「那些北方韃子，……將我中國擄去的男女，買去做牲口使用，怕逃走了，俱用一根皮條穿透，拴在胸中琵琶骨上。白日替他喂狗打柴，到夜裡鎖在屋內。買的婦人，用一根皮條，鐵釘穿透腳面，拖著一根木板，如人家養雞怕飛一樣。」凡此種種鋪敘描述，副以不少詩詞韻語，使血和淚、悲和憤貫串了全書。我們不需要多作引述，每一個讀者都會時時感受到作者一顆反強暴、愛百姓的心在跳動。

從以上看來，《續金瓶梅》一書，乃是作者以因果報應、勸善懲惡的思想為主導，編織了一套《金瓶梅》之後的故事和人物，借此來描繪明清易代之際的一幅廣闊的亂世畫面，沉痛地總結了明亡的歷史經驗，憤怒地控訴了滿清貴族的殘暴統治，自始至終洋溢著愛國愛民的激情。這也正如作者自己在〈凡例〉中所點明的：「前集止於西門一家婦女、酒色、飲食、言笑之事，有蔡京、楊提督上本一二段，至末年金兵方入，殺周守備而山東亂矣。此書直接大亂，為南北宋之始，附以朝廷君臣忠佞貞淫大略，如尺水興

波，寸山起霧，勸世苦心，正在題外。」因此，我們絕不能僅僅把它當作是一部寫男女之事的「言情小說」，或者是涉因果鬼神的「語怪小說」，而必須清醒地認識到這部小說是「可作社會小說讀，可作宗教小說讀，可作歷史小說讀，可作哲理小說讀，可作滑稽小說讀，可作政治小說讀」[11]。

當然，這部小說也有不少糟粕，最突出的是宜揚報應迷信。這也直接地影響了作品的思想價值和藝術力量。小說中許多現象用因果來解釋往往是越說越糊塗，甚至與其他觀點產生了矛盾，如岳飛被殺而秦檜善終，乃至嚴正、吳銀兒等得到的善報竟是當上了金朝的官員或者是漢奸的娘娘。好在這類問題對於今天的讀者來說是比較容易識破的，認識大致也不會有多大分歧。這裡想稍談一下有關本書的所謂寫淫的問題。

不知什麼時候起，中國的文藝作品描寫性欲就成為罪惡。往往稍有所及就斥為淫書，視為下流，甚至給作者立即帶來災禍。可是查一查老祖宗的經典，《周易》說：「男女媾精，萬物化生。」《禮·禮運》曰：「飲食男女，人之大欲存焉。」其他如管子主張「順民心」，「從四欲」；荀子認為：「欲不可去，性之具也」；《呂氏春秋》也說：「天使人有欲，人弗得不求」。這些話或許離我們太遠了，後來被諸如「不見可欲，使民不亂」（老子）的妙論，乃至「存天理，滅人欲」（朱熹）的高調所壓倒。可是，馬克思也說：「人和人之間的直接的、自然的、必然的關係是男女之間的關係。」[12]細思這一關係，何日無之？何地無之？何人無之？人們假如把這種關係的描寫一古腦兒地當作瘟疫一樣看待，實在是一種被假道學扭曲了人性的變態，是人類不能科學地把握自己，乃至否定自己的一種愚昧落後的表現。性欲問題被文藝作品正確地表現，正像在自然科學、社會科學領域內得到科學地研究一樣，都是人類進步文明的標誌。恩格斯在評價無產階級詩人格奧爾格·維爾特時說：

> 維爾特所擅長的地方，他超過海涅（因為他更健康和真誠），並且在德國文學中僅僅被歌德超過的地方，就在於表現自然的、健康的肉感和肉欲，……我不能不指出，德國社會主義者也應當有一天公開地扔掉德國市儈的這種偏見，小市民的虛偽的羞恥心，其實這種羞恥心不過是用來掩蓋秘密的猥褻的言談而已。例如一讀弗萊里格拉特的詩，的確就會想到，人們是完全沒有生殖器官的。但是，再也沒有誰像這位在詩中道貌岸然的弗萊里格拉特那樣喜歡偷聽猥褻的小故事了。最後終有一天，至少德國工人們全習慣於從容地談論他們自己白天或夜間所做的事情，談

11 夢筆生〈金屋夢凡例〉。
12 《馬克思恩格斯全集》第 42 卷，頁 119。

> 論那些自然的、必需的和非常愜意的事情，就像羅曼諾民族那樣，就像荷馬和柏
> 拉圖、賀雷西和尤維納斯那樣，就像舊約全書和「新萊茵報」那樣。[13]

可見，表現肉感和肉欲的作品，不能籠統地斥為誨淫。文藝作品正確地表現男女之
欲，是與淫書有原則區別的。什麼是淫書？淫書就是那種沒有正當目的，違反科學道理，
不講人倫道德，毫無社會意義，不顧藝術表現，純然以挑逗淫欲，描述性事為主，魯迅
所謂「著意所寫，專在性交，又越常情，如有狂疾」[14]者也。明清時代這類作品不少，
如《歡喜浪史》《株林野史》《妖狐豔史》等就是。與此不同，作家基本上具有正當的
創作目的，表現又是合情合理，從而伸張了社會正義，有助於人類文明，對於這樣的作
品，我們就不能簡單地把它打入「淫書」之列。《續金瓶梅》寫淫的動機，一方面是為
了與《金瓶梅》協調，以「恐法語之言，與前集不合」；另一方面是為了勸戒，「使人
動心而生悔懼」[15]。核之正文，此言不誤。本來，男女之間正常的性欲與不正當的淫欲
應當是有區別的。《續金瓶梅》與《金瓶梅》一樣，主要並不旨在表現正當的人類情欲，
而是著力於批判邪惡的淫欲。假如說《金瓶梅》在批判淫欲時有時會不自覺地流露出某
種欣賞的口吻、低級的情趣的話，那麼《續金瓶梅》的描寫儘管不能說全部妥當合理，
但其總的態度無論如何是嚴肅的。特別是作者對於李師師、百花宮主一夥的描寫，是寄
寓了深沉的亡國之痛和民族之恨的。至於那些性行為的描寫是否會產生不良社會效果的
問題，這實際上是牽涉到讀者方面的接受問題。仁者見仁，智者見智，淫者見淫，如此
而已。對於未婚之黃童姹女，或者未受科學的性教育和有健全的性心理的人們來說，當
然還是閉目修性，不看為妙。

《續金瓶梅》作為一部小說，在藝術表現上自有它的特色。它是一部人、事、情、理
並頭齊進的作品。小說中八十多個人物大致有三類：第一類是歷史上的真實人物；第二
類是《金瓶梅》中原有的人物，或為其轉世；第三類是重新虛構的人物。其中不論哪一
類，大凡寫上層的、正面的較多敗筆，因多從概念出發；寫下層的、反面的，較多生動，
因多有實際體驗。這部小說的情節結構在中國古典小說中獨樹一幟。它既不是鏈條式的，
一環一環地推進；也不是結網式的，相互聯繫成一個整體；又不是串珠式的，將無數短
篇聯成一書；而是板塊式的，將全書分成幾塊輪番演示。作者或許在主觀上想把吳月娘
與孝哥母子離散至團聚作為主要情節，特意將全書的開頭和結尾讓給了他們，並且所占
的比重也最大。但實際上它與其他兩大塊：李銀瓶的故事、黎金桂與孔玉梅的故事不相

13　《馬克思恩格斯全集》第 21 卷，頁 9。
14　《魯迅全集》第 9 卷，北京：人民文學出版社，1981 年版，頁 182。
15　〈續金瓶梅凡例〉。

連屬，各自獨立，中間又不時插入一件件軍國大事，斷斷續續。故掩卷而思，覺得此書缺乏中心情節，結構鬆散錯雜。然在閱讀之時，體會略異。這是因為：一，由於作者在開頭一再強調因果輪回之說，使讀者心中先有一部《金瓶梅》打底，明確到以後的故事都是《金瓶梅》一書的繼續，不自覺地把全書看成了一個整體；二，全書又以宋金戰爭的歷史貫串始終，這樣雖然把各個故事在敘述上分割了開來，但卻同時又使讀者在意念上將各個故事聯繫成一體。因此，此書實際上還是以因果輪回為經，以宋金征戰為緯，把各塊故事統一成了一個整體。這樣的結構在中國古典小說中並不多見，是優是劣，自可討論。至於這部小說的說理過多，從藝術表現的角度來看，確是一弊。劉廷璣批評它「道學不成道學，稗官不成稗官」，不能說沒有道理。然而這些議論往往表現得情詞激切，沉著痛快，中間又常常綴以詩詞韻文，增添了不少抒情的色彩。〈續金瓶梅凡例〉說「前集名為詞話，多用舊曲，今因題附以新詞，參以正論，較之他作，頗多佳句，不至有直腐鄙俚之病。」此話說得並不過分。書中不少詩詞出自丁耀亢之手，如若加以摘編，可成一集。其中像〈江南婦女離亂歌〉等煌煌長篇，實為不可多得之佳什。總之，一部《續金瓶梅》，寫人，敘事，說理，抒情，皆有可觀之處，其不足是往往未能捏成一團，融為一體，難免給人以一種鬆散拉雜之感。

當我們對於丁耀亢及其《續金瓶梅》有所瞭解之後，就能比較容易地把握《隔簾花影》和《金屋夢》。

《隔簾花影》不題撰人，但卷首有四橋居士所撰序文一篇。四橋居士當為本書的刪改者，或為其友人。孫楷第先生的《中國通俗小說書目》曾指出：順康間作家「天花才子編輯」的小說《快心編》，題「四橋居士評點」。可見，《隔簾花影》當刊於康熙年間，於《續金瓶梅》遭禁後不久。後至同治年間，平步青在《霞外捃屑》卷九中曾有這樣一段記載：

> 紫陽道人《續奇書》，蔓引佛經《感應篇》，可一噱。梅村祭酒（吳偉業）別續之，署名《隔簾花影》。相傳為隔一字讀之成文，意在刺新朝而泄黍離之恨。其門下士恐有明眼人識破，為子孫禍，顛倒刪改之，遂不可讀，但成一小說耳。

此言可證平步青本人未見《續金瓶梅》及《隔簾花影》兩書，全部得之傳聞，故紕繆甚多。然也道中了幾個要點：《隔簾花影》是從《續金瓶梅》而來，原書乃「意在刺新朝而泄黍離之恨」，改編者為避禍計而刪改之。這說明了此等傳聞，儘管在輾轉相傳中逐步走樣，但其來源不假，且已深入人心。今觀六十四回的《續金瓶梅》被《隔簾花影》刪去十六回篇幅，主要就是有關「刺新朝而泄黍離之恨」的內容。那些金人燒殺擄掠的場面被大大削減，一些激越沉痛的議論大都被刪，至於如徽欽二帝被擄北去、張邦

昌稱帝醜行、宗澤單騎攻東京、韓梁大敗金兀術、洪皓哭徽宗、秦檜通撻懶等重大事件，全部被剔去，乃至有些細小故事也作了改動，如孔梅玉原受金主帥撻懶之子哈木兒的騙而作妾受苦，今將哈木兒改為漢族將軍金鈺之子金堅，抹去了異族矛盾的色彩。諸如此類，《隔簾花影》的改編者為了避免文字之禍而所作的刪改，無疑已改變了丁耀亢創作的初衷，大大地削弱了作品的思想性。

不過，《隔簾花影》的刪改並非全是為了避禍，同時也考慮到藝術表現上的改善。閱讀《續金瓶梅》最易使人頭腦發脹的是：說教過多，故事太散。對此，《隔簾花影》作了刪和並的兩大手術。大段說教以及因果輪回的冗長描述，均被剪刪，吳月娘母子、李銀瓶、黎金桂與孔玉梅這三大塊故事都分別作了適當的合併，例如吳月娘母子故事在《續金瓶梅》裡斷斷續續被割成了十多段，而《隔簾花影》將它併成了三段，相對比較集中，減少了破碎錯雜之感。

另外，為了避免讓人一眼識破此書即是已遭禁毀的《續金瓶梅》的刪改本，故在序言中有意謊稱此書是「繼正續兩篇而作」，且將「西門易為南宮，月娘易為雲娘，孝哥易為慧哥，其餘一切人等，名目俱更」。但是，即使如此，此書仍然逃不出遭禁的命運。不久即與《金瓶梅》《續金瓶梅》同被斥為「淫詞小說」而列於《禁毀書目》之中，很少在社會上流傳了。

時至清末民初，中國小說的創作和出版又興起了一股熱潮。民國四年（1915）二月，《鶯花雜誌》創刊號上即開始連載《金屋夢》（後即抽印成單行本），其卷首所載該刊編輯孫靜庵所撰「識語」一則（單行本去「靜庵」署名），有將此書「重價購之，稍稍潤色」之語，可見此書實由他據《續金瓶梅》，並參照《隔簾花影》重新刪改而成。《金屋夢》卷前之〈識語〉和〈凡例〉，基本上是襲用了通行的《續金瓶梅》各序及其〈凡例〉之語句，然其中有〈凡例〉二則（「從來小說往往托興才子佳人」與「是編悲歡離合」），竟與《快心編》之〈凡例〉完全相同，豈不怪哉！難道孫靜庵所據之本，確與署名「天花才子編輯，四橋居士評點」的《快心編》有著某種瓜葛嗎？尚待進一步研究。

《金屋夢》成於清朝覆亡之後，對於《續金瓶梅》中觸犯清政府的違禁之語不但毫無顧忌，而且正要加以宣揚，因此基本上恢復了原貌，有意號召人們把它當作歷史小說、政治小說、社會小說、哲理小說來讀。只是考慮到近代科學思想的抬頭，故主要刪去了有關迷信果報的內容和一些說教，總共只有六十回的篇幅。這樣，《金屋夢》就成了一部迎合近代資產階級民族革命思潮的作品。《金屋夢》在恢復《續金瓶梅》原貌的同時，當然也復原了情節鬆散的故態。然而，令人感慨的是：《金屋夢》儘管盡力照舊，卻最後還是不敢恢復《續金瓶梅》的書名。究其原因，這部儘管刪削了不少「淫詞穢語」的新編本，還是怕其書名與《金瓶梅》沾邊而招來「淫書」之嫌吧！

　　一部《續金瓶梅》，先因觸犯時忌而遭焚，又因目為淫書而被禁，不得不兩易其書名，喬裝而出版。筆者書至於此，不覺在燈前潸然淚下，一個有血性的作家，一部有思想的奇書，要得到人們普遍的理解是多麼的難啊！歷史發展到今天，但願《續金瓶梅》及其《隔簾花影》《金屋夢》能得到人們正確的理解和公正的評價。

肆、「屠隆考」與「笑學」

《金瓶梅》作者屠隆考

一

《金瓶梅》是一部奇書，要正確評價這部奇書不能不探求其作者「蘭陵笑笑生」究竟是誰，然而明清以來，眾說紛紜。其說法之多，可以說在我國文學史、甚至在世界文學史上都是幾無他者可比。所有說法，約可分成兩大類：

第一類是初期的傳說，如說作者是「嘉靖間大名士」（沈德符《野獲編》），或是「紹興老儒」（袁中道《遊居柿錄》），及「金吾戚里」門客（謝肇淛〈金瓶梅跋〉）等。

第二類是後世的探測。這種推測又可分兩種：一種是未指明具體姓氏者，如徐謙《桂宮梯》云「某孝廉」，謝頤〈金瓶梅序〉云「鳳洲（王世貞）門人」、王曇《古本金瓶梅考證》云「浮浪子」，戴不凡《小說見聞錄》云：「金華、蘭溪一帶人」；另一種則指明了具體的姓名，先後有 11 種說：王世貞、李漁、盧楠、薛應旗、趙南星、李贄、徐渭、李開先、馮惟敏、沈德符、賈三近。此外，還有一種「許多藝人集體創造」說。

前人如此眾多的說法，若要一一加以剖析，頗費筆墨，也無必要。因為許多說法本無論證，多為推測，且它們的問題具有共同性。我想，只要對《金瓶梅》的創作時間、作者的方言習俗及其身世、性格等加以考索，以上種種推測，恐怕都難成立。

關於《金瓶梅》的創作時間，吳晗先生說：「《金瓶梅》的成書時代大約是在萬曆十年到三十年這二十年中」（〈《金瓶梅》的著作時代及其社會背景〉）。鄭振鐸先生也說：「把《金瓶梅詞話》的時代放在明萬曆間，當不會是很錯誤的」（〈談《金瓶梅詞話》〉）。他們正確地把創作年代限定到了萬曆年間，從而破除了長期誤傳作於「嘉靖間」的說法，但其上下斷限還不夠確切。後美國哈佛大學教授韓南博士在〈《金瓶梅》的版本及其他〉

一文中對最初談到《金瓶梅》的袁中郎給董其昌的一封信作了考證，認為此信寫於萬曆二十四年十月間。這個說法是可信的。在此基礎上，我曾在〈《忠義水滸傳》與《金瓶梅詞話》〉一文中（《水滸爭鳴》第一輯），就《金瓶梅》抄萬曆十七年前後刻印的《忠義水滸傳》的事實來說明：「《金瓶梅詞話》的成書時間當在萬曆十七年至二十四年之間，換句話說，就在萬曆二十年左右。」這樣，範圍就大大縮小了。

最近，我在考察小說的干支年月和人物生肖時，更覺得作者可能就是在萬曆二十年動手創作的。這是因為我發現兩個問題都是那麼巧的與萬曆二十這一「壬辰」年有關。第一，作者選擇小說開場的一年也是「壬辰」年至政和二年。據何心先生《水滸傳編年》，潘金蓮私通西門慶的故事發生在政和五六年間，可見《金瓶梅》改寫時特意提早了幾年。這究竟是為什麼？難道是為了讓孝哥能長滿十五歲趕上「大金人馬，搶了東京汴梁」的時辰嗎？似乎也不對。因孝哥實生於丙申年（第三十回），到北宋亡國時仍只活了 10 歲，應將故事再提早 5 年才合理。可作者不早不晚偏偏選擇了政和二年壬辰作為小說開端，顯然是有著自己的用心的。第二，由於作者倉促成書，全書年月干支甚多參差錯亂，獨人物生肖從其壬辰年為立足點來推算卻往往不誤。例如西門慶，第四回說他是「屬虎的，二十七歲」。若從壬辰年倒推上去，則知他生於丙寅年。而於二十九回寫吳神仙為西門慶一家算命和三十九回西門慶玉皇廟打醮時都表明西門慶生於「丙寅」，絲毫不差。再看潘金蓮，她與西門慶交談時說：「奴家虛度二十五歲，屬龍的……」西門慶道：「與家下賤同庚，也是庚辰屬龍的。」這裡的「庚辰」是唯一搞錯或抄錯的地方，以壬辰年算，二十五歲當為戊辰年生，故在三十九回將「同庚」的吳月娘的生年改成了戊辰，可見作者最後也沒有搞錯。再如第十回寫馮媽媽說「他今年五十六歲，屬狗兒的」，第二十四回寫馮媽媽家的丫頭時說「他今年屬牛，十七歲了」。這一年都是西門慶與潘金蓮相識後的第二年，因此，若以壬辰年的次年倒算的話，馮媽媽當為戊戌年生，確屬狗；其丫頭是為丁丑年生，確屬牛。所有這些，不可能都是巧合，它們說明了作者很可能就在壬辰年著手開始創作的。這是因為用生活中同一干支來構思歷史故事的發生和借用現實中人物的生肖年齡都比較方便。特別是寫到人物生肖時，作者很可能就是根據當時周圍人物的情況來移花接木，這也就無意中為今天留下了他從壬辰年來考慮問題的痕跡。據此，我認為定《金瓶梅》寫於萬曆二十年（1592）左右是可信的。這樣，早已故世的李開先、薛應旗、馮惟敏，瀕臨死亡的王世貞、徐渭，尚屬年幼的沈德符，還未出世的李漁，均無寫作之可能。

關於作者的籍貫習尚，歷來有論證的主要有兩說：一認為作者是北方山東人，二認為作者是南方浙江人。現在看來，《金瓶梅》中既有北方的痕跡，也有南方的色彩，而這又似出自一人之手。顯然，作者對南北生活習俗都有所瞭解，甚至都經歷過。然而，

我認為其基本習性正是南方而不是山東。其理由除了我在〈《忠義水滸傳》與《金瓶梅詞話》〉一文中所述笑笑生在抄《水滸傳》時所作的改動之處，較真率地暴露了他習慣於用吳語和對山東地理十分模糊之外，還在於作者假如是山東人的話，特別如賈三近這樣一個土生土長而未到過浙江的人來說，一般在描寫發生在山東的故事、活動在山東的人物時不可能也無必要摻入大量的南方習尚和語言。反之，假如是一個南方作家，雖然一般地懂得一些北方的官話、方言和習俗，但實際上並不真正地熟悉，故也可以努力裝著寫山東的一套，但結果還是不自覺地露出了南方的痕跡。這個道理雖然非常簡單，但十分重要。此外，《金瓶梅》中恰恰存在著一些不合山東口氣的描寫。如第九十三回寫王杏庵送任道士的禮品中有「魯酒一樽」，山東作者寫山東故事時自稱「魯酒」，有悖常情；第九十四回寫孫雪娥在臨清待賣時，張媽說「我那邊下著一個山東賣棉花客人……」她們人就在山東，怎麼還會說「山東賣棉花客人」？由此可見，《金瓶梅》的作者不像是賈三近、李開先、趙南星、馮惟敏等山東人。

研究者研究了作者的身世、思想、性格、作風等方面後普遍認為，《金瓶梅》的作者是一個很不得志、看穿世事、不滿現實、甚至有點玩世不恭的人，這就不像王世貞、趙南星、賈三近等人；然而，笑笑生又熟悉上層，能寫得許多大場面，故又不類未曾進京任職的徐渭、李贄、馮惟敏等；作者好敘男女情欲和熟悉小說戲曲乃至遊戲文字等，這也不類道學氣較重的薛應旗等人和一般的「正人君子」。諸如此類，《金瓶梅》書中所透露的作者的特點，即使有一、二點與前人猜測的十幾個人有相近之處，但通觀全域，總不能合；再結合《金瓶梅》的寫作時代和作者習尚來看，我覺得以前各說，均難成立。

前人各說之所以難以成立，還在於所猜之人與「笑笑生」這個化名均無直接聯繫。我今自認為「笑笑生」即是屠隆，就不同於前人而找到了屠隆確實用過「笑笑先生」（生即先生）這個化名。魏子雲先生〈論蘭陵笑笑生〉云：「蘭陵笑笑生特別對釋道兩家的人士，大力嘲笑與諷刺，對於儒生們更是正面嘲笑。如第五十六回（應伯爵舉薦水秀才），念出的一詩一文，就是一篇高乘的嘲諷之作。」現將此一詩一文全錄如下：

哀頭巾詩

一戴頭巾心甚歡，豈知今日誤儒冠。
別人戴你三五載，偏戀我頭三十年。
要戴烏紗求閣下，做篇詩句別君前。
此番非是我情薄，白髮臨期太不堪。
今秋若不登高第，踹啐冤家學種田。

祭頭巾文

維歲在大比之期，時到揭曉之候，訴我心事，告汝頭巾。為你青雲利器望榮身，雖知今日白髮盈頭戀故人。憶我初戴頭巾，青青子衿，承汝枉顧，昂昂氣忻。既不許我少年早發，又不許我久屈待伸。上無公卿大夫之職，下無農工商賈之民。年年居白屋，日日走轅門。宗師案臨，膽怯心驚。上司迎接，東走西奔。思量為你，一世驚驚嚇嚇，受了若干辛苦。一年四季零零碎碎，被人賴了多少束修銀。告狀助貧，分穀五斗，祭下領支肉半斤。官府見了，不覺怒嗔，早快通稱，盡稱廣文。東京路上，陪人幾次，兩齋學霸，唯我獨尊。你看我兩隻皂鞋穿到底，一領藍衫剩布筋。埋頭有年，說不盡艱難悽楚。出身何日，空瀝過冷淡酸辛。賺盡英雄，一生不得文章力；未沾恩命，數載猶環霄漢心。嗟乎！哀哉！哀此頭巾。看他形狀，其實可矜。後直前橫，你是何物？七穿八洞，真是禍根。嗚呼！沖霄鳥兮未乘翅，化龍魚兮已失鱗。豈不聞久不飛兮一飛登雲；久不鳴兮一鳴驚人。早求你脫胎換骨，非是我棄舊戀新。斯文名器，想是通神。從茲長別，方感洪恩。短詞薄奠，庶其來歆！理極數窮，不勝具懇。就此拜別，早早請行。

現在我查到，這一詩一文即出自《開卷一笑》（後稱《山中一夕話》）。此書是一部笑話及其他遊戲文字集。王利器先生《歷代笑話集》、日本《和刻本漢籍分類目錄》《東京大學東洋文化研究所漢籍分類目錄書名人名索引》等均著錄。原刻於明末，甚罕見。後有多種刻本。此書卷一題「卓吾先後編次，笑笑先生增訂，哈哈道士校閱」，卷三題作「卓吾先生編次，一衲道人屠隆參閱」，又一卷前無大題，只有「一衲道人屠隆驂閱」。周作人〈苦茶庵笑話集序〉談到此書時曾說：「《開卷一笑》有日本寶曆五年（西曆 1755）翻刻第二卷本，巢庵主人小序中云，《開卷一笑》明李卓吾所輯，屠赤水亦加參閱，後人刪補改曰《山中一夕話》。上集下集各有七卷，上集專集詞賦傳記，下集多出笑言嘲詠。北京大學藏有一部，有老田海內氏家藏圖書印，蓋係從海外傳來，原刻上集七卷，序目皆改稱《一夕話》，而板心均仍作《開卷一笑》，卷首署『卓吾先生編次』，第三卷尚留存『一衲道人屠隆參閱』一行字樣，餘悉挖改矣。」於此可見，此書的參訂校閱者，一會兒題笑笑先生、哈哈道士，一會兒又題一衲道人屠隆。這樣於同一書的不同卷數下更易署名的做法在明清兩代是並不少見的。例如《醋葫蘆》《弁而釵》《宜春香質》等各卷的題署均或同或異，孫楷第先生曾指出，此皆「一人所編一家所刊者」。而一衲道人即是屠隆的號，笑笑先生與哈哈道士，也正如鄭振鐸先生說為《金瓶梅》作序的「欣欣子便是所謂笑笑生他自己的化身」一樣，都是一個人。據此，可以認定，笑笑先生、哈哈道士、一衲道人、屠隆都是同一人。

尤其值得我們注意的是，《金瓶梅》全文引用很能表達作者思想的這一詩一文，在

《山中一夕話》中恰恰被標明作者即是屠隆。此書上集所收的詩賦等,一般都有具體署名。其中署「一衲道人」的有四篇:卷四的〈醒迷論〉、卷五的〈別頭巾文〉〈勵世篇〉及卷六的〈秋蟬吟〉。其〈別頭巾文〉,就包括《金瓶梅》中所引的〈哀頭巾詩〉〈祭頭巾文〉兩篇。這四篇文字,既和屠隆的思想特點一致,又與《金瓶梅》所反映的思想合拍,這就不能不使人相信屠隆即是笑笑生了。例如〈勵世篇〉對「有等帶矮扁方巾者」的嘲謔,〈秋蟬吟〉警告一朝飛騰喧囂的秋蟬「急回頭」等都是如此。特別是〈醒迷論〉。它就是論《金瓶梅》中談得最多的財色二字,尤其是色。請看這篇文章談到「淫色」之處曰:

> ……至於淫色,則傾囊囊破家資而欣然為之,甚者同餓莩骨盜賊而終身不悟也。……則耗元氣,喪無精而怡然安之,甚則染惡瘡、耽弱病而甘心不悔也,謂之何哉?……色荒之訓《書》有之,冶容之誨《易》有之,理之當鑒也明矣。顧乃正氣喪於淫邪,名節墮於妖媚,雖有豪不足取也。今之死戰鬥者以勇名,死諫諍者以直名,而死於色者名之曰敗家子,稍有好名之心當有擇而不為,稍有好勝之念當憚而知改矣。……或以為相如之竊玉、韓壽之偷香、張敞之畫眉,沈約之瘦腰,為四公之豪,而不知此乃四公之失也。而俚言所謂「腰間劍」與「色不迷人」者是。……如此則楚館秦樓非樂地,陷阱之淵藪乎!歌姬舞女非樂人,破家之鬼魅乎!顛鸞倒鳳非樂事,妖媚之狐狸乎!識者以為何如?

很清楚,〈醒迷論〉所醒的淫色之迷,正是《金瓶梅》欣欣子序中所說的「淫人妻子,妻子淫人,禍因惡積」「樂極必悲生」的一套道理;它所鞭撻的「死於色者」「敗家子」,就正是西門慶一流人物;證明它這裡所說的「俚言所謂『腰間劍』與『色不迷人』」,也正是指《金瓶梅》中所引的兩首詩:

> 二八佳人體似酥,腰間仗劍斬愚夫。
> 雖然不見人頭落,暗裡教君骨髓枯。(第七十九回)

> 色不迷人人自迷,迷他端的受他虧。
> 精神耗散容顏淺,骨髓焦枯氣力微。
> 犯著姦情家易散,染成色病藥難醫。
> 古來飽暖生閒事,禍到頭來總不知。(第五回)

這樣看來,我們說一衲道人屠隆,即是《金瓶梅》的作者笑笑生就更不是無稽之談了。

二

《開卷一笑》使我們從屠隆與笑笑生之間找到了直接聯繫。為了進一步證實這種聯繫的可靠性，就有必要考察屠隆的情況與《金瓶梅》之間是否相合？結果表明，沒有誰比屠隆更像《金瓶梅》的作者了。

屠隆（1542-1605），明末頗有聲名的文學家，《明史》有傳，極為簡略地勾勒了屠隆的一生。下面我們從六個方面來說明他與《金瓶梅》之間的關係。

一、關於屠隆的籍貫和習尚。屠隆是浙江鄞縣人，從嘉靖二十一年出生到萬曆五年中進士的 35 年間主要生活在家鄉。後在山東鄰省河南潁上做知縣，再到北京當禮部主事，因此略能描寫北方的風土人情，甚至《金瓶梅》中許多描寫很像是以北京為背景，還夾雜著一些「北京俏皮話」。但這部以山東為背景的小說還是流露了不少南方、特別是浙江的方言和習尚。魏子雲、戴不凡兩先生曾化了不少力氣來考證《金瓶梅》的作者是浙江人，這對屠隆來說完全是適用的。

在這裡還有必要交代一下關於「蘭陵」的問題。屠隆明明是鄞縣人，為什麼要署「蘭陵笑笑生」？我們曾在他的家世上找到了一點線索。他在為其族人屠大山作傳時曾談到其祖先的遷徙情況：「其先大梁人，宋中葉，避金難，始南遷句吳。至諱季者，再遷明州之江北家焉，……於是吳越間有兩屠氏。」（《由拳集·少司馬屠公傳》）對於「句吳」，屠隆有自己的認識。他在《鴻苞·輿圖要略》中解釋道：「常州府……又名句吳」。而且緊接著便說所屬的「武進縣，梁為蘭陵」。可見，蘭陵正屬句吳，是他祖先所居住過的地方。更何況武進古有娑羅巷，屠隆曾將自己的書齋名為「娑羅館」，其間恐怕也有某種聯繫。正因此，屠隆在「笑笑生」之前加上「蘭陵」二字並非是沒有原由的。

二、萬曆二十年前後屠隆的處境和心情。屠隆少有才名，中進士後也可謂一帆風順。但正當他在京師意氣風發，達官貴人競相與他結交之時，「竟以仇人側目，張機設陷，蘊毒既久，一發中人，毛羽摧殘，聲名窳敗，竄逐歸來」（屠隆《棲真館集·與曹觀察》），於萬曆十二年十月他被訐與西寧侯淫縱而罷官。這時他剛 42 歲。這一打擊，使他看到了世態的險惡，刺激甚深。「前年余中含沙毒，浮雲世事何翻覆」（《棲真館集·寄贈大金吾劉公歌》）。這種思想明顯地在《金瓶梅》中得到反映。特別在《金瓶梅》的一些與故事內容聯繫並不密切、甚至不太搭界的回前詩中表現得更為突出。例第九十三回詩云：

> 誰道人生運不通，吉凶禍福並肩行。
>
> 只因風月將身陷，未許人心直似針。
>
> 自課官途無枉屈，豈知天道不昭明。

早知成敗皆由命，信步而行暗黑中。

這首詩簡直就是為這次打擊而寫的。此外如第十八回的「堪歎人生毒似蛇」，第二十八回的「風波境界立身難」，第七十六回的「人生在世風波險」等都反映了這種思想。這次打擊，也就使屠隆的生命航船發生了急劇轉折。從此，他窮困潦倒，飽嘗了人世的炎涼；他看透了人生，對整個社會感到了失望；他尋求解脫，企圖在佛道中找到出路；他心情苦悶，卻更加縱情於詩酒聲色。據其《白榆集・先府君行狀》所載，他家本來就寒微。他當官後，家庭經濟有所好轉，但由於他「好以俸錢急窮濟困」，故「官舍常無隔宿糧」（《婦榆集・報王元美》）。一旦罷官，頓陷困境，八口之家，惟靠「斥鹵侵焉」的「十七畝水田」，有時就不得不靠「鬻文賣賦」以生（同上〈與徐司理〉）。因此，南歸後不久即「家居貧甚，三旬九食，庶幾近之」（同上〈答方眾甫〉），「日與老母啖脫粟苦賣及馬齒莧，細君病痁，至無一文錢向醫師取藥物」（同上〈報王元美先生〉）。人一窮，人情就冷。他「初入里門，猶有父兄三老少年相過慰者，久之，履綦逐絕，壒戶蕭條」（同上〈答方眾甫〉）。這真是「貧無阿堵，親朋不至蓬累之門」（〈報王元美先生〉）。因此，他對態炎涼，深有感觸：「當不穀盛時，榮名被身，進賢加首，人望鬚眉，家拾咳唾，掃門而懷刺者爭號登龍，把臂則論交者動引管鮑。一旦遭讒去國，身名兩摧，生平心知，平懷觀望，……炎涼聚散，朝暮迥若兩人。何論齷齪者夫，即號稱當世之有道石交，頓改面孔。……」（同上〈答李玄白〉）一部《金瓶梅》不是大講「炎涼聚散」嗎？勢利小人應伯爵又寫得何等栩栩如生！這與屠隆具有這等遭遇不能說沒有關係。

貧困不但使屠隆「勢力炎涼太分明」，而且進一步使他對整個士大夫和社會政治感到了失望和產生了不滿。他說：「今之士大夫，不通貧賤而好接貴人，不尚清言而好涉塵務，……外簡將口，而內多嗜欲」。（同上〈與王百穀〉）「世道自江陵以鷙猛束濕之政，釀為屬階刻削之氣，急弦絞繩，有識憂之。至今日，水旱沓仍，疫癘繼作。去年元元大被其毒，今歲益甚，吳越之間，赤地千里，喪事四出，蒼哭不絕」。（同上〈奉揚太宰書〉）在這思想基礎上，他專門寫了《荒政考》，尖銳地抨擊了封建統治集團，對苦難的人民深表同情：「夫歲胡以災也？非王事不修，時有闕政，皇天示譴，降此大眚！……若水旱為災，歲以不登，四境蕭條，百室杇餒，子婦行乞，老稚哀號，甚而斫草根，剝樹皮，析骸易子，人互相食，積骨若陵，漂屍填河。百姓之災傷困厄至此，為民父母奈何束手坐視而不為之所哉！余退居海上，貧無負郭。值海國歲侵，百姓艱食流離之狀，所不忍言，余不暇自為八口憂惶而重傷鄉老子弟饑饉。乃參古人之成法，順南北之土風，察民病之緩急，酌時勢之變通，作《荒政考》，以告當世，貽後來。」《金瓶梅》在某種意義上也可以說就是一部形象的《荒政考》。試問，那些對當時社會沒有如此認識的

悠哉遊哉的達官貴人，能寫出這樣一部「罵盡諸色」的長篇暴露小說嗎？

個人的不幸，社會的黑暗，很自然地使屠隆潛心佛道：「僕年來萬念俱空，一絲不掛，閑中無以自娛，稍三教理參訂和合。」（《棲真館集·與王敬美太常》）當然，屠隆作為一個文人才士在不得已的處境中學道學佛，只是尋求一種「清虛恬淡」的解脫，而不可能真正「信奉仙釋，持戒守律」的。他在《棲真館集·與王元美先生》中就說自己「名障欲根苦不肯斷」，還要寫文章，嗜情欲。而且他本來就「行類滑稽」（《棲真館集·自贊》），「好作遊戲之語」（〈娑羅館清言自敘〉），殊不類釋道之徒。然而，學仙學釋畢竟對他帶來了影響，使他能比較熟悉佛道的一套，包括其弊端，以致能在小說《金瓶梅》、戲曲《修文記》《曇花記》及其他文字中得到盡情的描寫。同時，那種因果輪回、禍福循環、盛衰消長、獨善養拙等思想也深深地印入他的腦海。這在屠隆萬曆二十年前後的各類作品中，也有強烈的反映。詩歌如《鴻苞·采真詩》云：「華屋高崔嵬，層台何軒翥，疎簾媚花竹，羅縠飄煙霧，開筵奏伎樂，度曲按宮羽，鸞釵儷成行，蛾眉日進御，憂樂相煎熬，嗜欲紛蝕蠹。自謂萬年期，誰知等霜露，瞥然大命臨，黃金那可錮？朝旦宴華堂，日暮游泉路。妻孥守穗帷，賓客皆縞素，珠玉委泥沙，松柏偃丘墓。墓前啼猿熊，墓後走狐兔，燐火青熒熒，山鬼夜深語。」文如《棲真館集·與劉金吾》云：「雖然貂蟬蟒玉，出入禁闥，此人臣之極也。江漢之上，可以垂綸。世寧有不散之盛筵乎！」雜言如《娑羅館清言》云：「風流得意之事，一過輒生悲涼，清真寂寞之境，愈久轉有意味。」戲曲如《修文記》開場白言其宗旨：「閑提五寸爛斑管，狠下輪回種子。」《曇花記》序言也說：「世人好歌舞，余隨順其欲而潛導之，徹其所謂導欲增悲者，而易以仙佛善惡因果報應之說。拔趙幟，插漢幟，眾人不知也。投其所好，則眾所必往也。」諸如此類，例不勝舉。這種思想都與《金瓶梅》的創作宗旨十分一致，甚至有的用語也非常接近。在這裡我們不必過多的引證，只要用欣欣子〈金瓶梅詞話序〉中的一段話與以上諸語兩相對照，就一清二楚了：

> 吾友笑笑生為此，……無非明人倫，戒淫奔，分淑慝，化善惡，知盛衰消長之機，取報應輪回之事……。譬如房中之事，人皆好之，人皆惡之。人非堯舜聖賢，鮮不為所耽。富貴善良，是以搖動人心，蕩其素志。觀其高堂大廈、雲窗霧閣，何深沉也。金屏繡褥，何美麗也。鬢雲斜軃，香酥滿胸，何嬋娟也。雄鳳雌凰迭舞，何殷勤也。錦衣玉食，何侈費也。……一雙玉腕綰復綰，兩隻金蓮顛倒顛，何猛浪也。既其樂矣，然極樂必悲生。……至於淫人妻子，妻子淫人，禍因惡積，福緣善慶，種種皆不出循環之機，……莫怪其然也。

三、**關於屠隆的情欲觀。**《續金瓶梅》第四十三回道：「一部《金瓶梅》說了個色

字」。這話雖然有點偏頗，但誰都承認《金瓶梅》關於情欲的赤裸裸的描繪實在是驚世駭俗的。這固然是由於當時社會風氣使然，但不能不說作者醉心於此和對人欲有自己的認識有關。我們不能想像那些道學家或王世貞、賈三近等一般好聲色的「正人君子」能如此刻劃床笫間事。而屠隆就是以「淫縱」事罷官的。據《野獲編》載，有人告發他時「指屠淫縱，並及屠惟薄，至云日中為市，交易而還。又有翠館侯門、青樓郎署諸媒語。」當時人們就傳聞他「狹邪游，戲入王侯之室，滅燭絕纓，簪遺珥墮，男女嬲而交錯，竟因此罷。」（鄒迪先〈棲真館集敘〉）罷官後，為人「佻蕩不檢」「放誕風流」的屠隆並未收斂，還是「不問瓶粟罄而張聲妓娛客，窮日夜」（張應文〈鴻苞居士傳〉）。他自己在《白榆集・與王辰玉》中也承認：「政恐兒女情深，道心退墮，須從愛河急猛回頭。如僕外緣遺盡，此情也復不減。」特別是在同書的〈寫李觀察〉一信中，談了他對人欲的獨特的看法：「（某）又三年治欲，若頓重兵堅城之下，雲梯地道攻之，百端不破，……乃知其根固在也。……男女之欲去之為難者何？某曰：道家有言，父母之所以生我者以此，則其根也，根故難去也。」這篇文章就反復詳細地論證了他既想「治欲」而又覺得欲根難除的矛盾。這也正如〈金瓶梅詞話序〉中所說的「房中之事，人皆好之，人皆惡之」的矛盾。這種觀點也就使小說儘管一方面企圖否定過度的淫欲，但到最後對此還是不自覺地流露了讚賞的口吻。這也就正如屠隆一樣，他到生命的最後還是受到了懲罰：「若情寄之瘍，筋骨段毀，號痛不可忍」（湯顯祖《玉茗堂詩》卷十五），似乎死於花柳病。

另外，他對文學作品表現淫欲問題也有自己的認識：「夫詩者宣鬱導滯，暢性發靈，流響天和，鼓吹人代，先王貴之。仲尼刪詩，善惡並采，淫雅雜陳，所以示勸懲，備觀省。」（《鴻苞・詩選》）這就是說，他認為文學作品為了達到「示勸懲，備觀省」的目的，是可以「善惡並采，淫雅雜陳」，而不必對「淫」的描寫躲躲閃閃的。這些認識也應該說是產生《金瓶梅》的一個特殊的思想基礎。

四、**屠隆創作《金瓶梅》的其他生活基礎**。我覺得，《金瓶梅》中有些特殊的情況與屠隆的特殊經歷有關。例如，《金瓶梅》既描寫了上層官場的大場面，又刻劃了市井小人的窮酸相，這不是一般作家都能熟悉的，而屠隆從貧賤到發跡再陷困頓，就有這種條件。有人說，《金瓶梅》所寫的蔡太師做壽，西門慶朝見皇帝等一套禮節，乃至給李瓶兒出葬的一套儀仗，路祭，名目之多，非一般人所知。其實，這對於當過禮部儀制司主事的屠隆來說，當然是一清二楚的。誠然，這些情況如王世貞等大官僚也可能知道，但從公子哥兒到達官貴人的王世貞之流是絕不能熟悉下層情況的。而《金瓶梅》中描寫常時節等窮人窘況之具體生動，在我國古典小說中是並不多見的。再如，《金瓶梅》作者對於商業買賣也頗熟悉，似非一般市民所能掌握。這就與他父親曾「業商賈」有關。他從小耳聞目濡，必然有所瞭解。又如《金瓶梅》在各方面鞭撻西門慶時，卻又往往描

寫他慷慨賜捨，似乎破壞了形象的統一性。這種現象之所以出現，恐怕與屠隆本人「往以月奉佐黔首，資窮交」（《棲真館集與·王敬美太常》）有關。而當他窮困後，也希望富豪如宋世恩、劉承禧等那樣也能如此，故當下筆時不自覺地產生了這種現象。

此外，屠隆知識面廣。他在《鴻苞·奇書》一文中就說文士「不可不知」「博學冥蒐，廣采見聞」的「奇書」。他自己著書豐富，其中不少乃涉及社會各方面的知識，如《考槃餘事》四卷，就雜談文房清玩之事，從書版碑帖到書畫琴紙，乃至筆硯爐瓶，許多器用服御之物，都一一加以詳載。應該說也是他能寫出一部社會小說的基礎。

在這裡有必要提一提他與西寧侯宋世恩的關係，因為我覺得他在塑造西門慶等藝術形象時在不少地方是取材西寧侯家的。據《明史·功臣世表》宋世恩是永樂年間以征西功封西寧侯的宋晟的九世孫，於萬曆間襲職。屠隆說他是個「紈褲武人子」（《白榆集·與張大同馬肖甫》一首），具體地描繪了這個年輕、奢靡、放縱、好客的貴人形象，使人感到其氣質與西門慶大有相通之處。西寧侯兄事屠隆，兩家要結「通家之好」，關係十分密切。這樣屠隆就對他家飲食起居各方面的情況都非常熟悉。從《金瓶梅》看來，描寫的西門慶家的情況也不像山東縣城中的土豪，顯然吸取了西寧一類王侯大官家的情況。甚至王招宣府及林太太的一些描寫，也可能與那位「有才色工音律」、對屠隆頗有好感並傳說與屠有關係的西寧夫人有瓜葛。當然，這絕不是說西寧侯就是西門慶，西寧夫人就是林太太的原型，兩者絕不能簡單地等同。我的意思只是說，屠隆與西寧侯的交往並最後以「淫縱」罷官的經歷，成為他塑造西門慶等形象的一個重要的素材來源。

五、屠隆的文學基礎。《明史》本傳說他「生有異才」「數千言立就」。他自稱「即千萬言未嘗屬草」，走筆極快。他的文學才能曾得到王世貞、湯顯祖等人的激賞。王世貞多次稱讚他為「真才子」，「馳騁搢紳間，亡抗衡者」（《弇州山人續稿》）。他死後，其友張應文曾對他的文學成就作如下評價：「萬曆中元美、伯玉先後沒，海內遂推居士為詞宗。居士天才宏麗，……而學無所不窺，吐詞捉筆，萬斛泉傾，士相顧驚服。」（〈鴻苞居士傳〉）而更重要的是，屠隆不僅善寫正統的詩文詞賦，而且也熟悉戲曲、小說、乃至如《開卷一笑》之類民間遊戲文字。據《野獲編》載，「屠亦能新聲，頗以自炫，每劇場輒闌入群優中作技。」《列朝詩集》也載：「阮堅之司理晉安，以癸卯中秋，大會詞人於烏石山之鄰霄台，名士宴集者七十餘人，而長卿為祭酒。梨園數部，觀者如堵，長卿幅巾白袷，奮袖作『漁陽摻』，鼓聲一作，廣場無人，山雲怒飛，海水起立。」可見，屠隆對前人的劇作和劇場的演出，都是十分內行。這就難怪《金瓶梅》為我們保存了大量的劇曲史料。屠隆能演出，也能創作。他留下了三部傳奇《彩毫記》《曇花記》《修文記》。其特點公認是篇幅長，關目繁、人物多、賓白多，這與小說的創作就比較接近、屠隆對小說也是重視的，《虞初志》《豔異編》就有他不少評點。從這些評點中可

以看出屠隆對於小說的形象塑造、對話描寫等藝術特點都有相當認識的。總之，從文學修養來看，屠隆完全是具備條件來創作這一部「文備眾體」的小說《金瓶梅》的。

六、屠隆與《金瓶梅》的最初流傳。《金瓶梅》是一部奇書，它一到社會上當即受到轟動；又因為它是一部「淫書」，作者就不大可能交給沒有關係的人。因此，在推究其作者時，探索他與最初收藏、流傳者的關係是十分重要的。一般說來，那些與最初收藏、流傳者甚無關係的人都不大可能是真正的作者。現據《野獲編》《山林經濟籍》及謝肇淛跋等記載，萬曆年間有《金瓶梅》「全本」者其實只有兩家：一為劉承禧，一為王世貞。而這二人與屠隆恰恰都有非同一般的關係。

關於劉承禧，《黃州府志》《麻城縣誌》中均有傳。他襲職，與其父同為錦衣衛指揮。他身居武職，而崇尚風雅，文人墨客皆樂於往還，好古玩書畫，蓄秘笈奇器，故《麻城縣誌》稱其「奕葉豐華，人以為邑之王謝也。」從《棲真館集》中〈寄贈大金吾劉公歌〉一詩和〈與劉金吾〉一文就可知屠隆和其關係的大概。錄〈與劉金吾〉中一段如下：

> 獨念明公疇昔周旋，義高千古。當不佞初被仇口，明公一日三過不佞邸中，對長安諸公，衝冠扼腕，義形於色。不佞云：「某越國男子，歸不失作海上布衣，明公休矣，無累故人。」明公慷慨以手摸其腰間玉帶曰：「某一介鄙人，至此亦已過分，誠得退耕漢上田，幸甚，亦復何懼！」及不佞掛冠出神武門，寒驢且策，而兩兒子痘瘍適作。公曰：「君第行抵潞河，留八口京邸，薪水醫藥，余維力是視。」不佞遂行。明公果惠顧不佞妻孥甚至。而不佞之阻凍潞上，則又時時使人起居逐客饋餉不絕，所以慰藉之良厚，又為治千里裝，不佞八口所以得不路餒者，明公賜也。種種高義，豈在古人下乎！僕所以萬念俱灰，此義不泯，申章遠寄，肝腸在茲。

從中可見，屠隆與劉承禧不但是一般的交密，而且在屠隆遭到一生中最嚴重的打擊而最困難的時候，得到了劉的全力資助。這使屠隆幾年後還感到「萬念俱滅，此義不泯」。此恩此德，當然要報。但屠隆一旦罷官，生計蕭條，日以「賣文為活」的他，也就很可能寫一部小說來報答這位饒有家財而愛好奇書文墨的武人。另一方面，當時朝中政治鬥爭十分激烈，劉家父子，身居要職，捲入旋渦，風險很大。屠隆作為他的知心朋友，就自然希望他不要迷戀富貴而及早抽身。就在上文的結尾處，屠隆寫道：「獨幸明公身健位尊，……為國爪牙，雖然貂蟬蟒玉，出入禁闥，此人臣之極也。江漢之上，可以垂綸，世寧有不散之盛筵乎？顧明公采細人之言，覽止足之分。」這種思想，與《金瓶梅》作者主觀上要表達禍福循環、樂極生悲之理不是完全一致嗎？這裡「世寧有不散之盛筵」一句話，正是生動地表達了這種思想。而它正是《金瓶梅》中「千里長棚沒有不散的筵

席」的翻版。因此，我們可以說屠隆寫這部小說與劉承禧，一是為了報恩，二是為了勸戒。而劉承禧正是《金瓶梅》最初稿本的獲得者。所以「從妻家徐文貞錄得者」乃是為了保全屠隆聲名而故意放的煙幕[1]。於是，就留下了這個《金瓶梅》作者的千古之謎。

　　至於王世貞與屠隆的關係，更為大家熟知。屠隆的成名，與王世貞的標榜大有關係。《明史·王世貞傳》云：「其所與遊者，大抵見其集中，各為標目」。屠隆就被標為「末五子」之一。在這一點上，屠隆確可稱為「鳳洲門人」——清初謝頤稱此為《金瓶梅》的作者。我們在王世貞的文集中固然可見許多讚賞屠隆的話，而就屠隆罷官後的文集來看，給王世貞兄弟的信也最多。看來，屠隆後來生活困頓時，王世貞曾給予一定的幫助。因此，屠隆始終對王世貞兄弟十分感激，如《棲真館集·與王敬美太常》言：「僕萬念空矣，有可以累心處盡矣，所不忘情，君家兄弟耳。」同時屠隆也經常勸王世貞「無久戀晉炳」因此，屠隆也有可能將《金瓶梅》同時送給王世貞家作為報恩和勸戒用的。

　　由此觀之，我覺得屠隆就是《金瓶梅詞話》的作者。其說法能否成立，謹請海內外專家和讀者指正。

1　張遠芬同志在〈新發現的《金瓶梅》研究資料初探〉中說沈德符記錯了，誤將文震亨記成了徐文貞。其實還是張遠芬同志自己搞錯了。一、據張自己說，劉承禧「約生於 1560 年左右」，而文震亨生於 1585 年，比劉小三十多歲，不可能成為劉的岳父。二、劉、徐兩家都顯赫一時，而一屬湖北麻城，一屬今上海松江，遠結姻親，時屬新聞，故沈德符在《野獲編》卷八中對此另有記載，並稱「世人多知之」，故不可能誤記。三、《野獲編》卷十一明載：「徐太常（元春）以女字劉金吾（守有）之子。徐為華亭相公家孫」（此材料由陸樹崙老師提供）。四、通觀《快雪時晴帖》後五篇跋語，文震亨所稱的「余婿」不是指劉承禧，而是指吳用卿。（此注也誤。後承芝加哥大學馬泰來先生來信指出：吳廷與劉承禧同輩。亦不可能為文震亨婿。其實文震亨根本沒有提到自己的女婿。文跋云：「余婿於太原，故微君所藏卷軸無不寓目」，語譯應為：「我是王家（太原）的女婿，因此王穉登（微君）所藏卷軸無不寓目」，而不是「我的女婿於已故王穉登所藏卷軸無不寓目」。文震亨妻為王穉登女兒，見顧苓〈文公行狀〉。）

《金瓶梅》作者屠隆考續

　　拙作〈金瓶梅作者屠隆考〉發表後，承蒙海內外前輩和同好的關注，但看法還不很一致。如在日本的杜松柏先生說，這猶如當年「考定《紅樓夢》的作者為曹雪芹一樣，一掃以往的迷霧。」[1]徐州的張遠芬同志說：「『屠隆說』是不能成立的。」[2]對《金瓶梅》一書用力最勤的臺灣魏子雲先生說：「黃霖認為金瓶梅的作者是屠隆，所提證言，極有繼續推究價值，我認為黃霖尋出的資料與推斷，率多能夠成立，比其他諸說之疑猜，符節多矣。」[3]但他同時表示「尚有一些問題有待進一步去澄清」[4]。為了有利於進一步討論，茲將當時容納不下的部分內容和新近挖掘到的一些材料補述於下。

一、必須從「山東人」的框框中跳出來

　　明清兩代，人們在探測《金瓶梅》的作者時，儘管有一人提到過可能是山東人趙南星，但同一段文字中作者又認為可能是江蘇薛應旗[5]。此外，有江蘇人王世貞、福建人李卓吾等說法，誰也沒有突出過「山東人」的問題。在近代個別小說話中，有人帶到過作者「山東人」三個字，但一無論證，也始終沒有引起人們的注意。此問題引起人們的注意，是在《金瓶梅詞話》發現後，魯迅先生在《中國小說史略》日文譯本序中首先強調「對話卻全用山東的方言所寫，確切的證明了這絕非江蘇人王世貞所作的書」。接著，鄭振鐸先生的〈談金瓶梅詞話〉、吳晗先生的〈金瓶梅的著作時代及其社會背景〉都申述了這個觀點。《金瓶梅》作者是山東人的說法於是輾轉相傳，長期影響著人們的頭腦，

1　杜松柏〈金瓶梅箚記序三〉。

2　張遠芬〈就《金瓶梅》研究答師友〉見《東嶽論叢》1984 年第 2 期。作者又將此文的基本觀點寫成〈也談《金瓶梅》中的一詩一文〉，見《復旦學報》1984 年第 3 期。以下引述張遠芬同志的觀點而未注明出處者，均見此文。

3　魏子雲〈屠隆是《金瓶梅》作者〉。本文複製件感謝魏先生托薄趙韞慧先生相贈，未知發表在什麼刊物上。

4　魏子雲〈金瓶梅作者是屠隆〉，載《中外文學》第 12 卷第 4 期。

5　宮偉鏐《春雨草堂別集》卷七。

乃至今日有人就僅僅根據山東嶧縣人這一點材料來推究《金瓶梅》的作者，還認為如果不在這個範圍內找，就要走不知多少的彎路。

說《金瓶梅》作者是山東人的根據主要有：一、蘭陵即山東嶧縣；二、全用山東方言。但實際上，蘭陵未必就是山東嶧縣，江蘇武進也可稱蘭陵，屠隆與江蘇的蘭陵就有著某種聯繫。而《金瓶梅》的方言也並非全屬山東，有官話及北方口語，也有不少南方吳語，情況相當複雜的。

關於方言問題，張遠芬同志批評我時說：「沈（德符）、魯（迅）、吳（晗）、趙（景深）、戴（不凡）五位先生，都是生長於浙江的學識宏富的學者，他們不謀而合地共同否定了《金瓶梅》的作者是江、浙人的可能性。」在這裡，我們且不說「並沒有丟掉求實精神」的戴不凡先生明確認為《金瓶梅》的最後改定者「當為一吳儂」，「或是嘗住於蘇州一帶之蘭溪人亦未可知」[6]，也不論其他學者是在怎樣的情況下主張作者是「山東人」的，我要說明的只是這樣看問題的方法未免過於簡單。一般說來，某籍學者當然熟悉某地方言，但問題複雜的是，漢字表達與實際語音之間存在著差異，古代與現代又有若干變化，再加上《金瓶梅》確實存在著大量的流行於中原地區的口語和先有一個「山東人」的框框，因此，假如不去認真注意的話，是很容易被現象所蒙蔽的。然而，在《金瓶梅》研究史上，第一個從作品中聞到浙江氣息的終究是浙江人。早在 1908 年，即在魯迅說「全用山東的方言所寫」前 20 多年，當時名小說家陳蝶仙（栩園），在《著作林》第十七期上發表的〈樽邊錄〉中說：

> 《金瓶梅》及《隔簾花影》等書有呼「達達」字樣。「達達」二字，不知所出，友人嘗舉以問余。余笑曰：此二字蓋越諺，今猶習聞之。越人笑罵，嘗有「媽同我達達」之語，是其「達達」之意，即猶云云之謂也。

之後，解放前唯一寫有《金瓶梅》專著的姚靈犀在《瓶外巵言》中也對山東說提出了質疑：

> ……茲有質疑之處：全書用山東方言，認為北人所作，實不盡然。既敘述山東事，當然用當地土語。京師為四方雜處之地，仕官於京者多能作北方語，山東密邇京師，又水陸必經之路，南人擅北方語者所在多有。《金瓶梅》之俗語，亦南人所能通曉。為南人所作抑為北人，此可疑者一。

但這畢竟只是質疑而已，既未引起人們的足夠重視，更不足以推翻山東籍的陳說。近年

6　戴不凡《小說見聞錄·金瓶梅零箚六題》。

來，發表《金瓶梅》專著百萬餘言的魏子雲先生從方言習俗等方面作了大量的考證，令人信服地論證了《金瓶梅》的作者是南方人而不是山東人。我在撰寫〈屠隆考〉時，考慮到自己在這方面掌握的材料未能超出魏先生的樊籬，故沒有詳說。現在看來，由於我們這裡不少同志未曾讀到魏先生的文章，而山東說的陳見根深蒂固，故還是有必要結合自己所見將魏先生的有關論證作最簡略的介紹。

從語言來看，《金瓶梅詞話》的語言相當駁雜，其方言俚語並不限於山東一方，幾乎遍及中原冀魯豫以及蘇皖之北，甚而晉陝等地，都有相似的語言與音聲，中間又時夾吳越之語。在〈《金瓶梅詞話》的作者〉一文中，魏先生說：

> 沈德符說《金瓶梅》中的五十三回至五十七回，是吳地的陋儒補以入刻的，提出的根據之一是「時作吳語」。可是，我已尋到了論據，是可確定這部萬曆丁巳本的《金瓶梅詞話》，就是初版本，……其中的「吳語」，便不僅在沈德符說的那五回才有，實則，在丁巳本的這五回中，所謂「吳語」也者，也不過一、二處，像五十四回中的「今日在那笪兒吃酒？」五十七回中「今日空閒你沒事體」及「也是小可的事體」，或如五十三回中的「扯淡的沒要緊」。像「那笪兒」「事體」「沒要緊」等語詞，似屬吳語，但其他等回中，也有不少此類的「吳語」。如第八回第九頁，「婦人向箱中取出與西門慶上壽的物事」，第二十八回第六頁，「你既要鞋，拿一件物事兒我換與你……」「婦人道，好短命，我的鞋應當還我，叫換甚物事兒與你，……」把「東西」說成「物事」的地方，六十四回以下，也有多處，如第七十一回第十二頁，七十九回第三頁、四頁，八十二回第二頁，八十三回第二頁都寫有。第六十回第八頁，出於應伯爵口中的一句：「他迺郎不好？」這「迺郎」一詞，似乎也是吳語或越語。……

此外，如叫小孩為「小頑」，飲茶酒多用「吃」，還有如「家火」「呆登登」「饞勞痞」「鴨」「不三不四」「陰山背後」「洋奶」「合穿褲」「做夜作」等似乎都是吳語。因此，假如用「山東土白」來斷定這位「蘭陵笑笑生」是山東人，委實不能成立。

比起龐雜的語言來，更容易認清作者籍貫的還是生活習尚。在《金瓶梅詞話》中，西門慶家用的是南方馬桶而不是茅廁；吃的主食是米類而不是麵食；蔬菜如蓴魚、豆豉、酸筍、魚酢、各類糟魚、醸蟹、醉蟹，特別是鱘——鮮的、糟的、紅糟醉過的，率為南方人慣用；瓜果也多用如龍眼、荔枝、金橙、橄欖、香榧、楊梅、白雞頭、鮮藕、菱角等南方產物；酒類十之八九為黃酒等各類色酒，而非北方習飲之白酒，其中最常用的金

華酒則肯定是浙江所產[7]。此外，從某些口氣來看，如第三十五回寫應伯爵「醉的只像提線兒提的！」據全國劇種調查，浙江、江蘇、福建、江西以及新疆南部有提線傀儡，在山東多為杖頭傀儡；第九十回寫陳經濟「說他晚夕米鋪上宿未回」，米鋪乃江南陳放稻米之店而非北方習稱之「糧行」。這類不合山東人口氣的例子在〈屠隆考〉中也舉過一些。因此，正如魏先生說的：「我們如從此一方向去探討《金瓶梅詞話》的作者問題，准會發現這位作者的生活習慣，是純粹的江南人，更可能是生長在吳越兩地的人士，絕不是一位具有北方生活習慣的人。」

寫到這裡，我們不能不想起《金瓶梅》流行後，除欣欣子序外最早提到作者籍貫的紀錄，這就是袁小修在《遊居柿錄》中所說的浙江紹興人。歷史兜了一個大圈子，難道還不應該從「山東」的框框中跳出來，把目光重新投向浙江嗎？

二、屠隆與笑笑先生

我在〈屠隆考〉中自認為不同於前人的考證是找到了屠隆用過「笑笑先生」（生即先生）的化名，並用了整整一節的篇幅，從《開卷一笑》中的一詩一文出發，論證了其作者屠隆與笑笑先生和《金瓶梅》之間的聯繫，根本沒有作那樣簡單的推理：屠隆的一詩一文出現在《金瓶梅》中，所以屠隆就是《金瓶梅》的作者。因此，張遠芬同志在〈也談《金瓶梅》中的一詩一文〉中所提的第一個問題令人感到莫名其妙。張同志怎麼會把我著重論證的紐帶置之不顧呢？

顯然，張同志故意撇開我的論證後提出來的問題根本不是什麼問題。我覺得，在這裡真正的問題是屠隆與笑笑先生之間的聯繫是否可靠。還在我考慮屠隆問題之初，章培恒老師即敏銳地指出：《山中一夕話》是否為明版？笑笑先生可能是清代人。後來，章老師和王利器先生幾乎同時關照我研究一下由「哈哈道士」作序、「笑笑先生」所作的《遍地金》一書，以便進一步證明此「笑笑先生」是否為屠隆，是否為《金瓶梅》的作者。我認為這才是比較關鍵的一個問題。

在這裡，必須首先證明「笑笑先生」確為明代人。因為假如他是清代人，就肯定與屠隆，與《金瓶梅》不搭界。目前，如日本《和刻漢籍目錄》《東京大學東洋文化研究所漢籍分類目錄書名人名索引》，以及周作人讀過的北京大學藏本，均將《山中一夕話》

7　李時人、徐建華等同志已有詳論，特別是詞話第七十二回明明寫著「金華酒」是「浙酒」，又稱「南酒」，是無可辯駁的事實。我想補充的是：《客座贅語》（此和註8承章培恒老師提供）《弇州山人稿·酒品前後二十絕》也有記載，均可證明「金華酒」為浙江金華所產，而並非山東嶧縣酒。

標明為明刊，將笑笑先生列為明人。王利器先生《歷代笑話集》雖然將「笑笑先生」冠以「清代」，但據王先生來信說：「《山中一夕話》題解說為清代，是錯字，未校出，前面目錄是把它擺在明代的，可證。」不過，由於目前認為最早的北大藏本缺書名頁，故僅據墨色、紙質等是很難確定就是明本。後知中山大學也藏一本《山中一夕話》。此書保存完好，其書名頁中間直刻「開卷一笑」四大字，右側直書「屠赤水先生參閱」六字，左側為「梅墅石渠閣梓行」數字，上端橫刻「賞心快筆（？）」四字。此石渠閣本，石崎又造《支那俗語文學史》認為是「明刊」，中山大學藏書書籤也標「明」本，但《中山大學圖書館善本書目》題解定為「清初梅墅石渠閣刻本」，在「笑笑先生」前也加上「清」字。據說，這也是根據墨色、紙質等來判斷的。為此，我覺得有必要對「石渠閣」書坊略作考察。一提起石渠閣，馬上使人想起了天都外臣序本《水滸傳》。此書板心有「康熙五年石渠閣補刻」或「石渠閣補」題識。可見，石渠閣在清初確實還在印書。但是，此《水滸傳》公認用的是明萬曆年間的板子。據《明代版刻綜錄》說，石渠閣「始於明萬曆」。現存多種印有「梅墅石渠閣梓」的本子幾乎都是明版，計有：初刊於萬曆十三年的《重修正文對音捷要真傳琴譜大全》、萬曆二十三年的《匯書詳注》、天啟六年的《新刻精纂詳注仕途懸鏡》以及萬曆三十年的《月令廣義》、萬曆三十二年的《文獻通考》、萬曆四十七年的《山堂肆考》、天啟六年的《岳石帆先生鑒定四六宙函》等。王重民先生《中國善本書提要》收羅了前三種，並都作了考證，其結論都如天都外臣序本《水滸傳》一樣，石渠閣購置原版稍加補訂修改後印行的。這樣看來，石渠閣書坊即使並非「始於明萬曆」而成於清初，但其經營自有特點，即致力於購置明版而加以重印。因此，石渠閣本《山中一夕話》即使從墨色、紙質來看屬於清代，但其板子是完全可能出自明代的。

　　我認為《山中一夕話》為明版，「笑笑先生」為明人，還可於《遍地金》中得到驗證。《遍地金》一書，前有署「哈哈道士題於三台山之欲靜樓」之序文一篇[8]，其文開頭即稱「遍地金者，為笑笑先生之奇文而名也。」看來，哈哈道士、笑笑先生即與署「三台山人題於欲靜樓」的《山中一夕話》的序作者是同一人。《遍地金》封面鐫「筆煉閣編次繡像」，共四卷，每卷為一短篇白話小說，其標題分別為：「二橋春」，「雙雕慶」「朱履佛」「白鉤仙」，與《筆煉閣編述五色石》前四卷相同。《五色石》後四卷為：〈續箕裘〉〈虎豹變〉〈選琴瑟〉〈鳳鸞飛〉。現將此八卷每篇引子後的正文開頭部分引述於下：

8　大連圖書館參考部編《明清小說序跋選》作「哈哈道士題於三台山之言靜樓」。其「言」字當為草書「欲」字之誤。

卷一〈二橋春〉：話說元武宗時，浙江嘉興府秀水縣裡有個鄉紳姓陶名尚志……

卷二〈雙雕慶〉：話說嘉靖年間，景州有個舉人姓樊名植……

卷三〈朱履佛〉：宋徽宗政和年間，浙江桐鄉縣一個書生姓朱名法……

卷四〈白鈞仙〉：話說成化年間，陝西紫陽縣有個武官姓陸名世功……

卷五〈續箕裘〉：這樁事在正統年間，河南衛輝府有個監生姓吉名尹……

卷六〈選琴瑟〉：話說南宋高宗時，浙江臨安府寓陽縣有個員外姓趙名育……

卷七〈虎豹變〉：話說嘉靖年間松江府城中有個舊家子弟姓宿名習……

卷八〈鳳鴛飛〉：話說唐朝憲宗時，晉州有個秀才姓祝名鳳舉……

這八個故事有以下幾點可引起我們的注意：一、沒有演述清代的故事。二、講前朝故事時都加「唐」「宋」「元」朝代名。三、演明代故事時均無「明」字而直寫年號。顯然，這是明人的口氣。再檢書中內容，似也無入清的痕跡。故我認為，《遍地金》的作者，也即《山中一夕話》的增訂校閱者，實為明人。他或許就是梅墅石渠閣本《山中一夕話》書名頁上標明的「屠赤水」吧？

從內容來看，《遍地金》四篇，或鼓吹才子與佳人的天然配合，或揭露「官豎專權，賢人受禍」。這似乎都與《金瓶梅》不相齟齬。但其語言、筆法，與《金瓶梅》並不十分一致。這也是事實。《遍地金》很少用方言俚語，文字比較潔淨，行文主要是敘述故事而較少描寫。我覺得，一個作者，在不同時間，寫不同題材，用不同體裁，其作品未必都能如出一轍。更何況《金瓶梅》寫定時很可能有相當的原始材料在起著作用。因此，這個問題還有待於進一步研究。而從目前情況來看，似乎還不能割斷「笑笑先生」與屠隆，與「蘭陵笑笑生」之間的聯繫。

三、關於五回「贗作」及「陋儒」

張遠芬同志在〈也談《金瓶梅》中的一詩一文〉中，引了沈德符《萬曆野獲編》中「原本實少五十三回至五十七回」一段話後說，屠隆的「一詩一文，正處在這五回『贗作』的範圍之內」，因此，「屠隆充其量也只可能是這五回『贗作』的作偽者，而絕不是《金瓶梅》的原作者。」這個問題的確值得討論。

張同志在引用《萬曆野獲編》的那段材料時漏掉了前面一句極為重要的話，即「今惟麻城劉延白承禧家有全本」。這句話的重要性張同志該是十分清楚的。因為在其不久

前寫的〈新發現的《金瓶梅》研究資料〉中[9]，他曾經一再強調過：「我則認為，吳中庚戌初刻本是由劉承禧付刻的。理由是：1、袁中郎在丙午（1606）年告訴沈德符說：『今惟麻城劉延伯承禧家有全本』。因此，要印行全本，也惟麻城劉延伯承禧才有可能。」「我們就斷定：《金瓶梅》庚戌初刻本，是劉承禧用自己家藏的手抄本付刻的。」在這裡，我們且不談張同志說初刻於「庚戌」的錯誤，也不論付刻的是否即是劉家的藏本，只是想說：張同志清楚地斷定過《金瓶梅》初刻用的是「全本」。既然是「全本」，而且「初刻本」即是「全本」，那第五十六回及其一詩一文也當在「全本」之中，是原品而非「贗作」了。僅從這點來看，張同志所下的結論實在太匆忙，以致連原來著重引用過的材料和自己斷定過的結論也一股腦兒忘到九霄雲外了。

然而問題並不如此簡單。在《萬曆野獲編》的同一段文字中確實寫著：「然原本實少五十三回至五十七回，遍覓不得，有陋儒補以入刻，無論膚淺鄙俚，時作吳語，即前後血脈，亦絕不貫串，一見知贗作矣。」一會兒說有「全本」，一會兒又說「原本」實少五回，這裡顯然存在著矛盾。其實，沈德符寫的這一段常常被人們奉為研究《金瓶梅》指針的矛盾還多得很呢！比如，沈德符說，他是在「小修上公車」的一年，即萬曆三十七年，從袁小修那裡「借抄」的。而據小修《遊居柿錄》說，他只是「從中郎真州」時，即萬曆二十五六年間「見此書之半」，到萬曆四十二年八月回憶此事時尚未見到該書全帙；另外，寫於萬曆四十一年後的謝肇淛的〈金瓶梅跋〉也說從袁家僅「得其十三」。那沈德符怎麼能於萬曆三十七年抄得九十五回大書呢？沈德符若僅抄了半部或缺五回的殘卷，馮夢龍、馬仲良輩怎會就「慫恿書坊以重價購刻」，勸「應梓人之求」呢？況且，袁小修此年入京，為時不過三月，而《金瓶梅》卷帙浩繁，縱有錢雇兩人抄寫，也非三五閱月不能抄完，而時常歎窮怨苦的國子監生沈德符能否在短期內雇人抄完此書？再說，袁氏兄弟詩文中從無一字提到沈德符，若此情誼，怎會借《金瓶梅》與沈氏抄錄？如此等等，魏子雲先生曾在〈袁中郎與金瓶梅〉〈沈德符與金瓶梅〉等文章中指出其「不合情實的地方」有十處左右。顯然《萬曆野獲編》的這段記載是有許多令人懷疑的地方。

《萬曆野獲編》的這段記載之所以有矛盾，原因是多方面的。首先，我們應該明白，目前通行的《萬曆野獲編》並非沈德符當年的原本。其稿本於明清易代之際即遭散佚，直到康熙年間由錢枋據搜輯所得「十之六七」，重新「列門分部，事以類序」，定為三十卷。這樣，經過錢氏「割裂排纘」之後，雖「頗便於展覽」，但「次第非復本來」[10]。因此，有關《金瓶梅》的一段話，很可能本來並非沈氏一時所記，而是由錢氏將各段原

9　張遠芬〈新發現的《金瓶梅》研究資料〉，《徐州師院學報》1980 年第 4 期。

10　據沈振〈萬曆野獲編補遺序〉、錢枋〈野獲編凡類凡例〉。

稿重新組合而成，也致弄得前言不搭後語，自相矛盾。甚至，有些話本來就並非出自沈氏之手。另外，我們也不能排斥沈德符當年有無意誤記或有意說謊的可能。比如，說五回「陋儒補以入刻」一語就大有問題。沈德符自己可能確實未曾看到這五回文字，但世上畢竟還存有全本。假如蘇州書坊離湖北麻城較遠的話，那太倉是很近的，更何況麻城劉承禧還不時來蘇州，書坊為什麼不借全本以完璧呢？更何況，吳中所刻之書可能不是沈德符「固篋之」的一部，為什麼一定缺五回呢？當然，沈德符說：這五回「無論膚淺鄙俚，時作吳語，即前後血脈，亦絕不貫串」。但我們目前研究這五回事實，就覺得沈德符的話根本不可靠。說「時作吳語」，其他各回中「吳語」也多得很呢！說血脈不貫串，其他章回類似的情況也比之更嚴重且更多（日本阿部泰記〈關於《金瓶梅詞話》敘述之混亂〉，特別是魏子雲的《金瓶梅箚記》有大量的例證說明這個問題，此不贅）。因此，僅據這兩點來說五回是「贋作」，不能令人置信。這或許是沈德符得之於傳聞，或許他另有用意。我們現在只能從《金瓶梅詞話》的實際出發，確認五十三回至五十七回的文筆、語氣、格調與其他各回相互協調，並非是什麼「陋儒」的「補刻」，而完全是當時「全本」之一部分。

大概為了證明屠隆正是那「五回『贋作』的作偽者」，張遠芬同志還認為屠隆正是沈德符心目中的「陋儒」。對此，我感到很奇怪。屠隆在當時，不論是「學識宏富」者如王世貞輩，還是風流才子如袁中郎、湯顯祖等，都很讚賞他。沈德符是他的同鄉、晚輩、朋友，聲名遠不如屠隆，難道真的「極為鄙視」「屠隆的道德和文章」嗎？為此，我把張同志引用《萬曆野獲編》的三段材料核對了一下，才覺得問題並不如此。《白練裙》一則載屠隆長期失意後狎妓之「憨狀」，這對於也好冶遊、詼諧滑稽、喜記掌故的沈德符來說，只是作為一種談柄而已，根本無關屠的才學，也談不上有什麼「嗤鄙」之意！張同志大概不明白，所謂「嗤鄙門」並不是沈德符所列，而是清代錢枋所搞，故這不足以「證明沈對屠的態度」。事實上，張同志涉及的三段材料，除了關於〈彩毫記〉一則對屠自比李白有所微辭外，其餘都未明顯表示沈的態度。比較直接表示沈德符對屠隆態度的在《萬曆野獲編》中也不是沒有，在緊靠〈白練裙〉一則前有兩行字就較能說明問題，今且抄錄於下：

> ……臧（懋循）多才藝，為先人鄉試同年，與屠禮部（隆）俱浙名流，同時因風流罪過，一棄不收。二公在下，與予修通門誼，其韻致固晉宋間人也。

沈德符與之「修通門誼」而視為韻致高尚的「名流」，怎麼會「極為鄙視」！至於有關《曇花記》一段引文，張同志又「截去頭尾」：先在「近年屠作《曇花記》」下略去「忽以木清泰為主，嘗怪其無謂」兩句，再在「出何典故」下突然剎車，這樣就給人

以一種反問詰難的感覺。其實，這裡是對屠隆《曇花記》一劇的主角用「木清泰」這個名字「怪其無謂」而正面提出的問題，接著馮開之就回答他「典故」的出處，這就是屠隆當年與西寧夫人的風流韻事，於是沈德符說，「此乃著色《西遊記》，何必詰其真偽」云云，根本沒有否定的意思。相反，在這段材料的前半部分，沈德符在大段記述屠隆被訐與西寧夫人「淫縱」而罷官時說，「人亦惜屠之才，然終不以登啟事也」，充滿著同情，也肯定了屠的才能。這樣明明白白的一段記載，經張同志巧妙地加工了一下，竟又弄得面目全非。當然，屠隆的兩出劇本並不高明，但這並不能取代、掩蓋他其他多方面的才能，也不可能因此而被沈德符「鄙視」為「陋儒」。在沈的心目中，屠隆還是個風流才子，還是個與他修通門誼的名流！

　　至於屠隆的一般朋友為什麼不知此事？或者沒有談及其作《金瓶梅》一事？這個道理很簡單，因為這是一部《金瓶梅》！他只是交給劉承禧輩關係非同一般的人。而這些極好的知己，為了保全他的聲名（他已經在這個問題上摔了大觔斗），也只能用含糊搪塞之詞來應付作者問題。然而，這些含糊之詞在社會上流傳開來，往往包含著某些合理的因素。我的〈屠隆考〉開頭，曾將關於作者問題的「初期傳說」與「後世推測」分開，其用意就是認為沈德符所說的「大名士」，袁小修所說的「紹興老儒」，謝肇淛所說的「金吾戚里」其門客，都可以在屠隆身上找到影子。這一點信息，難道也不值得引起我們注意嗎？

　　綜上所述，《金瓶梅》的作者問題是一個十分複雜的問題。大家相互討論切磋將有助於問題的徹底解決。因此，我衷心感謝和歡迎諸位先生的批評指教。

〈金瓶梅作者屠隆考〉答疑

拜讀了徐朔方先生〈〈金瓶梅作者屠隆考〉質疑〉一文（見《杭州大學學報》1984 年第 3 期），很受啟發。比如，文章指出了屠隆別署娑羅館，是「因為他從佛寺中移得娑羅樹而得名」等，的確是我行文中沒有顧及的「疏漏之處」。但是，在一些根本性的問題上，我覺得徐先生的看法還值得討論。

徐先生文章主要是圍繞著《開卷一笑》進行的。其中最具分量的問題是「此書出版年代究竟在明末，還是清初」。誠如徐先生說的，「如果在清初，李贄編次、屠隆參閱之類的欺人之談就不攻而自破了」。對於這個問題，我在〈金瓶梅作者屠隆考續〉（見《復旦學報》1984 年第 4 期）中已有申述。現在再就徐先生提出的兩條論據辨之如下。

徐先生論據之一是：「（《開卷一笑》）卷七〈瞿癡〉說：『瞿杲字炳暘，自號醉漁，常熟五衢人』。盛鑣《清代畫史增編》卷七說：『按舊志云隱龜山。今據瞿氏譜考為本朝康熙時人。舊志誤入前明，且並無隱龜山之事。』1980 年俞劍華《中國美術家人名辭典》（上海人民出版社），同。如果屠隆活到康熙元年，得以記載瞿杲的佚事，他至少已經一百二十歲。可見此書李贄編次、屠隆參閱之類話都是書販的假託，不可相信。」

這裡的關鍵是盛鑣斷言瞿杲為「康熙時人」是否可靠。其實，此說絕不可信。俞劍華的《中國美術家人名辭典》以及孫濌《中國畫家人名大辭典》等不加考索，盲目抄引，以致同一條詞目的解釋中鬧出了明顯的矛盾還不知覺。我們就以徐先生所稱的俞氏辭典來看吧。此書第 1489 頁「瞿杲」條云：「瞿杲，字炳暘，據瞿氏族譜考為清康熙時人。舊志入明。江蘇常熟人。嗜酒落魄，自號醉漁。畫花鳥有名，尤工蘆雁。常執帚於林良門下，得窺其法，以故蕭閑淡蕩入於高品。」請注意，這裡既循盛鑣所說瞿是「康熙時人」，又說瞿「常執帚於林良門下，得窺其法」。那麼，林良是何時人呢？同一書第 526 頁說林良「弘治（1488-1505）時拜工部營繕所丞，直仁智殿改錦衣衛百戶」。這些說法是本之於《明畫錄》等著作所載，且林良有作品傳世至今，從其題跋落款來看，完全可證他是一位活躍於弘治時期的畫家。弘治的最後一年（1505）至康熙元年（1662）有一個半世紀多，「常執帚於林良門下」的瞿杲能活到康熙時代嗎？顯然是不可能的。此其一。其二，今存康熙二十二年《常熟縣誌》卷二十一〈藝學〉、康熙三十年《蘇州府志》卷七十八〈藝術傳〉都把瞿杲列入明代，並作如下幾乎相同的介紹：「瞿杲，字炳暘，五

衢人（《府志》前加「常熟」二字）。性坦率，無畦畛（《府志》無此三字），嗜酒落魄，自號醉漁，畫花鳥有名，蘆雁變佳，完次之。」這兩部方志的編者多為瞿杲同里的由明入清的宿儒碩彥，編纂的時間正在康熙前期，他們不可能糊塗到瞿杲是明代人還是康熙人都搞不清。因此，我們雖然沒有看到盛鑨所據的〈瞿氏譜〉是什麼樣子，但據以上材料則完全可證此本〈瞿氏譜〉之荒唐，從而可知盛鑨之言不可從；完全可證瞿杲當為明代人，且當為萬曆前或萬曆時人。

徐先生否定《開卷一笑》為明代作品的論據之二是：「（《開卷一笑》）卷二〈太倉庫偷兒〉：云：『太倉庫於萬曆中，有偷兒從水竇中入』。這分明是萬曆以後追記的話。萬曆當時的人不會這麼說。而屠隆在萬曆三十三年去世。」徐先生的這個說法，在一般情況下是有道理的，但也並不絕對。我們就以研究《金瓶梅》經常翻閱的《萬曆野獲編》來說吧，據作者沈德符的兩篇序言所稱，這本書是寫於萬曆期間的。然而，在此書中也可屢屢見到如下記載：「萬曆間，王山陰再入，以爭冊立自免……」（卷七〈宰相出山〉），「萬曆初，蒲阪張鳳磐相公家有一僕……」（卷八〈陳飛〉）。因此，我們說，萬曆中的人還是可以說「萬曆中」「萬曆間」的。只有出現泰昌、天啟或者更後的年號，才能斷定這部書是萬曆以後的作品，但事實上《開卷一笑》中沒有出現萬曆以後的年號。

關於《開卷一笑》的刊刻時間問題，臺灣魏子雲教授在給我的來信中談了這樣的看法，也可資參考：

> 一、近來方把這部明版《開卷一笑》（《山中一夕話》）翻檢一遍。是一部明刻，絕無問題。扉頁題有「梅墅石渠閣梓行」，且有三台山人題於欲靜軒的序文。該刻分作上下兩部分，上七卷名為《山中一夕話》，下七卷則名為《新山中一夕話》。卷前的編次、增訂、校閱，也不統一，有的卷有，有的卷無，可以說校閱極其馬虎。上下兩編，都是第三卷刻有「一衲道人屠隆參閱」字樣。這一刻本，其中尚有補刻之頁，如上編卷五第 21、22 兩頁，……
>
> 二、如從字形看，此一刻本的字形，類《金瓶梅詞話》。補刻之頁，字形則類所謂之「崇禎本」《金瓶梅》。由此兩種字形來加推想，或可判定我們這部藏於臺灣大學的《開卷一笑》（《山中一夕話》），應是萬曆末天啟初的刻本，補刻部分，則是天啟末崇禎初的字形。此書之所以有補刻之頁，顯然是再印時，有的版已損壞，不得不據原文補刻也。此刻是八行行二十二字。

徐先生還認為：「屠隆曾以一衲道人為號，但以一衲道人為號的不一定只有他。」當然，歷史上號一衲道人的未必就是屠隆，但是，我們應該注意到，中山大學藏本扉頁明明刻著「屠赤水先生參閱」數字，中山大學、北京大學、臺灣大學三本第三卷都更明

確地刻著「一衲道人屠隆參閱」，因此，這個一衲道人當然是屠隆無疑了。既然如此，本書署有「一衲道人」所作的〈別頭巾文〉〈秋蟬吟〉〈醒迷論〉〈勵世篇〉等的作者也即是屠隆了。那麼，《開卷一笑》卷六〈秋蟬吟〉說「蟬兮本名蝦鱉蟲，自小生身水窟中」，這「蝦鱉蟲」是否即是徐先生所說的是蘇北宿遷、淮安、睢寧一帶所叫的「土鱉蟲」呢？是否因此而認為這篇作品的作者是蘇北人而不是屠隆呢？我看也未必。《鄞縣誌·物產》云：「土鱉，形扁如鱉，故名土鱉。」可見屠隆家鄉即有「土鱉蟲」的叫法。但它是一種「白晝潛伏樹根落葉層、牆根土內或大麥石塊下，夜出覓食」（新版《辭海》）的陸上小動物。至於徐先生向 87 歲動物學家董聿茂教授請教所得之「灰鱉蟲」，恐怕也只是土鱉蟲的一種。因為范寅《越諺》有云：「灰鱉蟲（中心）生灰倉間，越炊稻草多灰，故灶有灰倉。」總之，土鱉蟲也好，灰鱉蟲也好，都是陸地小蟲，都不是屠隆所說的「自小生身水窟中」，「交結魚蝦作友朋」的「蝦鱉蟲」，因此，我們不能在陸上的「土鱉蟲」「灰鱉蟲」與水中的「蝦鱉蟲」之間輕易地劃上等號，然後來加以推斷。據我看來，屠隆所說的「蝦鱉蟲」，或許是指水薑，越人也稱水鱉蟲。此蟲與灰鱉蟲形似，但略小而黃，生湖中，蛻殼而化為蜻蜓。像這樣的一類小蟲，作為一個文學家而不是動物學家的屠隆，瞭解得不很精確，把它化成蜻蜓一類當成化成蟬了，也是情有可原的，更何況這是文學作品而不是動物學專著（也是這個原由，作者完全可以在〈秋蟬吟〉和《修文記》中把蟬刻劃成並不相同的形象）。其實，像這類小蟲的土名本來就比較複雜，屠隆又有廣泛的遊歷，僅僅以此一個名目來斷定〈秋蟬吟〉的作者不是鄞縣人而是蘇北人，實在是困難的。

除了《開卷一笑》之外，徐先生也論及了若干所謂「推測性質」的問題，如屠隆的方言、佛道思想與《金瓶梅》的關係等。關於方言問題，徐先生引述了屠隆《修文記》傳奇人物說白中「昏頭搭腦」「撮空」「精光」等方言詞彙，認為《金瓶梅》全書中找不出這類「屠隆家鄉所獨有」的方言詞彙。其實，我們認為《金瓶梅詞話》的作者是屠隆，一個重要的理由就是在這部描寫山東故事的小說中出現了不少江浙方言。魏子雲先生的《金瓶梅探原》及拙作〈屠隆考續〉等對此都有所述，此不贅。至於徐先生所引《修文記》中的這些詞彙是否可稱「屠隆家鄉所獨有」，我看也難說。至少我這個上海嘉定人，自小就熟悉這些詞彙。那麼，難道能因此而否定《修文記》的作者是鄞縣人屠隆嗎？

關於屠隆及《金瓶梅詞話》中的佛道思想，比較複雜，這裡略說幾句。署「三台山人題於欲靜樓」的《開卷一笑》序云：「春光明媚，偶游句曲，遇笑笑先生茅山之陽。班荊道及，因出一篇，蓋卓吾先生所輯《開卷一笑》。」這篇序言，正點出了笑笑先生與屠隆之間的聯繫。眾所周知，句曲茅山，乃是陶弘景以來的道教聖地。屠隆晚年雖然調和三教，但嗜道尤甚。如此說法，正和屠隆自稱黃冠道民、一衲道人一樣，表明「笑

笑先生」乃是道家信徒。屠隆作為佛道信徒,他在《曇花記》《修文記》等書中正面「廣譚三教,極陳因果」(〈曇花記凡例〉)是十分自然的。但一個人的思想是複雜的。屠隆一方面自稱「信奉仙釋」,但又承認自己「名障欲根苦不肯斷」(《棲真館集·與王元美先生》)。而且他本來就「行類滑稽」(《棲真館集·自贊》),好作「遊戲之語」(〈娑羅館清言自敘〉),再加上他有一股憤世嫉俗之情,甚至有點玩世不恭之意,故常常出言不經,滑稽好笑。《萬曆野獲編》曾載屠隆對沈德符大談其關壯繆、蘇文忠爭鬥之事,引得沈「第俯首匿笑」。沈德符認為:「大抵才士失職,往往故為誇誕,以發舒胸中磊塊,不足信,亦不足哂也。」因此,像《開卷一笑》這本遊戲文字的集子,編纂時也有一點誇誕遊戲的味道,態度也不十分認真,也不會去仔細考證如當時相傳《扯談歌》的作者是劉基等是否可靠。屠隆的這種遊戲態度,在嚴肅的《曇花記》《修文記》中同樣可以見到。如《修文記》第十六齣〈鬼趣賦〉中各鬼所賦,與《開卷一笑》及《金瓶梅詞話》中的滑稽文字極為相似。更進一步,屠隆的遊戲之語,往往也會加到某些佛道者的頭上。這是因為在屠隆看來,世間的佛道信徒並不都是好的,有一些道人「名在道流,心同市井,塵緣障重,財色過貪,妄談黃白之術,誑惑世人,或捏造男女之方,迷誤後學」(《修文記》第四齣〈考仙〉),因此在他的《曇花記》三十三齣中,也開玩笑說閻王新創了個「假地獄」,這是因為「近日……一切道學氣節、詩文仙佛,往往多是作假的。」正是基於這種態度和認識,屠隆在《金瓶梅詞話》中對釋道中的敗類醜行進行了辛辣的嘲笑和尖銳的批判。但是,這不等於「謗經毀佛」。這正如《修文記》中六羽真人「校勘世門學道之士」一樣,為了維護佛道的尊嚴和純潔。至於那些真正的「謗經毀佛」者,如《金瓶梅詞話》中的不少道士、尼姑,以及說「佛祖西天也止不過要黃金鋪地」的西門慶之流,儘管一時受到了「薦拔」,但總的來說,作者畢竟是把他們放在批判、鞭撻的位置上的。總之,屠隆在《金瓶梅詞話》中側重在用遊戲的筆觸批判敗壞清門、謗經毀佛者,和《曇花記》《修文記》之類作品側重在用比較嚴肅的態度正面頌揚佛道,其精神是相通的。這正如他自己在〈曇花記序〉中說的「徹其所謂導欲增悲者而易以仙佛善惡因果報應之說,拔趙幟,插漢幟,眾人不知也」。實際上,「豔曲如今翻法曲」(〈曇花記尾聲〉),他對宗教的態度並不在《金瓶梅》與《曇花記》之間存在著什麼分歧。

　　最後,附帶要提一下的是,徐先生在幾乎同時發表的〈《金瓶梅》成書新探〉(《中華文史論叢》1984 年第 3 輯)一文的注 4 中說:「以我所知重要的遺漏(黃按:指韓南博士《金瓶梅探原》指出的《金瓶梅》引用前人的作品)應予補充的只有一條,即第五十六回祭頭巾文和明代傳奇《晬盤記》(一名《登科記》)中一出雷同。見《群音類選》第 2437 頁,北京,中華書局,1981 年初版。此書約編於 1590-1600 年。黃霖〈金瓶梅作者屠隆考〉(《復旦大學學報》1983 年第 3 期)認為小說的祭頭巾文源出於《開卷一笑》,不可從。詳見拙作

〈金瓶梅作者屠隆考質疑〉。」根據徐先生的指引，我找《群音類選》來核實了一下，翻到第 2473 頁，確實見到了《晬盤記》中的「萬俟傳祭頭巾」一節，可是「雷同」的僅僅是「祭頭巾」這個標題，下面的內容與《金瓶梅詞話》及《開卷一笑》中的祭頭巾文可以說是風馬牛不相及，這怎麼可以算作是《金瓶梅詞話》引用的作品呢？目前看來，《金瓶梅詞話》中的祭頭巾文還是出自《開卷一笑》。

　　以上就徐先生所提的質疑作一簡單的說明，不妥之處敬請徐先生及廣大讀者指正。

〈金瓶梅作者屠隆考〉答疑之二

　　拙作〈〈金瓶梅作者屠隆考〉答疑〉在《杭州大學學報》1985 年第 2 期發表時，高興地讀到了徐朔方先生的〈〈金瓶梅作者屠隆考〉質疑之二〉。我反復研究了徐先生的意見後，覺得那些在〈答疑〉中涉及到的問題，不想再作辯白了，因為事實是比較清楚的。比如，《晬盤記》中的〈萬俟傳祭頭巾〉是否可以作為被《金瓶梅》「引用」的「前人」作品？這是一目了然的。假如有「前後繼承關係」的作品都可以納入「引用」的範圍之內，恐怕被《金瓶梅》引用的作品就漫無邊際了。再如，考察瞿杲是不是清代康熙人時，究竟是康熙二、三十年的方志可靠，還是近現代出現的如《清代畫史增編》之類對此問題根本沒有進行認真「辨正」的一些著作可靠？這也不是什麼「邏輯」推理問題，而是事實問題。又如關於「蝦蟆蟲」，我主要論證的是：它是「生在水窟中」，而不是徐先生所斷定的是蘇北某些地方所稱的陸上的「土鱉蟲」，從而否定了徐先生關於作者的推斷。這不是兜什麼「圈子」，而是「蝦蟆蟲」問題上討論的重心。至於它是不是又名「水蟆蟲」，這是順便提及的，無關緊要的。由於一時吃不准，當然要用「或許」兩字。我想這類「或許」比武斷地肯定或否定，還是謹慎些吧。另外，關於《金瓶梅詞話》中的方言問題，我從來認為它作為一部描寫北方故事的小說，基本上用的是北方話，但也常不自覺地流露出一些南方音。就以徐先生所舉的喝湯喝水的「喝」字來說吧，《詞話》中有時竟用上了「吃」字，例第十三回：「茶也不吃。」「吃茶」是南方的說法，北方作「喝茶」。假如徐先生認為「呵」「喝」互代是北方音的證據的話，我也可以舉出一些因用南方音將不同的字互代的例子。例如「顧」與「個」、「多」與「都」，在北方音中，這兩組字的韻母是各不相同的，而在南方吳語中，其聲母韻母均相同，於是很容易出現互代的現象：

　　　那賊禿……只個亂打鼓撝鈸不住，……只顧撝鈸打鼓，笑成一塊。王婆便叫道，師父，紙馬也燒過了，還只個撝打怎的？（第八回）

這裡前後兩個「只個」當為「只顧」。又如：

　　　人見他這般軟弱樸實，多欺侮他。（第一回）

> 空中半雨半雪下來，落在衣服上，多化了。（第三十八回）

這裡不但「多」「都」相混，而且最後一句「廿四歲」的說法也屬吳語口語。吳語說「廿、廿四、廿幾」，北方話說「二十、二十四、二十幾」（參見張惠英〈《金瓶梅》用的是山東話嗎？〉）。最後，關於西門慶，作者是否把他作為反面人物，像屠隆這樣的三教合一論的宣導者是否最後讓他「超度」，這也是不必多辯的。下面，我想就徐先生在〈質疑之二〉中提出的兩個新問題作些說明：

一、關於《山中一夕話》題「卓吾先生編次，笑笑先生增訂」或「卓吾先生編次，一衲道人屠隆參閱」與三台山人序的問題。三台山人序說：

> 春光明媚，偶游句曲，遇笑笑先生於茅山之陽。班荊道及，因出一編，蓋本李卓吾先生所輯《開卷一笑》，刪其陳腐，補其清新，凡宇宙間可喜可笑之事，齊諧遊戲之文，無不備載，顏曰《山中一夕話》。予見之，不禁鵲喜。……

這段話的主語是很清楚的。前一句「偶游句曲」的主語是序作者三台山人。中間「因出一編」句的主語明顯是「笑笑先生」，「刪其陳腐，補其清新」者也是他。因此，此書題「卓吾先生編次，笑笑先生增訂」或「卓吾先生編次，一衲道人屠隆參閱」與三台山人序文沒有絲毫出入，根本扯不上有什麼「三台山人重編」的問題。三台山人只是：「予見之（《山中一夕話》），不禁鵲喜」而已。我不知道徐先生是怎樣讀這段話的？難道認為「刪其陳腐，補其清新」的主語是「予」「三台山人」嗎？至於這裡是否借李贄的招牌，當然可以研究。即使是借了李贄的牌子，不等於三台山人所遇的笑笑先生也是招牌。這些想法都缺少「堅實的基礎」。實際上，即使再退一步，假如《山中一夕話》確是後人三台山人之類所編，那編者將〈別頭巾文〉從《金瓶梅詞話》中摘出，又將其著作權明確地歸之於「一衲道人屠隆」，同時又將屠隆與「笑笑先生」之間劃上等號，這在當時難道是偶然的嗎？這不是清楚地表明：明末清初的人們都知道屠隆又有「笑笑先生」的雅號，《金瓶梅詞話》即是他所作的嗎？

二、關於屠隆與王世貞、屠本畯的問題。我在〈屠隆考〉中考慮到屠本畯說過「王大司寇鳳洲先生家藏全書」及謝肇淛也跟著說「唯弇州家藏者最為完好」，故在探求屠隆與《金瓶梅》的最初流傳時提到了王世貞。然而我當時也考慮到王世貞死於萬曆十八年或二十一年（《明史稿》說），在時間上存在著問題，故謹慎地寫了「送給王世貞家作為報恩和勸誡用的」。「王世貞家」不等於王世貞本人。王世貞剛死，屠隆不見得就此與王家恩斷義絕。屠本畯、謝肇淛兩人所說的「家藏」本身也是可以作王世貞身前身後兩解的，而從他們兩人寫這段話的時間（萬曆三十四年以後）和口氣來看，事實上更傾向於指身後。因此，我覺得說「鳳洲先生家藏全書」與萬曆二十年創作說並無矛盾。更何

況屠本畯此說是否可靠也值得懷疑，因為他畢竟未曾在王家目睹此書，只是得之傳聞。憑著屠隆與王世貞的關係，當時產生這類傳聞也是不難理解的。

徐先生說：「南京刑部尚書王世貞在萬曆十八年去世。屠本畯遊青浦和王世貞的家鄉太倉在萬曆九年。按照黃霖同志的說法，此時《金瓶梅》未成書，王世貞怎麼能家藏全書呢？」這段文字給人的印象是，似乎屠本畯在萬曆九年即知道王世貞家藏全書了。其實大不然。屠本畯《山林經濟籍》中關於《金瓶梅》的一段話是輯錄袁中郎《觴政·十之掌故》之後的跋語。袁中郎的這篇文章（不包括所附〈酒評〉）是寫在萬曆三十四年，因此屠本畯的這段話最早不超過萬曆三十四年。假如《金瓶梅》確如徐先生所說的成書於嘉靖年間，屠本畯於萬曆九年遊太倉時得知王世貞家藏全書的話，那麼《山林經濟籍》一定會這樣寫：「往年，予遊太倉，知王大司寇鳳洲先生家藏全書。」但是，可惜得很，屠本畯明明說：「往年，予過金壇」之時，從王太史宇泰那裡才初次讀到抄本二帙。王宇泰，名肯堂，金壇人，萬曆十七年己丑科進士，選翰林院庶吉士第一人。三年授檢討，因事忤上意，於萬曆二十年春請告歸里，家居十四年，至萬曆三十四年才再出仕南京。因此，屠本畯「過金壇」，從王太史那裡初讀《金瓶梅》的時間，當在萬曆二十年王肯堂歸里之後，屠本畯於萬曆二十七年從南方調至辰州當太守之前；甚至還更後一點，於屠本畯萬曆二十九年罷官南歸之後。總之，屠本畯的《山林經濟籍》在事實上恰恰證明了《金瓶梅》出現於萬曆二十年之後。

我說在「事實上」是針對屠本畯同時在口頭上又說「相傳嘉靖時，……其人沉冤，托之《金瓶梅》」云云。屠本畯與屠隆是同里同宗，相知甚深，屠隆撰寫一部 70 萬字的小說，屠本畯為何隻字不提，甚至另指他人呢？這從表面看來確是個問題。然而，我們知道屠本畯於萬曆二十九年罷官歸里之時，屠隆的《金瓶梅》早已脫稿多年並倉卒送人，且屠隆晚年家貧，經常出遊，於萬曆三十三年即病死，故屠本畯確實沒有讀得全稿。而《金瓶梅》又是一部「穢書」，屠本畯就完全有可能同屠隆的其他一些好友如劉承禧、沈德符、袁中郎等一樣，為保全屠隆的聲名而故意在作者問題上放出煙幕。《山林經濟籍》在談及《金瓶梅》的其他一些問題時大都言之鑿鑿，而觸及作者、成書問題時就用「相傳」云云的真假摻半的含糊之詞，這不能不引起我們的注意。當然也有可能屠隆一開始就由於某種原因而未向屠本畯說明真相，或者更有其他複雜的原因而使屠本畯未吐真情，這就需要我們進一步探究了。

關於《金瓶梅》作者和成書之謎，誠如徐先生所說的，我們看法不一而目標相同。在和徐先生的討論中，我得到了不少教益和啟示。我十分願意繼續得到徐先生和其他學者的指教，為進一步肯定或否定自己的看法，為這一懸案的最終解決而努力。

再論笑笑生是屠隆

　　十幾年來，國內外《金瓶梅》研究中關於作者的探討，始終是一個熱點。自 1983 年拙作〈《金瓶梅》作者屠隆考〉發表以來，凡不拘一說、不帶成見的評論普遍認為：「此說是從小說裡尋找內證中比較有說服力的一種，論證亦為前人所未見」[1]，「就現在各種說法中，『屠隆說』，還是較為合理的推測」[2]，「屠隆是《金瓶梅》最具備條件的作者人選」[3]。但平心而論，此說確實也存著若干令人不能完全滿意之處。幾年來，臺北魏子雲先生等撰寫了多篇論文，多方面地努力完善著「屠隆說」[4]，近來寧波鄭閏先生發掘了一些新的材料[5]，又推動了「屠隆說」的進展。在這基礎上，我想就《金瓶梅詞話》與《花營錦陣》和《繡榻野史》三者之間的關係入手，進一步論證「笑笑生」就是屠隆。

一、《花營錦陣》與《金瓶梅詞話》

　　我認為，「屠隆說」有別於《金瓶梅詞話》作者各說的關鍵一點是：並不僅僅一般地羅列若干有關的「外證」和「內證」去加以附會，而是直接從《開卷一笑》（《山中一夕話》）中找到了一衲道人屠隆即是「笑笑先生」的確證，且《開卷一笑》中標明屠隆所作的〈別頭巾文〉在《金瓶梅詞話》中同時出現。因此，要否定「屠隆說」，最要害的莫過於否定《開卷一笑》產生於明代，〈別頭巾文〉不是屠隆的作品。有前輩學者曾一再撰文認為《開卷一笑》是清代的作品。的確，此書果真出於清初，則「屠隆說」將「不攻自破」。然而事實並非如此，《開卷一笑》確實編印於明代[6]，如今，鄭閏在《甬上屠

1　劉輝〈《金瓶梅》研究十年〉，《中國社會科學》1990 年第 1 期。

2　石昌渝、尹恭弘〈六十年《金瓶梅》研究〉，見《臺灣《金瓶梅》研究論文選》。

3　王輝斌〈《金瓶梅》研究四說〉，見中國人民大學複印報刊資料《中國古代、近代文學研究》1990 年第 6 期。

4　參見《金瓶梅的幽隱探照》等論著。

5　見 1991 年 8 月，長春《金瓶梅》學術討論會上的論文〈欣欣子屠本畯考釋〉〈蘭陵笑笑生屠隆考論〉等。

6　參見拙著《金瓶梅考論》中的〈金瓶梅作者屠隆考答疑〉〈答疑之二〉及 1987 年第 4 期《復旦學報》上發表的〈《開卷一笑》與《金瓶梅》作者問題〉。另，遼寧社科院傅憎享先生曾來信相告：

氏宗譜》的屠隆名下找到了〈破迷論〉，此文即是《開卷一笑》中與〈祭頭巾文〉一起署名為一衲道人所作的〈醒迷論〉，於此可證，〈祭頭巾文〉也確為屠隆所作，《開卷一笑》當也由屠隆參與編訂。另外，還有一個問題，即「笑笑先生」畢竟不全等於「笑笑生」。辯之者認為「生」即「先生」，古義相通；而否定者認為，失之毫釐，謬以千里，兩者畢竟不同。因此，幾年來我始終注意尋求《金瓶梅詞話》《開卷一笑》之外的「笑笑生」，並企求直接從這「笑笑生」身上找到線索去辨明《金瓶梅詞話》的作者蘭陵笑笑生究竟是誰？

迄今為止，可知《金瓶梅》時代另一署名為「笑笑生」者僅見於《花營錦陣》。此說首先由吳曉鈴先生於 1985 年第 8 期《環球》雜誌上透露。這確為研究《金瓶梅》作者打開了一個新的缺口。然而，吳先生並未就此作進一步的追索，而《花營錦陣》係一冊春宮畫，非國內一般研究者所能見。我於 1986 年先後得到了大塚秀高、大木康、魏子雲先生的熱誠幫助，得見此書及有關材料。該書裡封署「武林養浩齋繡梓」，卷首有署名「狂生」的〈敘〉一篇，次為二十四幅春宮圖，每圖背頁有一題詠，係對正頁圖像的形象說明。每一題詠的題名及署名各不相同，具體為：

圖序	題名	署名
一	〈如夢令〉	桃源主人
二	〈夜行船〉	風月平章
三	〈望海潮〉	秦樓客
四	〈翰林風〉	南國學士
五	〈法曲獻仙音〉	探春客
六	〈鵲踏枝〉	萬花谷主
七	〈金人捧露盤〉	風流司馬
八	〈鳳樓春〉	忘機子
九	〈風中柳〉	掌書仙
十	〈一剪梅〉	煙波釣叟
十一	〈探春令〉	擷芳主人
十二	〈解連環〉	醉月主人
十三	〈浪淘沙〉	五湖仙客

「『《山中一夕話》諧謔專集』（按：指臺灣天一版明清善本小說之六「諧謔專輯」）亦收，「笑笑先生增訂，哈哈道人較閱」，『校閱』從『較』，顯然是諱字，諱熹宗朱由校。明代諱風烈，當非無因。」

十四	〈倒垂蓮〉	留香客
十五	〈鵲橋仙〉	玉樓人
十六	〈眼兒媚〉	惜花人
十七	〈挽綠轡〉	方外司馬
十八	〈醉扶歸〉	俠仙
十九	〈後庭宴〉	醉仙
二十	〈巫山一段雲〉	適適生
二十一	〈撲蝴蝶〉	有情癡
二十二	〈魚游春水〉	笑笑生
二十三	〈東風齊著力〉	花仙
二十四	〈一捧蓮〉	司花史

這二十四首題詠令人感興趣的不在於其基本雷同的內容，而在於那些署名。荷蘭學者高羅佩在《秘戲圖考》中曾就「秦樓客」「適適生」等作了考索，但未有切實的結論。實際上，這二十四個題名當為一人。誠如魏子雲先生所指出：「《花營錦陣》上的二十四幅題字，題者的名字，雖是每幅一名，其字體也全是行草。乍眼看去，形體也頗有異趣。若一經細審，即可發現這二十四幅題字，全出於一人的手筆」[7]。其詞的文字風韻也相同。因此，我們可以說，《花營錦陣》的題詠實為「笑笑生」一人的作品。這部署名笑笑生的《花營錦陣》與《金瓶梅詞話》及屠隆，至少有以下五點關係值得重視：

第一，署名都有「笑笑生」。

第二，《花營錦陣》刊印地點為南方武林，即杭州。崇禎本《新刻繡像批評金瓶梅》初刊本及內閣本均產在杭州[8]。詞話本亦於南方初刊。這可以窺見《花營錦陣》和《金瓶梅》兩書的作者主要活動在南方杭州一帶。

第三，從內容來看，《花營錦陣》的圖是春宮圖，題詠當然是一些淫詞豔曲。陳詔先生曾說：「這些淫詞豔曲，全是描寫兩性生活，與《金瓶梅》潔本刪去的文字幾乎無多差別，甚至不少語句完全相同，從而說明《花營錦陣》與《金瓶梅》一脈相承，確是明代晚期淫縱社會的產物；也說明這個笑笑生確是《金瓶梅詞話》的作者，或是根據民間說唱材料的寫定者。」[9]

7　魏子雲〈金瓶梅作者屠隆考補證〉，1991 年 8 月長春《金瓶梅》學術討論會上提交的論文。

8　鄭振鐸〈談金瓶梅詞話〉、荒木猛〈關於《新刻繡像批評金瓶梅》（內閣本）的出版書肆〉（載《日本研究金瓶梅論文集》）。

9　〈呼之欲出的笑笑生〉，《讀書》1987 年第 9 期。

第四，我於 1990 年 2 月海峽兩岸金陵小說討論會上提交的論文中，曾就《花營錦陣》中「煙波釣叟」一名的探索，認定其作者主要活動在萬曆年間[10]，這與《金瓶梅詞話》產生的時間也甚為接近。

第五，《金瓶梅詞話》第十三回寫到「春意畫」。當時社會上實際流傳的這類畫冊，有三十六幅、二十四幅、十五幅一套，或其他數目，並不相同。《花營錦陣》是二十四幅一套的春宮畫，而《金瓶梅詞話》所熟悉和描寫的也正是這一種「解名二十四，春意動關情」的春意畫冊。

根據以上五點，《花營錦陣》的發現，不能不使人感到：《金瓶梅詞話》的作者「笑笑生已經呼之欲出，快要揭露廬山真面目了！」[11]但是，真正要使其現形，落實到某人身上，還是有點可望而不可及。

二、《繡榻野史》與《金瓶梅》及《花營錦陣》

1991 年 8 月長春召開的第五屆《金瓶梅》學術討論會上，魏子雲先生提交的論文是〈金瓶梅作者屠隆考補證〉，此文有一節專論《花營錦陣》中「煙波釣叟」為屠隆的名號。鄭閏先生提交的〈欣欣子屠本畯考釋〉，在考證〈金瓶梅詞話序〉作者欣欣子是屠本畯的同時，帶及了屠本畯又號憨生、太憨生、憨憨子等。憨憨子是《繡榻野史》的「校閱」者。這打開了我將《繡榻野史》與《花營錦陣》聯繫起來去探索「笑笑生」之謎的契機。

《繡榻野史》是一部豔情小說，被孫楷第先生歸入「猥褻」類。據王驥德《曲律》卷四所載，此書為其知交呂天成「少年遊戲之筆」。馮夢龍《太霞新奏》卷五也肯定此說，故這部《繡榻野史》為呂天成所作，當無可疑。

值得注意的是，《繡榻野史》受到了《金瓶梅》的極大影響。今除其某些露骨的淫行描寫之外，至少有以下十點留下了明顯的痕跡：

一、主人公東門生、金氏的命名，顯然是由西門慶、潘金蓮引發而來。

二、「趙大里讀來頗似轉世投胎的王三官，也可以看作是陳經濟的輪回（像陳一樣，趙也可以在東門生家中隨意行走）。」[12]

三、第二節〈趙郎得遇嬌娃始末〉寫到：「大里假意將筯失落地上拾起時，手將金氏腳尖一捏。……」這就是照搬西門慶的「十挨光」之一。

---

10 論文將收入該會的專集中，清樣已閱年餘，今未見出版，因當時未留底稿，題名已忘。

11 同註 9。

12 韓南〈中國愛欲小說初探〉，水晶譯，載臺灣《聯合文學》第 47 期。

四、《繡榻野史》寫主角東門生誘姦趙大里母親麻氏「這一巧計，很可能出自《金瓶梅》設計誘姦王三官之母林太太一節」。[13]

五、明代「淫書」中提及男女性器時，往往使用各色代詞。《繡榻野史》中關於性器的描寫，一般都使用粗俗字眼，但也偶而一用於明代僅見於《金瓶梅》和屠本畯〈飲中八仙記〉中使用的代詞「那話」。

六、《繡榻野史》第五回〈傳柬求婚〉寫到「胡僧」之春藥。

七、特別是《繡榻野史》也多處提到了「緬鈴」，且其描寫，是今所見明清各種記載中最切合《金瓶梅詞話》所描述的。

八、《金瓶梅詞話》第三十二回寫到李桂姐說，被內相薛公公「把人搯擰的魂也沒了」，「乞他奈何的人慌」云云，此話此意，被《繡榻野史》搬了過來，其婢女賽紅道：「……合內相睡，只好咬咬摸摸，倒弄的人心嘈」云云，兩者何其相似。

九、《金瓶梅詞話》重輪回報應，最後寫到眾鬼在地獄之種種，這一構思，顯然也被《繡榻野史》所接受。

十、《繡榻野史》不加修飾的回目和借用他人作品中詩詞等作法，也與《金瓶梅詞話》相似。有些學者認為，《金瓶梅詞話》並不出於大名士之手，其重要的論據即其回目粗糙及常引用他人作品，似為下層書會才士之流所為。今呂天成也可謂一時名士，其文學修養極高，然《繡榻野史》的回目也極不勻稱，如開頭幾回回目為：〈趙郎得遇嬌娃始末〉〈姚兄牽馬〉〈主家不正〉〈傳柬求婚〉〈金氏思赴陽台約〉〈自道私愛芳心〉，……寫來相當隨便。其實，明代不少文士，把「小說」作為「遊戲之筆」，並不重視，非不能為工整的回目，乃不想去化這番心思，去認真推敲而已。且自《三國志通俗演義》以來，本來就有一些作品並不重視回目的工整。今見《繡榻野史》受《金瓶梅詞話》等影響而不作工整的回目，也可反證《金瓶梅詞話》不工整的回目也可出自名士之手。

《繡榻野史》明顯地接受《金瓶梅詞話》影響的同時，與笑笑生的另一部作品《花營錦陣》的關係也非同一般。

今僅據我手頭掌握的《繡榻野史》明醉眠閣本前九回的資料，即有二首回末詩抄自《花營錦陣》：第一首是第四回的〈如夢令〉抄自《花營錦陣》第一圖題詠；第二首是第九回的〈鳳樓春〉抄自《花營錦陣》第八圖題詠。遺憾的是，我目前一時間難以見到全部醉本《繡榻野史》。目前能見到的《繡榻野史》一般都是坊間劣本，不但回目、文字作了全盤修改，且全部回末詩及評語均被刪盡，使我無法一一指出究竟抄了多少。不過，

13　同註12。

根據《繡榻野史》穢筆還不算多的前九回即有二回回末詩抄引《花營錦陣》的情況來推測，很可能以後八十九回（全書共九十八回）回末詩會將《花營錦陣》其餘二十二首抄引大半，至少不只引兩首。我以為這個推測是有把握的。

當然，由於《花營錦陣》具體刊刻的年代不詳[14]，僅據《繡榻野史》與《花營錦陣》兩者文字相同，是不能確定誰抄誰的。我今斷定《花營錦陣》成書於先的理由是：凡《花營錦陣》一書中的背面題詠與正面圖像所描繪的行為均切合，而《繡榻野史》中的回末詞曲即使修改了個別文字，也往往與正文所述的內容有所出入，並不吻合，明顯地留下了從別處搬來的痕跡，故這兩書之間的關係只能是《繡榻野史》抄搬《花營錦陣》，而不是相反。

《繡榻野史》既有直接抄引《花營錦陣》之處，又深受《金瓶梅詞話》的影響，竟與現存署名「笑笑生」的兩部書的關係都如此緊密，令人驚異。這不僅可以作為《花營錦陣》和《金瓶梅詞話》兩位笑笑生當為一人的重要例證，而且不能不引起人們的思索：這位對呂天成影響至深的「笑笑生」究竟是誰？如何從呂天成身邊尋找這位「笑笑生」呢？

今從《繡榻野史》題名「卓吾先生批評，醉眠閣憨憨子校閱」來看，與《開卷一笑》題名「卓吾先生編次，一衲道人屠隆參閱」的格局十分相似，又都打著「卓吾先生」旗號，後人在重印或改編《開卷一笑》時又將「一衲道人屠隆參閱」時而改成「笑笑先生增訂、哈哈道士校閱」；今又知為《繡榻野史》「校閱」的憨憨子與為《開卷一笑》《山中一夕話》「校閱」的哈哈道士[15]，以及為《金瓶梅詞話》寫序的欣欣子，都是屠隆的族孫、知交屠本畯。這就逼著人們不能不去進一步追索《繡榻野史》的作者呂天成與屠隆、屠本畯之間的關係，探求對呂氏影響至深的「笑笑生」是否即是一衲道人屠隆了。

三、呂天成與屠隆、屠本畯

關於呂天成的傳記資料，最詳細的為明代傑出的曲論家王驥德在《曲律》卷四中所載：

---

14 高羅佩《秘戲圖考》《中國古代房內考》中有關明代春宮畫刊印年代的考察並不盡當。他據《風流絕暢圖》東海鶴居士序於「丙午」年而定此書刊於 1606 年（萬曆三十四年），而《花營錦陣》還在其後。今從《繡榻野史》第八回回末詩抄錄《風流絕暢圖》第十四圖題詠的情況來看，此「丙午」當為嘉靖的丙午年，即 1546 年，或是一個虛署之年。

15 見鄭閏〈欣欣子屠本畯考釋〉。

鬱藍生，呂姓，諱天成，字勤之，別號棘津，亦餘姚人。太傅文安公曾孫，吏部姜山公子。而吏部太夫人孫，則大司馬公姊氏，於比部稱表伯父，其於詞學，故有淵源。勤之童年便有聲律之嗜。既為諸生，有名，兼工古文詞。與予稱文字交垂二十年，每抵掌談詞，日仄不休。孫太夫人好儲書，於古今劇戲，靡不購存，故勤之汎瀾極博。所著傳奇，始工綺麗，才藻燁然；後最服膺詞隱，改轍從之，稍流質易，然宮調、字句、平仄兢兢毖甞，不少假借。詞隱生平著述，悉授勤之，並為刻播，可謂尊信之極，不負相知耳。勤之製作甚富，至摹寫麗情褻語，尤稱絕技，世所傳《繡榻野史》《閒情別傳》，皆其少年遊戲之筆。予所恃為詞學麗澤者四人，謂詞隱先生、孫大司馬、比部俟君及勤之，而勤之尤密邇旦夕，方以千秋交勗。人咸謂勤之風貌玉立，才名籍甚，青雲在襟袖間；而如此人曾不得四十，一夕溘先，風流頓盡，悲夫！

這裡的「太傅文安公」，即是呂本（1504-1586），字汝立，嘉靖進士，官至少保兼太子太傅、禮部尚書、武英殿大學士，諡文安[16]。「吏部姜山」，即是呂胤昌（1560-?），字玉繩，又字麟趾，號姜山，與湯顯祖、孫如法等同為萬曆十一年（1583）進士。官甯國府推官、吏部主事和河南參議。「大司馬公」，即是孫鑛（1543-1613），字文融，號月峰，官至南京兵部尚書，故稱司馬。他是當時著名的古文家，尤以評點著稱，並精戲曲音韻之學。「比部」，指孫如法（1559-1615），字世行，號俟居，官刑部主事，受叔父孫鑛的影響，也工詞曲。至於「詞隱先生」，即當時吳江派曲壇領袖沈璟。呂天成生活在這樣的環境中，很早就進行文學創作，並於戲曲所下的功夫最多，所著傳奇有《煙鬟閣十種》，雜劇有《齊東絕倒》等八種，另有曲論名作《曲品》一種。此外，有《紅青句絕》一卷。

據趙景深先生考證，呂天成生於萬曆八年（1580）[17]。其卒時「不得四十」，當在萬曆四十六年（1618）三十九歲時[18]。《繡榻野史》雖為「少年遊戲之筆」，但年齡太小絕無可能寫出其中的情事性行。呂天成在萬曆丙辰（1616）三十七歲時曾作〈紅青絕句題詞〉，說自己「兒女情多，差能解人意」之年是在「二十年前」即是萬曆二十四年（1596）。此時呂天成十七歲，故所謂「少年遊戲之筆」的《繡榻野史》，一般當在其十七歲至二十歲之間，也即在萬曆二十四年至二十七年間創作。這個年代，值得注意。這時《金瓶

16　見汪道昆〈太傅呂文安本傳〉及《明史・宰輔年表二》。

17　見《復旦大學學報》1964 年第 1 期。

18　因王驥德〈哭呂勤之〉云，「到長安，三年雲樹隔稽山」，說明王驥德於 1618 年呂氏死時已到北京三年。呂天成作於萬曆丙辰（1616）年的〈青紅絕句題詞〉提及王氏已到「燕邸」。此間前後正好約三年。

梅詞話》尚未刊行，其抄本剛剛開始在流傳。呂天成何以能及時寓目，並由《金瓶梅詞話》引發創作《繡榻野史》的衝動呢？這就不能不進一步考察屠隆與呂家的關係了。

屠隆與呂家同處於浙東，交誼甚密。這在屠隆的文集中有大量的詩文書信可證。呂天成曾祖呂本死時，屠隆有〈挽呂太傅安相公三十韻〉。呂本妻夏氏故時，呂本自撰〈行狀〉而特請屠隆作〈誄〉，今《棲真集》中就存有〈少傅呂公元配一品夫人夏氏誄〉。屠隆與呂本子孫多有交往，而關係最深者即為呂本之長孫、天成之父親呂胤昌。呂胤昌是屠隆與汪道昆、沈明臣、龍膺等所結白榆社的成員[19]。他們之間的親密交往，必然對呂天成產生影響。今從天成《曲品》看來，對屠隆評價過高，列為上品，就並非偶然。他說：「屠儀部逸才慢世，麗句驚時」，「其詞華美充暢，說世情極醒」。呂天成自己的傳奇作品「始工綺麗，才藻燁然」，也和屠隆的影響不無關係。特別是萬曆十一年屠隆的親家沈懋學死於家鄉宣城。後屠隆去弔唁時，就受到了正在宣城做官（萬曆十一至十六年間）的呂胤昌的款待。屠隆《棲真集》中有近十篇詩文紀錄了兩人這一次的交往。其集第一首詩〈夜坐呂玉繩使君衙齋〉透露了一則重要的信息：

> ……使君如冰壺，淵澂朗瑤玉。雖為宰官身，乃佩居士服。下榻延道民，燕坐申欸曲。譚深桂醑進，夜永蘭膏續。語發寰中秘，情寄人外躅。諮我石函文，叩我金笥籙。

請注意「諮我石函文，叩我金笥籙」句。這不是明明說呂胤昌在問屠隆要一部秘書嗎？也不是證明屠隆創作了或正在創作著一部秘書嗎？呂胤昌其人，正如屠隆說的，「托體相門，蚤掇青紫」[20]，「文章焜耀懸箕斗，少年仕宦良以佳」[21]，有什麼書收羅不到而一定要叩以屠隆呢？屠隆又究竟有什麼「金笥籙」，值得這位公子哥兒再三諮叩呢？今查《孫月峰先生全集》，有孫鑛〈與玉繩甥論小說家〉書一文，談及：「前小說，抄原本故多訛，然不無可意。……唐宋小說不可勝窮，間覓抄之，亦是奇觀。……須俟玉粲、盛宏之諸籍，畢搜得，乃為奇耳。小史四十本，其中大半是常所見，今欲博新，須獨本單藏者，其中或有奇耳。選此奇，固足為元曲雙璧也。」於此可見，呂胤昌不但喜歡戲曲，而且也酷嗜小說，並極力搜羅小說中獨本單藏的奇書。這次呂胤昌問屠隆要的這部書的代價不可謂小。屠隆在呂家盤桓多日後，臨別時呂胤昌「贈」屠隆以八口之家的「半歲資糧」。屠隆回家後果真托人將一書寄去。這一事實也在《棲真集》的〈與呂玉繩使

19　見汪道昆《太函副墨》附〈年譜〉。
20　《棲真集·與呂玉繩使君》。
21　《棲真集·贈呂玉繩使君》。

君〉中寫得明明白白：

> 僕……所不能忘情，惟有俯仰八口，今日得仁兄相助。堪為半歲資糧，助不佞成道者宰官也，功德不尠小矣。芻蕘之言，維足下裁擇。一書寄黃旨玄秘書，敬納之記室。

根據以上所證，呂家確實從屠隆那裡得到了一部分量不輕的秘書。聯繫到呂天成能在社會上未曾刊行《金瓶梅》的情況下卻十分熟悉《金瓶梅》而創作《繡榻野史》的又一事實，不能不使人相信，呂家問屠隆要的一部「金筍籙」正是他們所喜愛的小說奇書《金瓶梅》。換言之，與呂天成小說創作大有關係的「笑笑生」正是他父親的好友、為他家提供秘書的一衲道人屠隆。

最後，再從屠本畯的角度上作一些補充考察。《繡榻野史》校閱者「醉眠閣憨憨子」當為屠本畯也無疑。屠本畯在〈飲中八仙記〉中曾將自己與賀知章、李白等並列於醉八仙中，故稱為「醉眠閣」也在情理之中。那麼，屠本畯何以有積極性去校閱《繡榻野史》，或呂天成何以請屠本畯加以校閱呢？很清楚，主要因為屠本畯即是與《繡榻野史》創作關係至大的《花營錦陣》《金瓶梅詞話》兩書作者笑笑生的第一知情人。據《屠氏先世見聞錄》引《雙柏廬遺聞》曰：「辰州公（本畯）生於嘉靖壬寅（1542），儀部公（屠隆）生於嘉靖癸卯（1543），年差一歲，分聯祖孫，臭協蘭茝。儀部居甬江之濱，常苦岑寂，辰州於家之偏，購采芝堂數楹以贈之。辰州居東，儀部居西。樓頭毗連處開一牖。辰州下筆時有所疑難，每呼儀部相質」。這樣的關係，確實非同一般。正因如此，他才化名欣欣子為屠隆《金瓶梅詞話》作序，而又在《山林經濟籍》中使用一些真真假假的語言竭力為屠隆掩飾。目前否定《金瓶梅》作者屠隆說，否定欣欣子為屠本畯的理由中有這樣兩點：一是屠本畯《山林經濟籍》中的一段話未曾提及屠隆；二是欣欣子序中稱笑笑生為「吾友」，不合屠本畯和屠隆的名分（屠本畯是屠隆的族孫）。對於《山林經濟籍》中閃爍回護之詞，今魏子雲先生有〈屠本畯《觸政》跋的史實啟示〉一文論及，此不贅。對於後一個「名分」問題，其實也不是問題。由於屠隆與屠本畯年齡相近，關係極洽，故在實際生活中並非嚴守輩分而往往以摯友相待。今查屠隆文集中〈與田叔〉〈寄田叔〉等書信多稱本畯為「足下」而自稱為「不肖」，尤其是《白榆集》中有一信還稱〈與王太初、田叔二道友〉。此信即與屠本畯等「道友」討論如何解脫「文章一緣，與我同病」之道的。更何況屠本畯是在用化名欣欣子為同道笑笑生寫序，為什麼不可稱「友」呢？總之，屠本畯對《金瓶梅詞話》《花營錦陣》最瞭解，故由他來校閱《繡榻野史》最為合適；而《繡榻野史》由屠本畯校閱，也可證《金瓶梅詞話》與《花營錦陣》的作者笑笑生非屠隆莫屬。

幾年來，關於「屠隆說」的一些責難，實際上都作了這樣或那樣的回答和解釋，並且不斷地找到一些新的材料，新的角度來加以肯定和完善。當然，由於種種複雜的歷史原因，目前要拿出一個直接而確鑿的證據，去廓清所有成見而使人人信服，一時還有困難。《金瓶梅》的作者的討論還將繼續下去。但我相信，在大家心平氣和的切磋、老老實實的探尋中，中國古典小說研究中的這個「哥德巴赫猜想」，一定能找到一個正確的答案。

〔附記〕：

本文排成鉛字後，感謝益源先生惠賜醉臥閣本《繡榻野史》全部回末詩，可知《花營錦陣》第一、三、八、十二、十八、十九、二十一共七首約三分之一被《繡榻野史》所引錄。又，此書各卷題憨憨子「校閱」「纂補」「重梓」「重校」等不盡相同，故也有一種可能是：這些回末詩並非呂天成原作所有，而是由屠本畯補入。若果真如此，實也不影響本文立論，也可證明呂氏與屠隆、屠本畯之間的特殊關係。

「笑學」可笑嗎？
——關於《金瓶梅》作者研究問題的看法

　　《金瓶梅》作者研究，是當前中國文學史研究中一個非常特殊又引人注目的問題。一方面是人們對它研究的熱情久盛不衰，新說不斷冒出；另一面是對這種現象時有非議，且否定的聲調似乎越來越高。這種《金瓶梅》作者研究現象不能不引起我們認真的思考。因為它不僅僅關係到一部書的一個作者研究的問題，它實際上關係到如何對待古代文學研究的一系列問題，關係到如何正確地估價學術研究的成敗得失，乃至關係到古代文學研究的學風與思想方法等等，因此我不揣愚魯，談一點看法，以期引起同行的關注。

一、《金瓶梅》作者研究中是存在著問題的

　　本來，研究任何一部作品，都不能放棄作者的研究。先哲孟子就說過，要「知人論世」。我們只有對作者有所瞭解，對時代比較清楚，才能更好地理解作品。現在有些批評家，只強調立足現代、立足文本作闡釋，而不去「知人」，也不去「論世」，顯然與嚴格意義上的「研究」是隔著一層的。但我國古代的一些通俗小說家，卻往往用化名來寫作與出版，這就給後世研究作者問題帶來了許多麻煩。到目前為止，中國古代的一些最重要的長篇小說，除了《儒林外史》的作者可以清楚之外，《三國志演義》《水滸傳》《西遊記》，甚至是《紅樓夢》的作者究竟是誰，是何等人物？多多少少都存在著這樣那樣的問題，而其中《金瓶梅》的作者問題更是在雲裡霧裡。可是，人們對解決《金瓶梅》作者問題的熱情也最高，從它問世起，就有各種各樣的說法，而到現代，特別是上世紀80年代以後，人們對這個與「哥德巴赫猜想」相提並論的學術問題的探究一直保持著濃厚的興趣。到目前為止，有關《金瓶梅》作者研究的文章已發表了近二百篇，專著也出版了好多種，提出的人選有50餘個。可以說，在中國文學史的研究中，沒有一部作品的作者研究有這樣熱鬧，受到這麼多人的關注，的確已經形成了一種特殊的「《金瓶梅》作者研究現象」。當然，隨之而來的必然也遭到了最多的非議，乃至近來有人認為「《金

瓶梅》作者考證本身恰是一個甚可存疑的課題」，[1]更有甚者乾脆說研究《金瓶梅》作者問題是一種「非常可笑的」「不科學的」「笑學」，是「偽科學」[2]。這種嚴重的背反的現象，值得我們警醒與思考。

平心而論，《金瓶梅》作者研究的熱，的確存在著一些問題。各種各樣的說法真是使人眼花繚亂，粗看起來，大多數人都說得頭頭是道，但到最後，誰都缺少「臨門一腳」，誰也拿不出一條過硬、確鑿的證據來，主要還是立足在比附、推測的基礎上。這種研究的高潮在上世紀八十年代。當時，作為新時代的《金瓶梅》研究剛剛起步，大家對這部小說及其作者還存在著極大的好奇心，因此，開始時在排除王世貞說後的李開先說、賈三近說、屠隆說等都有程度不同的轟動效應。可是，從王穉登說以後，老是用一些材料來比附，在方法上幾無長進，在材料上也無確證，就再難以調動廣大讀者的興趣，再也引不起什麼轟動效應，相反，使人越來越感到厭煩。不要說別人，就是曾經捲入到《金瓶梅》作者問題漩渦中的我，面對著種種比較輕率、甚至是離奇的比附，也深感到問題多多。我對這種現象早就憂心忡忡。什麼事情搞過了頭，搞濫了，一定不會有好結果，更何況有些人搞《金瓶梅》作者研究本身就不是從學術出發，而是別有所圖，一鍋粥裡掉了一點髒的東西，整鍋粥不都就會成了問題嘛！所以，當一些學者出來嚴屬地批評《金瓶梅》作者研究中的一些問題時，我也覺得該澆澆冷水了。

比如，前幾年，陳大康先生曾多次批評過《金瓶梅》作者考證熱。他認為《金瓶梅》作者研究有兩大毛病。第一個毛病是「考證缺乏可靠的前提」。所謂「前提」就是指明代談到作者問題的屠本畯、謝肇淛、袁中道、沈德符、欣欣子的五種說法。而這五種說法都「不可靠」。為什麼「不可靠」？這是因為他們各說各的，互不統一，又都用了「聞」「相傳」等字眼，顯得沒有把握，特別是作為「研究的基石」的「欣欣子」的序，「很可能」「摻入書坊主作偽因素」。這樣，既然「考證前提的可靠性得不到證實，儘管論者旁徵博引、頭頭是道，這卻像一座大廈裝飾得花團錦簇，地基卻有一條深深的裂縫，整個大廈自然也就搖搖欲墜。」這就是給目前《金瓶梅》作者考證的第一幅「整體現狀的寫照」。

陳先生指出第二個毛病是「考證方法不科學」。他概括了諸如「取交集法」「詩文印證法」「署名推斷法」「排斥法」「綜合逼近法」等等一些法，儘管認為這些「方法本身卻沒錯」，卻無法解決「唯一性問題」。相比之下，他認為「另有一些方法壓根兒就不該出現在學術論文中」，比如「聯想法」「猜想法」「破譯法」「索隱法」「順昌

1　陳大康〈作者非蘭陵笑笑生？——《金瓶梅》考證疑點多〉，《文匯報》2004 年 2 月 12 日。
2　劉世德〈金瓶梅作者之謎〉，2007 年 2 月 9 日在現代文學館的講座上的講演。

逆亡法」等等。

應該說，這樣的概括，的確是在調查研究的基礎上作出的，點出了《金瓶梅》作者研究中的一些問題，比之有的籠而統之的否定來，更便於我們檢討存在的問題。但他將問題上升了，用了「考證缺乏可靠的前提」「考證方法不科學」二頂帽子，可能太大了些，有時候自己也會否定自己，比如先說「考證方法不科學」，後來又卻說「方法本身卻沒錯」等等，而且，仔細推敲起來，有些責難的本身也是可以討論的。

二、《金瓶梅》作者研究不是條死胡同

首先，看一看所謂考證「前提」的不可靠性。明代屠本畯、謝肇淛、袁中道、沈德符四家，雖然「各說各的」，但也不能簡單地得出「沒有統一結論」的結論來。在我看來，他們還是有一些比較「統一」的結論的，比如從時代來說，三人說是嘉靖時，一人說是萬曆的「舊時」，我看還是比較統一的；再從作者的身分與創作的動機來看，約可分兩類，一類認為是門客寫主人的風月淫蕩之事（謝肇淛、袁中道），另一類是說一個有身分的人寫的，寫的內容與時事有關（屠本畯、沈德符）。至於他們多用「聞」「相傳」之類的字眼，這無非是說明了他們知識的來源，並沒有對這些來源的可靠性含什麼評判的意思，所以談不上他們「對於自己所說都無把握」或是有把握的問題。因此，我認為，這些說法，因畢竟與所離作者的時間較近，或得之當初傳聞，或故意掩飾真相，是在真真假假、隱隱約約之中，或許還包含著某些合理的因素，我們雖然沒有確鑿的證據說它們「可靠」，但同樣我們也沒有充分的證據說它們完全「不可靠」，不可全信，也不可不信，不能絕對化地看問題。

至於欣欣子序所稱的《金瓶梅》作者是「蘭陵笑笑生」，是以朋友的身分說的，當然應該相信。但時下有些人懷疑這篇欣欣子的序是後人偽作的，這就把問題複雜化了。那麼，他們懷疑的理由是否很充分、很可靠呢？其實很簡單，就是這麼一點：目前所見有這篇欣欣子序的《金瓶梅詞話》是在萬曆四十五年序刊的，比較晚一點，而從萬曆二十四年起讀到抄本的一些人，都沒有說起過有欣欣子序，因而，這篇序的來路就可疑了。應該說，這個懷疑也是有理路可尋的。但問題是，論者考慮問題是從否定這篇序的可靠性的思路單向進行的，假如反過來考慮一下這個懷疑是否「可靠」時，我們完全可以從另一個方向來問：難道讀到抄本的那些人手中擁有的是全本嗎？屠本畯說自己「恨不得睹其全」，袁中道也只是「見此書之半」，沈德符的書就是從袁中道那裡抄來的，謝肇淛雖然抄得多一些，但也說「闕所未備，以俟他日」，這說明他們看到的壓根兒不是全本，而序一般都作於成書之後，不會撰於寫書之前，所以他們根本就沒有讀到過這篇序

是在情理之中。再退一步，即使讀到過全本，為什麼一定要他們滿足我們今天的要求來交代一下這篇序呢？不交代難道就等於不存在嗎？而目前我們看到的這本《金瓶梅詞話》明明是不同於袁宏道他們所見的殘本，而是一個全本，而且完全有可能是一個根據原本的初刻本，因而，它所保存的這篇序就完全有可能是原來就存在的。再從這篇欣欣子序與東吳弄珠客序、廿公跋的排列來看，也可窺見其奧妙。這部書當是在馮夢龍輩慫恿下，在蘇州刊刻的。欣欣子序後還有東吳弄珠客的序與廿公的跋。這個東吳弄珠客，從名字來看，很有可能就是龍子猶即馮夢龍，因為龍戲珠是大家熟悉的故事。他作序付印時，還是十分尊重原序，把欣欣子序放在最前面。兩篇序也沒有相互呼應、一吹一唱來作偽的樣子。更重要的，刊印者完全沒有必要要偽造一個欣欣子來加一篇序，專門提出個「笑笑生」來招徠生意，用現在司法的語言來說，古人哪有這種作案的動機！說它作偽無非是我們現在的想當然。可是，可笑的是，現在就是用這種很「不可靠」的想當然，來否定本來客觀存在著的事實，反過來說本來是真實的東西「不可靠」，這真是應了這樣一句話：偏見比無知離真理更遠。

其次，再論考證的方法。責難的焦點無非說：都無實據可憑，也無可靠結論；反過來說，一切屬於猜測，都是種種「可能」。粗看起來，這些話都有道理，但稍加推敲，就覺得都是似是而非了。

論者說：「考據，考據，要考而有據；考而無據，考據等於兒戲，沒有意思，跟小孩玩捉迷藏一樣，那不是學術，所以我說是偽科學。」[3]此話說得似乎所有的《金瓶梅》研究都沒有根據似的。事實上，大多數研究者都是根據書內書外的一些材料出發來作分析的。這裡關係到考證的兩個實質性的問題需要辨清：一個是所據的材料是否一定要有「正面的、直接的、確鑿可靠的證據」；第二個是，是否一定要得出一個惟一的可靠的結論。本來，所謂「考證」，就是根據一定的資料來考查、研究而已。目標當然是要找到一個確鑿無疑的結論，但事實上每每並不能一下子、甚至千百年都難以找到一個滿意的結果。從作者研究來說，從《詩經》《楚辭》，到明代的「四大奇書」中的種種疑團，人們不斷去探究，去爭辨，但到目前為止，難道都有一個確鑿的、可靠的結論了嗎？孔子是否刪詩，屈原是否存在，《三國》《水滸》《西遊》的作者究竟是什麼樣的人？難道都能拿出「正面的、直接的、確鑿可靠的證據」來說明嗎？拿不出這樣的材料的探討難道都是「偽科學」嗎？學術之所以要研究，正因為一時找不到「正面的、直接的、確鑿可靠的證據」，正因為存在著種種疑問，一時找不到可靠的結論，才去發掘材料，才去分析推究，假如能找到一個確鑿的材料，大家還要去考證嗎？反之，假如找不到直接

3　同註2。

的證據，那些間接的材料、線索難道就不是考證的根據了嗎？總之，考證的目的是要考實，但考證不等於考實；考證要力求找到一箭中的的材料，但也不能排斥運用間接的材料來分析。只要從真實的材料出發，向著探究的目標前進，作出合乎常理的分析，都是一種健康的、科學的研究。

這裡也就關係到研究中的所謂「猜測」問題。本來，科學研究不排斥合理的推測。這不要說人文社會科學，就是自然科學的研究也需要推測，需要想像。這一點是常識，我想用不到舉過多的例子來說明這個問題。那麼，在探究《金瓶梅》作者的過程中，難道就絕對地不應該有合理的推測嗎？欣欣子〈金瓶梅詞話序〉在沒有確鑿的證據能證明它是後來的偽作的話，為什麼不能從「蘭陵笑笑生」出發來考證他是誰呢？既然說是「蘭陵」人，為什麼不能從山東嶧城、江蘇武進那裡尋找合適的對象呢？既然小說中寫到了那麼多的金華酒等南方的酒，有那麼多的南方的習俗與語言，為什麼不能推測作者是南方人呢？諸如此類，多數的推測都不是空穴來風，胡言亂語，而是從一定的材料出發，包含著一定的合理因素在裡的，換句話說，都存在著一定的「可能性」。總之，《金瓶梅》作者的考證還是有一定的「前提」的，以往考證的方法也不是全盤皆錯，《金瓶梅》作者研究之路並不是一條死胡同。

三、《金瓶梅》作者研究還是有成績的

現在，我們再來看得到的結論只是「可能」而未能求得「唯一」的問題。「可能」就或許「是」，或許「不是」。我們拿不出證據說這種可能一定「是」，但否定論者往往也拿不出一定「不是」的證據來。比如，我因屠隆用過「笑笑先生」的名字，而「生」就是「先生」的意思，他的作品又在《金瓶梅》第五十六回中出現，再結合他的籍貫、習尚、情欲觀、文學基礎、生活基礎及《金瓶梅》產生時代時他的處境與心境等等，都比較合拍，所以推測屠隆就是小說的作者。否定論者說這個「笑笑先生」不一定就是「笑笑生」，即使是「笑笑生」也不一定是創作《金瓶梅》的笑笑生。用這類推理來否定我的推測，充其量也是一種「未必有聯繫」的推測，只是用一種「可能」來否定另一種「可能」而已，實際上是沒有說服力的。假如反過來，用一種正面的、積極的角度來看問題的話，就應該承認：從真實的材料出發，經過合理的推測所得出的種種「可能」，也是成績。因為這些「可能」中無論如何也包含著一定的真理。其實，我們探究的作者，從本質上講，也只是一個符號而已。重要的不一定就是要確證張三、李四，重要的是瞭解在什麼時代、什麼地方、什麼樣的人創作了這樣一部文學作品？從而進一步研究他為什麼要創作這樣一部作品？為什麼能創作出這樣一部作品？他又是怎樣創作這部作品的？

這對我們今天正確理解與欣賞這部作品，認識文學發展的歷史才是有意義的。而我們的研究，正是在做這樣一個使作者復原的工作，使這樣一個符號豐富、生動、有血有肉起來的工作。從這個意義上說，我們即使沒有能敲定作者是張三、李四，甚至走了不少彎路，但也是在為《金瓶梅》作者的基礎研究鋪平著道路。

我們再放開眼界看，《金瓶梅》作者研究的成績不能僅僅局限在是否能確鑿地找到張三、李四，而是通過作者問題的研究，推動了一系列問題研究的深入。早在上世紀八十年代，我就說過這樣的話：「說起 1983 年的〈屠隆考〉，海內外論說紛紜。平心而論，要落實《金瓶梅》的作者是屠隆，目前尚有一些障礙。但我覺得這篇文章的意義不在於能不能立即確定《金瓶梅》的作者是否就是屠隆，而在於圍繞著這一作者問題引發和推動了《金瓶梅》成書年代和作者用語、習俗的大討論。」我想，這不僅對我提出的屠隆說是這樣，對其他嚴肅的研究都是這樣。而且，牽動的面可能還要大些，比如還關係到小說文本、作者心理素質等研究，促使了一些新材料的發現，乃至對其他作家作品和晚明社會、政治、經濟、民俗等問題的研究都會帶來一些新的東西。

比如，關於此書成書或說寫定的年代的討論，就與作者問題的研究關係密切。從大的方面來說，主要有嘉靖說與萬曆說兩種。本來，明代的屠本畯、謝肇淛、沈德符都說作者是嘉靖間的人，直到上世紀 30 年代，吳晗、鄭振鐸他們力主萬曆說，特別是吳晗，列舉了《金瓶梅》中「太僕寺馬價銀」「皇木」等等史實，來證明是萬曆年間的作品，到 50 年代，有人寫文章反駁吳晗，力證吳晗所舉的那些名物，在嘉靖年間就有了。後來，人們對這成書的年代並沒有用力去考證。到 80 年代初，像徐朔方先生認為作者是李開先，所以很強調嘉靖說；我提出作者是屠隆，就主張是萬曆說。這樣，討論作者問題就勢必與成書的年代緊密相連。所以，我在討論《金瓶梅》作者時，先劃了幾條線，第一條就是成書的年代，並提出了這樣一個原則：「只要《金瓶梅詞話》中存在著萬曆時期的痕跡，就可以斷定它不是嘉靖年間的作品。因為萬曆時期的作家可以描寫先前嘉靖年間的情況，而嘉靖時代的作家絕對不能反映出以後萬曆年間的面貌來。」我當時為了探究作者問題，就首先注意用《水滸傳》、用小說中的干支、人名以及一些戲曲作品與聲腔的流傳情況來考定「《金瓶梅》寫於萬曆二十年（1592）左右」。於是就將一批作者的候選人都排斥在外，說：「早已故世的李開先、薛應旗、馮惟敏，瀕臨死亡的王世貞、徐渭，尚屬年幼的沈德符，還未出世的李漁，均無寫作之可能。」同時也拓展了《金瓶梅》研究的視角。後來，一些學者就進一步用《水滸傳》、干支、人名、戲曲來研究與《金瓶梅》的關係，對小說下限的問題也不斷深入，如荒木猛、梅節等先生對於小說干支的研究就很有見地，進一步確證《金瓶梅》創作在萬曆年間。當然，主張嘉靖說的先生們，在這幾年中所作的努力也非常突出，如霍現俊先生為了力證作者是王世貞，化了大

量的力氣來查證小說中所描寫到的有關嘉靖時代的一些人物與史實，潘承玉為了證明作者是徐渭而寫的〈佛、道描寫：有關《金瓶梅》成書時代的新啟示〉，論證了「《金瓶梅》一書所寫的時代，是佛教由長期失勢轉而得勢，道教由長期得勢轉失勢的時代」，都是擺事實來說明問題的。這些工作不僅僅對於作者的探究、時代的考定，對於拓展《金瓶梅》研究的領域，加深理解這部小說文本的價值與社會文化背景，都是很有意義的。

由於在考察《金瓶梅》的成書年代時，牽涉到了《水滸傳》和戲曲聲腔，也就促進了有關《水滸傳》版本問題的研究和戲曲聲腔盛衰等問題的探討。本來，比較多的學者認為《金瓶梅》抄的是萬曆十七年天都外臣序本《水滸傳》，可是前幾年劉世德先生對各種《水滸》版本作了進一步的對勘後寫了一篇〈《金瓶梅》與《水滸傳》：文字的比勘〉的文章，得出了一個「令《金瓶梅》研究界震驚的觀點」[4]：「《金瓶梅》恰恰襲用了《水滸傳》容乙本的文字，因此，它的創作年代可以進一步縮小為萬曆四十年至四十五年左右。」[5]在稍知一些《金瓶梅》ABC 的人看來，一定會覺得這個推測十分「可笑」，因為早在萬曆二十四年，袁中郎就明確說到讀《金瓶梅》了，會懷疑劉先生似乎真的在搞什麼「笑學」了，但我覺得，劉先生的研究還是很有用處的，這至少可以告誡人們：《金瓶梅》抄引哪一種《水滸傳》的問題十分複雜，還需作進一步深入的研究，而這方面的工作我們還做得不夠。

再可以說，一些研究者在探究《金瓶梅》作者時，對於促進明代作家作品的研究也是有用的。比如對於王世貞這樣一個重要的作家，過去一般都將他作為一個「後七子」的代表人物來研究，雖然在談《鳴鳳記》時也帶到一筆，但注重的還是他的文學思想與詩文創作，對於他在其他俗文學方面的注意是不夠的，而今將他作為一個小說《金瓶梅》的作者來考察，就十分自然地注意他對於民間諺語、習俗、情歌等方面的關注了。這對於全面、立體地瞭解王世貞也是有促進作用的。又比如關於我提出的「笑笑先生」的問題，儘管我根據《開卷一笑》（《山中一夕話》）的署名，將這「笑笑先生」與屠隆聯繫了起來，而主張作者是徐渭的邢慧玲女士等卻在署名徐渭的《刻徐文長先生秘集十二卷》中找到大量的相互雷同的笑話。儘管目下對於這兩部作品的真偽及孰先孰後的問題都需進一步研究，但這一發現至少為徐文長研究增添了一些新的內容。這不也是由《金瓶梅》作者研究所帶來的一件有意義的事嗎！

4　張傑〈也談《金瓶梅》襲用《水滸傳》的問題——與劉世德先生商榷〉，見中國社會科學院編《中國文學網》。

5　劉世德〈《金瓶梅》與《水滸傳》：文字的比勘〉，辜美高、黃霖主編《明代小說面面觀》，學林出版社 2002 年版，頁 267。

　　由《金瓶梅》作者研究而促進中國古代文學乃至語言、文化、民俗等眾多方面研究的事例不勝枚舉。我們假如用一種開放的思維來看待這方面的研究的話，就更會覺得天大地大，不會陷在就事論事的狹隘的小圈子裡一葉障目，看到《金瓶梅》作者研究只是漆黑一團了。寫到這裡，我想起了嚴雲受先生為《金瓶梅新證》一書所作的序中的一段話，深以為嚴先生看問題的思路是比較客觀與辯證的：

　　　　在《金瓶梅》作者問題上，研究者們的意見分歧還非常大。今後，還可能出現新
　　　　的見解。我個人覺得，由於缺乏材料，人們對這一問題的尋求很難找到比較確定
　　　　的答案。這也許將是一個永遠的遺憾。我這樣說，並不是貶低作者問題研究的價
　　　　值與必要性。為了研究小說作者問題，必然會使研究者在文本上下更多的心力。
　　　　科學的《金瓶梅》作者問題探討，縱然沒有提供出為很多人接受的答案，卻能在
　　　　小說文本研究方面深入地揭示許多重要特質，推進對文學的觀照與體驗。如《金
　　　　瓶梅》的創作時間、方言運用、生活素材來源以及審美特徵等，都在作者問題研
　　　　究中得到了不斷深入的探求，人們對這些方面的認識也隨之日益全面、豐富。所
　　　　以《金瓶梅》作者問題儘管難以解答，但卻魅力永在，歷久長新，不斷吸引著後
　　　　來者為它付出心血。

嚴先生的話恐怕將會被金學研究史所證實。「青山遮不住，畢竟東流去。」「笑學」不可笑，《金瓶梅》作者的研究還會繼續下去。但我最後還是希望我們《金瓶梅》的研究者能自重，能慎言，多懷實事求是之心，力去嘩眾取寵之意，在充分看到成績的同時，時時拿別人的批評意見來自警。《金瓶梅》這部小說，本來就常常被人用另類的眼光來將它看成為一部另類的書，這就要求我們更加注意研究工作中的嚴肅性與科學性。只有這樣，才能保證我們的金學事業健康發展，興旺發達。

伍、《金瓶梅》與小說論及其研究史

《金瓶梅》與古代世情小說論

我國古代的小說理論，往往植根於具體作品的批評之中。明代各具特色的「四大奇書」，就為小說理論批評的發展提供了四條不同的道路。其中《金瓶梅》一書，從明末《新刻繡像批評金瓶梅》的評點（以下簡稱《新刻》），到清代的張竹坡，再到現代的魯迅，都稱之為「世情書」。它不同於《三國演義》描寫古代的帝王將相、興廢爭戰，也有別於《水滸傳》刻劃超人的英雄豪傑、刀光劍影，更大異於《西遊記》虛設奇幻的牛鬼蛇神、上天入地，而是用細緻的筆觸，描繪了生活中誰都能遇到的普普通通的人、平平常常的事。它更面向現實，面向人生，因而更具有真實感。它在藝術上的成功，不但促進了世情小說的進展，以致產生了《紅樓夢》《儒林外史》一類作品，而且也引起了批評家的興趣。人們在研究、總結它的藝術經驗時，逐步形成和發展了我國的世情小說理論。這種理論的特點是強調寫時俗，重人情，多白描，合情理，最接近於西方的現實主義理論而並不完全相同。它自有其民族特點和精闢之處，值得我們重視。

一、寫時俗

最早評論《金瓶梅》的當為署名欣欣子的序。此序第一句話就指出這部小說的基本特點是：「寄意於時俗」。這就是說，《金瓶梅》是一部通過描寫「時俗」來表達作者思想感情的書。所謂「時俗」，就是指當時世俗社會中的一切。對此，滿文本〈金瓶梅序〉曾作了這樣的解釋：「將陋習編為萬世之戒，自常人之夫婦，以及僧道尼番、醫巫星相、卜術樂人、歌妓雜劇之徒，自買賣以及水陸諸物，自服用器皿以及謔浪笑談，於

僻偶瑣屑毫無遺漏，其周詳備全如親身眼前熟視歷經之彰也，誠可謂是書於四奇書之尤奇者矣。」看來，寫時俗確是《金瓶梅》有別其他奇書的顯著特點之一。這實際上也是批評家所揭示的世情小說的一個基本特徵。

在世俗中，人是活動的中心。寫「常人」「陋習」而不寫偉人奇跡，理所當然是世情小說的一個首要條件。《金瓶梅》描摹的眾腳色，都是世俗中的常人。其中如主角西門慶，《新刻》評點者就指出他是當時社會中的一個「市井暴發戶」的典型（第五十五回評）。他後來儘管炙手可熱，橫行霸道，但一開口便是「市井口談」（第五十一回評），其穿戴也「市井氣可笑」（第六十回評），總之都不脫「西門慶本來市井面目」（第十六回評）。至於其他「僧道尼番、醫巫星相、卜術樂人、歌妓雜劇之徒」，也都是市井之俗人。小說就是「借西門慶以描畫世之大淨，應伯爵以描寫世之小丑，諸淫婦以描畫世之醜婆淨婆」（東吳弄珠客序）。小說將這類俗人、小人予以集中描寫並使之成為主角，本身反映了當時人們對於人的認識有所提高。到晚清，隨著民主思想的激蕩，人們對於《金瓶梅》寫俗人這一點更加重視。夏曾佑在〈小說原理〉中肯定了《金瓶梅》是一部「立意」寫小人的小說。曼殊在〈小說叢話〉中也高度評價了這部「的確是描寫下等婦人社會之書」。特別是狄平子，他也在〈小說叢話〉中指出，《金瓶梅》寫「當時小人女子之情狀，人心思想之程度」，才可稱得上「真正一社會小說」。這很好地說明了他對世情小說當寫何等人物的問題有了比較清醒的認識。

然而，從小說描寫對象來看，決定世情小說俗不俗的因素不僅僅在於寫俗人，而同時要敘俗事和畫俗境。這是因為小說中的人物形象即使不如《西遊記》中的妖魔鬼怪或《三國演義》中的帝王將相，而如世俗中的宋公明、盧俊義之類，也可以演出殺人越貨、攻城奪池等非同凡俗的活劇來。《金瓶梅》之所以不同於《水滸傳》，就在於它主要描寫家庭瑣事、日用起居這類俗事，因而人物活動的環境也主要就在家庭之中、市井之間。這樣，就使整部小說浸透了「俗」的色彩，成為「一篇市井文字」（張竹坡語）。因此，在某種意義上可以說，敘俗事，畫俗境，乃是決定世情小說有別於其他小說的一個關鍵。於是，這也引起了我國世情小說論者的特別注意，作了較多的論述。較早的如謝肇淛〈金瓶梅跋〉就指出：《金瓶梅》猶如作者「采摭日逐行事，匯以成編」。署名「楚黃張無咎」的〈批評北宋三遂平妖傳序〉也認為它就是寫「一方之言、一家之政」而成為「另闢幽蹊」的「奇書」。《新刻》的評點者更一再指出小說的妙處就「偏在沒要緊處寫照」（第七回評），常常寫一些表面看來「無一毫要緊」（第六十七回評）的閒事、瑣事，而能產生強烈的藝術效果。例如第十三回寫西門慶於晚上等候隔牆的李瓶兒請他私會時，「只聽得那邊趕狗關門。少頃，只見丫鬟迎春黑影裡扒著牆堆叫貓」等等，就用這些「趕狗叫貓」的瑣事，恰當地表現了當時瓶兒、西門慶兩人的真情，和生動地描畫了此刻的實

景，故批者評道：「趕狗叫貓，俗事一經點染，覺竹聲花影，無此韻致。」後來張竹坡在評《金瓶梅》時，也高度評價了這類家庭日常生活的描寫，並進一步分析了小說不僅工筆描畫了「西門一家」，而且「因西門一份人家，寫好幾份人家，如武大一家，花子虛一家，喬大戶一家，陳洪一家，吳大舅一家，張大戶一家，王招宣一家，應伯爵一家，周守備一家，何千戶一家，夏提刑一家」。一部小說，就因一家而寫及幾家，寫「及全縣」，寫「及天下國家」。正是由於世情小說如《金瓶梅》這樣著重描寫「家常日用，應酬世務」（劉廷璣《在園雜誌》），故後人也就將它稱之為「家庭小說」（黃人《明人章回小說》）。很清楚，我國古代小說界普遍認為：以家庭為主要活動環境，以俗事為基本故事內容，就是世情小說的一個重要特徵。

　　寫平凡俗人，敘家庭俗事，當然是世情小說「寫時俗」的決定性因素。不具備這兩因素的，一般不能稱之為世情小說。但是，要使小說「俗」得逼真，「俗」得生動，往往還離不開其他因素，例如生活細節的恰當點綴，人物俗語的熟練運用等也非常重要。《金瓶梅》之所以為「世情小說」中的上乘，與此也有極大關係。張竹坡曾指出，《金瓶梅》之所以為「奇書」中之佼佼者，就是因為「文字之無微不出，所以為小說之第一也。」（第三十九回夾批）它的妙處就能在「微」處見精神，往往在閒閒地「寫家常」中，有意無意地點綴一些「小小物事」、細微末節，卻能使人物形象的神情全出，情節發展的脈絡清晰。例如在第二十八回至三十回中，張竹坡指出了作者將一隻紅繡鞋描寫得特別「細緻」，足具「神理」：「細數凡八十二鞋字，如一線穿去，卻繼繼續續，遮遮掩掩」，不但將「金蓮之惡」刻劃得「爛漫不堪」，而且使西門慶、陳敬濟，孟玉樓、李瓶兒、龐春梅、宋蕙蓮等人的性格都在這隻紅繡鞋面前暴露無遺。同時，這隻鞋子對情節的發展、文章的過渡也有不少妙用，如在第二十八回中：「寫一遺鞋，使上文死去蕙蓮重新在看官眼中一照，是結尾也。因金蓮之脫鞋，遂使敬濟得花關之金鑰，此文章之渡法也。」此外，如張竹坡評西門慶用的那把真川金扇兒道：「真小小一物，文人用之，遂能作無數文章，而又寫盡浮薄人情。」（第八回回評）評官哥玩的博浪鼓道：「小小物事，用入文字，便令無窮血淚，皆向此中灑出。真是奇絕文字。」（第五十九回夾批）都是這個意思。總之，如鞋子、扇子、玩具一類「小小物事」的刻劃，在世情小說中是不能等閒視之的。它不但是人物形象傳神，情節合理發展的重要手段，而且可以使小說「俗」的色彩更加濃郁，生活的真實感更加強烈，故物雖小而義重，事雖微而意深。

　　至於用「俗語」，顯然與畫俗人、敘俗事相呼應，也是小說起到「寫時俗」效果的重要一環。有的世情小說雖然也寫俗人與俗事，但人物的語言之乎者也，開口高雅，殊失「俗」氣，頓無真意。《金瓶梅》則不然。它「語涉俚俗」，多用「市井之常談，閨房之碎語」，因而不但「使三尺童子聞之」「洞洞然而曉」（欣欣子序），而且對渲染整

部小說的俗氣，塑造栩栩如生的俗人，都起了重要的作用。以後的批評家也對此常常讚歎不已，甚至認為這是《金瓶梅》最突出的成就。例如平子在〈小說新語〉中就說：「《金瓶梅》一書」，「妙在語句」：「至《金瓶》則純乎語言之小說，文字積習，蕩除淨盡。讀其文者，如見其人，如聆其語，不知此時為看小說，幾疑身入其中矣。」這裡所謂「文字積習，蕩除淨盡」，就是指純用俗語。可見，用俗語確為《金瓶梅》的一大特色，它是使小說具有強烈生活氣息的一個重要因素。

總之，我國古代的小說論者通過對《金瓶梅》的批評，揭示了世情小說的一個鮮明標誌：寫時俗，即人俗、事俗、境俗、語俗，「摹寫人物事故，即家常日用米鹽瑣屑」（閒齋老人〈儒林外史序〉），其深意就寄於平常之中，神理即寓於瑣屑之處，給人以一種猶如身臨其境，親睹親聞的真實感。而在西方現實主義發展的過程中，十六、十七世紀的英國文學，雖然如高爾基所說的在幫助歐洲替換十八世紀騎士、公主、英雄、怪物的世界而代之以「每天平凡生活的現實世界」是有貢獻的，但要在理性上如司湯達、巴爾扎克那樣認識小說當成為「人情風俗的歷史」，拋棄過去專寫大人物和大事件的習尚，有意識地描寫社會下層的「小人物」和「細小的真實的事實」，是有一個過程的。直到恩格斯在評歐仁・蘇的《巴黎的秘密》時還說：「小說的性質發生了一個徹底的革命，先前這類作品的主人公是國王和王子，現在卻是窮人和受輕視的階級了」僅僅是「最近十年來」的事。於此可見，《金瓶梅》的出現促進了我國的小說批評家較早地認識到描寫「耳目之內，日用起居」的重要性，是有相當的理論意義。

二、重人情

「世情小說」人們也稱之為「人情小說」，例如魯迅在《中國小說史略》中就明確說《金瓶梅》等「人情小說」「或亦謂之『世情書』也」。這兩個名稱的共同之點就是突出了這類小說的寫「情」特點。

一般說來，我國小說的發展在開始時重在講故事，後來逐步注意寫人物。就長篇小說而言，《金瓶梅》與它之前的三大奇書相比，顯然更重在寫人、寫情。試看《三國演義》《西遊記》，雖然也塑造了一些令人難忘的人物形象，但總體來看，還是以曲折生動的故事為勝，且寫人也重在描繪其品格、智能等，不如《金瓶梅》那樣細膩地刻劃人物的心理活動和感情狀態。容與堂本《水滸傳》第二十一回回末總評曾指出：「此回文字逼真，化工肖物。摩寫宋江、閻婆惜處」「不惟能畫眼前，且畫心上；不惟能畫心上，且並畫意外。」後來袁無涯本《水滸傳》評語也襲用此語，都注意到《水滸傳》「寫心」的高妙之處，但《水滸傳》比之《金瓶梅》，也不著重在寫常人之常情。因此，小說論

者在批評三大奇書時也不突出總結寫人情的問題。到了明代後期，社會上奔騰著一股反對假道學，強調抒真情的思潮，著名的如李贄、袁宏道、湯顯祖、馮夢龍等都極力宣揚「為情作使」，並在各類人情之中突出了「男女之真情」。這樣，在戲曲及短篇小說創作領域內，那種「極摹人情世態之歧，備寫悲歡離合之致」的作品就首先湧現出來。這樣的時代精神及創作實際顯然對《金瓶梅》的創作帶來了直接的影響，並且由此而對批評《金瓶梅》的世情小說理論也留下了特殊的色彩。

現在看來，有關《金瓶梅》的評論是非常重視寫人情的。西湖釣叟〈續金瓶梅集序〉一針見血地指出：「《金瓶梅》舊本，言情之書也。」後清代對小說史頗有研究的劉廷璣在《在園雜誌》中衡量「四大奇書」的得失短長時，也強調「若深切人情世務，無如《金瓶梅》，真稱奇書。」至於《金瓶梅》如何描摹人情，早在《新刻》評點中已有較為詳細的分析。此本評語，一再指出小說「字字俱從人情做細，幽冷處逗出，故活潑如生」「情事如畫」「情景逼真」等等，認為作者在「模寫情性」方面不同凡響，特別是那些日常瑣事、閒話的描寫，即精當地刻劃了人情，所謂「東扯西拽，逼真情事」，「摹寫輾轉處，正是人情之所必至，此作者精神之所在也。若詆其繁而欲損一字者，不善讀書者也。」具體的如第十二回寫西門慶發現琴童與潘金蓮私通後，就將他打了三十大棍即趕逐出去。評者批西門慶此舉道：「不待審問的確，竟自打逐，似暴躁，又似隱忍，妙得其情。」再如第五十九回寫西門慶見潘金蓮養的貓嚇壞了官哥，一怒之下衝到金蓮房中將貓摔死了。此時的金蓮先是坐在炕上「風紋也不動」，待西門慶走後，就「口裡喃喃吶吶」地罵了一陣子。評者批其罵語道：「西門慶正在氣頭上，又不敢明嚷，又不能暗忍。明嚷恐討沒趣，暗忍又恐人笑。等其去後，卻哼哼刀刀作絮語，妙得其情。」這裡，一寫瑣事，一寫閒語，看來都非驚天動地之事，而似可有可無之筆，然而評者卻認為皆「妙得其情」，生動、準確地描繪了當時西門慶、潘金蓮的心情。他認為，《金瓶梅》就是這樣能「寫得人人有心」（第六十七回評），且「人各一心，心各一口，各說各是，都為寫出」（第五十一回評）。其後，張竹坡在論《金瓶梅》寫情時有了進一步的發展。他指出：「其書凡有描寫，莫不各盡人情。然則真千百化身，現各色人等，為之說法者也。」（〈讀法〉）這就是更明確地指出了「各盡人情」與「現各色人等」之間的關係，即只有細緻、充分地描寫各人不同之情，才能塑造各種具有鮮明個性的人物形象，產生一定的藝術效果。再如第六十二回回評論瓶兒病故前後的描寫道：「……至於瓶兒遺囑，又是王姑子、如意、迎春、繡春、老馮、月娘、西門、嬌兒、玉樓、金蓮、雪娥，不漏一人，而淺深恩怨皆出。其諸人之親疏厚薄淺深，感觸心事，又一筆不苟，層層描出。文至此，亦可云至矣，看他偏有餘力，又接手寫其死後西門大哭一篇。……便使一時半夜人死喧鬧，以及各人言語心事並各人所做之事，一毫不差，歷歷如真有其事。即真事令一人提

筆記之，亦不能全者，乃又曲曲折折、拉拉雜雜，無不寫之。我已為至矣、盡矣，其才亦應少竭矣！」這段話就揭示了小說把當時各人的心理狀態、感情深淺，描寫得淋漓盡致，從而使人物各各不同，各有個性，而整個描寫就「歷歷如真有其事」，甚至超過了生活的真實，表現得更「全」，更完美。因此，張竹坡認為，《金瓶梅》「文字俱於人情深淺中一一討分曉，安得不妙！」（第二十六回回評）

我國古代的小說論者在高度評價《金瓶梅》寫情時，不僅僅著眼於小說精當地描摹了人物一時的心理活動和感情狀態，而且也注意到這些各不相同的具體之情為「人情之所必至」，包含著具有一定普遍意義的「世情」。《新刻》評點者就指出：「此書只一味要打破世情，故不論事之大小冷熱，但世情所有，便一筆刺之。」（第五十二回評）在整個評點中，常常用「一篇世情語」（第九回評）、「世情大都如此」（第六十四回）、「寫出炎涼景況」（第三十五回評）等來說明《金瓶梅》所寫之人情具有一定的普遍性。如第三十五回寫白賚光到西門慶家來「沾光」時，甚受冷遇，並被西門搶白了幾句。評者予此指出，短短「數語」，「寫出炎涼惡態，使人欲涕欲哭」，認為這種惡態表現了世人之常情。後來張竹坡也肯定了《金瓶梅》是「一部世情書」。當然，《金瓶梅》的評論者不僅僅強調這類炎涼世情，而且也重視其男女之情。本來，世情小說的特點既然以俗事、俗人為基本內容，當然就少不了寫飲食男女。而《金瓶梅》本身就是在當時人們把「好貨好色」作為人類自然要求的影響下，著重描寫西門慶與金、瓶、梅等人之間男女關係的一部書。故在某些評論家看來，此書不同於《三國演義》《水滸傳》《西遊記》的主要標誌就是寫「閨情」，而不是寫「機詐」或「組織世態」「佈置幻景」（〈魏忠賢小說斥奸書凡例〉）。西湖釣叟〈續金瓶梅集序〉也說《金瓶梅》的特點是「懲淫而炫情於色」。然而，《金瓶梅》所寫之「情」往往與「淫」混雜在一起，這正如張竹坡說的，此書是「一部姦淫情事」。故不少評論者是把這兩者混為一談的。但也有人注意到它們的區別。如《新刻》第二十二回評西門慶與宋蕙蓮之間的關係時說：「見為淫也，非為情也。」這種理論傾向對後世也產生了影響，從標榜重「才情」的才子佳人小說到自稱「大旨談情的」《紅樓夢》等，都是側重在寫這類男女之情的。

如上所述，《金瓶梅》的批評影響了我國古代世情小說論者在論及寫情時，一般強調寫炎涼世情和男女之情。以後的世情小說，主要也就據此而分成兩支：一支的代表是《儒林外史》，另一支的代表為《紅樓夢》。當然，當時的小說論者不可能是階級論者，不可能對「情」字作階級分析。但是，他們所說的這類世人常情，是通過具體的瑣屑的言語動作的刻劃，自然而然地、各有特點地呈現出來，以達到「情事逼真」「情景如畫」的藝術境界。因而，這種「人情」也並不是抽象的，而是活生生的，是真實而動人的。

三、多白描

與世情小說描寫的對象和內容有關的是，其藝術表現手法也自有特點。在這裡，那種不作過分和過繁描繪的白描手法似乎最為世情小說家樂意運用，也為小說論者所最為注目。《新刻》評點者曾多次指出《金瓶梅》「純用白描」。之後，不少批評家屢屢論及《金瓶梅》的這一特色。張竹坡甚至這樣說：「讀《金瓶》，當看其白描處。子弟能看其白描處，必能自做出異樣省力巧妙文字來也。」可見其對白描手法的何等重視。

白描，本是國畫的一種技法，指的是不著顏色，純用墨線勾描物象。我國素有「白描打底」的傳說，一直把它作為國畫的一種基本的表現方法。清·松年《頤園論畫》曾指出其特點曰：「西洋畫工細求酷肖，……但能明乎陰陽起伏，則洋畫無餘蘊矣。中國作畫，專講筆墨勾勒，全體以氣運成，形態既肖，神自滿足。」這種白描手法被引進到小說批評領域中來，其含義是比較豐富的。今就其對《金瓶梅》及其他世情小說的批評來看，所謂小說創作中的白描一般有以下幾層意思：

第一，白描是指描寫客觀，一無斷語而作者之傾向自見。晚清有人在分析《金瓶梅》的藝術成就時說，它在寫現實中的種種人物時，「並不下一前提語，而其人之性質、身分，若優若劣，雖婦孺亦能辨之，真如對鏡者之無遁形也。」他認為：「小說之描寫人物，當如鏡中取影，妍媸好醜，令觀者自知。最忌攙入作者論斷，或如戲劇中一腳色出場，橫加一段定場白，予言某某若何之善，某某若何之劣，而其人之實事，未必盡肖其言。即先後絕不矛盾，已覺疊床架屋，豪無餘味。故小說雖小道，亦不容著一我之見。」（《小說小話》）這段話就較好地揭示了《金瓶梅》白描手法的一個特點，即作者不加斷語，僅作客觀的勾勒，而人物形象的性格特徵、高下優劣等無不使人一目了然。例如《金瓶梅》第二十三回玉簫替蕙蓮通風報信時，只寫了「遞了個眼色與他，向他手上捏了一把」二語。《新刻》批點者於此評道：「純用白描」。的確，這裡作者沒有外加任何說明，就活現了兩人的卑鄙勾搭。再如第三十回瓶兒生子一回，張竹坡在回評中指出，作者只是客觀地描繪了「月娘一忙，眾人一齊在屋，金蓮發話，雪娥慌走幾段文字，下直接『呱』的一聲，遂使生子已完」，而並沒有落入「穢套」，作「如何如何」的「極力描寫」，卻不但巧妙地寫了生子的經過，同時使「金蓮妒口，又白描入骨也」。再後，如第五十四回寫任醫官垂帳診瓶兒，先是遮遮掩掩，西門慶「叫丫頭把帳兒輕輕揭開一縫，先放出李瓶兒的右手，用帕兒包著，閣在書上」，讓任醫官「細玩脈息多時」後，「帳縫裡慢慢的縮了進去。不一時，又把帕兒包著左手伸將出來」。但最後還是「揭起帳兒」，讓任醫官看了「臉上桃花紅綻色」。這一段白描，作者也未加任何貶詞，不作絲毫渲染，卻使一種虛偽做作的情景畢現，從中自然而然地流露了作者的愛憎態度。《新刻》評點

者就批曰：「費了半日工夫遮掩，卻又全體露出。寫藏頭露尾情景，真令人噴飯。」《金瓶梅》的這種「筆蓄鋒芒而不露」的白描手法為後來的世情小說所繼承，特別是《儒林外史》一書，對此有較大的發展，故臥閒草堂本回評也特別注意總結這種藝術表現手法，多次讚賞道：「此是作者繪風繪水手段。所謂直書其事，不加斷語，其是非自見也。」（第四回回評）恩格斯在給明娜·考茨基與哈克奈斯的信中曾說過：「傾向應當是不要特別地說出，而要讓它自己從場面和情節中流露出來。」「作者愈讓自己的觀點隱藏起來，對藝術作品也就愈好」。這雖然主要是針對西方文學中的現實主義而說的，但與我國古代世情小說論中的「白描說」，在強調文學客觀性這一點上是相通的。

第二，白描是指抓住特徵，簡筆勾挑，而言外之意味無窮。白描要求客觀性，但僅客觀性還不等於白描。白描還具有精練的特質。在繪畫中，白描就是與工筆重彩相對而言的。在小說創作領域內，它就是指不作靜止、繁重的描摹，而是用最簡練的筆觸，勾畫一些富有特徵性的外部現象，從而使讀者通過自己的聯想活動，感受到描寫對象的整個品貌、內在生命和全部關係，得到美的享受。這正如後來陳其泰在推究《紅樓夢》繼承《金瓶梅》的寫作技法時說：「一筆而其事已悉，真龍眠白描法也。」（《桐花鳳閣評紅樓夢》）這比如《金瓶梅》第二十五回寫來旺兒杭州辦事回來後，「悄悄送了孫雪娥兩方綾汗巾，兩雙裝花膝褲，四匣杭州粉，二十個胭脂」，其他並未多說什麼，但於此正如《新刻》評點者所指出的那樣：「雪娥與來旺私情絕不露一語，只脈脈畫個影子，有意到筆不到之妙。」再如第六十四回，寫李瓶兒喪事辦完之後，潘金蓮一清早驀地走到廳上，「只見靈前燈兒也沒了，大棚裡丟的桌椅橫三豎四，沒一個人兒」，這也正如《新刻》評點者所說的：「寫亂，寫懈，寫辛苦，只兩語宛然。」對此，張竹坡也有所論述。如其第二回回評中就指出人物外形描寫的白描手段曰：「上回內云『金蓮穿一件扣身衫兒』，此回內云『毛青布大袖衫兒』，描寫武大的老婆又活跳出來。」總之，由於作者在洞察全域的基礎上，抓住能體現本質特徵而富有典型意味的一、二關鍵之處來加以勾挑，故其白描就有詞雖簡而意不簡的鮮明特點，所謂：「一言一默，一舉一動，俱有餘意，不獨在詞也。」（《新刻》第六十二回評）

第三，白描旨在以形寫神，追魂攝影，使形象之神情活現。從字面上來看，白描原是指一種寫形的技法。但我國古代小說中運用的白描手法之所以有生命力，就在於作家下筆時不僅僅著眼於表面之形肖，而同時致力於寫情傳神。因此，成功的白描之筆，也正是形神兼備之處。今從《新刻》本評有「傳神」的地方看來，一般都是用的白描。例如第七回寫薛嫂到孟玉樓的姑娘家說親，先講了一席好話，又吹了一下「財主」西門慶，婆子一聽便道：「哎呀，保山！你如何不先來說聲？」這一句批有「傳神」的話，確是把那不管侄媳婦嫁甚麼人家，只指望要幾兩銀子的老婆子的高興心情活現了出來。再如

第四十二回西門慶、應伯爵等在元宵賞燈時，明明看到謝希大、祝實念等在一起，卻只請謝而瞞過了祝。可是不一會，玳安報導：「祝爹來了！」這位不速之客偏偏找上門來。這時，作者只白描了一句「眾人都不言語」，就把當時各人不同的尷尬情景都描寫得十分傳神。在這基礎上，後來張竹坡對《金瓶梅》白描傳神的特點有更清晰的認識。例如第一回，應伯爵和謝希大來看西門慶，西門慶埋怨他們好久「通不來傍個影兒」，應伯爵便向謝希大道：「如何？我說哥要說哩！」因對西門慶道：「哥，你怪的是，連咱們也不知道成日忙些什麼。」後西門慶、應伯爵等十人結拜兄弟，眾人齊推西門大官人居長，而西門慶卻推讓道：「這還敘齒，應二哥大如我，是應二哥居長。」伯爵一聽，即伸著舌頭道：「爺可不折殺小人罷了！如今年時，只好敘個財勢，那裡好敘齒。……」這裡對應伯爵並無工筆精描，卻使這個幫閒的骨相畢肖，躍然紙上。故張竹坡評道：「描寫伯爵處，純是白描追魂攝影之筆。如向希大說『何如！我說……』，又如伸著舌頭道『爺……』，儼然紙上活跳出來，如聞其聲，如見其形。」這段評語，就清楚地說明了張竹坡是將白描視為「追魂攝影」，使形象在「紙上活跳出來」的重要手段。再如第三十回李瓶兒生子一節，作者通過對潘金蓮的一些言語、動作的勾勒，淋漓盡致地刻劃了這個醋勁十足的妒婦形象。張竹坡在這裡連連批道：「如畫」「白描」「白描入骨」「總是現妒婦身說法，故白描入化也」，也注意到了白描與刻劃性格的關係。總之，《金瓶梅》的評論者重視白描手法與傳神文筆之間的聯繫是一種精湛的見解。它對以後世情小說的創作和理論都很有影響。

　　當然，白描不僅僅在世情小說中得到運用，但由於世情小說不用虛構的想像描繪神幻世界，不以誇張的筆觸點染傳奇人物，而主要描寫現實生活中平凡的人和事，故一般都較多地運用這種樸實的藝術表現手法。然而，它在樸實的外表中包蘊著豐富的內容，具有高度的藝術表現力。因此，這種富有民族特點的白描勾挑值得我們珍視。

四、合情理

　　世情小說主要描摹人情世態，反映日常生活，自然要求有極強的真實感。但小說畢竟是小說，它的生命也離不開藝術虛構。對此，張竹坡具有足夠的認識。他在〈寓意說〉中就說《金瓶梅》「大半皆屬寓言」，具有「假捏一人幻造一事」的特點。然而，這種藝術的假又包含著藝術的真。這正如葉晝在論《水滸傳》時說的：「《水滸傳》事節都是假的，說來卻似逼真，所以為妙。」這「文字原是假的」，為什麼又有逼真之感呢？葉晝的回答是，因為「描寫得真情出」，「情事咄咄如畫」，即真實地描繪了現實生活中的情和事。差不多同時，馮夢龍又突出了一個「理」。他在〈警世通言序〉中論述藝

術真實性的問題時就強調「事真而理不贗，即事贗而理亦真」。這樣，「情理」二字很快在小說批評界流行起來。如《新刻》評點者在評《金瓶梅》時，就指出此書「問答似閑，然情理鑿鑿，非俗筆可辦」（第六十八回評）。但總的說來，還未引起人們高度重視。至張竹坡評《金瓶梅》，則開始特意標榜「情理」這個概念。他在〈讀法〉中響亮地提出：「做文章不過是『情理』二字。今做此一篇百回長文，亦只是『情理』二字。」在這裡，他明確地將情理作為作文的要領和評文的準則，要求小說所描寫的內容和表現的形式都必須服從情理，符合情理。這種思想，不但貫串在他的評點中，而且在整個世情小說論中很有代表性，故值得作一番剖析。

情理二字，可分可合。分開來看，情可作人情解，指人的真情實感；也可指情況、實情，即事物的真實情況；理即紋理、規則，指事物的表現規律。合起來看，一般是指人物的真情實感或事物的真實情況及它們的表現規律。這當然是從字面上來解釋情理二字，但這樣解釋是符合張竹坡的基本思想的。請看張竹坡在〈讀法〉中又說：「其各盡人情，莫不各得天道。即千古算來，天之禍淫福善，顛倒權奸處，確乎如此。讀之，似有一人親曾執筆在清河縣前，西門家裡，大大小小，前前後後，碟兒碗兒、一一記之，似真有其事，不敢謂操筆伸紙做出來的，吾故曰得天道也。」在這裡，他又引出了一個「天道」的概念。天，這裡是指自然的意思；道，也即規律。所以，得天道，就是符合自然規律的意思。他認為，小說要做到「盡人情」，「得天道」，就是既把「千古算來」帶有規律性的東西寫得「確乎如此」，又要將日常生活中的瑣事記得「似真有其事」，這實際上也就是既要合「情」，又要合「理」，既要有真實的具體性，又要反映其規律性。正因為情理的內涵如此，故它也包含著事物發展的必然性。張竹坡在第二回回評中論述西門慶遇潘金蓮後，又接入王婆；見王婆後又不即開口便央作合時說；這樣「文字頓挫」，實亦兩人一時不得不然之情理也。所謂「不得不然」，也就是生活發展之必然。可見，張竹坡強調「做文章不過情理二字」的基本精神，就是主張文學要真實地描繪事物進展的必然趨勢，刻劃人物性情變化的內在邏輯和反映生活發展的必然規律。這種思想，在當時即使闡述得還不十分充分，也無疑是閃光的。

在這基礎上，張竹坡進一步具體地分析了情理二字在小說中所起的統帥作用。他指出，「文字無非情理，情理便生章法」（第四十回回評）。小說的結構佈局等各種表現手法，都必須由情理決定，並恰當地表現情理。至於塑造栩栩如生的人物形象，也離不開情理二字。他認為，《金瓶梅》之所以形象生動，「各各一款，絕不相同」，就是因為「得天道」，合情理，即能透過人物的內心世界，準確地把握住每一個人的真情實感和性格發展的必然邏輯。這用他的話來說，就是：「於一個人心中討出一個人的情理，則一個人的傳得矣。雖前後夾雜眾人的話，而此一人開口，是此一人的情理。非其開口便得

情理，由於討出這一人的情理，方開口耳。是故寫十百千人，皆如寫一人，而遂洋洋乎有此一百回大書也。」這裡說得很清楚，作家只要能討出這「一個人的情理」，即把握住「這一個」感情世界及其發展變化的某種規律性後，筆下的形象一開口，一舉足，即個性鮮明，真實動人。張竹坡的這種見解，比之金聖歎塑造人物的「因緣生法」論來，無疑更明白、更深入。

那麼，作家如何才能「討出情理」「得天道」呢？世情小說論者張竹坡認為，根本的辦法還是從瞭解世情、熟悉世情入手。他在〈金瓶梅讀法〉中說：「作《金瓶梅》者，必曾於患難窮愁、人情世故一一經歷過。入世最深，方能為眾腳色摹神。」他的這種觀點，顯然是繼承了金聖歎「十年格物而一朝物格」的見解，但在強調深入社會和體驗人情世故這兩點上，比起金聖歎來有所進步。應該說，張竹坡指出的這條途徑是正確的。作家只有扎根現實，熟悉人生，才能洞察生活中的情理，把握住形形色色人物和事件發展變化的內在規律，「方能為眾腳色摹神」，塑造出千姿百態、傳神寫照的藝術典型。

很清楚，張竹坡的情理說很接近西方現實主義理論的核心問題，這就理所當然地得到了一批傾向現實主義的作家的激賞。其中如偉大的現實主義作家曹雪芹及脂硯齋都肯定合情理是一條重要的評文準則，而《紅樓夢》之所以能千古不朽，他們認為就因為是一部「真正情理之文」。然而，情理說畢竟不等於西方的現實主義理論。情理二字畢竟既講理，又講情，並非「按照可然律」去「描述可能發生的事情」或「關係真實」「邏輯真實」等理論所能完全替代的。它自有其獨特的精義所在。

上面，僅就古代關於《金瓶梅》的批評，粗陳了我國世情小說理論的四個問題。世情小說也是小說。因而它有古今中外一切小說的共同之點。對於這種共同點的研究當然很有必要。但我想，我國古代小說理論自有其特點，而其各類不同的小說的理論又各有其特殊性，探索這類特殊性也同樣是有必要的，是有利於當前建設民族化的小說理論的，故不揣愚鈍，草就此文。其片面、錯誤之處，謹請大家批評。

《金瓶梅》研究小史

　　研究《金瓶梅》，不但要關注作品本身所反映小說的社會內容、文化內涵，以及人物形象、藝術成就等等所謂「內學」，而且也要重視與作品有關而在作品之外的所謂「外學」。「外學」除了關係到成書、作者、版本等問題外，對於作品的認識史、研究史也是不可忽視的一個方面，這對於我們更加正確地認識《金瓶梅》，欣賞《金瓶梅》，借鑒《金瓶梅》與批判《金瓶梅》，都是很有必要的。

　　有關《金瓶梅》的研究史大致可分為兩個階段：第一階段是明清時期，第二階段是20世紀。

一、明清人心目中的《金瓶梅》

　　《金瓶梅》於明代萬曆二十年左右開始在社會上露面後，立即引起了人們的興趣。當時一批活躍於文壇的文人學士紛紛通過書信、筆記、序跋等傳統的形式對它進行了批評，到崇禎年間出現的改寫本《新刻繡像批評金瓶梅》（俗稱「崇禎本」）專門加上了評點，後來，清代康熙年間的張道深（號竹坡）及清末光緒年間的文龍都進一步作了批點。這三家的批點，應該是明清時代《金瓶梅》研究的代表作。

(一)晚明書信、筆記、序跋中的不同觀點

　　在晚明人的一些有關《金瓶梅》的雜論中，首先引起人們注意的是關於《金瓶梅》作者問題的各種說法。三百年來，圍繞著這個問題眾說紛紜，也就從此開始。

1.作者問題的說法

　　萬曆二十四年（1596），袁宏道初讀《金瓶梅》時，就在給董思白的信中提出了這樣一個問題：「《金瓶梅》從何得來？」我們現在沒有直接看到借書給他的董思白的回答，但袁宏道的弟弟中道於萬曆四十二年（1614）寫的《遊居柿錄》中言及當年在他兄長處讀到《金瓶梅》及「追憶思白言及此書」時的情況說：「舊時京師，有一西門千戶，延一紹興老儒於家。老儒無事，逐日記其家淫蕩風月之事，以門慶影其主人，以餘影其諸姬。」這就是說，《金瓶梅》的作者是一位西門慶家的「紹興老儒」。差不多在同時期，屠本

畯的《山林經濟籍》、謝肇淛的〈金瓶梅跋〉、「廿公」的〈金瓶梅跋〉、沈德符的《萬曆野獲編》都談及了《金瓶梅》的作者問題，這在前面講作者問題時已說過。由於這些說法都是得之傳聞，未列確證，所以不但難以坐實，反而更使後人疑竇叢生。到清代，又冒出了作者「王世貞說」（見宋起鳳《稗說》、佚名〈《玉嬌梨》緣起〉和謝頤〈第一奇書金瓶梅序〉等）、「王世貞門客說」（佚名〈《玉嬌梨》緣起〉和謝頤〈第一奇書金瓶梅序〉）「盧楠說」（《金瓶梅》滿文本序）、「趙南星說」（宮偉〈續廷聞州世說〉）、「薛應旗說」（同上）、「李漁說」（在茲堂本《第一奇書》題署）等等。在這些眾多的說法中，除了個別的（如李漁說）是書商為了招徠生意而故布迷陣之外，多數學者所持的態度是比較嚴肅的，其目的都是為了提供線索，有利於這個千古之謎能得以正確的解決。事實上，這些說法啟發了後來者對《金瓶梅》的作者問題作進一步的探究，推動了《金瓶梅》研究工作的展開。

在明代，除了對於作者問題的探究比較引人注目之外，對於作品本身的評價主要集中在兩個問題上：

2.對於世情小說藝術特點的認識

最早評論《金瓶梅》的當為署名欣欣子的〈金瓶梅詞話序〉。這篇序的第一句話就指出了這部小說的基本特點：「寄意於時俗」。這就是說，《金瓶梅》是一部通過描寫「時俗」來表達作者思想感情的書。所謂「時俗」，就是指當時的平常世俗社會中的一切，作者就是「罄平日所蘊」而寫成的。有關這一點在謝肇淛的〈金瓶梅跋〉中說得更為詳盡：

> 《金瓶梅》一書，不著作者名代。相傳永陵中有金吾戚里，憑怙奢汰，淫縱無度，而其門客病之，采摭日逐行事，匯以成編，而托之西門慶也。書凡數百萬言，為卷二十，始末不過數年事耳。其中朝野之政務，官私之晉接，閨闥之媟語，市里之猥談，與夫勢利交合之態，心輸背笑之局，桑中濮上之期，尊罍枕席之語，驅駔之機械意智，粉黛之自媚爭妍，狎客之從諛逢迎，奴怡之稽唇淬語，窮極境象，駴意快心。譬之範工摶泥，妍媸老少，人鬼萬殊，不徒肖其貌，且並其神傳之。信稗官之上乘，爐錘之妙手也。

這裡儘管說這部書也寫了「朝野之政務，官私之晉接」，但眾所周知，小說實際上主要寫的是「閨闥」「市里」間的日常生活。官場、朝廷中的種種，也是在與下層生活的聯繫中來加以描寫的，或者說也是被市民化了的。這部小說的特點首先就在於把這個世俗社會寫的「窮極境象，駴意快心」。與此同時，能把一批「妍媸老少」的俗人形象寫得個性鮮明，「不徒肖其貌，且並其神傳之」。與小說寫俗事、俗人相呼應，世情小說的

另一特點是「語涉俚俗」，多用「市井之常談，閨房之碎語」，「使三尺童子聞之，洞洞然易曉」（欣欣子〈金瓶梅詞話序〉）。總之，從《金瓶梅》一問世，批評家們就認識了世情小說事俗、人俗、語俗的主要藝術特點，並對《金瓶梅》在這一方面給予了高度的評價。

3.《金瓶梅》是「勸懲」還是「誨淫」？

《金瓶梅》作為一部世情小說，人類的性活動也被當作一般的日常生活來加以描寫的。這些筆墨，從總體上看是刻劃人物形象、暴露社會黑暗的有機組成部分，但與我國傳統的道德觀念、審美情趣是違背的，這就不能不引起批評界的熱烈爭論。從傳統的道德觀念與審美情趣來看，它無疑是一部「穢書」。袁中道在《遊居柿錄》中說：「《水滸》崇之則誨盜，此書誨淫。有名教之思者，何必務為新奇以驚愚而蠱俗乎！」他追憶董其昌曾對他說過：此書「決當焚之」。儘管董其昌本人是一個「老而漁色，招致方士，專講房術」（《骨董瑣記》卷四〈董思白為人〉條）的人，但他認為在小說中赤裸的性描寫還是有傷風化的。基於這樣的認識，沈德符在《萬曆野獲編》中記載，當有人勸他刊刻《金瓶梅》時，他說：「此等書必遂有人板行，但一刻則家傳戶到，壞人心術，他日閻羅究詰始禍，何辭置對？吾豈以刀錐博泥犁哉！」這種觀點大致代表了封建文人的普遍看法。

與此相反的是，一些有膽識的批評家則高度評價了《金瓶梅》的藝術價值時，認為其「寫淫」主要也在於「勸懲」，而不在於「誨淫」。公安派領袖袁宏道最初讀到此書時就給予了熱烈的肯定：「伏枕略觀，雲霞滿紙，勝於枚生〈七發〉多矣。」（《錦帆集·董思白》）〈七發〉是一篇旨在諷諭、勸戒的名文。袁宏道將《金瓶梅》置於〈七發〉之上，足見他對於《金瓶梅》的勸懲作用的高度重視。後來，他在《觴政》中還將《金瓶梅》與歷代詩文名家和戲曲小說名著並提，稱之為「逸典」。繼之，著名文人謝肇淛在〈金瓶梅跋〉中讚揚《金瓶梅》是「稗官之上乘，爐錘之妙手」時，也談了小說的「誨淫」問題：「有嗤余誨淫者，余不敢知。然溱洧之音，聖人不刪，則亦中郎帳中必不可無之物也。仿此者有《玉嬌麗》，然而乖彝敗度，君子無取焉。」《玉嬌麗》一書在沈德符《萬曆野獲編》中被寫作《玉嬌李》，也被指為「穢黷百端，背倫滅理，幾不忍讀」。謝肇淛十分明確地將《金瓶梅》與《玉嬌麗》作了區別，也就是將「懲淫」與「誨淫」作了區分。

關於《金瓶梅》「寫淫」問題的辨白，小說所附的幾篇序跋尤為關注。欣欣子序說，《金瓶梅》一書「語句新奇，膾炙人口，無非明人倫，戒淫奔，分淑慝，化善惡，知盛衰消長之機，取報應輪回之事」，「其他關係世道風化，懲戒善惡，滌慮洗心，無不小補。譬如房中之事，人皆好之，人皆惡之。人非堯舜聖賢，鮮不為所耽。……至於淫人妻子，妻子淫人，禍因惡積，福緣善慶，種種皆不出循環之機，故天有春夏秋冬，人有悲歡離

合，莫怪其然也。合天時者，遠則子孫悠久，近則安享終身；逆天時者，身名罹喪，禍不旋踵。人之處世，雖不出乎世運代謝，然不經凶禍，不蒙恥辱者，亦幸矣。故吾曰：笑笑生作此傳者，蓋有所謂也」。欣欣子在這裡反覆要說明的無非是，「房中之事」，出於人的本性；作者寫「淫」，意不在宣淫，而在對於人生體悟、道德認同的基礎上的有為之作。廿公跋也強調：「作者之旨」不在於誨淫說：「今後流行此書，功德無量矣。不知者竟目為淫書，不惟不知作者之旨，並亦冤卻流行者之心矣。」另有東吳弄珠客所作的序，幾乎全篇就是論述了有關《金瓶梅》寫「淫」的問題：

> 《金瓶梅》，穢書也。袁石公亟稱之，亦自寄其牢騷耳，非有取於《金瓶梅》也。然作者亦自有意，蓋為世戒，非為世勸也。如諸婦多矣，而獨以潘金蓮、李瓶兒、春梅命名者，亦楚《檮杌》之意也。蓋金蓮以姦死，瓶兒以孽死，春梅以淫死，較諸婦為更慘耳。借西門慶以描畫世之大淨，應伯爵以描畫世之小丑，諸淫婦以描畫世之醜婆淨婆，令人讀之汗下。蓋為世戒，非為世勸也。余嘗曰：讀《金瓶梅》而生憐憫心者，菩薩也；生畏懼心者，君子也；生歡喜心者，小人也；生效法心者，乃禽獸耳。余友人褚孝秀偕一少年同赴歌舞之宴，衍之霸王夜宴，少年垂涎曰：「男兒何可不如此！」孝秀曰：「也是只為烏江設此一著耳。」同座聞之，歎為有道之言。若有人識得此意，方許他讀《金瓶梅》也。不然，石公幾為導淫宣欲之尤矣！奉勸世人，勿為西門之後車可也。

它首先不否認《金瓶梅》確是一部「穢書」，但它十分明確地肯定那些穢筆「蓋為世戒，非為世勸」。從《金瓶梅》的命名來看，就像楚史《檮杌》一樣，主於記惡，以示警戒。這就首次揭示了這部小說具有一種非凡的品格：不著重於歌頌美，而致力於暴露惡。接著，從分析小說主要人物的性格特點和典型意義入手，進一步論證了作品的戒懲作用。這篇序言特別令人注目的是，還從讀者接受的角度來說明應當正確地對待作品的寫「淫」問題。這對以後的張竹坡、文龍等人更加注意從不同讀者的不同接受來詳論《金瓶梅》的價值起了直接的影響。

(二) 崇禎本批點「世情書」

約於崇禎年間，有人對《金瓶梅詞話》在文字上予以刪削、調整和潤飾的同時，又進行了評點，且加插了圖像，刊其書名曰《新刻繡像批評金瓶梅》，後來一般稱之為「崇禎本」《金瓶梅》。崇禎本的評點者，我認為是馮夢龍的可能最大，因為這本書的前面只留了「東吳弄珠客」的序，「弄珠客」與「龍」的關係密切，「雙龍戲珠」為人所熟知，且這部書的評點觀點與刊刻風格，都與「三言」比較接近。當然，在目前還無法確

定，但並不影響這一本子的評點在《金瓶梅》研究史上的重要地位。它的評點，第一次對《金瓶梅》一書作了全面而細緻的分析，可以說是明代《金瓶梅》研究的一次小結，並對清代的《金瓶梅》研究產生了直接影響。

崇禎本的評點者繼承和發展了欣欣子「寄意於時俗」的觀點，首次標明了《金瓶梅》是一部「世情書」。他說：「《金瓶梅》，非淫書也」（第九十九回評），「讀此書而以為淫者穢者，無目者也」（第一百回評）。他指出：「此書只一味要打破世情，故不論事之大小冷熱，但世情所有，便一筆刺之。」（第五十二回評）這就是說，《金瓶梅》的主要特點就是側重在描寫現實、暴露黑暗。因此，他在整個評點中，經常運用「一篇世情語」（第九十五回評）、「世情大都如此」（第六十四回評）、「世情冷暖」（第九十五回評）、「一部炎涼景況」（第一回評）、「寫出炎涼惡態」（第三十五回評）等等來評價其得失。從此，「世情」兩字就成了我國古代小說研究史上常用的特有的概念。所謂「世情小說」就是不同於歷史演義、英雄傳奇和神怪小說而側重在寫現實世態。後來西周生〈醒世姻緣傳凡例〉、天花才子的〈快心編凡例〉等，都把自己的作品稱之為「世情」小說。於清代康熙年間，張竹坡也承此說，把《金瓶梅》評為「一部世情書」。乃至後來魯迅在《中國小說史略》中，用現代的觀點將我國古代小說分類時，也沿用了這個概念，並言簡意賅地指出了這類小說的特點：「描摹世態，見其炎涼，故或亦謂之『世情書』也。」而「諸『世情書』中，《金瓶梅》最有名。」可見，崇禎本的評點者用「世情書」來概括這類小說的特點是頗為精闢的，並在我國小說研究史上產生了影響。

崇禎本的評點者在標明《金瓶梅》是一部世情書的同時，進一步指出了這部世情書的特點就在於通過暴露社會黑暗來懲惡警世。如第九十回眉批就指出：「凡西門慶壞事必盛為播揚者，以其作書懲創之大意矣。」這就是說，作者極力渲染其壞事，目的在於懲創而不在於宣揚。第九十一回《金瓶梅》寫孟玉樓嫁往李衙內家時，街談巷議道：

> 西門家小老婆，如今也嫁人了！當初這廝在日，專一違天害理，貪財好色，姦騙人家妻女！今日死了，老婆帶的東西，嫁人的嫁人，拐帶的拐帶，養漢的養漢，做賊的做賊，都野雞毛兒零撏了！常言：三十年遠報，而今眼下就報了！

在這裡，評點者眉批道：「此一段是作書大意。」所謂「大意」，就是作家創作的宗旨。這段話雖然包含著當時社會普遍存在的天理循環、因果報應的色彩，但總的還是說明了作者的主要意圖在於鞭撻西門慶，批判社會罪惡。這也正如他在第六十九回批評中所指出的：「此為世人說法也。讀者當須猛省。」在崇禎本的整個評點中，批評家還強調了《金瓶梅》揭露封建朝政、貪官污吏的意義。例如第三十五回、第五十五回寫西門慶兩度走蔡京的門路，被委任為提刑官時，一方是「倚勢利」，奉承獻媚，另一方是「累次受

賄」，貪贓枉法，真是醜態百出。於此，評點者就指出，作品的成功之處就在於把「獻媚者與受賄者，寫得默默會心，最有情致」，「蔡京受私賄，擅私寵，作私恩，已畫出一私門矣」。事實上，《金瓶梅》描畫的不僅僅是蔡家一私門，而是整個潰爛的統治機器，評點者指出，「寫私門之廣，不獨一提刑也」（第六十七回評），在小說中到處可以看到「斷獄之不可論理」（第九回評），當官的作威作勢、勞民傷財（第三十四回、六十五回評）和種種「仕途之穢」（第三十六回評）。總之，評點者充分肯定了《金瓶梅》暴露黑暗的意義。這比之時人把《金瓶梅》當作一部淫書或籠統地肯定其「曲盡人間醜態」來，無疑是高出一籌。後來如張竹坡等有關這方面的論述，不少就只是這些觀點的發揮而已。

《金瓶梅》作為一部世情小說，崇禎本的評點者又十分重視其藝術的真實性。他讚賞《金瓶梅》在寫人、狀物、繪景等各方面都擺脫了傳統的傳奇的寫法而逼真生活，使讀者覺得就像在生活中那樣，人是普通的人，事是平凡的事，景是通常的景。「情景逼真」「情事如畫」「口吻極肖」一類批語幾乎貫串全書。小說如何才能逼真？評點者認為這主要不在於簡單地實錄生活，而是要描寫得「入情」，符合生活中的「必至之情」。例如第二回寫西門慶欲姦潘金蓮前先與王婆周旋時，評點者批道：「摹寫輾轉處，正是人情之所必至，此作者精神所在也。若詆其繁而欲損一字者，不善讀書者也。」這就是說，作品的描寫必須契合人情事理，符合生活發展的邏輯，「字字俱從人情做細幽冷處逗出」，才能寫得「活潑如生」（第八回評）。

崇禎本的評點者還高度評價了《金瓶梅》在塑造人物形象方面的傑出成就。他常用「寫得活現」「極肖」「傳神」等詞語來讚揚小說中人物的真實、生動、形象，特別重視分析人物的個性特點。如第九十一回評玉簪兒時說：「寫怪奴怪態，不獨言語怪，衣裳怪，形貌舉止怪，並聲影氣味心思胎骨之怪俱為摹出，真爐錘造物之手。」又如第五十一回評吳月娘、潘金蓮、李瓶兒、孟玉樓一起聽姑子唱佛曲時，四人的性格心態迥異：「金蓮之動，玉樓之靜，月娘之懵，瓶兒之隨，人各一心，心各一口，各說各是，都為寫出。」那麼，小說家何以能刻劃具有鮮明個性的人物形象呢？崇禎本的評點者指出，這主要是作者在塑造人物時能「妙得其情」，即能恰當地把握住每一個人物在此時此景的特殊心情，因而能得其神理，描寫如生。如第五十九回寫西門慶見潘金蓮的貓嚇壞了官哥，一怒之下直衝到金蓮房中把貓摔死了。此時，金蓮先是坐在坑上，「風紋也不動」，待西門慶出了門，口裡喃喃呐呐地罵了一通。這樣描寫潘金蓮，正如評者所指出的：「西門慶正在氣頭上，又不敢明嚷，又不能暗忍。明嚷恐討沒趣，暗忍又恐人笑。等其去後，哼哼刀刀作架語，妙得其情。」再如第十二回寫西門慶發現奴僕琴童身上有潘金蓮的錦香葫蘆兒時，即抓起來打了一頓，趕逐出門，於此評者批道：「不待審問的確，竟自打逐，似暴躁，又似隱忍，妙得其情。」很清楚，評點者認為，作者只有隨時把握了筆下

的人物在每一個獨特的環境中的獨特的個性和心態之後，才能寫出個性鮮明、活靈活現的形象。

與以上相關，崇禎本的評點者還對《金瓶梅》的藝術表現手法也作了多方面的探討。他讚賞小說在描寫世情、刻劃人物時「純用白描」（第七十二回評），「打從閑處放情」（第二回評），「在沒要沒緊處畫出」（第二十回評），並巧妙地使用了一些「家常口頭語」（第二十八回）。他還嘗試總結了一些寫作的「文法」，如「躲閃法」（第二十一回）、「捷改法」（第五十七回）以及「綿裡下針」「線索之妙」等等，是以後金聖歎、毛宗崗等大規模地總結寫作之法的先導。他又開始用「冷」「熱」對立的觀點來研究作家的創作意圖和作品的人物形象，這對曹雪芹創作《紅樓夢》、李百川創作《綠野仙蹤》和張竹坡、脂硯齋、哈斯寶、張新之等人的小說研究都起了明顯的影響。因此，崇禎本評點者的這些觀點和研究的方法都是值是一提的。

(三)張竹坡心中的「第一奇書」

在崇禎本評點之後，清代康熙年間的張竹坡對《金瓶梅》作了進一步的研究和評論。張竹坡（1670-1698），名道深，字自得，竹坡是他的號。江蘇銅山縣人。有詩集《十一草》，曾評點過《東遊記》《幽夢影》等。據他的〈第一奇書非淫書論〉說，在二十六歲時以極快的速度完成了《金瓶梅》的評點。他對《金瓶梅》的研究態度、評點形式和評論觀點，與崇禎本的評點雖然也有相通的地方（如用冷、熱的觀點來闡釋全書的構思等），但更多的是表現為不同，甚至是有意識地故唱反調。其精神倒是與金聖歎比較靠攏：在研究態度上，突出批評家的主體意識去對小說作出詳細的闡釋；在批評形式上，加強了卷首附論和回前評點的分量；在批評觀點上，常常與崇禎本針鋒相對，特別如對於主要人物吳月娘的貶斥與金聖歎咒罵宋江如同一轍；這就無怪乎劉廷璣在《在園雜誌》中說他「可以繼武聖歎」了。

張竹坡研究《金瓶梅》的動機和指導思想，在〈竹坡閒話〉中有這樣的表白：

> 邇來為窮愁所迫，炎涼所激，於難消遣時，恨不自撰一部世情書，以排遣悶懷。幾欲下筆，而前後結構，甚費經營，乃擱筆曰：我且將他人炎涼之書，其所以前我經營者，細細算出，一者可以消我悶懷，二者算出古人之書，亦可算我今又經營一書，我雖未有所作，而我所以持往作書之法，不是盡備於是乎！然則我自做我之《金瓶梅》，我何暇與人批《金瓶梅》也哉！

這裡實際上接觸了三個問題：一是批書的動機是「窮愁所逼」而藉以「消我悶懷」；二是批書是為了揭示「盡備於」此書的「作書之法」；三是批《金瓶梅》是一種再創造，

是「我自做我之《金瓶梅》」。張竹坡本來出生於當地的世家大族，而他一支卻日漸衰微，他的人生道路也頗坎坷，難免嘗到了一些世態炎涼。在〈第一奇書非淫書論〉中他也曾說到：「小子窮愁著書，亦書生常事，又非借此沽名，本因家無寸土，欲覓蠅頭養生耳。」可見他一再強調帶著一種「窮愁所逼，炎涼所激」而產生的憤世激情去批評與研究小說，其精神與李卓吾說「發憤所作」、金聖歎說「怨毒著書」一脈相承。金聖歎又說過「《水滸》之文精嚴，讀之即得讀一切書之法」，重視小說的藝術技巧。張竹坡也說「《金瓶梅》針線縝密，聖歎既歿，世鮮知者，吾將拈而出之」，「使天下人共賞文字之美」（張道淵〈仲兄竹坡傳〉）。由於他在批評對象與批評主體之間強調的是「我」，批評對象實際上已成了「消我悶懷」和「持往作書之法」而「算我今又經營一書」的工具，也就是成了主體精神的體現，故經過批評後的《金瓶梅》已成了「我」之《金瓶梅》而不同於原來的《金瓶梅》了。總之，他把小說的研究和評點是作為一種主體精神的外射，是一種批評家的再創造。這也是與金聖歎的小說研究精神相一致的。

張竹坡研究《金瓶梅》的成果首先表現在對於小說大旨的深刻揭示。他認為《金瓶梅》「純是一部史公文字」「洩憤之書」。在〈竹坡閒話〉中他說：「《金瓶梅》何為而此書哉？曰：此仁人志士，孝子悌弟，不得於時，上不能問諸天，下不能告諸人，悲憤嗚邑，而作穢言以泄其憤也。」因而，假如將一百回小說當作一個統一整體，「放開眼光作一回讀」，那麼，「《金瓶梅》到底有一種憤懣的氣象，然則《金瓶梅》斷斷是龍門再世」（〈讀法〉），而絕不是一部「淫書」。反之，假如將《金瓶梅》「零星看」，「便止看其淫處」；「凡人謂《金瓶》是淫書者，想必伊止看其淫處也」（同上）。至於書中客觀存在的「淫話」，他認為這是為了「深罪西門」，加強暴露，表現主題。在〈讀法〉中，他具體分析了本書所寫的「淫話」之後就這樣說：

> 《金瓶梅》說淫話處，止是金蓮與王六兒處多，其次則瓶兒。他如月娘、玉樓止一見，而春梅惟於點染處描寫之。何也？寫月娘，惟「掃雪」前一夜，所以醜月娘，醜西門也。寫玉樓，惟於「含酸」一夜，所以表玉樓之屈，而亦以醜西門也。是皆非寫其淫蕩之本意也。……至於百般無恥，十分不堪，有桂姐、月兒不能出之於口者，皆自金蓮、六兒口中出之，其難堪為何如？此作者深罪西門，見得如此狗彘乃偏喜之，真不是人也。……此作者之深意也。

在反對「淫書」說，強調小說暴露、洩憤的主旨的基礎上，張竹坡進一步指出《金瓶梅》暴露和批判的矛頭不僅僅對準西門慶一人，而是對準了當時整個黑暗的社會，對準了整個統治集團。他在〈讀法〉中指出：「《金瓶梅》因西門慶一分人家，寫好幾分人家」，「因一人寫及全縣」。第三十四回寫西門慶賄賂蔡京而當上了提刑官之後，貪贓枉法。於

此，張竹坡指出，提刑所本是「朝廷設此以平天下之不平，所以重民命也」。結果，朝廷竟然以此「為人事送太師，太師又以之為人事送百千奔走之市井小人」，小人西門慶得手後，就以此而橫行不法。「天下事至此，尚忍言哉！作者提筆著此回時，必放聲大哭也。」後來，他又憤怒地批道：「西門之惡，純是太師之惡也。夫太師之下，何止百千萬西門，而一西門之惡已如此，其一太師之惡為何如也！」在七十回的總評中，他更把眼光放開到整個國家，把批判的鋒芒指向了以宋徽宗為首的最高統治集團：

> 甚矣！夫作書者必大不得於時勢，方作寓言以垂世。今止言一家，不及天下國家，何以見怨之深而不能忘哉？故此回歷敘運艮峰之賞無謂，諸奸臣之貪位慕祿，以一發胸中之恨也。

以上可見，張竹坡對《金瓶梅》一書的暴露意義的認識，不但較深刻，而且有層次，是值得我們所重視的。至於他因襲了作者王世貞說而認為作品宣揚「苦孝」，提出孟玉樓是作者「自喻」而「含酸」洩憤，因而「《金瓶梅》當名之曰奇酸志、苦孝說」（〈苦孝說〉）云云，雖然也可以看作是一種「想減輕社會上的攻擊手段」（魯迅〈中國小說的歷史變遷〉），但應該說它畢竟是牽強附會的。他將小說中的人物認作是作者的「自喻」，可以說是開了後世對如《紅樓夢》等小說用「自傳說」來進行研究的風氣。

張竹坡在研究《金瓶梅》時，有關典型形象的分析也頗有價值。小說第八十六回寫到陳經濟向王婆表示要娶被發賣的金蓮時，他夾批道：「又一個要偷娶，西門典型尚在。」這是繼金聖歎之後又一次使用了「典型」這個概念。當然，這裡的「典型」是「成法」的意思，與現代藝術理論中的「典型」並不等同，但也應該看到張竹坡接受了葉晝、金聖歎以來有關藝術形象當達到共性與個性相統一的認識，並努力貫徹到《金瓶梅》的研究中來。比如，他論潘金蓮道：

> 寫淫婦至此，盡矣！再有筆墨能另寫一樣出來，吾不信也。然他偏又能寫後之無數淫婦人，無數眉眼伎倆，則作者不知是天仙，是鬼怪！

這就是說，潘金蓮這個達到了化境的藝術形象，既是「無數淫婦人」中的一個，又是不能「另寫一樣出來」的一個。張竹坡在論《金瓶梅》中的人物形象時，就是讚賞小說中的人物既「寫得人心如見」（第二十六回夾批），個個「真是生龍活虎，非耍木偶人者」（第五十九回夾批），具有鮮明的個性，又具有一定的普遍意義，能代表某一類人的共性，如從西門慶身上即可看到「百千市井小人之中有一市井小人之西門慶」（第三十四回總評），而在應伯爵這個幫閒身上，「寫趨附小人真寫盡了」（第四十二回夾批）。至於如何能使筆下的人物「摹神肖影，追魂取魄」，達到化境呢？張竹坡曾注意探索了《金瓶梅》刻

劃人物的多種技巧。如論潘金蓮等活潑潑的個性化語言云:「一路開口一串鈴,是潘金蓮的話,作瓶兒不得,作玉樓、月娘、春梅亦不得,故妙。」(第六十一回批語)又如論通過人物間的相互矛盾衝突來刻劃人物的「抗衡」法云:「寫如意,所以寫已死之瓶兒也。況瓶兒已死,即西門意中人,而奶子如之,所為如意兒也。總之,為金蓮作對,以便寫其妬寵爭妍之態也。」接著,他又用獅子爭球、射箭中的作比喻道:「如耍獅子必拋一球,射箭必立一的,欲寫金蓮而不寫一與之爭寵之人,將何以寫金蓮?故蕙蓮、瓶兒、如意,皆欲寫金蓮之毬、之的也。」(第六十五回批語)此外,他還總結了「映襯法」「影寫法」「遙寫法」「實寫法」「白描法」等等藝術手法。而比較起來,他論特定的環境與人物性格之間的關係更多創見。其〈雜錄小引〉云:

> 故云寫其房屋,是其間架處,猶欲耍獅子先立一場,而唱戲先設一台。恐看官混混看過,故為之明白開出,使客如身入其中,然後好看書內有名人數進進出出,穿穿走走,做這些故事也。

這段話充分地說明了他對小說的環境描寫具有長足的認識。在這基礎上,他在〈讀法〉中論述了潘金蓮的獨特性格與特定環境之間的關係,認為「王招宣府內,固金蓮舊時賣入學歌學舞之處也。」「作者蓋深惡金蓮,而並惡及其出身之處,故寫林太太也。」這一點,我在講小說刻劃人物時已講過。再如月娘,張竹坡認為她本是個「可以向上之人也」,可是她「終日聞夫之言,是勢利市井之言;見夫之行,是奸險苟且之行,不知規勸,而乃一味依順之,故雖有好資質,未免習俗漸染。……如俗所云:『好人到他家也不好了也。』」(〈讀法〉)在西門慶家這個環境中學壞的典型還有一個陳經濟,第二十五回總評道:

> 夫敬濟一入西門家,先是月娘引之入室,得見金蓮。後又是月娘引之入園,得採花鬚。後又是西門以過實之言放其膽,以托大之意容其姦。今日月娘又使之送秋千,以蕩其心。此時雖有守志之人,猶難自必其能學柳下惠、魯男子,況夫以浮浪不堪之敬濟哉!又遇一精粗美惡兼收之金蓮哉!宜乎其百醜皆出矣。

在中國古代小說研究史上,一般只是注意到自然環境的描寫對於渲染氣氛、烘托性格所起的作用,而能如此細緻地分析社會環境的描寫與刻劃人物性格、開展故事情節的關係的,確實並不多見。

張竹坡在研究《金瓶梅》時,對於小說藝術的真實性問題也有比較精彩的論述。他反對把小說看作是生活的客觀紀錄,說:「常見一人批《金瓶梅》曰:『此西門之大帳簿。』其兩眼無珠,可發一笑。夫伊於甚年月日,見作者雇工於西門慶寫帳簿哉?」他

認為：

> 稗官者，寓言也。其假捏一人，幻造一事，雖為風影之談，亦必依山點石，借海
> 揚波。故《金瓶》一部，有名人物，不下百數，為之尋端竟委，大半皆屬寓言。
> （〈金瓶梅寓意說〉）

他所說的「寓言」，指有所寓意、寄託的意思。在這裡，他有時只是從人名的音、形中尋求比喻或聯想，進而探求其微言大義。如論潘金蓮與陳敬濟云：「蓮與芰，類也。陳，舊也，敗也；敬、莖同音。敗莖芰荷，言蓮之下場頭，故金蓮以敬濟而敗。」諸如此類，難免有牽強附會之處，且開了以後索隱研究的先河。但同時也應該看到，他所說的「假捏一人，幻造一事」云云，也包含著藝術虛構的意思。不過，他強調小說創作中的藝術虛構必須符合「情理」。他說：

> 做文章不過是情理二字。今做此一篇百回長文，亦只是情理二字。於一個人心中，
> 討出一個人的情理，則一個人的傳得矣。雖前後夾雜眾人的話，而此一人開口，
> 是一人的情理。非其開口便得情理，由於討出這一人的情理，方開口耳。是故寫
> 十百千人，皆如寫一人，而遂洋洋乎有此一百回大書也。（〈讀法〉）

他的所謂「得情理」，有時分言為「盡人情」「得天道」。這裡的「得天道」實際上指符合自然規律或生活邏輯。因此，「得情理」就是指能反映人的真情實意和生活的本質真實。為了使作品能達到「得情理」的境界，張竹坡又十分強調作家必須熟悉生活。他說：「《金瓶梅》作者，必曾於患難窮愁，人情世故，一一經歷過。入世最深，方能為眾腳色摹神也。」（〈讀法〉）當然，現實生活十分豐富，比如西門慶姦淫婦女，巴結上司，魚肉鄉民等等，作家是無法「一一經歷過」的，故他又說：「若果必待色色歷遍，才有此書，則《金瓶梅》又必做不成也。」這就要求作家創作時「專在一心」，進入角色：「一心所通，實又真個現身一番，方才說得一番。」（同上）這一「現身」說，比之金聖歎的「動心」說，更為細緻地強調了作家要充分地調動主體精神，在自己生活經驗的基礎上進行合乎「情理」的想像和虛構。

此外，張竹坡對《金瓶梅》的結構藝術和一些具體的「章法」「筆法」等等也有悉心的探討，對於崇禎本評點首創的「冷、熱」觀也有進一步發揮，專撰了一篇〈冷熱金針〉來分析小說。總之，張竹坡在清代《金瓶梅》的研究史上成就突出、影響巨大，是一個最受人們注目的人物。他所評點的《第一奇書》也就成了清代最為流行的本子了。

(四)文龍的「善書說」

繼張竹坡之後，清末的文龍對《金瓶梅》也作過仔細的研究。文龍，字禹門，本姓趙，漢軍，正藍旗人。附貢生。光緒年間曾任南陵、蕪湖等地知縣，他曾於光緒五年（1879）、六年、八年先後三次閱讀、研究張竹坡評點的《金瓶梅》（在茲堂本），並將其心得用眉批、旁批及回評等形式手書於上，共約六萬餘言。

文龍在第一百回回評中對《金瓶梅》一書作了這樣一個總體評價：

> 或謂《金瓶梅》淫書也，非也。淫者見之謂之淫；不淫者不謂之淫，但覩一群鳥獸挈尾而已。或謂《金瓶梅》善書也，非也。善者見善謂之善；不善者謂之不善，但覺一生快活隨心而已。然則《金瓶梅》果奇書乎？曰：不奇也。人為世間常有之人，事為世間常有之事，且自古及今，普天之下，為處處時時常有之人事。既不同於《封神榜》之變化迷離，又不似《西遊記》之妖魔鬼怪，夫何奇之有？故善讀書者，當置身於書中，而是非羞惡之心不可泯，斯好惡得其真矣。又當置身於書外，而彰癉勸懲之心不可紊，斯見解超於眾矣。又須於未看之前，先將作者之意，體貼一翻；更須於看書之際，總將作者之語，思索幾遍。看第一回，眼光已射到百回上；看到百回，心思復憶到第一回先。書自為我運化，我不為書捆縛，此可謂能看書者矣。曰淫書也可，曰善書也可，曰奇書也亦無不可。

這段話的價值不僅僅關係到《金瓶梅》一部書的評價問題，而是關係到如何看待藝術中的「善」與「真」的問題。

首先，關於《金瓶梅》究竟是一部「淫書」還是「善書」問題，他繼承了金人瑞評《西廂記》、張竹坡評《金瓶梅》的觀點而大有發展。金、張兩人為《西廂記》《金瓶梅》辯解的精彩之處是說：「文者見之謂文，淫者見之謂之淫耳。」（金人瑞〈第六才子書西廂記讀法〉）「凡人謂《金瓶》是淫書者，想必伊止知看其淫處也。若我看此書，純是一部史公文字。」（張竹坡〈第一奇書金瓶梅讀法〉）這實際上是強調從接受的角度上來評價作品。文龍正是沿著這條道路，發展了中國古代的「接受理論」。他認為，一部作品是「善」還是「淫」，當是作品本體和讀者接受交互作用的結果。故善讀書者，「當置身於書中」，「又當置身於書外」；即要悉心體味書中的「彰癉勸懲之心」，又要堅守自己「是非羞惡之心」。在這兩者交流過程中，起著主導作用的即在接受主體方面，所以他說：「生性淫，不觀此書亦淫；性不淫，觀此書可以止淫。然則書不淫，人自淫也；人不淫，書又何當淫乎？」此外，他從接受學的角度又有以下兩點發展：一、注意讀者在閱讀、認識作品過程中不同階段的不同心理結構。他所說的「須於未看之前，先將作者之意，體貼

一番」云云，實際上已接觸到現代美學所說的「審美經驗的期待視界」或「前結構」；而他所說的「看到百回，心思復憶到第一回先」云云，也即近乎現代所說的「二級閱讀階段」。儘管這些認識是十分粗淺的，但十分可貴。二、注意區別不同讀者的不同接受效果。就《金瓶梅》一書而言，他認為「年少之人」「不可令其見之」；「迨至中年，娶妻生子」者，「本可不看，即看亦未必入魔」；「花柳場中」「浪子回頭」者，「看亦可，不看亦可」；「閱歷既深，見解不俗」者，「不看亦好，看亦好」；「果能不隨俗見，自具心思，局外不啻局中，事前已知事後，正不妨一看再看。看其不可看者，直如不看；並其指出不可看之處，以喚醒迷人，斯乃不負此一看。」文氏的這一辨析，也豐富了我國古代的接受美學理論。

其次，關於《金瓶梅》是不是一部「奇書」的討論，他實際上論及了文學作品的藝術真實問題。他說，《金瓶梅》「人為世間常有之人，事為世間常有之事」，即完全來源、忠實於生活；然而，其人事又是「自古及今，普天之下，為處處時時常有之人事」，具有極高的概括意義、典型意義。他在第六十三回回評中說：

> 此書好處，能於用情時寫出無情來。並能於非理事寫出有理來。此實絕非真情，全非正理，而天下確有此等人，確有此等事，且徧天下皆是此等人，皆是此等事，可勝浩歎哉！

這就進一步指出，書中那些普通而又有普遍意義的人事，又具有一定的特殊性。它「能於用情時寫出無情來，並能於非理事寫出有理來」，就是其特殊性。事實上，文龍是非常注意揭示《金瓶梅》中所描寫的人和事的具體個性的，如其論人曰：

> 作者於有意無意之間。描寫諸人言談舉止、體態性情，各還他一個本來面目。初不加一字褒貶，而其人自躍躍字裡行間，如或見其貌，如或聞其聲，是在明眼人之識之而已。或謂《水滸傳》寫一人有一身分，《金瓶梅》亦何獨不然哉！金之薄，瓶之柔，梅之傲，皆婦人本性，與男子不同，是在其為夫者剛克柔克耳。（第七十七回回評）

又如其論事曰：

> 西門慶家中規矩禮節，總帶暴發氣象：遞酒平常下跪，出門歸去磕頭；嫡庶姐妹相稱，舅嫂妹夫回避；娼婦亦可作女，主母皆可呼娘；財東夥計相懸，女婿家奴無別；花家亦稱大舅，孟家仍有姑娘；潘家居然姥姥，馮家自是媽媽，市井之氣未除，豈當時之習俗如是乎？至於此回，出門玩是坐轎，回家又要步行；同送娼

> 妓回家，直欲婦女嫖院；婢子鄰家吃酒，官人門首開筵；上房即可談經，大門何妨問卜，不解此皆是何規矩禮節也。（第四十六回回評）

於此可見，文龍對於《金瓶梅》中事件描寫和人物形象的個性特徵是何等重視！在整部書中，他剖析人物形象相當細緻，並注意闡發其典型意義，尤其是第七十九回對西門慶這個藝術典型的評論十分精彩，可以說是脂硯齋評賈寶玉之後的最重要的進展。他說：

> 《水滸傳》出，西門慶始在人口中，《金瓶梅》作，西門慶乃在人心中。《金瓶梅》盛行時，遂無人不有一西門慶在目中、意中焉。其為人不足道也，其事蹟不足傳也，而其名遂與日月同不朽，是何故乎？作《金瓶梅》者，人或不知其為誰，而但知為西門慶作也。批《金瓶梅》者，人或不知其為誰，而但知為西門慶批也。西門慶何幸，而得作者之形容，而得批者之唾罵。世界上恒河沙數之人，皆不知為誰，反不如西門慶之在人口中、目中、心意中。是西門慶未死之時便該死，既死之後轉不死，西門慶亦何幸哉！

這就指出，作為一個藝術典型，「其名遂與日月同不朽」，具有永久的生命力。特別可貴的是，文龍清醒地認識到：西門慶是一個個「勢力熏力，粗俗透骨，昏庸匪類，凶暴小人」。他「無惡不作」，「惡貫滿盈」，曾說：「西門慶不死，天地尚有日月乎」？「若再令其不死，日月亦為之無光，霹靂將為之大作。」這就是說，從社會道德觀來看，像西門慶這樣一個惡棍，該死該殺；然而從藝術典型觀來看，這樣一個反面人物的典型，卻永遠活在人們的「口中、目中、心意中」。於此可見，文龍對於人物典型的藝術價值，有了較為清醒的認識，這是中國古典小說美學中的新突破。

　　文龍的評點有不少是針對張竹坡而發的。他認為張竹坡的闡釋和批評主觀色彩太濃，以致「痛惡月娘」「偏袒春梅」「深許玉樓」，大失公道。為此，他強調了小說研究和批評應當有一個正確的、客觀的態度。他說：

> 未批書常置身事外而設想局中，又當心入書中而神遊象外，即評史亦有然者，推之聽訟解紛，行兵治病亦何莫不然。不可過刻，亦不可過寬；不可違情，亦不可悖理；總才學識不可偏廢，而心要平，氣要和，神要靜，慮要遠，人情要透，天理要真，庶乎始可以落筆也。（第十八回回評）

> 作書難，看書亦難，批書尤難。未得其真，不求其細，一味亂批，是為酒醉雷公。（第二十九回回評）

> 看到此回，方欲落筆，又復凝神靜坐，仔細尋思。靜氣平心，準情度理，不可少

有偏向，故示翻親，致貼閱者之譏，而以醉雷公呼我也。（第八十九回回評）

張竹坡批評《金瓶梅》接受了金人瑞「經我手眼批過，便是聖歎之《西廂》，而非王實父之《西廂》」的觀點，自稱是「窮愁著書」，「我自作我的《金瓶梅》」（張竹坡〈第一奇書非淫書論〉），帶著強烈的主觀色彩來闡釋、批評作品客體的。金、張評本確實是一種明顯的再創造，但他們的闡釋難免有不少地方偏離了作品的本意。這在文龍看來就是失「真」。文龍特別對張竹坡一反明末《新刻繡像批評金瓶梅》評點的觀點而「痛惡月娘」「偏袒春梅」「深許玉樓」大為不滿，時相詰難。在這基礎上，他提出了小說批評的兩個標準：一曰「真」，二曰「細」。為了達到這個標準，評家批書時必須具備以下四個條件：一、平時需有才學識全面修養；二、臨文時要心入書中，悉心體會；又要能置身事外，保持距離；既要進行主客體的交流，又要保持主客體的平衡；三、要準情度理，堅持原則，絕不可「故示翻新」，「有成見而無定見，存愛惡而不酌情理」，或「愛其人其人無一非，惡其人其人無一是」；四、要有一種公正的批評態度和良好的批評情緒，所謂「心要平，氣要和」。以上這些，是文龍有感而發，也是他的經驗之談，故能深得評家三昧，在評點《金瓶梅》時發展了我國古代的文學批評論。

有清一代，《金瓶梅》幾乎一直處於嚴禁的狀態之中，這無疑極大地阻礙了對它的研究。但即使這樣，還是產生了張竹坡、文龍這樣的研究專家。對於他們兩位，僅就其研究的勇氣和膽識而言，也是足以令人欽佩的。而對於《金瓶梅》一書而言，要真正將它公開而公正地放在學術殿堂中進行研究，那是以後近現代的事了。

二、20 世紀的《金瓶梅》研究

20 世紀的《金瓶梅》研究逐步擺脫了以儒家經史觀指導、以評點為主要方式的研究模式，走上了現代意義的科學研究的道路。大致說來，可分為三個階段。第一個階段是最初 30 年，是現代研究的準備期。第二個階段是以三十年代初發現與刊行詞話本為標誌，進入了一個現代研究的自覺期。這裡可分兩個時期，前一個是三、四十年代，形成了 20 世紀《金瓶梅》研究的第一個高潮；後一個是五十至七十年代，是一個相對沉寂的時期。第三個階段是 20 世紀的後二十年，是現代研究的繁榮期，特別是 1985-1994 年間，發表了論文 1000 餘篇，著作約 120 部，形成了是 20 世紀《金瓶梅》研究的第二個高潮。

(一)現代研究的準備期

本世紀初，隨著新的社會觀、文藝觀、小說觀的確立，對於《金瓶梅》的評價普遍

看好，幾乎沒有論者把它視之為「淫書」，相反，則紛紛強調它的社會意義。如 1904
年，狄平子在〈小說叢話〉中說道：

> 《金瓶梅》一書，作者抱無窮冤抑，無限深痛，而又處黑暗之時代，無可與言，無
> 從發洩，不得已藉小說以鳴之。其描寫當時社會之情狀，略見一斑。然與《水滸
> 傳》不同，《水滸》多正筆，《金瓶》多側筆；《水滸》多明寫，《金瓶》多暗
> 刺；《水滸》多快語，《金瓶》多痛語；《水滸》明白暢快，《金瓶》隱抑悽惻；
> 《水滸》抱奇憤，《金瓶》抱奇冤。處境不同，故下筆亦不同。且其中短篇小曲，
> 往往雋韻絕倫，有非宋詞、元曲所能及者，又可以徵當時小人女子之情狀，人心
> 思想之程度，真正一社會小說，不得以淫書目之。

在同一篇〈小說叢話〉中，曼殊也說：「《金瓶梅》之聲價，當不下於《水滸》《紅樓》」。
黃小配不但不認為它是「淫書」，而且還反過來說它有「戒淫」的意義，說：「有《金
瓶梅》出，而西北淫澆之風，漸知畏忌，蓋其感人者深耳。」（〈改良劇本與改良小說關係
於社會之重輕〉，《中外小說林》第二年第二期）在這樣的輿論下，一時普遍認為《金瓶梅》
是一部寫下等社會的小說」，是為「痛社會之混濁」而作（天僇生〈中國歷代小說史論〉，
《月月小說》第一年第十一號）。在藝術表現方面也多有肯定，特別是《金瓶梅》的語言，
得到了論者的高度肯定，如曼殊說：「吾見小說中，其回目之最佳者，莫如《金瓶梅》。」
（〈小說叢話〉，《新小說》第八號）狄平子在〈小說新語〉中說：「在《金瓶梅》則純乎語
言之小說，文字積習，蕩除淨盡。讀其文者，如見其人，如聆其語，不知此時為看小說，
幾疑身入其中矣。」（《小說時報》第九期）在這基礎上，有署名「夢生」者，在 1914 年
《雅言》第一卷第七期上發表〈小說叢話〉，評「《金瓶梅》乃一最佳最美之小說」，認
為「其筆墨寫下等社會、下等人物，無一不酷似」，想對《金瓶梅》逐回加以細微的評
點，可惜這一工作剛開了個頭就戛然而止。

在「五四」新文學運動中，胡適「力排《金瓶梅》一類之書」，認為「全是獸性的
肉欲」（〈答錢玄同書〉，《胡適文存》卷一），但陳獨秀，錢玄同等儘管認為《金瓶梅》有
消極作用，但還是認為：「若拋棄一切世俗見解，專用文學的眼光去觀察，則《金瓶梅》
之位置，固亦在第一流也。」（見《胡適文存》卷一〈答錢玄同〉所附）繼而魯迅在《中國小
說史略》中給《金瓶梅》以極高的評價且作了在當時最為詳細而系統的分析。他認為《金
瓶梅》是明代「人情小說」的代表作，在「諸『世情書』中，《金瓶梅》最有名。」在
略述了小說的故事梗概後，作了如下具有經典意義的評價：

> 作者之於世情，蓋誠極洞達，凡所形容，或條暢，或曲折，或刻露而盡相，或幽

> 伏而含譏，或一時並寫兩面，使之相形，變幻之情，隨在顯見，同時說部，無以
> 上之，故世以為非王世貞不能作。至謂此書之作，專以寫市井間淫夫蕩婦，則與
> 本文殊不符，緣西門慶故稱世家，為搢紳，不惟交通權貴，即士類亦與周旋，著
> 此一家，即罵盡諸色，蓋非獨描摹下流言行，加以筆伐而已。

這裡，對《金瓶梅》的藝術特點與認識價值都作了很精確的概括，「同時說部，無以上
之」八字，可能是文學批評史上對《金瓶梅》的最高評價吧。與此同時，魯迅對《金瓶
梅》寫淫及其他缺點也作了實事求是的分析，他說：

> 故就文辭與意象觀《金瓶梅》，則不外描寫世情，盡其情偽，又緣衰世，萬事不
> 綱，爰發苦言，每極峻急，然亦時涉隱曲，猥黷者多。後或略其他文，專注此點，
> 因予惡諡，謂之「淫書」；而在當時，實亦時尚。……然《金瓶梅》作者能文，
> 故雖間雜猥詞，而其他佳處自在。

除了《中國小說史略》之外，魯迅在〈反對「含淚」的批評家〉〈中國小說的歷史
的變遷〉〈《中國小說史略》日譯本序〉〈論諷刺〉等文章中都提到過《金瓶梅》，但
都不如《中國小說史略》中論述得那麼系統與精到。《中國小說史略》中所論，是 20
世紀初用新的觀點與方法來研究《金瓶梅》的總結，為以後一個世紀的《金瓶梅》研究
奠定了堅實基礎。

(二)現代研究的自覺期

1931 年，在山西發現了《金瓶梅詞話》，接著加以影印，又出了一些排印本。這有
力地推動《金瓶梅》的研究，直到 1949 年，發表了 30 餘篇論文和姚靈犀的一部專著《瓶
外巵言》，對於《金瓶梅》的一些問題作了全方位的專門的探討。這比之前一階段的一
些散論或在文學史著作中按順序論及有所不同，所以我將這時段稱之為研究的「自覺」
期。

進入新時期後的最初引人注目的研究家是鄭振鐸與吳晗。

鄭振鐸在 1927 年的《文學大綱》、1932 年的《插圖本中國文學史》中都給《金瓶
梅》以很高的評價。特別是《插圖本中國文學史》，是在看到詞話本後的論述，所以能
梳理了《金瓶梅》的詞話本、崇禎本、張評本及《真本金瓶梅》的不同版本的基本情況，
也討論了《金瓶梅》的作者問題。他對《金瓶梅》的評價與魯迅相比，雖然角度不完全
一樣，但評價之高也是使人刮目相看的。他說：

> 《金瓶梅》的出現，可謂中國小說的發展的極峰。在文學的成就上來說，《金瓶梅》

> 實較《水滸傳》《西遊記》《封神傳》為尤偉大。……只有《金瓶梅》卻徹頭徹
> 尾是一部近代期的產品。不論其思想，其事實，以及描寫方法，全都是近代的。
> 在始終未盡超脫過古舊的中世傳奇式的許多小說中，《金瓶梅》實是一部可詫異
> 的偉大的寫實小說。

鄭振鐸的這一評價，主要是立足在寫實主義這一角度上來論述的。後來在 1933 年《文學》創刊號上發表的長篇論文〈談《金瓶梅詞話》〉，則進一步論述了這部寫實主義作品的社會價值。他說：

> 表現真實的中國社會的形形色色者，捨《金瓶梅》恐怕找不到更重要的一部小說
> 了。
> 它是一部很偉大的寫實小說，赤裸裸的毫無忌憚的表現著中國社會的病態，表現
> 著「世紀末」的最荒唐的一個墮落的社會的景象，而這個充滿了罪惡的畸形的社
> 會，雖經過了好幾次的血潮的洗蕩，至今還是像陳年的肺病患者似的，在憔憔一
> 息的掙扎著生存在那裡呢。
> 《金瓶梅》的社會是並不曾僵死的；《金瓶梅》的人物們是至今還活躍於人間的，
> 《金瓶梅》的時代，是至今還頑強的在生存著。……

這在強調《金瓶梅》這部小說的社會性時，特別強調了它的當代意義，目光是十分敏銳與深邃的。

這篇論文的價值，還在於第一次將西門慶這一形象定位為商人、惡霸、官僚的典型，並作了十分細緻、到位的分析，這些對後來的研究產生了深遠的影響。同時，這篇論文首先分析了詞話本與崇禎本之間的異同與考證了《金瓶梅詞話》的成書年代。他根據萬曆那個特殊的「淫縱的時代」，小說中引用了韓湘子《升仙記》和許多南北散曲、欣欣子〈序〉引及的《如意君傳》《張于湖誤宿女貞觀記》等在萬曆間開始盛傳的作品，以及小說發展的歷史來看，得出了如下的結論：「我們如果把《金瓶梅詞話》產生的時代放在明萬曆間，當不會是很錯誤的。」

與鄭振鐸幾乎同時，吳晗在 1931 年即在《清華週刊》上連續發表〈《清明上河圖》與《金瓶梅》的故事及其衍變〉與這篇文章的〈補記〉，用詳實的史料考證了《清明上河圖》和王世貞家毫無關係，所以《金瓶梅》並非是傳說中的王世貞所作，一切《清明上河圖》和《金瓶梅》涉及王世貞的故事，都出於捏造，不足置信。至 1934 年 1 月他接著在《文學季刊》創刊號上發表〈《金瓶梅》的著作時代及其社會背景〉一文，將上述考證作為這篇文章的一部分之外，又增加了另一部分考證《金瓶梅》產生時代的內容。

他根據《金瓶梅》第七回提到的「太僕寺馬價銀」，以及對於佛教盛衰、小令的流行、太監、皇莊、皇木等描寫，斷定「《金瓶梅》的成書時代大約是在萬曆十年到三十年這二十年（西元 1582-1602 年）中。退一步說，最早也不能過隆慶二年，最晚也不能後於萬曆三十四年（西元 1568-1606 年）。」在考證作者與成書年代的基礎上，他對這部小說的價值及其社會背景作了如下的結論：

> 《金瓶梅》是一部現實主義小說，它所寫的是萬曆中年的社會情形。它抓住社會的
> 一角，以批判的筆法，暴露當時新興的結合官僚勢力的商人階級的醜惡生活。透
> 過西門慶的個人生活，由一個破落戶而土豪、鄉紳而官僚的逐步發展，通過西門
> 慶的社會聯繫，告訴了我們當時封建階級的醜惡面貌，和這個階級的必然沒落。
> 在《金瓶梅》書中沒有說到那時代的農民生活，但在它的描寫市民生活時，卻已
> 充分地告訴我們那時農村經濟的衰頹和崩潰的必然前景。……這樣一個時代，這
> 樣一個社會，農民的忍耐終有不能抑止的一天。不到三十年，火山口爆發了！張
> 獻忠李自成的大亂，正是這個時代這個社會的必然發展。
>
> 這樣的一個時代，這樣的一個社會，才產生《金瓶梅》這樣的一部作品。

吳晗的這篇文章也是從詞話本來研究《金瓶梅》的，且是建築在認真考證的基礎之上，明確用現實主義與階級論的觀點來評價這樣一部小說的。所以，它與鄭振鐸的〈談金瓶梅詞話〉一起，多方面地象徵著《金瓶梅》研究的一個新的時代的開始。

在鄭、吳當時，用現實主義來評價《金瓶梅》已成時尚。李辰冬在 1932 年介紹《金瓶梅》法譯本時，也認為它「是一部寫實派的真正傑作」，可與《紅樓夢》與《人間喜劇》相媲美：「我們讀了它以後，知道了明末清初的人情風俗、言語文字，更知道了那時候的家庭狀況和婦女心理，連帶著又知道了那時的社會的一切。」（〈《金瓶梅》法文譯本〉，《大公報》文學副刊第 225 期，1932 年 4 月 25 日）除此之外，有名阿丁者在〈《金瓶梅》之意識及技巧〉中，對於《金瓶梅》的寫實、寫情、寫惡的特點也作了充分的肯定，說它「是一部大膽的、寫實的、平凡的、瑣屑的家庭小說，社會小說，人情小說。」他認為，《金瓶梅》的中心思想是：

> 在於諷世，在於暴露資產階級的醜態。……總之是把整個的現實社會，為之露骨
> 的攝出，如其說《水滸》是反抗現實社會的小說，《儒林外史》是暴露智識階級
> 的醜態，《紅樓》為描寫人情的傑作，那末我可說《金瓶梅》一書是兼而有之的，
> 或者還可以說《金瓶梅》是更深刻更現實的代言者。

這篇文章還注意從藝術上分析它的特點，說：

《金瓶梅》唯一的特長，即是在平凡處透不平凡，瑣屑處見不瑣屑。全書有結構，有埋伏線，「千岩競秀，萬壑爭流」，但結局仍是有一條總脈，歸到一處。

全書人物，一一輕便帶出，非如《水滸傳》表出之生硬突兀，但其重要者，又一一為之依次歸宿，理絡分明，所以其結局是得以稱頌的。但各個個性描寫，雖未能如《紅樓》之細膩，《水滸》之鮮明，可是重要幾個，如潘金蓮之潑辣，李瓶兒之委婉，吳月良之平順，春梅之靈俊，孟玉樓之凡庸，西門慶之豪詐，陳經濟之巧滑，應伯爵之諂頑，劉二之刁狠，都很活現。

特別令人注目的是，它對《金瓶梅》中的寫淫及潘金蓮也有自己的看法，說：「書中雖全寫色之害人，而對於反抗禮教之束縛，以情欲為個人生理所必需，則能極大膽極徹底的表現。」他對潘金蓮流露了一定的同情，說：「我想倘金蓮與武松結為夫婦，當沒有如是的色情狂了吧。這也是舊式婚姻中的一種反照，因而有許多不合理的行為，實都可歸納於制度上的不良。」這比之前人談《金瓶梅》的寫淫，有了深一層的看法。他還說：「如有人說《紅樓夢》中除一對石獅子外，再沒有清潔的，那麼我可以說《金瓶梅》裡沒有更清潔的東西了。……《金瓶梅》中除寫武松之正直，王杏庵之有人心外，其餘沒有一個是說得上有人格的。如前所說，上至朝廷，下至奴婢，旁及僧尼，莫不把禮義廉恥丟個乾淨。」這一說法，也是以後的研究者認為《金瓶梅》的特點在於寫醜，寫惡的先聲。

除了對於作品本身的評價之外，體現這一階段自覺研究特點的是，對於《金瓶梅》一系列的有關問題進行了研究。

比如，關於《金瓶梅》素材來源的問題，早在 1930 年，有署名為「三行」的人，就指出《金瓶梅》的「藍本」至少有兩個：「第一種是《宋人平話》：〈金虜海陵王荒淫〉；第二種是《水滸傳》。」（《金瓶梅》，《睿湖期刊》第 2 期，北京神州國光社 1930 年 10 月版）。四年後，澀齋又補充說：「《金瓶梅》一書，並不完全是創作的，好多地方是抄舊有的話本，有的地方尚改頭換面，有的地方則直把原文搬將過來。例如敘潘金蓮的出身一節，是從〈志誠張主管〉裡割來的；阮三的一段，是從〈戒指兒記〉裡割來的。他如李桂姐院裡踢球，瓦肆裡去找草裡蛇等，都似乎有藍本的，因此三十一回中做笑樂院本一段，恐怕也有前身。《輟耕錄》所載院本名目中有《滕王閣鬧八妝》一本，或許與此不無關係？」（〈金瓶梅詞話裡的戲曲史料〉《劇學月刊》第 3 卷第 9 期，1934 年 9 月）。接著，許固生也考證了潘金蓮、龐春梅、李瓶兒本事來源，並將《金瓶梅》的「纂修」特點與《三國》《水滸》的異同作了比較。他說：

《金瓶梅》一書，也如同《水滸傳》《三國演義》《西遊記》等書，是一樣的採取

舊事古話纂修成的。不過他們不能相侔的地方也很多。《金瓶梅》是集合成幾個故事而成的，《水滸傳》《三國演義》等則是一個系統的故事纂修而成的。《金瓶梅》是用借屍還魂的辦法來表現作者當時的社會狀況。《三國志演義》《水滸傳》等則是純係講史的說部而已。因此就這幾點來看它們的價值，《金瓶梅》卻要高出很多。而《金瓶梅》纂修的藝術功夫，也正是他獨特過重的地方，非其他章回小說可以比擬的了。（〈金瓶梅本事考略〉，《北平晨報》1935 年 1 月 18 日）

至 1947 年，吳曉鈴又補充指出了《金瓶梅詞話》的不少段落抄自於〈五戒禪師私紅蓮記〉與〈新橋市韓五賣春情〉（《漢學》第二卷，頁 444-455，1947 年北京版）。

《金瓶梅》大量引用了小曲、小令、套數、雜劇，吳晗曾統計不下 60 種，後趙景深在〈《金瓶梅詞話》與曲子〉中釐正了吳晗一文中將小曲和小令混為一談的錯誤，並做了大量的補充。姚靈犀的《瓶外卮言》中也收有〈《金瓶》詞曲〉一文，逐回排列了《金瓶梅》所收的詞曲。後來，在這方面下工夫研究的是馮沅君。她在〈金瓶梅詞話中的文學史料〉一文中對於《金瓶梅詞話》中寫及的詞曲作了全面的研究。她在這篇文章中也談到了寶卷。劉永濟的〈金瓶梅詞話中的寶卷〉（《東南日報》1947 年 9 月 10 日）對《金瓶梅》所引用的寶卷作了專門研究，指出吳月娘所聽幾種寶卷，依次是：「其（四四）佛說黃氏女看經寶卷」；「（四一）銷釋《金剛科儀》」；「（四五）佛祖傳燈心印寶卷」。

《金瓶梅》中引用的素材或原文，保存了一些作品的原生狀態，反過來也就成了人們研究的對象。1934 年，澀齋的〈《金瓶梅詞話》裡的戲劇史料〉（《劇學月刊》第 3 卷第 9 期，1934 年 9 月）一文，就據《金瓶梅》中所描寫的戲曲演出情況，證實了徐充《暖姝由筆》所記的話是對的，即：「有白有唱者名雜劇，用弦索者名套數，扮演戲文跳而不唱名院本。」《金瓶梅》所反映的是「那時候的院本只存留著不唱的了。」「《金瓶梅》中常常提到唱戲，但從不曾提到戲台，可見那時唱堂會不一定搭台的。」「那時候的戲班是有戲箱的，不過行頭和平常人的衣服未必有什麼大分別。」馮沅君的〈《金瓶梅詞話》中的文學史料〉，也把《金瓶梅》中的有關描寫作為「史料」，考察了俗講、院本、清唱的曲辭與唱法、演劇的情況，乃至小說的演變等等問題，很有說服力。

此外，陳墨香的〈說〈金瓶梅傳奇〉零折旦劇第一〉〈說〈金瓶梅傳奇〉零折旦劇第二〉（《劇學月刊》第 3 卷第 9、11 期，1934 年 9 月、11 月）兩文，介紹了一本罕為人知的抄本《金瓶梅傳奇》，傅惜華的〈明代小說與子弟書——金瓶梅之故事〉（《藝文雜誌》第二卷第 10 期，北京藝文社 1944 年版），介紹了幾種由《金瓶梅》故事敷衍而成的小說及子弟書。這些對於研究《金瓶梅》的接受史來說不失為難得的寶貴材料。

《金瓶梅》的語言很有特點，它在白話中夾雜著許多活生生的方言土語，乃至黑話切

口，這固然使語言鮮活動人，但往往也同時令人費解，姚靈犀曾「嘗欲約同好作俗語辭典，艱巨未果，力絀心長，惟有期諸異日，因先取《金瓶梅》試為之」，作〈《金瓶》小劄〉，將《金瓶梅》裡的俚言俗語作注釋、考訂，竟多達 1800 多條。同收於《瓶外卮言》中的、佚名（很可能即是姚靈犀）的《金瓶集諺》，收錄了《金瓶梅》中的諺語、歇後語 387 種。這不僅幫助人們理解、研究《金瓶梅》做了一件有意義的工作，而且也是中國古代語言史研究的一項重要收穫。它為以後編寫《金瓶梅大詞典》開了個頭。

另外，《金瓶梅》作為一部世情小說，保存了豐富的民俗史料。早在 1935 年，阿英作〈燈市──《金瓶梅詞話》風俗考之一〉（《新小說》創刊號，1935 年 2 月）一文，為研究《金瓶梅》中所反映的明代的民俗現象開了先河。

(三)1950 至 1978 年的收穫與毛澤東的特識

1950 至 1978 年，總體上看，《金瓶梅》的研究處於一個低谷的時期，特別是在文化大革命期間，當然處在一個停頓的時期。但是，從五十年代的情況看來，儘管研究的人較少，發表的文章不多，但發表的幾篇文章還是有見解，見工夫，有影響的。

1954 年 8 月 29 日發表了潘開沛的〈《金瓶梅》的產生和作者〉一文，提出了「集體創作說」。他的論據有五個：「第一、《金瓶梅》是一部平話，而不是像我們現在的小說家所寫的小說」；「第二、全書每一回都穿插著詞曲、快板、說明」；「第三、《金瓶梅》在寫作上存在著許多問題，如內容重複，穿插著無頭無腦的事，與原作者旨意矛盾，前後不一致，不連貫，不合理以及詞話本的回目不講對仗、平仄、字數多少不一等等」；「第四、我們再進一步從全書的結構、故事和技巧來看，也可以看出是經過許多人編撰續成的」；「第五、從作者的直接描繪和一些淫詞穢語中，也可以看出是說書人的創作」。最終得出如下的結論：《金瓶梅》「不是由哪一個『大名士』、大文學家獨自在書齋裡創作出來的，而是在同一時間或不同時間裡的許多藝人集體創作出來的，是一部集體的創作，只不過是最後經過文人的潤色和加工而已。」這一說法，雖然當時也得到一些學者的附和，如日本鳥居久晴的〈《金瓶梅》作者試探〉（《中文研究》第 4 號，1964 年 1 月）就表示贊同，但當時即受到了一些學者的反駁，徐夢湘即在 1955 年 4 月 17 日的《光明日報》上著文指出，書中有說話人的語氣，是因為這是擬作，是當時的風氣；書中引用俗文學的作品，也只能說明作者愛好俗文學；從全書來看是能做到首尾照應，所以完全是「有計劃的個人創作」。張鴻勳也撰〈試談《金瓶梅》的作者、時代、取材〉（《文學遺產增刊》1958 年第 6 輯），認為《金瓶梅》全是作者一個人規劃、一個人創作的。這個作者就是山東嶧縣人「笑笑生」。「集體創作」還是「個人創作」？當時沒有辯論下去，但文革以後，還是再度引起了爭論。

　　與作者問題密切相關的是關於成書的年代問題。自從吳晗的〈《金瓶梅》的著作時代及其社會背景〉發表之後，幾乎所有的學者都認同了萬曆時期成書說。1962 年，龍傳士發表的〈《金瓶梅》創作時代考察〉（《湖南師範學院學報》1962 年第 4 期）一文，對吳晗的論證提出了全面的挑戰。他列舉了豐富而確鑿的材料，對吳晗認為在萬曆時期才有的「太僕寺馬價銀」「佛教的盛衰」「小令」「太監的權勢」「番子」「皇木」「皇莊」等各個問題一一加以辨析，說明這些現象早在嘉靖時期早已存在，指出吳晗的考證並不精確；同時，他論證了明人所說產生於嘉靖時期的一些說法，都是可靠的；並據《金瓶梅》中清唱的散曲與演劇的情況來看，《金瓶梅》大量採用了嘉靖時期流行的曲子與聲腔。應該說，這是一篇很見工夫，很有分量的力作，後來日本學人日下翠力證「嘉靖說」的一些材料，幾乎都沒有超出它的範圍，但產生在那個時代，在大陸一時竟沒有得到什麼反響。

　　在理論上，值得注意的是在 1957 年「現實主義」問題討論時，李長之發表的〈現實主義和中國現實主義的形成〉（《文藝報》第 3 期，1957 年 3 月）一文。這篇文章在鄭振鐸、吳晗、李辰冬等基礎上，用更為嚴密的現實主義理論來觀照《金瓶梅》，認為「嚴格意義上的現實主義的開山祖，只有《金瓶梅》」，它「才開始寫出了具有特定歷史階段（封建社會崩潰）的時代特徵的人物，才開始寫出了那樣腐爛的封建社會典型環境下一些人物的必然活動，……才開始以一個家庭為中心的故事而寫出了一百多回的長篇，才開始觸及了那麼廣闊的社會面，才開始以一個人的創造經營而不是憑藉民間傳說的積累而寫出了一部統一風格的巨著，才開始有了鮮明的不同於浪漫主義的作風踏實的力透紙背的現實主義作品。」而所有這些「是以前的作品裡所不能達到的新東西。」這篇文章代表了那個時代的水準，是《金瓶梅》評論史上的一個進步。

　　針對李長之的文章，李希凡發表了〈《水滸》和《金瓶梅》在我國現實主義文學發展中的地位〉（《文藝報》1957 年，第 38 期）一文，過分地誇大了《金瓶梅》中的消極成分，說：「從作品的客觀效果來看，與其說它『是暴露封建社會的罪惡整體』，不如說，它的藝術形象的表現，卻反映出作者是有意無意地欣賞那些腐化、墮落醜惡的事物。對於西門慶，沒有疑問，在作者的主觀上，是持著否定的看法。然而，在具體描寫裡，作者又被他的腐爛生活吸引住了，有時竟至忘了這個惡霸的猙獰面目，而站到他那裡去了。……這種對於人物前後矛盾的態度，使作者經常陷入不斷的混亂裡。」他的結論是：「《金瓶梅》的缺陷，也恰恰是反映著它那時代沒落精神的對於文學的腐蝕，表現著逐漸脫離現實主義的傾向」，「在文學的基本傾向上，離開了現實主義，走向了客觀主義」。這就開啟了《金瓶梅》究竟是自然主義還是非自然主義，現實主義還是反現實主義，人物性格的統一還是相矛盾的爭論。

20世紀以來，談《金瓶梅》的價值，多著眼於它的社會價值，只有少數幾個人談得稍多一些，而專從藝術的角度上來分析《金瓶梅》的，要數任訪秋的〈略論金瓶梅中的人物形象及其藝術成就〉（《開封師院學報》1962年第6期）一文。在結構上，他提出有兩條線索，認為「前八十回主要以西門慶為中心，來反映當時社會上的階級矛盾。其次是以潘金蓮為主，來反映西門慶家庭中妻妾的糾紛。」後二十回，則是分別以陳經濟與龐春梅為中心形成兩條線索。在人物的刻劃上，《金瓶梅》的成就一點也不亞於《水滸》。這不僅是因為，它刻劃的人物一個個都是活生生的，不再是概念化的東西，更在於刻劃人物的方法是多樣豐富的。他認為：「不論從創作的方法上，作品的題材上，以及藝術手法上，《金瓶梅》實為上承《水滸》與宋元評話，而下開清初小說中諸名作的一部偉大作品。拋開了它，則中國小說的發展史，就缺少了重要的一頁，不易說明它的來龍去脈。」這一評價實際上揭示了這部小說在藝術發展史上的里程碑意義，是客觀公允的。

在五、六十年代，研究《金瓶梅》的文章比較少，人們往往歸咎於當時的極左路線，歸咎於毛澤東。但實際上，在這個年代裡，對《金瓶梅》最有識見的，還是毛澤東主席。他屢次對中共中央的高級幹部推薦《金瓶梅》，評論《金瓶梅》，話雖然不多，卻要言不繁，一言中的。今據有關方面的披露，我想至少這樣五個觀點是有卓見的：

第一個觀點是：「這本書寫了明朝的真正歷史。」什麼叫「真正歷史」？就是作品具有高度的真實性、客觀性，它抓住了社會的本質問題，具有極高的認識意義。毛澤東在肯定《金瓶梅》是真正歷史時，特別強調它寫了「經濟」。他曾將《金瓶梅》與《東周列國志》比，說「《東周列國志》寫了當時上層建築方面的複雜尖銳的鬥爭，缺點是沒有寫當時的經濟基礎。而《金瓶梅》則不然」；又將它與《水滸傳》比，說「《水滸傳》是反映當時政治情況的，《金瓶梅》是反映當時經濟情況的。這兩本書不可不看」。所以，「真正歷史」說，比之「現實主義」論來更直截了當地抓住了文學作品「寫實」的精髓。試問，除了《金瓶梅》外，還有哪一部作品可以稱之為「寫了明朝真正的歷史」？──這是高度肯定了《金瓶梅》的社會價值。

第二個觀點是：「它只暴露黑暗」，「在揭露統治者與被壓迫者的矛盾方面，寫得很細緻的。」這就精確地揭示了這部小說的基本特點：它不是一般意義上的「現實主義」小說，它的最基本的特點不是歌頌，而是「暴露」，寫社會上形形色色的假醜惡。──這是正確指出了《金瓶梅》的藝術特徵。

第三個觀點是：「《金瓶梅》是《紅樓夢》的祖宗，沒有《金瓶梅》就寫不出《紅樓夢》。」這雖然是從脂硯齋以來的共識。毛澤東認同這一觀點，實際上也是認同了《金瓶梅》在小說藝術發展史上的里程碑意義。──這是肯定了《金瓶梅》在藝術發展史上的地位。

第四個觀點是：「書中污辱婦女的情節不好」，「《金瓶梅》沒有傳開，不只是因為它的淫穢，主要是因為它只暴露黑暗，雖然寫得不錯，但人們不愛看。《紅樓夢》就不同，寫得有點希望嘛」。這就實事求是地指出了《金瓶梅》存在的問題，既不是一味叫好，也不是無限誇大它的問題。——這裡看到了一種正確的批評態度。

第五個觀點是：「各省委書記可以看看」，「你們看過《金瓶梅》沒有？我推薦你們看一看」。毛澤東一再在中共中央，乃至在政治局會議上推薦中國共產黨的高級幹部閱讀《金瓶梅》，其深意何在？據我的理解，就是希望他們不要當西門慶，當蔡京、童貫，不要腐敗，不要當走資本主義的當權派。鄭振鐸不是早就說過：「《金瓶梅》的社會是並不曾僵死的；《金瓶梅》的人物們是至今還活躍於人間的，《金瓶梅》的時代，是至今還頑強的在生存著。」這些話是在 20 世紀三十年代說的，過了幾十年，西門慶式的人物是否還會活躍於人間？哪一些人最容易成為西門慶式的人物？這不是應該引起我們的警惕與思考嗎？我們在這裡，不能不佩服毛澤東他老人家的高瞻遠矚，不能不佩服他有那麼大的氣魄。斯人已去，我們不能忘記歷史上曾經有過這樣一個偉人，能站出來，建議那些可能成為西門慶式的人物，把《金瓶梅》作為鏡子，認認真真地來照一照，能號召大家杜絕腐敗，讓《金瓶梅》的時代永遠成為過去！

在《金瓶梅》研究史上，我們應該永遠感謝毛澤東，正是基於他對《金瓶梅》的深入的理解，在他的宣導下，中華書局於 1957 年影印了《金瓶梅詞話》2000 部，並著手整理普及的排印本。不但如此，他的觀點也有力地影響了「中國文學史」的編寫者。20 世紀六十年代中央組織的「中國文學史」統編教材，都對《金瓶梅》作了比較客觀的評價，乃至到 1978 年出版的北京大學中文系集體編寫的《中國小說史》，都給《金瓶梅》以較高的評價，這都與毛澤東的觀點不無關係。這也有力地說明了 1950 年至 1978 年間的《金瓶梅》研究並不是一團漆黑，也是有可觀的成績的。

(四)八、九十年代的研究熱

文革結束後的 1979 年，河北師範學院的資深教授朱星在當時新露面的大型雜誌《社會科學戰線》第 2 期上發表了〈金瓶梅考證〉（一），我隨即在《復旦學報》上發表了與他商榷的文章，於是就拉開了新時代的《金瓶梅》研究的序幕。時代的變化，學術的開放，很快地吸引了廣大的學者投身於這一領域，迅速地形成了《金瓶梅》研究的熱潮。據吳敢先生統計，1979-2000 年之間，大陸出版的專著近 200 部，發表的論文約 2000 篇。而 1901-1978 年全世界出版的專著不到 10 部，發表論文不足 300 篇。這 20 年是前 80 年的幾十倍（吳敢《20 世紀金瓶梅研究史長編》，文匯出版社 2003 年版）。在這 20 年中，成立了中國《金瓶梅》學會，舉辦了五屆全國金瓶梅學術討論會，四屆國際金瓶梅學術討論會，

出版了七輯《金瓶梅研究》，成立了國際《金瓶梅》資料中心，形成了一支老中青相結合的研究隊伍，《金瓶梅》研究，名副其實地成了一門「金學」。

在這 20 年裡出版的《金瓶梅》研究論著中，除了一些工具性、賞析性與整理性的文章與作品之外，在文獻實證與理論分析方面都取得了可喜的成績。

在文獻實證方面，關於作者、版本、成書時間與過程等等，百花齊放，百家爭鳴，雖然目前一時難以找到一個共識，但還是不斷地在深化認識，逼近真相。有關具體的情況，前面我在講作者、版本、成書等問題時大致已講過，這裡就不重複了。

下面，我就這階段在理論分析方面的情況略作介紹與評價。總的情況看來，這階段的成績是十分輝煌的，大家不斷地更新觀念，從不同的角度，對各種問題都進行了探討，這裡只能就一些主要的問題、主要的觀點來稍作評價。

1.關於創作的主旨

以往主要是「政治寓意」說、「諷勸」說、「復仇」說、「苦孝」說、「寫實」說、「世情」說等等。這時，有的是對於傳統的這些說法加以深化或更新，而更多的是提出了一些與以往不同或有較大突破的新說法。

比如，我提出的「暴露說」，一時間有較大的影響，但這實際上是在「世情說」「寫實說」的基礎上形成的，與魯迅說的「罵盡諸色」、鄭振鐸說的「寫實主義」、毛澤東說的「寫了明朝真正的歷史」，都是在精神上相通的。先前也有不少直接說過「暴露」的人，例如吳晗、阿丁、以及劉大杰與中國社會科學院文研所、游國恩等主編的《中國文學史》等都提到過。我就是在他們的基礎上加以特別提出與強調而已。我專門寫了一篇文章，題名就是叫〈我國暴露文學的傑構——《金瓶梅》〉，說：「在我國文學史上，《金瓶梅詞話》的最大特色是什麼？曰：暴露。」「把上上下下、內內外外的人間的醜惡，相當集中、全面、深刻地暴露於光天化日之下，因而不但能使當時的讀者感到震驚，起來詛咒和希望改變這樣的現實，而且在相當長的歷史時期內，它仍不失為人們認識社會的一面鏡子。」我認為這部小說的暴露面最為廣泛，涉及到朝廷、士林、奴婢、市井各色人等與政治、經濟、人心、道德等方方面面，而且是從最普遍的聯繫中來加以展示，有力地證明了這些弊病不是偶然的、個別的。這種廣度本身就體現著一定的深度。它的深度還表現在：(1)把聚光鏡對準了皇帝。我不但從小說的一些直接的表白中說明了這個問題，而且從整個藝術結構上來分析了小說把批判的焦點集中到皇帝身上。這在封建社會中是十分不容易的。由此我還附和了魏子雲先生提出的「政治諷諭說」。同意小說對明神宗寵幸鄭貴妃、廢長立幼的政治事件有所影射。(2)小說的暴露是放在社會對抗的背景中來展現的。(3)從思想哲學的角度看，這部小說是把社會罪惡當作人性的弱點來加以暴露的。它比較自覺地將構思立足在暴露「酒色財氣」「四貪」之病，特別是「情色」

之累，又把它們表現得各有個性，還朦朦朧地感覺到這種人性的弱點具有「上」「下」之分，而罪惡的源頭正是在「上」而不在「下」。後來，我還專門寫過〈《金瓶梅》中的「人」〉進一步從人性的角度來分析這部小說的嘗深度。有論者認為我的暴露說，眼界過於狹窄，而認為只是暴露醜惡，而沒有注意到「寫出了當世的國民劣根性」，沒有注意到「新興」的商人，忽視的作品的思想傾向等等。我覺得這些批評都沒有抓到我的癢處。寫國民劣根性、寫世情，與我的暴露說並不對立，不同的只是我將怎樣寫「劣根性」，寫「市井」「世情」的特點揭示了出來而已，我之所以不用那種籠而統之的寫實，寫世情的提法早就在文章中說明了。我的文章主要強調其特點是「暴露」，至於暴露的主要對象是「封建的」還是「新興的商人」，不在我主要討論的範圍之內，不過，我從來沒有把西門慶看作是一個純粹的封建官僚，而同時也是把他作為一個商人來看待的。我認為作品的主要特色是暴露，並不像有的人所理解的那樣，社會必然是滿目瘡痍、漆黑一團，為那種主張作者沒有任何美的理想、作品具有嚴重自然主義傾向的理論提供依據。我在文章中，早就對作品的思想傾向有過論述，說：「在我看來，作者暴露現實的武器就是他所認為的『善』。他嚮往的世界就是一個君明臣賢而人人遵守封建道德規範和正常秩序的善的世界。他的創作目的就是要在『指斥時事』的同時，達到『關係世道風化、懲戒善惡，滌慮洗心』，就是為了宣揚善道。」所以，我的暴露說，是在力圖抓住作品最基本的特色的基礎之上，並沒有停留於社會政治層面的思考，而是兼顧到了倫理道德評判和人的哲學思考等其他理論層次的。我到現在，並不放棄這一個說法。

1987 年，盧興基在《中國社會科學》第 3 期上發表了〈論《金瓶梅》──16 世紀一個新興商人的悲劇〉，不滿於以往論及西門慶時，往往以一般的惡霸、商人、官僚三結合來看待，沒有能抓住這個商人的特徵，於是結合《金瓶梅》產生時代的社會經濟文化背景的分析，提出了一個「新興商人悲劇說」，說：「西門慶是十六世紀中葉我國封建末世資本主義萌芽時期的一個新興商人。作品的主題不是在暴露封建黑暗，而在於通過這個新興商人及其家庭的興衰，他的廣泛的社會網路和私生活，以及如何暴發致富，又是如何縱欲身亡的歷史，表現資本原始積累的過程中，我國社會的深刻變動。」與這個觀點接近的是李時人在〈《金瓶梅》：中國十六世紀後期社會風俗史〉中說：「西門慶的悲劇從本質上說是前資本主義中國商人的歷史悲劇。」對於這一觀點，也有一些人與之商榷，分歧的焦點是西門慶的本質屬性究竟主要是官僚，還是商人？是封建性，還是新興性？據我看來，西門慶身上有一點「新」的商人的味道，馬馬虎虎可以說他是半新半舊，但基本上還是屬於舊的的商人而不是新的商人，是封建性的而不是資本主義的。

此外，如鄭培凱、田秉鍔、魏崇新等人提出的「勸戒警世」說，劉輝說的「憤世嫉俗」說，包遵信、宋謀瑒、周中明的「批判封建」說，張錦池「以仁與天理諷世」說，

吳紅、胡邦煒等的「為市民寫照」說，霍現俊「展現資本主義生產關係生亡史」說，張進德等的「主題矛盾」說，朱邦國的「人性復歸」說，池本義男的「人格自由」說，張兵、李永昶、劉連庚的「人欲張揚」說，王志武的「性自由悲劇」說，許建平的「探討人生」說，田秉鍔的「精神危機」說，王彪的「文化悲涼」說，等等。這些見解中，有的較多的承傳了前人的說法，但更多的是滲入了新的理論方法和時代意識，從社會學、美學、人學、文化學、心理學、宗教學等多角度、多層次地探討了作者的創作主旨與作品的主題，顯現了一種多元交匯、百花競豔的狀態。

2.關於性描寫認識

　　文革後，隨著整個社會思想的解放，對於《金瓶梅》中性描寫的討論也多了起來。人們不再停留在魯迅、茅盾等人的基礎上，把《金瓶梅》中的穢筆歸結為當時社會風氣的感染，章培恒在 1983 年的〈論《金瓶梅詞話》〉中提出：「《金瓶梅詞話》中那些關於性行為的描寫恐怕並不僅僅是封建統治者荒淫無恥的反映，而應當與當時以李贄為代表的、把『好貨好色』作為人類自然要求加以肯定的進步思潮有關，是人們對自身認識深化的表現。正因這一認識的深化，才使得小說的描寫以人物為中心，才使得人物性格的刻劃更趨複雜與真實，也才使得對社會現實的描繪更清醒和富於時代特徵。」到 1986年第二次全國《金瓶梅》學術討論會時，對性描寫的評價成為會上討論的熱點，也成為此後歷屆會議不可或缺的內容。人們的認識在某些方面也逐步取得了一致。比如，長期蒙在《金瓶梅》身上的「淫書」的惡名，恐怕現在已經沒有人公開說了；再如，從藝術審美的標準衡量，也承認《金瓶梅》有些文字只注重性器官的形狀和機械的動作描述，且重複多，少變化，不能在心理上、情緒上給人以美感的享受，也有的甚至是純粹是在商業利益驅動下外加上去的「澆頭」，破壞了小說藝術的真與美，因而是失敗的。至於從總體上看，如何從文學以及文化的角度評價這些性描寫文字，卻有不同的見解。大體可分為三種情況：一種是肯定性的意見。主要是從人本主義哲學的角度評價性描寫，認為作為人學的文學可以有描寫性行為的文字，認為《金瓶梅》中的性描寫，帶有一定的人文主義的色彩，與《十日談》中的同類文字一樣，顯示了人性的覺醒與解放，這在「天理」壓倒「人欲」的明代中後期具有反封建的進步意義，是對禁欲主義的反動，在一定程度上反映了人的覺醒。也有人從中國文學傳統和明代的文化環境分析了《金瓶梅》中性行為描寫的歷史和時代的必然性。還有人從文學創作的角度指出小說通過社會經濟和其他關係在性問題上的反映，探討社會、人生、人性等複雜問題，是《金瓶梅》藝術開掘的途徑；小說中的性描寫的文字大都與深化主題、塑造人物和遞進情節相關，寫性是為了批姦，寫性是為了示醜，寫性是為了「以淫說法」而達到禁淫的目的。從這種意義上講，《金瓶梅》描寫男女之間性行為是一種具有突破性的劃時代貢獻。另一種是持否

定性意見。認為：人欲不等於縱欲，個性解放不等於性解放，敢於對性生活作大膽描寫，未必就是反封建思想的表現，無論從它所承載的精神內涵看還是就它選擇的表現方式論，都基本背離了藝術乃至生活的真善美，並在有意無意中產生了污染視聽、引人墮落的惡劣作用，這種描寫既是迎合小市民的低級情趣的需要，也是作者的低級趣味的表現，因而完全是多餘的，對讀者是有毒害的。第三種意見是認為作者對男女性行為的態度是雙重的、矛盾的。一方面沒有否定正常的有節制的情欲，認為正常的情欲和床笫行為的滿足能給人帶來快樂、幸福，而過度的性行為又會戕害性命，這種心理也表現於描寫性行為的文字中，有時字裡行間流溢著他對性動作的欣賞，有時則摻入道德的貶斥意味。還有論者，肯定作者通過這些兩性行為的描寫，意在達到勸懲的目的，但客觀的具體描寫與主觀的意圖並非完全一致，難免有宣淫之責。也有人認為，儘管這種描寫有其歷史和時代的必然性，儘管作者的目的在於暴露西門慶的罪惡，但它畢竟是這部不朽藝術品的污點。

3.關於藝術上的創新

這也是這時期金學研究的熱點，章培恒的〈論《金瓶梅詞話》〉說，「《新刻金瓶梅詞話》在我國小說史上是一部里程碑性質的作品」，「標誌著我國小說史的一個新階段的開始」。這話說得很有概括性。具體說來，論者找出了許多方面。比如，美學觀念發生了轉變，通過暴露假醜惡來傳播真美善；題材由超現實到寫現實平凡的生活；寫人由寫超人到寫社會凡人庸人，由男性為主角而變為女性也成為小說的主角，寫性格由注重描寫特徵性性格到寫個性化的、複合式的性格；結構由單線縱向結構演變為多線縱橫網狀立體式結構；情節從注重傳奇、誇張、粗略，轉變細膩、平實、逼真的鋪敘；語言也變得口語化、方言化、個性化；其他如諷刺手法的成熟，內心世界的刻劃，細節描寫的高超等等，各方面多有論析，在這裡沒有可能與必要一一細講。實際上，我的主要的看法，在前面已經講過了。

4.關於人物形象的具體分析

《金瓶梅》在寫人方面成就突出。前面講過，它開始致力於寫平凡的人物、反面的角色、女性的形象，在表現手法上又多有創造，所以刻劃了眾多的活靈活現而又富有社會意義的人物形象，值得仔細加以分析。比如，西門慶這個人物，就十分自然地成為研究的重點。對於他的社會屬性、典型意義、美學價值，有不少文章加以探討。再如潘金蓮、宋惠蓮、李瓶兒、春梅、孟玉樓、李桂姐等等女性形象，也為大家所關注。這時期，不要說單篇論文，就是有關人物論的專著也有近二十部，如孟超《金瓶梅人物論》，王汝梅等《金瓶梅女性世界》，石昌渝、尹恭弘《金瓶梅人物譜》、孔繁華《金瓶梅的女性世界》《金瓶梅人物掠影》，高越峰《金瓶梅人物藝術論》，魯歌、馬征《金瓶梅人物

大全》，劉烈《西門慶與潘金蓮──金瓶梅詞話主人公及其他》，羅德榮《金瓶梅女性三透視》，王志武《金瓶梅人物悲劇論》，馮子禮《金瓶梅與紅樓夢人物比較》，陳桂聲《金瓶梅人物世界探論》，魏崇新《說不盡的潘金蓮──潘金蓮形象的嬗變》，曾慶雨、許建平《商風俗韻──金瓶梅中的女性們》，葉桂桐、宋培憲《金瓶梅人物正傳》，晨曦、婧妍《金瓶梅中的男人與女人》等等。他們的眼光儘管不盡相同，但都從不同的方面論析了小說人物的不同命運、情感世界、性格特徵及他們的社會意義與美學價值；也探究了小說作者寫人的高超技藝。這對我們更好的理解《金瓶梅》這部作品具有重要的意義。

5.關於文化研究

20世紀最後二十年，在有關《金瓶梅》的文化研究方面也有長足的進步，有關《金瓶梅》中表現的民俗與遊藝，所描寫的戲曲及其表演，宗教、迷信、醫學等等，都有涉及，有的還研究得相當有深度。這都說明了《金瓶梅》是一部百科全書式的作品，也從另一個角度證明了它是一部現實主義的傑作。

(五)20世紀國外研究的看點

《金瓶梅》早已成為一部世界性的文學名著，擁有了一批國外的讀者、譯者和研究者。從研究而言，主要集中在日本與美國。考慮到這兩國的研究路數並不一樣，各人大都走各自的路，所以我想這一講還是將日本的研究與美國的研究分開來講，最後再說一下其他國家的研究概況。

1.日本的研究

早在1897、1898年，早稻田大學的笹川臨風在他篇幅有限的《支那小說戲曲小史》與《支那文學史》中，都提到了《金瓶梅》，且給予不低的評價。在《支那文學史》中，他接著評《西遊記》說，「與是相並者有《金瓶梅》，以複雜之清話，為腳色，個個性格，巧妙出之，唯其弊往往流於醜褻」。這一評價，在肯定小說的藝術表現的同時，批評了它的弊病。1910年三省堂出版的《日本百科大辭典》中，宮崎所作的《金瓶梅》，也給予了一定的肯定性評價，稱它為「一部照魔鏡」。這些都對後來鹽谷溫在《中國文學概論講話》（1919年）中的觀點有所影響。鹽谷溫說《金瓶梅》「描寫極其淫褻鄙陋的，市井小人底狀態非常逼真，曲盡人情底微細機巧，其意在替世人說法，戒好色貪財」。鹽谷溫的這部書，對後來魯迅寫《中國小說史略》影響至大，當然，魯迅在《中國小說史略》中對《金瓶梅》的論述有著根本性的發展與變化，但還是多多少少可以看到鹽谷的一點影子。

但是，日本在二戰以前，由於漢學家們重視的是經史與詩文，對於通俗長篇小說，

特別是像《金瓶梅》這樣的小說中的名物、詞語等等不容易解讀，對於晚明時期的商人、官僚和老百姓的具體生活和社會情況，也所知甚少。還有，《金瓶梅》中「鑲嵌」了很多如寶卷、小曲等通俗文藝，使日本的漢學家們也很傷腦筋。所以，在戰前總的研究情況並無多大進展，許多中國文學史著作也不提到它，在市場上只出現過為數不多的節譯本，而「淫書」的影子卻一直深深的烙在日本人的心目中。

二戰後的一段時間裡，日本的思想得到解放，一時間也是百家爭鳴，眼花繚亂。這時，作為思想解放的一個象徵談性文化的人也多起來了，一些「好色文學」，包括《金瓶梅》的節譯本與改編本陸續問世，其中最重要的是 1948-1949 年間由小野忍與千田九一合譯的詞話本《金瓶梅》的陸續刊行，這對《金瓶梅》的研究是有力的推動。附於這部《金瓶梅》卷一後面的小野忍所寫的〈解說〉，在總結前人研究的基礎上，對《金瓶梅》的版本、特點、素材、歐譯及評價的變遷等問題作了全面的論述，是一篇有較高學術價值的文章。這時陸續也發表了一批論文，有的探討了它的寫淫問題，有的指出它是寫了「色、欲、空」，有的則認為是寫了「人的欲望」，多為一些鑑賞分析性的文章。

到了五、六十年代，日本學界陸續發表了一些有分量的文獻性、實證性文章，特別在關於版本方面，他們有一些重要的發現與考證。早在 1941 年，豐田穰在《某山法庫觀書錄》中披露了日本日光山輪王寺慈眼堂也藏有《金瓶梅》的詞話本，到 1962 年上村幸次教授在日本德山毛利家棲息堂中也發現了另一部詞話本，但第五回與慈眼堂本有異版，於是，日本的大安株式會社準備影印這兩種詞話本。這時一些日本的學者分別撰文介紹了這幾種詞話本的特點、發現經過與大安本的價值等等，頗有資料價值。這些文章是長澤規矩也的〈《金瓶梅詞話》影印的經過〉、上村幸次的〈關於毛利本《金瓶梅詞話》〉與飯田吉郎的〈關於大安本金瓶梅詞話的價值〉（以上三文均見 1963 年 5 月《大安》第 9 卷第 5 號）。像長澤規矩也，既是第一批得到古佚小說刊行會影印的《新刻金瓶梅詞話》的日本學者，又是較早瞭解日光山輪王寺慈眼堂藏本《金瓶梅詞話》的人，並主持了慈眼堂本與棲息堂本的校勘。他在文章中透露的北京古佚小說刊行會影印詞話本的經過、慈眼堂本與棲息堂本校勘的結果，都很有價值。

關於《金瓶梅》的版本，長澤規矩也曾在 1949 年寫過〈《金瓶梅》的版本〉，1950年小野忍也寫過〈關於《金瓶梅》的版本〉，但對《金瓶梅》的版本作更為系統、認真梳理的是天理大學的鳥居久晴教授，他的〈《金瓶梅》版本考〉（1955 年 4 月《天理大學學報》第 18 輯）及其幾篇補文，將《金瓶梅》版本分為詞話本、明代小說本（崇禎本）、第一奇書本與異本四類，對每一類中當時所知的各本逐一予以述評。在詞話本中，除了談及北京圖書館藏本及其古佚小說刊行會影印本之外，還著錄了日本藏本兩種、大陸藏本兩種與臺北藏本三種；在「明代小說本」中，大陸兩種，日本兩種；在「第一奇書」

本考述了皋鶴堂刊本（天理大學藏）、在茲堂刊本（京都大學附屬圖書館藏）、本衙刊本（從匯文堂主人大島五郎氏那裡看到的）；影松軒刊本（天理大學藏）等 18 種版本。另外再介紹了異本 6 種。鳥居所著錄的這些版本，大都經過目驗，分析也有見地，但由於受到條件限制，有的得之二手，因此有的地方時見疏誤，這也完全可以理解。鳥居除了對版本研究化了工夫之外，對於《金瓶梅》的諺語、俗語的整理與研究也有成績，整理了近千條的諺語、歇後語來證明作品的「庶民性」；對《金瓶梅》的作者也進行了探索，支持了集體創作說；並首先對《金瓶梅》進行了編年，可惜的是，鳥居教授溘然棄世，編年只存其摘要而未能完成全稿，不能不使人深感遺憾。

在實證研究方面另一個值得注意的是早稻田大學的澤田瑞穗教授。他對寶卷等俗文學深有研究，早在 1956 年就作〈關於《金瓶梅詞話》所引的寶卷〉一文，這是一篇研究《金瓶梅》與寶卷的開創性力作。三年後，他發表的〈隨筆金瓶梅〉一文，廣泛地論及了《金瓶梅》與其他通俗文學的關係，以及《金瓶梅》的竹坡本、滿文本、傳奇本、日譯本和對日本文學的影響等等，提供了許多可貴的資料。同年，他有《金瓶梅書目稿》油印本面世。在這基礎上，1961 年，出版了《金瓶梅研究資料要覽》，全面地著錄了《金瓶梅》的各種版本與各類研究論著，成為研究《金瓶梅》的重要參考資料。

其他較重要的研究成果，如飯田吉郎的〈《金瓶梅》研究小史〉（1963 年 5 月《大安》第 9 期第 5 號），開創了金學史的編寫。上野惠司的〈從《水滸傳》到《金瓶梅》〉（1970 年 3 月《關西大學中國文學會紀要》第 3 號）、大內田三郎的〈《水滸傳》與《金瓶梅》〉（1973 年 8 月《天理大學學報》第 85 輯），這兩篇文章雖然都是將《金瓶梅》與《水滸傳》作了認真的比較，然比較的角度與目的都大不相同。前者通過重複的語詞細緻比較，支持了個人創作說，並得出了與中國語研究專家香阪順一與大田辰夫的一致的結論：《金瓶梅》的「山東方言說難以一下子令人信服」；後者則通過文字比較，得出了「《金瓶梅》的作者是抄寫了『天都外臣序本』」與成書於萬曆中期以前的結論。寺村政男，曾經作為澤田瑞穗編寫《金瓶梅研究資料要覽》的助手，所作的〈《金瓶梅》從詞話本到改訂本的轉變〉（1978 年 6 月《中國古典研究》第 23 號）一文，十分細緻的分析了兩者的異同，有力地證明了改訂本（崇禎本）「進行了向近代小說推進的工作」，使小說「從《水滸傳》中超脫出來，進一步盡量除去說唱故事的因素，使之更加獨立化」。他的〈《金瓶梅詞話》中的作者介入文——「看官聽說」考〉（1976 年 12 月《中國文學研究》第 2 期），角度比較新穎，對於深入理解小說受說唱故事影響與敘述人的態度很有意義。另外，阿部泰記的〈論《金瓶梅詞話》敘述之混亂〉（1979 年 7 月《人文研究》第 58 輯）也值得重視，他針對當時日本也存在的有關《金瓶梅》作者「究竟是一個人還是眾多人」的問題，研究了這個常被「集體創作」說作為理由的敘述混亂現象，得出了這樣的結論：

萬曆本《金瓶梅詞話》，是某一特定的作者在構思還沒有完全統一的階段的作品化了的讀物，因而在作品各自往往可以看到作者構思的痕跡。據此，可以認為，那種從來疑而未決地把它作為還在話本階段的錯誤說法，不得不退出歷史舞台了。

在八十年代以後，在日本有兩位學者專攻《金瓶梅》，一位是日下翠女士，一位是荒木猛先生。日下女士是日本第一個由《金瓶梅》的論文而第一個獲得博士學位的研究者。她在 1984 年 1 月《東方》雜誌上發表的〈《金瓶梅》成立年代考〉一文從批評吳晗的論證出發，主張嘉靖說，否定萬曆說，是較早介紹到中國來的一篇論文。接著，她在《東方》上發表〈關於蘭陵笑笑生〉（1984.7）、〈《金瓶梅》作品考〉（1987.9）等論文。她的〈《金瓶梅》作者考證〉（《明清小說論叢》，春風文藝出版社 1985 年版）一文，日下翠「『金瓶梅』と『寶劍記』」（『中國戲曲小說の研究』研文出版社 1995）在中國具有廣泛的影響，對李開先說給予了有力的支持。她還寫過一本名為《金瓶梅》的論著。這本書，為探求《金瓶梅》的藝術魅力，作了細緻的剖析。值得注意的還有，她作為一個女性，還從女性的角度研究過《金瓶梅》中的性愛描寫。可惜她英年早逝，2005 年 9 月去世時，年僅 57 歲。荒木猛先生是一個名副其實的研究《金瓶梅》的專家。他從八十年代初起，幾乎年年發表《金瓶梅》的論文，數量很多，品質也佳，如〈關於新刻繡像批評金瓶梅（內閣文庫藏本）的出版書肆〉（《東方》1983.1）〈《金瓶梅》中的諷刺——從西門慶的官職來看〉〈《金瓶梅》素材的研究——特別是關於俗曲、《寶劍記》、《宣和遺事》〉（《函館大學論究》1986 年第 16 輯）〈《金瓶梅》十七回影射的史實〉（《漢學研究》1986 年第 6 卷第 1 期）〈「話本」與《金瓶梅》〉（《長崎大學教養部人文科學篇》第 30 卷第 2 號）〈金瓶梅補服考〉（同上第 31 卷第 1 號）〈關於崇禎本《金瓶梅》各回的篇頭詩詞〉（《金瓶梅研究》第 4 輯）等等。特別是在關於內閣本刊印年代的斷定、引用素材和回前詩，以及《金瓶梅》成書年代的一些考證方面，都很有價值。

除了日下、荒木兩位之外，在上世紀後 20 年中，還是有一些值得重視的文章。比如，大塚秀高寫的〈金瓶梅的構思〉〈續金瓶梅的構造〉，都很有創見，認為《金瓶梅》不僅受《水滸傳》的影響，而且還受《封神演義》《三國演義》等影響；再從玉皇廟到永福寺來分析《金瓶梅》的結構，也有新意。另外，注重藝術分析的鈴木陽一也研究了《金瓶梅》與《水滸傳》的重複部分，探討了〈關於金瓶梅的描寫方法〉，注意在藝術表現方面尋求一些規律性的東西，也很有啟發性。總的看來，日本在 20 世紀中，《金瓶梅》的研究還是取得了非常突出的成績，而且後繼也有人，年青一代中，像到我們學校進修過的川島優子、田中智行等，都有很好的發展潛力。

2.西方的研究

　　西方節譯《金瓶梅》雖然也較早，如1912年，法國就有節譯本名《金蓮》，但真正的研究還是較晚。1939年，英國伯納德·米奧爾節譯的《金瓶梅：西門慶與六妻妾奇情史》分別在倫敦與紐約出版，英國的亞瑟·韋利為此撰寫了一篇序言，較為全面地論及了《金瓶梅》的文學價值、創作情況、時代背景、作者、版本等等。在談到作者時，他誤將沈德符在《萬曆野獲編》中提到的「徐文貞」為「徐文長」，從而主張作者是徐渭，對後來者產生了不良的影響。西方真正對《金瓶梅》下工夫研究，且取得了最為顯著成績的是韓南。他出生於新西蘭，1960年在倫敦大學獲博士學位，任該校東方及非洲研究所中國文學教授，1963年起任教於美國斯坦福大學，1968年後一直任哈佛大學遠東語言文學系教授。他在1961年至1964年間連續發表四篇有關《金瓶梅》的文章，立即登上了《金瓶梅》研究的顛峰。其中〈中國小說的里程碑〉（收入道格拉斯·格蘭特與參克盧爾·米勒合編的《遠東：中國與日本》，多倫多大學出版社），明確提出了「里程碑」說。1962年在《大亞細亞》新叢刊9上發表的〈《金瓶梅》的版本及其他〉是繼鳥居久晴版本研究後的又一篇力作，對於《金瓶梅》手抄本、詞話本與繡像本（崇禎本）作了更為詳細考述，極有參考價值。越年，又在這同一雜誌第10號上發表了〈《金瓶梅》探源〉一文，對《金瓶梅》的素材來源，就長篇小說、白話短篇小說、文言短篇小說、宋史、戲曲、清曲、說唱文字七個方面，一一加以搜求，有不少新的發現，一時間幾乎可以說是網羅殆盡，實為這一時期該項研究的集大成之作。

　　韓南之外，值得注意的是芝加哥大學教授芮效衛，他化了多年之力全譯了《金瓶梅》，曾寫過〈論張竹坡評注《金瓶梅》〉，較早對張竹坡進行了研究。在1983年印第安大學舉辦的國際《金瓶梅》學術討論會上，提交了〈湯顯祖創作《金瓶梅》考〉一文，資料詳贍，富有啟發性，但其結論恐怕難以成立。也在這次會議上，當時年輕的普林斯頓大學教授浦安迪。他也提交了一篇論文，名曰〈瑕中之瑜：論崇禎本《金瓶梅》的評論〉，主要是研究崇禎本的評點，認為它反映了「李贄名下評注本所共有的論點」，有可能遠溯到《金瓶梅》成書之時，或者《金瓶梅》也存在著李贄的評點的可能。他還認為張竹坡的評點，有不少因襲了崇禎本。還有，他據謝肇淛的〈金瓶梅跋〉，認為20卷本當早於10卷本，而目前公認的10卷詞話本早於20卷的崇禎本，尚缺乏令人信服的論證。這些問題都是《金瓶梅》研究的重要課題，引人注目。後來，他寫的《明代小說四大奇書》中，對《金瓶梅》有一全面的論述，多有獨到的見解。當時在美國的華裔學者、芝加哥大學圖書館館長馬泰來，首先發現了謝肇淛的〈金瓶梅跋〉，撰有〈研究金瓶梅的一條新資料〉，接著又寫了〈麻城劉家和《金瓶梅》〉〈諸城丘家與《金瓶梅》〉〈馮夢龍與文震亨〉等論文，以一些確鑿的材料，解決了一系列《金瓶梅》初期流傳中的一些問題。另一位華裔學者鄭培凱，曾投文於臺北《中外文學》上發表的〈《金瓶梅詞話》與

明人飲酒風尚〉與投文於《中華文史論叢》上發表的〈酒色財氣與《金瓶梅詞話》的開頭〉，從文獻出發，認真的考察了《金瓶梅詞話》的文化背景，分析了作品的思想內容與作者問題，多有創見。與此同時，他抨擊了考證中的所謂「索隱派」。

另一位美籍華裔學者夏志清，長期在哥倫比亞大學任中國文學教授，著有多部中國小說史著作。他於 1984 年 10 月的臺北《知識分子》上發表了〈《金瓶梅》新論〉一文，較為全面地論述了《金瓶梅》的作者、成書、思想和藝術特徵。他認為這部小說存在著結構凌亂、思想混亂以及引用詩詞不協調等現象，在藝術上「恐怕只能歸三流」。因此而遭到了國內一些學者的批評。

美國之外，法國的雷威爾也受人注目。他原籍我國天津，1937 年回國，長期任波爾多大學、巴黎第七大學任中文系教授、主任，研究中國古代小說。1979 年發表〈《金瓶梅》初刻本年代商榷〉，已經注意馬之駿「時榷吳關」的時間來斷定初刻的時間，後又發表過若干有關《金瓶梅》研究的書評。1989 年、1992 年我國召開的首屆與二屆國際《金瓶梅》學術討論會，他都提交了論文。首屆提交的是〈《金瓶梅詞話》第 53、54 回的秘密〉，二屆提交的是〈《金瓶梅》與《聊齋志異》〉，都有獨到的見解。特別使他在世界金學界享有盛譽的是，他於 1985 年出版了法譯本《金瓶梅》。此譯本把小說分成十個部分，每個部分分別加了一個標題，每個標題概括了原書十個回目，依次為「金蓮」「瓶兒」「惠蓮」「王六兒」「瀆職」「少爺之死」「枕邊的幻想」「西門慶暴死」「善有善報惡有惡報」「土崩瓦解」。這一概括，對後人理解小說的結構很有啟發。書前有一篇〈導言〉，著重論述了《金瓶梅》在中國文學史上的地位，認為是「四大奇書的佼佼者」，並對《金瓶梅》在歐洲翻譯出版及評論情況，作了概要的介紹，對於我們瞭解《金瓶梅》在國外，尤其是歐洲的研究情況大有用處。

在前蘇聯，研究《金瓶梅》用力最勤、成績最著的是馬努辛。他於 1949 至 1952 年曾來我國從事翻譯工作。1956 年起在莫斯科東方大學任教，致力於《金瓶梅》的俄譯工作。1961 年，曾發表〈《金瓶梅》與中國文藝批評中反傳統的鬥爭〉；1964 年完成了副博士論文〈16 世紀社會暴露小說《金瓶梅》：從傳統到革新〉。1974 年在莫斯科版《遠東文學研究的理論問題》上發表〈評《金瓶梅》小說及其作者〉一文，認為「蘭陵」是「酒徒」的意思，「應當將蘭陵笑笑生看成是一位嘻嘻哈哈的喝醉了酒的人，一位經常喝得醉醺醺的傢伙」，「一位敢於去揭露社會潰瘍的人物」，以此，他推測可能是李贄、徐渭、袁宏道、馮夢龍等人。最能顯示他的理論功力的是在 1977 年在《遠東文學研究理論問題》上發表的〈《金瓶梅》中表現人的手法〉。他在多方面的總結《金瓶梅》的寫人藝術技巧的基礎上，得出了這樣的結論：「《金瓶梅》是中國文學中第一部取材於作者當代社會生活的小說。作者在當時社會經濟和政治生活的背景之上描寫暴發戶西門

慶，把他看作典型環境下活動的時代主人公的典型社會形象。這在中國文學史上是一個創造。」馬努辛翻譯的《金瓶梅》，得到了舍契夫、雅羅斯拉拉夫、李福清（勃·里弗京）等名家幫助潤色，所以品質較高，可惜他也是英年早逝，1977 年正式出版時，序言〈蘭陵笑笑生及其小說《金瓶梅》〉和注釋是由李福清完成。李福清的早年也在北京大學進修過，熟悉中國的小說與民間文學。他撰的序言，娓娓道來，很見功力。他認為「這部長篇小說宛如中國整個封建社會危機四伏的時代的一面鏡子」，在藝術上有很多創新，比如「把主要筆墨集中用於描寫主人公的日常生活」和「花了很大篇幅去描寫中國女性的生活」，都是與以前所不同的。他在解釋金蓮、瓶兒、春梅這些名字的象徵意義時，很見創意。他分析的說唱文學以及儒、道、佛三教對小說的影響，也很細緻。這篇序言，不但對幫助蘇聯讀者瞭解《金瓶梅》很有意義，而且也有一些富有啟發性的獨到的見解。

　　上面，就 20 世紀國外的研究略作一些介紹，這只能揀一些主要的、有影響的，以及我所知道的稍作一些點評。這些論文的中譯本，有的已散見於我國的雜誌書刊中。較為集中的，有關日本的研究論文，可參看我與王國安編譯的《日本研究金瓶梅論文集》，此書由齊魯書社於 1989 年出版。關於西方的一些論文，有一本徐朔方編選校閱、沈亨壽等翻譯的《金瓶梅西方論文集》，由上海古籍出版社於 1987 年出版。另外，胡文彬編的、北方文藝出版社於 1987 年出版的《金瓶梅的世界》也收集了不少國外的論文，可以參閱。

　　我們匆匆忙忙地走過了三、四百年，大致看到了前人究竟研究了些什麼問題？哪一些問題上有共識？哪一些問題上還存在著分歧，甚至是嚴重的分歧？下一步我們該怎麼走？怎樣使我們的研究一步一步的深入？怎樣使我們的研究為當代的文明建設有用？我想，通過歷史這面鏡子照一照，還是有助於大家的思考，有助於進一步的探索吧！

附　錄

一、黃霖小傳

　　男，1942 年 6 月生於現上海市嘉定區。1967 年復旦大學中文系研究生畢業，後長期在復旦大學中國語言文學研究所工作，1995 年任所長，2004 年兼任教育部重點研究基地復旦大學中國古代文學研究中心主任至今。1999 年「中國《金瓶梅》學會」成立時任副會長，2003 年因故改名為「中國《金瓶梅》研究會」時任會長，同時兼任過中國古代文學理論學會副會長、中國近代文學學會會長、中國明代文學學會會長和上海市古典文學會會長等。主要編著有《中國歷代小說論著選》（合作）、《古小說論概觀》、《中國文學批評史》（合作）、《近代文學批評史》、《中國古代文學理論體系》（主編）、《金瓶梅講演錄》、《20 世紀中國文學研究史》（主編）、《中國分體文學學史》（主編）等，曾獲國家級及各省部級獎多項。

二、黃霖《金瓶梅》研究專著、編譯、校注、論文目錄

(一) 專著

1. 《金瓶梅漫話》，上海：學林出版社 1986 年 12 月。
2. 《金瓶梅考論》，瀋陽：遼寧人民出版社 1989 年 10 月。
3. 《黃霖說金瓶梅》，北京：中華書局 2005 年 9 月。
4. 《金瓶梅講演錄》，桂林：廣西師範大學出版社 2008 年 10 月。

(二) 編譯

1. 《金瓶梅資料彙編》，北京：中華書局 1987 年 3 月。
2. 《日本研究金瓶梅論文集》（翻譯，合作），濟南：齊魯書社 1989 年 10 月。
3. 《金瓶梅大辭典》（主編），成都：巴蜀書社 1991 年 10 月。
4. 《金瓶梅研究》第八輯（主編），北京：中國文史出版社 2005 年 12 月。
5. 《金瓶梅與臨清》（主編），濟南：齊魯書社 2008 年 6 月。
6. 《金瓶梅鑒賞辭典》（合作），上海：上海辭書出版社 2008 年 8 月。
7. 《金瓶梅研究》第九輯（主編），濟南：齊魯書社 2009 年 3 月。
8. 《金瓶梅與清河》（主編），長春：吉林大學出版社 2010 年 7 月。
9. 《金瓶梅研究》第十輯（主編），北京：北京藝術與科學電子出版社 2011 年 7 月。

(三) 校注

1. 《新刻繡像批評金瓶梅》（校點，合作），杭州：浙江古籍出版社 1991 年 8 月。
2. 《金瓶梅詞話注釋》（合作），香港：夢梅館出版社 1993 年 3 月。

(四) 論文

1. 《金瓶梅》原本無穢語說質疑
   復旦學報，1979 年第 4 期。
2. 《忠義水滸傳》與《金瓶梅詞話》
   水滸爭鳴，第 1 輯，1982 年 4 月。
3. 《新刻繡像批評金瓶梅》評點初探
   成都大學學報，1983 年第 1 期。
4. 《金瓶梅》作者屠隆考
   復旦學報，1983 年第 3 期。
5. 《金瓶梅》與世情小說
   黑龍江青年，1983 年第 6 期。

6.　《金瓶梅》與古代世情小說論
　　江漢論壇，1984 年第 6 期。

7.　《金瓶梅》作者屠隆考續
　　復旦學報，1984 年第 4 期。

8.　論《金瓶梅詞話》的政治性
　　學術月刊，1985 年第 1 期。

9.　關於《金瓶梅》的作者問題
　　杭州大學語文導報，1985 年第 1 期。

10.　張竹坡及其《金瓶梅》評本
　　復旦大學出版社《中國古典文學叢考》第 1 輯，1985 年 7 月。

11.　〈金瓶梅作者屠隆考〉答疑
　　杭州大學學報，1985 年第 2 期。

12.　《金瓶梅》成書問題三考
　　復旦學報，1985 年第 4 期。

13.　我國暴露文學的傑構《金瓶梅》
　　金瓶梅論集，人民文學出版社，1986 年 11 月。

14.　怎樣閱讀《金瓶梅》
　　文藝學習，1986 年第 2 期。

15.　《開卷一笑》與《金瓶梅》作者
　　復旦學報，1987 年 4 月。

16.　《金瓶梅》流變零拾
　　中國古典文學叢考，第 2 輯，1987 年 11 朋。

17.　關於上海圖書館藏兩種《新刻繡像批評金瓶梅》
　　日本《中國古典小說研究動態》第 2 號，1988 年 10 月。

18.　金瓶梅續書三種前言
　　齊魯書社《金瓶梅續書三種》卷首，1988 年 8 月。

19.　李瓶兒召贅賞析
　　中國文聯出版公司《歷代名篇賞析集成》下，1988 年 12 月。

20.　〈金瓶梅作者屠隆考〉答疑之二
　　金瓶梅考論，遼寧人民出版社，1989 年 10 月。

21.　關於《金瓶梅》崇禎本的若干問題
　　金瓶梅研究，第 1 輯，1990 年 9 月。

22. 關於《花營錦陣》之笑笑生
海峽兩岸明清小說論文集，1991 年 8 月。

23. 不平而鳴
我與金瓶梅，成都出版社，1991 年 7 月。

24. 再論笑笑生是屠隆
復旦學報，1992 年第 2 期。

25. 再談「劉金吾」與屠隆及馮夢龍
文學遺產，1993 年第 2 期。

26. 「權錢交易」祖師爺四門慶
大潮，第 2 輯。

27. 《金瓶梅詞話》與杭州
日本《中國古典小說研究》，1999 年第 5 號。

28. 《金學考論》序
河北教育出版社，1999 年 12 月。

29. 《金瓶梅》研究與學風及其他
文匯讀書週報，2001 年 6 月 23 日。

30. 金瓶梅新論序
金瓶梅新論，延邊大學出版社，2001 年 9 月。

31. 再論《金瓶梅》崇禎本各本之間的關係
上海師範大學學報，2001 年第 5 期。

32. 笑笑生筆下的女性
張宏生編，明清文學性別研究，江蘇古籍出版社，2002 年 10 月。

33. 金瓶梅詩諺考釋序
金瓶梅詩諺考釋，卷首，甘肅教育出版社，2003 年 4 月。

34. 金瓶梅資料彙編重印後記
金瓶梅資料彙編，中華書局，2004 年 1 月。

35. 晚明女性主體意識的萌動及其悲劇命運——以《金瓶梅》為中心
王瓔玲主編，明清文學與思想中之主體意識與社會，臺灣中央研究院中國文哲研究所出版，2004 年 12 月。

36. 《金瓶梅》中的上海方言研究序
上海古籍出版社，2005 年 4 月。

37. 金瓶梅新探索

社會科學報，2005 年 12 月 15 日。

38. 《金瓶梅》是姓「金」
    文匯讀書週報，2005 年 12 月 23 日。

39. 悼念劉輝，推進金學
    金瓶梅研究，第 8 期，2005 年 12 月。

40. 《金瓶梅》詞話本與崇禎本刊印的幾個問題
    河南大學學報，2006 年第 1 期。

41. 我看《金瓶梅》
    文史知識，2006 年第 5 期。

42. 中國與日本：《金瓶梅》研究三人談
    文藝研究，2006 年第 6 期。

43. 「人」在《金瓶梅》中
    上海大學學報，2006 年第 13 卷第 4 期。

44. 王汝梅解讀金瓶梅序
    王汝梅解讀金瓶梅，時代文藝出版社，2007 年 1 月。

45. 細述金瓶梅序
    楊鴻儒，細述金瓶梅，卷首，東方出版社，2007 年 3 月。

46. 金瓶梅文化研究序
    王平、程冠軍主編，金瓶梅文化研究，第 5 輯，群言出版社，2007 年 5 月。

47. 「笑學」可笑嗎──關於《金瓶梅》作者研究問題的看法
    內江師範學院學報，2007 年第 3 期。

48. 《金瓶梅》與屠隆，上
    寧波晚報，2007 年 6 月 23 日

49. 《金瓶梅》與屠隆，中
    寧波晚報，2007 年 6 月 30 日。

50. 《金瓶梅》與屠隆，下
    寧波晚報，2007 年 7 月 7 日。

51. 《金瓶梅》中女性人物的不同命運
    傅光明主編，點評《金瓶梅》，山東畫報出版社，2007 年 9 月。

52. 《金瓶梅》新論序
    黃吉昌，《金瓶梅》新論，中國社會科學出版社，2007 年 4 月。

53. 李時珍與《金瓶梅》

文史知識，2008 年第 6 期。

54. 《金瓶梅》與臨清序

黃霖、杜明德主編，《金瓶梅》與臨清，齊魯書社，2008 年 6 月。

55. 金瓶研究卷頭語

金瓶梅研究，第 9 輯，齊魯書社，2009 年 3 月。

56. 沒有臨清就沒有《金瓶梅》序

沒有臨清就沒有《金瓶梅》，齊魯書社，2008 年 11 月。

57. 將《金瓶梅》當作反腐的經典來讀

悅讀 MOOK（第 10 卷），21 世紀出版社，2009 年 1 月。

58. 張竹坡與《金瓶梅》序

張竹坡與《金瓶梅》，卷首，文物出版社，2009 年 2 月。

59. 《金瓶梅》與清河序

金瓶梅與清河，卷首，吉林大學出版社，2010 年 7 月。

60. 崇禎本《金瓶梅》研究序

楊彬，崇禎本《金瓶梅》研究，文物出版社，2011 年 10 月。

61. 「金學」史上的一座里程碑

2012 年臺灣金瓶梅國際學術研討會論文集，里仁書局，2013 年 4 月。

62. 毛利本《金瓶梅詞話》讀後

嘉義大學「第五屆中國小說與戲曲國際學術研討會論文集」，2013 年 3 月。

63. 《金瓶梅》「初刊」辨偽紀略──從「大安本」說起

河南理工大學學報，2013 年第 2 期。

64. 臺北故宮博物院《金瓶梅詞話》讀後

「中國明代文學學會（籌）第九屆年會暨 2013 年明代文學國際學術研討會論文集」，
2013 年 8 月。

後　記

　　匆忙之中將選集編發，漏寫了一篇「後記」。昨天知道之時，恰是今天遠行之日，而交稿的截止之期，又正是我回轉家門之際，這就逼著我只能在途中課後撿拾數言來交個差吧。

　　我接觸《金瓶梅》是 1959 年進大學後不久，那時只是將「世界文庫」本中的幾回瀏覽了一下，沒有什麼感覺。1978 年受命編寫三卷本《中國文學批評史》的小說部分時，讀了《金瓶梅》的全本，稍稍打開的心扉像觸電似的受到了震撼，認定這是一部憫世憂人的大著作，1979 年發表第一篇有關論文時的結語就說：「《金瓶梅》是一部奇書。」它即使有穢語，「歷史證明並將繼續證明它是禁不住、毀不了的。」自此以來，倏忽已有 35 個年頭了。如今選出的這些論文，我將它分成了 5 輯：

　　第一輯名「《金瓶梅》姓『金』」，是延用了《黃霖說金瓶梅》中的一句話：我說自己「儘管姓黃，卻未曾戴著黃色眼鏡來讀《金瓶梅》，倒是想：長期被人看作『不正經』的《金瓶梅》何時能使普天下都承認它名副其實地姓『金』」。我說《金瓶梅》姓「金」，就是說它具有奇特的、重要的社會價值與藝術價值。它之「奇特」，不僅僅在小說藝術表現史上有著全方位的創新，而更罕見的是，並沒有一般地去描寫世情、反映現實，歌頌真美善，而是難得地用犀利的解剖刀深度剖析了社會的假醜惡，痛砭了幾百年來中國社會的痼疾，直刺了芸芸眾生的人性疤癤，因此到今天，它仍然有撼人的警世醒世之力。它使人們深感到像西門慶、乃至如高楊童蔡「四個奸臣」等在相當歷史時期內是死不光、絕不了的。它能警醒國人如何去剷除腐敗，創造美好的明天。這樣的一部小說，不是中國文學史上十分難得的一塊閃閃發光的金子嗎？

　　第二輯是有關《金瓶梅》成書與問世的考證文字。這裡雖然關涉到小說問世的年代與初刊的面貌等問題，但其重心是關於成書時間的探討。我經過多方論證，認為這部小說約在萬曆二十年前後開筆寫作，由一人為主，在倉促間完成的。這一論斷是在吳晗先生認為成書「大約是萬曆十年到三十年」的基礎上，更縮小了範圍。成書時間的論定，將直接關係到作者問題的考證，當然也影響到作品的評價。

　　第三輯是討論版本問題。由於我是搞文學批評史出身的，所以首先關注的是有評點的張評本與崇禎本。當時文革剛結束，《金瓶梅》不容易借閱，張評本相對較多，比較

好找，所以最初閱讀了一些在茲堂本、康熙乙亥本、乾隆丁卯本、影松軒本及嘉慶以後的一些本子，只是發現了有回評與無回評的不同系統等，無多創獲。後來關注了崇禎本，幾乎遍閱了現存國圖、北大、上海、天津及日本的各本，梳理了崇禎本各本之間的關係，認為二字行眉批本可能是最早的崇禎本，印有「原本金瓶梅」的日本內閣文庫本與東洋文化研究本的三字行本，及由此而來的刻印粗劣的首圖本均不可能是「原本」，其改評者也不可能是李漁而可能是馮夢龍。後來又與梅節先生等討論了詞話本與崇禎本兩者的關係，力主兩者是「父子關係」而不是「兄弟關係」。2011年後，有機會先後翻閱了半個世紀來無人一睹全貌的現存三部詞話本中的二部，可知中土所藏臺灣故宮博物院本為最佳。日本影印「大安本」的工作是認真的，但匆忙之中也有不少瑕疵。臺灣聯經本並非據臺灣故宮原本所印，由於工作粗疏，隨意增改，故其批語部分嚴重失真，然其正文部分還是強於本無批語的大安本。而聯經本在套印批語時的缺漏、色差、移位等問題，實際上都是由於照搬了古佚小說刊印會本而造成的。由於受到上世紀三十年代照相技術的限制，當時用黑白兩色攝下的底片本來就是有許多地方模糊不清或根本沒有成像，再加上影印者對批校文字的輕視，這就使研究者長期所用的詞話本的老祖宗——古佚小說刊行會本與生以來就帶著許多毛病，從而使以後大陸、香港、臺灣據此影印的所有詞話本都帶上了這一胎裡病。因此，當下真正用臺灣故宮博物院藏本來影印就顯得十分迫切而必要了。然而要管理理念滯後、設備又顯陳舊的臺灣故宮博物院拿出此本來影印，恐怕還要有待於時日。

　　第四部分是作者的考證。1983年，我在搜集小說批評資料的時候，發現了《開卷一笑》中的〈祭頭巾文〉等，就此順藤摸瓜，寫下了〈《金瓶梅》作者屠隆考〉，吹皺了一池春水。否定者有之，贊成者也有之，甚至有人寫成專著，維護我的「屠隆說」。我自信也比所有「作者說」高出一籌的是，不僅僅是找了一些書中的內證與作者生平特點等外證來推測作者是誰，而且是確實找到了證據說屠隆是「笑笑先生」，在內外證之間有一種聯繫。但是，「先生」儘管與「生」義相通，但畢竟並非完全一樣。即使完全一樣，要證明此笑笑生即是彼笑笑生也並非易事。所以，我自己也從未將它看成是鐵論，認為目前也與各家一樣，都缺少「臨門一腳」，故開始時寫了一些答疑文章，後來就決定在沒有找到鐵證之前再也不談作者問題了。可是，樹欲靜而風不止。各種各樣的作者新說還是層出不窮，且大都是以附會、想像為主。這就引起了一些專家的反感，認為《金瓶梅》作者的研究成為一門「笑學」，甚至對作者研究全盤否定。處於這樣的兩難之中，我認為對於探尋《金瓶梅》作者的熱情還是應當支持，因為即使沒有找到直接的確證，但只要研究者能自重，能慎言，多懷實事求是之心，力去嘩眾取寵之意，從真實的材料出發，經過合理的推測所得出的種種「可能」，也必然包含著或多或少的成績，對於推

動《金瓶梅》乃至中國古代小說與古代文學的研究還是有積極作用的，因此「笑學」不可笑。

　　第五部分僅收了兩篇文章，前一篇是談明清兩代《金瓶梅》的研究形成了中國古代世情小說論的一些主要觀點，沒有《金瓶梅》就不可能產生這些比較充分、成熟的世情小說論；後一篇是簡要地梳理了中外研究《金瓶梅》的歷史，從中可見《金瓶梅》研究的一些基本問題與對這些問題的認識的不斷深化。這與我的本行中國文學批評史有關。我一直說，我搞《金瓶梅》研究是業餘的業餘，我的本行是中國文學批評史。因搞小說批評才搞上了小說，搞小說而搞上了《金瓶梅》，因此，我最後還是歸本，將《金瓶梅》的研究與中國小說批評史聯繫起來。實際上，我不但在搞《金瓶梅》研究中，而且在搞其他小說研究時，也大都是與小說批評的研究有著這樣或那樣的聯繫。

　　在以上的研究過程中，我所追求的是，不僅僅是去讚賞《金瓶梅》在中國小說藝術史上的全面創新，而是更致力於去張揚它對於世道人心的當世價值；我所追求的是，在每一個基本問題上都有自己的看法，且努力去用一些或自己發現，或首次引用，或親自目驗的材料來加以支撐；我所追求的是，關係到《金瓶梅》研究的諸多主要方面，相互聯繫，自成一統，而不是只抓一點，無限想像，自說自話；我所追求的是，論與考與史並用，內學與外學兼顧，不走華山一條路；我所追求的是，不媚俗，不附勢，走自己的路，始終保持一個學者應有的風骨與治學的格調，特別是對待這樣一部比較特殊的書。當然，追求只是夢境，結果要看實績。我還是稍有一點自知之明，深知自己的一些論斷還缺乏堅實的基礎，面對著一些本來就是雲裡霧裡的東西，往往是遇難裹足，淺嘗輒止，故其真正的收穫是一句話：「多乎者不多也」。

　　如今，我已步入了古稀之年，正當感歎「人生幾何」之時，回首往事而自慚形穢，曹操所言「明明如月，何時可掇」之句又從心中升騰，衝撞著一匹老馬的不已「壯心」，但願最後留給自己的，將不是綿綿不盡的「憂從中來，不可斷絕」，而是再能掇拾到一點更為實在的東西。

　　這些，權作是「後記」。

2014.3.16 初稿於飛往羅馬的班機上

2014.3.18 改定於那不勒斯東方學院

國家圖書館出版品預行編目資料

黃霖《金瓶梅》研究精選集

黃霖著. – 初版. – 臺北市：臺灣學生，2015.06
面；公分（金學叢書第 2 輯；第 11 冊）

ISBN 978-957-15-1660-8 (精裝)

1. 金瓶梅　2. 研究考訂

857.48　　　　　　　　　　　　　　　104008050

黃霖《金瓶梅》研究精選集

著　作　者：黃　　　　　　　　　　　霖
主　　　編：吳　敢　、　胡　衍　南　、　霍　現　俊
出　版　者：臺　灣　學　生　書　局　有　限　公　司
發　行　人：楊　　　　　雲　　　　　龍
發　行　所：臺　灣　學　生　書　局　有　限　公　司
　　　　　　臺北市和平東路一段七十五巷十一號
　　　　　　郵 政 劃 撥 帳 號 ： 00024668
　　　　　　電　話　：（02）23928185
　　　　　　傳　眞　：（02）23928105
　　　　　　E-mail：student.book@msa.hinet.net
　　　　　　http://www.studentbook.com.tw

定價：精裝 30 冊不分售
　　　新臺幣 45000 元

二 ○ 一 五 年 六 月 初 版

金學叢書 第二輯

❶ 徐朔方 孫秋克 《金瓶梅》研究精選集

❷ 甯宗一《金瓶梅》研究精選集

❸ 傅憎享 楊國玉 《金瓶梅》研究精選集

❹ 周中明《金瓶梅》研究精選集

❺ 王汝梅《金瓶梅》研究精選集

❻ 劉輝《金瓶梅》研究精選集

❼ 張遠芬《金瓶梅》研究精選集

❽ 周鈞韜《金瓶梅》研究精選集

❾ 魯歌《金瓶梅》研究精選集

❿ 馮子禮《金瓶梅》研究精選集

⓫ 黃霖《金瓶梅》研究精選集

⓬ 吳敢《金瓶梅》研究精選集

⓭ 葉桂桐《金瓶梅》研究精選集

⓮ 張鴻魁《金瓶梅》研究精選集

⓯ 陳昌恆《金瓶梅》研究精選集

⓰ 石鐘揚《金瓶梅》研究精選集

⓱ 王平 趙興勤 《金瓶梅》研究精選集

⓲ 李時人《金瓶梅》研究精選集

⓳ 孟昭連《金瓶梅》研究精選集

⓴ 陳東有《金瓶梅》研究精選集

㉑ 卜鍵《金瓶梅》研究精選集

㉒ 何香久《金瓶梅》研究精選集

㉓ 許建平《金瓶梅》研究精選集

㉔ 張進德《金瓶梅》研究精選集

㉕ 霍現俊《金瓶梅》研究精選集

㉖ 曾慶雨《金瓶梅》研究精選集

㉗ 潘承玉《金瓶梅》研究精選集

㉘ 洪濤《金瓶梅》研究精選集

㉙ 金學索引（上編）——吳敢編著

㉚ 金學索引（下編）——吳敢編著